UnRead
—
文艺家

The Ultimate Collection

THE BIG
BOOK
OF SCIENCE
FICTION

100：科幻之书
教科书级别的终极选集
{ II }

异站

姚向辉 李懿
——等 译——

〔美〕
库尔特·冯内古特
Kurt Vonnegut Jr.
〔美〕
厄休拉·勒古恩
Ursula K. Le Guin
——等 著——

〔美〕
安·范德米尔
Ann VanderMeer
〔美〕
杰夫·范德米尔
Jeff VanderMeer
——编——

北京联合出版公司
Beijing United Publishing Co.,Ltd.

将本书献给

朱迪斯·梅里尔

——

是她为我们

指引了前进的方向

目 录

引言 - Introduction

（美国）安·范德米尔 Ann VanderMeer，（美国）杰夫·范德米尔 Jeff VanderMeer

从玛丽·雪莱、儒勒·凡尔纳和 H. G. 威尔斯的时代开始，科幻作品不仅帮助定义和塑造了文学的进程，而且已经超越虚构文学的领域，影响了我们对文化、科学和科技的看法。像电动汽车、星际旅行和可媲美今日的手机的各种先进通信方式，这些点子最先都是通过科幻作品让大众了解到的。在艾丽西娅·亚涅斯·柯西奥创作于 20 世纪 70 年代的短篇小说《IWM 1000》(*The IWM 1000*) 里，你会发现它明明白白地预言了像谷歌这样的信息时代巨擘的出现。另外，早在尼尔·阿姆斯特朗踏上月球的几十年前，就已经有大量科幻作品表达过人类对于登月的渴望。

科幻作品让我们通过创造对未来社会的愿景，而非偏见或战争，来憧憬更好的世界。像雷·布拉德伯里的《华氏 451》(*Fahrenheit 451*, 1953) 这样的反乌托邦小说也在科幻作品中占有一席之地，作家会通过这类作品对民主的不公正和危险做出批评。而且通过科幻这个创意的出口，东欧的作家才得以在作品中不涉时政，通过审查。今天，在全球变暖、能源依赖、资本主义的病毒效应和如何利用现代科技等方面，科幻作品继续做出一个又一个假设，同时给读者带来更多古怪而精妙的奇想。

其他任何一种文学形式都不曾与我们的当今社会联系如此紧密，而且还充满了奇思妙想。也没有哪一种文学形式能给人带来如此多的乐趣。迄今为止，几乎没有人尝试编过一本权威的科幻选集，将这一类充满活力的作品中具有全球影响力和重大意义的小说收录进去，在兼顾虚构作品的类型性和文学性的基础上，让世界各地的作家及其作品都能有所体现。本书按照时间顺序梳理了整个 20 世纪 20 个国家的科幻小说，从埃德蒙·汉密尔顿的太空歌剧通俗小说 [1] 到豪尔赫·路易斯·博尔赫斯的文学思考，从 W. E. B. 杜波依斯的早期非洲未来主义到小詹姆斯·提普奇的女性主义第二浪潮，一一呈现，而且精彩不止于此！

本书篇目很可能会令作为读者的你惊喜万分，因为我们在编选之初就感到了莫大的惊喜。

什么是"科幻黄金时代"？

-

即使是没读过科幻小说的人，也听说过"科幻黄金时代"这个说法。科幻黄金时代实际是 20 世纪 30 年代中期至 40 年代中期，不过大众读者常常将其与之前的"通俗小说时代"（20 世纪 20 年代到 30 年代中期）连在一起。"通俗小说时代"的主宰可以说是《惊奇故事》（*Amazing Stories*）的编辑雨果·根斯巴克。他有一张最为出名的照片，照片中，他头戴一个全方位包裹式"隔离头盔"，上面连着一条氧气管和一个呼吸设备 [2]。

"黄金时代"则没有什么"隔离头盔"，这一时期伴随着美国科幻杂志的井喷式发展，见证了担任《新奇科幻》（*Astounding Science Fiction*）主编的约翰·W. 坎贝尔的崛起（尽管他晚节不保，后期笃信"戴尼提" [3] 那一套伪科学），还发展出了科幻小说的市场雏形（20 世纪 50 年代该市场才趋于成熟）。同样是在这一时期，像艾萨克·阿西莫夫、阿瑟·克拉克、波尔·安德森、C. L. 摩尔、罗伯特·海因莱因和阿尔弗雷德·贝斯特这

---

[1] 又称"纸浆小说"，源于"通俗（纸浆）杂志"，指 1896 年到 20 世纪 50 年代出版的价格低廉的小说，常使用便宜的木浆纸。本卷脚注如无其他说明，均为译者注。

[2] 1925 年 7 月，雨果·根斯巴克发明的"隔离头盔"照片刊登在名为《科学与发明》（*Science and Invention*）的杂志封面上。该头盔外形酷似防毒面具，旨在让办公人员只关注自己眼前的事务，完全与外界的噪声和干扰隔离。

[3] 山达基教创始人 L. 罗恩·贺伯特提出的一套自我心理调节的理论系统。

样的科幻名家迅速成长起来，闻名于世。正是这一时期让大众对科幻形成了这样的认知——让人有"惊奇感"而且对科学和宇宙有"乐观进取"态度的小说。有时候大众的印象来自最直观但也相对幼稚的封面画，封面下的实际内容往往暗黑且复杂。

不过，从"黄金时代"开始有了新的解读。在常常被人引用的经典著作《惊奇年代：探索科幻的世界》（*Age of Wonders: Exploring the World of Science Fiction*，1984）一书中，堪称行业标杆的编辑大卫·哈特韦尔宣称："（阅读）科幻的黄金年龄是 12 岁。"[1] 哈特韦尔是科幻领域有着巨大影响力的守门人，他提出了一个重要的观点，成年人对科幻的热爱是从他们很小的时候开始形成的，因为那时候，对他们来说，"每本杂志上的每个故事都是杰作，满是大胆而独到的奇思妙想"。读者们就黄金时代到底是 20 世纪 30 年代、50 年代还是 70 年代一事争论不休。按照哈特韦尔的说法，这是因为读者眼中科幻真正蓬勃发展的年代正是他们年纪尚小，还不足以分清好故事和坏故事、优秀作品和糟糕作品的时候；那时，他们只知道尽情吸收和欣赏故事里美妙的奇景和令人兴奋的情节，所以才会有如此认识。

这是个奇怪的说法，听起来是在找借口。这一说法常常被人们引用，但没人仔细想过，大卫·哈特韦尔，一个发掘出吉恩·沃尔夫和菲利普·迪克等文学大师的才华横溢的选集编辑，为什么在想为科幻正名的同时还会有如此感情用事的言论（或许是无意的？），而且他的观点似乎与整个科幻事业背道而驰（更不用说还严重小觑了 12 岁的读者！）。

也许，你若知道美国与英国的科幻是如何从被视为"世俗艺术"的通俗杂志中崛起的，就不难理解哈特韦尔为什么要摆出这种姿态了。科幻这一文学类型往往带有明显的"文化自卑"，这与一个残酷的事实密不可分——其上不了台面的起源往往让科幻陷入尴尬的境地。因为人们通常只

---

[1] 英语原文中，"黄金时代"即"Golden Age"，而"Age"不仅有"时代、年代"的意思，还有"年龄"的意思。

会注意一栋房子的外观是富丽堂皇还是破败不堪，而不会注意房子内部的情况。打个比方吧，一个有着卡夫卡的才华的新锐作家，若他是来自历史悠久的布拉格，那他很有可能会被大众奉为文学界的拯救者；但若他出生于，比如说美国佛罗里达州的克劳福德维尔，那多半不会有什么人追捧他。

此外，要为科幻早期地位尴尬负责的还有通俗杂志的编辑们，他们的编辑工作十分业余，文学品味欠佳，有的甚至没怎么经过正式培训，而且怪癖多得像雀斑一样。就是这样一批人主导着早期的美国科幻圈。有时候，"隔离头盔"已经可以说是最不值一提的了。

说到通俗杂志，有证据显示这些杂志有时刊登的内容比大家通常以为的更有格调。所以说，从某种角度来说，"（阅读）科幻的黄金年龄是 12 岁"这种话低估了这类出版物。此外，它也忽略了那些在通俗杂志以外的平台上发表或出版的有深度的科幻作品。

因此，基于我们能得到的所有证据，我们本着谦虚谨慎的态度得出了一个与大众的看法相反的结论——（阅读）科幻的实际黄金时代是 21（世纪），而不是 12 岁。证据就在这套选集里。我们编纂此书的时候，尽可能地关照到了所有我们认为属于"科幻"范畴的作品，既没有侧重主要科幻类别，也没有摒弃它们。乍一看，这套选集包罗万象，且每一个入选篇目都各具特色，自成一派；但仔细阅读，你可能会发现，这些来自完全不同背景的入选篇目是有共性的，甚至可以说它们之间正在进行有趣的对话。

打造更好的"科幻"概念

-

我们在开篇提到玛丽·雪莱、儒勒·凡尔纳和 H. G. 威尔斯有着非常特殊的原因。这三位作家都是探讨科幻的有效切入点或者说原点，因为他们距离我们的时代并不久远，对今日的科幻作品依然有着直接且明显的影响，现代人依然熟知他们的名字；还因为直至今日，他们的作品中表现的主题还都流行于我们所称的科幻"类型文学"中。

文字的影响神奇而难以捉摸，彼时有，此时无，一段时间后或又以"润物细无声"的姿态重现，神出鬼没，神秘莫测。因此，我们在谈到这种影响时总是慎之又慎。有时候，文字的影响简单而深刻，一个人有可能忘却童年时读过的某段字句，却又在多年后在潜意识中与它重逢；还有的时候，文字的影响清晰而强烈。至多，我们只能说，尚未写出来或翻译过来的文字无法对人产生影响。或者，我们可以说，文字的影响也许并非产生于其出版之际，而是在作者进入大众想象时出现的——比如说，威尔斯通过乔治·奥逊·威尔斯导演的广播剧《世界大战》(*War of the Worlds*, 1938) 招致民众恐慌一事[1]；另外，不怕大家笑话，笔者认为由玛丽·雪莱的作品改编成的电影《新科学怪人》(*Young Frankenstein*, 1974)[2]也是一个例子。

出于这个原因，人们认为"科幻"涵盖的范围其实更广，比如身兼作家和编辑的莱斯特·德尔雷声称，美索不达米亚的《吉尔伽美什史诗》(*Epic of Gilgamesh*)是世界上最早有文字记录的科幻故事（他这个观点虽然有些夸张，但也有合理之处），他还认为这一事实有力支撑了 20 世纪 40 年代到 50 年代北美地区科幻文学的地位。

不过，我们前文提到那三位科幻名家，是因为他们分别代表着科幻的不同方向。

最早闻名的是玛丽·雪莱和她的《科学怪人》(*Frankenstein*, 1818)。这部作品反映了现代人对于技术和科学的使用的矛盾态度，同时，在科幻萌芽阶段将其与对恐怖作品的思辨结合在一起。于是，"疯狂科学家"这

---

[1]　1938 年 10 月 30 日，由 H. G. 威尔斯的《世界大战》改编的广播剧由哥伦比亚广播公司播出。该剧讲述了"火星人入侵地球"的故事，而且它的播出形式是模仿新闻播报的，所以很多美国听众信以为真，随即引发了恐慌，美国东北部和加拿大的居民纷纷逃离了家园。以至于除哥伦比亚广播公司外的所有其他广播公司都中断了正常节目的播放，转而安抚群众说这只是一个虚构的广播剧。之后普林斯顿大学的一项调查显示，大约 170 万人相信这是新闻播报，120 万人十分恐慌，从而造成重大的经济损失。

[2]　该电影由梅尔·布鲁克斯导演，获得了奥斯卡最佳改编剧本提名。片中年轻的弗兰肯斯坦误打误撞地创造出来一个"科学怪人"。这个本不应该被创造出来的"人"惹出了无尽的笑料。这是恐怖电影史上一部伟大的影片，也被视为恶搞片的鼻祖。

一意象在通俗科幻小说中流行了起来，即便在今天的现代科幻作品中，也是如此。此外，玛丽·雪莱还是女权主义科幻的重要代表。

儒勒·凡尔纳则正相反，他开创了探索大千世界的主题，作品主题乐观而充满希望。尽管凡尔纳喜欢为他在书中的"发明"绘出图纸并给出细节描写，比如说《海底两万里》（*Twenty Thousand Leagues Under the Sea*, 1870）中的潜水艇，但其实他更热衷于以他的聪明才智服务于科学浪漫主义精神，而不是"硬科幻"。

H. G. 威尔斯的小说在他生前也始终被大家归为"科学浪漫主义"作品，但其实他的作品是处于这两个焦点之间的。作为科幻小说的教父，威尔斯最有益的特质就是他创作的包容度。威尔斯的世界观体现了社会学、政治学和技术的交集，因而他能够在作品中建立复杂的地缘政治背景和社会背景。威尔斯抛开科幻类型文学后，在之后创作的小说中表现出自己社会现实主义者的立场，集中探讨了社会不公的问题。他有能力在作品中全面而细致地展现未来社会，并深入研究与现代工业化伴生的罪恶。

工业化对我们的生活造成了怎样的影响？科幻作品很早就非常直接地反映了这一主题，比如，卡尔·汉斯·施特罗布尔关于工厂的警世故事《机器的胜利》（*The Triumph of Mechanics*），还有保罗·希尔巴特戏谑的乌托邦故事。后者常常被用来反击"现代化"的不良因素（因为他的乐观主义，希尔巴特在第一次世界大战期间去世了，而施特罗布尔的"回报"则是向法西斯主义的堕落——他加入了纳粹党——这也在某种程度上背弃了他在《机器的胜利》中表达的观点）。

此外，科幻作品还从一开始就反映了诸多社会和政治问题，不仅是威尔斯的作品，萝琪雅·谢卡瓦克·侯赛因夫人在她的《苏丹娜之梦》（*Sultan's Dream*, 1905）中就描绘了一个强大的女权乌托邦。W. E. B. 杜波依斯的《彗星》（*The Comet*, 1920）并不仅是一部讲述地球灾难的作品，也是一个关于种族关系的故事，更是一个早期非洲未来主义的故事。此前从未翻译成英语的叶菲姆·佐祖利亚的《首城末日》(*The Doom of Principal City*, 1918)就强调了某些意识形态潜在的荒谬。

这种兼收并蓄的姿态也给科幻下了一个简单而实际的定义,那就是:用非写实和现实主义两种方式描绘未来的作品。除非你有意强调某种类型文学的特殊性,否则科幻作品与其他作品之间其实并没有明显的界限。科幻的生命力在于未来,无论这个未来指的是十秒之后还是像有的故事里写的那样,一个世纪之后的人类造了一架时间机器,只为了能通过时间旅行回到过去。不管是梦境般天马行空的故事,还是带有超现实色彩的作品,抑或用科技术语和铆钉扎实打造的"硬科幻",这些都属于科幻。不管上述故事是在展望未来,还是借未来点评过去或当下,都算科幻。

以这种角度来思考科幻切断了科幻带来的实际内容或"体验"与市场对这种文学类型的商业包装之间的联系。这并没有让脱胎于通俗杂志的主流科幻故事凌驾于其他形式的科幻故事之上。但这也没能让后者盖过前者的风头。进一步讲,这个定义消除了或者说绕过了类型文学和主流文学、商业小说与文学小说的地盘之争,也消弭了分水岭一侧(类型文学和商业小说)常常出现的(向怪奇方向发展、无知地跟风的)部落主义,还有另一侧与文学小说有时会出现的伪势力现象(讽刺的是,这种现象的根源正是"无知")。

在每年编选的《年度最佳科幻作品集》(*The Year's Best S-F*, 1963)第七卷中,才华横溢的编辑朱迪斯·梅里尔这样写道:

"那可不是科幻。"就连我最好的朋友也总是这么说。那不是科幻!有时候他们的意思是,因为这部作品太好了,所以不能归为科幻。有时候,他们觉得作品里没有太空飞船或者时间机器。(宗教、政治或心理学主题的都不是科幻——对吧?)有时候,(因为我的一些好朋友是科幻迷)他们说"那可不是科幻"的意思是——那只是奇幻、讽刺或者类似的作品。

大体上,我觉得自己还是相当有耐心的。我会设法一遍遍地解释(虽然解释的时候确实有些厌倦），告诉他们这本书书名中的"S-F"代表"科幻"，"科幻"的含义是怎样的，为什么这一类涵盖着另一类，但不是只包含那一类。但是，实话实说，每当有人惊呼"你不会真的要选那篇吧？那可不是科幻"的时候，我的耐心都濒临崩溃。

不管站在这类论战的哪一边，都对研究和发展科幻有百害而无一利，那样做的唯一结果就是将探讨或分析引向歧途，让人们陷入关于科幻 / 非科幻或有 / 没有内在价值的争论。对于那些厌倦了充斥着各种圈内术语的评论的选集前言的读者，希望我们的定义能为大家之后的阅读减负。

另一个悠久的传统：哲学小说

-

既然我们已经戴上了"隔离头盔"，通过回望 20 世纪 20 年代到 40 年代的美国通俗文学发展历程致敬了"主流"科幻，在回归传统，检阅 20 世纪上半叶反其道而行之的新潮流之前，我们有必要将目光先集中到一个早期文学形式——哲学小说上来。

"哲学小说"又称为"说理寓言"，在西方，它作为科学家或哲学家展示其新发现的出口，已经存在了几个世纪，写这类小说的包括伏尔泰、约翰·开普勒和弗朗西斯·培根等名流。"哲学小说"往往以想象或梦境做虚构的框架，作者借此阐释科学或哲学的内容。在某种意义上，空想或科幻历险成了一座精神实验室，在这里可以探讨各种发现或者展开辩论。

在美国除了通俗小说和玛丽·雪莱与 H. G. 威尔斯之类的传统科幻之外，我们发现，其余的早期科幻作品不但对后世的科幻小说有相当的影响力，也与更主流的传统文学相关。

20 世纪早期的科幻小说就充分证明了这一点，如侯赛因夫人的《苏丹娜之梦》。更重要的是，这类故事在臆想文学的历史上取得了应有的地位，它颠倒了典型的哲学小说中虚构与非虚构成分的一般比例，但人们并没有将它们视为科幻范畴之外的作品，而是将其视为悠久的文学传统演变的结果。这种模式自然能帮助我们更好地理解儒勒·凡尔纳的小说。事实上，凡尔纳在作品中正是借鉴了哲理小说的标志性主题——虚构的冒险，利用这个形式创造出吸引读者的内容。

说到融合了虚构与非虚构元素的哲学小说，就不得不提豪尔赫·路易斯·博尔赫斯从 20 世纪 40 年代起创作的散文故事。这些故事常常作为形而上学的探索媒介。在这个背景下，博尔赫斯的作品确实可以被视为完美诠释并结合了他深爱的（通俗类）冒险小说和他讲述故事的智力基础，这往往仰仗于将二者强力压缩进一个故事中（就像把煤炭压缩成钻石），而不单单是进行传统的短篇小说的创作。拉丁美洲的其他同类作品还有艾丽西娅·亚涅斯·柯西奥的《IWM 1000》（1975）。就连斯坦尼斯拉夫·莱姆创作于 20 世纪 60 年代和 70 年代的《星际航行日记》（*Star Diaries*）其实也属于哲学小说的再塑造——而且小说里真的有"航行"情节（这就足够令人兴奋了！），但它也只是一个纯粹的输送系统，传达有关世界的种种想法。

尽管这一传统在通俗小说中并不常见，但是像 A. 梅里特的《机器人与最后的诗人》（*The Last Poet and the Robots*, 1935）、弗雷德里克·波尔的《百万日》（*Day Million*, 1966）这样的小说都可以视为"臆想童话故事"和"哲学小说"的融合，或者单纯是"哲学小说"的变形，即受到了关于幻想的旅行的古老神话的影响后的变形。讽刺的是，这些故事中，有的还加入了"硬科幻"的元素。

如果不以抬高"哲学小说"的地位为目的，仅仅是宽容地阐释，可以说，这一形式渗透了通俗小说，令其成为"哲学小说"的实体框架，而"哲学小说"本身成为注入其中的抽象特质——"是什么 / 为什么 / 怎么样 / 如果"。就这样，通俗小说使得这种抽象特质和一些问题变得具体起来，成为小说中的潜台词。（然而，就分水岭的主流文学一侧来说，小说中的潜台词必须以形而上的形式呈现出来，这才是文学，不然是无法被接受的——不以人物为中心的小说便是如此。）

在这样的背景下，我们发现，不管是作为扭转局势的思想实验，还是作为挑战主流思想模式，或是颠覆性的"真"隐喻构想或形而上学的构想，美国通俗太空旅行小说都退化了。其错误就是把重心放到了传递"哲学故事"的观点的脚手架（或助推器）上，而忽略了科学假设（"如果"类的问题）的重要性。这样做岂不是捡了芝麻，丢了西瓜？

美国科幻的定位常常是"点子文学"。可是，如果只能通过筛选过的极个别"输送系统"传达点子，这还算什么"点子文学"？如果我们承认输送点子的表达模式多种多样，那么不管小说中传达的这些点子是好还是坏，是复杂还是简单，我们不都是能从中看到真正的价值吗？要验证"哲学小说"和科幻之间的联系，我们首先要从大局来看，看看这些可供选择的模式——扭曲的、扁平的和不太重要的除外——有多少和主流模式不同，但同样重要、有用且有关联。[以捷克作家卡雷尔·恰佩克为例，他既在 20 世纪 20 年代创作了剧作《罗素姆万能机器人》（*Rossum's Universal Robots*），又在 30 年代创作了疯狂而古怪的小说《鲵鱼之乱》（*War with the Newts*）。]

正如我们对科幻的定义，这种关于科幻的思维方式既适用于从"主流文学"看"类型文学"，也适用于从"类型文学"看"主流文学"。原因就是，这种思维采取的视角或立场来自二者的外部。而且这种思维方式纯粹，没有受到主观意图——"主流文学"或"类型文学"要征服对方或假定自身比对方更高级——的污染。

采取这样的立场来创作（在作品中写在山顶上、飞机上、飞船里、月球上或梦里的感受），整体而言，让读者摸不着头脑的抽象理论少了，反倒是更多"有活力的"且与我们的核心定义毫不相悖的科幻作品将出现在读者视野中。此外，我们在本选集中收录了在这条创作道路上有实际探索的作品和能体现出此类创作思路的作品，因为思考和行动都消耗精力，且二者虽道路不同，但都是一种文学运动形态。

迄今为止，"哲学小说"对科幻的影响依然被严重低估，这是因为美国科幻的主流形式有"文化谄媚"的现象。也就是说，美国的主流科幻一贯遵从主流文学中对短篇小说的要求——故事中一定要有真实立体、令人信服的人物，以此来与主流文学维持联系。即使是反对这一立场的前人文主义科幻作品，其本质上也受到了主流文学的束缚。

不过，讽刺的是，早期的科幻作品中相当一部分在塑造真实立体的人物形象方面都很失败（虽然在其他方面有所弥补）。就这样，随着时间的推移，因为没能符合主流文学的传统标准，科幻类型文学的自我惩罚变得越来越古怪，甚至到了违反常理的地步，于是产生了像"阅读科幻小说的黄金年龄是 12 岁"这样的借口。如果能重拾"哲学小说"这样的传统，不盲目追求主流文学界的赞许，不为了建立正统性，或按照主流文学的标准得到"概念验证"而重复老套路，那么科幻类型文学的发展情况一定比现在更好。

传统通俗小说的新探索

-

还记得通俗杂志时代和之后的科幻黄金时代（20 世纪 20 年代至 40 年代中期）吗？这一时期的作品成功地在历史上留下了浓墨重彩的一笔，其情节、隐喻和故事结构都已经成了体系。但真正使它们风格化的并非一次次文学运动，而是具有强大影响力的几位编辑，如 H. G. 戈尔德、前文提到的坎贝尔和弗雷德里克·波尔。

很多编辑都想在市场上抢占先机，开疆拓土，建立自己的王国，立下规矩，告诉世人什么是科幻，什么不是。在有些情况下，我们的确需要他们这样做，因为那时候还没人知道"科幻"到底是什么，或许也是因为热心读者总是读到与他们认知中的"科幻"有所不同的"新品种"。在自由撰稿人的那个残酷而封闭的世界里，这些规矩对他们的作品内容有着举足轻重的影响。据说，西奥多·斯特金就曾经因为一位编辑的"规矩"停笔了一段时间。

那个时期，因为没有电视或电子游戏的竞争，作家完全可以靠为科幻杂志供稿生活——如果他们听编辑大人的话，按照"规矩"来创作，日子能过得更滋润。即便编辑的品味有失水准，不合乎常理，但是在塑造作品调性和定义类型文学规范方面，他们起到的作用与文学运动相当，甚至更甚——部分是因为编辑的影响常常游离在公众视野之外，而且不怎么受到公开讨论的束缚。

在不少其他情况中，像《怪谭》（Weird Tales）这样的杂志通过支持类型混搭的或新叙事模式的小说，成功地塑造出其独特的风格，与他们提供给读者的内容类型形成了高度的统一。在这类杂志中，酷炫的主人公使用酷炫的机器来一段酷炫的历险，这种内容并不常见，在黄金时代中也不普遍。更流行的内容是这样的，酷炫的主人公发生了"酷炫"的意外，来到了危机四伏的外星世界，或者倒霉透顶，不得不面对"酷炫"的可怕选择。

事实上，很多体现着纯粹的乐观主义的科幻作品没能成为传世经典，部分原因是，它们简化了这个非常复杂的世界及宇宙。举例而言，每过十年，随着我们对太空旅行的了解越来越深入，我们就会越清楚，人类走出太阳系有多困难。就连最喜欢写太空殖民题材的作家金·斯坦利·罗宾逊都在 2014 年的采访中承认，这样的旅行可能性微乎其微。

这类科幻作品通常只具有历史价值的另一个原因是，20 世纪爆发了两次世界大战，无数严重的地区冲突，原子弹制造了出来，多种病毒在世界上传播，还有生态灾难，欧洲、亚洲和非洲都发生了大屠杀。

和符合历史潮流的作品相悖的科幻小说似乎永无出头之日。我们需要在小说中逃避现实，因为小说类似于游戏；但是，当小说选择对历史进程或事件视而不见，或者内容与读者关于科学、技术或历史事件的体验脱节太多，读者就很难读下去了。若要提到美国的种族主义制度化——科幻小说长期以来彻底忽略的一个主题，还有 20 世纪上半叶非科幻作品熟练地写过的主题，恐怕黄金时代的科幻小说基本没有写到过，这应该就是本选集未收录太多该时代作品的原因。我们选择的都是具有预言性或复杂程度与当今社会相匹配的小说。

值得回顾的是，在科幻以外的更广阔的文学世界中，作家们始终在努力跟上不断变化的现实生活和技术创新。第一次世界大战后，詹姆斯·乔伊斯、T. S. 艾略特、弗吉尼亚·伍尔夫和其他作家在创作中涉及了时间和身份的性质，这种实验性的写作在当时具有臆想小说的风格。这些都是主流文学在作品中加入科学（物理学）元素的尝试，由此，这些作品在 20 世纪 60 年代新浪潮运动期间发挥了影响，成为科幻传统的一部分。

这场现代主义誓言和其他更近的证据表明，尽管与我们常听说的情况相反，但其实科幻作品并不特别适合用来质问工业化或现代科技——反倒是很多非臆想小说在这方面做得很成功——因为要是没有工业化带来的各种产品和发明，科幻文学可能压根儿不会诞生或崛起。科幻作品中的活力与热情对工业化和科技的依赖是其他类型的文学（如历史小说）无法比拟的。举例来说，宇宙飞船在科幻小说中是一种像出租车一样普遍存在，它或多或少是读者的关注点，这就是未来在文学中的体现。就连早期科幻作品中大多数"冒险类"通俗故事都会写类似的内容：以华丽的辞藻和一种"惊奇感"赞扬展望中的工业化的未来和不断发展的技术，或是通过反乌托邦的题材和反省其造成的过剩，批判其背后的意识形态，为其扼腕叹息。（科幻作品不只提出了"如果……"这样的假设，还提出了"为什么会这样"的质问。在这样的情况下，科幻不该被视为循规蹈矩、逃避现实或非政治性的文学类型。）

传统的通俗杂志小说逐渐成熟，但它从不曾像它给自己定位的那样老套、传统或猎奇，也并不似12岁的读者天真记忆中的那副模样。它也并没有封面上呈现的和科幻蜕变成的那样乐观或原始简陋。部分原因是，起初《怪谭》及其他类似的杂志适当地将恐怖风格引入科幻中。《未知》（*Unknown*）一类的杂志也常常刊载融合了恐怖和科幻两种风格的作品。正如本选集中收录的早期小说的作者简介中所说的，与20世纪的怪奇小说（如洛夫克拉夫特的作品）密不可分的"触手系怪物的崛起"最初出现于怪奇太空歌剧小说中，这类作品的作家包括埃德蒙·汉密尔顿。在这一时期的相关作品中，很多都描写了深不可测的黑暗世界，认为宇宙的基础其实比我们所知的更复杂。简而言之，宇宙恐怖题材的作品存在的历史要早于洛夫克拉夫特，而且它保持并拓展了科幻的深度。

第二次世界大战后：科幻的突破

20世纪50年代有时候被视为过渡期，主要是因为这一时期没有任何文学"运动"；不过，罗伯特·西尔弗伯格有充分理由认为，这一时期才是真正的科幻黄金时代。英美两国的科幻全盛时代就是从这时开始的。部分是因为杂志、小说单行本和选集出版的繁荣给了科幻机会，部分是因为更具有包容性的从业者加入了这个圈子。

20世纪50年代，一批受过高等教育的、经验丰富的作家在科幻创作中崭露头角，获得广泛认可，如弗里茨·莱伯（其作品多为奇幻和恐怖小说）、詹姆斯·布利什和弗雷德里克·波尔。这不仅是因为出版环境更加友好，作家由此得到了鼓励和支持，也是因为他们都有"未来派"的背景。未来派是一个科幻社团，在它的培养下，成员们有着广泛的兴趣，并不仅仅局限在类型文学的创作上。

布利什的《表面张力》（*Surface Tension*, 1952）展示了关于人类改造外星球的绝妙主意产生的成果。菲利普·迪克也在20世纪50年代早期开始发表小说。在他的处女作《天外的巫伯》(*Beyond Lies the Wub, 1952*)中，他描写了一个光怪陆离、荒诞且反正统的太空世界，后来他又写了类似背景设定下的其他经典作品，如《尤比克》(*Ubik*, 1969)和《流吧！我的眼泪》(*Flow My Tears, the Policeman Said*, 1974)。

阿瑟·克拉克是黄金时代的作家，但是他在 20 世纪 50 年代转型，写出了像《星》(*The Star*, 1955)这样的经典的黑暗故事。罗伯特·海因莱因也一样。雷·布拉德伯里也创作出了精彩的小说，以《火星编年史》(*The Martian Chronicles*)延续了他的成功。这个时期的罗伯特·西尔弗伯格也颇为多产，不过本选集中收录的他的作品是之后才发表的。

不少被低估的作家也在这个时期出版了他们最杰出的小说，这些作家有詹姆斯·H. 施米茨、威廉·泰恩和查德·奥利弗。汤姆·戈德温以他的《冷酷的方程式》(*The Cold Equations*, 1954)在科幻圈掀起了波澜，但这篇好故事并没有收录在本选集中。而且，该小说后来引起了人道主义科幻作家们的争论，还有些人对小说结尾进行了改编。泰恩的《地球的解放》(*The Liberation of Earth*, 1953)是一部经典的讽刺小说。达蒙·奈特也以《异站》(*Stranger Station*, 1956)这个关于外星文明接触的不同寻常的故事在科幻文学中获得了一席之地。C. M. 考恩布鲁斯（他也是"未来派"的一员）在这一时期发表了他最知名的几部作品，即《愚蠢的季节》(*The Silly Season*, 1950)和《征途中的傻瓜》(*The Marching Morons*, 1951)，不过这些小说没能成为传世经典。该时期的其他著名作家还有罗伯特·谢克里、艾弗拉姆·戴维森和朱迪斯·梅里尔（她后来成为著名的选集编辑）。

虽说是后见之明，但也许 20 世纪 50 年代最独特也最重要的科幻作家要数考德维那·史密斯了，他的绝大多数科幻作品都是在 50 年代中期出版或发表的。他的故事背景多设定在遥远的未来的地球和周围的宇宙空间，完全架空，而且不会清楚地交代故事前情。在《扫描人的徒劳生活》(*Scanners Live in Vain*, 1950)和本选集中收录的《龙鼠博弈》(*The Game of*

Rat and Dragon, 1955）中，史密斯让太空歌剧类科幻作品焕发出了新的活力——他的科幻创作同时受到了博尔赫斯和阿尔弗雷德·雅里的影响。就算到了今天，史密斯的故事依然独树一帜，就好像来自平行空间一样。

在独树一帜的风格上，西奥多·斯特金几乎可以与史密斯媲美。前者的作品有一种近乎任性的文艺腔调，还体现出了作者的同理心，不过在读者看来更像是多愁善感。但是，在他最好的作品——如《失去大海的男人》(*The Man Who Lost the Sea*, 1959）中，斯特金写出了科幻非常需要的悲怆。同时，斯特金还勇于探索令人恐怖的或容易引起争执的主题。他每发表一个新故事，就将科幻的边界推向更远处，方便后来者追随他的脚步。

另一个有趣的作家是詹姆斯·怀特，在《星际病院》(*Sector General*, 1957）等系列故事中，他以当时标准的冲突情节为背景，写了一座银河系的医院中发生的种种医疗奇事。怀特的故事中常常既没有恶棍，也没有英雄——这使得怀特的故事情节显得新鲜而不同。其中写得最好的一篇"医院"故事里讲述了一个外星孩子，他长得像巨大的活石头一样，有着和人类孩子截然不同的饮食需求。无论史密斯还是怀特，他们的名气都不如阿瑟·克拉克这样的作者大；但是，他们的作品在当时的科幻环境下有如鹤立鸡群，新颖而不失关联性、娱乐性和现代性。

20世纪50年代还有许多才华横溢的女性作家崭露头角，如凯瑟琳·麦克莱恩、玛格丽特·圣克莱尔和卡罗尔·艾姆什维勒。她们三者的作品的共同点就是其中描写的臆想社会或极端的心理状态引人入胜，而且都塑造了独一无二的女性角色，常常使用有别于传统通俗小说的故事结构。麦克莱恩在社会描写和所谓的软科幻创作方面尤其突出。在当时，人们认为这种与"硬"科幻截然不同的作品相当具有先锋性。与此同时，圣克莱尔广泛涉猎恐怖、奇幻和科幻文学，其作品既幽默又骇人，同时还发人深省。从她最杰出的几部作品中，我们可以看出，她是在探索我们人类世界与动物世界的关系。这三位作家不仅为70年代的女权主义科幻爆发铺平了道路，还有力地为更多不同寻常的叙事方法拓展了空间。

　　在当时世界的另一片土地上，博尔赫斯正在继续创作精彩绝伦的小说；此外，墨西哥作家胡安·何塞·阿雷奥拉写出了《幼儿发电机》（*Baby HP*, 1952）和其他微小说，在其中成功融入了传统科幻、民间故事和讽刺小说的元素。法国作家杰拉德·克莱恩则刚刚开始发表小说，他经典的早期作品有《怪物》（*The Monster*, 1958）。他出道之后，世界上又涌现出一系列有趣的法国科幻作品。另外，尽管直到20世纪70年代《路边野餐》（*Roadside Picnic*, 1979）和其他作品被译成英文后，阿卡迪·斯特鲁伽茨基和鲍里斯·斯特鲁伽茨基（斯特鲁伽茨基兄弟）才蜚声国际，但他们早在1958年就已经在苏联发表了像《造访者》（*The Visitors*）这样精巧新潮的外星接触类小说。

　　20世纪50年代的科幻作品并没有一个统一的模式或主题，这对于众多有鲜明特点的作家来说是一件好事，也使得他们拥有了自由创作的空间。显然，这一时期为科幻作家在世界文学高峰上攀至更高的位置扫清了障碍。

　　但是，从某种程度上讲，他们不得不推翻前人的作品。

新浪潮和女权主义科幻

-

　　20世纪60年代最重要的科幻大事莫过于"新浪潮"的崛起。最初支持"新浪潮"的是英国杂志《新大陆》（*New Worlds*），其主编是迈克尔·摩考克；后该文学运动又随着哈兰·埃里森策划的《危险影像》（*Dangerous Visions*, 1967）和《危险影像重临》（*Again, Dangerous Visions*, 1972）两部选集在美国登陆。

　　新浪潮小说的形式和意识形态多种多样，但内核往往是实验性的，而且带给了科幻作品主流文学的技巧和严肃性。实际上，新浪潮的目的是尽可能拓宽创作的疆域，同时在很多情况下体现了20世纪60年代反主流文化的思想。

新浪潮小说具有反正统的特质，对黄金时代的作品和通俗小说投以冷眼，有时候甚至对 20 世纪 50 年代的作品也同样不屑，因为新浪潮作家在创作上的尝试十分大胆先锋。

但是，这种对立往往是反对者们强加于"新浪潮"的。对于通俗杂志的传统创作体系下成长起来的和 20 世纪 50 年代科幻出版繁荣发展时期的一般科幻作家，尤其是美国图书市场的作家来说，大西洋彼岸的他们的"生态系统"的一切都遭到了质疑，哪怕只是暗示，他们也一定有种被人打了一闷棍的感觉。本质上的对立的存在是因为，尽管 50 年代涌现出许多新声音、新突破，但也同时夯实了人们对黄金时代许多标杆作家的集体印象。

进一步说，新浪潮作家要么就是一直在阅读完全不同的另一套文本，要么就是以完全不同的方式阐释了这些文本，总之新浪潮和非新浪潮作家之间有一道鸿沟，二者的交流接触可以与人类和外星人的"第一次接触"相类比。二者彼此间语言不通，也不知道对方的那一套规矩。就算是那些本应该找到共同目标或者与对方达成共识的作家，如弗雷德里克·波尔和詹姆斯·布利什，都站在了新浪潮的对立面。

不管怎样，无论作者和编辑们对新浪潮是反对、包容，还是摆出利用它创造有趣的作品的姿态，新浪潮——包括同时及之后诞生的女权主义科幻——都是科幻史上最具影响力的运动。

令人惋惜的是，新浪潮过后，许多作家都被世人遗忘了，如兰登·琼斯、巴林顿·J. 贝利（二者的作品都收录于本选集中）、约翰·斯拉德克，还有一些文学大师，如迈克尔·摩考克、J. G. 巴拉德、M. 约翰·哈里森和布莱恩·奥尔迪斯（他其实属于早一代作家，但却是这场运动的不速之客）。英国几家行事大胆的出版机构，如萨沃伊（Savoy），也起到了助推作用。

新浪潮作家的事业发展获得了两方面的支持，其一是非类型文学作家（如库尔特·冯内古特和威廉·S. 伯勒斯）创作的作品与新浪潮小说有呼应，有共鸣，而且持续受到读者的欢迎；其二是类型文学领域内的、多次获得雨果奖和星云奖的作家对他们十分支持，如哈兰·埃里森。埃里森本人的作品就恰好符合新浪潮的审美，而且他通过策划编选的几部选集来鼓励和支持创作意识超前的先锋新老作家，打造了无可置疑的北美新浪潮阵地。像卡罗尔·艾姆什维勒和索尼娅·多尔曼这样的其他作家也多少算是意外踏入了新浪潮这片尚未成熟的文学领域，埋头创作了一些作品，然后离开了该领域，境遇既没有变好，也没有变差。至于大卫·R. 邦奇这样的怪咖，随着时间流逝，他的"摩德兰"系列故事越来越体现出预言性；当时，要不是有大胆的编辑和新浪潮的背景支持，他们的作品压根儿就无法出版。（值得一提的是，本选集中收录了他的"摩德兰"系列故事之一，这是二十多年来他的作品首次得到再版。）

与上述作者同样重要，甚至比之更重要的是塞缪尔·R. 德拉尼作为圈内的重要人物出现了，他创作了数篇与《没错，还有蛾摩拉》(*Aye, and Gomorrah*, 1967) 相似的大胆而不同寻常的故事，由此与新浪潮小说结缘。他与埃里森在这个时期获得星云奖的次数不相上下，而且不仅在创作人物丰富的精致臆想小说方面是其他作家的榜样，还在相当长一段时间里是这个领域中唯一的非洲裔美国人，甚至可以说是唯一的非白人作家。尽管像《达尔格伦》(*Dhalgren*, 1975) 这样的畅销书取得了巨大的成功，延长了新浪潮运动持续的时间，促进了科幻中成熟的（和实验性的）小说的发展，但它似乎并没能为科幻带来典型的差异性。

1972 年，特里·卡尔在《年度最佳科幻作品集》第一卷的《引言》中写道：

"新浪潮"来了又去，这期间的故事都体现出了自身的价值……作家们意识到了一切艺术的真正基础：他们的创新有着十分积极的作用，打开了一扇又一扇大门；但这些前卫的作品造成的破坏多于创造，而且将会快速地导致自身的消亡……我个人认为，"新浪潮运动"顶峰时期的大多数作品都是拙劣的科幻作品；如果非要说它们给我带来了什么不同，那就是，有时候我得更认真地读一个故事才能发现我并不喜欢它。

特里·卡尔是一位优秀且具有影响力的编辑，他一直与时俱进，却在这件事上判断失误了。不过，当时似乎任何人都不清楚新浪潮是怎么从根本上改变了科幻圈的创作环境的。尽管20世纪70年代中期之后新浪潮的影响力有所削弱——部分是因为好莱坞科幻电影（如《星球大战》）产生了巨大的影响，新浪潮对科幻类型文学整体而言有着持久的影响，并且创造出了流行文化巨擘，如J. G. 巴拉德（20世纪70年代后在各种科技和社会话题中被引用最多的作者）。

事实上，特里还犯了另外一个错误，新浪潮运动与另外一个有重要意义的发展——女权主义科幻的崛起在时间上有交叠，因此可以说，这场革命其实并未结束。从某种角度说，它才刚刚开始，尚有许多工作要做。除了关注女性权利问题引起的社会矛盾，图书文化圈还推出了数条平装产品线，其中出版的作品主题都是"妇女的解放"将如何带领全人类进入反乌托邦未来，以这种讽刺的姿态迎合读者的厌女倾向。

如果说此举使得女权主义科幻"崛起"有点用词不当，那是因为这样说是简化了一个复杂的情况。这场斗争为有积极正面的女性角色的科幻作品争取了更多空间，但仍需反复斗争才能取得成果；而且，女权主义科幻中的论战、活力和推动力的目的是展示女性力量——为女性作家创造空间，无论她们写的是什么。另外，给一个作者贴上"女权主义"的标签（就像贴上"新浪潮"的标签一样），会让大家把关注点集中在读者们如何接触到并探索该作家的作品上。这种对女权主义科幻的初期关注并不能给与之形成交叉的种族问题或流性人问题带来更多关注。

金斯利·艾米斯在他于"新浪潮运动"之初出版的颇具影响力的科幻作品《地狱新地图》（*New Maps of Hell*, 1960）中指出："尽管我不想承认，但我不得不说，（男性）科幻作家显然对性别现状是满意的。"鉴于男作家很少写出复杂或有趣的女性角色（西奥多·斯特金和约翰·温德姆的部分作品除外），他提出的这种现象似乎确实存在。

到了20世纪70年代，乔安娜·拉斯等作家开始发出大胆而坦率的声音，就科幻作品中对女性的呈现发表意见。拉斯在她的文章《科幻作品中的女性形象》（ *The Image of Women in Science Fiction*, 1970）中指责科幻作品是"想象力的失败"和"社会展望的失败"，提出科幻作品中缺少复杂的女性角色，是因为作家们在毫无思考或分析的情况下就接受了社会对女性的偏见和刻板印象。这和德拉尼在种族刻板印象方面发表的意见遥相呼应。

长期以来许多作家的作品中的女性人物原型（如圣母/娼妇、大地母亲）没有独立个性。正如永远目光敏锐、才华横溢的厄休拉·勒古恩在她的文章《美国科幻及其他》（ *American SF and the Other*, 1975）中所写的，"妇女运动让我们大多数人意识到一个事实，那就是科幻要么就是完全忽略了女性，要么就是把女性写成让怪物强奸得吱吱叫的玩具娃娃，或者写成有着过于发达的大脑，但已经失去性特征的老处女科学家，或者，最好的情况下，写成高大全的男主人公身边的忠贞的妻子或情人"。

人人都该意识到，消除科幻作品中有厌女意味的描写这件事有多讽刺。因为科幻历来是探讨"如果"的类型文学，它受现实主义的影响极小，是描写梦想的文学，传达最纯粹的各种各样的想象的文学；但在很多情况下，它依然选择让女性充当作品中二三流的角色。在这样的环境下，没有革命，无论男性、女性还是流性人，谁能清楚地看到一个不存在这类偏见的未来呢？

因此，女权主义科幻的崛起其实指的是独特且有影响力的作家的崛起，他们的作品带有明显的女权主义色彩，但同时书写女权并不是他们的唯一兴趣。像小詹姆斯·提普奇（爱丽丝·谢尔登）、拉斯、约瑟芬·萨克斯顿、勒古恩这样的作家及其他作家成为新浪潮运动的中坚力量，他们的作品一改黄金时代作品的肤浅片面，将社会学、人类学、生态学的问题以及更多内容以前所未见的方式带给了读者。这类小说的视野并不狭隘，而是立足于探索整个世界——而且英美科幻圈有时候对此是非常抗拒的，这更从侧面说明了这类小说的难得。

世界科幻小说的重要作用

-

有时候，退后一步，以不同的视角来检视人们对于某个时期作品的狂热是十分有益的。新浪潮运动和女权主义科幻主要在英语国家，而世界上其他国家又有各自的潮流。这种潮流并不总是与英语国家相悖。以拉丁美洲国家为例，那里的女性作家通常要付出双倍的努力才能取得与当地男性作家平等的地位。因此，即便到了今天，依然有一些20世纪50年代到70年代首次出版的拉丁美洲女性作家的臆想小说第一次翻译成英文。这些障碍不容小觑。未来的科幻选集应该以发掘这些我们目前尚无缘得见的精彩作品为己任。

弗雷德里克·波尔、朱迪斯·梅里尔和达蒙·奈特这三位不仅是杰出的作家，而且是同样有影响力的优秀编辑，尤其在将国际新声音引入英语国家的科幻圈方面做出了贡献。包括大卫·哈特韦尔在内的此类引路人对各国科幻作品有着浓厚的兴趣，因此，20世纪50年代至80年代期间的非英语国家的科幻作品翻译成英文并出版的数量较多。不过，值得注意的是，被选中并翻译成英语的大多数作品都是符合英语国家价值观和出版市场口味的。

"世界"科幻也许是个没多大意义的词儿，因为它将那些本应被正常看待的作品异域化了，同时还将这些本应放到各国的背景下探讨的作品一概而论，等同视之。尽管我们的选集容量有限，只能收录个别故事，但大家有必要了解，就在英美两国的新浪潮运动如火如荼和女权主义科幻崛起的同时，非英语作品也在悄然发展。举例来说，20世纪60年代，日本科幻创作愈发活跃起来，荒卷义雄和筒井康隆的作品尤为突出，此外还有许多才华横溢的作家。

20世纪80年代，麦克米伦出版社推出了英译苏联科幻短篇小说集和长篇小说单行本，其中许多都少不了西奥多·斯特金和斯特鲁伽茨基兄弟的支持与贡献。正是因为这一系列图书，英语国家的读者才接触到60年代和70年代的苏联科幻小说。从60年代到70年代中期，西方读者不太熟悉的一些作家出版了不少引人入胜且富有深度的科幻作品。本选集就收录了这批作品中部分短篇小说的新译本。

举例而言，瓦伦蒂娜·朱拉维尔尤瓦发表了《宇航员》（*The Astronaut*, 1960），因为错综复杂的结构和字里行间透露出对执行太空任务时遭遇突发事件的人员的同情，该作品并未成为苏联太空计划的广告。相当多产的德米特里·比连金的作品有多篇被译为英语，其中有个短篇名为《两条小径交会之处》（*Where Two Paths Cross*），是一个生态主题的故事，放到今天来看依然独特而不落伍。也许，当时最不可思议的苏联作家要数瓦季姆·谢夫纳了，他的小说文笔优美，给人一种轻松简单的假象，这些特点都集中地体现在了短篇小说《谦逊的天才》（*A Modest Genius*, 1963）中。

不过，该时期最棒的苏联短篇小说家应是塞弗·甘索夫斯基，他创作的好几篇具有强大感染力的作品都足以收入本选集。我们最后的选择是他的《复仇之日》（*Day of Wrath*, 1964），该作品仿佛升级版的威尔斯的《莫罗博士岛》（*The Island of Dr. Moreau*），但百分之百是原创。甘索夫斯基并没有像斯特鲁伽茨基兄弟那样有创见——后者的《路边野餐》（*Roadside Picnic*）一直是英美国家中得到最多关注的苏联作家作品，不过，他的作品直接、明晰、精巧和透出的勇气都有效地弥补了其他不足。

20世纪60年代与70年代的拉丁美洲的科幻作品许多都还没有翻译成英语，因此，那段时间的拉美科幻创作全景我们尚不清楚。我们知道博尔赫斯和奥坎波出版了一些带有臆想性质的作品，类似的还有著名的阿根廷作家安杰丽卡·高罗第切尔。阿道夫·毕欧伊·卡萨雷斯则偶尔发表科幻小说，如《咎由自取》（*The Squid Chooses Its Own Ink*, 1962），本选集中收录了重译本。巴西的科幻大师安德烈·卡尔内罗则在1965年发表了他最著名的短篇故事《黑暗》（*Darkness*），这部作品当之无愧是那个时代最佳科幻小说之一。艾丽西娅·亚涅斯·柯西奥的《IWM 1000》（1975）是同时期拉丁美洲科幻作品中的又一篇佳作。

如上所述，我们读过的、由其他语种翻译成英语版本的科幻作品不足以让我们得出全面的结论。我们只能说，在这部选集中，入选的非英语国家的篇目展示出了与20世纪60年代和70年代的英语国家科幻作品有共鸣或分歧的地方，这对关于科幻的对话有着巨大的价值。

赛博朋克、人文主义以及更多

-

新浪潮和女权主义科幻的崛起的风潮很难延续，因为这一时期出现的大师充满智慧而自由任性地表达自我，而后大步流星地消失在读者视野的尽头。不过，这两个运动与20世纪80年代和90年代的赛博朋克、人文主义息息相关，前者对后者有着各种直接或间接的特别影响。

"赛博朋克"一词是编辑加德纳·多佐伊斯普及开来的，不过它首次出现是在布鲁斯·贝思克创作于1980年的小说《赛博朋克》（*Cyberpunk*）中，之后该作品于1983年刊发在一期《惊奇故事》杂志上。后来，布鲁斯·斯特林在他的杂志《廉价的真相》（*Cheap Truth*）中撰写专栏，成为赛博朋克蓝图的主要建筑师。20世纪80年代，威廉·吉布森的故事出现在杂志《奥秘》（*Omni*）上，其中包括《整垮铬萝米》（*Burning Chrome*）和《新玫瑰旅馆》（*New Rose Hotel*），而他的长篇小说《神经漫游者》（*Neuromancer*, 1984）则让这个词在读者的头脑中有了具体而深刻的印象。斯特林编选的选集《镜影》（*Mirrorshades*, 1986）则是"赛博朋克"类作品中的王牌。

赛博朋克常常是以技术发达的近未来为背景，有着懦弱的政府和罪恶的企业的暗黑故事，其中还融合了黑色小说的桥段，为传达信息时代元素赋予了新的质感。此外，有些作家还将音乐领域的朋克运动的一些微元素运用到了小说的创作中，如约翰·谢利。

有些新浪潮和女权主义科幻作家（如德拉尼和提普奇）努力在作品中构筑与传统的黄金时代科幻元素或桥段相比更"真"的现实主义场景；和他们一样，赛博朋克作家也努力在作品中通过偏执妄想的人物和大阴谋情节，描绘计算机技术的进步，这可以视为菲利普·迪克式的未来愿景的自然延伸。约翰·布伦纳的《震荡波骑士》（*The Shockwave Rider*, 1975）有时候也被人们视为赛博朋克的开山之作之一。另外，约翰·布伦纳作品中与之有着同样地位的人文主义小说则是《航向桑给巴尔》（*Stand on Zanzibar*）。

像鲁迪·拉克、马克·莱德劳、刘易斯·夏纳和帕特·卡迪根这样的作家也发表或出版了重要的赛博朋克故事或小说；而卡迪根之后主编的《终极赛博朋克》（*The Ultimate Cyberpunk*, 2002）不仅收录了早期有影响（但不一定成功的）的赛博朋克作品，还收录了后赛博朋克作品。

"人文主义科幻"常常看起来只是提倡在科幻作品中塑造立体的人物，有时候更侧重所谓的软科幻，如社会学主题的科幻作品。但是，卡罗尔·麦吉尔克在杂文《小说 2000》（*Fiction 2000*, 1992）中提出了有趣的一点，她注意到 20 世纪 50 年代流行的"软科幻"对新浪潮、赛博朋克和人文主义科幻有着深远的影响；而且，她指出，从某种程度上来说，这些类型的科幻全都脱胎于那时候的"软科幻"。区别是新浪潮和赛博朋克的源头是更残酷、更黑暗的文学流派，反乌托邦的特质十分突出；而人文科幻的源头则是描写以人为中心、科技服从于人类的乐观世界的另一个流派。（这就好比亲兄弟、亲姐妹也常常争吵打架。）

人文主义科幻的实践者［有时候也被贴上"滑流"（Slipstream）作家的标签——这个概念是斯特林提出的］，包括詹姆斯·帕特里克·凯利、金·斯坦利·罗宾逊、约翰·克塞尔、迈克尔·毕晓普（他有时也被归为新浪潮作家）和南希·克雷斯。当然，凯伦·乔伊·富勒的作品也展现了同样的人文主义特质，但是她的作品题材多样、风格各异，很难被细分入某一类，而且她已经悄然成为曲高和寡的文学界标杆人物之一。

一开始，人文主义科幻被置于赛博朋克的对立面上，但实际上，两个分支很快就成长起来，都产生了可以撕掉刻板标签的独特作品。也许在这个明显的矛盾冲突中，最有趣的一面就是，赛博朋克作家似乎沉浸在自己的小世界中，基本不在意主流的想法。这可能是因为他们通过流行文化接触到了更广泛的受众。另外，人文主义科幻作家通常被归于核心科幻类型作品的作者，但他们想突破局限，吸引主流读者，让这些读者领略科幻的文学价值。有趣的是，人文主义科幻得到了达蒙·奈特和凯特·威廉的直接或间接的支持，他们的号角科幻与奇幻写作工坊（Clarion Science Fiction and Fantasy Writers' Workshop）和西克莫山写作工坊（Sycamore Hill Writers' Workshop）为培养人文主义科幻作家做出了卓越的贡献。

批评家称，与 20 世纪 60 年代的新浪潮的激进主义和 70 年代的女权主义科幻崛起相比，赛博朋克和人文主义科幻的作品是倒退和保守的。以赛博朋克为例，这种类型的科幻作品盲目迷恋技术，尽管谴责了大企业，但是削弱了政府的作用。从事计算机产业工作的读者指出，吉布森在《神经漫游者》中体现出他缺乏对黑客文化的了解，因此在描写中有瑕疵。相当一部分赛博朋克作品中塑造的性别角色都更加传统，给女性作家留下了较小的创作空间。

1985 年，安杰丽卡·高罗第切尔创作了犀利的女权主义短篇科幻《紫罗兰独一无二的香味》（*The Unmistakable Smell of Wood Violets*）。在同一时期，美国一位自成一格的作家在作品中描写了与之相反的世界，即米莎·诺卡的《红蜘蛛白网》（*Red Spider White Web*, 1990）——本选集中收录了该作品节选。这部杀入阿瑟·C.克拉克奖决选名单的小说描绘了一个噩梦般的未来，在那个世界里，艺术家不仅被商品化，而且有性命之忧；其中非但没有对科技的盲目迷恋，还全方位地刻画了未来的社会阶层。小说还塑造了一个与当时的性别刻板印象相反的、独特而坚强的女主人公。从这个角度来说，诺卡这部有开创性的小说指明了赛博朋克类型小说中更女权的方向。

同时，对人文主义科幻的批评集中在这类作品采取折中的方式和中产阶级的价值观，将新浪潮和女权主义科幻高雅化了。（当前更激进化的第三次浪潮女权主义科幻其实与20世纪70年代的新浪潮更贴近，尽管前者的实验性无法与后者相媲美。）不管真相如何，事实上，最优秀的那批人文主义作家要么随着时间逐渐成熟、进化，要么在这个领域短暂亮相后就走上了其他的创作道路。

20世纪80年代和90年代最具影响力的科幻作家有奥克塔维娅·巴特勒、金·斯坦利·罗宾逊、威廉·吉布森、布鲁斯·斯特林和特德·姜。他们用各自不同的方式改变了流行文化的面貌，也改变了读者们对于科技、种族、性别和环境的看法。特德·姜的影响力只局限在科幻类型文学中，但是根据他的作品改编的电影上映后，这种情况可能会得到改变。至于凯伦·乔伊·富勒通过她的非臆想小说，如探讨动物智慧和我们与动物之间的关系的《我们都发狂了》（*We Are All Completely Beside Ourselves*, 2013），开始产生同样的影响力。

卓越的作品是怎样出现的？富勒的例子或许给了我们一条线索，那就是作品的点子或故事要突破类型文学的核心。举例而言，尽管吉布森和斯特林可以说是赛博朋克的奠基人，但其实是因为他们的作品——包括虚构和非虚构的——超越了最初的赛博朋克时代，对现代社会和科技时代的质问的范围更广阔，程度更犀利，才有了今天的至高地位。

巴特勒的作品再度流行，这是因为其中的主题让新一代的作家和读者产生了共鸣，他们看重多样性，而且对殖民时期之后的种族、性别和社会问题的探索研究有着浓厚的兴趣。（同样也是因为她的科幻作品精彩独特、精巧成熟，与同类型的其他作者截然不同。）坚持在类型文学框架内创作的作家中，只有罗宾逊取得了突破性的成功；他出版了一系列开创性的长篇科幻小说，常常以气候变化为背景，对读者有着强大的吸引力。（在他之后，只有保罗·巴奇加卢皮的影响力可以勉强与之相媲美。）

不过，赛博朋克和人文主义并非这一时期唯一重要的科幻潮流。同时期的非英语国家中还涌现出了其他科幻潮流，并延续到了 21 世纪。举例来说，20 世纪 80 年代，英美读者通过吴定柏和帕特里克·D. 墨菲主编、弗雷德里克·波尔作序的《来自中国的科幻》（*Science Fiction from China*,1989）读到了郑文光的《地球的镜像》和其他有趣的中国科幻故事。另外，韩松也是一位卓越的中国科幻作家，他的作品具有经久不衰的感染力，而且独树一帜。最后，还有刘慈欣，他以获得雨果奖的长篇小说《三体》（2014）闯入西方读者的视野，取得了口碑和商业上的双重成功。他的短中篇小说《诗云》（1997）收录在本选集中，这部作品精彩绝伦，积极地融入了许多科幻流派的元素，并让这些元素重获新生，令人赏心悦目。

在芬兰，莉娜·克鲁恩是最受读者欢迎与推崇的科幻作家，她在 20世纪 80 年代和 90 年代（直至今日）创作了一系列迷人的臆想小说，包括《泰纳伦》（*Tainaron*, 1985）、《世界毁灭》（*Pereat Mundus*, 1998）和《数学生物》（*Mathematical Creatures*, 1992），我们从上述最后一篇中节选了《戈尔贡兽》放在本选集中。约翰娜·西尼萨洛也是一位创意十足、精力旺盛的作家，她获得了星云奖提名的作品《儿童玩偶》（*Baby Doll*, 1992）就收录在本选集中。其他优秀的芬兰作家还有安妮·莱诺宁、蒂纳·雷瓦拉、哈努·拉亚涅米、维维·许沃宁和帕西·伊尔马里·耶斯凯莱伊宁。

其他国家的科幻小说中，比较突出的还有加纳臆想小说家科约·拉因的《职位空缺：耶稣基督》(*Vacancy for the Post of Jesus Christ*)、塔吉亚娜·托尔斯塔亚的《斯林克斯》(*The Slynx*)。在英语国家为主导的科幻文学世界之外不断涌现的精彩作品中，它们具有高度的原创性，而且不属于非典型的作品。

加拿大作家玛格丽特·阿特伍德虽然创作了《使女的故事》(*The Handmaid's Tale*, 1985)，但她并未被归入写反乌托邦小说的科幻作家。她还著有《疯癫亚当》三部曲 (*MaddAddam trilogy*, 2003—2013)，这部作品经得起时间的考验，或许是在探讨未来的生态灾难和生态改建主题的最重要的小说了。这些作品为主流文学接纳科幻起到的重要作用不可低估。尽管科幻已经征服了流行文化，但是没有阿特伍德这个榜样，如今科幻作品作为主流文学出版的潮流还是不太可能出现。这样的定位通常有助于让科幻作品获得更多更广的读者，同时也能扩大科幻小说的文化影响。

21 世纪的科幻圈越来越凸显出多样性。此外，世界各国的科幻文学蓬勃发展，主流文学界对科幻文学的认可度也越来越高。这一切都为未来十年科幻文学登上活力四射、生机勃勃的世界舞台铺平了道路。

本选集编纂原则

-

在编纂《100：科幻之书》的过程中，我们认真思考了向读者呈现从 1900 年至 2000 年这一个世纪的精华短篇（少数篇目面世时间在这一时期之外）的意义。思考的结果是，我们希望本书精准地收录具有代表性和启示性的篇目，在核心和边缘的类型小说的选择上达成平衡；而且，我们并非想收录一般的"边缘"类型小说，而是那些思想比之前的文学作品更贴近科幻内核的小说。此外，我们认为有必要放眼各国的科幻作品；没有国际视野，编选任何类型文学的集子都是狭隘的，只能局限于某个地域，无法达到世界高度。

具体编选指导方针或思路如下：

◇ 避免收录名作（考问经典）；

◇ 一丝不苟地考察以前出版的此类选集；

◇ 甄别并排除以前被视为教科书级别作品的仿作；

◇ 摒弃"门户之见"（收录不因科幻闻名的作家写出的绝妙科幻故事）；

◇ 消除无意义的分歧（不在意一个故事是属于"类型文学"还是"纯文学"）；

◇ 让边缘回归内核（认可邪典作家和更多实验性文本的地位）；

◇ 雕琢更完整的科幻谱系（认可超现实主义和其他核心类型文学之外的作品对科幻的贡献）；

◇ 展现科幻全景（如前所述，我们要探索英语国家之外的科幻作品，让它们通过翻译为大众所熟知）。

同时，我们希望尽可能多地收录不同类型的科幻作品，包括硬科幻、软（社会）科幻、太空歌剧、架空历史、世界末日、外星人接触、近未来反乌托邦、讽刺故事等。

在这样的编选框架下，势必会有一些此处提过的时代、潮流和运动之外的作家的作品未能收录，对此我们其实不太担心。因此，大多数读者肯定会发现本选集遗漏了他们最爱的篇目或作者……不过，同样他们也会发现以前没读过的佳作，这些佳作将成为他们新的"最爱"。

考虑到大多数捧起这本选集的人都是一般读者，而不是专业学者，我们也在入选篇目的历史重要性和故事可读性上做了一番权衡。同样也是出于这个原因，我们着重选择了一些幽默轻松的故事，这类作品深深扎根于传统科幻文学，数量丰富，这样就可以与占绝大多数的沉重的反乌托邦故事取得平衡。另外，因为自我指涉性太强，笑话故事和大多数太过曲折的故事（尤其是只针对资深科幻迷的作品或硬核科幻）我们未曾收录。

因为生态和环境问题越发严重，如果同一位作者有两篇同样精彩的作品，我们会优先选择这类主题（挑选厄休拉·勒古恩的作品时我们就遵循了这一原则）。遗憾的是，我们未能收录约翰·布伦纳、弗兰克·赫伯特等作家的作品。众所周知，就他们所著的此类主题的作品而言，长篇比短篇更加精彩。

考虑到科幻的定义之广，我们必须设下一些条件。对我们来说，大多数蒸汽朋克小说都更贴近奇幻，而非科幻。此外，那些设定在科学与魔法无异的遥远的未来的故事也与奇幻更近。因为后者，杰克·万斯的"濒死的地球"（Dying Earth）系列、M. 约翰·哈里森的"魏瑞柯尼厄姆城"（Viriconium）系列以及类似的作品会收录在未来的选集中。

为了让选集具有国际性，我们（基于之前来之不易的经验）选择了一条较为便利的路。举例来说，我们比较熟悉或更容易了解苏联时期和某些拉美国家的科幻作品。呈现某一文化背景下比较完整的作品线似乎比尽可能收录更多国家的代表作价值更大。此外，因为我们致力于打造有国际视野的选集，若是面对质量相当的（常常也是探讨同一主题的）佳作，只不过一篇的作者来自美国或英国，另一篇的作者来自其他国家，那么我们将选择后者。

关于译本，我们遵循两条准则：大胆收录之前没有英语版本（但高质量）的小说；对于现有英语版是二十五年以前甚至更早的作品，或者我们认为现有英语版中有谬误的作品，我们会重新翻译。

本选集中收录的（此前从未以英语版本公开发表或出版过的）新译本有卡尔·汉斯·施特罗布尔的《机器的胜利》（1907）、叶菲姆·佐祖利亚的《首城末日》（1918）、安杰丽卡·高罗第切尔的《紫罗兰独一无二的香味》（1985）、雅克·巴尔贝里的《残酷世界》（*Mondocane*, 1983）和韩松的《两只小鸟》（1988）。

重译的故事有米格尔·德·乌纳穆诺的《机械之城》（*Mechanopolis*,

1913）、胡安・何塞・阿雷奥拉的《幼儿发电机》（1952）、斯特鲁伽茨基兄弟的《造访者》（1958）、瓦伦蒂娜·朱拉维尔尤瓦的《宇航员》（1960）、阿道夫·毕欧伊·卡萨雷斯的《咎由自取》（1962）、塞弗·甘索夫斯基的《复仇之日》（1965）和德米特里·比连金的《两条小径交会之处》（1973）。

面对编选工作中的所有资料，我们意识到，无论怎样写"引言"都无法真正传达一个世纪的科幻作品的深度和广度。出于这个原因，我们做了一个战略决策——增加作者简介，其中也包括关于每个故事的信息。这些介绍有的像简传，有的像提供一般背景信息的文章，还有的介绍引用了其他作家或评论家的话，为读者提供第一手的回忆。研究这些作者简介期间，我们很幸运地与《科幻百科全书》——关于部分作者的信息的现存最佳资料来源建立了合作，得到了其创作者——约翰·克卢特、彼得·尼科尔斯和大卫·兰福德的鼎力相助。本书对《科幻百科全书》的引用详情参见《授权声明》。

最后，因为版权问题，有些短篇故事无法收入本选集——或任何选集中。这些故事应视为本选集的延续：A. E. 范·沃格特的《武器店》（*The Weapon Shop*, 1942）、罗伯特·海因莱因的《你们这些回魂尸——》（*All You Zombies*—, 1959）、鲍勃·肖的《其他日子的光》（*Light of Other Days*, 1966）。此外，因为篇幅有限，我们未能收录以下作品：E. M. 福斯特的《大机器停止》（*The Machine Stops*, 1909）、古斯塔夫·勒·鲁日的一部关于人类前往住着吸血鬼的火星上执行任务的小说（1909）的节选和多丽丝·莱辛创作于 20 世纪 70 年代的科幻小说的节选。

我们编纂的这部选集的价值如何，这一点我们交由大家来评判。不过，我们个人认为，此选集的价值集中在三个方面：（1）我们热爱各种类型、各种形式的虚构作品，尤其是科幻小说；（2）我们与各国文学界有着广泛（而且越来越广泛）的接触，因此可以获取许多独一无二的内容；（3）我们编纂本选集的思路与其他大多数编辑不同，并非从类型文学的核心作品着手。我们不属于科幻圈的任何派系或小团体，与业内的任何在世或已经仙逝的作家都没有特殊的敌友关系。

我们无意于和那些与臆想小说毫无关联且有时候地位被过分抬高的主流文学编辑一较高低，也无意以此选集捍卫科幻的正统性。如果有哪个愚蠢的人认为科幻毫无价值，那是他自己的损失和问题（这也适用于那些愚蠢到声称科幻是一切的人）。

在为编纂本选集付出的三年时光中，我们出于"分类学"的原因留下了一些遗憾，所以不得不劝自己放下执念（未能收录某些篇目在所难免，但这并不能成为我们得到安慰或幸福的理由）。同时，我们也承认这个成果有着与生俱来的不完美，当然，这必然导致我们永远无法接受这份不完美或者与之妥协。

现在，我们只希望各位能把这篇长长的"引言"放在一边，沉浸在这部奇妙而精彩的科幻选集中。选集中的作品不仅数量够多，而且确实惊艳，有的篇目甚至有一种暗黑的美感。

异站 - (1956) -Stranger Station

（美国）达蒙·奈特 Damon Knight —— 著

杨文捷 —— 译

达蒙·奈特（1922—2002）是一位极富影响力的美国作家、文学评判家。他选编的先锋系列选集《轨道》（Orbit）广受好评，风头甚至盖过了他获得过雨果奖的小说。他入行极早，仅 11 岁就创建了同人杂志《赝品》（Snide）。达蒙与他的第二任妻子——著名作家凯特·威廉可以说是美国现代科幻圈架构的奠基人。

达蒙不仅是著名科幻组织未来派（Futurians）的成员，还创建了美国科幻奇幻作家协会（SFWA），同时他还与别人联合创立了三个富有影响力的组织：全美幻想爱好者联盟（National Fantasy Fan Federation）、米尔福德写作工坊（Milford Writer's Workshop）和号角科幻与奇幻写作工坊。在写作工坊里，达蒙和妻子凯特作为创意写作的老师，影响了数代英美幻想作家。此外，他们还参与了西克莫山写作工坊的运营。该研讨会相当于中高级作家的号角写作工坊。1994 年，SFWA 的官方人员和往届主席为他颁发了 SFWA 的第十三座大师奖。2002 年，达蒙去世之后，此奖被更名为"达蒙·奈特纪念大师奖"。2003 年，他入驻了科幻奇幻名人堂。

达蒙的处女作短篇小说《刺痒时分》（The Itching Hour,1940）刊登在雷·布拉德伯里的杂志《未来幻想》（Futuria Fantasia）上。此后不久，奈特便开始作为编辑和书评家活跃于科幻圈。他于 1945 年写过一句著名（臭名远扬）的评论，"A. E. 范·沃格特并非大家心目中的文学巨匠。他不过是个会使用巨大打字机的小矮人罢了"。这条夸张的评论并没有实证。另外，奈特因推广了"傻瓜情节"（idiot plot）这个说法而扬名——这个说法用来形容那些只因人物行为愚蠢才成立的故事情节。这个说法本身可能是他的"未来派"同僚詹姆斯·布利什先提出的，但无疑是奈特的频繁使用让它广为人知。

　　达蒙于1966—1980年编辑的《轨道》系列选集在新浪潮卷席而来之际与《新大陆》平分秋色，而作为一本收录美国先锋幻想小说的选集，它的生命期比《新大陆》还长。《轨道》不仅影响了本书的编者们，还是唯一一部收录了斯特潘·查普曼的小说《三套车》(*The Troika*)前面部分章节的选集。该小说后来赢得了菲利普·K.迪克奖。其部分独立片段收录于本选集中（参见《亚历克斯是怎么变成一台机器的》）。此外，《轨道》还收录了许多其他优秀作家的作品。达蒙参与编辑了数部优秀的再版选集，其中包括《百年科幻集》(*A Century of Science Fiction*)和《百年优秀短篇科幻小说选集》(*A Century of Great Short Science Fiction Novels*)。达蒙还是一位活跃的译者和法国文学拥护者，翻译了备受争议的鲍里斯·维昂的作品。

　　在小说创作上，达蒙最著名的故事是幽默滑稽的短篇小说《为人类服务》(*To Serve Man*, 1950)。该篇于2001年获得了回顾雨果奖，并改编成了《阴阳魔界》(*Twilight Zone*)中的一集。然而，这并非达蒙最优秀的作品。我们建议读者应另寻他的其他略奇怪甚至有些纳博科夫式的小说，比如这里收录的以"第一次接触"为主题的短篇小说《异站》。本篇最初刊发于1956年的《奇幻与科幻杂志》(*The Magazine of Fantasy and Science Fiction*)上，展现了奈特的最高水准以及其在奇特的故事背景下表现出的既强悍又细腻的笔力。文如其名，本篇讲的是一个十分奇异的故事，是一篇优秀的探索"地外接触"的复杂性的科幻作品。

△　　▲　　△　　△

　　金属的撞击声在空间站里回荡，一路穿过了众多有拱顶的走廊和房间，保罗·维森站在原地聆听，直到回音彻底消散。负责维护的火箭已经返程去往基地，异站里只剩下他一个人。

　　"异站"这个名字本身就已经让他浮想联翩了。维森知道，这两个轨道空间站已经有一个世纪的历史了，给它们命名的是当时的英国卫星服务管理局。其中规模较大的站叫"乡站"，位于内侧轨道，是因为来往于地球和地球的殖民地之间的人流都要经过这里，所以才得名；"异站"位于外侧轨道，专供从太阳系之外来的"异客"使用。不过，知道这些并不会抹去"异站"这个词所带来的遐思——它独自在黑暗的太空中兜转，等待着二十年一见的异客。

太阳系的数百亿人中，唯有一个人能得到与这个外星人会面的殊荣，被派去承受这份体验。据维森所知，人类跟外星人这两个物种之间差异巨大，连见面都是极为痛苦的。不管怎样，他自愿应征了这项工作，并对自己的承受能力颇有信心——况且，他将得到很可观的报酬。

通过层层筛选，他意外地被选中了。他是以药物休眠状态待在救生舱里，让异站的维护人员带上来的。他们完成维护工作后才让他恢复了意识。现在他们已经离开了，这里只剩下他一个人。

不过也不完全是。

"欢迎来到异站，维森中士。"一个悦耳的声音响起，"我是阿尔法网络，负责保护你的安全和提供你所需要的所有服务。如果你有什么需要，请随时告诉我。"声音是中性的，带着一种职业化的友善，类似于小学老师或者娱乐中心经理的那种。

虽然维森之前有心理准备，但还是被这个声音里的人类特质吓了一跳。阿尔法网络集所有智能机器的功能于一身，其中包括计算机、安全设备、电子私人助理和电子图书馆的功能。虽然有关专家就此问题还没有达成共识，但它具备近乎"个性"和"自由意志"的品质。阿尔法网络罕见且昂贵，此前维森从未亲眼见过。

"谢谢。"他对着空气回答道，"啊，我该怎么称呼你呢？总不能一直叫你'阿尔法网络'吧。"

"之前在你岗位上的人中有一个叫我'妮蒂姑姑'。"

维森嫌弃地撇了撇嘴。阿尔法网络——妮蒂姑姑。他最讨厌双关语，无法接受这个名称。[1]"叫你姑姑还行。"他说，"那我就叫你'简姑姑'吧。[2] 我妈妈的妹妹就叫简。你的声音跟她有点像。"

"我很荣幸。"那个看不见的系统声音礼貌地回答，"你想吃零食吗？还是要喝点什么？"

"现在不用。"维森说，"我先四处看看吧。"

他转过身。这一举动似乎自动终止了他们的对话。还不错，有它做伴的确挺好，想聊天也有个人陪，但它要是喋喋不休可就麻烦了……

站内供人类居住的区域分为四个部分：卧室、客厅、餐厅和洗手间。客厅宽敞，色调是舒服的绿色和棕色，唯一透着机械化调调的是角落里的一座巨大的操控台。其他的房间呈环形围在客厅旁边，尺寸都很小，除去维森的活动空间，刚好能放下一圈狭窄的走廊和为他提供服务的机器系统。四周一尘不染，尽管已经用了二十多年，却依然整洁如新。

现在是工作中最安逸的一段时间，维森告诉自己。在外星人到来前的一个月里，他天天都有好吃好喝的，还有阿尔法网络为伴。"简姑姑，给我来一小块牛排吧。"他对阿尔法网络说，"三成熟，配上薯饼、洋葱和香菇。再来一杯拉格啤酒。准备好了叫我。"

"好的。"悦耳的声音传来。餐厅里的厨师机器人开始嗡嗡作响地忙碌起来。维森穿过客厅，开始仔细地观察操控台。仪表显示：气闸处于关闭状态，封闭得很好，空气流通也很正常。空间站在轨道内运行，规律地自转着。维森所在的地方引力跟地球一致，温度保持在 23 摄氏度。

另一边的景象则截然不同。所有的指示灯都是熄灭的，毫无反应。体积比这个分区大近 9 万倍的"二号分区"现在还未开始运转。

---

[1] "Alpha Network"（阿尔法网络）和"Aunt Nettie"（妮蒂姑姑）开头字母相同，且"Nettie"中的"Net"是"网络"的意思。

[2] "妮蒂"是"简"（Jane）的昵称之一。

之前维森看过许多相关的照片和示意图，所以对空间站的样子有着清晰的印象。这是一个直径 150 多米的强化铝制圆球，上面只有一个扁扁的、十米宽的圆盘是属于人类的分区，看上去十分敷衍。整个球体内部，除了一排供给室、维修室和那些至关重要的、最近扩容过的桶，其余都是供外星人活动的空间。

"牛排好啦！"简姑姑喊。

牛排煎得很棒，外焦里嫩。"简姑姑。"他嘴里塞得满满的，"有点儿软呢，是吧？"

"你是说牛排吗？"那个声音略带焦虑。

维森笑了。"算了，"他说，"你听我说，简姑姑。这事儿你也经历好几次，对吧？空间站刚竣工时你就在了，是吗？"

"我不是空间站自带的系统。"简姑姑一板一眼地答道，"我只辅助进行了三次接触活动。"

"啊，我的烟。"维森习惯性地拍了拍口袋。厨房机器人嗡嗡地响了几秒钟之后，从一个窗口吐出了一包 GI 香烟。维森点上烟。"好吧。"他说，"你参与了三次，可以告诉我不少事情，对不对？"

"当然。你想知道什么？"

维森吸了一口烟，条件反射般地往后一仰，眯了眯绿色的眼睛。"首先，给我读一遍皮吉恩的报告，就是《简史》里的那一篇。我想先确定我没有记错。"

"第二章，"那个声音很快反应过来，"1987 年 7 月 1 日，指挥官拉夫·C. 皮吉恩在泰坦的一次紧急着陆中，首次接触到太阳系外的智慧生物。以下内容摘自他的官方报告。

"'我们在寻找引起我们精神失常的原因时，发现山脊背侧有一座巨大的金属建筑。我们离它越近，就越感觉痛苦。这个建筑是多边形的，大约有'科隆号'飞船的五倍大。

"'当时大多数人都不愿再往前走去，但我和阿卡夫中尉却感觉被一股无法拒绝的使命感召唤着。尽管痛苦没有减轻，但我们还是决定继续前行。其他人则回到飞船上，通过无线电跟我们保持联系。

　　"'我们通过一个巨大的、不规则形状的入口进到了外星人建筑的内部……里面的温度是零下 24 摄氏度，空气由甲烷和氨气组成……在第二个舱内，一个外星生物正在等待着我们。我之前提到的痛苦的感觉在此时加剧了，那种难以言状的受到召唤的感觉也越发强烈……我们经观察发现，该生物的某些关节和表层的小孔正在分泌一种黄色的黏稠液体。尽管感到十分恶心，但我还是收集了一些分泌物带回地球分析……'

　　"第二次接触是在十年后由克劳福德指挥官带队进行的著名的泰坦探险行动期间……"

　　"好了，够了。"维森说，"我只想听听皮吉恩的原话。"他抽了一口烟，表情沉郁，"这篇报告的结尾有些突兀，对吧？你的记忆储备中有没有更详尽的内容呢？"

　　简姑姑顿了顿之后才回答道："没有。"

　　"我小的时候，这篇报告有一个更完整的版本。"维森试探性地抱怨道，"我是 12 岁的时候看的那本书，当时里面有很详细的关于这个外星人的描述——我记得很清楚。"他转过身，"简姑姑，你听我说。你其实相当于一只无所不在的看门狗，对吧？这个站里到处都有你的摄像头和录音机，对不对？"

　　"是的。"简姑姑回答。不知道是不是维森想多了，但它的声音听上去像是有些受伤。

　　"那二号分区呢？你在那边肯定也有摄像头，对不对？"

　　"是的。"

　　"好，那你就可以告诉我了，那些外星人都长什么样？"

　　这次，简姑姑的停顿更长了："对不起，我不能告诉你。"

"是啊。"维森说，"我早就料到了。他们一定下了命令，对吧。而这背后的原因，肯定跟他们删减那本历史书的原因是一样的。可这个原因是什么呢？你知道吗，简姑姑？"

又停顿了一下。"知道。"那个声音承认了。

"那是什么呢？"

"对不起，我不能……"

"不能告诉我……"维森跟它一起说道，"好吧，算了，至少我们心中都有数了。"

"是的，中士。你想要些甜点吗？"

"不用了。还有一个问题：像我一样来这个站任职的人，完成任务回去之后会怎么样？"

"他们都将升为七级公民，成为有无限闲暇时间的学生。此外，他们还会得到七千星际币的奖励，以及免费的一级住宿……"

"是，我知道这些。"维森舔了舔自己干裂的嘴唇，"但我问的不是这个。我想知道，据你所知，他们离开这里的时候都是什么状态？"

"普通人类的状态。"那个声音轻快地说道，"为什么问这个呢，中士？"

维森失望地摆了下手："我脑子里总是浮现出我训练时去参加讨论会的时候听到的一个说法……我知道它跟这空间站有关。就半句话，'两眼盲似蝙蝠、一身白毛……'你说，这是形容外星人的，还是形容守站人的？"

简姑姑再次陷入了沉寂。"算了，我也不难为你了。"维森替它回答道，"你很抱歉，你不能告诉我。"

"真的很抱歉。"阿尔法网络诚挚地说。

日子慢慢流过，好几周过去了，维森开始逐渐地感觉到空间站那像是活人一般的脉搏。他可以感觉到自己被它坚实的金属骨架包围着，跟着它一起旋转。他可以感受到自己头顶上那饥渴的空虚感，也可以感受四周遍布的电子网络随时都在注视、观察着自己，准备满足他的需求。

简姑姑是个不可多得的同伴。她储备了上千个小时的音乐，也可以放电影给他看。除此之外，她还缩印了许多书籍，供他在客厅的仪器上阅读。如果他愿意，她也可以读给他听。她控制着站里的三台望远镜，随时可以让他看到地球、月球和乡站。

可这里没有任何新闻。如果他要求听广播，简姑姑会听话地打开收音机，但传来的从来都只有杂音。随着时间的推移，这件事让维森的内心感到越来越沉重。他知道，所有的飞船、空间站和行星-太空运输船上，无线电都被屏蔽了。这是一个无法逾越的障碍。虽然距离较短的两地之间可以通过光电话机传输信息，但通常情况下星际中的交通还是通过无线电来控制的。

然而，即将到来的外星人十分敏感。即便这里离地球如此之远——从这里看去，地球只不过是比月球大一倍的一个小小圆盘——任何无线电的声音都会惊扰到它。真是个脆弱的东西啊，维森想，居然脆弱得只能接受一个人类待在这里。而为了让那个孤独的人在等待外星人来的这个月能保持神志正常，他们不得不在这儿装上阿尔法……

"简姑姑。"

那个声音及时地回答道："保罗，什么事？"

"你并不能理解书中提到的那种痛苦的感觉，对吧？"

"不能，保罗。"

"因为机器人不会体会到那种感觉，对吧？"

"没错，保罗。"

"那你能不能告诉我，为什么偏偏还要在这儿安置一个人？有你在这里不就好了吗？"

一段沉默，然后那个声音说："我不知道，保罗。"听上去有些伤感。维森不知道这微妙的语气到底是真实存在的，还是他臆想出来的。

他从客厅的沙发上站了起来，焦躁地来回踱步："来看看地球吧。"

操控台上的屏幕顺从地显示出地球的样子：那个蓝色的星球徜徉在他眼前的深空里，有四分之一的部分闪耀着瑰宝一样的光彩。

"关掉。"维森说。

"听点音乐吧。"那个声音提议，并开始播放一曲由各种木管乐器演奏的轻柔音乐。

"不要。"维森说。音乐停住。

维森双手颤抖，焦虑得如同困兽。

太空服放在气闸旁边不远的柜子里。维森穿着它去过两次上方的舱，那里什么都没有，只有无尽的黑暗和寒冷。尽管如此，他此刻也必须要离开这个牢笼。他取出太空服，一件一件地穿上。

"保罗，"简姑姑焦急地说，"你是不是觉得紧张？"

"是。"他吼道。

"那就别去二号分区。"简姑姑说。

"你这坨废铁别对我指手画脚！"维森的怒气突如其来，他凶狠地一把拉上上衣的拉链。

简姑姑陷入沉寂。

维森满腔怒火地做好安全检查，打开气闸的门。

气闸是一根直立的管子，刚能挤下一个人。它是一号分区和二号分区之间唯一的通道，也是一号分区仅有的出入口。维森进来的时候，就是穿过球体"南极"的气闸口，顺着一条狭窄的甬道挤进来的。当然，当时的他处于休眠状态中，有人把他一路拖了过来。等时间到了，他也将以同样的方式出去。带他来的维修火箭和救生舱都没有多余的时间或空间给他。

在对面的"北极"口上，有第三个气闸。这个气闸尺寸巨大，足够放下一艘星际货船了。不过，这不关他的事——那里不是给人类用的。

在维森头盔上的灯光的映照下，空间站内腔像是一个黑森森的巨大深渊，时不时戏谑地反射出细碎的光影。墙的内部布满冰霜。二号分区现在还没有加压，从气闸门缝里渗过来的水蒸气被凝固成了墙上粉末般的雪霜。他脚下的金属透过鞋子传来冰凉的触感，舱内无尽的空旷让人压抑，这里没有空气，没有暖意，也没有光明。他所踏出的每一步都在大声宣布他有多孤单。

他在甬道里穿行了30多米之后，焦虑感急剧增加。维森停下脚步，笨拙地转过身，后背靠在墙上。坚实的墙体似乎并不能给他带来足够的支撑，甬道似乎随时会分崩离析，让他坠入黑暗的深渊。

维森知道这精疲力竭的感觉和自己舌根的金属味道——这是恐惧的味道。

一个念头涌入他的脑海：他们想让我害怕。但这是为什么呢？为什么偏偏是现在？我怕的是什么？

几乎在同时，他想明白了。不可名状的压力像是一只将他牢牢抓住的手，维森的恐惧无边无际，他本能地知道有什么毛骨悚然的事情就要发生了。它的脚步极缓，似是要将他一点点凌迟。

时间已到。

他的第一个月已经过去了。

外星人要来了。

维森转过身，大口地喘着气，偌大的空间站似乎缩小成一个普通房间般大小，而维森自己也随之变成了一只幼小的昆虫，正在挣扎着顺着墙爬向安全地带。

他跑起来，身后整个太空站回荡着隆隆的声音。

沉寂的房间里，所有的灯都开着，但灯光昏暗。维森静静地躺着，盯着天花板。他想象着上面那个外星人的形状，它的身体变幻莫测，体积巨大，像是一团巨大的阴影，无形的恐惧把他包围了。

他眉间聚起一粒粒的汗珠。可他还是盯着前方，无法挪开目光。

"这就是你不想让我上去的原因，对不对，简姑姑？"他声音沙哑。

"对。紧张是第一个征兆，但你给我下达了一个死指令，让我不要'指手画脚'，保罗。"

"我知道。"他含混不清地说道，双眼依然死死地盯着天花板，"真是奇怪啊，简姑姑。"

"嗯？"

"你是不会告诉我它长什么样的，对吧？"

"不会，保罗。"

"我也不想知道，老天，我真的不想知道。好奇怪，简姑姑，我一方面感觉惊恐不已——我都快要吓傻了，浑身抖得跟果冻一样。"

"我知道。"那个声音很轻柔。

"但另一方面我又很冷静，就好像这都没关系一样。人脑子里想的事情真是太诡异了，你知道吧？"

"什么事情呢，保罗？"

他努力挤出微笑："我记得我 20……25 年前去参加的一个儿童聚会。我当时差不多……9 岁。我想起来了，因为那是我父亲去世的那年。

"我们那时在达拉斯，住在一个租来的房车里。隔壁小区里有一帮红头发的小孩，他们总是在搞聚会。大家都不怎么喜欢他们，但大家都还是去了。"

"聚会上发生了什么，保罗？"

他在沙发上挪了挪："那次是一个……是一个庆祝万圣节的聚会。我记得女孩们都穿着橙黑相间的裙子，男孩子差不多都穿着扮鬼的服装。我是那里年纪最小的孩子，所以有点跟大家格格不入。有一个戴着骷髅头的红头发孩子突然就吆喝起来，嚷嚷着让大家来玩捉迷藏。然后他就一把抓住我，说'你来躲'。我都还没来得及动，他就把我推进了一个漆黑的柜子里，随后我就听到了门被锁上的声音。"他润了润嘴唇，"然后……你知道吧，就在黑暗中，我感觉到有什么东西碰到了我的脸。又冷又滑，像是……

像是死人。

"然后我就蜷缩在柜子里面，等着那个东西再来碰我。那冰凉又粗糙的东西就这么挂在那儿。你知道那是什么吗？是一只装满了冰和麦片的手套。那是一场恶作剧。老天爷啊，那场恶作剧我一辈子都不会忘记。简姑姑？"

"我在，保罗。"

"唉，我猜你们这些阿尔法网络肯定是最好的心理咨询师吧，我在这里唠叨什么都可以，毕竟你只是一台机器，对吧？"

"对。"阿尔法网络悲伤地说。

"简姑姑……简姑姑。我再怎么欺骗自己都没用了。我可以感觉到上面的那玩意儿，就在几米之外。"

"我知道你可以，保罗。"

"我没法忍了，简姑姑。"

"你若是想忍就一定能忍，保罗。"

他在沙发上扭动个不停："他……他又脏又滑腻。天哪，接下来的五个月都会是这样吗？不行，我做不到。我会死的，简姑姑！"

又是一声巨响，回声萦绕。"那是什么？"维森喘着气，"是他们的飞船飞走了吗？"

"是的。他现在也跟你一样，独自待在那里。"

"不，不会跟我一样。他一定不会有我现在的感觉。简姑姑，你不明白……"

他头顶几米厚的金属隔层之上，便是外星人硕大而骇人的躯体。那盘桓的重量真实得几乎可以触碰一般，沉甸甸地压在他的胸前。

维森成年之后几乎一直居住在太空，他心中明白，空间站在航道上运动，就算崩塌了，它的下半部分也不会被压扁，而是会被自己的角动量抛出轨道。让他如芒在背的并不是在地球上那种担心自己头顶上的楼层塌下

Damon Knight

的恐惧，而是一种截然不同、无法言说又无法开解的感觉。

这感觉携有危险的气息，他蛰伏在上方暗处，身体冰凉又沉重。这感觉是维森童年时不断重现的梦魇——那臃肿而丑恶的东西不停地往下掉，看不清又摸不着，每每要触碰到他的脸。那感觉就像他那个夏天在达科他的小溪里拽出来的一条死去的小狗，它的毛发潮湿，头颅耷拉下来，身体是那么冰冷……

维森费力地在沙发上转过身，用一个手肘支撑住自己。手上传来的压力像是一记朝着脑袋的重击，眼前的房间瞬间天旋地转。

维森先是撑起一只膝盖，感到自己的下颚肌肉在重压之下开始扭曲，然后直直地站了起来。他的后背和双腿绷紧了，嘴巴痛苦地张着。他踏出一步，再踏出一步，计算着自己的膝盖该在什么时候绷直和弯曲。

操控台之前暗下的右边部分亮了起来。指针显示，二号分区的气压比大气压高 1/3。气闸的指示器显示氧气和氩气的压力升高了少许。这本是为了防止二号分区的大气渗漏过来，但也意味着气闸从两边都不能打开了。不知为何，维森对此感到很是宽慰。

"让我看看地球。"他喘着气说。

在他的注视下，屏幕亮了起来。"离得真远。"他说。那么那么远，地球如同落入了井底……此前他在"乡站"当了十年技术人员，过得平淡无奇。再之前，他本想把自己训练成为一名飞行员，却在第一年就因数学不过关而被退学了。不管怎样，他从未想过要回地球。

而多年之后的现在，那小小的蓝色圆盘却突然让他产生了无尽的向往。

"简姑姑，简姑姑，真美啊。"他呢喃道。

他知道，那里现在是春天。在那一片刚刚经过黑白变换的地方，此刻正是早晨。那里清澈湛蓝，像尽数收敛的大海全部蓝色的玛瑙，空气里水雾朦胧，晨光宁静又恬美。隔着数十年失落的光阴和旅程，有一个小黑点般的女人，打开她小小的房门，聆听着更为微小的鸟儿的歌声。这个属于地球的早晨像是一块载玻片上的样品，隐藏在周围的一团棉花里，消失得无影无踪。

在地球上方遥远的暗处，隔着地球直径 60 倍的距离之外，空间站沿着圆形的轨道徐徐转动。维森就在这里无休止地跟着公转。他身下这巨大的深渊——地球、月亮、空间站和宇宙飞船，乃至太阳和太阳系所有的行星，都不过是宇宙中微小的尘埃。

除此以外，则是更为浩瀚的、真正的深渊。在无边的黑夜中，星系铺散开来，微光闪烁，延伸至洪荒宇宙的深处。人类无法测量这样的浩渺，只能为之惊叹。

人类挣扎着向远方蹒跚前行，操纵着他们无法驾驭的巨大能量，终于来到了木星。纵使有个巨人高到可以一边脚踏炽热的太阳，一边把头伸到冰冷的冥王星上，他也还是会被这无垠的空旷吞噬。人类帝国的疆域还未开拓到冥王星，这里已经是它的边界。人类文明在此与外面的世界接触，像是沙漏收紧的那个点——只有在这里，我们的世界才近到可以跟它们的世界有所交集。

这时，操控板下方的金色指针开始闪起微弱的亮光，指针轻轻颤抖起来。

桶的底端有金色的液体流淌下来……"尽管感到十分恶心，我还是收集了一些分泌物带回地球分析……"

跟外太空一样冰凉的液体顺着管子的内壁滑下，在深色的桶底聚集成一汪耀眼的金色，似是活物一般。这金色液体可以让人青春永驻。只要一滴，就能在未来 20 年凝住岁月的痕迹。它能让你保有柔软的血管、有力的肌肉、明亮的双眼、乌黑的秀发和清醒的头脑。

这就是皮吉恩当年带回的样品的检测结果。这就是随后人类开始狂热地探索"外星人贸易"的来由。人们先是在泰坦造了个小屋，后来，在完善了自己对此事的认知之后，又建了异站。

Damon Knight

每隔20年，一个不知来自何处的外星人就会出现在我们为他做好的小小牢笼里，为我们带来不可思议的财富：生命。可一直到现在，我们都不知道他为什么会这样做。

在自己头顶上方，维森想象着他能感受到的画面——一个巨大的躯体蜷缩在冰冷而黑暗的空气中，臃肿地随着空间站的旋转而转动，身体对着管口流出冰凉的金色液体：滴——答——

维森仰着头，头颅里的压力让他无法思考，脑袋几欲炸裂。"简姑姑。"他说。

"我在，保罗。"那个声音友善又暖人，像是护士一样友善。那种当你不得不忍着痛被针扎的时候，站在你病床边的护士。她的友善训练有素，富有效率。

"简姑姑，"维森说，"你知道他们为什么一直回来吗？"

"不知道。"她的声音十分精准，"这是个谜。"

维森点点头，说："我离开'乡站'之前，高尔找过我。你知道高尔吧？地外世界管理局的局长。他是专程过来见我的。"

"是吧？"简姑姑用鼓励的语气说。

"他对我说：'维森，你必须去查明白，去查明白它们的供应是否可靠。你知道吧？跟你出生的时候相比，人口已经增长了5000万了。我们需要更多那样的东西，而且我们得知道，以后它们的供应会不会中断。因为如果它们一旦停止供应……你知道会发生什么吗？'简姑姑，你知道吗？"

那个声音回答："后果不堪设想。"

"没错。"维森礼貌地说，"你说得对。他对我说：'你知道如果内夫得沙漠地带要是没了约旦河谷会怎样吗？一周之内就会有数百万人渴死。'

"'又或者说，如果货船不来月亮基地了，会怎样？数千人会死于饥饿和窒息。'

"他说：'水在哪里，食物和空气在哪里，人们就会去哪里安家落户，

繁衍后代。懂吧？'

"他说：'这不老精华素要是有朝一日没有了……太阳系的居民有 5% 的人今年该打针了。在这些人中，有差不多 20% 的人年龄都在 115 岁以上。这些人要是没了精华素，在第一年内的死亡率会超过精算师预计的 5 倍以上。'"维森抬起忧虑的脸。

"我 34 岁了，你知道吧。可那个高尔让我觉得自己像个孩子一样。"

简姑姑发出了一声表示同情的声音。

"一滴，又一滴。"维森歇斯底里地说道。表盘上金色的指针几乎肉眼不可见地上涨了一些。"每过二十年，我们都得来取这些东西。所以有人——比如我——就得来这儿生不如死地待上五个月。而他们也要派一个成员待在这儿，来滴这些东西。为什么？简姑姑？这都是为什么？他们是死是活与它们何干？他们为什么一直回来？作为回报，他们又想带走些什么呢？"

可简姑姑无法回答这些问题。

一号分区外缘的灰色环形走廊上不分昼夜地亮着灯。灯光冷淡而平静，日复一日。在维森开始在这里来回行走之前，那里灰色的地板上就已经有了环状的磨痕。这是这圈走廊存在的唯一意义——它就像是这牢笼里的一台跑步机，提醒着维森："走。"于是维森便走。不可名状的力量压迫、扭曲着他的大脑，若是整日静坐不动，恐怕是要疯掉的。所以维森不分昼夜、日复一日地走着，每天晚上都让自己累得无法动弹才上床睡觉。

他也讲话。有时候讲给自己听，有时候讲给阿尔法网络听，有时候也分不清到底是在讲给谁听。"石头上的苔藓……"他边踱步边喃喃说道，"跟他说了，我不可能为了下面的什么贝壳……各种颜色的小鹅卵石付给他 200 万。"接着，他在沉默中拖着脚步走了一阵。

他突然开口："我不明白他们到底为什么不能给我一只猫。"

简姑姑一言不发。顿了顿之后，维森接着说："拜托，乡站上几乎每个人都有一只猫啊，要么也养了金鱼之类的宠物。虽然有你的陪伴也还不

　　　　　　　　　　　　　　　Damon Knight

错，简姑姑，但是我看不见你啊。我的天哪，我是说，如果没法再送来一个人来陪我的话……天晓得，其实我压根儿就不喜欢猫。"他绕过门廊，来到卧室里，不假思索地把拳头砸向了墙上一个血迹斑斑的地方。

"但有只猫也好啊。"他说。

简姑姑依然沉默着。

"别做出一副伤心的样子。我知道你的，你就是一台机器罢了。"维森说，"你听我说，简姑姑。我记得以前有一种早餐麦脆的包装盒，上面画着一匹马和一个牛仔。盒子不大，所以基本上只能看到他们的脸。我那时候还觉得挺好玩的，因为我发现他们其实长得很像，两边长着耳朵，头顶一撮毛，两只眼睛，一个鼻子，嘴里长着牙齿。我在想，我们跟马其实就像是远房表亲一样，对吧？但跟上面那玩意儿相比，我们简直算得上是亲兄弟了。你明白我的意思吧。"

"明白。"简姑姑轻声说。

"所以我就一直问自己，为什么我们不能派一匹马或者一只猫来这儿呢？为什么偏偏要派一个人？但我猜……可能只有人才能承受我现在在承受的感觉吧。上帝啊，只能是人，对不对？"

"对。"简姑姑悲伤地说。

维森再次踏入浴室门口，却忽然颤抖起来，不得不扶住门框："简姑姑。"他的声音低沉又清晰，"你给它拍了照——我们上面的那个东西——对不对？"

"是的，保罗。"

"你也给我拍个照。然后呢？这一切过去之后，有谁会来看这些照片呢？"

"我不知道。"简姑姑卑微地说。

"你不知道。但不管是谁看了，都不会有什么用，对不对？我们得弄清楚为什么，为什么，到底为什么？但我们没法弄清楚，对吧？"

"嗯。"简姑姑说。

"但他们难道没有想过，如果经历了这一切的人可以看见他的话，也许可以搞明白一些别人想不明白的东西，对吧？这不是很合理吗？"

"这不是我可以控制的了，保罗。"

他咧嘴一笑："有意思，真是有意思。"他嗓子眼儿里传出的尖笑声在走廊里打转。

"是很有意思。"简姑姑说。

"简姑姑，告诉我，守站人最后会怎样？"

"我不能告诉你，保罗。"

他猛地拐进客厅，在操控台前坐下，一拳又一拳打在光滑而冰冷的金属表面："你到底是什么？是什么怪物？你血管里流着血液吗？还是流着油？还是什么别的东西？"

"保罗，拜托——"

"你看不出来吗？我只是想知道它们会不会说话。它们回去之后，到底能不能察觉到什么？"

"不会，保罗。"

他直立起来，为了保持平衡，手扶着操控台："不能？我也觉得不能。你知道为什么吗？"

"不知道。"

"在那上面，有石头上的苔藓。"维森的话晦涩难懂。

"保罗，你在说什么？"

"我们在变。"维森说，跌跌撞撞地走出房间，"我们会变，就好像磁铁旁边的铁块一样，我们对此无能为力。而你——你大概是绝缘的。所以对你什么影响都没有，对吧，简姑姑？你不会变。你只会这么待在这里，等待着下一个人的到来。"

"对。"简姑姑说。

"你知道吗？"维森边踱步边说，"我能感觉到他躺在上面。他的头朝

Damon Knight

那边，尾巴在这头。我说得对不对？"

"对。"简姑姑说。

维森停下脚步。"对，"他立刻反应过来，"所以说，你其实可以告诉我上面有什么，对吧，简姑姑？"

"不，那是违规的。"

"你听我说，简姑姑。你要记住，我们必须得知道这些外星人为什么分泌体液，否则我们就都会死。"

维森靠着走廊的墙，眺望着上方："他现在在翻身。往这边翻，对吧？"

"对。"

"那除此之外呢？他还在做什么？拜托了，简姑姑，告诉我！"

简姑姑一顿："他在动他的……"

"他的什么？"

"我不知道该怎么形容。"

"天哪，天哪。"维森抱着头，"当然没有词能形容了。"他跑到客厅里，抓住操控台，盯着眼前空无一物的屏幕，说，"你必须给我看，简姑姑。快，让我看看，让我看看！"

"这是违规的。"简姑姑抗议道。

"我不管，你必须给我看，要不我们都会死，简姑姑。成千上万的人类都会死去，而罪魁祸首将是你，你明白吗？是你，简姑姑！"

"别这样。"那个声音说。过了一瞬，屏幕迅速地闪了一闪。维森瞥见了一个巨大、黑暗却半透明的物体，像是一只被放大了的昆虫，不知名的肢体扭成一团，一丝丝的肌肉像皮鞭一样，还有爪子和翅膀……

他的手紧紧攥住操控台的边缘。

"没问题吧？"简姑姑问。

"当然了，难道你以为我看一眼就会死吗？简姑姑，快接着给我看！"

迟疑了一下后，屏幕再次亮起。维森死死地盯着那东西。过了很久，他喃喃地说了些什么。

"你说什么？"简姑姑说。

"我爱你，却憎恨你的生命。"维森盯着前方说。过了一会儿，他站起来，转过身去。他继续沿着走廊绕圈时，那外星人的样子在他脑海里挥之不去。他并不意外那东西长得跟地球上所有令人毛骨悚然的东西很相似。这也就是为什么他本不该看到，甚至不该去想象外星人的样子，因为这只会让他对他更厌恶。他可以怕他，但不能恨他……但这又是为什么呢？为什么不能恨？

他指尖颤抖，整个人筋疲力尽，像是要干枯凋谢了一般。简姑姑每天给他的洗澡时间都不够用了。20分钟之后，他依然浑身是汗——腋窝里是酸汗，额头上是冷汗，手掌上是热汗。维森觉得自己体内有一个失控的炼炉，而此时它已经挣开了所有的束缚。他知道，在高压环境下，人类的身体的确会出现这样的化学反应——多巴胺激增，肌肉里的糖原增加，视力变好，消化变弱。问题就出在这里，他这样只会耗掉自己的能量，既不能跟折磨自己的东西一战，也无力从它身边跑开。

又绕了一圈后，维森脚下没有力气了。略一迟疑后，他来到了客厅。他趴在操控台上，看着屏幕上的外星人两眼空空地望向远处。在操控板上暗掉的那一边，金色的指针往上高了不少，那些大桶已经装了三分之二。

战斗还是逃跑……

维森缓缓地在操控台前坐下。他佝偻着背，脖子弯曲，双手紧紧夹在双膝之间，努力地想要辨认清楚自己此刻的想法。

如果外星人此刻也感受着跟维森一样，甚至更多的痛苦，这压力或许也会改变外星人身体里的化学反应。

我爱你，却憎恨你的生命。

维森忽略掉脑海里这个不着边际的想法。他盯着屏幕，试图想象着上方的外星人在痛苦和压力之下，流出代表着恐惧的金色汗液……

Damon Knight

过了很久，他站起身，走进厨房。他用手抓住桌子的边缘，维持着身体平衡。他坐了下来。

厨师机器人热情地嗡嗡作响，推出了一个放着小玻璃杯的餐盘——有水、橙汁和牛奶。维森把水杯放到自己僵硬的唇前，水很凉，凉得他的嗓子发痛，接下来是橙汁，但他也只能喝下去少许，最后，他抿了几口牛奶。简姑姑发出欣慰的嗡嗡声。

他的身体非常缺水。上一次用餐是什么时候的事情了？他低头看了看自己的手。他的双手骨瘦如柴、青筋暴露，黄色的指甲像爪一般坚硬。他可以看到前臂皮肤之下的骨骼，心脏也几乎要透过他胸前的衣服蹦出来。他的手臂和大腿上有浅色毛发，可那到底是白色的还是金黄色的？

餐厅周围一圈的金属只模糊地映出他的影子，除了层层叠叠不明所以的灰色之外什么都没有。维森感到头晕目眩，身子虚弱得像是大病初愈。他伸出手笨拙地摸了摸自己的肋骨和肩胛骨。他现在极瘦。

他在厨师机器人面前坐了几分钟，但没有更多的食物端上来。简姑姑显然不认为他现在还吃得下别的了。或许她是对的。"他们的感觉比我们的更糟糕，"他晕晕乎乎地想，"这就是为什么异站必须建在这么偏僻的地方，为什么这里没有无线电信号，而且只能有一个人类待在这里。他们无法忍受这一切，不然的话……"突然，一阵困意袭来，他无法思考，脑子里只有一张软得像是没有底的床榻，上面铺着无数层的丝绒，柔软滑腻……他腿上的肌肉颤抖又抽搐，他费力地来到卧室，倒在床上。本来富有弹性的床垫在他身下似乎溶解了，他的骨骼正在融化。

他醒来时头脑清醒，虚弱却冷静地想：两个不同的物种相遇时，较强的一方必须用爱或恨来改变较弱的一方。"维森法则。"他说道。他不自觉地想找来纸笔，但这里什么都没有。他意识到自己只能把这法则告诉简姑姑，让她记住。

"我不明白。"她说。

"没关系，记住就好了。你很擅长记忆，不是吗？"

"是的，保罗。"

"那就好。我想吃点早饭。"

他想到跟人类相差无几的简姑姑。她就这么坐在属于它的金属牢狱之中，陪伴着一个个人类经过地狱般的劫难，并充当着保姆、守护者和施虐者的多重角色。他们肯定知道一定要付出些什么……不过，阿尔法网络是较新的科技，大家对她的了解还有限。或许他们真的以为自己下达的"绝对禁止"口令是不可违背的。

——较强的一方必须改变较弱的一方……

"我是较强的那一方，"他想，"这一点是不会变的。"他在操控台前停下脚步，此时的屏幕是空白的。他生气地大喊一声："简姑姑！"屏幕饱含歉意地一闪，亮了起来。

上方的外星人再次痛苦地滚动着。此时，他巨大的一簇眼睛直直地盯着摄像头，蜷缩的四肢痛苦地抖动着，空洞的双眼在乞求、在询问……

"不。"维森说。他的脑袋像是被钢铁紧紧箍住，痛苦地一拳砸上了手动操控键。屏幕熄灭了。他抬起头，在操纵台上方看到了花的图案。

粗粗的花梗像是动物的触角，叶子是胸部，花苞是昆虫无神的眼睛。整个画面慢慢地、没完没了地移动着，像是在等待着什么。

维森紧抓手下操控台坚硬的金属外壳，盯着眼前的图案，眉间的汗珠冰冷。在他的注视下，那图案又变回了无意义的线条。随后，他走进餐厅，浑身颤抖地坐下。

半晌，他说："简姑姑，还会更糟糕吗？"

"不会。从现在开始只会往好的方向发展了。"

"还有多久？"他含混不清地问道。

"一个月。"

一个月。往好的方向发展——以前一直都是这样。以往的守站人在这里会逐渐地被吞噬、淹没，原有的人格也消弭不见。维森想着自己的前辈们——七等公民，无限闲暇，还有一等住宿。是啊，大概是疗养院那样的一等住宿。

他抿着嘴唇，牙关紧闭，双拳紧握。"我不会这样。"他想。

他把双手摊开放在冰凉的金属上，让它们平静下来。他说："他们通常能保留多久正常说话的能力？"

"你已经比之前任何人说的时间都久了……"

一片空白。维森一阵阵地隐约感到走廊的墙往后移动，操纵台也在眼前急急掠过。各种凌乱的想法乌云般笼罩而下，萦绕在他的脑海——那些外星人想要什么？异站的守站人的归宿到底是什么？

眼前的白雾散去一些，他又回到了餐厅，眼睛无意识地盯着餐桌，感觉异样。

厨师机器人给他盛了一些燕麦粥，他吃了几口就把碗推开了，不知为何，那味道让他觉得有些不适。机器人焦急地嗡嗡作响，又把一个水波蛋推到他的面前，维森却起身离去了。

整个站陷入沉寂。家用电器处于待机状态，有节奏的嗡鸣声没有了，似是被墙面吸收了一样。在蓝色灯光的映衬下，客厅仿佛空无一人的舞台，维森站在帷幕前，眼前的一切都显得那么陌生。

他身子斜靠在操控台上，注视着屏幕上的外星人。他笨重的四肢在黑暗中痛苦地伸展开。金色指针显示大桶已经快要满了。维森心中涌起一股报复的快感：他快要受不了了。这一次，痛苦之后应有的平静并没有降临：不，不会再归于平静了！

他抬眼看向操控台上方的画面，上面巨大的甲壳四肢在海水中优雅地舒展着……

他用力地摇摇头："不可以，我不能认输！"他把一只手凑近到眼前，指节上的皱纹像是楔形文字深深地刻在皮肤上，浅色的毛发露出头，刚刚痊愈的伤口长出了粉红色的新肉。"我是人类。"他想。可是，当他把手放到操控台上时，瘦骨嶙峋的手指却跟甲壳动物的腿并无二致，似乎下一秒就可以用来攀爬。

维森满头是汗地看向屏幕，眼睛对上了外星人的眼睛。眼神交错间，他们似乎产生了某种心灵上的、无须语言的交流。这感觉带有令人刺痛的甜蜜，似乎可以把他融化、升华，使他再也不会有任何痛苦……这是一种召唤。

维森小心翼翼地、缓缓地直起身子，好像脑子里装有什么十分脆弱的东西，一不小心就会分崩离析。他沙哑地说："简姑姑！"

机器发出回应的声音。

"简姑姑，我明白了！我什么都明白了！听我说，你现在要听我说。"他顿了顿，整理了一下思绪，"两个不同的物种相遇时，较强的一方必须用爱或恨来改变较弱的一方。你还记得吗？当时你说你不明白这是什么意思。我现在就告诉你是什么意思。

"100 年前，这些怪物第一次在泰坦遇见皮吉恩的时候，他们就知道我们会重逢。他们那时正在外扩殖民地，我们也一样。我们那时候还没能实现星际旅行，但再过 100 年肯定是没问题的。我们迟早会去到他们的地盘，但他们不能阻止我们，因为他们不会杀人。简姑姑，他们天性不会杀人，他们比我们善良。你明白吗？他们就像是传教士，而我们就跟当年的澳洲土著一样。他们不会对敌人大加杀戮——连这个想法都不会有。"

阿尔法网络似是想说些什么来打断他，但他急急地说了下去："听我说！那延年益寿的精华素只是误打误撞的一个巧合罢了。可不管怎样，它们还是将计就计，不断地回到这儿来，不求回报地给我们提供那玩意儿。知道为什么吗？你听我说。

"他们来到这儿跟我们首次见面的时候，会受到冲击，分泌出那些我们急切想要的金色黏液。可每次到了最后一个月，他们就不再觉得痛苦了。

Damon Knight

为什么呢？因为人类和外星人的大脑不再反抗。必须有所让步，才能软化融合，而这就是人类会在这个项目中牺牲的原因。那些地球人从这儿回去之后，都满身毛发，不再会说人类的语言。但我猜，他们应该是快乐的吧——比我快乐！因为他们心中充满了你我都无法理解的、强大而美好的力量。你若要让他们去跟那些外星人待在一起，他们是可以和平相处的，因为他们已经被感化了。"

"而这，就是他们的目的！"他一拳砸在操控台上，"就算不是现在，但再过一两百年后，等我们终于能够去征服外星世界时，我们却已经被征服了！征服我们的不是武器，简姑姑，也不是仇恨，而是爱！没错，就是爱。这肮脏、龌龊、卑劣、诡诈的爱！"

简姑姑声调尖锐，焦急地说了一句很长的话。

"你说什么？"维森烦躁地问。他一个字也没听懂。

简姑姑敛声。

"什么？你说什么？"维森质问道，双手不停地砸向操控台，"你那铁皮脑袋是不是短路了？你到底在说什么？"

简姑姑机械地又说了些什么。维森还是什么都听不明白。

他一动不动地站在原地，滚烫的泪水猛地涌出来。"简姑姑——"他想起来了，"你已经比之前任何人说的时间都久了……"太迟了，还是太迟了吗？他僵住，随后又迅速转身，冲到书柜前，急促地就近抓起一本书翻开。

纸上黑色的字母像是来自外星的语言，那些小小的凹陷和凸起在他眼里什么意义都没有。

他无法自持，潸然而下的泪水夹带着疲惫、挫败和憎恨。"简姑姑！"他发出动物般的嘶吼。

可是没用了。寂静包围了他。他已经沦为人类先锋部署的牺牲品，成为被征服者中的一员——可以跟外星人和平相处的一员。

操控台像是坏掉了一样不再受他的控制。维森赤身裸体地蹲在洗澡间里，手里握着肥皂盒。他的胳膊和手上水珠粼粼，浅色的毛发短短地直立在空中。

金属做的肥皂盒只能粗略地映出他的剪影。除了一个人形的影子，他什么都看不见。他看不见自己的脸。

他放下肥皂盒，穿过客厅，翻看起脚下散开的纸。目光所及的所有黑色线条都成了扭曲的爬虫，语意不明。他脚步踉跄，眼神空洞，脑袋时不时地抽搐着，徒劳地想要减少自己的痛苦。

有一次，局长高尔出现在他的面前。"你这个蠢货，"他说，五官因愤怒而变形，"你本来应该跟别人一样坚持到最后的。可现在呢？你看看自己都干了些什么？！"

"被我发现了，对不对？"维森喃喃道，眼前的人影像是蜘蛛网一样被他扫到一边。疼痛感忽然加重。维森发出低低的呻吟，双手紧紧抱住头，先是无谓地来回摆动，随后又直起了身子。疼痛如浪潮般一波波袭来，痛极的时候，他甚至丧失了视力，眼前只剩一片深紫，紧接着褪为灰色。

长此以往是不可能的，他感到有什么东西正濒临溃决。

他停在操控台一处血迹斑斑的地方，手掌用力拍向金属台面，低沉的撞击声回荡在整个异站："嗡……嗡……"

片刻后，微弱的回音传来："嗡……"

维森脸上带着一丝无意义的微笑，继续用手拍着台面。他现在只是想要记录时间，等待着什么事的发生。

厨房的门廊里突然弹出一块木板，把他绊倒在地。维森摔得很重，顺着地板滑到了厨师机器人光滑的脚下。

压力倾轧而下，厨师机器人的马达声被淹没在了嗡嗡作响的回音里。高高的灰色墙壁慢慢凹了进去……

异站突然倾斜。

维森的胸口、手掌、膝盖和手肘都感觉到地板被猛地抽走又回旋到原处。

头疼稍有缓解，维森试图站起身。

站里静得只能听到电器的声音。维森试了两次才站起来，后背靠着墙。"咔——"厨师机器人突然尖厉地叫了一声，窗口弹开，但里面并没有食物。

他用力地听着——那是什么？

太空站在他的脚下颠簸起来，他像个木偶般晃个不停。他的背撞上了身后的墙，墙壁颤抖了几下后又静止不动。铁笼的另一头传来一声金属的长鸣，回音逐渐散去，最后回归寂静。

整个异站屏住呼吸。墙里所有嘀嗒作响的物件都停了下来。空荡荡的房间里，灯是刺眼的黄色，混浊的空气静止不动。客厅里的操作台上的信号灯像鬼灯一样幽幽闪烁。浴室地上的肥皂盒里积了一汪水，发出水银一样耀眼的光芒。

第三波冲击来袭。维森再次倒在地上，眼睛盯着地板。他的手和膝盖撑着地，体内的骨骼里似乎还保留着未散的余波，依然颤抖不已。刚刚充斥了整个房间的巨响一点点消散开，金属声回音绕梁，再缓缓退去，直至全然消失不见。寂静再次降临。

身下的地板弹跳不停，回音的撞击从头到脚穿透了他的全身。

几秒钟之后，一次无声的回音再一次击中了他——那冲击波似乎一路传到了异站的尽头又反弹了回来。

"床。"维森想。他手忙脚乱地顺着走廊倾斜的地板一路爬到一块橡胶台前。

他所在的房间正在向上胀开，压扁了橡胶床。突然，房间又猛地往下弹回，维森在床垫上无助地跟着弹跳，四肢在空中挥舞。随着一声缓慢拖拉的金属声，一切再次恢复了平静。

维森撑起一只手肘，思绪凌乱："空气……气闸。"再一波冲击将他狠狼地按在了床垫上,他的肺部被压迫得无法呼吸,房间也在眼前扭曲变形。维森在嗡鸣未绝的静默之中感到一股寒冷气息袭来,房间里充斥着强烈的异味。"是氨气!"他想——那就是能使人窒息的甲烷。

属于他的牢房被污染了。隔离膜的裂开是致命的,另一头属于外星人的空气能夺了他的性命。

维森猛然站了起来。下一波冲击袭来,他重心不稳,倒在地上。再次站起来之后,他茫然地朝门口走去,步履维艰。大脑模糊地告诉他:"气闸——快出去。"

他走到一半时,屋顶上的灯尽数灭掉了。黑暗像毯子一样将他的头包裹起来。房间里现在冷得刺骨,异味也更加明显。维森咳嗽起来,迅速朝门边走去。忽然,脚下的地板也歪了过去。

只有那金色的指示灯还亮着,指针指向满格。那些大桶已经提前一个月蓄满了精华液,金色的液体在桶里漾着光芒,仿佛正在孕育生命。维森感到一阵战栗。

浴室里的水管裂开了,水哗哗地往地砖上流去,喷在洗澡间底部的塑料板上。灯光闪烁不定。餐厅里,厨师机器人继续咔嚓作响,同时发出声声叹息。冷风越发刺骨,他的上身被冻得麻木。维森突然意识到,自己其实并不是在天上,而是在深海的海底,被困在这个钢铁做的泡沫里,眼睁睁地看着黑暗涌入。

他的头已经完全不疼了。他明白这意味着什么:在自己头顶上方,那个外星人的尸体像是屠夫宰好的肉一样悬挂在黑暗之中。它的垂死挣扎已经过去,所有的暴力伤害也随之停止了。

维森绝望地吸入一口气,大喊道:"救救我!外星人死了,它把太空站蹬得塌崩了,甲烷正在涌入!快去找人帮忙,听到没有?你听到没有?"

一片死寂,黑暗令人窒息。他想起来了:"就算阿尔法网络还在,也听不懂他说的话了。"

Damon Knight

他转过身，嗓子里发出动物般的呼喊。他摸索着穿过了第二道走廊。墙的背后有什么冰凉的东西正在往下滴落、溅开，发出属于暗夜的声音。有什么东西敲打着他的双腿——它们小小的、硬硬的，飘浮在空中。然后，他碰到了一块弧度光滑的金属——气闸。

他急切地把自己那微小的重量抵在上面，想要把门推开。门没有动。冷空气顺着门框流窜过来，寒意如刀锋般尖锐。尽管如此，门却依然一动不动。

"太空服！"他恨自己没能早点想起来。要是他能有一点纯净的空气可以呼吸，有一点点暖意可以活动自己的手指的话……但装着太空服的柜子也死死地被卡住了。一定是天花板下坠变形导致的。

他有些不可置信地想："事情只能这样了，没有别的出口了。"不对，一定还有……他一下下地砸着门，直到胳膊失去了知觉。门仍然纹丝不动。他靠在冰凉的金属门板上，看到头顶上一盏小灯闪着光。

房间里阴影遍布，到处都是纷乱的几何形状。散乱的书页在气流下翩然飞舞，一片片飘散开来，与墙壁相撞之后又弹开，周而复始，还有一些飘到了外面的走廊上，被风漫卷着旋转起来。他看到有纸被吹到了门外——一张张白色的纸悄无声息地飞进黑暗中，像是一个个飘忽的梦境。

刺鼻的味道越发浓烈。维森咳嗽起来，再一次摸索着回到了操控台前。他张开手掌胡乱敲打着按键，呜咽不止，想要看看地球。

小小的屏幕终于亮了起来，可维森看到的却是外星人的尸体。

他一动不动地躺在太空站的内舱，四肢僵硬地摊开，眼神空洞。它最终还是没能承受住这一切，可维森却活了下来——

多活了几分钟。

那个外星人的脸仿佛带着嘲弄，一丝轻柔的记忆飘进了他的意识中："曾几何时，或许我们也是手足……"这一瞬间，维森迫不及待地想要去相信、去屈服。但当这一瞬过去之后，他还是满是倦意地让自己回到眼前这苦涩的现实中来,略带轻蔑地想:"一切已成定局,最终还是恨战胜了爱。你们不能再赠予我们这么贵重的礼物了——因为在今天的事之后,你们不会再铤而走险。这样一来,我们就会憎恨你们……而当我们能够去到星际的时候……"

他的意识开始缓缓出逃,像是个围观者一样,他清楚地感到自己的身体在最后一波咳嗽之后彻底瘫软下来。

最后几张飞舞的纸张飘落下来,长久的沉默罩住整个房间。

然后……

"保罗,"沙哑而机械化的女声响起。"保罗,"它又喊了一句,声音里满是失落、无助且不为人知的爱。

星际病院 - (1957) -Sector General

（爱尔兰）詹姆斯·怀特 James White —— 著

张智萌 —— 译

詹姆斯·怀特（1928—1999）是一位爱尔兰科幻小说作家，1953 年在《新大陆》杂志上发表了处女作。怀特的小说大多轻松有趣，引人入胜，他的成名作是关于宇宙医学的系列小说，即"星际病院"系列。《星际病院》的故事背景设在一所"远在银河边缘"的大型太空医院中，这家医院专门解决所有已知外星生物的各类疑难杂症，医生都配备着可以翻译宇宙中各门语言的机器。该系列小说最初几篇发表在《新大陆》上——首篇名为《星际病院》，后续几篇都发表在《科幻新作品》（*New Writings in SF*）上。在"星际病院"前六卷中，医院里有一万名不同物种的员工，主人公康韦是一名人类医生，他要独自或与同事合作，用幽默与巧手化解各种各样的医疗危机，内心有着希波克拉底式的职业尊严。从系列的第七卷开始，同样备受喜爱的新外星主人公陆续登场。

在整个系列的创作过程中，怀特构思出各种不同外星生物的身体结构及其伤病症状，描绘生动真实。《星际病院》系列具有强烈的和平主义倾向（小说中刻画了一个名为"特种监察部队"的军事组织，其主要作用就是用非致命武器预防和制止战争），并描写了诸多通过向受伤的外星病患（通常是"飞行员"）提供医疗救助，和平实现与外星生命第一次接触的案例——这也是在怀特的非系列小说中多次出现的隐喻。医院的"教学录影"系统可以让医生通过身份转移的（可逆）方法获取其他物种医学专家的记忆和技术，也常常由此引发棘手的状况。

也许是因为"星际病院"系列小说不像标准的科幻作品那样依靠典型的冲突和情节来推进故事，所以该系列并没有得到应有的好评。但正是这一特色使得该系列与众不同，直至今日仍能让读者感到耳目一新。《星际病院》一向是怀特写作能力最有力的证明之一，其情节引人入胜，带领读者一起探索这座星际病院，享受独特的阅读体验。

△   ▲   △   △

1

12 区星际病院在一片朦胧的星空中闪着光亮，像一棵畸形的圣诞树。医院的窗户里透出各色的光，有黄色的、橘红色的、明亮柔和的绿光，还有因为炽热的光化作用产生的蓝光。也有一些窗户黑漆漆的，这些窗户上镀了不透光的金属层：有的是因为窗内的光亮过于刺眼，过往飞船的飞行员眼睛不能接触这样的强光；有的是因为窗内的房间要保持阴冷黑暗，哪怕是恒星透过来的光也不可以照到里面的病号。

一艘泰尔斐人的飞船脱离多维空间，停在距这座大型医院约 30 千米远的地方。这艘飞船发出的光线太暗淡了，不用仪器探测根本无法察觉。泰尔斐人以能量为食。他们的飞船很小，船体表面泛着一层幽蓝色的放射性荧光，船舱内部则充斥着高度的硬性辐射。对于泰尔斐人的飞船来说，这都是正常现象。只有船尾处的情况有些反常。动力反应堆发生爆炸，堆芯四散在整间行星引擎室，无屏蔽防护，正处于亚临界状态，引擎室的温度高得连泰尔斐人也难以承受。

一个群体意识生物启动了短程通信器。他既是这艘泰尔斐宇宙飞船的船长，也是全体船员。他发出断断续续的蜂鸣般的声音，这种语言专用于跟无法与泰尔斐完全形态融合的生物交谈。

"我们是百人规模的泰尔斐完形部落，"他缓慢清晰地说道，"我们这里有伤员需要医治。我们的物种类别是 VTXM，重复，VTXM……"

"请描述细节和紧急程度。"就在泰尔斐人正要重复刚才的信息时，一个声音快速答道，回话被翻译成了泰尔斐人刚才使用的语言。他快速描述了相关细节，然后等待着。在他四周躺着完形部落的成员，他们共享一个思想，但有多具身体。一些成员已经瞎了、聋了，甚至可能已经成了没有任何感觉的死细胞。还有一些成员大脑发出了强烈的剧痛信息，这个群体意识生物感知到了这些信息，也被痛得默默地翻滚扭曲。他们在想，那个声音还会再回复吗？如果有回复，他能救我们吗？

"你们必须始终停留在医院四周八千米之外，"那个声音突然说，"否则会对附近无屏蔽防护的飞船和医院内不耐辐射的生物造成威胁。"

"我们明白。"泰尔斐人说道。

"很好，"那个声音继续说，"你们还需明白，你们的体温对于我们来说太高，无法直接接触。我们已经派出了远程遥控机器，如果你们能把伤亡人员转移到飞船的最大入口，会更便于疏散。如果做不到也不用担心，我们有机器可以进入你们的船舱内转移它们。"

末了，这个声音还说他们希望能够救助患者，但眼下还无法确保患者可以康复。

泰尔斐完形部落心想，很快，折磨着他思想和身体的剧痛就会消失了，但这也意味着要送走部落 1/4 的成员……

睡足了八个小时的觉，吃了一顿可口的早餐，展望着有趣的工作，康韦带着幸福的喜悦，快速出门走向他负责的病房。不过，病房里的病人不是真的由他负责——如果这些病人出了什么严重的问题，他最多能做到的是帮忙大喊救命。不过他并不介意，毕竟他才刚上岗两个月，他也知道他现在只能操作治疗器械，要过很久才能胜任更复杂的医疗工作。有教学录影系统，任何一种外星生物的生理学知识只要几分钟就能全部获得，但运用这些知识的技术——尤其是手术的技术——只能靠熟能生巧。康韦自豪地期待着将来能每天都练习这些医学技术。

在一个路口，康韦看见了一个他认识的 FGLI——一位特莱尔森实习生，正用他六只海绵似的脚努力挪动巨大笨重的身体，短粗的腿显得比平常更软弱无力了。与他共生的小 OTSB 还在昏睡。康韦愉快地打招呼："早啊。"然后他收到了一句经过机器翻译的——因此毫无感情地回应："去你的。"康韦笑了。

昨晚医院的前台一直很忙碌。康韦没有被叫过去，但那个特莱尔森实习生似乎忙到没时间休息。

在特莱尔森实习生身后几米，康韦看见另一个特莱尔森人正慢步走着，身边还跟着一个跟康韦同属于 DBDG 的小人儿。但他并不完全像康韦——DBDG 是一个物种类别的名称，该类生物有着大量共同的身体特征，比如胳膊、头、腿等的数量及其生长位置。这个生物手上长着七根手指头，直立只有 1.2 米高，就像一只可爱的泰迪熊——康韦不记得这类生物的老家是哪个星系了，但他听说他们所在的星球曾经突然进入了冰川时期，导致星球上最高等的生命进化出了智慧和厚厚的红毛。那个 DBDG 双手背在身后，眼神空洞地紧盯着地面。它那笨重的特莱尔森同伴眼神同样专注，不过盯着的是天花板，因为视觉器官长的位置不同。两人的金色臂膀上都别着专业徽章，表明他们都是尊贵的诊断医师。康韦克制着自己，不在经过他们的时候问早安，脚下也不要发出怪动静。

康韦猜想，他们可能正全神贯注地思考医学问题，也很可能是刚发生了口角，正在赌气，故意无视对方。诊断医师都是怪人。他们并非一开始就精神不正常，而是这份工作让他们不得已变成这样的。

走廊里，每个路口的广播喇叭都传来一个外星人的声音，康韦并没有听得很仔细，但当声音突然切换成了地球上的英语时，康韦听到广播里在喊他的名字，惊讶地愣在了原地。

"……请马上前往 12 号闸门。"广播里的声音单调地重复着，"物种类别 VTXM-23，康韦医生，请马上前往 12 号闸门。物种类别 VTXM-23……"

康韦的第一反应是他们要找的不可能是他。这架势搞得好像要他去处理病患，而且人数还不少，因为类别名称后面的数字"23"代表着需要治疗的病患人数。还有这个物种的类别，VTXM，他也是第一次听到。当然了，康韦懂得这些字母分别代表什么，他只是从没想到会存在这个类别的生物。他大致了解到这是一个会心灵感应的物种——物种名称前带有前缀"V"代表心灵感应是这个物种的主要特性，代表身体特征的字母被挤到了第二位——它们以直接转化辐射能量为食，通常聚集在一起形成合作群体或完形部落。虽然他心里还在怀疑自己能不能妥善处理这样的病患，但脚却已经掉转方向朝 12 号闸门走去了。

他的病人们被安置在一个金属小盒里，跟铅砖堆在一起，已经被抬到动力担架车上了，正在闸门处等着他的到来。护理员简洁地向他做了说明：这些生物自称是泰尔斐人；初步诊断要用到的放射厅已经为他准备好了；由于病人便于转移，为了节省时间，他可以带着病人一起去教学录影室，然后把他们留在外面等候，自己进去观看泰尔斐人生理学知识教学录影。

康韦点头道谢，然后一跃跳上了动力担架车，将车启动，努力表现出他每天都在做着这种工作，完全是一副得心应手的模样。

康韦在这座与众不同的星际病院里一直过得忙碌而愉快，只有一件事令他感到厌恶，当他走进教学录影室的时候他就又遇到了：这里的主管是个监察兵。康韦不喜欢监察兵，有监察兵在旁边让他觉得比挨着传染病患者还要难受。虽然康韦自豪地认为自己是理智、文明、道德的生物，绝不会憎恶任何人或事物，但他就是强烈地厌恶监察兵。他当然明白，因为难免有人会胡作非为，所以必须要有人采取必要措施来维护和平。但康韦痛恨任何形式的暴力，所以他也不可能喜欢那些采取必要措施的人。

监察兵来医院做什么啊？

那个人穿着整齐的深绿色连体制服，坐在教学录影室的控制台前，听到康韦进来，他马上转过身。康韦又震惊了。这个监察兵不仅肩膀上别着少校徽章，领口还别着象征医生的灵蛇权杖徽章！

"我叫奥马拉，"少校亲切地说，"是这所医院的首席心理医生。你就是康韦医生吧。"

康韦挤出了个假笑作为回应，他知道这笑容看起来很勉强，也知道对方也能看得出来。

"你要看的是泰尔斐人教学录影，"奥马拉说道，但不像刚才那么热情了，"你这次可真是遇上怪人了。务必记得在治疗结束后尽快回来消磁——相信我，你绝不会想留着它。在这里按下指纹，然后坐过去。"

教学录影头带和那些电极都固定好了。康韦努力摆正自己的脸，努力忍住想从少校结实有力的手中挣脱的冲动。奥马拉留着暗淡的金属灰色的短发，目光也像金属一样锐利。康韦知道他那双眼睛注意到了自己的反应，而现在，他敏锐的大脑正在根据康韦的反应得出结论。

"可以了。"教学终于结束了，奥马拉说道，"不过我提议，咱们找时间聊一聊，姑且算是给你重新进行心理定位。当然不是现在，因为你还有病人要处理呢——不过会很快。"

离开的时候，康韦能觉到那双眼睛一直盯着他的后背。

他本该按照要求把思绪放空，这样大脑才能很好地吸收新的知识，但是康韦满脑子都在想监察兵居然是医院里的高级员工——还是个医生。一个人怎么能身兼这两个职业呢？康韦想起他佩戴的臂章，上面有特莱尔森的黑红圆环、伊伦萨恩的熊熊烈日和地球人类的灵蛇权杖——都是星际联邦内三大种族用于象征医学的荣誉标志。而这个奥马拉医生，领章代表他是个医生，可肩章却代表着截然不同的职业。

可以肯定一件事：要是康韦不弄清楚监察兵怎么能当上医院的首席心理医生，他就没法在医院顺心工作下去了。

James White

2

　　这是康韦第一次使用外星人生理学教学录影，他神奇地发现自己大脑里有两种思想，对他思维产生的影响越来越大了——标志着教学录影已经"生效"。走到放射厅的时候，他感觉自己好像拥有了两重身份——一重是地球人类康韦，另一重是拥有 500 成员的泰尔斐完形部落，专为建立泰尔斐人生理学知识的精神记录而组建。这也是教学录影系统的唯一缺点——如果这算是缺点的话——录影不仅会"传授"教学者头脑中的知识，还会将教学者的性格传递给学习者。那些诊断医师的大脑里有时要容纳多达十个不同教学录影的内容，也难怪他们会举止怪异了。

　　诊断医师是医院里最重要的职位，康韦一边想，一边穿上了辐射防护服，准备为他的病人们做初步检查。偶尔他感到很自信的时候，也幻想过自己以后能成为诊断医师。他们的主要工作就是依靠自己充满教学录影知识的大脑，在给外星生物治疗和手术的过程中施展独门医术，并在没有录影知识可用的医疗情况下，群策群力，共同为病人诊断并制定疗法。

　　简单寻常的伤口和疾病用不着诊断医师出手，需要他们诊治的病人肯定是症状奇特、生存希望渺茫或者至少没了半条命的。但只要诊断医师出马，病人就一定能够被治好——他们每次都能创造生命的奇迹。

　　康韦知道，初级医生都想保留教学录影的内容，不愿意消磁，希望能从中获得独家发现，好让自己出名。实际上，对他这样明智的人来说，这仅限于一个想法。

　　虽然康韦已经分别为病人做了检查，可他并没看到这些小小病人的样子。要想看到他们得用屏蔽防护和反射镜，十分麻烦，也没这个必要。不过康韦很清楚他们的内部结构和外貌，因为教学录影让他几乎感觉自己是他们的同类。有了那些知识，再加上供康韦参考的病历和刚才检查的结果，他非常清楚该如何开展治疗。

这些病人都是同一个泰尔斐完形部落的成员，他们操控星际飞船的时候，动力反应堆发生了意外。这些小小的、甲虫似的生物个体智力非常低下，能吞食辐射物，但反应堆爆炸产生的烈焰他们吃不消。他们的病情就是极为严重的饮食过量，伴随着感知器官长期受到过度刺激，尤其是痛觉中枢。只需将它们放在屏蔽辐射的容器里，不让它们吸收辐射——这种治疗方式在它们那有高度辐射的飞船上可无法进行——它们中的70%在几个小时内就会自动痊愈。能自愈的都是幸运的，康韦甚至能判断出哪些能自愈。剩下的就比较悲剧了，因为如果能逃过一死，它们的命运会变得更惨：他们将失去与同伴思想融合的能力，对于泰尔斐人来说，这无异于缺陷和残疾。

只有能共享思想、人格和感知的泰尔斐人才能明白这有多悲惨。

他们真的非常可怜，病历上说这些生物在放射物突然爆炸的时候，强迫自己在恶劣的环境下继续操作，在几秒钟时间里把反应堆分散开来，这才让飞船免于彻底毁灭。泰尔斐人的新陈代谢基于他们每日三次的能量摄入。如果能量摄入中断时间过长，比方说多隔了几个小时，他们大脑的通信中枢就会受损，这会让他们变得像是被肢解下来的手脚，智力仅够感知到自己与同伴的思想融合中断了。反之，如果他们持续大量摄入能量，则会在一星期内就把自己烧死。

但是有一种方法可以救那些不幸的患者，这也是唯一的方法。调试机器准备治疗的时候，康韦觉得这样治疗病人并不能带给他满足感——风险都计算好了，一切全靠冰冷的医学数据，他本人完全发挥不了作用。他觉得自己只是个机械工。

康韦快速确诊了有16个病人严重消化不良。他把这些病人隔离到能吸收辐射的屏蔽防护瓶里，确保他们依然"火热"的身体散发出的辐射不会减缓这个"挨饿"疗程。他把这些瓶子放进核反应堆炉，炉内设置到泰

　　　　　　　　　　　　　　　　James White

尔斐人正常的辐射水平。每个瓶子里都有检测器，一旦他们体内的过量辐射消耗完毕，检测器就会马上解除瓶子的屏蔽防护。另外七个需要特殊治疗。康韦把他们放到了另一个反应堆里，设置控制装置尽量模仿事故发生时飞船内的环境。这时，他旁边的通信器响了。康韦完成了设置，接通了通信器，问道："什么事？"

"康韦医生，我们要进行例行询问。我们收到了泰尔斐飞船发来的信号，询问伤员的情况。您那边有什么进展吗？"

康韦知道现在的情况不算是最糟糕，但他真的希望自己能做到更好。由于学习泰尔斐生理学知识带来的副作用，康韦完全能够感同身受，对于已经成形的泰尔斐完形部落而言，解散或人员变更对他们是致命的打击。他谨慎地说道："其中 16 个人约四个小时之后就会完全康复。另外 7 个人死亡率是 50%，但近几天之内还无法判断哪几个人能存活。我把他们放在了核反应堆里，辐射强度是他们日常所需的两倍，之后会逐渐降到正常水平。应该有一半人能活过来，明白了吗？"

"明白。"几分钟之后通信器又传来声音，"泰尔斐人说很好，他们感谢您。完毕。"

康韦本该为成功完成第一次出诊感到喜悦，但他却感到莫名失落。治疗结束后，他感觉脑子里特别混乱。他不断在想，7 个人中的 50%，那就是三个半，这半个泰尔斐人算怎么回事啊？他更希望能活下来 4 个人，希望他们不会因精神受损而变成残废。他觉得当泰尔斐人可真好，不停地吸收着辐射能量，还能共享身体，体会几百人的不同感受。相比之下，他自己冰冷又孤单。康韦恋恋不舍地离开了温暖的放射厅。

出去后，他上了担架车，将其送回闸门处。现在应该去教学录影室报到，把泰尔斐人的录影消磁，这是他之前收到的指令。但他不想去。一想到奥马拉，他就感到特别不舒服，甚至有点害怕。所有监察兵都会让康韦不舒服，但这个奥马拉不一样。他对康韦有看法，还说要找康韦聊一聊。康韦觉得自己低人一等，就好像奥马拉是他的上司，而他无论如何也无法理解他怎么会在一个让他讨厌的监察兵面前低人一等！

强烈的感情让康韦感到震惊。身为一个文明、完善的生物，他不该有这种思想。他的情绪已经接近憎恨了。康韦被自己吓坏了，赶紧克制了一下自己的思想。他决定先回避问题，等巡视完病房再去教学录影室报到。万一奥马拉问他为什么迟到，巡视病房也是个正当的理由，而且在他巡视病房期间，奥马拉也可能会离开。康韦希望如此。

他去的第一间病房里住着一个来自沙德瑞科 II 星的 AUGL，是该物种专用病房里唯一的病人。康韦穿上合适的防护服——对这间病房来说就是潜水服——穿过闸门，进入了盛满绿色温水的水箱，这些绿色温水是为了模仿这种生物原本的生活环境。他从水箱内的柜子里掏出了工具，制造出巨大声响表明他的到来。如果他直接去叫醒熟睡的沙德瑞科人，后果将不堪设想。他只消甩一下尾巴，这间病房里就不止他一个伤员了。

沙德瑞科人长着厚厚的盔甲和鳞片，有点像十几米长的鳄鱼。不过他没有脚，取而代之的是几片又短又硬的鳍，还有几条带子似的触手环绕在身体中间。他软绵绵地漂在水箱底部，唯一活着的迹象就是他的腮周围不时冒起一片水雾。康韦草草地检查了一下——治疗泰尔斐人导致他今天来得太晚了——例行询问了问题。他的回答通过水传到康韦佩戴的翻译器里，听筒里传来了缓慢单调的声音。

"我病得很重，"他说，"好难受呀。"

"你骗人，"康韦在心中默想，"你嘴里六排牙，每一排都在撒谎，有病才怪！"星际病院的院长利斯特医生是当今最好的诊断医师，他给这个沙德瑞科人做过彻底的解剖分析。利斯特给出的诊断结果是疑病症 [1]，无药可医。他还说，患者身体鳞甲上一些区域出现的变形现象和不适感都是

---

[1] 患有该病的病人会过度担忧个人健康问题，通常集中于某些特定的症状，比如，心脏或者胃部不适。

　　　　　　　　　　　　　　　　　　　James White

缘于这个可恶的大家伙懒惰贪食。所有人都知道外骨骼生物只会在体内发胖！诊断医师可不是以对病人态度友好而知名的。

这个沙德瑞科人只有在要被送回家时才会真的生病，医院里便从此赖着一个永久的病人。不过无所谓。医护人员和心理医生不断地给他做彻底的检查，并持续访视，医院里各个物种的实习医生和护士也都会参与。它常常要被贴上探针观察，然后惨遭各种水平的实习生的无情蹂躏，但他觉得十分享受。医院和沙德瑞科人对这样的安排都很满意，于是再没有人说要送他回家了。

3

上浮的时候，康韦停了一会儿，他觉得不对劲。他接下来应该去查看他们部门的低温病房里住着的两个呼吸甲烷的生物，但他非常不想去。尽管身处温水之中，而且围着庞大的沙德瑞科人游来游去也产生了不少热量，但他还是觉得冷，他多希望能有一群实习生一起跳进这个水箱给他做个伴儿。通常，康韦都不喜欢有人做伴，尤其是实习生，可他现在只觉得自己离群索居、孤单寂寞、无依无靠。这些感觉太过于强烈，康韦不禁害怕了起来。看来必须要找个心理医生聊聊了，康韦心想，但不必找奥马拉。

医院这一区域的建筑就像一堆意大利面——有些是直的，有些是弯的，还有一些扭成了奇形怪状。每条不同的地球空气条件的走廊，上下左右、四面八方都平行着——当然也有交叉排列着的——许多拥有完全不同的空气、压力和温度条件的走廊。这是为了方便让任何物种的医生都能在最快时间内赶到任何物种病人的病房，以免有紧急状况而在路上耽搁太多时间。因为医生要穿着符合病人生活环境的防护服穿过这么大的医院，既不舒服，速度又慢。医生们发现，到了病人的病房外再换所需的防护服，工作效率更高。康韦就是这样做的。

康韦记得这个区域的地形，他可以抄个近路到达寒血生物病人那里——沿着通往沙德瑞科手术厅的盛满水的走廊一直走，穿过闸门进入伊伦萨恩 PVSJ 所呼吸的氯气中，上两层楼，就到了甲烷病房。这样他就能在温暖的水里待得更久一些，他真的感觉很冷。

在氯气走廊里，一个正处于恢复期的 PVSJ 病人，用覆盖着薄膜的尖尖附肢走过康韦身边，发出沙沙的响声。康韦发现自己渴望跟他说说话，说什么都行。他强迫自己继续往前走。

DBDG 进入甲烷病房所需的防护服其实就是一台小液罐车。防护服内部配备加热器，维持内部人员体温正常；外部配备冷冻器，以免热量外漏伤到外面的病人。对于这些病人来说，哪怕一丝热量——甚至是光——都会致命。康韦不知道他检查所使用的扫描仪是怎么运作的——只有那些佩戴着工程技术臂章的机械迷生物知道——他只知道不是红外线。因为红外线对于病人来说太热了。

康韦一边检查，一边把加热器温度调高，直到身上汗流浃背，他还是觉得冷。他突然担心起来，会不会是他得了什么病？从病房出来后，他看了看小臂上植入表皮的指示器。脉搏、呼吸、内分泌平衡一切正常，只是过于焦虑，血液也没有任何感染。他到底是怎么了？

康韦尽快完成了巡视。他的脑子又开始混乱了。如果是意识在捉弄他，他可要采取必要措施解决这个麻烦了。肯定跟那个泰尔斐录影脱不了干系。奥马拉提到过，可康韦一时记不起他说的具体内容了。他现在就要去教学录影室，不管奥马拉在不在。

路上他遇到了两个监察兵，都持有武器。康韦以为自己会像往常一样对他们产生敌意，惊讶于他们居然在医院内携带武器。可他只是惊讶，并没有敌意。他好想去拍拍他们后背，甚至给他们一个拥抱。他迫切希望能有人陪在他身边，一起聊聊天，交流彼此的思想，这样他就不会感到如此孤单了。当他们走到康韦身边时，他勉强挤出一句颤抖的"你好"。这是他这辈子第一次跟监察兵讲话。

其中一个监察兵微微一笑，另一个则朝他点了点头。走过他身边时，两个人都古怪地低头看他，因为他的牙齿抖得太厉害了。

他刚才一心想去教学录影室，可现在又打起了退堂鼓。那里又黑又冷，到处是机器和阴暗的灯光，而唯一的同伴可能就是奥马拉。康韦想要身处人群之中，越多越好。他想起附近就是食堂，便朝那个方向走了过去。走到一个路口时，他看见一个牌子，上面写着：患者食堂，52—68病房DBDG、DBLF和FGLI专用。这让他想起了自己有多么冷……

营养师都很忙碌，没有注意到他。康韦选了个烧得正旺的烤炉，挨着炉边躺了下来，沐浴在充满整个房间的杀菌紫外线里，不顾自己单薄的衣服正被烤得散发出烧焦的味道。现在他觉得稍微暖和了那么一点儿，但是巨大的孤独感仍然挥之不去。他形单影只，无人理会。他真希望自己从未来到这世上。

几分钟后，一个监察兵——就是刚刚经过康韦时对他怪异的举止感到好奇的那两个监察兵之一——穿着临时从烹饪营养师那儿借来的隔热服走过来，发现了康韦。大滴的泪珠正从康韦的脸颊缓缓滑落……

"你……"一个熟悉的声音说道，"非常幸运，也非常愚蠢。"

康韦睁开眼，发现自己正躺在消磁椅上，奥马拉和另一个监察兵正低头看着他。他的后背仿佛被烤成了三分熟，全身像被太阳晒伤般刺痛。奥马拉怒气冲冲地盯着他，又接着说：

"幸运的是你没有严重烧伤，也没被灼瞎双眼。愚蠢的是你之前没有告诉我一个非常重要的信息，那就是这是你第一次使用教学……"

说到这儿，奥马拉的语气变得有些许自责，但仅仅是些许而已。他接着说，如果康韦当时告诉他，他会对康韦进行睡眠治疗，这样康韦就能够区分什么是他自己的需求，什么是他脑海中泰尔斐人的需求。他只在康韦验证指纹的时候感觉他是第一次用，医院这么大个鬼地方，他怎么可能知道哪个是新手，哪个不是啊！总之，要是康韦能多考虑考虑自己的本职工作，不要总想着教学录影室的主管是监察兵，这一切就都不会发生。

奥马拉继续刻薄地说，康韦是个自以为是又固执己见的人。在接触毫无人性的监察兵时，他丝毫不掩饰自己内心的厌恶和嫌弃。奥马拉无法理解，能在这家医院任职的人理应才智过人，怎么会有如此不堪的思想？

康韦感觉自己的脸在发烫。他居然忘记告诉奥马拉他是第一次使用教学录影，真是太蠢了。奥马拉完全可以指控他出现了疏忽——在这种多环境的大医院里，这个罪名几乎等同于渎职——然后解雇他。这个后果很严重，但对此刻的康韦而言这不是最严重的。让他不能接受的是，他居然被一个监察兵教训了一顿，还是当着另一个监察兵的面！

另一个监察兵就是把康韦抬过来的人，他正低头看着康韦，棕色的眼睛里流露出既想笑又同情的眼神。康韦觉得这比被奥马拉责骂还难以接受。区区监察兵竟敢同情他！

"想知道究竟发生了什么事吗？"奥马拉挖苦地说，"由于你缺乏经验，让录影里的泰尔斐人格暂时取代了自己的人格。他对硬性辐射、高热、强光的需求，以及身为群体意识生物必不可少的思想融合的需求，变成了你的需求——当然，转化成了与之最接近的人类需求。那段时间里，你体验了身为泰尔斐人的感觉，而单个泰尔斐人——断绝所有与同类的思想联结——真的很不开心。"

奥马拉解释着，情绪也随之缓和下来，说到后面时语气已经很冷淡了："你现在的痛苦其实跟严重点儿的晒伤差不多。后背会比较敏感，不久后会发痒。你活该受这罪。赶紧走，我不想再看见你了。后天九点过来，把时间给我腾出来，这是命令——我们还要聊一聊呢，记得吧？"

康韦来到走廊，他心里充满挫败感，同时还混杂着难以抑制的愤怒，

James White

这令他十分懊恼。他活了23年，还从没受过这种委屈。他觉得自己就像一个心理失调的坏孩子，可他向来都是稳重得体的好孩子。他好难过。

直到身边传来另一个声音，他才意识到救他的人还在他身边。

"不要记恨少校，"那个监察兵同情地安慰他道，"他为人真的很好，等你再见到他时你就知道了。刚才他太累了，脾气有点儿冲。三个连队刚刚抵达这里，后面还会有更多。但他们目前的状态对我们没多大用——大多都有严重的战斗应激反应。奥马拉少校必须对他们进行心理急救，以免……"

"我觉得，"康韦带着讽刺侮辱的语气说。他最讨厌智力和品行都不如他的人对他大吼大叫，或是用同情的语气跟他讲话。他继续说："战斗应激反应，就是他们杀人杀腻了吧？！"

康韦看到年轻的监察兵面色一僵，眼里闪过受伤和愤怒的神色。他站住了，想要像奥马拉一样骂康韦一番，但转念又想到了更好的说法。他轻声说道："你来这儿好歹也两个月了，说好听点，是对特种监察部队的态度不现实。我真是不理解，你忙到没时间跟别人说话吗？"

"并不是，"康韦冷冷地回答，"只是我出生的地方不谈论你这种人，我们喜欢谈论愉快的话题。"

"我衷心希望，"监察兵说，"你的朋友——如果你有朋友的话——都尽情享受阿谀奉承。"他转身走开了。

康韦一想到什么东西碰上了他烧焦敏感的后背，面部的肌肉就不由自主地抽搐，但他也在想监察兵刚才的话。他对特种监察部队的态度不现实？难道他们想让他容忍暴力和杀戮，还跟犯下这些罪行的人友好相处吗？那个监察兵还提到有几个监察兵连队来了。他们有何目的？焦虑开始动摇他迄今为止都坚定的自信心。医院里发生了他不知道的大事。

康韦初到星际病院时，带他初步了解医院并给他分配任务的生物对他说过一番鼓励的话。他说，康韦医生通过了无数测试最终被医院录用，大家都欢迎他的到来，并希望他在自己的岗位上工作得开心。试用期结束后，不会再有人监督指正他的行为，但是如果出现任何原因——比如与同类或其他物种生物发生冲突，或出现了外太空精神错乱的症状——造成他过于痛苦，无法继续工作的话，那么院方也会遗憾地允许他离开。

同事也建议他多多结交其他物种的朋友，以增进了解。最后还告诉他，如果他由于无知等原因惹了麻烦，可以联系这两个地球人中的任意一位，一位是奥马拉，另一位是布赖森，该联系谁取决于麻烦的具体性质。再者说，只要是一位合格的医生，无论是什么物种，只要他求助都会帮他的。

不久后，他遇到了地球人类医生马农。马农医生很有才干，是康韦分配到的病房的外科医师主管。尽管马农医生非常努力，但他还没有当上诊断医师，也因此可以长时间保持正常人类的特性。他非常喜爱他养的小狗，这只狗也非常黏他，好多来访的外星人都误以为他们是共生关系。康韦非常喜欢马农医生，而现在他才意识到马农是他唯一勉强称得上朋友的同类。

这可怪了。康韦开始自我怀疑。

听过那番鼓励的话，康韦觉得自己已经准备就绪，可以展开工作了。他发现与外星同事打交道格外容易。他不再结交人类同事——只有那一个例外——因为人类对他们所从事的这些重大而有意义的工作往往敷衍了事，还满嘴抱怨。但要说这算是有摩擦矛盾也太可笑了。

不过这都是他之前的想法，在奥马拉还没有让他觉得自己愚蠢无知，指责他顽固偏执又心胸狭隘，一点点地把他的自尊心撕成碎片的时候。奥马拉跟他之间绝对算是有矛盾了，如果监察兵继续这样对待他，康韦知道自己会被迫离开。他可是文明道德的人类——监察兵有什么资格来教训他？康韦完全不能理解。他只知道他想要留在医院工作，而要想留下就需要别人的帮助。

James White

4

"布赖森"这个名字突然出现在他的脑海里,是他遇到麻烦时可以去求助的人之一。另一个奥马拉已经被排除了,而这个布赖森……

康韦从没听过叫这个名字的人。他问了一个路过的特莱尔森人,知道了该去哪里找他。刚找到门口,他就看到了门上的铭牌:特种监察部队,布赖森船长,神父。康韦气得转身就走。又是监察兵!这下他只有一个人可以求助了:马农医生。早知道就先去找他了。

但当康韦终于找到马农医生时,他正封闭在 LSVO 手术室里,帮助特莱尔森外科诊断医师进行一项非常复杂的手术。他走进观察室,等着马农医生手术结束。

LSVO 来自一个大气浓密而引力很小的星球。他们生有翅膀,极其脆弱,所以室内几乎没有引力,外科医师们都被绑在桌子周围的固定位置上。与特莱尔森人共生的小 OTSB 没被绑住,而是被宿主的一只辅助触手牢牢抓着,浮在手术台上方——康韦知道,OTSB 生物必须时刻与宿主保持肢体接触,一旦断开超过几分钟,他的精神就会受到严重损伤。康韦忘记了自己的烦恼,好奇地观察起他们的动作来。

病人的一部分消化道裸露在外,能够看到消化道上长着一块海绵状的蓝色肿瘤。康韦没有看过 LSVO 的生理学录影,无法判断病人的病情是否严重,但是这个手术一定很难,因为他看到马农医生弓着身,整个人探到了手术台上,而特莱尔森医师空闲的触手也紧紧地盘着。小 OTSB 长着一簇细线状的眼睛,触手末端还长着吸盘,同以往一样,他负责轻松的探测工作——把手术台上的全部细节都以视觉信息的形式传给他的宿主,再接受宿主基于这些信息发出的指令。特莱尔森医师和马农医生负责固定轮夹、打结、清洗这些重活。

特莱尔森医师的共生物在宿主的指引下用极为敏锐的触手协助手术，马农医生只能在一旁看着，但康韦知道即使是这样的机会也极为难得。特莱尔森人与其共生物的组合是整个银河系最厉害的外科医师。要不是受庞大的体形和手术方法所限，无法给某些物种做手术，那所有的外科医师就都要由特莱尔森人担任了。

他们走出手术厅时，康韦还在等候。特莱尔森人伸出一只触手拍了拍马农医生的头——这是表达高度赞赏的手势——一团长牙的小毛球立即从柜子后面飞奔出来，冲向那个袭击他主人的大家伙。这种情形康韦虽然见过好多次了，但还是觉得很好玩。就在马农的狗朝着远高于它和它主人的特莱尔森医师狂吠，想要决一死战的时候，特莱尔森医师故作害怕地后退，尖叫道："好可怕的怪兽啊，快救救我！"狗狗还是围着他不停狂叫，扑咬他六条短腿上穿的皮外套。特莱尔森医师一边后退，一边大声呼救，还要小心留意自己的大脚不要踩到这个小小的猛兽。他们的声音渐渐消失在走廊远处。

等到喧闹声逐渐小到不影响交谈了，康韦开始说："医生，我想请您帮帮我。我需要一些建议，或是相关信息。这个事情很棘手……"

马农医生挑了挑眉，撇嘴笑了。他说："我很愿意帮你，不过我现在可能给不了你什么好建议。"他做了个厌烦的表情，两条手臂上下挥动。"我的脑子里还有 LSVO 的教学录影，你也知道这种情况，我意识里一半是鸟，另一半现在还糊涂着呢。你想问什么事？"他一边说着，一边像鸟一样昂起头歪向身子一侧，"如果是有关年轻人的恋爱问题，或是任何心理方面的困扰，我建议你去问奥马拉。"

康韦飞快地摇头，谁都可以，只要不是奥马拉。他说："不是心理问题，更偏向于哲学，算是道德观问题吧……""就这事？"马农大叫。他刚要再说什么，却突然停住了，凝神倾听着什么声音。然后他用大拇指指了指

　　　　　　　　　　　　　　James White

旁边墙上的广播喇叭，轻声说："你的事恐怕要等等才能解决了，广播里在叫你。"

"康韦医生，"广播喇叭快速播报着，"请到87室实施刺激剂注射……"

"可是87室不属于我们部门啊！"康韦抗议道，"医院到底出什么事了？"马农医生突然严肃起来。"我大概知道，"他说，"你最好给自己也留几支刺激剂，没准一会儿用得上。"他快速转身离开，嘟囔着要在广播呼叫他之前，赶快把录影消磁。

87室是伤患部工作人员的休息室，康韦到达时，休息室的桌子、椅子甚至部分地板上都躺满了身穿绿色制服的监察兵，一些人虚弱得连头都抬不起来。一个人挣扎着从椅子上站起身，朝他走过来。他也是一个既有少校肩章又有灵蛇权杖领章的监察兵。他说："最大剂量。先给我注射。"说完就开始褪下外衣。

康韦环视了一圈。屋里有近百人，都处于极度疲劳状态，面色灰白。他对监察兵还是没什么好感，但这些人勉强可以算是病人，他很明确自己的职责。

"身为医生，我强烈反对注射。"康韦严肃地说，"你们明显都已经注射过刺激剂，而且已经严重超量。你们现在需要睡眠——"

"睡眠？"不知是谁说了一句，"睡眠是什么？"

"住嘴，泰尔南。"少校疲惫地说，然后又转向康韦，"身为医生，我很清楚其中的危害，还是不要再浪费时间了。"

康韦开始快速熟练地实施注射。这些目光呆滞、精疲力竭的监察兵在他面前排好队，五分钟后就离开了房间，他们个个健步如飞，眼里闪着不自然的精光。他刚刚注射完毕，广播就又响了起来，命令他到6号闸门等待指令。康韦知道，6号闸门是通往伤患部的辅助入口之一。

在赶往6号闸门的路上，康韦突然感到又累又饿，但他没时间多想。

广播喇叭正在呼叫所有初级实习生到伤患部报到，并指引伤患部附近的病房疏散转移。同样的信息又用外星语言播报了一遍，确保其他物种的人员都能收到。

这显然是要扩张伤患部。但是为什么呢？哪儿来这么多伤员呢？康韦疲惫的心里浮现出一个大大的问号。

5

6号闸门门前，一个特莱尔森诊断医师正在跟两个监察兵密切交谈。康韦很愤怒，最高贵的生物居然跟最低等的生物这样亲密，随即又感到悲哀，因为再不会有什么能让他更惊讶了。闸门的观察窗旁边还有两个监察兵。

"你好，医生。"其中一个人友善地说。他朝观察窗偏了偏头，说道，"8号、9号和11号闸门已经开始卸载了。马上就轮到我们这里了。"

观察窗外非常壮观，康韦从没见过这么多飞船同时出现。小到容纳10个人的游乐船，大到特种监察部队的巨型运输飞船，30多艘光滑的银色飞船错落有序地排列在一起，等待批准对接卸载。

"好难控制啊。"监察兵说。

康韦也这么认为。飞船为了保护自身不被宇宙中的各种碎屑岩石撞到，外部都有一层排斥力屏障，屏障占用很大的空间。要想有效挡住各种体积的流星等天体，这个屏障至少要离船体8千米远，飞船越大，需要的距离就越远。而外面那些飞船相互间只隔几百米，避免碰撞完全靠飞行员的技术。飞行员此刻一定处于高度紧张集中的状态。

但康韦可没时间在这儿看风景了。三个地球人类实习生已经赶到，后面紧跟着两个红毛的DBDG和一个长得像毛虫的DBLF，都戴着医生徽章。闸门的指示灯从红色变成绿色，表明一艘飞船已经成功对接。飞船上的病人被抬了进来。

这些病人都由监察兵用担架抬着，只有两个物种：属于DBDG的地

James White

球人类和毛虫般的 DBLF。康韦和其他在场医生的工作就是为他们检查，再根据伤势分别送往伤患部的各个科室治疗。康韦开始工作，还有一个监察兵在旁协助他。这个监察兵受过专业护士训练，他说自己叫威廉姆斯。

看到第一个病人时，康韦有点震惊——不是因为他伤得很重，而是因为这个伤口的性质。到第三个病人的时候，康韦直接停了下来，他的监察兵助理不解地看着他。

"这是出了什么事故？"康韦问道，"多处贯通伤，伤口边缘变形，就像炸弹碎片造成的撕裂贯通伤。怎么……"

监察兵说："虽然我们没有外传，但估计医院里人人都听说了。"他抿紧了嘴唇，眼里那跟所有监察兵一样的神色变得更加深沉。"他们开战了，"他点点头，指了指周围的地球人类和 DBLF 伤员，继续说。"我们去镇压的时候，战况已经失控了。"

康韦感到一阵难过，开战……！来自地球或其殖民星球的人类，居然想要杀死与他们如此相似的物种。他以前也听说过类似事件时有发生，可他从不相信拥有高度智慧的物种会发动如此大规模的疯狂战争。这么多伤患……

他对可怕的战争深恶痛绝，同时他注意到一个奇怪的现象——监察兵脸上的表情居然跟他一样！如果威廉姆斯也像他一样痛恨战争，他对特种监察部队的看法也许会有所改观。

突然，康韦右手边几米开外传来一阵骚乱声，吸引了他的注意。一个地球人类患者正极力反抗给他做检查的 DBLF 实习生，嘴里说的话很难听。那个 DBLF 实习生记下他患有创后神志混乱——虽然这个人类可能不知道这个病是什么症状——然后尽力用经过翻译的平淡的语调安抚患者。

最后是威廉姆斯解决了纠纷。他猛地转向那个高声抗议的病人，弯下身，脸几乎贴到了对方的脸上，语气就像是平常的聊天，但康韦听了却脊背发抖。

"听着，"他低沉地说，"你反对让想杀你的臭虫的同类给你诊治吗？给我记好了，他是这儿的医生。还有，在这座医院里，没有战争。你们都属于同一支部队，你们的统一制服就是病号服。放规矩点，闭嘴躺好，不然我就打到你老实为止。"

康韦继续工作，脑子里给对监察兵改观的事画了下划线。受伤痛折磨的生命经他一个个送出，而他的心思却飘到了别处。威廉姆斯脸上的表情让他很感意外，也许他以前听说的监察兵的情况不是真的。这个男人沉默寡言，不知疲倦，双手沉稳有力——他是那种毫无道德的嗜血杀手吗？很难让人相信。康韦一边趁诊断的间隙偷偷观察这位监察兵，一边下定了决心。这件事很难开口，如果他处理不当很可能会挨打。

奥马拉不行，由于各种原因，布赖森和马农也不行，但威廉姆斯……

"呃……那个，威廉姆斯，"康韦迟疑着，但最终飞快地问出了口，"你杀过人吗？"

监察兵马上立直身体，没有血色的嘴唇抿成了一条线。他不带情绪地说："如果你有脑子就不该问监察兵这个问题，医生。还是说你没有脑子？"他犹豫了一下，好奇心使他忍住了内心的怒火，因为康韦脸上纠结的情绪明显反映出了他内心的复杂。他沉重地问："你为何这么烦恼，医生？"

康韦真希望自己没问过这个问题，但已经无法收回了。他开始结结巴巴地讲述起自己的职业理念，讲述自己发现星际病院——这座他曾以为符合他所有崇高理念的机构——居然雇用监察兵为首席心理医生，其他岗位很可能也雇了监察部队的人，这让他感到惊惶、迷惑。康韦现在知道了，不是所有监察兵都是坏人，他们还火速派出了自己的医疗部队来帮医院处理这次紧急情况。可就算如此，监察兵……！

"我还有一件更震惊的事要告诉你，"威廉姆斯冷淡地说，"这件事所有人都知道，大家都觉得这不值一提。星际病院的院长利斯特医生，也是特种监察部队的一员。"

"当然，他不穿军队的制服，"监察兵快速补充道，"因为诊断医师会越来越健忘，不修边幅。而部队不能容忍成员衣着不整，哪怕他是个中将。"

利斯特居然是监察兵！"为什么？"康韦情不自禁地大喊，"所有人都清楚你们是什么人。你们怎么渗透得到医院内部……"

"显然不是所有人都清楚，"威廉姆斯打断了他，"比如你，就不知道。"

6

处理完手头的病人，准备检查下一个的时候，康韦发现监察兵已经不生气了。他脸上的神情不知怎的让康韦感觉像是一个家长准备给孩子讲残酷的人生道理。

"总的来说，"威廉姆斯一边轻轻揭开一个 DBLF 病人伤口上临时包扎的绷带，一边说，"你的问题缘于你和你所在的社会群体都是保护生物。"

康韦说："什么？"

"保护生物，"他重复道，"被隔离在当今世界的残酷之外。几乎所有伟大的艺术家、音乐家和专业人士都来自你所处的那个社会阶层——我所说的'社会'指的是整个星际联邦，不仅指地球。你们大多一生都不会知道自己是受保护的，不知道自己从小就与所谓的星际文明的残酷现状隔离了，不知道自己的和平主义信念和文明行为是我们大多数人无法拥有的奢侈。你们能拥有这种奢侈，是因为我们希望能从你们中孕育出一种世界观，能让宇宙中所有生物未来都变得真正文明、善良。"

"我不知道这些，"康韦结结巴巴地说，"你们还……让我们——我是说让我——显得这么没用……"

"你当然不会知道。"威廉姆斯温和地说。康韦很奇怪，这个年轻人居高临下地教育他，竟然不会让他觉得无礼，他就是有那种威信。他接着说："你可能一直都很孤高自傲，沉默寡言，沉迷于自己的崇高理想。这倒不算什么过错，只是你不能总是非黑即白，要允许有灰色地带存在。目前，我们文化的基础，"他又回到了主要话题上，"就是给予个人最大限度的自由。任何生物，只要不妨害他人，就可以做任何想做的事。只有监察兵放弃了这种自由。"

"那正常生物保留区的生物呢？"康韦打断了他。监察兵终于说了一句他有把握反驳的话了。"我可不认为被关在固定区域内受监察兵监管称得上是自由。"

"你好好回想一下，"威廉姆斯回答，"就会发现正常生物——这个群体基本每个星球都有，他们认为自己才是物种的典型，而非残忍的监察兵或懦弱的美学家——并没有受限。他们会自发组成各种社会，而这些正常生物组成的社会特别需要监察兵管理。正常生物拥有所有自由权，包括自相残杀的权利，只要双方都愿意。监察兵在场只为防止过程中有不想参与的正常生物受到牵连和伤害。"

"另外，如果有一个或多个世界出现大批疯狂想要打仗的人，我们还要确保他们到专门用于战争的星球上开战，确保战争不会持续太久，伤亡不会过于惨重。"威廉姆斯叹气道，接着用自责的语气说，"我们这次低估他们了。这一战既持久又伤亡惨重。"

康韦的内心仍在回避这颠覆他认知的事实。来星际病院前，他从未直接接触过监察兵，也不想接触。他觉得地球上的正常生物都很荒诞，总是趾高气扬，到处吹牛，仅此而已。当然，大多数关于监察兵的坏话也是从他们那儿听来的。也许正常生物不是那么客观诚实……

"简直难以置信，"康韦抗议道，"你就是想说特种监察部队比正常生物和我们这些专业人士都要伟大！"他生气地摇头，"现在可不是讨论哲学问题的时候吧！"

"是你先提起的。"监察兵说。

康韦不作答。

仿佛又过了好几个小时，康韦感觉有人拍他的肩膀，他起身看到身后

James White

有个 DBLF 护士。他拿着一支皮下注射器,问道:"需要刺激剂吗,医生?"

康韦这才注意到自己的腿已经站不稳了,视线也很难集中。护士一定是已经看出他体力不支了才会过来问他。他点点头,卷起衣袖,感觉自己的手指就像粗大疲惫的肉肠。

"哎哟!"他突然痛得大叫,"你用的是什么啊,大钉子吗?"

"抱歉,"DBLF 说,"我刚给我的两个同类医生注射完,你知道的,我们的皮比你们更厚、更粗糙,所以针头有点儿钝了。"

康韦的疲劳感马上一扫而光,只是手脚还有些发麻,脸上有一块灰色的污点他自己也看不到。他感觉头脑清晰敏锐,神清气爽,就像刚睡足十个小时起来冲了个澡。就要检查完手头这位伤员时,他快速环视四周,发现候诊的病人已经不多了,监察兵人数也只有开始时的一半。照顾完病人后,监察兵们自己也病倒了。

这种状况一直在发生。监察兵乘坐飞船赶来的路上就没怎么睡,还一直奋不顾身地帮助医院劳累的医护人员,他们全凭不断注射刺激剂和顽强勇敢的意志坚持着。不时有监察兵昏倒在地,被匆忙送走,因为他们已经累得连心肺的肌肉都没有力气了。倒下的监察兵都在一个专门病房休养,里面有机器设备给他们按摩心脏,做心肺复苏,从大腿的血管给他们输送养分。康韦听说有一个监察兵不幸去世了。

趁着形势有所缓和,康韦和威廉姆斯走到观察窗边向外看。等候的飞船好像只少了一小点,不过他知道肯定是因为又有了新来的飞船。他无法想象这么多病人要安置在哪里,现在就连可以停放伤员的走廊都人满为患了,所有物种的病人都在重新安置,以腾出更多空间。不过这都不用他操心,飞船交织在一起的场景此刻格外让人安宁……

"紧急情况,"墙上的广播喇叭突然开始播报,"一艘单人飞船上有一个未知物种飞行员需要急救。飞行员受了重伤,已经神志不清,快要控制不住飞船了。所有闸门随时待命……!"

糟糕，康韦心想，偏偏赶上这个时候！他胃里一痛，一种不好的预感涌上心头。威廉姆斯的手指扣紧了观察窗边缘，指关节都泛白了。"来了。"他平静而绝望地说，指向窗外。

一艘飞船正快速靠近正在等候的舰队，飞行路线漂移不定。这艘漆黑短小的鱼雷形飞船转眼间就扎进了舰队。混乱中，其他飞船纷纷散开，勉强不让彼此相撞，躲过了飞船，而这艘飞船还在前进。现在，它前面只有一艘监察部队的运输飞船了。这艘飞船刚接到对接许可，正向闸门靠近。运输飞船巨大笨重，无法灵活躲避，时间也来不及了。碰撞在所难免，而运输飞船里载满了伤员……

但是没有撞上。在最后一刻，小飞船突然转弯了。它躲开了运输飞船，鱼雷形的船身缩成了圆形并迅速膨胀。这次它直朝着康韦这里过来了！康韦想要闭上眼，却又着魔般盯着即将撞上他的大金属球。他和威廉姆斯都没冲去穿宇航服——来不及了，眼看就要撞上了。

飞船几乎到了他们的头顶，又突然转向了。受伤的飞行员似乎正极力避免撞到这座巨大的医院。可太晚了，还是撞上了。

飞船撞穿了医院的两层外墙，两波剧烈的震感从地面传来。飞船还在继续往医院中心钻。医院内的生物——既包括人类也包括外星生物——因受到撞击、水淹、毒气和压力骤减而受伤，立即发出刺耳的尖叫声。水流进了充满纯氯气的区域。普通空气穿过密封孔渗入真空隔间，而里面的生物只能在冥王星般冰冷真空的环境里生存，刚接触到空气，他们就萎缩死去，身体融化掉了。水、空气和 20 种不同气体混合在一起，形成了一片高腐蚀性的棕色泥巴，还在不断蒸发，向外太空扩散。好在密封闸及时关闭，把飞船撞毁的区域隔离了。

7

整个医院因撞击一度陷入瘫痪，不过很快就开始采取应急措施。广

James White

播喇叭开始不断播报。所有物种的工程维修人员马上被分配了各项任务。LSVO 和 MSVK 病房内的引力缓冲网络失灵了，区域内员工要把病人装进防护罩，转移到 DBLF2 号厅，厅内引力设置到 1/20G，免得他们被自己的体重压碎。AUGL 走廊发生了不明泄漏，所有 DBDG 都收到提示，他们的食堂区域受到了氯气污染。同时，利斯特医生也被请求去报到。

康韦奇怪地注意到，其他人都是被命令去执行工作，只有利斯特医生是被请求的。突然，他听到有人在叫他，于是转过身。

是马农医生。他快步走到康韦和威廉姆斯面前，说："我看你们好像不忙，有一项工作想交给你们。"等到康韦点头同意了，他马上接着说，"飞船坠毁贯穿了半个医院，但被安全门封锁在外的区域不仅是飞船撞出来大洞。由于安全门的位置是固定的，真空区域就像是一棵大树，飞船撞出来的洞是树干，相邻的走廊是树枝，一直延伸到了医院内部。而这些真空的走廊里有一些隔间本身自带密封功能，所以里面可能还有幸存者。

"通常来说，营救这些生物不用太着急，隔间可供他们在里面舒适地生活好几天，但这次情况有点复杂。飞船几乎冲到了医院的控制中心才停下来，那个区域有整座医院的人工设置装置。现在，那里有一位幸存者——可能是患者，也可能是医院员工，甚至可能是那艘飞船的飞行员——正在四处走动，不知不觉间破坏了引力控制机器。如果任由这种情况继续发展下去，可能会在病房造成大面积损害，甚至会威胁低引力生物的性命。"

马农想让他们把那个幸存者带出来，免得他在不知不觉间毁了整座医院。

"已经有一个 PVSJ 进去了，"马农补充道，"但是这个物种穿上宇航服行动非常笨拙，所以我派你们去加快完成这项工作。懂了吗？那就开始吧。"

他们穿上了引力缓冲装置，从撞毁区域附近出去，贴着医院外墙飘到了飞船撞出的 6 米宽的大洞里。引力缓冲装置能让他们在失重环境下也行动敏捷，他们并不认为路上会遇到任何状况。他们还带着绳子和磁力锚，威廉姆斯还带着枪，他说这是士兵制服的配套装备。背着的氧气罐可供三个小时呼吸。

起初，道路还很好走。飞船在病房的隔水板、钢板、重型机械中间开出了一条边缘整齐的通道。康韦可以清楚看到下降时路过的走廊内部，都没有生命迹象。一些走廊里有高压生物的尸体，死得很惨，肯定是暴露在标准地球大气压环境里自己爆炸了，突如其来的高真空环境还加剧了这一过程。另一条走廊里发生了这样的惨剧：一个很像人类的DBDG护士——一种长得像红色小熊的生物——没来得及钻过关闭中的密封门，被整齐地切下了头。不知为何，这场景比今天发生的所有事都更触动康韦的心。

随着他们继续下降，越来越多的"外来"飞船残骸阻碍着他们的去路，都是坠毁飞船上掉落的金属板和部件，有好几次他们不得不手脚并用地清理出一条路来。

威廉姆斯走在前面，也就是在康韦下方 10 米左右。突然，他消失不见了。宇航服的无线电里传来惊呼声，随即是金属碰撞声。康韦惊呆了，本能地抓紧悬臂梁，透过防护手套他感觉到悬臂梁在震动。残骸正在移动！康韦惊慌失措，但很快就发现大部分震动发生在头顶上他经过的地方。几分钟后震动停止了，他周围的残骸没有移动太多。这时，他才把自己的安全绳在悬臂梁上系好，开始寻找监察兵。

威廉姆斯摔在了下方五米左右的一堆松散的残骸上。他的膝盖弯曲，手臂前伸，面部朝下地趴着，部分身体埋在了残骸堆里。无线电里传来不规律的微弱呼吸声，康韦知道监察兵下落时迅速用手臂护住了头部，保护住了易碎的宇航服面板，这才保住了他一命。但有没有生命危险还要看他伤得有多严重，而这要取决于把他吸下去的地面有多大引力。

现在看来，刚才的意外是因为虽然整个区域的电路受到大规模破坏，

James White

但一块地板里的人工引力网络还在运行。康韦十分庆幸引力只作用于与电网平面垂直的方向，而这片电网所在的地面被震得有些许倾斜。假如这个引力是直指向上的，那他和监察兵就会从远高于 5 米的地方下坠了。

康韦小心翼翼地放松绳索，接近摔作一团的威廉姆斯。到达引力影响范围内的时候，他双手紧紧握住绳子，却发现引力大约只有 1.5G，这才放松了些。有固定的引力把他向下拉，康韦开始双手交替着节节向下。他也可以用引力缓冲装置抵消掉引力，慢慢飘下去，但那样太冒险。如果他不小心飘出了有引力的区域，装置就会又把他抛向上方，很可能导致致命的后果。

康韦到达监察兵身边时，他依然处于昏迷中。由于监察兵穿着宇航服，康韦无法确诊，只能推测他两条手臂均有多处骨折。当康韦小心地把软弱无力的监察兵从残骸中挖出来时，他突然想到威廉姆斯需要救治，需要医院尽全力救治。因为他刚想起来，威廉姆斯也注射了大量的刺激剂，体力肯定耗尽了。如果他还能再醒来，他可能无法承受这个打击。

8

康韦正要呼叫救援时，一大块边缘参差不齐的金属擦着他的头盔落了下来。他赶紧转身，将将躲过了另一块砸向他的残骸。这时他才看到，一个穿着宇航服的非人类生物躲在十米开外的金属堆后面，而这个生物正在拿东西砸他！

他发现康韦注意到了他，马上就住手了。康韦以为这就是那个到处乱闯，无意间破坏医院引力系统的幸存者，赶紧冲了过去。但他马上就发现这个生物完全不能移动，他被几块沉重的飞船部件压在了下面，但是奇迹般地没有受伤。他还在用他唯一能动的一条附肢在宇航服背后乱抓。康韦不明白他在干什么，不过他看到他背后绑着无线电装置，电线断了。康韦用外科手术胶带修好了断掉的电线，耳机里马上响起了经过翻译的单调声音。

他就是那个在他们之前进入废墟寻找幸存者的PVSJ。他也跟监察兵一样中了引力网络的陷阱，但他开启了引力缓冲装置抑制下坠。不过引力设置得过高了，导致他撞到了他所处的这个位置。撞击倒不算严重，但是一些松散的残骸被震落，困住了他，还砸坏了他的无线电。

PVSJ——呼吸氯气的伊伦萨恩生物——牢牢卡在了残骸中。康韦怎么尝试想救他出来都没有用。其间，康韦看到了他衣服上的专业徽章。特莱尔森和伊伦萨恩的符号康韦看不懂，但是另一个徽章——用了最接近地球人类的表达方式——上面是个十字架。这个生物应该是神父。

可是这样一来，康韦就有两个被埋住的人要救了。他拨动无线电的收发开关，清了清嗓子。还没等他开口，马农医生焦急刺耳的声音就轰炸了他的耳朵。

"康韦医生！威廉姆斯医护兵！快点向我报告！"

康韦说："我正要报告。"然后汇报了一下他目前遇到的问题，并请求救援监察兵和PVSJ神父。马农打断了他。

"很遗憾，"他着急地说，"我们帮不了你。医院里的引力一直在剧烈波动，你们所在的通道肯定是受波动影响有所下沉。你头上的通道已经全被残骸堵死了。维修人员一直努力抢修通道，可是——"

"我跟他说，"另一个声音插了进来，耳机里传来话筒被手抓住的声音。"康韦医生，我是利斯特医生。"他继续说，"救治这两个伤员是次要的。你的任务是找到引力控制室里的生物并制止他。必要的话把他敲昏也可以，但务必要阻止他——医院就快被他给毁了！"

康韦忍住了内心的情绪。他回答："遵命，长官。"然后开始寻找穿过周围这片金属堆的方法，但都失败了。

突然，他感到自己被拉向一边。他拼命抓紧离他最近的凸起物。透过宇航服，他听到了金属移动的尖锐刺耳的声音。残骸又在移动了。突然间，

James White

拉他的引力消失了，与此同时，PVSJ 怪叫了一声。康韦转过身，发现他刚才所处的位置有一个大洞，不知通向哪里。

康韦松开紧握的双手。他知道刚才的引力来自下面，是某处的人工引力网络短暂开启了。如果引力再出现而他正没有支撑地飘浮着……康韦不敢想象后果。

刚才的变动没有影响威廉姆斯的位置，他还在原地，但 PVSJ 肯定是掉下去了。

"你没事吧？"康韦焦急地大喊。

"还好，"他回答道，"就是有点发麻。"

康韦小心地靠近洞口向下望去。下面是一个很大的隔间，其中一面墙上有光线照过来。他只能看到离他十几米远的地面，墙壁在他的视角之外，地面上长满了厚厚的深蓝色管状植物，叶子是球形的。康韦一时没看出来这个隔间的用途，后来才反应过来，这是一个没有水的 AUGL 水箱。地板上厚厚的植物既是内部装饰，也是给 AUGL 病人的食物。PVSJ 很幸运，掉在了这个有弹性的地面上。

PVSJ 身上已经没有重物压着了，他说他没什么大碍，可以帮康韦一起找引力控制室的生物。他们正准备继续下降，康韦无意间瞥了一眼之前他看不到的那面透光的墙，惊讶得屏住了呼吸。

AUGL 水箱面朝走廊的那面是透明的，可以看到走廊已经被用作临时病房。靠走廊一侧有一排病床，上面躺着 DBLF 毛虫生物。地板里的引力网传来剧烈的无规律波动，他们挨个被残忍地轧成塑料泡沫状，又弹向空中。医护人员匆忙用网把病人固定在床上，虽然还是会受到冲击，但他们幸运地活了下来。

走廊里有间病房正在疏散清理，一列各种生物组成的队伍沿着走廊走了过来，有的在爬行，有的在蠕动，还有的跳跃着前进。这里面包括所有呼吸氧气的生物，也有许多其他类型的生物。几个人类护理人员和监察兵在为他们引路。经验告诉护理人员，此时直立行走太容易摔得骨折或头骨碎裂，所以他们四肢着地爬行。这样，当突然出现引力波动的时候，他们就不至于被摔得太厉害。康韦看到他们多数人都穿着引力缓冲装置，但都没有使用，因为引力常数变量太大时，引力缓冲装置不起作用。

他看见装在气球似的氯气防护罩内的 PVSJ 被压在地面上，就像被玻璃压着的生物标本，然后又被弹回空中。特莱尔森病人们穿着巨大笨重的铠甲——特莱尔森人特别容易受内伤，尽管他们力气惊人——被拖着前进。还有 DBDG、DBLF 和 CLSR，还有几个看不见的生物装在透着寒气的球形滚轮式容器里。所有生物排成一列依次爬过，有的被推着前进，有的被拖着前进，有的自己勇敢地匍匐前进。受引力的吸引，他们时而弯下身，时而又直起身，就像大风中起伏的麦穗。

康韦仿佛感到自己脚下也传来了引力波动，但他知道飞船坠毁肯定已经把沿途的引力网破坏了。他的眼睛从那一列生物身上移开，继续朝下方前进。

"康韦！"几分钟后，马农大喊道，"下面那个幸存者造成的人员伤亡已经跟飞船坠毁造成的伤亡一样多了！刚才又有一阵 1/8G 到 4G 不等的引力波动，持续了三秒，导致一间 LSVO 病房里的所有病人都死亡了。你那边情况怎么样了？"

康韦报告说，这条废墟通道正逐渐变窄，飞船到达这个位置的时候，船体和较轻的机械装置肯定都脱落了，剩下的都是大件，比如超光速推进发动机等。他觉得他现在已经非常接近飞船了，那个搞破坏的生物应该就在他们附近。

"很好，"马农说，"快点找到他！"

"工程技术人员还过不来吗？当然——"

"过不去，"利斯特医生插话进来，"引力控制室周围区域的引力波动

　　　　　　　　　　　　　　　　　　　　James White

高达 10G，他们不可能过得去。从医院内部朝你们的方向开通道也行不通，因为这需要清空临近的走廊，而走廊里现在满是病人……"利斯特医生似乎转向了其他方向，话筒里的音量变低了，康韦隐约听到他在说，"智慧生物当然不会因惊恐而乱了手脚，而……而……哼，等我抓住他——"

"也许他不是智慧生物，"另一个声音响起，"也许是 FGLI 妇产科跑出来的幼兽……"

"如果是的话，我要狠狠揍这个小——"

话筒突然关闭了，耳机里只剩下刺耳的嘀嘀声。康韦突然意识到自己有多么重要，赶忙加快了行动。

9

他们又下降了一层，进入了一间病房，里面有四个 MSVK——一种长得像鹳似的脆弱的三脚生物——毫无生气地飘浮在半空，周围散布着病房设备掉落的碎片。这些物体和尸体还在移动，这似乎有点反常，就像刚有人拨弄过一样。这是他们第一次发现那个神秘幸存者的痕迹。接着，他们进入了一个巨大的房间，四面墙都是金属，布满了错综复杂的管道和无屏蔽防护的机械装置。地面被飞船撞出了一块凸起，飞船巨大的超光速推进发动机就在其中，周围散布着一些控制室设备掉下来的碎片。发动机下面压着一具不明生物的尸体。发动机一侧的地面上有一个洞，是飞船上其他重型设备在脆弱的地面上砸出来的。

康韦快速走过去，朝洞口向下望，然后惊喜地大叫："他在那儿呢！"

这个大房间肯定就是引力控制中心了。这间隔间一直处于零引力的真空状态，隔间的地板、墙上和天花板上，到处都排满了矮小的金属匣子，余下的空间只够人类工程技术人员勉强在其中移动。不过工程技术人员几乎不用来这儿，因为这间重要的隔间里，设备都可以进行自我修复。而此刻，他的自我修复能力正受到严峻的考验。

一个生物正横躺在三个精密的控制匣子上，康韦初步判断他是AACL。他的六条巨蟒般的触手从模糊不清的塑料宇航服的密封处钻了出来，到处乱挥，导致九个控制匣亮起了红色的警报灯。那些触手至少有五六米长，尖端还长着角，以他所造成的破坏程度推断那些角肯定像钢铁般坚硬。

康韦本来想可怜一下这个倒霉的幸存者，因为他以为这个幸存者肯定是身受重伤，惊慌失措，正承受着剧痛的折磨。可这个生物好像并没有受伤，还故意在内置自我修复机器修理的同时去破坏引力控制装置。康韦咒骂了一声，开始搜索这个生物宇航服内无线电的频次。突然，他的耳机传来刺耳的吱吱声。"抓住你了！"康韦愤愤地说。

那个生物听见他的声音，立即止住了吱吱的叫声，触手也静止不动了。康韦记下了这个波段，然后转回了他跟 PVSJ 交流用的频段。

康韦把他听到的声音告诉了 PVSJ，他说："我觉得这个生物正处于极度害怕之中，他发出的声响是他恐惧的尖叫，因为你的翻译器没有识别声音中的语言并给你翻译。他听到你说话之后，叫声和活动都停止了，这个信息很关键，不过我认为我们应该慢慢接近他，让他相信我们是来救他的。而且我观察他的动作，发现他好像会攻击所有移动的物体，所以我们要保持足够的警惕。"

"没错，神父。"康韦情绪高涨地说。

"我们还不知道这个生物的视觉范围在哪个方向，"PVSJ 继续说，"所以我建议分头接近他。"

康韦点了点头。他们把无线电调到了那个生物的波段，然后小心翼翼地爬到了下方隔间的天花板上。引力缓冲装置的动力刚好让他们轻轻贴在金属墙面上。他们分头爬向了方向相反的两面墙，然后慢慢地顺着墙爬到了地板上。现在那个生物就在他们之间，他们慢慢地向他靠近。

自我修复机器一直在不停修复那六条触手造成的破坏。那些触手应该是他的四肢，但他一直躺着不动，也不说话。康韦不断回想起这个生物无意识的拍打造成了多么严重的破坏。安抚他的话康韦是一句也不想说，所以他让 PVSJ 神父负责沟通。

"别怕，"神父无数遍地重复着，"如果你受伤了，可以告诉我们，我们是来救你的……"

但那个生物既不动也不回答。

康韦又转到了马农医生的波段。他迅速说："幸存者似乎是 AACL。能否告诉我他为什么来医院，以及任何可能导致他不愿意或是不能跟我们讲话的原因？"

"我去跟前台确认一下。"停顿了一下，马农医生又说，"但是你确定他是这个物种类别吗？我不记得医院里有 AACL，你确定他不是克雷佩里……"

"我确定他不是克雷佩里八脚人，"康韦打断了他，"他有六条主附肢，就躺在那里一动不动……"

康韦突然惊讶得说不出话了，因为那个生物动了。他弹跳到了天花板上，动作非常快，起跳和落地几乎是同时的。康韦看到上方又一个控制匣被他打碎了，还有一些在触手寻找落脚点时被拨离了底座。马农在他的耳机里大喊着医院里一个一直很稳定的区域突然发生了引力波动，伤亡人数又再度增加，但康韦无法回答。

他绝望地看到 AACL 又准备弹跳了。

"我们是来救你的。"PVSJ 还在说话间，那个生物无声地跳到了离他四米远的地方。他的五条触手牢牢固定住，另一条触手猛地挥出，速度快得只能看到残影。PVSJ 被狠狠击中，砸进了墙里，然后又慢慢地掉回了房间中央。他被打得不成形，维系生命的氯气从宇航服里喷了出来，很快就把他笼罩在了气雾里。AACL 又开始发出吱吱的叫声。

康韦不断把眼前的情况报告给马农，马农立即去找来利斯特。最终，院长的声音传到了他的耳朵里，沉痛地说："康韦，你必须杀了他。"

康韦，你必须杀了他！

这句话比任何话语都更有冲击力，康韦立即被震惊得恢复了神志。他悲哀地想，用杀戮解决问题，还是让一个一心救死扶伤的医生去杀戮，真是监察兵作风啊。这个生物被吓到发狂并不重要，但他给医院造成了麻烦，就该杀。

康韦一直处于恐惧之中，现在仍在害怕。换作是刚才，他可能会惊慌到遵循"不杀就会被杀"这种生存法则，但现在不会了。不管他和医院发生了什么，他都不会杀害一个智慧生命，哪怕利斯特在气急败坏地大骂……

康韦突然听到利斯特和马农两个人在耳机里对他大喊，试图反驳他的观点。他刚才肯定是无意间把自己的想法给说出来了。他生气地关上了耳机。

可是还有一个声音正焦急地跟他说着什么，这个声音缓慢低沉，极度疲惫，时不时就被疼痛的喘息声打断。有那么一刻，康韦居然以为是死去的 PVSJ 的鬼魂正在帮利斯特劝说他，直到他看到上面有人在动。

穿着宇航服的威廉姆斯正轻声穿过天花板上的洞口。康韦不知道监察兵受了那么重的伤，究竟是怎么到这儿来的。他双臂都骨折了，无法控制引力缓冲装置，所以肯定是靠蹬腿的反冲力一路过来的，不顾可能会因引力砸到地面的风险。一想到这一路上，他本就多处受伤的四肢要撞到多少次障碍物，康韦心里就不安。而监察兵却一心只想哄骗康韦杀了下面那个AACL。

那个 AACL 正快速向他靠近……

康韦感觉自己背上冒出一层冷汗。监察兵已经停不下来了，他穿过了天花板上的洞口，慢慢飘向地面，直朝着 AACL 过去了！康韦看到他一条钢铁般坚硬的触手开始蜷缩，准备发起致命一击。

康韦本能地朝监察兵的方向扑过去，没有时间思考自己的行为是勇敢还是愚蠢。他沉闷地撞到了监察兵身上，抓住他，然后用双腿缠住了他的腰，这样康韦就可以腾出手来控制引力缓冲装置。他们绕着自身的引力中心疯狂打转，墙壁、天花板、地面和那个危险的生物都在康韦眼中飞速旋转着，视线完全无法集中在引力控制装置上。终于止住了旋转，康韦操控着引力缓冲装置飞向天花板上的洞口。马上要到的时候，康韦看到钢缆般的触手朝他横扫了过来……

10

什么东西重重地打在他的后背上，痛得他呼吸一滞。有一刻他以为自己的氧气罐脱落了，宇航服被扯破，而他正拼命呼吸的是真空。但他惊恐的大喘气把空气带到了肺里。康韦第一次感觉罐装空气是如此美好。

AACL 的触手打偏了，他的后背没有破损，唯一坏掉的是宇航服的无线电。

"你没事吧？"康韦看到威廉姆斯平安落地，焦急地问。他不得不把头盔紧靠在威廉姆斯的头盔上，这是他唯一能跟人讲话的方法了。

没有回应。几分钟过后，监察兵虚弱痛苦的声音终于传了过来。

"我的手臂很痛，我好累。"他断断续续地说，"但是我会好起来的，只要……有人把我……救回医院里。"威廉姆斯停顿了一下，声音似乎从哪里获得了力量，接着说，"但医院里必须还有人活着才能治好我。如果你不阻止下面那个生物的话……"

康韦心头突然蹿起了怒火。"妈的，能不能不说了？"他怒喊道，"听着，我不会杀害智慧生命的！我的无线电坏了，这样我再也不用听利斯特和马农的废话了，而我现在只要把头盔拿开，就可以让你的声音也从我耳边消失。"

监察兵的声音又虚弱了。他说："我还能听见利斯特和马农。他们说

8区的病房现在正在受到冲击，那也是一个低引力生物生活的区域。病人和医生正被3G的引力钉在地板上。再过几分钟，他们就再也起不来了——你也知道，MSVK可不怎么结实……"

"闭嘴！"康韦大喊。他生气地离开了监察兵。

怒气稍微平息了一些之后，康韦又看向监察兵，发现他的嘴已经不动了。威廉姆斯双眼紧闭，面如死灰、满头大汗，而且好像没了呼吸。他头盔里有干燥剂会避免面板沾上水汽，所以康韦也无法确定他还有没有呼吸，但他很可能是死了。他本就因不断注射刺激剂被消耗得精疲力竭，然后又受了重伤，康韦本以为他早就死了。不知为何，康韦觉得自己眼睛发酸。

过去几个小时内，他目睹了无数的死亡和支离破碎的尸体，对他人的死亡他已经麻木到只会做出医疗机器的反应了。这种对监察兵生起的痛失亲友之情，一定只是他的敏感度又恢复了，而且一定只是暂时现象。然而他确信，没有人能让他这个医疗机器去杀害他人。他现在知道了，特种监察部队做的好事要远远多于坏事，但他不是监察兵。

而奥马拉和利斯特都是监察兵兼医师，其中一个还名扬全宇宙。你比他们还厉害吗？他的内心升起一个微弱的声音。而且你现在是孤身一人了——那声音继续说着——医院里已经乱作一团，下面那个东西害得到处都有人伤亡。你觉得自己还能活吗？你来时的路已经被堵死了，没人能来帮你，你早晚也会死，不是吗？

康韦拼命想要坚持自己的信念，想用信念的外壳紧紧包裹住自己，但脑海中那个懦弱的声音正一点点击碎他的外壳。当他看到监察兵又开口说话时，仿佛获得了解脱。他赶忙把头盔凑过去。

"……对你来说很艰难，因为你是医生，"监察兵虚弱地说，"但你必须杀了他。假如你是那个生物，因疼痛和恐惧一时失去了理智，然后有人告知你你所做的一切，造成了这么大的破坏，害死了这么多生命……"他

James White

的声音低沉了下去，犹豫着，又继续说，"难道你不会宁愿自己死，也好过活着害死别人？"

"可我做不到！"

"如果你是他，难道你不会宁愿自己死？"康韦感觉自己的信念开始瓦解了。他还想做最后的挣扎，说道："可是就算我想杀他也杀不掉——没等我靠近他就被他撕成碎片了。"

"我有枪。"监察兵说。

康韦不记得自己是怎么调整射击控制的，甚至不记得自己是怎么从监察兵的枪套里取出枪的。等他回过神的时候，枪已经在他的手里，瞄准了下面的 AACL 了，但他还没有完全放弃自己的坚持。他手边有一把塑胶快凝枪，只要速度够快，也许来得及救下宇航服破裂的人。康韦打算先打伤他，让他不能动，然后再用快凝枪把他宇航服的破洞封上。虽然成功概率不高，他也要冒很大风险，但他做不到蓄意伤他性命。

他小心举起另一只手稳住枪身瞄准，然后开了枪。

当他放下枪时，下面只剩下那些触手的碎片，散布在房间里，还在抽搐着。康韦真希望自己对枪支更了解一些，能知道这种枪的子弹会爆炸，而且枪会自动连续射击……

威廉姆斯又开口说话了。康韦机械般地把头盔凑了过去。他已经什么都不想理会了。

"……没关系的，医生。"监察兵正在说，"他不是什么重要的生命……"

"他现在连生命也没有了。"康韦说。他重新查看监察兵的枪，希望里面还有子弹。如果还有的话，他知道该怎么用。

"我们也知道很难。"奥马拉少校说。他的声音已经不再沙哑了，铁灰色的眼里透着温柔的安慰，还带着一丝骄傲。"通常，医生都不会做出这样的决定，除非他能够成长，变得更加成熟，懂得权衡利弊。曾经的你，只是一个过于理想主义的孩子——也许还有点自以为是——连监察兵的本质都不知道。"奥马拉笑了，一双大手像父亲安慰孩子般放在康韦的肩膀上。他继续说："被迫执行这个任务可能有损你医生的本职和精神状态，但没关系，你不用为任何事而感到自责，没事的。"

康韦只希望自己当时能摘下自己的面板结束这一切，但他还没来得及，工程人员就冲进引力控制室，把他和威廉姆斯送到奥马拉这里了。奥马拉肯定是疯了。他，康韦，可是违背了自己的基本职业道德，杀了一个智慧生物啊。奥马拉居然说没事。

"听我说，"奥马拉严肃地说，"通信部的同事在飞船撞毁前拍到了驾驶舱和里面飞行员的照片。不是你看见的那个 AACL，明白吗？那个飞行员是 AMSO，比 AACL 更大，他们喜欢养无智慧的 AACL 生物当宠物。医院的名单里也没有 AACL，所以你杀的只是一只穿了宇航服的宠物。"奥马拉摇了摇康韦的肩膀，直到康韦的头动了动。"这下你可以安心了吧？"

康韦觉得自己又活过来了，他无言地点了点头。

"你可以走了，"奥马拉笑着说，"快去补补觉吧。至于我们的谈话，恐怕我最近没有时间了。如果你觉得还有必要的话，记得以后提醒我……"

11

在康韦睡觉的 14 个小时里，医院内新增伤员的数量已经减少，能够处理得过来了，战争也已经结束。监察兵的工程技术维修人员清理了飞船残骸，修复了破损的飞船外壳。随着电压恢复，医院内部的修复工作也快速展开。当康韦醒来去找马农医生的时候，他发现病人正被转移到新的区域，而那里几个小时前还是一片黑暗真空的废墟。

他在 FGLI 的伤患部旁边的病房里找到了马农。马农正在治疗一个严重烧伤的 DBLF，不过所用的桌子原本是给体形巨大的特莱尔森 FGLI 用的，所以 DBLF 毛虫般的身体显得格外短小。另外两个注射了镇静剂的

James White

DBLF 躺在靠墙边的大床上，就像两个白色的小土堆。门边的担架车上还躺着一个，正在微微抽搐着。

"你去哪儿了？"马农太疲惫了，连发火的力气也没有了。没等康韦回答，他马上接着说："算了，不用说了。每个人都这样，乱使唤别人的员工，你们初级实习生也只有听从命令的份儿……"

康韦羞红了脸。他突然感觉自己偷睡了 14 个小时很可耻，但他不敢告诉马农真相。他转而问道："需要帮忙吗，先生？"

"需要，"马农说，他朝他的病人挥了下手，"不过这几个病情很复杂。有刀伤和刺伤，体内深处还残留着金属碎片，腹部受损并有严重内出血。不看录影，你也帮不了什么忙。快去教学录影室吧。记得直接回来！"

几分钟之后，他来到了奥马拉的办公室开始学习 DBLF 生理学录影。这次他没有回避奥马拉的手。摘下头带的时候，他问道："威廉姆斯医护兵怎么样了？"

"他会活下来的。"奥马拉冷冷地说，"诊断医师已经把骨折处固定住了。威廉姆斯他不敢死……"

康韦以最快的速度回到马农身边。他又感受到了典型的双重人格状态，不得不忍住想趴在地上爬的冲动，他知道这是录影生效了。DBLF 居住在凯尔吉亚星，这种毛虫似的生物与地球人类的基本新陈代谢和性情非常相近，所以康韦的脑子没有之前看泰尔斐人录影时那么混乱，反而对这些处于病痛中的生物产生了亲切喜爱之情。

枪支、子弹、目标这些东西原理非常简单——只要瞄准，扣动扳机，目标非死即伤。子弹完全不用思考，瞄准的人不用思考太多，而目标……却饱受痛苦。

康韦最近见到太多枪伤患者和枪伤了，那些小块金属会冲入体内，留下红色的弹痕，造成骨骼粉碎，血管破裂。要经过漫长痛苦的时期才能康复。任何蓄意对有感情、有思想的生物造成这种伤害的人，都该受到比监察兵心理矫正治疗更加严厉、痛苦千倍的惩罚。

几天前康韦还会对这种思想感到羞耻，而现在他几乎不怎么觉得了。他不知道是最近发生的事情导致了他道德退化，还是他只是开始成长了？

五个小时之后，手术结束了。马农嘱咐他的护士要继续观察这四个病人，不过他该先吃点东西。几分钟后，护士就拿着一大袋三明治回来了，还说他们的食堂已经被特莱尔森男科部给占领了。不久，马农就一边吃着第二个三明治一边睡着了。康韦把他抬到了担架车上，送他回房间。正要出去的时候，康韦被一个特莱尔森诊断医师拦住，让他去 DBDG 的伤患部。

这次康韦处理的病人都是他的同类，而他的成长，或是道德退化加剧了。他开始觉得特种监察部队真该对某些人下手再狠一点。

三个星期后，星际病院一切恢复正常。除了伤得很重的病人，其他病人都转移到他们自己星球上的医院了。飞船坠毁造成的破坏也修好了。特莱尔森男科部搬出了食堂，康韦不用再从各种医疗器械推车里翻找食物了。不过，虽然整座医院已经恢复正常，但对康韦个人而言还没有。

他的病房值班工作全部取消，并被送进一个地球人类与外星人——大多都比他年长——组成的小组，学习飞船营救课程。从失事飞船，尤其是从能源还在运行着的飞船之中寻找幸存者可能会遇到的某些困难，令康韦大开眼界。课程结束时有一项有趣又耗费体力的测试，康韦艰难地通过了。接下来，要上一个更加深刻的课程：外星比较哲学。同时还有关于紧急污染事故的一系列课程：甲烷区突发泄漏并且气温即将升高至 140 摄氏度时，该怎么办？呼吸氯气的生物暴露在氧气之中时该怎么办？呼吸水的生物即将在空气中窒息该怎么办？等等。康韦一想到某些同学给他做心肺复苏的画面就不寒而栗——因为某些同学重达半吨！——幸运的是直到课程结束也没有发生这样的事情。

每个讲师都强调了快速准确判断新病人物种类别的重要性，因为病人

James White

往往处于无法讲话的状态。在四字物种分类系统中，第一个字母代表新陈代谢的方式，第二个字母代表四肢和感知器官的数量和分布方式，剩下的字母代表该生物对压力和引力的要求，这能够反映出生物的质量和表皮形态。A，B，C这三个字母代表呼吸水的生物；D和F代表呼吸氧气的恒温动物，大部分智慧物种都属于这一类；G到K也代表呼吸氧气的生物，但都是像昆虫这样的轻重量生物；L和M也代表轻重量生物，但都是鸟类；O和P代表呼吸氯气的生物；从Q开始就都是比较怪异的生物了——以辐射能为食的生物、寒血生物、透明生物、可随意改变身体形状的生物，还有拥有各种超感官能力的生物。像泰尔斐这样的心灵感应物种，类别名称前要加"V"。讲师会在屏幕上放出一张外星人的脚或部分表皮的照片，只放三秒钟，要是康韦不能在这一瞥之间正确说出该物种的类别，就会遭到挖苦和嘲笑。

这些课程都非常有趣，但是康韦想到自己已经六个星期没有见过一个病人了，不禁有些担忧。他决定问问奥马拉，问问是怎么回事——当然，是尊敬地用迂回的方式来问。

"你想回病房这很正常，"当康韦终于问到关键问题时，奥马拉回答，"马农医生也希望你回去。但我也许有任务要交给你，不想让你因为其他工作而脱不开身。不要觉得自己是在原地踏步，你学到的都是有用的知识。至少我希望你有学到。完毕。"

康韦放下对讲机的话筒，想到自己学的很多东西都与奥马拉少校本人有关。虽然没有一门课会专门讲这位首席心理医生，但他不知不觉间已经了解了很多，因为每门课程都会提到奥马拉。他刚刚意识到以自己在治疗泰尔斐人时犯的错误，奥马拉完全可以解雇他。

奥马拉在特种监察部队中位列少校，但康韦知道他在医院内部的权力不止如此。身为首席心理医生，他负责分属各个物种的全体员工的心理健康，还要避免不同物种的员工之间产生矛盾。

尽管星际病院的员工在互相包容和互相尊重方面是最优秀的，也难免会发生矛盾。误会和缺乏了解会导致潜在的危险状况，严重的可导致惧外星人神经衰弱症，这会降低员工的工作效率和精神稳定性。比方说，一个害怕蜘蛛的地球人类医生，在治疗伊伦萨恩病人的时候就无法保持必要的临床客观度。发觉并根除这类麻烦的苗头，或者——如果其他方法都无效的话——在矛盾升级为公开冲突之前将潜在危险的个体转移，这就是奥马拉的工作。奥马拉非常热衷于预防不健康或狭隘的错误思想这项工作，康韦听说有人把他比作当今的托尔克马达。

　　一些星球历史上没有宗教法庭这类事物的外星员工，会给奥马拉起其他外号，还总是当着他的面喊。但是在奥马拉的辞典里，正当辱骂并不代表思想错误，所以这些行为并没有产生严重后果。

　　奥马拉并不负责病人的心理疾病，但由于很难判断病人是否已从纯粹的身体疼痛发展成了心理作用，所以这样的病例也会找他咨询。

　　少校停止了康韦的病房值班工作，也许是要提拔他，也可能是要给他降职。不过既然马农还希望他回去，那说明奥马拉即将给他安排的工作肯定更加重要。因此，康韦非常确定奥马拉并没有给他降职，这样想心里就舒坦多了，但他就快要按捺不住内心的好奇了。

　　第二天早上，他收到命令，要他去首席心理医生的办公室报到……

造访者 - （1958 ）-The Visitors

（苏联）阿卡迪·斯特鲁伽茨基 Arkady Strugatsky —— 著

（苏联）鲍里斯·斯特鲁伽茨基 Boris Strugatsky —— 著

（英国）詹姆斯·沃马克 James Womack —— 英译

红猪 —— 中译

阿卡迪·斯特鲁伽茨基（1925—1991）和鲍里斯·斯特鲁伽茨基（1933—2012）兄弟是两位影响巨大的科幻作家，他们常常联名创作，取得了突出的成绩。两人最著名的作品是《路边野餐》（1972），后来由导演安德烈·塔可夫斯基改编成了著名的邪典电影《潜行者》（*Stalker*, 1979）。在俄罗斯和东欧，斯特鲁伽茨基兄弟已经成为了许多热心读者和作家心中的偶像，许多人都是读着他们的作品长大的。凭借麦克米伦出版社在 20 世纪 80 年代推出的英译苏联科幻小说产品线，兄弟俩成为苏联时期的王牌科幻作家。

阿卡迪·斯特鲁伽茨基出生在格鲁吉亚的巴统，成长于列宁格勒（今圣彼得堡），直到 1942 年列宁格勒保卫战的时候才离开这座城市。后来父亲死去，他便不再逃亡，而是加入了苏联陆军，并在军队的外语学院中熟练掌握了英语和日语。他于 1955 年正式成为作家，从 1958 年开始与弟弟合作。和哥哥阿卡迪不同，鲍里斯·斯特鲁伽茨基在围城期间一直留守列宁格勒，并成为了一名天文学家和计算机工程师。对两兄弟产生文学影响的作家是擅长讽刺和社会评论的斯坦尼斯拉夫·莱姆。

苏联政府的审查是斯特鲁伽茨基兄弟反复遇到的问题，不过这有时反倒对他们的小说创作起到了塑造的作用。他们的部分作品直到苏联解体之后才获得出版。随着时间的推移，两人的小说风格也发生了变化，原本对未来和人性较为乐观的看法，后来演变成了反乌托邦、异化以及嘲讽人类体制的题材。他们即使在创作看似无害的作品时，也依然会受到审查的干扰。

从鲍里斯在 1999 年的回忆录《走过的路》（*Comments on the Way Left Behind*）中，我们得知，20 世纪 60 年代

晚期，两人的创作转向了搞笑推理作品，因为"形势已经相当明朗，我们任何严肃的作品都不可能在短时间内出版，因此只能强迫自己做玩世不恭状。我们的事业走到了一个关口，今后要么出卖自己，要么放弃写作，要么就是成为犬儒——写要得写得好，但为的是钱。"

而让两人意外的是，他们的喜剧小说《死亡登山者旅店》（*The Dead Mountaineer's Inn*，1970）还是出了问题，因为它的政治味太淡了。"我们的编辑希望能在书里加进一点斗争——阶级斗争、为了和平的斗争或者理念的斗争，反正什么斗争都行。"后来，因为受到之前的苏联审查的困扰，他们经历了一段时期的写作"瓶颈"期，直到三年后，他们才出版了《路边野餐》。

《造访者》选自一部中篇小说，这部中篇作品由三章构成，《造访者》是其中独立的第二章，兄弟俩后来又将这部中篇小说扩写成了长篇小说。其中第一章写的是一支远征军遭遇外星人的故事，第三章写的则是一个外星人被绑架的故事。这篇《造访者》的首个英译本收录在选集《外星人、旅行者和其他陌生人》（*Aliens, Travelers, and Other Strangers*，1984）中。

△　　▲　　△　　△

以下是阿皮达考古研究队成员 K.N. 谢尔盖耶夫讲述的故事

就在不久前，一份科普杂志上刊登了一篇长文，写到了去年七八月间发生在斯大林巴德[1] 附近的一系列怪事。可惜那位作者显然使用了第二、第三手的材料（而且那些材料还不怎么可靠），在不知不觉间把事件本身和事件发生的环境全搞错了。比如，文中对"精通遥控力学的危险分子"和"硅基怪兽"的讨论，还有关于山脉起火、奶牛和卡车被整个吞噬的几份自相矛盾的"目击报告"，都是完全经不起推敲的。和这些虚构的说法相比，真正的事实要更加简单，但也复杂得多。

---

[1]　塔吉克斯坦首都杜尚别的旧称。

当我们意识到斯大林巴德调查委员会的正式报告不会在近期公布时，尼基京教授建议我先行披露造访者的真相，因为我是现场目击的人之一。"只要写下你亲眼看见的就行了。"他对我说，"要写下你的观感，就像你对调查委员会所说的那样。你可以使用我们的材料，但最好还是仅限于自己的印象。不要忘了引用洛佐夫斯基的日记，这是你的权利。"

在开始讲述前，我要提醒各位我会全力遵循教授的建议——只向你们讲述我的观感。我会从我们的观点出发讲述这些事件。这里的"我们"，指的是在彭吉肯特东南约 50 千米处的"阿皮达城堡"做发掘工作的考古研究队员。

研究队共有六名成员。其中三个是考古学家，分别是人称"老板"的领队鲍里斯·亚诺维奇·洛佐夫斯基、我的老朋友塔伊科·贾米勒·卡里莫夫和我本人。除了我们三个，另有两名工人都是当地人，以及司机科利亚。

阿皮达城堡是一座高约三十米的小山丘，位于群山之间的一条狭窄山谷。一道清冽的山涧流淌其间，水底布满光滑的卵石。通向彭吉肯特绿洲的道路就在山涧侧旁。

我们在山丘顶部发掘出了一处古代塔吉克聚落。我们的营地设在山脚，有两顶帐篷和一面紫红色旗帜，旗上画着一枚粟特古币（古币呈圆形，中间开一方孔）。一座公元 3 世纪的塔吉克城堡和欧洲封建时期的那些有着雉堞和吊桥的城堡之间没有任何相似之处。从发掘出的布局来看，这些城堡原本包含两到三个方形广场，相互间用几堵墙壁隔开，墙的厚度是两个伏绍克 [1]。但是在出土的时候，它们已经只剩下地板了，里面可以找到烧焦的木头、黏土锅的碎片和完全属于现代的蝎子。如果运气好，你还能找到一枚泛绿的古币。

---

[1] 俄罗斯长度单位，约等于 4.4 厘米。

考古队有一辆轿车，那是一部老旧的 GAZ—51，可以在危险的山路上长途行驶，我们在出野外的时候才开出来。造访者到来的那天，洛佐夫斯基正好开着它去彭吉肯特买吃的了，我们其他人就在营地里等他归来。那是 8 月 14 日上午。轿车始终没有回来，它的失踪标志着一连串意外而神秘事件的开端。

当时我正独坐在帐篷里吸烟，刚才我将一些碎陶片放进碗里，让碗沉进河流中，等待流水将陶片上的泥垢冲刷干净。时间虽然已经是下午三点，太阳却似乎还在天空的中央。贾米勒正在山丘顶上工作——风卷起黄土沙尘，透过它们可以看见两名工人的白色毡帽。便携式煤油炉滋滋作响，上面正热着一锅荞麦粥。外面空气闷热，尘土飞扬，我一边吸烟，一边纳闷洛佐夫斯基为什么要待在彭吉肯特不回来——他已经迟到近六个小时了。我们的煤油已经不多，食物仅有两听，茶也只剩下半包了。要是洛佐夫斯基今天不回来，事情就会很糟。我给他编了一个合理的借口（他决定打个电话去莫斯科），然后站起来伸了伸懒腰。就在这时，我见到了第一个造访者。

它就站在帐篷口，一动不动，浑身漆黑，就像体形接近大狗的巨大蜘蛛。它的身子是扁圆的，仿佛一块怀表，腿上有几个关节。我不能更详细地形容它了，因为我当时太震惊、太害怕，根本顾不上观察。片刻后，它开始行动了，径直朝我走来。我目瞪口呆，眼睁睁看着它的腿脚缓缓地移动，在尘土上留下一个个小孔——在被阳光烤得焦脆的黄色黏土上，这怪兽般的身影正离我越来越近。

要知道，当时的我还不知道这是一个造访者。我只知道这是某种未知的野兽，正朝我走来。它的腿以奇怪的方式运动着，不发出声响，也没有眼睛。我向后退了一步。接着我听到一阵轻柔的"咔嗒"声，继而又猛地看见了一道炫目的光芒。受到这个刺激，我不由眯起了双眼。再睁开时，我透过视野中的红色残像看见它又近了一步，已经走到了帐篷的阴影里。

Arkady Strugatsky   Boris Strugatsky

"我的老天！"我对自己低声惊叫。它站到了我们存放补给品的篮子边上，看样子在用两条前腿在里面翻找。它在阳光下闪闪发光，我们的一听食物一下子就不见了。接着，这只"蜘蛛"转了个身便消失了。便携式煤油炉的滋滋声已经停止，耳边只剩下一种金属的声音。

我不知道一个头脑冷静的人处在我的位置会怎么做，反正我在当时已经无法正常思考。我记得自己用最大的声音喊了出来，这既是为了吓跑那只"蜘蛛"，也是在给自己壮胆。我冲到帐篷外面跑了几步，然后停下来气喘吁吁。外面一切照旧。群山依然在我的四周瞌睡，太阳依然给山上洒下阳光，山涧如一条白银般的瀑布般流淌，山丘顶上依然能看见两名工人的白色毡帽。这时，我又一次看见了那个造访者。它正在山丘的斜坡上兜着圈子向上爬行，脚步轻盈、悄无声息，仿佛在空中滑行。它离我太远，几条长腿已经难以辨认，但我还是能清晰地看见它投下的尖锐怪影，这影子跟着它的身体一起掠过坚韧的灰草，然后就不见了。

一只马蝇叮了我一口，我随手用一条湿毛巾一拍——原来它一直握在我的手上。这时山丘顶部传来了喊声——贾米勒和两名工人要下山了，他们在示意我把荞麦粥从炉子上拿走，把水壶放上去。我一见面就对他们说："一只蜘蛛把煤油炉和吃的东西偷走了。"他们刚才什么也没看见，猛地听见这么一句怪话，都惊呆了。贾米勒只说了一句"这真可怕"。我默默地坐在帐篷里，向那锅荞麦粥里弹着烟灰。我眼神呆滞，时不时恐惧地望向周围。我意识到贾米勒这位老朋友认为我疯了，便赶忙语无伦次地向他说起了刚才发生的一切，结果倒更使他确信我真的疯了。两名工人从我的话里只明白了一件事：今天没有茶喝，以后也搞不到茶了。失望之余，他们默默地吃掉了剩下的荞麦粥，然后坐在帐篷里玩起了塔吉克纸牌，主要是一种叫作"比什土库塔尔"的游戏。贾米勒稍微吃了点东西，和我抽了会儿烟，稍微平复了一下心情，然后听我把刚才的见闻又说了一遍。

他听完思考了片刻，然后说我肯定是有一点中暑了。我立刻反驳说，第一，我每次走到太阳底下都是戴帽子的；第二，如果我真的中暑了，那么煤油炉和食物又到哪里去了呢？贾米勒说我一定是意识模糊，把东西都扔进山涧了。我听了很生气，但还是和他起身走了出去。我们走进了齐膝深的清冽山涧，不时弯腰摸索一下河床，我在河床上找到了贾米勒一周前遗失的手表。接着我们回到了帐篷里，贾米勒沉思了片刻。"当时闻到什么怪味了吗？"他问我。"没有，"我答道，"没有什么气味。""那只蜘蛛有翅膀吗？""没有，我没看到什么翅膀。"那么，你还记得今天是几日，是星期几吗？我生气了，告诉他今天应该是 14 号，星期几不知道，但这并不能说明什么，因为他贾米勒也多半搞不清楚今天是几号，星期几。贾米勒承认他只知道现在是某年某月，知道我们被困在了一个荒无人烟的地方，既没有日历也没有报纸。

然后我们对周围做了检查。除了帐篷口外被风沙抹去半数的那些小孔之外，我们再也找不到任何别的痕迹了。不过我们发现，除了便携式煤油炉和食物，那只"蜘蛛"还带走了我的日记、一盒铅笔和一只装了我们所有珍贵考古发现的包。"这个浑蛋！"贾米勒恼火地骂了一声。夜幕降临，一团白色的浓雾滚落到了峡谷里，天蝎座仿佛是一只有着三根爪子的脚掌，在我们的头顶上闪着寒光。空中泛着凉爽的春夜气息。两名工人早早睡了，我和贾米勒躺在营床上讨论白天发生的事，帐篷里净是我们廉价香烟喷出的臭气。在一阵长长的沉默之后，贾米勒礼貌地问我是不是在和他恶作剧，然后又说那只"蜘蛛"的出现和洛佐夫斯基的失踪或许有什么联系。我也想到了这种可能，只是没说出来。他又清点了一遍失窃的物品，然后提出了一个奇怪的观点：那只"蜘蛛"或许只是一个乔装的窃贼。接着，我就睡了过去。

一阵奇怪的声音将我吵醒，仿佛是一台强大的飞机引擎发出的轰鸣声。我躺着听了一会儿，心里总觉得有什么地方不大对劲——也许是因为我来这个地方已经一个月了，却从未见过一架飞机。我起身向外张望。外面夜

Arkady Strugatsky　　Boris Strugatsky

色正浓。我看了看手表，半夜一点半。夜空中布满寒光闪烁的星星，群山只剩下深黑色的阴影。接着，我在对面的山坡上看见了一点亮光，它正沿着山坡向下移动消失了片刻，然后再次出现了，位置好像比刚才朝右了一些。轰鸣声越来越响。

"什么东西？"贾米勒在我身边冲了出去，同时警觉地问道。

有什么东西正在附近轰鸣。忽然间，我们身边这座山丘的顶部亮起了一道强烈的蓝白色光芒，就好像有冰雪在山顶闪烁。这光芒持续了短短几秒，然后消失，轰鸣声也停止了。黑暗和寂静如闪电般瞬间笼罩了营地。工人的帐篷里传来惊恐的说话声。我看不清贾米勒的样子，只听见他用塔吉克语喊了一句，接着卵石上又传来了急促的脚步声。就在这时，山谷上方再次响起轰鸣声，然后它渐渐变轻，仿佛去了远处的什么地方。我好像看见了一个长条状的黑色物体，它掠过群星之间，朝东南方向飞去了。

贾米勒带着工人悄悄地到了我这边，我们围成一圈坐下，沉默了许久，一边抽烟，一边竖起耳朵捕捉任何声响。说老实话，我对周围的一切都感到害怕——我怕那只"蜘蛛"，怕这没有月色的混沌黑夜，也怕淙淙的水声中夹杂的沙沙声。我觉得其他人也有同感。贾米勒小声说，我们肯定正在经历某个重大事件。我没有和他争辩。后来我们都感到冷得不行，于是就回到帐篷里去了。

"说说看，你现在还觉得是我中暑，是有人化了装来偷东西吗？"我质问贾米勒。

贾米勒先是一声不吭，然后问我："要是它们再来怎么办？"

"不知道。"我说。

但是它们没有再来。

第二天，我们爬到山丘上的发掘现场，发现前一天找到的东西已经一件不剩了：所有的陶片都不见了踪影。我们重点发掘的那块平地上布满了小孔，掘出的土壤堆成的土堆被踏平了，看起来就像是有人开着轧路机在上面轧过似的。城墙也破了两处。贾米勒咬着嘴唇，紧张地注视着我。两名工人小声交谈了几句，然后靠到了我们的身边。他们很害怕，我们也是。

洛佐夫斯基依然没有开车回来。早餐我们吃的是陈面包，喝的是凉水。吃完面包后，两名工人表示要撂挑子不干了，然后就拿起锄头爬上了山丘。而我在和贾米勒讨论之后戴起帽子，坚定地朝彭吉肯特的方向走去，打算在路上搭一辆便车。

最初的几千米太平无事，我甚至在中途坐下来吸了两次烟。山谷两边的山丘先是合拢，继而分开，风吹起尘土，在蜿蜒的道路上方飞扬。山涧潺潺流淌。我好几次看到一群山羊、几头奶牛在路边吃草，但始终不见人类。就在距离下一个人类居住点大约十千米的时候，我头顶的空中出现了一架黑色的直升机。它沿着道路低空飞行，带着隆隆的闷响掠过我的头顶，接着就消失在了山谷的一个弯道后面，只留下一阵灼热的空气。它不是绿色的、像我们的军用直升机那样，也不是客机的那种银色。它浑身漆黑，在太阳的照射下微微闪光，就像是一把来复枪的枪管。它的颜色、外形，以及它发出的噪声，全都使我想起了昨晚发生的事，想起了那只“蜘蛛”。我又害怕起来。

我开始加快脚步，然后跑了起来。我看见不远处有一辆轿车，型号是GAZ-69。车子周围站了三个人，全都抬头望着空旷的天空。我担心他们会离开，于是冲他们喊叫起来，同时以最快的速度跑了过去。他们转身看见了我，其中的一个趴到了地上，然后爬到了轿车底下。另两个人肩膀宽阔、留着络腮胡子，看样子像是地质学家，他们继续站在原地望着我。

“能带我去彭吉肯特吗？”我大声问他们。

他们一声不吭，只是盯着我看，我心想他们大概没有听见我的话。

“你们好。”我走上前去说，“Salaam alaikum[1]……”

两个男人中较高的那个默默转身，钻进了车里。较矮的那个粗暴地说

---

[1] 阿拉伯语，问好之意。

Arkady Strugatsky   Boris Strugatsky

了声"喂",接着继续仰望天空。我也抬头看了看。天上什么也没有,只有一只不动的大秃鹫。

我清了清嗓子说:"你们是要去彭吉肯特吗?"

"你是什么人?"矮个子男人问我。这时高个子男人也从车里出来伸了个懒腰,我看见他的皮带上别着一个枪套,里面装着一把手枪。

"我是个考古学家,正和同事在发掘阿皮达的城堡。"

"发掘什么来着?"矮个子男人问我,他的口吻显得客气了一些。

"阿皮达的城堡。"我说。

"那是什么东西?"

我向他做了解释。

"你去彭吉肯特干吗?"

我告诉了他们洛佐夫斯基的事,也介绍了营地的情况。但是关于"蜘蛛"和昨晚发生的事,我全都没提。

"我知道这个洛佐夫斯基。"高个子男人忽然开口了。他把双腿伸到车外,点燃了一根烟斗。"他叫鲍里斯·亚诺维奇对吗?"

我点点头。

"他是个好人。我们当然可以带上你,同志。但是你也看到了,我们自己也在空等呢。"

"我说乔治·帕利希。"车底传来一个责备的声音,"你知道是传动轴出了问题……"

"不许胡说,彼得连科。"高个男人懒洋洋地答道,"不然我就开除你,而且不付你工钱……"

"我说乔治·帕利希……"

就在这时,矮个子男人喊了起来:"来了,又来了!"接着我就看见了那架黑色直升机,它爬过山丘顶部,沿着道路径直朝我们飞来。

"这到底是个什么鬼东西!"矮个子男人说道。

黑色直升机向上升到空中，悬停在了我们上方。我感到浑身不自在。我正要开口说话，高个子男人忽然用紧张的声音说道："它下来了！"紧接着他跳出了轿车。黑色直升机降到低空，机腹打开了一个邪恶的圆形洞口。它飞得越来越低，径直朝我们压来。

"彼得连科，赶紧从车子下面出来！"高个子男人边说边抓住我的袖子，把我拖走。

我跑了起来，那个矮个子地质学家也跑了起来。他喊了一声"什么"，嘴巴张得很大，但直升机马达的轰鸣声掩盖了一切声响。我跳进路边的沟渠里蜷起身子，眼睛蒙上了一层尘土，我只看见黑色直升机在地面降落，而彼得连科手脚并用地朝我们赶来。强大的转轴激起的上升气流吹掉了我的帽子，还将我们笼罩在一团黄色的烟尘当中。然后我又看见了那道炫目的闪光，它比太阳还要明亮，刺得我眼睛疼痛，大叫了起来。当尘埃散去，我们发现路上已经空了。那辆 GAZ-69 已经不见了踪影，黑色直升机也沿着山谷飞远了……

……之后我再也没有见过造访者，也没有再见到它们的飞行器。贾米勒和两名工人在那天见到了一架直升机，在 8 月 16 日又见到了两架。它们飞得并不算高，而且始终沿着道路飞行。

我接下来的历险就只和造访者有间接的关系了。我和两位心灵受到创伤的地质学家一起，设法搭车来到了彭吉肯特。一路上，高个子地质学家始终望着天空，矮个子男人则发誓说如果这是"飞行俱乐部的几个朋友搞的把戏"，就一定要他们好看。那个司机彼得连科已经完全吓傻了。他有几次开口想提传动轴的事，结果根本没人搭理他。

到了彭吉肯特，我得知洛佐夫斯基在 14 日上午就离开了，但是当天晚上，我们的司机科利亚却又返回了彭吉肯特。他随即被警察带走了，因为警察怀疑他偷了车子并且谋害了洛佐夫斯基。但是他不愿意交代自己的

Arkady Strugatsky   Boris Strugatsky

作案手法和地点，只是一遍遍说着什么空中袭击之类的胡话。

我赶到警察局。科利亚正和值班警察坐在一条木头长凳上，看样子饱受了不公正待遇。根据他的说法，在车子行驶到彭吉肯特城外大约四十千米处的时候，洛佐夫斯基决定绕远路去看一座山丘，因为他猜测那座山丘上有一处考古学遗址。20分钟之后，直升机出现并带走了汽车。科利亚跟在它后面跑了大约一千米，却没能追上。他又回来寻找洛佐夫斯基，但是洛佐夫斯基也已经消失，不知所终。

然后科利亚回到彭吉肯特，向人们诉说了自己的见闻，他用名誉担保自己说的都是实话，然而事情的发展却出乎意料……"你快给我老实交代！"那名值班警察对他怒吼。就在这时，我遇见的那两个地质学家和司机彼得连科来到了警察局，他们报告了车子失踪的事，还半开玩笑地询问空中抢劫该由哪个部门负责。此后不出半个小时，科利亚就获释了。

我应该补充一句：科利亚的麻烦并没有到此结束。彭吉肯特的地方检察官宣布要启动一项调查，弄清"公民洛佐夫斯基失踪并可能遇害"的事实。他把科利亚当作嫌犯，并将贾米勒、那两名工人和我列为了目击证人。这个案子直到尼基京教授带领的调查委员会到达此地才告搁置。不过这不是我想写的内容，我也不会写，因为我想在这里讨论的是造访者。关于它们，每天都有新的消息传来，但其中最有趣的消息还是来自我们的"老板"，也就是鲍里斯·亚诺维奇·洛佐夫斯基本人。

我们花了许多时间思索可能的答案，想弄清造访者从哪里来，又为什么要来。我们得出了许多互相矛盾的意见，直到9月中旬，事情才变得明朗起来，因为他们发现了造访者的降落地点和洛佐夫斯基的日记。这些都是一名边境巡逻员在调查那架黑色直升机的目击报告的时候找到的。直升机的降落地点是一片群山环绕的山谷，位于阿皮达城堡以西15千米，那是一片平坦的空地，周围分布着一圈熔岩。它的直径大约有两百米，地面的许多地方都被烧焦了，现场的植被（草、蓟和两棵桑树）也都烧得面目全非。有一辆失踪的轿车就是在那里找到的（那辆 GAZ-69），看样子经过了清洗和检修，但是已经没有燃料了。现场还发现了几样物品，材料无法辨认，用途也不清楚（它们已经转交给了研究队）。最重要的一件东西是阿皮达研究队的领队鲍里斯·亚诺维奇·洛佐夫斯基留下的一本日记，他在里面记录了许多出人意料的事情。

那本日记就放在那辆轿车的后座上，它没有受到潮气或是阳光的破坏，只是沾了一点灰尘而已。这是一本标准的练习簿，棕色的卡纸封面，其中 2/3 的文字都是对阿皮达城堡发掘的描述和对周围地区未来考古发掘的计划。但最后 12 页写的却是一篇和考古无关的简短文字，在我看来，它与任何一部长篇小说，乃至许多科学和哲学著作，都处在同一个等级。

洛佐夫斯基是用铅笔写下这些文字的，他写得始终很快（通过字迹判断），有时还不太连贯。其中的部分内容相当费解，但是也有许多内容解答了我之前的某些疑问。整篇文章极有趣味，尤其是对造访者的描写。我是作为阿皮达考古研究队的临时队长收下这本日记的。在"公民洛佐夫斯基失踪并可能遇害"一案因为"缺乏犯罪证据"而销案之后，彭吉肯特地区检察官立刻把它交到了我的手上。我将全文罗列在下面，并在需要澄清的地方附上几句评语。

B. Y. 洛佐夫斯基日记节选

8 月 14 日

（这里有一幅素描，画的东西很像是一只毒蝇伞的盖子——一个很扁的圆锥。它的边上还画着用作比较的一辆轿车和一个人。图下的文字写的是："太空船？"圆锥体上画着几个圆点，边上还有几根指向它们的箭头，写着"出口"的字样。圆锥体的顶部写着"装载区"，它的边上写着"高度，15 米。底部直径，40 米"。）

直升机又带来了一辆汽车，型号是 GAZ-69，车牌号 ZD19-19。造访者（洛佐夫斯基是第一个使用这个说法的人）钻了进去，取出了引擎，然后把引擎装进了那艘飞船。飞船的舱门很窄，但它们还是设法将引擎塞了进去。我们的那辆汽车仍旧停在平原上。我把食物都拿出来了，但它们并没有碰。它们对我一点都不在意，这使我有一点生气。我应该是可以离开的吧，但现在我还不想走……

（这里有一幅画得很差的素描，目的显然是要描绘那个造访者的样子。）

我不会画画，还是写吧。它们有着黑色的碟形身子，直径约一米，有八条腿，有的有十条。这些腿又长又细，就像蜘蛛，上面有三个关节，能朝任何方向转动。它们没有明显的眼睛或耳朵，但是显然具有敏锐的视觉和听觉。它们移动起来很快，就像一道道黑色的闪电。它们能爬上近乎垂直的峭壁，就像苍蝇。奇怪的是，它们的身躯并没有分成胸部和腹部。我看见它们中的一个在奔跑中迅速跑到侧面又折返回来，中间没有停顿，也没有转动身体。当它们向我走来时，我能闻到一股清新的气息，仿佛是臭氧的气味。它们会发出蝉一般的鸣叫。这是一种有理性的生物（……这一句没有写完）。

直升机带来了一头奶牛——一头肥胖而愚蠢的娟珊牛。这头奶牛一落到地上就开始啃食烧焦的蓟。六个造访者将它围在中间，它们互相啾啾鸣叫着，似乎是在争论。它们十分强壮，其中的一个抓住奶牛的腿，轻易就把它翻了个肚子朝天。接着它们又把奶牛装上了飞船。可怜的动物。它们这是在收集补给吗？

我想和它们对话，于是走到它们的面前。可它们却不理我。

直升机又收集了一堆干草并且装进了飞船……这里至少有二十个造访者、三架直升机……

它们开始跟踪我了。我走到几块岩石后面，一个造访者跟了上来，它发出了几声叽喳，然后停了一下……

这肯定是一艘太空船。我坐在峭壁的阴影里。忽然，造访者从不同的方向奔跑过来。接着飞船一下子上升了几英尺，然后又落了下来。它轻巧得就像一朵蒲公英，没有噪声，没有火焰，也没有任何迹象表明有发动机在里面运行。但是当飞船下落的时候，下方的岩石还是发出了嘶嘶声……

现在看来，其中的一个确实是有眼睛的——它的身子边缘有五颗亮晶晶的扣子，它们的颜色各不相同，从左到右分别是蓝绿色、深蓝色、紫色和两颗黑色。也许它们毕竟不是眼睛，因为当这个造访者行走时，许多时候都在朝着和它们相反的方向移动。这些"眼睛"在暮色中闪闪发光。

8 月 15 日

我昨晚睡得很少。那架直升机不停地来来去去。那些造访者也不停地奔跑着，叽喳叫着。这一切都发生在漆黑的夜色里，偶尔才出现几点亮光……我看见了第四辆汽车，又是一辆 GAZ-69，车牌号是 ZD73-98。车上依然没有驾驶者。这是为什么？它们是专挑司机不在车里时下手的吗？

有一个造访者抓了几只蜥蜴，手法很娴熟。它用三条腿走路，另外几条腿一次能抓三只蜥蜴……

是的，我要是愿意，的确可以离开。我刚刚才从峭壁的底部回来，从那里到彭吉肯特距离很短，徒步大约三个小时就能到达。但是我不走，我要看看事情会发展到什么地步……

它们抓来了一群绵羊，大约十只，还收集了大量干草。它们已经弄清了绵羊是吃什么的！这些聪明的生物！它们显然是想把绵羊和奶牛活着带回去，要不然就是在收集这里的一切。不过我还是不能理解它们为什么要如此决绝地无视人类。也许在它们看来，人类并不如奶牛这么有趣？它们已经把我们的轿车也装进去了。

……这个它们也理解。我可以和它们一同起飞吗？如果我让它们带上我，或者我悄悄溜上飞船，它们会答应吗？……

……有两个螺旋桨，有的有四个。数不清每个螺旋桨有多少叶片，长度约八米，是用某种磨砂黑的材料做成的，看不到明显的接口。我看那不是金属，而是某种塑料。不知该怎么进去。我看不见哪里有舱门……（这

Arkady Strugatsky   Boris Strugatsky

一段想必是在描写那些直升机）

　　我一定是这个区域里唯一的人类了。这真叫人害怕，但还能怎么样呢？我非要和它们一起飞，这是肯定的……

　　飞船的顶部再次出现了刺猬（这一句莫名其妙，洛佐夫斯基在别处都没有提到过刺猬）。它们旋转起来，放出火花，然后又消失了。我闻到了强烈的臭氧味……

　　一架直升机飞回来了，它的侧面有几个拳头大小的凹痕。它在地面着陆，瘪了下去（？），片刻后，我们的两架战斗机也从山丘上方飞过。出什么事了？

　　那些造访者继续跑来跑去，就像什么都没发生一样。要是它们真的打起来（……这句没有写完）……

　　（……）从理论上说（……字迹不清……）必须解释。它们当然是不理解的。还是它们觉得这不值得浪费……

　　真是惊人！我惊呆了。它们是机器吗？就在离我两米不到的地方，有两个造访者正在修理另一个！我简直不能相信自己的眼睛。它们的结构异常复杂，我无法描述。真可惜我不是一名工程师，但就算我是，或许也无法理解。它们取下底盘，那下面有一只星形的（……没有写完）。它们的肚子下面有一块储物空间，可它们又是怎么把东西都藏进去的呢？我不知道。惊人的机器！

　　它们把它重新装好，它只剩下四条腿了，但是加上了一个看起来像是巨大爪子的东西。一等修理完毕，这个"新生儿"就跑了起来，匆匆赶到飞船那里去了……

　　它们的大部分身体是由一种星形零件组成的，而那零件又是由一种白色的材料构成的，就像浮石或者海绵……

　　这些机器是由谁控制的？也许它们的控制者就在飞船里？

　　会思考的机器？绝不可能！那它们是控制论物体，还是遥控机器？无论是哪种都够奇妙的了。那些控制者为什么不出来呢？它们显然明白人类和动物的不同，所以才不抓人类。倒是挺仁慈的。它们肯定是不小心才抓了我……但我妻子不会原谅它们的……

……我永远、永远不会再和她见面了——真是可怕呀。但我可是个堂堂男子汉！

我的存活概率很小。饥饿、寒冷、宇宙射线，再加上无数种其他意外。这艘飞船显然不是为偷渡者准备的。也许我只有百分之一的生存机会，但是我没有临阵脱逃的权利。我必须和它们接触！

现在是夜里，已经半夜了。我在就着灯光书写。刚才我打开灯时，有一个造访者跑过来嘟囔了几声，然后走了。它们整晚都在建造什么东西，好像是一座塔。先是从三道舱门里伸出了三架宽大的舷梯，我心想这下那些控制者终于要出来了。但出来的却是许多零件和金属（？）棒。有六个造访者开始工作起来，那个装了爪子的不在其中。我对它们观察了很久。它们的动作精准而确定，用四个小时就把塔建好了。它们的配合是多么协调！现在天色很暗，我看不清任何东西，但是我能听见造访者们在着陆点附近来回跑动的声音。虽然没有光照，它们却能运动自如，一刻也没有停止工作。那些直升机仍在周围盘旋……要是我……（没有写完）

8 月 16 日 16：00

……找到这本笔记的人，我请求你把它寄到下面的地址：列宁格勒埃尔米塔日博物馆中亚部。

8 月 14 日 09：00，我，鲍里斯·亚诺维奇·洛佐夫斯基，被一架黑色直升机绑架并且带到了这里，带到了这个造访者的营地。直到今天，我一直在尽可能准确地记录着我的观察结果（……此处擦去了几行……）以及四辆轿车。我的基本结论是：*1.* 这些造访者来自其他星球，可能是火星、金星或别的行星。*2.* 造访者本身是极其复杂、完美组装的机器，它们的太空船也能自动运行。

造访者检查了我的身体，脱掉了我的衣服，我相信它们也录下了我的影像。它们没有对我造成任何伤害，在完成了对我的研究之后，就不再注意我了。我完全可以自由行动……

　　从一切迹象来看，这艘飞船准备离开了，因为今天早晨，三架黑色直升机和五个造访者就在我的眼前给拆成了零件。我的食物也给装上了飞船。留在着陆点的只有造塔时留下的一些零件和一辆 GAZ-69 了。有两个造访者仍在飞船底下忙碌，另两个在附近徘徊。有几次，我还在一座山丘的顶部见到了它们……

　　我，鲍里斯·亚诺维奇·洛佐夫斯基，已决定登上造访者的飞船，和它们一同起飞。我已经仔细考虑过了：我的食物至少能吃一个月。我不知道食物吃光之后怎么办，但是我必须飞行。我计划爬上飞船，找到奶牛和绵羊，然后和它们待在一起。首先，它们可以给我做伴；其次，它们在必要的时候也是肉食的来源。我不知道该去哪里找水。好在我带了刀子，必要的时候可以喝血……（此处划去）要是能活下来——我对此很有信心——我一定想尽办法和地球联络，并且和造访者的操纵者一起回到地球。我想我应该能和他们达成某些一致吧……

　　给玛丽亚·伊万诺娃·洛佐夫斯基：我最亲爱的玛丽亚，我的爱人！我希望在一切停当之后，这些文字能送到你的手中。要是有最坏的事情发生，你也不要怪罪我，因为我别无选择。你只要记住我一直是爱你的，请宽恕我。代我亲吻格里什卡。等他长大之后，跟他说说我的故事。也许我并不是那么坏的一个人，也许我的孩子还是可以为他的父亲自豪的，你说呢？好了，时候到了。在悬崖边奔跑的一个造访者刚刚回到了飞船上。洛佐夫斯基，该动身了！我觉得害怕，也许不该害怕吧：毕竟它们是机器，而我是人……

　　写到这里，他的手稿中断了。洛佐夫斯基显然再也没有回到轿车上。他没回去是因为飞船起飞了。怀疑者会说他是遇上了事故，但怀疑者就是那样，他们只晓得怀疑。我是从一开始就真诚地确信：我们的"老板"肯定还活着，他肯定见到了我们做梦也想象不到的东西。

他会回来的，我会羡慕他。就算他不回来，我也依然会羡慕他的。他是我认识的最勇敢的男人。

是的，不是每个人都能做出这样的壮举。我和许多人谈起过他。其中有几个人公开表示，要是他们肯定害怕得不敢像他这么做。大多数人则说："我也不知道自己敢不敢，这要看当时的情况。"我是不敢像他那样行动的。我见过一只"蜘蛛"，直到现在，虽然我已经知道了它们不过是些机器，却还是没胆量面对它们。还有那些可怕的黑色直升机……再想象你进入了一艘外星飞船的内部，周围都是没有生命的机器。想象你在一片冰冷的沙漠上空飞行，你的心中没有任何希望，也不知道要飞向何方，就这样一连飞行几天、几个月，甚至几年。想想这些，你就会明白我的想法了。

我要说的就是这些：不多的几句话，很久之前的一段往事。到了9月中旬，尼基京教授的调查委员会从莫斯科来到了这里，我们几个（我、贾米勒、司机科利亚和两名工人）应他们的要求填写了好几沓文件，回答了数千个问题。

这花费了我们大约一周的时间，接着我们就回列宁格勒去了。

也许怀疑者是对的，也许我们永远无法了解这些天外来客的本性、它们的飞船是如何组装起来的、它们派出的神奇机器又是如何来到地球的，最重要的是，我们也许永远无法了解它们这次意外造访的理由。但是无论那些怀疑者怎么说，我始终相信这些造访者还会再来。到那时，鲍里斯·亚诺维奇·洛佐夫斯基将是它们的第一任翻译。他将熟练地掌握这些远方邻居的语言，只有他才能向它们解释：为什么一辆状态完好的轿车，却会停到一千六百年前的一只大水罐的碎片旁。

毛皮 - (1958) -Pelt

(美国) 卡罗尔·艾姆什维勒 Carol Emshwiller —— 著

王亦男 —— 译

卡罗尔·艾姆什维勒（1921—　）是一位著名的美国科幻作家，曾经获得包括星云奖和菲利普·K.迪克奖在内的众多奖项。从幼年到青少年时期，她在密歇根州的安阿伯市以及法国都居住生活过，并一直为容易混淆英语和法语而纠结不已。进入大学后，她和阿纳托尔·布鲁瓦亚尔、凯·波义耳，还有诗人肯尼斯·科赫成为同班同学。从学生时代起，她就开始写短篇小说并向文学杂志投稿，随后又向科幻杂志投稿。著名科幻作家达蒙·奈特在他的《轨道》选集中出版了她的作品，同时，她在《科学幻想杂志》也保持了较高的曝光率。她的科幻小说包括《卡门狗》（ Carmen Dog, 1988 ）和《山峰》（ The Mount, 2002 ），后者获得了菲利普·K.迪克奖并入围星云奖。2005 年，她获得了世界奇幻奖的终身成就奖。2011 年，《卡罗尔·艾姆什维勒作品选集》（ The Collected Stories of Carol Emshwiller ）出版，回顾了艾姆什维勒 50 年的创作生涯。

艾姆什维勒的丈夫艾德·艾姆什维勒以抽象印象派画家和先锋电影制作人的身份出道。艾姆什维勒深受丈夫影响，尝试先锋写作以及被大家称作"新浪潮"的各种文艺形式（艾德·艾姆什维勒曾为哈兰·埃里森代表作《危险影像》选集创作插画）。艾姆什维勒夫妇在 20 世纪 60 年代生活漂泊不定，吸收了大量的反主流文化。他们在海外——包括一次重游法国的旅行——结识了大批音乐家、作家、诗人和电影制作人。这段时期，她对后现代文学的兴趣与日俱增。她往往从极致的女权主义者角度出发，融合先锋创作手法、主流文学思潮和臆想主题，最终创作出有趣且独特的小说。

厄休拉·勒古恩曾称她为"出色的预言家，了不起的魔幻现实主义作家，小说界中最强有力、最复杂也是最持久的女性声音"。凯伦·乔伊·富勒这样评价她："她一贯鄙视模仿，不落俗套。不过在我看来，在她创作生涯最后的 15 年到 20 年里的某个时间点，她自己却已悄然成为大家跟风效仿的对象"。

艾姆什维勒也对自己的作品进行过评价："很多人似乎并不理解，为什么即便是我最前卫的作品，也依然构思缜密，设计巧妙。我个人并不喜欢任何时间、任何地点都能发生的故事。我更愿意费尽心思为接下来发生的事情事先埋下伏笔，并且安排这些有预兆的事情真正发生。在故事里，我会尽量包罗全部线索，或者说大部分情节元素，并使之彼此相互关联。（我的丈夫）艾德曾经管他的实验性电影叫'结构化策略'。我的创作的诀窍是让故事中的事物相互联系，搭建合理的故事结构，并且永远不让故事失去意义。我最喜欢的作家是卡夫卡。他的作品中，所有事物彼此关联，聚合成整体，表达出意义深远的主题。"

《毛皮》是艾姆什维勒相对传统一些的作品，1958 年首次刊登于《奇幻与科幻杂志》。同时呈交给米尔福德写作工坊和德基市写作工坊点评，前者位于密歇根州立大学，由达蒙·奈特创立。

《毛皮》一经出版，就被认为是文艺科幻的典型代表，跨越了主流现实主义和科幻小说主要流派之间的鸿沟。当然，在现代，《毛皮》仍然被视为一部相当出色、别具一格的科幻小说，探讨了环境问题以及人类对于其他生物的看法。随着时间的推移，这部小说只会更加意义深远，更加受到读者喜爱。

△　　　▲　　　△　　　△

此时正值贾克夏星球的冬天。她是一条白毛狗，小脸宽宽，眼睛里闪烁着热情。

她在主人前面撒欢小跑，偶尔用鼻子嗅嗅地面，或是空气，丝毫不在乎是否被监视。她知道冰冻的树林后面潜伏着什么奇怪的东西，不过说起来，最奇怪的还是这里的工作。她事先受过专门训练，而干冷刺骨、冰雪晶莹的贾克夏令她感到，似乎自己受训就是为了来到这里，这里是自己天生就适合的地方。

"我爱这里，我爱这里……"内心的声音在她尖尖的耳朵、摇摆的尾巴周围不断环绕……我爱这地方。

这个冰雪世界，会发出高脚酒杯碎裂一般清脆悦耳的声音。每当风起的时候，都像是一整盘高脚酒杯从高处坠落，每次树枝之间彼此摩擦的时候，简直就是在说：为了健康，为了女王，干杯……叮当，叮当，叮当。阳光反射在冰雪上，仿佛是无数只雕花大酒杯在无数水晶枝形吊灯下璀璨闪烁。

她脚踏四双黑色小皮靴，每走一步，都感觉像踩碎了几只酒杯一样，清脆声刚一响起，就很快被淹没在周围冰封的银白色森林里猝然响起的其他叮当声和嘎吱声中。

她终于发现了那个气味的来源。这气味从两天前她到达的时候就开始存在，一直徘徊不散，混入贾克夏刺骨的空气里，俨然成为当地气味的一部分。现在，她知道了，那气味就来自他们飞船驻扎地附近，在树枝平滑、散发松油味的灌木丛后面的山谷里，与各种味道混杂交织，在空气中悬浮，浓郁而新鲜，闻到的时候，会让她联想到蜂蜜、大块油脂以及干燥的毛皮。

那边有什么体形巨大的生物，而且不止一两只，她不确定到底有多少。直觉告诉她，这事得向主人报告，但是应该发出什么信号，用什么样有默契的声音来表示：我们被监视了？她可以发出短厉而急促的低哼，用来表示：目标就在附近，快来准备射击。可以发出表示危险的声音（所有这些声音都可以从她咽喉处的麦克风传递到主人耳边挂着的接收器），一种特别的噪叫：好可怕，好可怕——有可怕的事情就要发生。甚至还有一种声音，低沉的呼哧声，用来表示：很棒，很棒的毛皮——放弃其他目标，追紧这一只（经过专业训练，她知道怎样辨别上乘的毛皮）。然而，就是不能发出声音来传递这样的信息：我们正被人监视。

她在确定这一事实的时候，曾经嚎叫不止以警告主人，但主人只是轻拍她的脑袋，揉乱她脖颈上的绒毛。"你做得很好，宝贝。这个世界简直就是我们网兜里的牡蛎，全部都属于我们。我们要做的就是撬开贝壳，取出珍珠。贾克夏真是我们一直苦苦寻找的宝藏。"确实如此，她只好继续工作，没有再次尝试告诉他，在这个奇异的世界上有古怪的东西存在。

现在，她正沿着气味追踪猎物，主人则远远跟在后面，已经淡出视线。他得再走快点，不赶紧追上来的话，在等他的时候，她就会忍不住用目光寻找那些巨大的生物，不管那到底是什么。就这样定地站在原地，直到他追上来从身后牵紧绳索，这真是煎熬的过程。所以一定要快点，再快点。

挂在耳朵上的接收器里传来了主人轻轻的口哨声，还带着某种曲调，她知道，他并不急着赶路，而是悠然自得地四处晃悠。于是，她热情高涨、好奇心四溢地继续向前跑去。她没有发出加快速度的信号，不过自己快速奔跑的声音倒是被主人听到了。她听到口哨声戛然停止，主人通过麦克风向她悄声说："慢点，再慢点，我的金星女王。毛皮猎物不会长翅膀飞走的。不用着急，宝贝。"然而，对她来说，早晨就是要抓紧时间的时候，之后有的是时间休息和放慢脚步。

大块蜜脂的味道就在附近，越走味道越浓郁。她的好奇心开始一分为二，向两个方向延伸——是沿着这气味走还是搜寻那些巨大的生物？还是弄清楚监视他们的巨大生物到底是什么？不过，她仍然继续追踪原来的目标。还是等确定一些再说，这条线索比较明确，不需要绕路或者折返，随着气味继续向前就行了。

她爬到一处坡顶，覆盖厚厚毛皮的臀部摩擦着地面，半滑半跑着向另一边俯冲下去，一路带起冰雪飞溅。到达坡底的时候，她抽抽鼻子，向地面嗅去，一路小跑着经过一处茂密杂乱的树丛。

现在的她，在用鼻子思考。整个世界都可以通过气味来感受，空气的干冷、冰雪的酸涩、松树的树油味……还有这只目标动物，可以闻到它留下的尿液和棕色粪便一样的东西……然后，她再次感觉到，长有蜜脂毛皮

　　　　　　　　　　　　　　　　　Carol Emshwiller

的生物就在近前。

她隐约感到它逼近的气息，于是抬起头，散发气味的生物就站在那里，比主人要高一些，算上两倍大的衣服的话，足足胖两圈。

这是个毛皮猎物！太棒了，真是太棒了。不过，她只是一动不动地站在那里，头高高扬起，嘴巴张开，嘴角抽紧，脖颈上的狗毛根根直立，不仅出于恐惧，更多是因为吃惊。

这是个通体银黑、带虎斑花纹的生物，皮肤较亮的地方荧光闪烁，如同贾克夏反射阳光的冰层一样光彩夺目。它的脸部中央镶嵌着一只巨大而恐怖的橘红色眼睛，前额印满放射状的黑色条纹，一直延伸到整个脑壳。这橘红色的巨大斑点盖过所有其他特征，却只是一只扁平失明的眼睛，全然是毛皮里长出来的装饰。起初，她完全被橘色斑点吸引，随后才注意到斑点下面藏有一对小小的、闪烁红光的眼睛，温和而没有侵略性。

现在是时候报告主人了：快来，快来，发现上等毛皮猎物。这是能向地球上最富有的贵妇们卖出好价钱的毛皮，大多数买主会为了把这一袭光华披在身上而乐意埋单。然而，有什么阻止她呼叫主人，也许是黑色扁平的鼻子，也许是柔软呈弓形的嘴唇，或是它温和的眼睛。这些和主人都十分相似。她完全陷入惊讶之中，犹豫不决，没有办法发出一点声音。

就在这时，这生物居然和她说话了，声音犹如大提琴低沉的旋律。一边说，一边用自己厚实、手背长毛的手做出姿势。它在承诺什么，提议什么，并询问什么，不管能不能听懂，她都竖起耳朵认真听起来。

说话的速度很慢。这里……就是……世界。

有天空，有土地，还有冰雪。沉重的胳膊抬了起来，两只手不断指向不同的事物。

我们一直在看着你，小奴隶。你今天有想做什么自由的事情吗？放开胆子做点什么吧。这儿有让你四只穿鞋的小脚奔跑的土地，有星星闪烁的天空，还有冰凉解渴的冰雪。今天自由自在做点什么吧。来吧，来。

真是优美的嗓音，她想，善良的生物。它向我不断提出……什么建议。

她的耳朵向前耸动，又转向两旁，之后再次向前耸动。她歪着脑袋仔细倾听，就是琢磨不透这段话的真实含义。她晃动鼻子搅动空气，整个身体都在说，再说一遍，我就要听明白了。我可以感觉到。再说一遍，说不定意思就能更清楚了。

然而，这巨型生物却转身，匆匆离开，消失在树林和灌木丛深处，身体反射的亮光逐渐远去，直到视线里只剩下冰雪的亮光和树枝粗实、平滑的黑色。相对于它庞大的身躯来说，它的动作相当迅速。

主人已经追上来了，可以听到他嘎吱嘎吱的脚步声从身后传来。

她轻轻发出一声呼噜，不仅对主人，更是对自己。

"哦，女王阿罗拉，你跟丢猎物了？"她埋下头再次用鼻子嗅嗅地面。蜜脂毛皮的味道仍然很浓郁。她抬头继续闻，顺着气味绕来绕去，走走停停。那个生物的踪迹就在前面。"快追上去，宝贝。"她没有继续，而是朝另一个声源飞奔过去，这个声音听上去类似中国的占风铎 [1]。她装作忙碌搜寻的样子，尾巴却带着负罪感向上翘起，头部保持低垂。她错失了一个重要的目标。是自己一直犹豫不决，直到错失良机。不过，这个生物是不是一个人，一个主人？还是一只毛皮猎物？她希望自己做出正确的判断。这一向是她努力的方向，可是现在她有些困惑。

她逐步接近自己临时追踪的声源，生物弥留在空气中的味道也飘散到这里，虽然已经不太强烈。她一心想着奖赏。那个缓慢优美的声音告诉她很多信息，而现在她只想着奖赏，这让她想起骨头和肉，而不是驯猎时得到的小鱼饼干。嘴角边淌下一滴滴口水，冻成一条冰线悬挂在肩头。

她放慢了脚步。追踪的声源目标一定在附近，就躲在下一排树丛后面。

---

[1]　一种测风的器具。在佛教传入中国后，铎便被悬挂在寺庙宝塔之檐上，成为风铃。

098   Carol Emshwiller

她在喉咙里发出……预备，站好……然后向前移动脚步，确定自己的判断。可以感觉到这只猎物的形状，虽然没有亲眼见到……大部分判断依据来自闻到的味道，还有某些类似玻璃器皿的叮铃响声。她向主人发出信号，站着不动，这只毛皮猎物，和指示犬体形类似。快过来，主人，赶紧过来。这段等待的时间是最难以忍耐的。

主人闻声，通过接收器对她说："站好，宝贝。保持这个姿势。乖女孩，乖女孩。"她全身绷紧不动，只用最微小的幅度晃动尾巴，在心里暗暗回应主人。

他从她的身后走出来，越过她身旁，蹲下，来复枪紧紧端在胸前，肘部弯曲。然后，他双膝跪在地面，静静等待，来复枪举上肩头，仿佛是士兵在守卫自己的一处据点。慢慢地，他瞄准野兽移动的身影，快速连射两枪。

他们一起向前跑去，正如她猜测的那样——这是一只鹿形生物，长着精致的蹄子，高傲的头颅，身上有三色混合花纹，黄褐色的斑点，描着灰绿色的边，表面和巨型生物类似，覆盖着一层闪烁银光的绒毛。

主人掏出一把锋利、轻薄的刀子。砍掉这颗美丽的头颅时，他开始大声吹响口哨，兴奋得满脸通红。

她在附近坐下，嘴巴咧开微笑的弧度，望着主人忙活。温暖的血腥味令她的口水顺着嘴角淌下，落在冰面和爪子上，冻住了。不过她没有动弹，只是静静地坐下，在一旁看着。

主人的口哨声，像是嘟囔，像是咒骂，又像是自言自语，最终他剥下整张鹿皮，切下头颅，翻过来紧紧扎成一捆。

随后，他靠近她，鼓励性地连续拍打她的腹部两侧，在她的耳朵处挠了几下，然后伸出戴着厚手套的手掌，掌心中央躺着一块饼干。她一口气吞下整块饼干，看到主人蹲在一旁，也啃着一块类似的饼干。

吃完，他站起来，拎起那捆皮毛和头颅挂在后背。"宝贝，我来扛这个。来，继续吧，在午餐前再找点什么猎物。"他挥手示意她向右边走。"我们可以绕个大圈。"他说。

　　她向前奔跑，很高兴自己一身轻松。在一小块融化的冰块上，她探寻到一股浓烈的气味，于是撒尿做了个记号。这之后，又发现一只散发着哺乳动物气味的鸟，便冲它咆哮不止。这只鸟落在她头顶的树枝上，树枝一阵颤动，在她的脑袋上撒落一片银白色的冰花。她绕开树下，反身冲回来，佯装生气，龇牙咧嘴，对着擦过身边的一截树枝一通乱咬。

　　沿着冰层下潺潺的溪流追踪了一段时间后，某种羔羊油脂的气味扑面而来。几乎在同一时刻，她遇到了它们——六个袖珍、微绿色的羊毛球，还生有柔软带毛的蹄子。蜜脂香味在这里也很浓郁，不过她只发出了发现羊羔的信号，就是那个"赶快来，打猎物"的声音。她又一次停下站在原地，等待主人。"乖女孩！"他的声音里流露出特别的赞许，"感谢上帝。这地方真是个宝地。盯紧，金星女王。不管是什么猎物，都不要让它逃掉。"

　　从距离50码的地方望过去，几只可怜的小生物被看得一清二楚，却浑然不觉有危险正在逼近。主人小心翼翼地移动脚步，紧挨她跪倒。此时此刻，远处林中空地尽头，又出现一只浑身闪烁亮光、银黑色带虎斑的生物。

　　主人憋在气管里的呼气声，听上去十分刺耳，她感到他神经紧绷。汗水微弱的酸臭味，僵持的沉默，还有特殊的呼吸声。从主人身上感觉到的一切，令她背上长毛竖起，既兴奋又紧张。

　　这只虎斑生物手里拿着一个小口袋，正向里面瞧去，笨拙的手指用力扯开袋口。刹那间，她身边掀起巨大动静，五发疯狂的子弹尖锐地划破她的耳膜。主人射中目标之后，又补射了两发子弹，蜜脂巨人应声倒下，躺在地面上犹如一个带花纹的大口袋。

　　主人飞奔过去，她紧随其后。他们在离巨人不远的地方停下来，她望向主人，发现主人的视线锁定在长着恐怖眼睛的那颗巨大虎头上面，它已然死去。主人用力呼吸，似乎浑身爆热。他满脸涨得通红，嘴唇却紧紧咬出一条发白的线条。过了一会儿，他取出刀子，试了试刀刃，在左手拇指上划出一道细细的血色印迹，然后向巨型生物靠近。她在一旁看着，轻轻发出几声呜哼，表示询问。

主人在蜜脂巨人身边弯下腰，充满敌意地刺穿那个小小的、微微打开的口袋，小而圆的肉块掉落出来，是那种切成一口大小的肉干，一块干酪状的物质，还有一些摔裂的冰块，纯净得发出幽蓝的光彩。

主人伸脚猛踢这些东西，脸色不再涨红，而是变成泛白的菜色。他咧开薄薄的嘴唇，似笑非笑。随后，他开始给蜜脂巨人剥皮。

他扔掉了巨人扁平的脸部、沉重的头颅和长有笨拙手指的双手。

主人用平滑的树枝编成两架最大尺寸的雪橇，才装下全部新收获的毛皮以及之前的鹿头和鹿皮。之后，他径直向飞船停靠的方向走去。

午餐时间已经过了，她抬头看了看他那写满焦躁不安的双眼，没敢多嘴，只是在前面不远处带路。她一路频频回头，看到主人正用肩拴着纤绳向前拉动雪橇。从他端直来复枪紧靠胸前的姿势来看，她知道，应该保持警惕。

有时候，主人会向身后由内向外捆成一团的毛皮投去低落的目光，小声咒骂一句，再拽直纤绳继续走路。她知道，他已经筋疲力尽，但愿主人能像以前那样，发出停下的指令，他们好一起坐下来休息补充点食物。

他们前进得十分缓慢，蜜脂巨人的气味依旧像开始那样浓郁，徘徊不散。

一路上又遇到了很多种动物的踪迹，他们甚至看到另一只鹿形猎物蹦蹦跳跳地跑开，不过她知道，现在不是捕猎时间。

另一个银黑色虎头巨人就在这时恰好出现在他们面前。它突然进入视线，却仿佛一直站在那里，他们离得太远，没法看个真切，只能任其融入阳光闪耀的背景画布里。

它就这样站立着，毫不畏惧地看过来，主人两手端起枪，对视回去，而她，则站在中间，来回扫视巨人和主人。她知道，短时间内，主人不会射击，看上去，虎头巨人也知道这点，它扭头转向她，举起手臂，手指根根张开，仿佛想要抓住身畔两侧的森林。它微微晃动，像个失去重心的大块头，大提琴的弦上音再次响起，和之前听到的一样优美动听。

小奴隶，你今天做了什么自由的事情吗？记住这里就是世界。自由地做点什么。来吧，快来。

她知道这些话语对她意义重大，自己应该努力理解，对方有赠予就应该全盘接受。它注视着她。而她则用大而无辜的眼睛望回去，希望做出正确的事情，却不知道究竟应该做什么。

之后，虎头蜜脂巨人转过身，这次动作非常缓慢，把宽阔的后背暴露给主人和她，转到一半的时候，它越过自己笨重厚实的肩膀，向他们两个匆匆扫了一眼，随后没入树林和冰雪之中，这时候，主人仍然两手端着枪，纹丝不动。

晚风开始肆虐，排山倒海般的气势，合奏出上百万只高脚酒杯叮当交错的乐章。一只毛茸茸的飞鸟，像臭鼩一样大小和灵敏，从他们中间飞过，尖叫声被淹没在狂风里。

她紧盯主人的脸，他已准备好继续赶路，她在一旁跟随。蜜脂巨人悦耳的声音不断在她脑海中回荡，却始终悟不出意思。

这天晚上，主人把从巨人身上剥下来的毛皮绷到一个架子上，目光久久停留在其耀眼的光泽上。他全程没和她交谈。她凝视了他一段时间，中间有两三次扭回头瞧瞧自己的狗垫，最后躺倒睡着了。

第二天早上，主人拖拖拉拉，不愿意出去。他先是研究了一阵儿其他地方的地图，圆形或沙漏的形状，上面标满黄色小点和标签。随后，他一边喝咖啡，一边站着审视这些地图。不过最后，他们还是出门了，一起眯着眼睛走进外面叮当作响的空气里。

Carol Emshwiller

这是属于她的世界。每多过一天，都感觉到这里是如此触动心灵，温度如此舒适，还混杂着好闻的味道。她像平常一样箭一般冲在前面，只不过今天没跑太远。有时她会停下来，回头望望主人的脸庞，等待主人追赶上来。有时她会在继续出发前，发出一阵呜哼，向主人抛出一个个问题……你今天走得这么慢，为什么不快点？为什么不叫我金星女王、阿罗拉、银河或者参宿四的小宝贝？你为什么不像我一样用鼻子嗅？用鼻子闻闻，你会为来到这里而感到高兴……然后她又会再次跑上前去。

猎物的踪迹很容易发现，她又闻到了羊油的气味，于是再一次向目标冲了过去。主人踏着大步走到她身边，举起来复枪……然而一会儿工夫就心不在焉地转过身，弄出巨大的声响，把绵羊全吓跑了。他苦笑一下，冲地面的冰层吐了口唾沫："过来，女王，咱们离开这里。我受够了这鬼地方了。"

他转向回去的路，发出返回的信号，大拇指越过头顶，猛地晃动两次。

但是为什么要回去？为什么？现在还是早晨，整个世界都是我们的。她摇晃着尾巴，发出短促的吠叫，抬头看着主人，抬起前脚掌后跳了跳，扭动全身乞求他。"快走吧。"他只回应了这么一句。

她只能转身，紧跟着主人，头耷拉着，眼睛偷偷瞄着他，思考自己是不是做了什么错事，一心想纠正过来，重新被主人关爱，因为他显然一脸焦虑，一副心事重重的样子。

他们沿着返回的路程只走了几分钟，突然间，他刚刚抬起的脚在半空凝滞，又缓缓平放在路面上，像个全身僵硬的士兵站在那里，神情涣散。前方挡在路中间的是那颗巨大、带着橘色眼睛的虎头，虎头前面横放着的是两只粗糙的手掌，无毛的掌心向上，仿佛真的从哪里伸出两条手臂来。

她从喉咙深处发出嘶吼，主人发出了几乎和她一样的声音，听上去更像痛苦的呻吟。她等待他的反应，和他一样原地站着一动不动，感觉到他的焦虑不安也蔓延到自己的神经里。然而这不过是之前被主人扔掉的那颗头颅和两只手掌，已经毫无利用价值。

主人转过身，眼中写满了野蛮和凶残。他步履沉重，刻意画出一个圆圈，远远地绕开了头和手掌，她一路跟随。当他们彻底绕出这块地方时，主人立即大步流星地返回驻扎地。

飞船近在咫尺，越来越接近驻扎的空地，这块空地经过篝火烧烤，已经冰雪融化，裸露出黑土，她可以看到船身单调的黑色。随后，一群银光闪烁的虎头巨人跃入眼帘，一共有九个，围成一圈，每一个都散发着蜜脂毛皮的气味，但是每一个的甜味又有所不同。

主人没有发现它们。他仍然飞速向前，两眼低垂盯着自己的脚印，直到冲进圆圈，站到这九个虎头巨人面前，后者笨拙地站立，如同披着虎皮的熊。

他停下脚步，低声抱怨着什么，卸下来复枪，松松垮垮地挂在一只手上，枪口几乎触到地面。她看到他用暗淡的目光，沿着圆圈逐一扫过它们。

"待着别动。"他对她说，然后朝着飞船的方向艰难地迈出脚步，半走半跑，进入飞船的时候，枪托狠狠地撞击上了气闸室的门。

他说过的，待着别动。她只能眼巴巴地望着飞船入口，守在原地不断抬起前掌又落下，也想跟着主人走进去。不过，他没进去几分钟就回来了，手里没有拿枪，而是捧着昨天收获的那一大块毛皮。毛皮被绷直在架子上铺展，多出的边缘被切成条状，缎带一样悬挂着。他仍然是半跑半走的姿势，因为手捧着毛皮，脚步有些不稳，跟跟跄跄朝着圆圈中的一个蜜脂巨人走过去。旁边的两个巨人也聚集过来，它们一起做出拒绝拿回毛皮的姿势，把同伴的毛皮松松扎成一捆又塞回主人怀里，还增加了一个又大又沉的羊皮包裹，主人不得不两腿叉开，才能保持住平衡，抱稳所有东西。

其中一个蜜脂巨人抬起手背长毛的手，指指飞船还有这一堆东西，然后又是飞船，接着是主人，最后是天空。他接连发出两声尖厉的吼叫，又重复了一遍，旁边另一个巨人发出两声不同的哀嚎。她可以感受到那声音

Carol Emshwiller

里面蕴含的情绪……带上你的东西，赶紧回去。带上它们，这些还有这些，然后就滚吧。

最后，它们再一次向她扭转身来，一个巨人边和她说话，边做出包罗一切的姿势。这里就是世界。有天空，有土地，还有冰雪。

它们希望她留下。它们给她的……是它们的世界？但是这世界应该留下吗？

她犹豫不决地摆摆尾巴，低垂下脑袋，又抬起头望向它们……我只想做正确的事情。想取悦每一个人，但是……她最终还是跟着主人走进飞船。

气闸室的阀门隆隆关闭。"咱们离开这儿吧。"他说。她找到自己的位置，侧身平躺，这是准备起飞的动作。主人扯过一张薄薄的塑料罩盖在她身上，包住整个头部和身体。几分钟后，飞船在隆隆声中起飞。

之后，他打开了那个羊皮口袋。她知道里面是什么东西，并且很清楚主人也知道，只不过她是通过气味来判断的。他拉开口袋，倒出那颗头颅和一对手掌，面部紧绷，嘴角僵硬。

她眼睁睁地瞧着主人几乎要把这颗头颅扔进废品滑槽，但是他最终还是放弃了。他把这颗头颅带到自己陈列藏品的地方，这里摆放着猎物美丽的头颅，奇形怪状的手，还有犄角，他把这颗头颅也放了进去，和其他陈列品并排放好。

就连她这样一条狗也知道，这颗头颅极其特殊。其他收藏品都和她一样眉骨突出，并且大部分具有前突的口鼻。而这颗头颅比最大的头颅还要巨大，连同其沉重、羽毛状的毛皮，还有圆睁的巨大眼睛一起，显得比任何藏品都要气势宏大，摄人心魄……就是这样的头颅，却偏偏配有一张单调无趣的脸，上面长着小巧的黑鼻子，还有柔软的嘴唇。

这是她所见过的最柔软的嘴唇。

怪物 - （1958）-The Monster

（法国）杰拉德·克莱恩 Gérard Klein——著

（美国）达蒙·奈特 Damon Knight——英译

王亦男——译

杰拉德·克莱恩（1937—　）是一位家喻户晓的法国作家、评论家和编辑。克莱恩用以谋生的身份是经济学家，他的笔名有阿尔及尔的吉勒斯（Gilles d'Argyre）（使用频率最高）和马克·斯塔尔（Mark Starr）；此外，他还曾与帕特里斯·龙达尔、理查德·乔梅特联合署名弗朗索瓦·帕杰理（几位合作伙伴的名字——帕特里斯+杰拉德+理查德组合在一起）。他早期的作品，深受雷·布拉德伯里的影响，第一部小说《阳台一角》（Une Place Au Balcon）于1955年发表在法国版《银河》（Galaxy）上，当时他刚满18岁。很快他就跃升为法国科幻界主流作家，从1956年到1962年，他先后出版过40多篇构思巧妙的故事（到1977年作品总量达到60部）。同时，他也成为了圈内能言善辩、学识渊博的评论家，在多家刊物上发表了30多篇富有洞察力的评论文章。

20世纪70年代晚期，克莱恩抨击美国科幻作品中的悲观主义，认为关于社会构建，其缺乏预见更好未来的能力。随后这种"指责"又升级到开始针对许多法国科幻作家，认为他们的作品在精神层面趋于黑暗，而不是早期美国科幻所能感受的（也更加普遍的）乐观主义。克莱恩呼吁舆论谴责这些作家，因为他们没有带着乐观主义精神来设想一种不同的社会构架，而是一味地退回到社会现状，看到的只有黑暗和荒凉的未来。乔安娜·拉斯在《如何压制女性写作》（How to Suppress Women's Writing）一文中也支持了克莱恩的观点，认为现下很多科幻作品都缺乏政治诚信。克莱恩的晚期作品常与考德维那·史密斯和安东尼·德·圣·埃克苏佩里相提并论，因为它们都激发了人类对宇宙的敬畏。

1958年《怪物》法语版首次发表。本篇为达蒙·奈特翻

　　　　　　　　　　　　　　Gérard Klein

译的英文版本，1961 年刊登在《奇幻与科幻杂志》上，并收入奈特编辑的《十三个法国科幻故事》（13 French Science-Fiction Stories, 1965）。或许，在创作《怪物》的时候，克莱恩也受到了比利时作家让·雷的影响，因为我们可以从中感受到一种对于未知的恐惧和绝望。

△   ▲   △   △

在地平线的边缘，夜幕即将降临，马上就会像穹顶一样罩住整个小城。布景上的星星犹如上了一组精确的发条，一颗一颗闪现出来。商店橱窗外面的金属卷帘缓缓拉下，像合上的眼皮。钥匙在锁眼里转动，发出刺耳的吱呀声。白天已经过去。密集的脚步声在布满灰尘的柏油街道回响不绝。消息就是这个时候在整个小镇不胫而走的，从嘴巴跳跃到耳朵，在或惶惑或惊吓的眼睛里展现出来，或沿着电话铜线嗡嗡作响，或在电视成像管线里噼啪跳跃。

"重复一遍，这里没有危险。"收音机的高音喇叭对坐在厨房里的马丽恩说。她双手放在膝盖上，望向窗外刚刚修剪过的草坪、乳白色的小院围栏，还有通向院外的小径。"公园附近的居民，请全部待在家里，不要以任何方式干扰专家的行动。这个外星来的生物对人类没有丝毫敌意。这是历史性的一天，今天，我们迎来了一位来自另一个星球的外星客人，现在站在我身边的这位杰出的教授认为，毫无疑问，我们的外星客人是沐浴着另一颗太阳的光线出生的。"

马丽恩起身打开窗户，空气里混合着青草味、水雾气和刺骨的寒冷，好像有上千把锋利的小刀迎面扎来。她的目光沿着街道扫视，街道一直延伸到黑暗、遥远的尽头，在小城林立的高楼边缘分开、延伸，并沿着草坪和砖瓦房屋逐渐拓宽。每一间房屋前，窗户后，都能看到一盏点亮的灯，几乎每一扇窗内都能依稀有一个等待的身影。随后，这些倚靠在窗台的身影一个接一个地消失不见，街道上回响起脚步声，人们把钥匙插进油芯锁，"咔嗒"一声碰上门锁，把耗尽的白昼和来临的黑夜统统锁在门外。

"他不会有事的。"马丽恩自言自语地说，脑海里想着伯纳德，如果他像平常一样选择最便捷的路线，那么他现在应该已经安全穿过公园。她匆匆扫视过镜子中的自己，抬手摸了摸自己黑色的头发。身材娇小的她，柔软圆润，好似一个融化的香草冰激凌。

"他不会有事的。"马丽恩再一次对自己说，目光转向公园，只能看到黑压压挤成一片的树林，被附近往来的车灯照出闪动的光影。"可能他走的是另一条路。"尽管心里这样说，她的脑海还是情不自禁地浮现出伯纳德沿着砾石小路，步履轻松的样子。他穿越紫杉修整的剪影和摇曳的杨树，在清冷的月光中，绕过草坪边上低矮犹如铁质眼睫毛的围栏。他一只手握着一份报纸，可能还吹着口哨，或者叼着吸了一半的烟斗，吐出一团团稀薄的烟圈，眼睛半眯，有点斗志昂扬的样子，仿佛自己可以征服全世界。然而这时，可能有一只黑色巨爪正在灌木丛里移动，或是一条长长的触须在土沟里盘绕，随时都可能像鞭子一样甩入空中噼啪作响。她闭着眼睛看到了这些怪物，恐惧的惊叫几乎夺口而出。最终，她还是没有发出任何声音，因为这只是由收音机里传来的那些凿凿之词而引起的幻觉。

"有关方面已经采取一切必要措施，在公园入口处布下警戒线，最后一批行人已经分别被送离大门。您唯一所要做的就是避免发出任何响声，公园视线范围内最好不要有任何灯光，以免惊吓到我们来自另一个世界的客人。目前尚未和外星生物接触，没人知道它是什么形状，或者有几只眼睛。现在我们正在公园大门口，会为您带来前方最新的消息。站在我身旁的是来自宇宙研究所的赫尔曼特教授，他会告诉大家他的初步判断。教授，来，我把麦克风递给您……"

马丽恩在脑海里想象着那个从太空来的东西，这个生物，孤独地缩在

Gérard Klein

公园一角，蹲在潮湿的地面上，在异星世界的冷风里瑟瑟发抖——只能透过灌木丛的一处缝隙抬头凝视天空，连天上的星星都是如此陌生，不曾相识，它感到地面连续传来震动，周围人类的脚步声、摩托车的马达声，以及来自地下深处、整个城市的隆隆轰鸣。

"我要是它会怎么做？"马丽恩心里揣摩，她知道，一切都会安好，因为收音机的声音，犹如周日做礼拜的牧师，言语在寂静氛围的烘托下，郑重而稳定，更加令人深信不疑。她知道人们会逐渐接近那个在探照灯光线里瑟瑟发抖的生物，它会等待，平静而充满信任地等待人们向它伸出手、和它交谈，然后它将走向他们，因为焦虑不安而微微颤抖，直到听到人们难以理解的声音——正如她一年前听到伯纳德的一样——它会瞬间理解他们的用意。

"我们的科学仪器才刚刚刮开我们周围浩瀚宇宙的表层，"教授的声音在说，"只是想象一下，就在现在我和你们说话的时候，我们在宇宙空间里飞驰，一颗颗星星、一团团氢气星云擦身而过……"

他停顿了一下，深吸一口气："所以说，在我们称为宇宙的那扇神秘大门外面等待我们的，可能是任何东西。现在我们发现了这个外星世界来的生物，就等于是开启并穿越了那扇大门。1 小时 47 分钟以前，一艘宇宙飞船悄悄地在这座城市的公园着陆，早在这之前的 1 小时 30 分钟，我们已经监测到飞船进入表层大气。这艘飞船体形较小，现在就其动力方式做出任何推断还为时尚早。我卓越的同事李教授持这样的观点，这艘飞船或许借助宇宙特定空间的不均衡效应而产生动力，但是我们在这个方向进行的研究——"

"教授，"主持人打断他，"有人形成这样的看法，认为这根本不是一艘飞船，只是某个能进行星际穿越的物体。您怎么看待这种观点？"

"嗯，现在下任何定论都为之过早。还没有人亲眼看到这个物体，我们知道的仅仅是，这个物体似乎能够控制飞行方向和下落速度。我们甚至都不知道它是否真的搭载有生命体。可能这只是台机器，一种机器人，你可以这么认为。不过不管在什么情况下，这个物体都携带有能够最大程度满足科学探索兴趣的信息。这是自我们远古祖先发现火以来最重大的科学事件。现在我们知道，在浩瀚的星空里我们不再孤单。回答你刚才的问题：老实说，我并不相信你们定义的那种生命体能够在外太空的条件下存活——那里没有大气，没有光和吸引力，只有毁灭性的辐射。"

"教授，您觉得这物体的危险系数微乎其微吗？"

"坦白地说，是的。这个物体并没有显示出敌意，只是停靠在公园的一个角落。我很惊讶一切必要措施能够实施得这么迅速，但我并不认为这会发挥什么作用。我更关心的是，人们在见到一个纯粹的外星生物时，会有什么样的反应。这也是不管发生什么事情，我都建议每个人保持冷静的原因。科学权威机构对一切情况了如指掌，不会有任何不幸的事情发生……"

马丽恩从抽屉里抽出一支香烟，笨手笨脚地点燃。她戒烟已很多年了，可能 15 岁生日那天以后就没有再抽过。她吸入一口烟，猛烈地咳嗽起来，然后用手指抖抖索索地从裙子上弹下一小块白色的烟灰。

"我们今天晚饭吃什么呢？"她一边高声问自己，一边暗暗责备自己的紧张不安。然而，她甚至连从橱柜里取出煎锅或是打开冰箱的勇气都没有。

她关掉灯光，踱回窗前，小女孩一般拿着香烟在空中画圈，耳朵全神贯注地捕捉马路上的任何一个脚步声。然而，听到的只有周围房屋里人们温馨和谐的声音，间或夹杂着一段模糊的音乐，好像蜂巢里的蜜蜂嗡嗡作响，还有收音机叽里咕噜蹦出的单词。

"冷静下来，"她咬紧嘴唇、提高声音说，"今晚有成千上万的人从公园里穿过，他们都安然无恙。他也不会遇到任何问题。倒霉的事从不发生在熟人身上，只会降临在报纸里那些姓名不真实的灰色面孔上。"

时钟敲响 8 点整。"我可以打电话到办公室，"马丽恩暗想，"也许他后半夜待在那儿了。"但是，他们并没有电话，打电话意味着要披上大衣，走进黑暗，在冷风中奔跑，来到一家总是挤满好事者的咖啡馆，取下电话上那个死气沉沉、嗡嗡作响的黑色小玩意儿，拨出号码，一边听着变调的金属声音，一边揉皱口袋里的一块手绢。这是她应该做的。这是一个勇敢、独立的女人应该做的。然而，她没有任何动作。她满腹羞愧地告诉自己——自己既不勇敢也不独立，唯一能做的，就是等待，就是瞪大恐惧的双眼，望着外面这座灯光闪烁的城市。

"谢谢您，教授，"收音机里的主持人说，"我们现在所在的位置离外星生物躲藏的地点不到 400 米。特别行动队队员正在逐渐向其靠近，并对途中每一平方米土地进行研究取样。从我在的位置还辨别不出任何东西——啊，有了，是黑色的，隐约能看出是球体，停在池塘对面，大概比一个成人的身高要高一些。这东西真的很黑，而且……公园里的行人已经完全清空了。这位来自外星的大使现在完全是孤单一人，不过不要担心，你们很快就能认识他了……"

马丽恩扔掉香烟，任其在洁净的瓷砖上燃烧殆尽。伯纳德不在公园里。可能他这会儿正在去公园的路上，也可能正在公园的栅栏外面徘徊，想瞧一眼来自外星的客人。要不了 15 分钟，他应该就能回来了，满脸笑容，头发上沾着细小的露珠，在夜色下银光闪烁。

没过多久，之前的焦虑再次从心里某个角落萌生，一片阴沉的暗紫色。他们为什么不快点行动，她心想，脑海里出现行动队队员摸黑潜行的样子，测量、称重、分析，并悄无声息地在黑夜里穿梭，好像出洞的鼹鼠。既然没危险，他们为什么不快点行动？

The Monster

同时她又感到，在镇静的高音喇叭以及信心满满的词语背后，隐藏着什么。她忽然想到，或许他们说话的时候在颤抖；或许他们一方面双手痉挛性地握紧麦克风，另一方面则假装对自己的话深信不疑；或许尽管直播的信号灯闪烁不停，他们的脸依然被吓得惨白。她告诉自己，关于大气层外面游荡的东西，他们并不比自己知道得更多。她认为他们不会对伯纳德起任何帮助，只有她才能做出点小小的示意，尽管她也想不出自己能做什么：或许跑去见他，用胳膊搂住他的脖子，整个人靠在他的身上；或许带他远离那个讨厌的外星生物——或者只是缩在厨房里这个白色的金属椅子里掉眼泪，一动不动地等待，活像一片从黑纸上裁剪下来的剪影。

她没法再继续想其他任何事情，也不想再听到收音机里的任何声音，但又不敢关掉，害怕自己会变得更加孤单。她拿起一本杂志，随便翻开一页，她从没有真正热爱阅读，现在更是只能逐字逐句地拼读，因为眼前一片模糊；并且不管怎么样，这些陈旧的文字现在对她来说已经没有任何意义。她又尝试看图片，却好似透过水滴一样，要不就是扭曲的影像，移位透明而古怪，仿佛被不可能存在的线条割裂开来。

紧接着，传来了一个脚步声。她立马站起来，跑到门口，打开大门，把身体探入夜色里，朝昏暗潮湿的草坪望过去，并竖起耳朵，可是脚步声突然间变弱了，几乎在同一时刻内减弱、停止，直到完全消失。

她返回厨房，收音机的声音听起来简直令人难以忍受。她调低音量，把整只耳朵贴到喇叭上，隔着一层头发捕捉那微乎其微的声音，那种类似昆虫隔膜振动发出的摩擦声。

"大家注意了，"一个声音在收音机长长的玻璃管另一端说，"有新情况。我认为这个不明物体正在移动。现在专家小组距离目标最多 200 米。我听到了某种声音。可能这个来自另一个世界的生物打算要说话了……它在说……听上去很像人类的声音……好像是一长串叹气……我现在就让你们来感受下。"

Gérard Klein

马丽恩把耳朵紧紧压在收音机上，连头发都被压得深深陷入皮肤。她先是听到一阵吸气声，一长串没有语言的嗡嗡声，一声尖锐的呼啸，然后一片寂静，之后声音再次在收音机喇叭深处响起，几乎听不清楚，仿佛来自一位熟睡者沉重的呼吸。

"马——丽恩。"这声音在公园漆黑的一角挤作一团，回荡在收音机喇叭的空箱里。

这是伯纳德的声音。

她一跃而起，椅子在她突如其来的动作下差点倒在地上。

"马——丽恩，"那个古怪又熟悉的声音继续低声咕哝，马丽恩却已经听不到了，她已经冲向马路，任由身后的房门敞开，把所有折磨人的死寂抛在身后。她接连跑过两座房子，停了下来，上气不接下气，在寒冷的夜色里瑟瑟发抖。夜晚笼罩了一切，漆黑的房屋只能勉强透出一丝灯光。路灯都已经熄灭，她顺着马路中间一路走下去，这样不容易被石头绊倒或摔进水坑。

四周笼罩在一片不寻常的安静之中，时不时被一段段漫长的黑暗分隔开。她遇到一个边走边唱歌的男人，皮肤黝黑，好像一尊煤块雕刻的塑像。她正欲拦下他，请求他和自己一起走路，待走到近前，才看到他醉醺醺的，于是绕着他走开了。

看来，她似乎在一座极不友好的城市里丧失了方向，尽管她认识每一座房屋，并且白天和伯纳德散步时，曾经上百次评论过这里每一扇窗户的窗帘。她奔跑在高楼之间，仿佛穿梭在一条树墙高耸的森林小路，感觉如果自己停下来，就会听到某只凶猛的野兽在身后呼吸。现在她正穿越一块废弃的荒地，混凝土围成的空地，夜晚就扣在头顶，盖子一样被扎出的小孔，也就是无数小星星。最后，她终于来到公园，一边沿着边缘奔跑，一边数着栅栏上面木板的块数。

她的高跟鞋踩在柏油路面上，发出清脆的噔噔声，像是木槌敲击在木琴的音条上。恐惧变成一大群蚂蚁，密密麻麻地爬满皮肤，她不由得屏住呼吸，月光在她身后隐隐投下一个淡薄的影子。

她箭步如飞，裙子摇曳起伏。没有东西跟在身后，但是一排排沉浸在夜幕里的高墙，形状和颜色都无法辨识，像是巨大的黑曜石块，吞没所有光线和颜色，让夜晚变为了海湾，而自己就在海湾悬崖边的钢丝绳索走道上狂奔，被痛苦和寒冷双重压迫，整个人摇摇欲坠、麻木不仁。这样的夜晚只有她独自一人。

忽然，伸出来一只手拽住了她的胳膊，她急忙转身，惊声大喊。这只手马上松开了马丽恩。她后退到公园围栏边，整个肩膀紧贴住栏杆，绝望地举起双手。

"不好意思，女士，"响起一位警察低沉、磕磕绊绊的声音，听上去却异常令人觉得安心，"所有人都被要求待在家里。您家里没有收音机吗？"

"有。"马丽恩努力地喃喃，没敢动弹，也不敢喘气，甚至连嘴皮都没有真正动一下。

"需要我护送您回家吗？这附近没什么危险，不过……"他犹豫了一下，脸色在黑暗中显得尤为苍白，他的面颊规律地抽动一下，"……就在刚才一个男人被劫持了，所以最好还是……"

"伯纳德。"马丽恩说着，张开手指揉搓裙子的褶皱。

"这可不好，"警察咕哝道，"您还是跟我一起回家吧。现在那个东西正在叫唤。快点，女士，我还要把这圈巡完，希望你住得不太远。我不经常一个人巡逻，你知道的，不过今晚人手不够。"

他用鞋尖轧碎一根吸了一半的香烟，上面沾满了口水，胀得鼓鼓的，卷纸被撕碎，没有燃尽的烟草散开一地。

"他是我丈夫。"马丽恩说。

"快点，我们走吧。他正在家里等你。"

Gérard Klein

"不可能，"马丽恩边说，边摇摇头，头发散落在脸上，仿佛是一块黑色细线面罩，"他就在公园里。我听到他的声音了。"

"公园里没有不相干的人。"他脸上又出现一阵抽搐，脸颊都跟着变形了。马丽恩看到他的下巴微微颤抖，左手在自己的皮带上来回摩擦，右手则按在磨得光亮的手枪皮套上。他比她更惊慌失措，而且是来自内心的恐惧。

"你还没听明白吗？"她大声吼叫，"你还没反应过来？"她逼近警察，抓住他的双臂。她真想伸手去抓这张惨白、颤抖的脸，这具人类的皮囊，在城市黑暗表层的映衬下，越发显得苍白无力。

"我丈夫正在这里呼叫我，我在收音机上听到了他的声音。你为什么不能放我走？"

没有任何预兆地，她感觉到眼泪淌过自己的脸庞。"嗯，放我走吧。"她满腹哀怨地说。

警察油亮的黑色方头皮鞋向她倾斜了一点。"也许，"他犹豫地说，"也许可以。我不知道。"然后，他的声音变得更加温和："抱歉，女士。跟我来吧。"

他们沿着围栏继续往前走去。她冲在前面，踮着脚尖，每走四五步都停下来等警察。

"快点，"她对他说，"看在上帝的分儿上，麻烦再快点。"

"别弄出太大声响，女士，已经离得不远了，那个东西好像耳朵特别灵。咱们马上就能听到它的声音了。"

"我知道，"她说，"这是我丈夫的声音。"

他定定地看着她，默不作声。

"它把他吃了，"她说，"我知道。我在想象中见过它。它长着巨大锋利的钢牙，我能听到这些牙齿嘎吱作响。太吓人了。"

说到这儿，她突然又哭泣起来，整个身子随着抽泣颤动。

"冷静下来，你不会有事的。"

"不，"她承认道，"之前没有，以后就有了。"

她的声音因为抽噎断断续续，眼泪也在奔跑的同时模糊了视线。跑着跑着，她跌倒了，一只鞋被抛到空中，她匆忙又甩掉另一只鞋，只穿着长袜继续奔跑。

忽然之间，她听到了那个外星怪物的声音，她仿佛看到了伯纳德的嘴唇在嚅动。这是一段持续、平静的声音，一点也不吓人，但是听上去非常微弱，她恨不得小心翼翼地把它捧在手心里，以免被风刮跑。

可以看到穿着黑色制服的警卫人员守在公园入口处。她站住，等待警察和同伴之间窃窃私语，神秘地彼此交换问题。随后，她走进公园里。她看到他们用铜线编织成圆形的警戒网，闪闪发亮，把那个用伯纳德声音说话的怪物围在正中间。

"你是谁？"吹气一般的声音轻轻响起。

"我来是为了……"她正要说话，却听到伯纳德的声音从远处传来："马——丽恩。马——丽恩。"

"你们没听到它说话吗？"她说。

"我都听它说了一个小时了。"刚才向她提问的人说。他用手电筒的光束照亮马丽恩，黑暗中他的牙齿和制服上的纽扣银光闪烁，唇上稀疏的小胡子使得他看上去像是永远保持微笑的样子，而他的眼睛，现在看上去却万分焦虑。

"这个东西发出了人类的声音，可能是从抓到的那个可怜的家伙那里听到了几个地球单词——这几个单词没有任何联系或意义。一开始我们以为是某个人在呼喊。然后，我们意识到，世界上没有任何人可以发出那样的声音。"

"这是伯纳德的声音，"马丽恩说道，"伯纳德是我的丈夫，下个月就

Gérard Klein

是我们的纪念日了。"

"你是谁？叫什么名字？"

她任由自己瘫坐在草坪上，手臂后屈抱住整个脑袋，拼命想要隔绝那个声音。

"马丽恩……"那个声音持续地重复，听上去太过于刺耳，不可能是人类发出的。这更像是来自井底深处或者烤炉里面、沿着地面流动的某种地球上的声音，也许是某些植物，也许是某些昆虫，抑或是一条正在潮湿草丛上滑行的蛇。

"这声音甚至让人觉得是在等什么人来，"刚才提问的人边说边在马丽恩身旁坐下，"告诉我你的名字。"

"这声音呼叫的人就是我，"她说，"我要去找他。"

"别动。你叫什么名字？你来这儿干什么，大半夜穿条裙子跑来这里？"

"马丽恩，"她低声轻语，"马丽恩·拉哈普。这就是我的名字。"

她在心里咀嚼着自己的名字，这个名字像个脆弱的肥皂泡，在她戴上婚戒时随风飘走，又在她跑向这个被黑夜入侵的公园时，重新被吹了起来。

"我丈夫是——"她犹豫了一下，似乎下定什么决心，"被那个外星怪物吃掉了，他正在向我呼喊，我必须去救他。"

"你别激动，"那个人说，一撮小胡子上下颤动，"没有人被吃掉。即使真的有，你怎么能确定是你丈夫？"

虽然这么说，但是他的声音在颤抖，像是开裂的墙壁即将倒塌。可以感觉到踌躇、恐惧、怜悯，所有情愫混杂在一起，最后都融入到满腔愤怒之中。

"别撒谎了，"马丽恩说，"我认得他的声音，那个和我一起来的警察说，有个男人被杀了，他正要通过公园，最后却没有回家，就在刚才，我在收音机上听到那个声音，正在呼唤我。上百万人都听到了这个声音，你无法否认。"

"确实如此，"他说，"我相信你说的。"他的声音随着话语慢慢失去活力，好像死去了一般，音节仿佛是灰尘，在胸腔呼出的空气里飘浮。"我们没法采取任何措施。关门关得太晚了，我们刚看见他从小路走出来，那个东西就扑到他的身上，把他整个人都罩住了。事情发生得太突然。我很抱歉。如果我能帮得上什么忙的话……"

说着说着，他的声音又变得洪亮起来："我们正准备击毙外星怪物。我知道这换不回你的丈夫，但是我还是要告诉你。不是出于必要的话，我们从来不冒任何风险。你看这儿。"

火焰喷射器长长的管道在月光下反着光，如同长长的舌头缠绕在草坪上，又像是野兽臭气冲天的嘴巴里伸出的利齿，横躺在草坪上，旁边就是电光闪烁的铜线警戒网。每一个"长矛枪"旁边，都有一个昏昏欲睡的行动队队员，时不时后背会打个冷战并扭过头去，隔着高高的杂草和灌木树丛，努力向面前那片充满敌意、危机四伏的区域投去探询的目光。

"不要，"马丽恩大声说，"不要碰那个怪物。我确定那是伯纳德。"

那个人摇摇头："他已经死了，女士。我们亲眼看到的。这只怪物可能只是在重复他死前说的最后几个单词，机械性地一遍遍重复。你丈夫临死的时候想到了你，这一点很肯定。教授能比我解释得更清楚一些。"

"那个教授？"马丽恩说，"我听到他说话了。他说这里没危险，我们不需要慌乱。他还声称很清楚自己正在做的事情，这是历史性的事件，而且……"

"他和我们一样都是人类。那个怪物攻击你丈夫的时候，他吓得大喊大叫。他说，自己也不明白为什么会发生这样的事，他一辈子都在等待一个友好的外星生命来到地球。他宁愿自己被吃掉而不是亲眼目睹这一幕。"

"他对真相保持了沉默，"她挖苦地说，"他说一切进展都很正常，我们大家都不会掉脑袋。可他明明知道伯纳德……"

"教授只是做出了自己认为最好的选择。现在他说，我们要把这只害虫从地球土壤里彻底铲除掉，直接送它去地狱。他还派人装了一些毒气送过来。"

"马丽恩。"怪物的声音变得柔和起来，却不像是从嘴唇里、钢牙间或者肉质的舌头上发出来的，而是来自那些闪闪发亮的铜线。

"我想和它说话，"她平静地说，"我确定它就是伯纳德，它会和我交流的。"

"是吗，我们也尝试过沟通。那怪物根本没有回应。"

马丽恩伸手一把抓起麦克风，感觉自己手里攥着的，是一块被海水打磨得异常光亮的石头。

"伯纳德，"她喘息着，"伯纳德，我在这里。"

她的声音从喇叭里迸发出来，好似一汪喷涌而出的泉水，莫名其妙地分成涓涓细流，直至完全蒸发在空气里。这声音反弹到树干上，顺着枝头分散开来，沿着叶脉热闹流淌，在地面嫩枝和杂草丛中匍匐前进，又淹没了整个草坪，被灌木丛吸收，溢满公园小径，最后在池塘水面荡起不易察觉的涟漪。

"伯纳德。你听到我说话了吗？我来救你了。"

那个声音立刻回答道："马丽恩。我一直在等你。我等你等了好久，马丽恩。"

"伯纳德，我就在这儿。"她说道，声音轻快而充满活力，飞越孩子们的沙盘，流连于秋千、旋转木马、跷跷板之间，滑过高高耸立的篮球架和球框。

"他在呼唤我。我得走了。"她说。

"这是个陷阱，"有个声音在她身后说，"待在这儿别动。那里没有人类。"

"我有什么好害怕的？这是伯纳德的声音。"

"快看！"有什么人叫道。

聚光灯亮起，像一只张开的眼睛，太阳般的光线刺穿了夜色。就在这时，她看到一大团黑色气泡，粼粼闪光，泡沫飞溅，稀软而布满黏液的黑色球体表面不断有气泡破裂。这是一块有生命的黑色海绵，会呼吸，也会吞咽。

"外星来的脏东西。"教授庄重的声音在她身后响起。

"我来了，伯纳德。"马丽恩扔掉麦克风，整个人向前冲过去。她躲闪开一只只试图拦住她的手，沿着石砾小径狂奔下去。她跃过铜线交织的警戒网，在喷射器闪闪发亮的管道之间穿梭。

"这是陷阱！"身后一个低沉的声音四处回响，"快回来！这怪物已经吸收了你丈夫的一些意识——它在用这当作诱饵，快回来！这家伙不是人类，它没有脸！"

然而，竟然没有一个人追赶她。当她向身后扭头的时候，看到人们站在原地，握紧武器，满怀恐惧地注视着她，眼睛和牙齿在月光下都反射出和制服纽扣一样银色的金属光泽。

她一路沿着池塘边奔跑，感觉双脚先是踩在水泥砖面上，发出柔软沉闷的声音，随后，则是来自草坪凉爽而轻柔的抚摩。

尽管一直在奔跑，马丽恩还是在心里不断猜测，接下来会发生什么，自己会是什么命运，不过，她告诉自己，伯纳德一定会认出自己，他一向那么熟悉自己，这样做，是最好的选择。他正在那扇漆黑大门的另一边等待着她，那扇大门如此艰难地传递出他的声音，而现在，她就要和他团聚了。

一段记忆忽然在她脑海中闪现。这是一句她读过或听过的话，也是一个产生后藏在心里的想法，现在又被拿出来仔细咀嚼。这句话是这样的：人类不过是内里空无一物的贝壳，有时冰冷荒芜，像废弃的屋子；有时热闹非凡，被我们称为生命的东西占据着，同时存在的还有妒忌、欢喜、恐惧、希望以及种种其他情感。因为这样，人类才不再孤独。

奔跑过程中，她呼出的温热气息，凝结成一片薄薄的水汽羽毛，她频频回头，望向行动队队员们那苍白、抽紧的面孔，这些面孔随着她飞奔的脚步越缩越小。她开始思忖，这只怪物之所以穿越宇宙来寻找一个新的世界，是不是因为它在自己身上感到绝望的空虚和无所适从？是不是因为那些无形的情感存在，没有一种会驻留在它身边？而她和伯纳德也许会生活在它的心灵深处，正如自信和不安、寂静和无聊留存在人们的内心和脑海深处一样。她希望，他们可以给它带去祥和，他们俩会是两盏安静的小灯，照亮它神秘而广阔的脑海中曲折的沟壑。

想到这里，她耸耸肩，放声大笑起来。"被吃掉是什么感觉？"她问自己。

她试图想象一勺冰激凌融化在自己的唇齿之间，带着冰凉丝爽冲进喉头，充溢在她黑暗狭小却无比温暖的胃里。

"伯纳德！"她放声大喊，"我来了！"

她听到身后人们还在向她喊叫。

"马丽恩，"带着伯纳德嗓音的怪物说，"你耽搁太久了。"

马丽恩闭上眼睛，整个人向前冲过去。冰凉的感觉沿着皮肤向下滑去，又像丢弃一件衣服那样离开自己。她感到自己的形状改变了，身体在慢慢溶解，手指向外延伸，她正在那个巨大球体内扩散开来，在那个水润、温暖而舒服的巨大球体内，她现在明白了，这里友好而亲切。

"伯纳德，"她说，"他们追过来要杀掉我们。"

"我知道。"那个声音现在近在身畔，令人心安。

"我们没法做些什么吗——比如逃跑？"

"取决于它，"伯纳德说，"我才刚开始认识它。是我告诉它要等着你的。我也不知道它到底准备怎么做。也许回到宇宙中去？"

他们紧紧相拥，躲在这个灵肉相交的"堡垒"内，"堡垒"被那些冷漠的树木和草坪环绕，还有那束怀有敌意的灯光，犹如一把手术刀直直插入这团突突跳动的外星飞船，他们听到靠近的脚步声，清晰响亮却又显得鬼鬼祟祟，这些包围他们的人类杀手，手指关节紧紧扣在他们铜制的喷射器上，头戴防护面具，随时准备喷射出致命的灰雾……折断的树枝，簌簌喷射的液体，屏气凝息的咒骂，然后是——一声扣动扳机的声音。

失去大海的男人 - （1959）- The Man Who Lost the Sea

（美国）西奥多·斯特金 Theodore Sturgeon —— 著

李懿 —— 译

西奥多·斯特金（1918—1985），美国作家，作品涉猎科幻、奇幻和恐怖小说等类型，于 2000 年进驻科幻奇幻名人堂。斯特金在 20 世纪 50 年代名声大噪，成为当时在世的英语作家中作品被收录选集最多的作家之一。他也是雨果奖和星云奖的双料得主。斯特金最著名的小说当属国际奇幻奖获奖作品《超人类》（More Than Human, 1953）。除小说之外，斯特金还撰写了一百多篇书评，并为评价甚高的电视剧《星际迷航》创作了其中两集的剧本，分别是《度假胜地》（Shore Leave）和《狂乱时间》（Amok Time）。其最大贡献在于设定了瓦肯文化的几项重要传统，如瓦肯举手礼、瓦肯问候语"生生不息，繁荣昌盛"（Live long and prosper），以及瓦肯人的婚配仪式"庞发"（pon farr）。

斯特金涉足科幻界或许只是出于职业使然。他最优秀的作品并不属于某个特定类别，而他有时偏好于使用更适合主流文学读者口味的故事框架。又如，斯特金虽然有作品发表在《新奇科幻》杂志上，他却更乐意投稿给《未知》（Unknown）杂志，因为前者收稿的范围更具局限性。虽然斯特金对约翰·W. 坎贝尔领导下的"科幻黄金时代"的形成贡献颇多，但他与该流派风格的契合度却不及 A. E. 范·沃格特、罗伯特·海因莱因、艾萨克·阿西莫夫等作家。不过，斯特金的成就影响了许多后来的作家，比如哈兰·埃里森和塞缪尔·R. 德拉尼，同时，他也成为了这些作家的榜样。斯特金的作品有时过于感伤，有时过于浓墨重彩地描写少年的烦恼，但他对于感情的深入刻画以及对人物角色代入感的营造无疑是非常成功的——在当时的科幻小说中，这些都难能可贵。

《未知》停刊后，斯特金暂别了科幻界。但很快，他的作品又占据了新的市场，如《银河科幻》（*Galaxy Science Fiction*）杂志就刊登了他于 20 世纪 50 年代之后创作的大多数优秀小说。渐渐地，斯特金对更加"成人化"主题的写作越发得心应手，其中就包括当时禁忌的同性恋主题。而他对性主题的各个层面都拥有莫大的兴趣（斯特金还曾痴迷于天体主义 [1]：当作家兼编辑托马斯·蒙泰莱奥内前往斯特金的公寓首次造访这位文学巨匠时，斯特金就裸体接受了对方的采访）。

《失去大海的男人》文字优美，颠覆了月球旅行主题中气势恢宏的浪漫主义色彩，同时引入了另一种（更加深沉、更具深度的）浪漫主义。从某个层面上来讲，《失去大海的男人》刷新了科幻领域中宇航员固有的隐喻意义，它与本选集中德拉尼与奈特的两篇故事 [2] 有着异曲同工之妙，是对黄金时代科幻的种种设想的鲜明的反叛。

这则故事也是阿瑟·克拉克的最爱。克拉克曾在《终极自恋狂：西奥多·斯特金小说全集·第一卷》（*The Ultimate Egoist, Volume I: The Complete Stories of Theodore Sturgeon*, 1994）的序言中写道："（这是篇）小小的杰作……它在文学方面对我影响最深，也给我个人带来了强烈的震撼。我也曾痛失大海多年，后来才又重新拾回……每次重读它，我总会不由得感到后脖颈发凉。"

△　▲　△　△

假如你是个孩子，在一个漆黑的夜晚，你手里握着这架直升机，嘴里飞快地喊着"呼呼呼"，跑过冰凉的沙滩。你经过生病的人身旁，他让你拿走那个东西，离他远一些。也许他认为你已经过了玩玩具的年纪。于是，你蹲在他旁边的沙地上，告诉他这不是玩具，这是航模。你让他仔细看，这是大多数人都不知道的直升机的知识。你用手指捏着旋翼的一个叶

---

[1]　又称天然主义或裸体主义，是一种文化运动与政治运动，倡导和维护在私人和公开场合的裸体社交活动。这个名词也可指以个人、家庭或社交裸体主义为基础的生活方式。

[2]　即《没错，还有蛾摩拉》和《异站》。

片，给他看它是怎样绕转轴旋转，怎样通过上下和前后位置以及倾角的微调，改变直升机俯仰角度。你接着告诉他，这样的灵活设计如何避免了回转仪效应，但他不肯听。他不愿去想关于飞行、关于直升机、关于你的事情，更不想听任何人对任何事做出任何解释。尤其是现在。现在，他只愿意去想大海。于是你走开了。

生病的人埋在冰凉的沙子里，只有头和左臂露在外面。他身穿增压服，那样子就像是火星人。他的左袖上嵌有压力计组合表，发蓝光的压力计指针已经错乱了，发红光的是钟表指针。他仿佛听见浪涛拍击海岸的声音，以及心脏轻微急速的跳动。很久以前，他曾有一次潜泳潜得太深，在水下停留太久，又上浮得太快，当他苏醒时，只听得旁人嘱咐他："别乱动，孩子。你有减压病症状，千万别动。"他还是想动，但一动就疼。所以，此时此刻，他躺在沙地里，一动不动，绝不逞强。

他的脑子有些混乱，而他清楚地知道自己脑子混乱——挺奇怪的，这种事在休克病人中间时有发生。假如你是那个孩子，你就能体会到这种感受，因为高中时你曾有一次醒来后发现自己躺在体育馆地板上，于是询问旁人怎么回事。他们便对你解释，你在练习双杠动作时怎么摔了下来，头先着的地。你完全明白了，虽然不记得自己如何摔落。过了一分钟，你又问他们出什么事了，他们再告诉你一次。你又明白了。再过一分钟……他们告诉了你 41 次，你也明白了 41 次。就是这样，不管他们把这番话往你脑袋灌多少遍，你却总是左耳进右耳出。而你一直知道，你的脑子最终会清醒起来。时候到了，自然就会……当然，如果你是那个孩子，常年要对他人、对自己解释各种原理，现在肯定不会想到去烦这个生病的人。

看看你都做了什么，气得他想把你赶走，却只能用意识朝你耸肩（表现为眼珠的转动，那是他方才唯一能动的器官）。就这么一个轻微的动作，让他五脏六腑涌过一波恶心。以前他有过晕船的感受，但从未真正晕过船，应对的妙招就是眼睛盯着地平线不动，脑子里多想想别的。赶快！他最好

　　　　　　　　　　　Theodore Sturgeon

赶紧想想别的——赶紧的！因为他还被锁在增压服里，这个位置尤其宜害晕船。赶紧的！

于是他天马行空地胡思乱想，想象着海景、地景、穹宇。他躺在一处较高的地面上，脑袋靠在一块壁立如削的黑色岩石上。前方还有另一块这样的岩石，半埋在平滑的黄沙里，积了少许白沙的"雪顶"。远方依次是深谷、盐滩、河口，但他不能确认，他能确认的是这串足印，从他身后起始，绕到他左边，隐没在岩石的影子里，又重新出现在远处，终于消失在深谷的阴影之中。

古老的丧布铺陈在天空，星光在其间灼出破洞，破洞之间是绝对的黑——冬季山巅上天空的漆黑。

（在体内世界遥远的天际，他看见呕吐的海潮排山倒海袭来。他动用一波有气无力的潜流，赶在海潮拍岸前与之相会，使之减缓平息。继续想别的。赶紧。）

那么，倒不如对他大讲特讲 X-15 航模，吸引他的注意。嘿，看看这个把戏怎么样？一旦升得太高，大气稀薄，难以驾驭的时候，翼梢这儿有小型喷射推进器，看到了吗？在尾翼两侧，利用压缩空气的喷射，倾斜、横滚、转向，什么动作都不在话下。

但生病的人撇起他病恹恹的嘴唇：啊，滚吧，小子，你滚吧！——这跟大海完全没有关系。于是你滚了。

生病的人强迫自己把视野放远，一丝不苟，聚精会神，将眼前的一切蚀刻在脑海中，就好像有一天，他将负责把这番景象复制出来一样。他左边只有星光点点的大海，平静无风。在他前方的河谷对面，群山聚首，暗淡的银辉在山尖上闪烁。在他右边，是头罩所倚黑色岩壁突出的一角（他认为远方会聚的恶心感已经平静下来，但暂且不打算去看）。于是他巡看天空，漆黑底色上明亮闪耀的，那个叫天狼星、那个叫昴宿星团、那是北极星、那是小熊星座、那叫……那……哎呀，它在动。仔细看看，没错，它在动！它是颗细微的光点，似乎布满褶皱和裂缝，像极了天上的一片水煮花椰菜（当然，他知道不能过于相信肉眼刚才的所见）。但那移动速度……

稍时一个结霜的傍晚，他曾站在冰冷的科德角沙滩上，望着苏联人造卫星恒稳的光芒在暮色中浮现（亮度惊人，将西北方的天空都照亮了一些）。在那之后，他不眠不休地缠绕特殊线圈制作接收器，冒着生命危险重新竖起高高的天线，只为了让耳机短暂地捕捉到一段无法理解的"呜咿咿呜咿"，这噪声来自先锋号、探索者号、苏联月球卫星发现者号、水星号。每一颗他都了如指掌（嗯，就像有些人收集火柴盒，有些人收集邮票），尤其还能毫无差错地辨认出各自匀速滑行过夜空的规律。

这个移动的光点是颗卫星，再给他一点时间，他就能辨认出是哪颗，尽管他无法动弹，手边除了天文台表，没有别的仪器，脑子也不够灵光（他感激得无以言表——要不是这颗滑过天穹的光点，就只有那串脚印，那串随意穿行的脚印，给予一个人孤独之外的慰藉）。

假如你是个孩子，急于探索又争强好胜，聪明劲儿又不止那么一点点，也许你花上差不多一天时间就能弄明白，仅凭钟表和智慧怎么测量卫星的周期。也许你最终会发现，前面石堆里那道影子，由第一块岩片投下，而光源来自空中的卫星。现在，如果你挑准沙滩上影子长度等于岩石高度的时刻，记录下时间，然后在光源运行至天顶，影子消失的时候，再记下时间，并将间隔分钟数乘以 8——现在，想想为什么：从地平线到天顶的距离，是 1/4 轨道长度（正负少许误差）；影子与光线夹角 45° 时的距离，则是那 1/4 的 1/2——由此就能算出这颗卫星的周期。而你熟知所有卫星的周期——90 分钟、两个小时、两个半小时，再对应这家伙的表现，就能给它验明正身了。

但是，如果你是那个孩子，就算你表现再好、再聪颖，你也不会对着那生病的人喋喋不休，一来他不想你烦他，二来他也一直在思考这个问题，此时此刻，他正在观察那阴影构成的三角，随时准备掐秒。好！他迅速收回视线，投向天文台表的表面：04:00，几乎分秒不差。

现在他要等若干分钟——10？30？23？——当这颗小卫星吞掉它那片影子馅饼，等待的过程太煎熬，虽然体内暂已风平浪静，但下方仍有暗流涌动，黑影在其间变换游弋。脑子转起来，转起来，不管遇到什么情况，他绝不可游近那看不见的庞大阿米巴虫，此时，它正伸长了前端冰冷的伪足，探找生物体。

作为一个博学的少年，刚刚脱离了稚气的少年，你也想帮助生病的人，于是要与他分享自己对这个恐怖怪物所知的一切，向他讲解这以伪足探触并包裹猎物、永不餍足的看不见的阿米巴虫。你对它了如指掌——听啊，你想对他大叫，别被那一点恐惧吓倒。先要弄清它的本质，仅此而已。了解那动摇他勇气的东西到底是什么。你想告诉他，听好……

听我说，你要这样直面那个怪物，一点点化解恐惧。听我说，假设你在格林那定群岛的上百个热带浅滩岛屿之间浮潜，你戴着崭新的蓝色潜水面罩，就是面具与呼吸管二合一的那种，脚上穿着崭新的蓝色脚蹼，手持一支崭新的蓝色鱼枪——全副崭新装备，因为，你瞧，你是第一次浮潜，还是个新手，为自己能轻易闯入这个水下世界而感到紧张又兴奋。你乘船出海浮潜结束，此时正在归途，刚抵达小海湾的湾口，你突发奇想，要游完剩下的路程。你这么对同伴说完之后，就游进了丝绸般轻柔的温暖海水，并带上了鱼枪。

需要游过的路程并不远，但新手常常忽视水路的迷惑性。最初的大约五分钟充满欢畅，温暖的阳光照在背上，海水暖和得仿佛毫无温度，而你身轻如燕。你将脸埋在水下，面罩不紧箍，略有些松，你拍动宽阔的蓝色脚蹼一游就是好几米，手中随行的鱼枪轻若无物，紧绷的橡胶弦偶尔在水流冲击下发出嗡嗡声，伴你游过这段阳光灿烂的碧海。你的耳边低响着潜水管单调的气流声，透过面罩上透明的圆形玻璃板，斑斓仙境展现在你眼前。这片海湾较浅——10 至 12 英尺深——水清沙幼，繁茂地生长着大量脑珊瑚、硬骨珊瑚、火珊瑚、飘摇的精致海扇、各种鱼类——如此奇珍异彩的鱼类！朱红、碧绿搭配纯粹的净蓝、金色夹玫红、石板灰上点缀瓷蓝星点，粉色搭桃红间银。突然，那东西攫住了你的心，那个……怪物。

这片异世界里敌影重重：拟色沙地的黑点海蛇，丑陋的大蛇头和嘴紧贴海底，不躲不逃，只躺在那儿，静静地望着不速之客经过；波纹裸胸鳝，双腭好似一把断线钳；附近某个地方，当然会有梭子鱼张着它那"地包天"的大嘴和内翻的利齿，一旦出击，从不失口。还有海胆——圆鼓鼓的白海胆，披一身浓密的尖锐短刺；黑海胆则生就细长的硬刺，若有生物不小心被扎，毒刺即留在肉里，使之溃烂数周。此外，豚鱼和石鱼体内含有剧毒，倒刺亦有毒性；黄貂鱼，尾棘足以刺穿腿骨。然而，它们都算不上怪物，你也不以为意，你这不速之客划动海水，在它们上方游过，因为你在这么多方面都优于它们——有武器、有智慧，近海岸的位置也令你坦然（前方就是沙滩，四面都有礁石），而且小船就在身后不远。但你却感受到了……攻击。

起初你只是隐隐觉察到异样，程度不深却无处不在，像海水一般与你贴身接触，你被它包裹在内。还有那触感——冰冷而直击内心的触感。终于意识到这一点后，你笑了：看在圣彼得的分儿上，有什么好怕的？

怪物，阿米巴虫。

你将头伸出水面，朝身后看去。船已经靠向右侧的悬崖。有人抓住这最后的机会，拿着鱼叉在附近的水里找龙虾。你朝小船挥手，随之带起了手里的鱼枪，它一冒出水面就恢复了原有的重量，压得你略微一沉，你忘了头上戴着呼吸管，脑袋稍稍后仰想吸口气，结果一仰头就把呼吸管顶端栽进了水下，气阀立即关闭，你鼓足腮帮子却什么都没吸到。你于是把脸埋到水里，呼吸管立起来了，你终于得到空气，但还有一滴海水随之而来，像子弹一般猝不及防地呛到你喉咙口。你赶紧咳出那滴海水，四肢狂挥乱舞，含着眼泪拼命吸进空气，直到胀得胸疼，而你吸进的空气一点都不清新，全是没用的沉闷死滞的废气。

你咬紧牙关游向沙滩，双脚用力拍水，你知道这是正确的选择。尔后，你发现右下方的海底沙地上潜伏着一个庞然怪物。你知道它只是一堆珊瑚礁、岩石、珊瑚虫和海草，但它的出现仍然吓得你惊声尖叫，顾不上用理智说服自己。你猛地左转躲避它，拼命划水，好像它会来抓你似的。你又缺氧了，呼吸不到空气了，尽管呼吸管畅通无阻，声音正常。你顿时受够了这张面罩，一秒也不能再忍受下去，于是一把将它掀起，完全露出嘴巴，然后翻身仰泳，张嘴朝天"吭哧吭哧"地呼吸。

恰在此时此地，怪物真正将你完全吞没，将你包裹——在那无形无界、无边无际的阿米巴虫体内。仅几米外的沙滩、海湾岩石嶙峋的岬地、并不遥远的船——你依然能看清它们，却已无意再去分辨，它们的差异已然模糊，具有了同样的意义和名字……其名为"无法触及"。

你就这样向海岸艰难仰泳，背挎的鱼枪垂在身下，你尽力吸入饱浸阳光的温暖空气填满胸腔。终于，理智的微粒逐渐联结起来，搅动你那团混沌的脑海，吸纳并归顺它。你因恐惧而龇牙咧嘴疯狂呼吸的空气终于取得了意义，怪物将你放开了。

你惊魂甫定，看见海浪、沙滩、一棵倾斜的树。浪潮涌起，将你推向岸边，你感觉身下有一波新的托力，只是稳稳地踩几下水，就到了能够翻身蹲下站着的浅滩。你的小腿撞上珊瑚，多么令人欣喜的剧痛，你站在泡沫之间，涉水上岸，渐次踏过湿沙和结块的半干沙，终于在勇气驱使下再跨两步，越过高潮线，躺在干燥的沙地上，无力动弹。

你躺在沙滩上，既动不了，也无法思考，心里首先涌起的是成就感——你胜利了，因为你还活着，而且不用多想就能确定。

当你头脑清醒过来，第一个想到的东西就是鱼枪，而你所能做的第一件事，就是终于将它丢开。之前正是因为没有及时丢开它，害得你差点送命。假如没有它，你就不会因身有负担而导致恐慌。（而你渐渐明白）你之所以把它留在身边，是因为必定会有人（轻而易举）将它回收——届时你必不能承受他们的嘲笑。归根结底，你差点送命，是因为可能怕遭到他们嘲笑。

这只是对那个怪物进行分析研究的开始。剖析自那时起，却从未结束。你从中悟出的一些道理十分重要。而其中有一些——则至关重要。

譬如，你从中学到，戴着呼吸管游向大海时，切不可超过自己不戴呼吸管时所能游回的距离。你还学到，在紧急情况下，切勿让自己为不必要的东西所累，甚至是你的手脚，万不得已时也和鱼枪一样尽可丢弃；傲气自然是身外之物，尊严亦是。你明白了，千万不可独自潜泳，即使会被他们嘲笑，即使你亲手用鱼枪打了鱼之后，不得不说是"我们"打的。最重要的是，你领会了恐惧有许多手指，其中一根——简单的一根，由血液中浓度过高的二氧化碳构成，缘于使用同一根呼吸管过速呼吸——它本不是恐惧，但感觉很像恐惧，它能够打乱你的方寸，将你害死。

听我讲，你想说，听我讲，这样的经历完全没有问题，由此进行的一切分析也没有问题，因为一个人只要能从中吸取到足够的经验教训，就能使自己变得足够健壮、足够谨慎，拥有远见与谦逊，克服恐惧，成为可造之才，足以被选中，获得资格参与……

你的思绪有意或无意地断了线，因为正值此际，生病的人又感觉到了内心深处那股阴冷，叫他无法忽视。而经验丰富、自信如你，即使让他听信你的解释也无济于事，何况他并不会听。那就逼他去听，告诉他，内心的寒意也是一种可以解释的简单现象，一如缺氧症，抑或喜悦：当他的头脑清醒过来时，就能品味到胜利。

胜利？他还好好地在这里活着，在经历了……那啥之后。这好像不算多大胜利，虽然它发生在格林那定。而他另外一次减压病发作时，他不仅自救，还救了其他两个人的命。现在，情形莫名的有所不同：总觉得有什么理由，让劫后余生不再算得上是胜利。

为什么不能？因为这颗卫星完成 1/8 轨道所花的时间，既不是 12 分钟，也不是 20 分钟，甚至不止 30 分钟。50 分钟过去了，那边仍有一段阴影。是它，是它将冰冷的手指压上他的心脏，他不知道为什么，他一想不明白，再想也想不明白，他害怕知道真相，害怕思维清醒过来……

啊，那孩子哪儿去了？除了随着钟表指针追逐卫星的运动，现时还有什么方法能让大脑忙碌起来，还有什么事项可供关注？过来，孩子，过来这里——你手里拿的是什么？

假如你是那个孩子，那么你会不计前嫌，拿着你的新航模蹲下身来，它不是玩具，不是直升机或者火箭飞机，而是个大家伙，外形像一颗超大的子弹。它体形巨大，在航模中也算是庞然大物，即使是怒气冲冲的生病的人也不会将它称作玩具。一颗超大的子弹，但是看啊：下部的 4/5 是 α——动力强劲——超百万磅级助推器（掰下来，丢掉）。余下部分的一半是 β——制导精确——将你送入航线（掰下来，丢掉）。现在看看剩下的这段精巧的部分。碰一碰某个地方的机关，看——看到了吗？它有翼板——三角形的宽阔翼板。带翼板的是 γ，它背上有根小"香肠"，就像背着香肠的蛾子。"香肠"（嗒！取下来了）就是 δ，δ 是最后的、最小的部件：δ 是回家的路。

接下来他们会怎么想？纯粹是个玩具。纯粹是个玩具。抓紧时间，孩子，卫星快到头顶了，这段影子正在——正在——快要消失……消失了！

确认时间：04:59。59 分钟？正负少许误差。乘以 8……472……也就是，啊，7 小时 52 分钟。

7 小时 52 分钟？哎呀，没有哪颗地球卫星是这样的周期。在整个太阳系，只有……

冰冷的手指无情地握紧。

东边泛起了鱼肚白，生病的人转头想看那光芒、那太阳，它将给所有无法直面其答案的问题画上休止符。大海无穷无尽地向那渐亮的天光延伸，在那无穷无尽的视野之外，海浪正在咆哮。东方的亮光将山顶的积沙照得煞白，将那串脚印刻成令人心痛的浮雕。生病的人知道，是同伴去求救了。他一时想不起同伴是谁，等脑子清醒过来自然会想起，而此时此刻，这串脚印给予了他孤独之外的慰藉。

伴着一抹转瞬即逝的绿光，太阳的上缘冲出地平线。没有黎明，只有绿光一闪，接着便是毫不含糊的日出，射出明朗耀眼的白光。大海的洁白沉静，即使如冻结覆雪也不会比之更甚。西天的群星依旧闪耀，头顶那颗皱巴巴的卫星并不因急涨的天光而有一丝闪烁。下方河谷内，一团杂乱无章的轮廓逐渐显露出细节，像是帐篷形的城市或者某种设施，有着管道和风帆模样的建筑。生病的人头脑还不甚清楚，否则他就能明白这意味着什么。他很快会清醒过来，很快（啊……）。

远方那旭日之下的海平线上，大海的情形有些异样，正常来讲，那里应当是一汪不可直视的耀眼亮光，此时却只有一段"V"形的棕色，就好像太阳的炽白光芒喝干了海水——因为，看啊，看啊！"V"形变成弓状，弓又变成一弯月牙，飞奔在日光之前，它的前方是茫茫白海，身后那可可色的斑块迅速上下左右延伸，逼近他目光所及的地方。

在他心上恐惧那根手指的位置旁边，又放下来一根手指，又是一根，准备合拢，准备抓握，完成恐慌终极的疯狂的紧攥。暂且撇开这个不谈，假如那紧攥仅来自恐惧而非恐慌，当它来袭时，指间可资回味的就还有胜利——胜利，以及辉煌。也许正是这一点构成了他奋斗的全部：从生理和心理上两手准备，承受恐惧最终的攻击，只要挺过去，就能达到彼岸的胜利。但是……暂时还不行。拜托，暂时还不行。

自右手边群星依然闪耀的远方，什么东西向他飞来（或已经飞来，或即将飞来——他现在有一点糊涂）。它不是鸟，也不像是地球上的飞机，因为不符合空气动力学。它的翼板如此宽广脆弱，在地球大气的任何一层都毫无用处，极易熔化扯断，只适合于外围空间。然后，他看清（因为他愿意这么看）它是那个孩子的航模，或者说航模的一部分，作为玩具，它真的飞行得非常平稳。

那是名为 γ 的部分，它低空滑行，保持着平衡，平行于沙地，降低高度，放慢速度，降低高度，然后，以慢动作着陆，起落橇震荡起优美的细沙烟幕。它沿地面滑行过不可思议的距离，一盎司一盎司地向地面施加自己的重量，谨慎小心地施加，直到——当心！直到一侧起落橇——当心！卡进了一条架桥的天堑——当心，当心！并继续释放着动能，舱身开始摇晃。随后，疲惫的 γ 那宽阔的左翼板尖梢轻轻探入飞舞的沙子，重重扎了进去。翼板折断了，γ 陡然转向，另一块帐篷状的三角形翼板指向天空，舱体倾斜，缓慢滑行，侧向撞上了河谷尽头的岩石。

它继续翻滚撞击，小小的 δ 从它宽阔顶部负载的"香肠"中脱离，在空中滚过几圈之后，舱顶撞碎在不远处的岩石上，破损的舱壳里洒出动力反应堆慢化剂——石墨的碎片。当心！当心！正当此时，终于停止不动的 γ 舱内弹射出一个人偶，滑行一段距离之后滚上沙地，撞上岩石，压碎了 δ 残骸里泄漏的放射性石墨。

生病的人麻木地望着这个玩具自毁，接下来他们会怎么想？——他心中涌起至寒的恐惧，默默对着那躺在辐射肆虐的残余原子反应堆中的人偶祈祷：别待在这儿，伙计——快离开！离开！它有放射性，你知道吧？可这人偶躺了快一夜一天外加半个夜晚才摇摇晃晃站起来，身穿增压服笨手笨脚地跑开，来到河谷方向，爬上一块堆满沙子的岩石，滑倒，摔落，躺倒不起，亿万年的冰冷沙粒缓慢崩塌，将它掩埋，只剩头罩和一条手臂露在外面。

此时日头已高，足以揭示这片大海并不是海，而是棕黄的平原，现在，夜晚的结霜正在蒸发，迅速自群山升腾，雾气散进空气中，模糊了日轮的边缘，于是乎，仅几分钟之内，太阳的形迹隐去了，东方只剩下一个耀眼的光点。随即，下方的河谷失去了影子，形同一幅缩微立体模型，展露出下方残骸的形状和本质：这里既没有帐篷城市，也没有建筑设施，只有真真切切的 γ 残骸以及脱出的 δ 舱体（α 是动力，β 是制导，γ 是飞翔，而 δ，δ 是回家的路）。

那串脚印从 δ 向外延伸，来到生病的人身边，绕过他身旁，登上岩石，消失在将他掩埋的顶层沙丘滑塌的痕迹之中。谁的脚印？

他知道那是谁的脚印，不论他是否意识到这点，或是否愿意正视这点。他知道哪颗卫星拥有这样的周期（正负少许误差）（需要具体数值吗？是 7：66 小时）。他知道哪个星球有这样的夜晚，以及如此寒冷而耀眼的黎明。他全都知道，一如他知道泄漏的辐射物质将如何流泻过残骸，使耳机中产生隐约的潮汐般的声音。

假如你是那个孩子，不，在这最后，假设你是那个生病的人，因为他们互为彼此，那么你必定能理解，当你神形残灭，因（发射与着陆时）接受大量辐射以及此时（躺在 δ 的残骸之间）无法承受的辐射量而恶心不适时，为什么在万事万物之中你会独独思念大海。知识丰富的老农满含热爱地用手指抚摩土壤，诗人歌颂家园，面对美得无法言喻的黄水仙花田，艺术家、承包商、工程师，乃至孩童都热泪盈眶——但他们对地球的依恋，无一比得上那些在海边谋生，在海里成长，在风浪中漂流与呼吸的人们。因此，你首先想到的必然是海，你必然会久久眷恋海的回忆，直到你症状好转，有了更充分的心理准备去面对事实。

而事实是，这颗光芒渐逝的卫星是火卫一，这串脚印属于你自己，这里根本没有海，你的登陆舱坠毁了，你罹难于此，生命即将走向尽头。那只准备捏住你心脏使之静止的冰冷大手，不是缺氧症，更不是恐惧，而是死亡。那么，假如还有什么比死亡更重要，现在当是时间了。

生病的人看着自己踩出的那一列足迹，它确证了他的孤独；他看着下

Theodore Sturgeon

方的残骸，它表明了他没有归途；他又望着东方的鱼肚白与西方斑驳的黑夜，望着头顶渐逝的卫星光点。他耳边响起海潮的涛声，他听见心脏的跳动与残存的呼吸。冰冷将他钳住，将他包裹，超越一切维度与限度。

他终于张口，高声出言：他在鬼门关前欢欣地拥抱了自己的胜利，就像一个人捕上一条大鱼，或完成艰巨的专业性任务，或在奋力一跃之后稳住了身体平衡。他没有说"我"如何如何，而是像他总是说"我们打了条大鱼"那样：

"上帝呀，"他在火星上发出临死前的呼喊，"上帝呀，我们胜利了！"

完满 - (1959) -Plenitude

（美国）威尔·沃辛顿 Will Worthington —— 著

张智萌 —— 译

威尔·沃辛顿，真名威尔·莫勒（Will Mohler），一位美国作家，仅于 20 世纪 50 年代末至 60 年代初发表过十几篇短篇小说。有关沃辛顿的资料并不多，世人对他所知也仅限于他在政府任职多年，后于 50 年代末突然出现在文坛；他最初的三篇小说均发表于 1959 年，其中就包括本篇《完满》。他的最后一篇短篇小说发表于 1963 年，此后公众再没有收到过关于他的消息。威尔·莫勒的生卒年不详，无人知道他是否还在世。

威尔·莫勒曾在《奇幻与科幻杂志》上发表过几篇作品，其中一些作者注释内容互相矛盾。一条写道："威尔·莫勒先生形象地刻画出了一位英勇无畏的男主角，但他却形容自己是一名'没有洞穴的隐士'。他还说：'作者是否尚在人世还未得到证实'。"在另一条作者注释中，作者"预告说他'塑造这篇小说主人公的灵感来自无数个码头、火车站、机场，同样也来自海上游轮、跨国航班上，还有参观佛寺和攀登雪山的过程中'"。

然而另一条注释表明作者"住在华盛顿特区，外貌凶神恶煞"。也许我们应该不再探究沃辛顿的私人生活，因为另一条作者注释写道："在写本篇小说的时候，威尔·沃辛顿正住在缅因州海岸附近的一座荒岛上，过着梭罗一般的生活，希望如此可以激发他创作出更多像本篇一样优秀的作品。"

《完满》是一篇非常独特的后末日题材故事。故事中，人类分化成持不同世界观的两个群体。文章融合了独特的比喻、离奇的观感和新颖的结构，为诸如《逃离地下天堂》（Logan's Run, 1967）等 20 世纪 70 年代经典科幻小说的基调与氛围奠定了基础。《完满》最初发表在《奇幻与科幻杂志》上，后

136   Will Worthington

收录入多部佳作选集中。朱迪斯·梅里尔在她的第五卷《年度最佳科幻小说》（1960）中收录了该作品，并赞赏沃辛顿"语言清新，思维活跃"。

△　　　▲　　　△　　　△

"为什么现在不能回家啊，爸爸？"迈克问我。迈克是我最小的儿子，正坐在橄榄树稀疏的树荫下，晒黑的小圆脸上一双圆溜溜的蓝眼睛，格外吸引我的目光，而头发、脸颊、小嘴、糖豆儿似的小身子，和总是甩来甩去的胳膊、腿儿，都只是那双充满无尽好奇的眼睛的陪衬（"'为什么'之泉"……我觉得我可以以此为题写首诗了，不过写诗也没用，我太累了。我心里默念着："噢，开始了。他 5 岁了。不对，还没到，是 4 岁"）。

"因为爸爸必须给这排豆子除完杂草，"我回答道，"再过一小会儿我们就回家。"

回家后，我要沿着岩石间的小路去温泉，脱光身上的衣服，泡在清澈刺鼻的泉水里。泉水是从岩石上的一道裂缝中冒出来的，咕嘟咕嘟的，真是绝妙。泉水流到坑洼处又汇聚成温泉池，好极了。我可以一边泡着温泉，一边想着马上要吃的烤鱼，想象着苏专心地给鱼翻面，拨弄鱼肉，再撒上香料，就好像这是人类能吃到的第一条或是最后一条烤鱼。她做家务也这样卖力，从日出就开始，刮鹿皮、摘掉白菜新叶上的虫子、拾柴、修补木屋的墙缝，因为之前填缝的材料都掉了，或是被饥饿或好奇的野兽给咬坏了。总之是在我们的生活区内不停地东修西补——修的都是些非常微小的缝隙，只要她没有离开或去世，我一个大男人根本不会注意到也不会在意。我不觉得她会离开，因为从眼下来考虑——也没有长远可以考虑——她是这个生活区的第一个女人，很可能也是最后一个。

"我们为什么不住山谷里的老房子啊，爸爸？"

又是那双眼睛。我发现小孩子问的问题看似杂乱无章，其实是有某种关联性的。孩子是非理性的，更真实，远胜于成年人那些假模假式儿、纷乱复杂的逻辑体系。我们才是不分是非，被特定认知所蒙蔽的人。但我该如何解释？我的经验对他有什么用呢？

"老房子里好多旧东西都不能用啦。"我说，随即意识到我的回答打开了更多问题的大门。

"那些小怪人也不能用了吗，爸爸？我想去看小怪人！爸爸，我想……"

孩子口中的小怪人是指机器人。我带他去过山谷里的老房子。他骑在我的背袋上，小手抓着我的头发。那次去纯粹是为了带他玩。之前我也去取过书，盘算着也许还剩几本没被虫子和老鼠吃光，还能凑合看；如果没有了也只能怪自己，是我记性不好，又总是喜新厌旧——天生的，没办法，就是改不掉……机器人仍然用三十号大小的金属脚站立着，就像笑嘻嘻的墨西哥木乃伊。我对它们很失望，尽管我知道它们只是机器人，也该清楚离开老房子这么久它们会变成什么样。但孩子觉得很好玩，尽管机器人表面锈迹斑斑，电线裸露在外、晃晃荡荡，版本老旧、充满历史感。它们就是小怪人。我真希望对话能到此结束，但这当然是不可能的。我只好把锄头藏在橄榄树的枝条间，抱起迈克，这样能让他暂时停止发问。

"我们回家去找妈妈吧。"我说道，希望能打住关于老房子的问题，让我有足够时间想个好说法，"住在山上能看见大海和老鹰，还有温泉，你不喜欢吗？"

"喜欢。"迈克坚定地说，让我这个挑剔又不中用的老头儿感到搬来山上住这个决定做得还不错。小家伙真是让我欣慰啊！

我看见烟囱在冒烟。拐过最后一个弯，就看到了我们的木屋。苏站在门口向我们挥手。她从天亮开始就像个土著女人一样不辞辛劳，却还是微笑着向我们挥手。我还记得以前，女人们整天煲电话粥，嚼着胶皮糖，可是看到丈夫疲惫不堪地从工厂回来，却笑都不敢笑，生怕弄掉脸上那层虚假的"青春的光泽"。苏就不一样。苏现在满脸炭灰，皮裤上沾着鱼鳞，身上一股烟熏味儿混合着汗味儿。没有一种人造香味儿能比这味道更讨人

Will Worthington

喜爱，完全"恰到好处"。在过去，女人身上有汗味儿可是比梅毒瘤晚期还要可怕的社交灾难。甚至连男人也受影响，对汗味儿有着莫名的恐惧。

苏从我的脸上读出了我心中的疑问，也知道了我为什么笑得这么牵强敷衍。

"克里斯……？"我终于还是开了口。

"没在。他带着弓箭和睡袋，嘟囔说什么一头角分了八叉的大鹿。"

我们不需要鹿肉。我们一直反复详尽地跟孩子强调，我们的幸福大部分来自我们不需要额外的东西。但这不是问题所在，我知道这不是问题所在。

"你说他还会理我吗，苏？"

"当然会了。"她脱掉我汗湿的衬衫，递给我一条毛巾，"你也知道，12岁的孩子就这样。什么事都能想象成彩色电影配着最震撼的背景音乐。做事不是拖沓就是急躁，想一出是一出。自以为什么都了不起，自以为是。不把事闹大就不消停。他会想明白的。"

我想不出该回答什么好。苏开始烧火，然后继续跟我说：

"你做得没错，只是迫不得已罢了。快去泡澡吧，我饿了。"

我向温泉走去，身上只围了一条毛巾，脚底用皮绳绑着一双旧运动鞋的鞋底。烦闷的思绪遮蔽了我心中所有的色彩，真希望泉水可以溶解这烦闷，就像冲刷掉我身上累积了一天的污垢一样，但我很快意识到这是个不切实际的愿望。泡温泉不可能给我带来真正的愉悦。

出了灌木丛，走到能看见温泉所在处的岩石时，我看见佐藤在山的另一侧，正走在他所住山谷的小路上。佐藤是住得离我们最近的邻居，也是我认识最久的朋友。我向他挥手，但他没有回应。我告诉自己，他只是专注于脚下的路，没有看到我，但我自己无情地回应了我的想法。佐藤知道我带长子去城区的事，也知道为什么我儿子回来之后就再没跟我说过一句完整的话。他知道我做了什么。尽管男人不爱居高临下指责他人，满嘴仁义道德，但凡事都有个底线。

佐藤信佛。我对信佛的了解非常模糊，他们的信条肯定是有要求不能对外人做多余的明确阐释。佛教禁止杀生。而我——尽管我一直俗气地在脑海中寻找更心安理得的说法——确实杀过人。所以……我现在基本可以肯定，这不仅意味着我失去了我的长子，还失去了隔壁山谷人家无价的友谊，他们不求回报却对我们助益良多。

"我不是故意的，"我一边对自己说，一边把满身的污垢和疲惫泡进热水里，"我也是没办法。不然我们为什么会……？"可根本没用。我应该也念叨些密宗的信条。泉水温温的——有人泡过了。

我继续这样斥责自己，然后回到家，坐下来吃晚饭。我曾热切期待的食物，如今吃起来味道就像生蘑菇或是我的旧运动鞋。苏的安慰也没用，我甚至希望她跟她健康的笑容通通都去见鬼。

山坡上的天骤然暗了下来，就像蜥蜴突然被关进了雪茄盒里。还是没有克里斯的踪迹，而美洲狮的吼叫声仿佛比往常都要响亮。我细数着所有可能的危险，它们会咆哮、轰鸣、蠕动、蜿蜒、叮刺、碾轧、啃咬，从虫蛇到山崩我想了个遍，这一夜克里斯一定会遇到危险的。一听到任何响动——外面总是有响动——我都会出去，站在山脊上朝下面的山谷窥视，始终不见克里斯。

苏躺在床上对我说："再这么折腾，等真正需要你的时候你该没有精力去应对了。"我当然明白她说得对，这让我更加心急如焚。我躺在床上，脑海中又一次开始回想起那天的情景。

我和克里斯一直在砍接古木丛。入冬以来一直很潮湿，我们只想辟出一块足够大的园地，可杂草不停蔓延进来，除草就像挥刀断水一样无济于事。麻烦不仅如此，我们还发现木屋里剩的一堆豆子已经搞得那里除了毒芹什么也种不了了。还有，我快要被问题烦死了。克里斯开始喜欢问为什么时跟小迈克年纪差不多，但是克里斯的问题并没有随着他自己观察能力和推理能力的提高而减少，反而越来越复杂，越来越难回答。

最麻烦的是我无法回避问题。从前，别的父母可以用"事实就是如此"这种绝望又没用的回答来敷衍孩子的问题，从而表明提问者和被提问者都只是被动地处于历史原因的链条末端，或只是受困于超自然起源的风暴中心，抑或是事关太多其他人的选择，也无从追究到底是哪个人的过错……然而我们的生活，事无巨细都是出于我们自己的选择。生活不是某个特定历史选择的产物，充满了不可预见的意外，生活是由所有选择交织成的——我们自己的选择。生活完全是职责，包括茂密的杂树枝、冰冷的雨水、恙螨、响尾蛇、疲惫的筋骨和泥巴。我选择了过这样的生活以及让子孙后代都过这样的生活——我已有觉悟去面对生活的艰辛，但我不知怎么证明这个选择是正确的。

"城区的人是不是不用干这种活？"（"这种活"指的是连根挖起杂树。他说得没错。城区的人不用干这种活。他们不用打猎、捕鱼、采摘，也不用种植和饲养。他们不用建造木屋以供栖身，不用去泉边挑水以供饮用，不用杀死——都是我杀的——美丽的野兽，剥兽皮改成衣服以供穿着。他们不用排汗。再有不久我还要告诉他城区的人甚至不用跟自己的妻子上床。这个事实本该是所有答案的答案，但12岁的孩子还无法接受这些。12岁的孩子喜欢带轮子的东西，喜欢那些能旋转、咆哮、翻滚、飞翔、爆炸、排放噪声臭气的玩意儿。要是他不是12岁而是14岁该有多好啊！）

谈话期间，我们就不停挖、砍、拽，挖、砍、拽。"专心点，克里斯！太阳还没下山呢。"

"我们为什么不把旧拖拉机拆成零件带到这儿来，再组装、修好、弄点汽油，然后……"（我无数次试图跟他解释，这种由相互关联的组织构成的巨大系统的产物，是无法"修好"的，就像是死掉的树结的果子。轮子不会倒转。克里斯不相信抽象概念和笼统的空话，我不怪他，可我真的太累了！）"克里斯，我们把这棵橄榄树附近清理干净，今天的活儿就算干完了。"

"我们比城区人更好吗？"

（这个词激怒了我。"更好"是人们基于自己的决定所做的判断。否则就无所谓什么"更好"。对于我们这些阶级模糊的反抗者而言，我们无疑一直比那些选择追随系统的其他人——也就是城区人——既更好也更不好。所有的初代反抗者家庭，我估计只有不到一成现在还在世。可惜我没有统计数据可以引用。要说这些人的共同点，可能要绞尽脑汁才能想出恰当的词来描述。我觉得他们的共同点在于他们都没有某样东西——也许是都没病吧。子孙后代也将得益于此，称呼祖先为"优等始祖"。我觉得他们大多是疯子。我希望他们是疯子，但他们大多只是有些古怪罢了。比如，南加利福尼亚州的皮特家。我给克里斯讲过皮特一家的事。他们只吃木瓜汁和炖菜过活，还想用东印度气功让菜变大。不切实际的可怜人啊！他们的尸体轻得就像软木。更好？什么叫更好？我祖父想依靠星球射气为生，好把全部精力都投入到刻红木雕像上。感谢大自然，让他的胃还有其他想法！天啊，我已经筋疲力尽，忍无可忍了！）

"烦死了，臭小子！明天我就带你去城区，让你自己回答自己的问题！"

我真的带他去了。苏极力反对，老佐藤只是给了我一个意味深长的眼神，仿佛在说："我无话可说。"但我还是带他去了。

城区之行无疑会让情况更糟糕。在荒野之中寻找下山的小路和草木茂盛的地方，如果能找到河流，那么就能看见指向人类文明中心的标牌。

寻找城区就等于是在寻找丑陋和无知。就是这么简单。那里的地面完全被砂浆覆盖，以免被动、植物破坏。那里的一切都曾倾注了人们大量的时间和精力，如今却被弃之不用。那里满是锡制品、掉漆的油画、锈迹斑斑的金属、破损的霓虹灯管和成堆成堆的废品——金属罐子、玻璃瓶和纸张。那里满天苍蝇，气味大得用鼻子就能找得到路。

Will Worthington

一块巨大的手形金属薄板上面，扎眼的文字说明已有些掉漆：永久巴门尼德宅邸请往这边走。这跟狐狸的地洞有什么区别？我不明白为什么一个就比另一个更好，也不知道是否真的有一个更好。我知道当下的目标——理智的目标——指引我们走一条路，而直觉指引我们走另一条路。所以我们按捺住直觉，沿着我们最抗拒的路，走过一座又一座破碎发臭的巨大遗迹和纪念碑。

克里斯时而恶心，时而害怕。他想在郊区荒废的华丽房屋里歇下，但我拒绝了。一是因为有杜宾犬般大的老鼠，二是因为……算了，别去想那个袭击我的东西是什么了。

城区大体看上去很宏伟，走近了才能看到水泥、灰泥、油漆和塑料都已脱落，露出了破裂的管子和电线，绝缘膜烂掉的地方闪着电火花，连向没有任何生命迹象的地方。我们沿着一条单轨列车的轨道前行，从远处看轨道是一条银线，但视线所及之处，它的表面尽是凸起的锈迹和鸟粪。我们看到了更多指向永久巴门尼德宅邸的标牌，顺着标牌的指示走，能给我们饱受折磨的直觉一些休息的时间，然而我们的眼睛和精神却始终无法得到缓解。

刚遇到活人的时候，我们都不确定那到底是不是活人。

找到宅邸的时候，克里斯惊呼："好像大葡萄啊！"在一片露天体育场似的凹陷区域里，那些宅邸聚集在一座中心塔周围。宅邸确实很像一粒粒巨大的葡萄：微微泛红、半透明、直径五六米。我已经不习惯用这种长度单位来估算距离了。这些球形宅邸通过粗大的电缆连接着中心塔，或是中心主干……那就是脐带缆。高高的电网围栏环绕着这片区域，尽管电网上有镀锌层，但还是到处都有生锈的痕迹。我随身带了一把砍刀，准备对付大老鼠和那些怪物的，我用这把刀在电网上开了个口。我们知道自己在擅闯他人领地，但事已至此也不能回头了。

"人们都在哪儿呢？"克里斯问我，我看到他脸色煞白。他问得很不情愿，仿佛不愿意知道答案。我没有回答他。我们向一座球形宅邸走去，自知不应该靠近但还是走过去了。我看见了我们的目标，指给克里斯看。里面有一家人，看不大清楚，就像脏脏的玻璃缸里漂着的一堆植物。我们最先看见的是他们惊恐的眼睛。

我对这些球形建筑知道的不多，只有些传闻和模糊的记忆。我知道球形里面的物品，包括其中的居民，从外面看会很模糊，是因为它的外层充满了一种可以自行补充的营养液，这种营养液需要太阳作用，靠内部居民的排泄物来补充。我们又靠近了些，走到正对太阳的地方，这样，内部事物的轮廓就看得更清晰。

"他们不是真正的人。"克里斯说，他好像有点恶心，"如果他们真的是人，那要那些管子和电线干什么呢？他们是机器人吗？还是什么人偶吗？"

我也不知道所有管子和电线的作用。我只知道其中一些连接人们大腿和手臂上的血管，一些是灌肠器，输送营养，收集排泄物，还有一些机械触手只是用于支撑，不停地轻轻拍动着。我知道连接他们头上金属帽子的电线是一种比过去的电视机还要贪婪可怕的发明——由类似电子万花筒的装置控制，可以直接刺激大脑中的特定区域，不停带来全方位的愉悦感。

我的想象力到此为止了。这是终极的人造产物，除了会导致不断的变异，没有任何真实可言。我不认为他们毫无知觉。我不知道他们是否看过移动着的或大团或小片的色彩，是否闻过异域情调的香水，是否听过不断播放的、响亮的音乐。我觉得他们没有过。我怀疑他们甚至没有体会过任何直观又难以名状的感觉，比如，性高潮的澎湃和消退，或渴望得以满足的愉悦。他们体会的是没有任何刺激物带来的刺激。他们已完全脱离了现实。我决定还是不要告诉克里斯这些了。他受的刺激已经够多了。他已经见识了那些电线和管子了。

我从没有跟克里斯提过"高贵"这个抽象概念。这种绝对概念对山中生活有什么用呢？如果铲野草和种豆子算是高贵的话，那就一定要有别的事来跟这些活儿作对比，因为"高贵"这个词，跟所有词语一样，没有对比就毫无意义。克里斯必须自己想出这个词，否则这个词就不存在。是锄头和沙土，还是营养灌肠器和电子迷幻？他必须自己作出判断。也正因如此，我才必须带他来这里。

"我们走吧！"他说，"我们回家吧！"

"好。"我说，可正当我说这话的时候，我看见了"葡萄"里那些苍白生物中个头最大的一个正在动。我不知道它在做什么，我很意外它居然能够感知到我们并产生警觉。它一定觉得我们是非常可怕的生物吧——浑身脏兮兮的，兽皮衣上缝着一块块风干的兽骨，我蓄着胡子，克里斯满身污垢。就算我已与这些可怜的鱼缸生物大相径庭，我也不会指摘它们。但我的同情迅速消退了，克里斯尖叫了起来。

我赶紧回过头，一个像是巨大金属蝎子的东西朝克里斯冲了过来。它挥舞着尾巴，前爪就像两把大剪刀，咔咔作响，在眼部的位置两个红灯凶猛地闪烁着。肯定是机器守卫。为什么我事先没有想到呢。估计是刚才球体里的生物呼叫了它。

锡铁蝎子也许只能对付比我们更"开化"，不像我们这么原始的人，也可能是建造永久巴门尼德宅邸的人没有想到会有野人带着大砍刀到这儿来。我一把将克里斯推开，猛地一刀正好砍掉了它尾巴上的刺，然后跳到它胸腔上来回猛踩，直到它身上所有的部件都不动了为止，迅速就解决了这只锡铁虫子。

一旦它开始反抗，我就只得继续进攻。我不会为我的所作所为开脱。我们是入侵者——擅闯的野蛮人。球体里的生物只是想自保而已。球体里的男人呼叫金属蝎子攻击我们，但他这样做无非是想保护他的家人。这道理我现在明白了。我多希望我永远不明白。我多希望我是那种总能为自己找到借口开罪的人。

我看到了球体里的生物惊慌的眼神，而我的反应就像捕食者闻到了弱小动物的气味一样。它们居然用一台丑陋的机器恐吓我儿子，就为了自己的安全！如果当时我有在思考，这就是我的思路。

砍刀不是很锋利，但球体的外层轻易就被劈开了。我听到克里斯大喊："不要！爸！住手！"……但我还是不停地乱砍。富含蛋白的透粉色营养液从裂口处涌出，几乎将我们淹没。直到现在我还清楚记得那营养液的怪味。

里面的生物暴露在了空气中，样子比透过塑料保护层看还要可怕。它们的皮肤像死人一样惨白，尽管长了正常人类的骨骼，可身躯异常柔软。它们盲目而无力地挣扎着，像是朽木里被发现的蠕虫，其中最大的那个发出了几不可闻的喵喵声，四下乱抓，不知在摸索着什么。

我听到克里斯剧烈的呕吐声，但我的注意力无法从眼前的情景转移开。球体现在看上去像是某种实验室里为了科研被剖开的腔肠动物，软管般的触须仍在像四处探索的纤毛一样蠕动。

"葡萄"里的生物（我无法把它们看作是人类）第一次暴露在未经过滤加工的空气和阳光里，身上的管子和电线都已脱落，头上的金属帽子也随着它们惊慌挣扎而掉落，可怕的外部真实世界全部一股脑儿地涌现在眼前，它们的痛苦我无法想象，也许这是对我的仁慈；暴露在外没几分钟，它们就死掉不动了，也许这也是对我的仁慈。

记忆的不完整也是种仁慈。关于回家的路程我只记得那一路的沉默。

"醒醒！有人来了，孩儿他爸！"

是苏在摇醒我。不知怎么，我刚才真的睡着了——尽管担心着克里斯，尽管记忆不断地涌现。已经是上午了。我伸腿下床，揉掉眼里的异物。外面有人说话的声音，聊得很开心。怎么会开心呢？

是佐藤。他的马后面拖着一个柳树枝做的简易雪橇。来的人有佐藤和他的妻子还有他们的三个孩子，还有我儿子克里斯。雪橇上绑着我这十年来见过的最大的雄鹿，脖子被一根箭刺穿。这一箭刺得非常漂亮，如果不是非常娴熟小心地潜近雄鹿身边的话是无法做到的。我记得教过他……只有粗心残忍的差劲猎人……才会冒险从远处开弓射箭。

克里斯正咧嘴傻笑，很腼腆的样子。有佐藤的女儿在，怪不得他笑得像个白痴，不知道他什么时候才会发现。然后他看到我站在门里，脸上摆出了一副10岁孩子严肃深沉的样子，但这次不是为了讨好年轻姑娘。小迈克抓着克里斯，问他为什么就这么自己离开，为什么不跟爸爸一起去打猎等一堆问题，克里斯没有理他。他对他老爸说：

"对不起，爸爸。我不是生你的气……只是有点抓狂。不得不去……这个……"他指着鹿，"总之，我回来了。"

"我很欣慰。"我回答。

"爸，那些杂树枝……"

"管他呢，"我说，"等星期三再说。"

佐藤笑着走了过来，及时缓解了尴尬的气氛："给鹿放血、剥皮、去内脏，抬到山下，全是他一个人干的。"我想到了山狮。"我在牧场发现他的时候，他都快要虚脱了。"

苏打开屋门，佐藤一家人陆续进来。佐藤第一个进来，带着一壶红酒，然后是佐藤夫人，笑着打招呼。她一直不太会说英语，反正也没必要。

我把用做椅子的家伙什儿拽了过来，都是我亲手做的。我们开始聊除草、种豆、天气、害虫，还有果树的生长状况。是佐藤把谈话引向这些熟悉的话题的，感谢他的善解人意。他拔掉酒瓶塞子。苏和佐藤夫人继续热络地聊着她们的话题。也许将来我会听她们聊天，但我怀疑自己能不能明白她们的沟通方式……如果那算是沟通的话。女人。

我能听见克里斯跟佐藤的女儿有希在外面聊天。他并没有吹嘘自己猎鹿的事迹，而是在给她讲我们对抗金属蝎子和葡萄人的事。

"那些葡萄人……它们是盲人吗？"有希问道。

"当然不是，"克里斯说，"至少有一个不瞎，还驱使机器虫子攻击我们。它们要杀我们。因此我爸才不得已……"

谈话的细节被有希和小迈克的感叹声盖过了，我没有听清，但我能想象得到他们的评论极尽少年之所能的尖锐。我听到有希惊呼："真是脏死了！"我又想到了一个语言问题：不曾一起在药店周围游荡的孩子，怎么也能发展出自己……独特的青少年行话呢？又是一个我永远解不开的谜题。我听到小迈克用他最爱的词追问前因后果："为什么呀，克里斯？"

"等你长大了，我就告诉你。"克里斯说。奇怪，听他这么说我居然不觉得荒谬。

佐藤在每个玻璃杯里都倒了一大口酒。

"为什么而干杯呢？"我问。

佐藤举起杯子，让门外照进来的光透过酒杯，仔细地看着杯中的红酒。

"为了今天星期二，干杯。"他说。

Will Worthington

时间的声音 - (1960) - The Voices of Time

（英国）J. G. 巴拉德 J. G.Ballard —— 著

李懿 —— 译

　　J. G. 巴拉德（1930—2009），全名詹姆斯·格雷厄姆·巴拉德（James Graham Ballard）是一位英国代表性作家。他生于上海，少年时因第二次世界大战在日军的平民战俘营里被关押了三年。在超现实派和早期波普派画家的影响下，巴拉德成为一名世界文学巨匠，他的超现实主义反乌托邦小说甚至在今天具有更现实的意义。巴拉德从新浪潮运动中脱颖而出，笔下精彩的末世小说杰作包括《淹没的世界》（*The Drowned World*,1962）、《燃烧的世界》（*The Burning World*, 1964）以及《结晶的世界》（*The Crystal World*, 1966）。20 世纪60 年代末 70 年代初，巴拉德转移了写作重心，发表了数量惊人的短篇小说及中篇小说。这些开创性的作品包括他饱受诟病的"梗概小说"（condensed novels）（也许是受了威廉·巴勒斯的影响），还有大量生态主题及后资本主义主题的小说。的确，我们可以称其为先驱，率先涉猎了后来让·鲍德里亚所称的西方"霸权"主题。他那部颇受争议的长篇小说《车祸》（*Crash*, 1973）延续了他更具实验性的短篇小说主题，并进一步丰富了主题的内涵。

　　在气候变化以及其他"超级对象"（hyperobjects）领域，巴拉德仍旧与金·斯坦利·罗宾逊同为最受人津津乐道的小说作家。"超级对象"一词由蒂莫西·莫顿首创，意指全球级别的或全球范围发生的，因覆盖面大、涉及面广而难以深入理解的事件，这类作品又被称为具有"巴拉德式"风格，《柯林斯英语词典》（*Collins English Dictionary*）将该术语定义为"类似或具有 J. G. 巴拉德小说著作中描述的环境，尤其是反乌托邦现代社会、缺乏生机的人造景观，以及技术、社会、环境发展对心理造成的影响"。正因为成功创造了清晰的视景与广阔的世界，巴拉德便具有了代表性和普遍性，他为我们打开一扇门，使我们看见门后的风景。然而，科幻领域对巴拉德的回报……为零……他只有一部非科幻长篇小说《无限之梦公司》（*The Unlimited Dream Company*）曾获英国科幻协会奖（1980）。

巴拉德笔下光怪陆离的短篇作品广受关注，通常涉及压缩或扩延的时空，并在早年收录于《残暴展览》（*The Atrocity Exhibition*, 1970）等选集中。而由马丁·艾米斯亲自撰写前言的《J. G. 巴拉德小说全集》（*The Complete Stories of J. G. Ballard*, 2009）更是确证了巴拉德作品的现实意义——以及手到擒来的短篇小说技法。他的故事常常有着荒凉的背景，如沙丘、水泥荒漠、废弃的夜店、太空飞船残骸、报废的军事装备等。

正如艾米斯在前言中所写：他长期以来所探寻的问题是：现代环境（公路上的动态雕塑、机场建筑、商场文化和无处不在的色情元素）和我们对一知半解的技术的依赖对我们的心灵产生了什么样的影响？然后他在作品中给出了实验性的答案，邪恶而乖戾，形式多样，全都带着（巴拉德式的）病态的极端。

《时间的声音》首次面世是在巴拉德的一篇经典中篇作品——《新世界》（*New Worlds*, 1960）中。在这篇早期的代表作品里，社会崩溃、科学落后、人类无以自救，这类巴拉德式的设定得到了充分的展现。

△　▲　△　△

1

后来，鲍尔斯常常想起惠特比，以及这位生物学家在空游泳池的整块底面上看似随意凿出的奇怪凹槽。每条都是 1 英寸 [1] 深、20 英尺 [2] 长，互

---

[1]　1 英寸 = 2054 厘米

[2]　1 英尺 = 30.48 厘米

相交错，形成一个复杂的类似于汉字的表意文字。他花了整个暑假做这项工作，显然是心无旁骛又乐此不疲地打发着每个漫长的下午。鲍尔斯曾在自己位于神经学系翼楼尽头的办公室，望着窗外的他仔细地摆弄楔子与墨绳，用一只帆布小桶提走凿出的水泥条。惠特比自杀后，便没有人再去关心那些凹槽，只有鲍尔斯经常借来管理员的钥匙，去那废弃的游泳池走走，俯身观察那风化的凹槽迷宫，充氯器里漏出的水在其中积得半满，如今这个谜再也无法解开。

然而，起初鲍尔斯只是一门心思想完成临床系的工作，并计划着最后怎么离职。经过前几周的手忙脚乱与惊慌失措之后，他总算接受了一种令人不安的妥协，得以运用他之前仅用于患者身上的超然宿命论，来审视自己的困境。幸好他的心理和生理梯度曲线在同期走低——懒散与惰性抑制了他的焦虑，减缓的新陈代谢又使他必须集中精力，维持不间断的思绪。实际上，越来越长的无梦睡眠近乎休息身心，他发觉自己开始渴望这种睡眠，不再想办法去干预自然清醒的规律。

一开始他在床边放个闹钟，努力往越来越少的清醒时间里塞进尽量多的活动，整理藏书室、每天早晨开车去惠特比的实验室查看最新一批 X 光片，对每一分每一秒精确分配，就像对待水壶内所剩无几的水。

幸好，安德森无意间让他意识到，这么拼命其实毫无意义。

鲍尔斯从临床系离职之后，仍然每周驾车去体检一次，现在基本上只是走个形式。上一次（终究成了最后一次），安德森敷衍了事地检测了鲍尔斯的血细胞计数，检查了他越来越松弛的面部肌肉、愈来愈迟钝的瞳孔反射，以及胡子拉碴的腮帮子。

桌子对面的安德森同情地冲着鲍尔斯一笑，思量着该对他说什么。对于高智商的患者，他一度表现得十分鼓励，甚至尝试着对他们给出某种解释。但鲍尔斯太难应付——杰出的神经外科医师，精于前沿尖端研究，对不熟悉的材料如鱼得水。他默默在心里说道：抱歉，罗伯特。我能说什么——"就连太阳也在变冷？"他望着鲍尔斯烦躁地用手指头敲打亮漆桌面，眼睛瞟向办公室里到处张贴着的脊椎部位图。鲍尔斯尽管外表邋遢——他仍然穿着一周前那身皱巴巴的衬衫和脏兮兮的白球鞋——神态却沉稳自若，就像康拉德笔下的海滩拾荒人，基本上对自己的弱点破罐子破摔。

"你最近在忙什么，罗伯特？"他问，"还经常去惠特比的实验室吗？"

"能去就去。但过湖需要半个小时，闹钟又总是叫不醒我。也许我应该换个地方，搬去那边定居。"

安德森皱起眉："那有什么意义呢？据我观察，惠特比的研究当中，纯理论推测占绝大多数——"他突然意识到这话暗含了对鲍尔斯本人在临床系糟糕绩效的批评，便打住了话头。但鲍尔斯似乎没听出来，仍在钻研天花板上影子的图案。"总而言之，你待在现在的住处，跟你熟悉的事物做伴，重读汤因比和斯宾格勒的著作，岂不是更好？"

鲍尔斯简短地笑了几声："那是我最不愿做的事了。我想忘记汤因比和斯宾格勒，不愿再去回忆他们。实际上，保罗，我想忘记一切。但我不知道自己有没有足够的时间。三个月能遗忘多少东西？"

"一切，我想，只要你愿意。但不要总是想着去跟时间赛跑。"

鲍尔斯默默点头，在心里对自己重复着最后那句劝告。最近他正是总想着和时间赛跑。他站起来对安德森说"再见"，顿时下了决心要丢掉闹钟，逃离自己对时间无谓的执迷。为了提醒自己，他解开腕表的表带，调乱设置，将它塞进裤兜。出门去停车场的路上，他回味着这个简单动作给他带来的自由。应当说，现在他可以去随意探索时间走廊里的各条偏僻小路和侧门了。三个月可以是永恒。

他一眼在整齐停靠的汽车中发现了自己那辆，闲步走过去，伸手为眼睛遮挡从阶梯教室抛物线形屋顶边缘投射来的强烈阳光。准备上车时，他发现有人用手指在他挡风玻璃的蒙尘上抹出了如下的数字：

96 688 365 498 721

一辆白色帕卡德在他身旁停下。他转头认出这辆车，向车内望去，只见一个面颊瘦削的年轻人正看着他，对方长有淡金色的头发和看上去十分灵光的脑门，戴着一副墨镜。他旁边的驾驶座上坐着一个头发乌黑的女孩，经常出没于心理学系附近。她的眼睛闪耀着智慧，但不知怎的眼斜得厉害，鲍尔斯记起，年轻医生称她为"火星上来的女孩"。

"你好，卡尔德林。"鲍尔斯招呼年轻人，"还成天追着我跑哪？"

卡尔德林点点头。"基本上是的，博士。"他精明地打量着鲍尔斯，"事实上，我们最近没怎么见着你。安德森说你辞职了，我们也注意到你的实验室关闭了。"

鲍尔斯耸耸肩："我觉得自己需要休息。以后你就会明白，有好多事情需要重新考虑。"

卡尔德林半是嘲讽地皱起眉。"那真是太遗憾了，博士。可别被这些暂时的挫折打击得一蹶不振。"他注意到女孩看鲍尔斯的眼神有几分向往，"昏妹是你的粉丝。我把你发表在《美国精神病学杂志》的论文给她，她一字不落全看完了。"

女孩朝鲍尔斯粲然一笑，暂时驱散了两人之间不快的气氛。鲍尔斯对她点个头，她往卡尔德林这边探过身子，说道："其实我刚读完野口的自传，就是发现了螺旋体的那位伟大的日籍博士。一看到你，我就情不自禁地想到他——你对患者是那样地待人如己。"

鲍尔斯无精打采地对她笑笑，不自觉地转开视线，迎上卡尔德林的目光。两人阴沉地对视片刻后，卡尔德林右脸上突然不知趣地抽搐起来。他连忙放松面部肌肉，经过几秒钟的努力，终于将它平息下去，但他显然为那尴尬瞬间被鲍尔斯全数目睹而恼怒不已。

"今天的检查结果怎样？"鲍尔斯问，"你还持续……头疼吗？"

卡尔德林猛然紧抿双唇，突然间一脸暴躁："我到底是由谁在负责，博士？是你还是安德森？你现在问这种问题合适吗？"

鲍尔斯做了个无奈的手势："好像是不太合适。"他清清嗓子，热气蒸得他脑部缺血，他觉得很累，想赶紧离开他们。他转身打算上车，又想到卡尔德林可能会跟着他，把他搡进沟里，或者拦在他前面，让他一路吃着卡尔德林的灰尘回到湖边。卡尔德林发起疯来可有一套。

"唔，我得回去拿个东西。"说完，他用更坚决的口气补上一句，"你要是联系不上安德森，随时来找我。"

他挥挥手，沿着那一列汽车走开了。车窗上的倒影映出卡尔德林回头目送他远去的神情。

他进入神经学系翼楼，如释重负地在凉爽的前厅稍停，对两名护士以及接待处全副武装的保安点头致意。不知为什么，附近住院区内沉睡的晚期患者总是吸引来一群群访客要求参观，多数是想观摩某种神奇的抗昏睡疗法，或仅仅是出于闲来无事的好奇，而其中相当一部分是完全正常的普通人，许多人不远千里而来，受某种奇怪的本能驱使来到临床系，就像迁徙的动物提前瞻望族群的墓场。

他沿走廊来到俯临露天平台的管理员办公室，借来钥匙，出门穿过网球场和肋木架，来到尽头关闭的游泳池。它已经废弃了数月，只有鲍尔斯偶尔来开开锁。他跨进大门，反手关上，走过表层剥落的木质看台，前往深水区。

他一只脚踏上跳水板，低头俯看惠特比的象形文字。上面积有湿漉漉的树叶和纸屑，但轮廓依然能清楚识别。它几乎占满了整块泳池底面，乍看上去像一幅巨大的日轮，带着四条放射状的菱形枝蔓，如同粗略绘制的荣格曼陀罗 [1]。

---

[1] 曼陀罗（Mandala）源于梵文，原意为圆轮、坛城，象征着对称统一与和谐圆满。荣格认为曼陀罗之中包含了人类自性的密码，他在遭遇心理危机时，常常通过绘画曼陀罗图案的方式进入冥想与自省，走向自性，达到与自然和宇宙的和谐。

鲍尔斯寻思着究竟是什么驱使着惠特比在死前刻下这幅图案，这时，他注意到圆轮中央有什么东西在渣滓之间穿行。那只小动物套着黑色螺壳，大约一英尺长，在泥浆之间嗅来嗅去，拖着疲惫的腿脚沉重前行。它的外壳分节连缀，有点像犰狳。它来到圆轮边缘，停下来踌躇片刻后，又慢慢退回到中央，显然不愿或不能跨过那窄窄的沟槽。

鲍尔斯看看四周，然后走进更衣间，将一个木质小存衣箱从生锈的壁架上取下来，夹在腋下，顺着铬梯爬到泳池底面，留神踩着滑溜溜的地板，向那个小动物走去。见他靠近，它胆怯地退开，但还是被他轻易抓住，先诱上箱盖，再翻倒进箱子里。

小东西挺沉，重量至少相当于一块砖。鲍尔斯用指节敲敲它乌黑的宽阔甲壳，发现它从甲壳外缘下方探出了头，具有乌龟一样的三角形脑袋和凹凸不平的表皮，五趾前肢，大趾掌垫增厚。

他望着箱子底部那双三重眼皮的眼睛对着他焦躁地眨合。

"准备应对核热气候是吗？"他喃喃低语，"你自带的铅伞应该能让你凉快些。"

他盖上箱盖，爬出泳池，返回管理员办公室还了钥匙，然后把箱子抱到车上。

"……卡尔德林仍对我有怨气（鲍尔斯在日记里写道）。出于某种原因，他似乎不愿接受自己的孤立，并详细计划着用一系列私人仪式来填补缺失的数小时睡眠。也许我应该告诉他，我自己的睡眠已趋近于零，但他可能会把这句话视为无可忍受的终极的侮辱，认为我明明拥有他无比渴求的东西还要娇以顾怜。天知道会造成什么后果。幸好那噩梦般的情景看来暂时远去了……"

鲍尔斯推开日记本，前倾着身子倚在办公桌上，望着窗外洁白的湖床顺着地平线向山坡延伸。3英里[1]外，远远的湖对岸，他看见射电望远镜的圆形"大碗"在午后晴朗的空气中缓缓旋转，那是卡尔德林在不知疲倦地向天空撒网，扫荡过数百万立方秒差距的苍凉以太，如同波斯湾沿岸的游牧民族将网撒向海中。

空调在他身后悄声呢喃，为半浸入昏暗中的浅蓝色四墙带来凉意。外面的天光明亮而压抑，层层热浪从临床系楼下的丛丛金色仙人掌上激荡而起，迷蒙了20层神经学系大楼上下线平角直的阳台。那里，紧闭的百叶窗背后的沉默住院区内，晚期患者经历着他们漫长的无梦睡眠。临床系现已收治超过500名这样的患者，这只是先锋方阵，而浩浩荡荡的梦游大军正在集结，即将开启最后的大阅兵。首例麻醉性昏睡综合征确诊以来仅仅过了5年，随着越来越多的病例涌现，东部的数家大型公立医院已经在积极调整，准备接纳数千例病患。

鲍尔斯突然感到一阵疲惫，他瞟了眼手腕，寻思着还有多久到8点，那将是接下来大约一周的入睡时间。他已经开始期盼着黄昏了，不久，他将最后一次在黎明醒来。

他的表在后裤兜里。他记起自己已决定弃用钟表，于是靠上椅背，盯着办公桌旁的书架发呆。书架上摆着一排排绿皮的原子能委员会期刊，那是他从惠特比的藏书里取来的，那位生物学家在论文里详细描述了自己在氢弹试验之后就太平洋地区进行的研究。许多论文鲍尔斯已经烂熟于胸，为了领会惠特比的最终结论，他读了不下一百次。汤因比自然更容易忘记。

脑海后端高高的黑墙将宽广的阴影投上他的思绪，他的双眼立时有些模糊。他一边伸手去拿日记，一边想着卡尔德林车里那个女孩——他叫她昏妹，又一个神经兮兮的玩笑——想起她提到野口。其实，能与野

---

[1] 1英里≈1.61千米。

口作比较的不应该是他，而应该是惠特比；实验室里的小怪物们不过是惠特比思想的零星镜像，譬如，这天上午他在游泳池抓到的那只奇形怪状的放射屏障蛙。

想着诨名昏妹的女孩，想着她给他的暖心微笑，他挥笔写下：

清晨 6:33 醒来。最后一次拜访安德森。他明显表现出对我不耐烦的态度，从今往后我最好不再去叨扰他。8:00 入睡？（这样的倒计时令我心悸。）

他略一停顿，又加上一句：

再见，安尼威土克。

2

第二天，他又在惠特比的实验室见到了那个女孩。吃过早餐，他就急忙带着新样本驱车前去，趁它没死之前赶紧将它放进生态缸。他之前遇到过的唯一一只变异出甲壳的生物差点要了他的命。那是大约在一个月前，他沿着湖滨公路快速行驶时，前轮外侧撞到了那个小东西，他以为它肯定当场就会被轧扁，不料它坚硬的铅密集外壳仍旧坚挺如初，硌得车身重重地甩进沟里，尽管壳内的有机体早成了一摊肉泥。他专程回去捡起甲壳，在实验室称重后发现，其铅含量竟然超过 600 克。

相当数量的动植物在富集重金属后，形成放射屏障。海滩别墅背后的山丘之中，一两个旧时的淘金客正在翻新已弃置 80 多年的淘金设备。他们注意到仙人掌的金黄色泽，分析之后发现，这些植物从无法开采的贫矿土壤中吸取金元素，并在体内积累至可提取的浓度。橡树岭也终于产出红利了！！

那天早晨，刚过 6:45 他就醒了——比前一天晚 10 分钟（他打开了收音机，边听例常的晨间节目边起床）——他不想吃早餐，但还是随便吃了一点，然后花了一个小时挑出藏书室里的一些书，打包进板条箱，贴上地址标签寄给他弟弟。

半个小时后，他抵达惠特比的实验室。这座上百英尺宽的网格球顶建筑毗邻惠特比建于湖畔西岸的棚屋，距卡尔德林的避暑别墅约一英里。惠特比自杀后，棚屋也关闭了，在鲍尔斯等待实验室使用许可下达期间，有许多实验用动植物相继死去。

转弯驶上私家车道时，他看见那个女孩站立在穹顶黄色肋拱的交会顶点，纤瘦的身影映衬在宽广的天空下。她向他挥手，然后一步步走下玻璃顶面，灵巧地一跃，落在车道上的轿车旁。

"你好。"她说着，给他一个热情的微笑，"我过来是想参观你的动物豢养室。卡尔德林说有他一起的话你不会让我进去，所以我就让他先不要来。"

她等了一会儿，鲍尔斯却没有说话，只顾掏着钥匙。她于是又提议道："不嫌弃的话，我可以帮你洗衬衫。"

鲍尔斯对她笑笑，低头怅惘地看着沾满尘泥的衣袖。"主意不错。我想我的样子是有些邋遢了。"他打开门锁，挽起昏妹的手臂，"我不知道卡尔德林为什么对你那么说——只要他愿意，这里随时欢迎他。"

"你手上拿的是什么？"他们走在摆满各种仪器的工作台中间，昏妹指着他手里的木箱问道。

"我刚发现的一位远亲，有趣的小家伙。马上就介绍你俩认识。"

屋内的圆形空间以滑门隔成四个区域，其中两个隔间是储藏室，里面摆放着备用生态缸、各种仪器、一箱箱兽粮，以及测验台。他们经过第三个隔间，这里几乎被两台仪器塞得满满当当的，分别是强力 X 光投射仪和 250 安培通用电学实验台。实验台斜向安装在回转工作台上，旁边散放着一些大型水泥屏蔽块，便于随时像砌墙一样叠置起来。

第四个隔间就是鲍尔斯的动物豢养室所在地，生态缸密密匝匝沿工作

　　　　　　　　　　　　　　　　　　　　　J. G.Ballard

台摆了一溜，连水槽里也塞满了。各缸顶上的通风罩钉着用彩色硬纸板绘制的图表以及便笺，缠绕一团的橡胶管和电线拖在地上。他们走过那一排生态缸，毛玻璃背后的暗影各自躁动起来，过道远端鲍尔斯办公桌旁的一只大笼子里，突然有什么东西在疾步飞跑。

他把木箱放到椅子上，从办公桌上拿起一袋花生，走到笼子旁边。一只头戴凹瘪飞行员头盔的小黑猩猩灵巧地攀着笼栅迎到他面前，开心地吱吱叫了一通，然后跳到下方紧靠笼子后部的小型控制面板跟前，快速敲击着一系列键盘按钮。一串彩灯随之闪烁，像点唱机一样，叮叮当当奏出一段时长两秒的音乐。

"好孩子。"鲍尔斯鼓励道，拍拍小猩猩的背，把花生塞进它手里，"这东西对你来说已经太小儿科了，不是吗？"

黑猩猩将花生扔进喉咙后头，动作如魔术师一般轻盈流畅，嘴里吱吱呀呀的，像在对鲍尔斯唱歌。

昏妹笑了，从鲍尔斯手里拿过一些坚果："它真可爱。我觉得它在跟你说话。"

鲍尔斯点点头："相当正确，是的。其实它的词汇量已经有 200，只是喉部结构限制无法准确发声。"他打开桌边的一台小冰箱，取出半袋切片面包，递了两片给黑猩猩。它从地上搬起一台电动烤面包机，放到笼子中央一个摇摇晃晃的矮桌中间，将面包片插进烤槽。鲍尔斯按下笼子旁边开关面板上的一个按键，烤面包机随即发出轻微的刺啦声。

"它是我们这里最聪明的生物之一，智力大约相当于 5 岁儿童，而且在许多方面的自理能力要强得多。"两片面包从烤槽中蹦出，黑猩猩利落地一一接住，不自觉地拍拍头盔，然后溜达着回到摇摇欲坠的简舍，一只手搭在窗外，逍遥自在地将面包片塞进嘴里。

"那个小房子是它自己搭的。"鲍尔斯给烤面包机断了电，继续说道，"挺不赖的，真的。"他指着简舍前门那只黄色塑料桶，桶里插着一枝蔫蔫的天竺葵，"它还照料着那枝花，打扫笼子，没完没了地说着俏皮话。是个乐天派。"

昏妹爽朗地笑起来："那航空头盔是干吗用的？"

鲍尔斯面露犹豫。"啊，那个——呃——是为了保护它。有时候它会觉得头疼欲裂。他前面那几只都——"他止住话头，转脸说道，"咱们看看其他生物吧。"

他沿着那排生态缸往下走，挥手示意昏妹跟上："从头开始。"他掀起一个玻璃缸盖，昏妹往里瞅了瞅，看见一汪浅水，一个有着细长触须的圆形小生物浸泡其中，依偎在贝壳与鹅卵石垒成的假山侧畔。

"海葵，或者说海葵变异体。简单的腔肠动物，有着开放式体腔。"他指着底部周围那圈增厚的脊状组织，"这一只封闭了体腔，把腔道转变为低等的脊索，其意义不亚于第一棵进化出神经系统的植物。往后，这些触须有望集成神经结，但目前已经具有色彩敏感性了。看！"他借来昏妹前胸口袋里的紫色手绢，在生态缸前面展开。触须随即开始屈伸，并缓慢交织，仿佛在集中注意力。

"奇怪的是，它们对白光完全不敏感。通常这些触须能感应到变化的压力梯度，就像人耳的鼓室膈一样。几乎可以说，它能'听到'几种基色，说明它正在积极适应具有强烈色彩对比的静态世界中的非水生存在。"

昏妹摇摇头，有些摸不着头脑："可是为什么呢？"

"稍等，我先给你讲讲背景情况。"他们沿着工作台走到一列纱窗网制成的鼓形笼子跟前。第一个笼子顶上是一大张白色硬纸板，纸板上那张放大的显微照片呈现出一根长长的宝塔状链条，上方的标题写着"果蝇：15 伦琴 / 分"[1]。

鲍尔斯敲敲笼子上的有机玻璃小窗："果蝇，由于相对性状明显，成

---

[1] 伦琴（rontgen）是衡量辐射物质产生照射量的单位。

为常用的试验对象。"他弯下腰，指向笼顶悬挂的一只灰色V形蜂巢。几只果蝇从入口爬出，四处忙碌。"它们通常独自生活，居无定所，取食腐果。现在，它们建起了联系紧密的社会群体，开始分泌一种稀薄的淋巴液，类似蜂蜜，带有甜味。"

"这是什么？"昏妹问道，手指摸上硬纸板。

"变异关键基因图。"他指向从链条一节标出的一簇箭头，上面标着"淋巴腺"，又细分为"括约肌""上皮""范本"。

"它的原理非常像自动钢琴的打孔乐谱，"鲍尔斯评论道，"或者计算机穿孔纸带。X光消除一段序列，就丢失一项特性，结果随之改变。"

现在，昏妹凑在下一个笼子的窗前往里看，拉长了一张苦瓜脸。鲍尔斯的视线越过她的肩膀，发现她看见的是一只拳头大的类似蜘蛛的巨型昆虫，毛乎乎的黑色肢腿足有手指粗细，攒聚的复眼浑似巨大的红宝石。

"它的样子好凶。"她说，"它在织的是什么绳梯吗？"蜘蛛突然动起来，吓得她伸手捂嘴。蜘蛛退回笼子里，吐出一束互相交织的繁复灰丝，在笼顶上拉成一圈圈大环。

"它在织网。"鲍尔斯告诉她，"只是，网绳里包含有神经组织。这些绳梯组成外神经丛，相当于能为大脑扩容，它可以依据环境要求，织出适当的大小。理性地安排，真的，比人类优越多了。"

昏妹连连后退："恶心。我可不想去它家做客。"

"噢，它并没有外表看起来那么可怕。那些大眼睛盯着你，其实什么也看不见。准确地说，它们的光学敏感性已经移出可见光范畴，其视网膜仅能识别γ辐射。你的腕表上有发光指针，把它放在窗前移动，它就会有所反应了。它一定能在第四次世界大战中大显身手。"

他们悠着步子回到鲍尔斯的办公桌旁。他把咖啡锅架到酒精喷灯上，推过一把椅子给昏妹。然后他打开木箱，取出甲壳蛙，放到一张吸水纸上。

"认出来了吗？你童年的老朋友，原本是只普通蛙，现在给自己搭了个相当坚固的防空洞。"他把小动物拿到水槽里，打开水龙头，让水流轻盈地洒到它外壳上。他在衬衫上擦擦手，回到办公桌旁。

昏妹拨开垂落额前的长发，好奇地望着他。

"那，秘密是什么？"

鲍尔斯点起一支烟："没有什么秘密。畸形学家已经豢养变异生物多年。你听说过'沉默基因对'吗？"

她摇摇头。

鲍尔斯懊恼地盯着烟看了一会儿，享受着每天第一支烟向来会带给他的快感。"所谓'沉默基因对'，是现代遗传学的老问题了，现存的每一种有机体当中，都有占少量百分比的个体拥有这样一个失活基因对，它在基因组成和进化方面都没有起到明显作用，这个谜团一直困扰着生物学家。那么，长久以来，生物学家一直在尝试将它激活，但难度一方面在于如何从已知拥有沉默基因对的亲本产下的受精卵中鉴别出该基因对，另一方面在于如何将纤细的 X 光束精确集中于它，而不损害其余的染色体。不过，经过近 10 年的努力，基于对安尼威土克放射损伤的观察研究，惠特比博士已成功开发出一套全身放射技术。"

鲍尔斯顿了顿，又说："他注意到，试验之后所造成的生物损伤，似乎大于直接辐射的应有值，即是说，传输的能量更大。而实际情况是，基因中的蛋白质晶格会储积能量，与振动膜在共振时聚积能量同理——你还记得在桥上齐步行军，会导致桥梁坍塌的原理吧——于是他想到，如果首先能鉴别出特定沉默基因晶格的剧烈共振频率，其次就能直接对整个活体生物进行辐照，而不仅仅是受精卵。采用低场强设置，即可选择性地作用于沉默基因，而不致损伤其余的染色体，因为它们的晶格只会对其他的特定频率产生剧烈共振。"

鲍尔斯手执烟头在实验室内指了一圈："在你周围所呈现的，就是这项'共振迁移'技术的部分成果。"

昏妹点点头："它们都是激活了沉默基因的吗？"

"对，全都是。实验使用了几千个样本，但只得到了少量的个体，你也看到了，结果令人大开眼界。"

他伸手拉上一块遮阳帘。他们坐在穹顶的边檐下，逐渐增强的阳光已经让他有些烦躁。

在这片相对的阴暗之中，昏妹注意到身后工作台尽头的一只生态缸，那里有一盏频闪灯正在缓缓闪烁。她起身向它走去，细看那里一株高高的向日葵，茎秆比普通的要粗，花朵也大得夸张。一圈灰白色石头垒的小围墙罩住了大部分的花茎，供花盘伸到外面。围墙的石头用水泥砌得平平整整，上面标着：

白垩纪白垩岩：距今 60000000 年。

旁边的工作台上还有三根烟囱状的立筒，分别标着"泥盆纪砂岩：距今 290000000 年""沥青：距今 20 年""聚氯乙烯：距今 6 个月"。

"看到萼片上那些湿润的白色小圆圈了吗？"鲍尔斯提示她，"它们以未知的方式调节着这株花的新陈代谢。它真正能看见时间，周围环境越古老，它的新陈代谢就越缓慢。围上沥青筒，它一周就能走完一年的生命旅程；围上聚氯乙烯筒，甚至只需几个小时。"

"看见时间。"昏妹惊奇地重复道。她若有所思地咬着下唇，抬头望着鲍尔斯："太神奇了，这就是未来的生物吗，博士？"

"我说不准。"鲍尔斯承认，"假如是的话，它们的世界一定既怪异又神秘。"

3

他回到办公桌旁，从抽屉里取出两只杯子，倒出咖啡，熄灭了酒精喷灯。"有的人推测，拥有沉默基因对的个体，是攀登进化山坡的大部队的先驱。

他们认为沉默基因对是一种编码，是我们低等有机体为更高级后裔携带的神谕。这种说法或许没错——这个编码可能破解得过早了。"

"为什么这么说？"

"唔，惠特比的死表明了，这间实验室里所有的实验都指向相当令人不快的结论。经我们辐照的有机体，最终都无一例外地进入全然无序生长的阶段，产生了几十种令人意想不到的特有的感官，而结局是灾难性的——海葵会爆炸、果蝇会互食，不一而足。这些动植物中所蕴含的未来到底是具有必然性，还是仅存在于推理之中——我说不准。但有时候我想，进化出的新感官反映了它们真实的渴望。你今天见到的样本，还处于第二次进化周期的早期。再往后，它们的模样会越来越怪异。"

昏妹点着头。"没有饲养员的动物园是不完整的，"她评论道，"人类呢？"

鲍尔斯耸耸肩："大约 10 万人中有 1 人拥有沉默基因对——处于平均水平。你可能有——我也可能有。目前还没有人自愿接受全身放射。这样的举动会被归为自杀，况且，假如这里已有的实验结果具有指导性，那么激活沉默基因对的经历将会带来惨无人道的灾难性后果。"

他小口吸着淡咖啡，感到疲倦和些许的无聊。对实验室工作的解说耗费了他太多精力。

女孩前倾过身子。"你的脸苍白得吓人。"她关切地说，"睡得不好吗？"

鲍尔斯简短地挤出一个微笑。"睡得太好了。"他承认道，"睡眠对于我已经不再是个问题了。"

"真希望卡尔德林也是这样。我想他的睡眠肯定远远不够，总是整晚都听到他在来回踱步。"她又补上一句，"不过，我还是觉得这样比麻醉性昏睡晚期好得多。博士，你说，要是把这项放射技术用在临床系那些长睡不醒的人身上，岂不是很有意义吗？也许能让他们在死亡之前醒来。总会有几个人拥有沉默基因吧。"

J. G.Ballard

"他们全都有。"鲍尔斯告诉她,"实际上,这两种现象联系非常紧密。"他没再说下去。疲惫使得他脑袋发蒙,他考虑着是否把女孩支走。想了想,他一只手撑着办公桌的桌面,另一只手够到后边,提起一台录音机。

他打开开关,把磁带倒到最前面,调整了喇叭音量。

"以前我经常和惠特比讨论这个问题。后面有一次,我全录了下来。他是位伟大的生物学家,咱们听听他自己是怎么说的吧。这绝对是问题的核心所在。"

他开始播放磁带,又补上一句:"我自己已经听过千百次,恐怕音质会比较差。"

一个较为苍老的男性嗓音传来,尖厉且略显暴躁,音质有一点瓮声瓮气的回潮,但不影响听清字句。

惠特比:……看在老天的分儿上,罗伯特,看看世界粮农组织那些数据吧。尽管过去15年里全世界小麦耕种面积以5%的年增长率递增,但总产量持续下降,平均每年约两个百分点。同样的情形在各个领域都有上演,真叫人不称心。粮食、块根作物、乳品产量、牛羊繁殖率——全都在下降。将它们与大量的平行表征对照起来看,从迁徙路经变更,到冬眠周期延长,任选一个你感兴趣的领域相比较,就能发现存在一个总体模式,这是毋庸置疑的。

鲍尔斯:但是,欧洲和北美的人口数字并未显示出下降趋势。

惠特比:当然,我也在一直强调这点。由于大规模计划生育人为地控制了人口基数,生育率上个位数百分点的下降,要过一个世纪才能体现出后续影响。你得看看远东的国家,尤其是幼儿死亡率仍旧高居不下的地区。例如,在过去20年中,苏门答腊的人口数量下降率超过15%,大幅度地滑坡!你有没有留意到,仅仅二三十年前,新马尔萨斯主义者们还在鼓吹"世界人口爆炸"的论调?结果竟是一场内爆。还有另一个因素——

在这里，磁带明显被剪辑过，之后惠特比又扬高了音调，但这一次显得不那么满腹牢骚了。

……只是个人兴趣，找你打听个私事：你每晚睡多长时间？

鲍尔斯：具体多久不清楚，大约8小时吧，我想。

惠特比：经典的"8小时"。随便问一个人，对方都会不假思索地回答"8小时"。事实上，你差不多要睡十个半小时，和大多数人一样。我给你计时过很多次了。我现在要睡11小时。而30年前，人们的确只睡8小时；130年前，甚至只有六七个小时。从瓦萨里的《名人传》中我们可以看到，米开朗琪罗每天只睡四五个小时，在80岁高龄时，他白天一整天用于绘画，到了晚上还要点起蜡烛绑在额前，彻夜在解剖台边进行研究。这在今世被视为奇绝之才，在当时却只是普遍情况。你说说，从柏拉图到莎士比亚，从亚里士多德到阿奎那，古人如何能在有限的生命里产生出如此卷帙浩繁的著作？原因很简单，他们每天比我们多出六七个小时。当然，我们还遭受着第二项不利因素带来的影响，那就是基础代谢率下降——这个因素也无人能给出解释。

鲍尔斯：我想也可以这么看：越来越长的睡眠期是一种补偿机制，是在20世纪晚期，大众为逃避城市生活的可怕压力而产生的一种群体性神经变异。

惠特比：可以，但是那样不对。这只是个简单的生化问题。所有生物体中分解蛋白质链的核糖核酸模板在逐渐减少，刻着原生质签名的骰子已经被磨钝。毕竟它们至今已经传承了超过十亿年，是时候重组了。个体有机体的寿命是有限的，一个酵母菌群落或某一个物种亦有其兴亡，同理，整个生物王国的存在时间也有固定期限。人们总是认为进化的山坡恒远向上，殊不知峰顶已经抵达，往后便是下山的路，通向生物共有的坟场。这幅令人绝望的未来图景，目前看来虽难以接受，却是唯一的出路。自现在起，我们的后代经过5000个世纪的演变，不一定会成为多重大脑的恒星人，多半只会是不穿衣服的突颚白痴，额头上退化出毛发，嘴里嘀嘀咕咕走过这临床系的遗骸，就像新石器时代的古人被困在可怕的时光逆流之中。相信我，我可怜他们，一如我可怜我自己。我全盘的失败蕴含在体内每一个细胞里，我丝毫不具有任何存在的权利，无论在道义上还是在生理上……

磁带结束了，转轴空转，终于停止。鲍尔斯关上机器，摩挲着自己的脸。昏妹静静地坐着看他，一边听着黑猩猩玩骰子魔方。

"在惠特比看来，"鲍尔斯说，"沉默基因代表着生物王国沉没前最后一丝绝望的挣扎。整个生命周期是由太阳发散的辐射量决定的，一旦达到特定值，跨过必亡的界线，灭绝就不可避免。为了应对这一困境，有机体内置了警报，以便适时改变外形，适应辐射性更强的热核气候。表皮柔软的有机体进化出硬壳，积累重金属形成放射屏障；还有的进化出了新的感知器官。然而，据惠特比称，从长远来看这些都是白费力气——但有时候我仍抱一线希望。"

他冲着昏妹笑笑，耸了耸肩："唔，咱们聊点儿别的吧。你跟卡尔德林认识多久了？"

"大约三周，但感觉像有一万年了。"

"你觉得他现在怎么样？我和他最近没怎么联系。"

昏妹粲然一笑："我好像也不常见他。他老让我犯困。卡尔德林有很多奇异的天赋，但总是只考虑自己。你对他的意义非常重要，博士。说真的，你算得上是我真正的情敌。"

"我还以为他见都不想见我呢。"

"噢，那只是表面现象。他真的时刻挂念着你，所以我们才成天跟着你跑来跑去。"她机灵地看了眼鲍尔斯，"我觉得他在为什么事情感到歉疚。"

"歉疚？"鲍尔斯惊叫道，"他吗？我觉得歉疚的应该是我才对。"

"为什么？"她不禁追问。犹豫一会儿，她又说："你在他身上进行了某种外科技术实验，对吗？"

"是的。"鲍尔斯承认道，"实验总体不算成功，就跟我参与过的大量实验一样。如果卡尔德林自觉歉疚，我想是因为他觉得自己也要负一定责任。"

他低头看着女孩，她那双机灵的眼睛认真地凝视着他。"从某一两个因素考虑，有件事也许应该让你知道。你说卡尔德林整晚踱步，睡眠不足，其实他根本就不睡觉。"

女孩点着头。"你……"她打了个响指。

"切除了他的睡眠机制。"鲍尔斯替她说完剩下的话，"手术本身取得了巨大成功，值得被授予诺贝尔奖。通常情况下，下丘脑调节着睡眠的时长，它提高意识阈，从而放松大脑中的静脉毛细血管，为之清除积累的毒素。然而，将一部分控制回路封闭之后，实验对象就无法接收到睡眠信号，在毛细血管排毒的同时，他仍然保持着清醒，至多只感到暂时的倦怠，三四个小时之后就会恢复正常。从生理上讲，卡尔德林的生命延长了二十年。但出于某种不为人知的理由，人还需要'心理睡眠'，因此，卡尔德林每过一段时间，就会被内心的风暴折磨得心烦意乱。整件事情酿成了悲剧性的错误。"

昏妹皱起眉头，陷入沉思："我猜了个八九不离十。你在神经外科期刊上发表的论文里，将患者化名为 K。有一点卡夫卡的意味，没想到事实如此直白。"

"我可能会永远离开这儿，昏妹。"鲍尔斯说，"你要督促卡尔德林定时去复诊，有些深处的瘢痕组织需要被清理。"

"我尽量。有时候我觉得自己只是他那个疯子的一份终极文件而已。"

"那是什么？"

"你没听说吗？卡尔德林在收集有关智人的终极文件。《弗洛伊德全集》

啦,贝多芬的《即兴四重奏》啦,《纽伦堡审判笔录》啦,自动小说啦,如此,等等。"她突然换了话题,"你那是画的什么?"

"哪儿?"

她指指桌上的吸墨纸板,鲍尔斯低头才发现,自己无意间画了一张复杂的草图,正是惠特比的四等分太阳。"没什么。"他说,却又莫名地觉得它有一种很强的驱使力。

昏妹起身离开:"你一定要去我们那儿看看,博士,卡尔德林有很多收藏想和你分享。他刚得到一份旧文件,是 20 年前水星七号抵达月球后发回的最后的信号,然后就一心扑在了上面。你还记得他们死前录下的奇怪信息吧,全是诗一样的语句,颠来倒去地讲着什么白色花园。现在想起来,他们的行为倒很像你豢养室里这些植物。"

她将手插进口袋,掏出什么东西:"对了,卡尔德林让我把这个给你。"

这是一张旧的天文台图书馆索引卡,中间打印着如下的数字:

96 688 365 498 720

"照这个速度,还要过很久才能到零。"鲍尔斯冷淡地评论道,"数字到头的时候,我将拥有相当数量的实验品了。"

她离开后,他把卡片扔进废纸篓,然后在办公桌旁坐下,盯着吸墨纸板上的图形看了足足一个小时。

驾车回海滩别墅的半路上,湖滨路左侧延伸出一条岔路,穿过一处狭窄的山鞍,通往盐湖深处一座废弃的空军靶场。靶场这头建有众多小型掩体和监控摄像塔,一两座铁皮棚子,还有个屋顶低矮的停机库。白色山峦将整片区域环绕,使其与世隔绝。鲍尔斯喜欢到枪炮练习道上漫步,那是沿着湖岸标出的两英里长的小道,延伸向尽头的混凝土标靶。抽象的标记纹格使他觉得自己像一只蚂蚁身处雪白如骨的棋盘上,而一端的矩形水泥屏和另一端的监控塔与掩体如同对弈的棋子。

与昏妹的那番交谈，使得鲍尔斯突然不满于过去几个月的虚度。再见，安尼威土克。他曾如此写到，而实际上，系统的遗忘恰恰需要记忆机制的辅助，需要逆序编排整理头脑藏书室中的所有书籍，将它们翻倒过来，放回适当的位置。

鲍尔斯爬上一座监控塔，靠在栏杆上，视线顺着练习道遥望标靶。反弹的弹壳与火箭将标示靶圈的环形水泥带打得千疮百孔，但那百米宽的巨大圆盘及其交替漆刷的红、蓝两色圆圈仍旧清晰可见。

他默默地盯着它们看了半个小时，不成形的想法在脑海中变换。然后，他不假思索地猛然从栏杆边起身，爬下梯子。停机库就在 50 码外。他快步走过去，踏入阴凉地儿，环视周围生锈的电车和闪蒸罐的空壳。尽头那堆木料和电线背后，有一摞未开封的袋装水泥、一堆沙子，还有一台旧的搅拌机。

半个小时后，他将别克倒进停机库，把水泥搅拌机挂上后保险杠，倒入沙子、水泥，以及从外面的罐体里弄来的水，然后又搬了十几袋水泥装进后备厢和后座。最后，他挑了几根直条木料，从车窗塞进车里，便发动车穿过盐湖驶向中央靶心。

接下来的两个小时，他在巨大蓝色圆盘的中心有条不紊地忙活着，手动搅拌水泥，将它端到木料拼成的简易模子旁边，倒进去抹平，绕着靶心的周线浇筑出 6 英寸高的矮棱。他片刻不停地劳作着，使用装胎杆搅拌水泥，再用从轮胎上撬下的毂盖将水泥盛出。

活计告一段落后，他将设备留在原地，驱车离开，至此，他已浇筑完成 30 英尺长的矮棱。

4

6 月 7 日：第一次清楚认识到白日苦短。此前只要我能保持清醒超过 *12* 小时，我对时间的感知仍然基于传统的以中午划分上午和下午的节奏。

而现在，随着清醒时间减至 11 小时余，它就成了一个连续的时间段，像是一段卷尺，我能准确地了解卷轴上的剩余长度，却不能干涉它打开的速率。我利用这些时间慢慢收拾藏书室里的书籍；板条箱重得搬不动，于是装满了就直接摆在原地。细胞计数降至 400000。

8:10 醒来，7:15 入睡。（好像无意中弄丢了表，得进城再买一块。）

6 月 14 日：9.5 小时。时间飞逝，像高速路上的风景一闪而过。然而，暑假的最后一周总是比第一周过得更快，按当前速率来看，我大概只剩四五周了。今天上午我尝试着想象最后一周差不多会是什么样子——最后的三周、两周、一周，结束——突然被纯粹的恐惧击中，浑身发冷，这是此前从未有过的一种感受。过了足足半个小时，我才稳定下心绪，打了点滴。

卡尔德林成天跟着我，像我的彩色影子一样。他在门口用粉笔写了"96 688 365 498 702"。邮递员肯定给弄糊涂了吧。

9:05 醒来，6:36 入睡。

6 月 19 日：6.5 小时。今早安德森打来电话。听到他的声音我差点挂了听筒，但还是耐着性子听完了所谓的扫尾事项。他向我的坚忍道贺，甚至用上了"英勇"这个词。毫无感觉。绝望蚕食了一切——勇气、希望、自律，所有的优良品质。要维持科学传统中蕴含的被动接受的客观态度，太他妈难了。我努力想象着接受宗教裁判所审判时的伽利略，以及克服下颌癌手术所致无尽痛苦的弗洛伊德。

在城里遇到卡尔德林，聊了很久的水星七号。他相信，进入宇宙大背景之后，"欢迎会"白等了他们的返回，是因为他们有意拒绝离开月球。他们从猎户座的神秘使者口中得知，深空探索毫无意义，他们去得太晚，宇宙的生命当时已经结束了！！！据 K 说，有些空军将领对这样的屁话深以为然，但我怀疑这不过是 K 想要安慰我的含蓄手法而已。

一定要拔电话线不可了。有个包工头成天给我打电话，要我付 50 袋水泥的钱，说是我 10 天前拉走的，他亲自帮我装上了卡车。我的确开了惠特比的皮卡进城，但只是买了些铅屏蔽块。他以为我买那么多水泥要干什么？人都是赤条条来，走的时候屁股却总是不干净。（教训：不要太刻意去遗忘安尼威士克。）

9:40 醒来，4:15 入睡。

6 月 25 日：7.5 小时。卡尔德林今天又来实验室周围打探，还给我打电话，我一接，却是他设置好的录音，絮絮叨叨念出一长串数字，像个发疯的超人蒂姆。他这些恶作剧相当叫人厌烦。我得尽快去找他和解，想到这里我就无比抵触。但不管怎么说，火星小姐倒是赏心悦目。

现在每日一餐就够了，再补充一剂葡萄糖。睡眠仍旧"漆黑一片"，睡醒了也不精神。昨晚我用 16 毫米胶卷拍摄了前三个钟头，今早带到实验室播放。简直是一部真正的恐怖电影，我的样子就像半死半活的尸体。

10:25 醒来，3:45 入睡。

7 月 3 日：5.75 小时。今天几乎荒废了。人越来越懒散，拖着身子去实验室，两次险些偏到路外面。打起精神喂了豢养室里的动物，写了当天的日志。最后一次通读惠特比留下的操作手册，决定将照射率调至 40 伦琴／分，目标距离 350 厘米。现在一切准备就绪。

11:05 醒来，3:15 入睡。

鲍尔斯伸个懒腰，脑袋缓缓地在枕头上左右偏了偏，凝神看着百叶窗条投在天花板上的影子。然后他垂下视线看自己的脚，发现卡尔德林正坐在床尾，静静地望着他。

"你好，博士。"他边说边掐灭了烟，"熬夜了？你好像很疲倦。"

鲍尔斯单肘支起身体，瞟了眼手表。时间刚过 11 点。好一阵子，他都感觉昏头昏脑的，最后甩过双腿坐上床沿，两肘撑在膝盖上，揉着脸，想让自己清醒些。

他注意到房间里烟雾弥漫。"你来这里做什么？"他问卡尔德林。

"我过来邀请你共进午餐。"他指指床边的电话，"电话打不通，我就开车过来了，希望你不介意我爬窗而入。我按了大概半个小时门铃，很意外你竟然没听到。"

鲍尔斯点点头，起身抻着纯棉便裤上的褶皱。这一周多来他都和衣而睡，裤子湿润润的，散发着臭味。

他起身向盥洗室的门走去，卡尔德林指着床尾三角架上的摄像机问道："这是什么？准备进军小黄片影业了吗，博士？"

鲍尔斯阴沉地审视了他一会儿，看看三脚架，没有作答，随后注意到床头案几上摊开的日记本。他暗暗想着卡尔德林是否看过了最后几则日记，回到床边拿起它，然后走进盥洗室，关上身后的门。

他从带镜立柜里取出注射器和安瓿，给自己打了一针，靠在门边等着药劲儿上来。

出来时，卡尔德林已到了客厅，依次看着堆在地板中央那些板条箱上的标签。

"好的，那么，"鲍尔斯对他说，"我跟你吃午饭去。"他仔细端详了卡尔德林一番，对方的样子比平时收敛多了，甚至流露出几分敬意。

"好。"卡尔德林说，"对了，你是不是准备离开？"

"很重要吗？"鲍尔斯简短地反问，"我还以为安德森正式收治你了？"

卡尔德林耸耸肩："随你便吧。大概 12 点过来就行。"提完要求，他又直言不讳地补上一句："这点时间够你洗个澡换身衣服了。你整件衬衣上都沾了什么？像石灰一样。"

鲍尔斯低头看看，伸手抹掉那一道道的白迹。卡尔德林离开后，他脱掉衣服，冲了个澡，从行李箱里取出一套干净的西服。

与昏妹交往之前，卡尔德林一直独居在湖滨北岸一座结构抽象的古老避暑别墅。这是幢七层的奇异建筑，最初由一位身家百万的数学怪杰修造，整栋楼由一条连续的水泥带呈螺旋形层层缠绕，像一条裹住自己的疯蛇，在所经之处组成墙、地板和天花板。只有卡尔德林解开了它的结构之谜——$\sqrt{-1}$ 的几何模型——从而能够以相对低廉的价格从经纪人手里租下这栋别院。傍晚时分，鲍尔斯在实验室常常能望见他躁动般地一层层爬楼，左弯右绕地大步穿过那片斜道与露台组成的迷宫，来到屋顶上，瘦骨嶙峋的单薄身板衬着天空，好似一座绞架，孤僻的双眼筛选着第二天要重点捕捉的无线电通道。

正午时分，鲍尔斯驾车前来，一眼就注意到了他。他从容地站在上方距地 150 英尺的板架上，颇有意境地仰望天空。

"卡尔德林！"他猛然大喊，声音划破寂静的空气。他竟有五分期待能把卡尔德林惊得脚底打滑。

卡尔德林回过神来，低头瞟一眼院子，歪过脑袋笑笑，右臂缓慢地挥出一个半圆。

"快上来。"他喊道，又转头继续看天。

鲍尔斯靠在车上不动身。几个月前，他曾接受过同样的邀请，踏进大门不到三分钟，便在二楼的死胡同里迷了路，怎么也转不出来。卡尔德林花了半个小时才找到他。

鲍尔斯静静等着。卡尔德林从他高高的栖身处下来，弯弯绕绕穿过天井和楼梯来到屋外，然后带他乘电梯直达顶层套房。

他们各擎一杯鸡尾酒，进入一间宽敞的玻璃屋顶工作室，宽阔的白色水泥带在他们周围展开，好像从硕大的牙膏管里挤出的牙膏。平行延伸的

J. G.Ballard

墙带组成错层地面，上边摆放着抽象风格的灰色家具，倾斜的屏风上挂着巨幅照片，矮桌上摆出的展品细致地贴了标签，而最显眼的还是后墙上三个 20 英尺高的黑色字母，拼出巨大的单词：

YOU（你）

卡尔德林指着它："你也许会称其为'阈上法'。"他一口饮完余下的酒，面带狡黠地示意鲍尔斯进门。"这是我的实验室，博士。"他语气中满是骄傲，"比你的更有意义得多，相信我。"

鲍尔斯自嘲地笑笑，查看第一件展品，那是条旧时的脑电图纸带，残留着一系列褪色的波浪线墨迹，上有标签："爱因斯坦，A.[1]；阿尔法脑波，1922。"

他跟着卡尔德林挨个参观，慢慢啜着小酒，享受安非他明带给他的短暂的敏锐感。不到两小时药效就要过了，他的脑子又将变成一叠吸墨纸。

卡尔德林不停地叽叽喳喳，解释着所谓终极文件的意义。"这些是最末的印记，鲍尔斯，最终的陈述，完全碎片化的产物。等我收集到足够多的时候，就能用它们为自己打造出一个全新的世界。"他从桌子上拿起一个厚厚的手工装订本，翻过纸页，"纽伦堡 12 号相联检验。得把这些加进去……"

鲍尔斯心不在焉地在屋里踱步，没有听他说些什么。对面角落里似乎摆着三台纸带收报机，长长的纸条从纸槽口垂下来。他暗想卡尔德林是不是鬼迷心窍炒起了股，股市都持续缓慢下跌二十年了。

"鲍尔斯，"他听见卡尔德林说，"我一直在给你讲水星七号的事，"他指着屏风前堆着的一沓打印纸，"监听设备收到了他们发回的最后的无线电信号，转录文字都在这里。"

---

[1]　A. 是爱因斯坦的名字阿尔伯特的首字母缩写。

鲍尔斯粗略地翻翻那沓纸，随便挑了一句看了看。

"……蓝色……人种……循环……猎夫座……遥测……"

鲍尔斯不置可否地点了个头："有意思。那边的纸带是做什么用的？"

卡尔德林咧嘴一笑："几个月前我就等着你问我这个问题了。自己看吧。"

鲍尔斯走过去，拿起其中一条纸带。这台机器上标着："御夫座 225-G。间隔：69 小时。"带子上写着：

96 688 365 498 695

96 688 365 498 694

96 688 365 498 693

96 688 365 498 692

鲍尔斯放下纸带："看上去很熟悉的样子。这个数列代表什么？"

卡尔德林耸耸肩："没人知道。"

"这话怎么说？它肯定有规律可循。"

"对，没错。它是个数值逐渐减少的等差数列，你也可以称之为倒计时。"

鲍尔斯拿起右边的纸带，上面的标签写着：

白羊座 44R951。间隔：49 天。

数列如下：

876 567 988 347 779 877 654 434

876 567 988 347 779 877 654 433

876 567 988 347 779 877 654 432

鲍尔斯环顾四周："信号隔多久收到一次？"

"就几秒钟。当然，它们进行了横向的极限压缩，天文台专门用了一台计算机进行破解。它们最早大约是二十年前由焦德雷尔班克接收到的，现在已经没人有兴趣听了。"

鲍尔斯转头看最后那条纸带。

J. G.Ballard

6 554

6 553

6 552

6 551

"数列已接近尾声。"他评论道。他瞟了眼罩子上的标签，上面写着：

未知无线电信号源，猎犬座。间隔：97 周。

他把纸带递给卡尔德林："很快就要结束了。"

卡尔德林摇摇头，从桌上拿起一个挺沉的电话簿大小的装订本捧在手中，脸色突然变得阴沉，仿佛失魂落魄。"我很怀疑。"他说，"那只是最后四个数字而已，所有数字总共超过了五千万个。"

他把装订本递给鲍尔斯。鲍尔斯翻开扉页。"系列信号主序列，英国曼彻斯特大学焦德雷尔班克射电天文台接收，1971 年 5 月 21 日 00:12:59，来源：猎犬座 NGC9743。"他翻过那厚厚一沓打印纸，正如卡尔德林所说，上面是几百万个数字，密密麻麻占满了连续一千页。

鲍尔斯摇摇头，又拿起纸带，盯着它陷入沉思。

"计算机只破解出了最后四个数字。"卡尔德林解释道，"所有信号以15 秒等长的系列发送，而 IBM 花了两年多时间才解开其中一段。"

"真厉害。"鲍尔斯评论道，"它到底是什么？"

"如你所见，是个倒计时。NGC9743，猎犬座的某个地方，大螺旋正在解体，他们发出了道别。尽管谁也不知道他们如何看待我们，但他们仍然将我们列为告知对象，通过氢谱线发送给宇宙中的每一个人听见。"他顿了顿，又说，"人们对此作出了不同的解释，但有一项证据排除了其他一切的可能性。"

"是什么呢？"

卡尔德林指着来自猎犬座的最后一条纸带："很简单，有人估计，当数列减到零的时候，宇宙将迎来终结。"

鲍尔斯若有所思地抚弄着纸带。"像这样告知我们实际的时间，他们真是贴心啊。"他评论道。

"我同意，没错。"卡尔德林低声道，"依照平方反比定律，该信号源大约以300万兆瓦强度向外播送信号，至地球衰减至小数点后两位，差不多正是近邻星系群的规模。'贴心'这个词恰如其分。"

他突然抓着鲍尔斯的臂膀，紧攥不放，深情凝视着他的双眼，喉头有些哽咽。

"与你相同境遇的大有人在，鲍尔斯，别再自怜自艾了。这些都是时间的声音，在对你说'再见'。把自己放在更广阔的背景下想一想，你体内的每一颗粒子、每一粒沙、每一个星系都携带着同样的印记。你刚刚说过，你已经知晓了真正的时间，那其余的事情还有什么重要？不必随时去关注时钟了。"

鲍尔斯握住他的手，用力紧握："谢谢你，卡尔德林。很高兴你能理解。"他走到窗前，俯视洁白的湖面。他和卡尔德林之间的紧张已经消除了，他感到自己对他所负的义务终于尽偿。现在他只想赶快离开，忘记他，一如他忘记其他那些经他亲手施行开颅手术的无数患者的脸。

他回到纸带收报机跟前，扯出纸槽里的纸带塞进兜里："我要带上这些，好给自己提个醒。替我给昏妹说声'再见'，拜托。"

他向门口走去，出门前，回头看见卡尔德林站在尽头墙壁上那三个巨大字母的阴影下，无精打采地盯着自己的脚。

鲍尔斯驾车离开，他注意到卡尔德林上了屋顶，倒车镜里映出他的形象。他朝鲍尔斯缓缓挥手，直到轿车转弯消失在视野之内。

5

外圈现已大体完成，只缺一段约10英尺长的细窄弧线，而已完工的矮棱在水泥地面连续延伸，距最外一条靶圈6英寸，即将把谜样的巨幅图形完美围住。三个同心圆，最大的直径一百码，以 10 英尺等差半径排列，组成图形的外环，各自被中心发散出的一个大型十字划分成四部分，圆心处则建起一个高出地面 1 英尺的圆形小平台。

鲍尔斯动作敏捷，将细沙与水泥倒进搅拌机，加入水，直到大致搅成膏状，然后将混凝土端到木板做成的模子旁边，灌进模子里狭窄的槽道，抹平。

不到十分钟，他就完成了最后的工作，不等水泥最终成型就迅速拆除了模子，把木板丢上轿车后座。他拍打裤子，拍掉手上的灰，走到搅拌机跟前，将它推到 50 码外群山的狭长阴影当中。他没有停下来细看自己耐心制作了这么多个下午的谜之巨圆，径直上了车，车尾扬起一线雪白如骨的尘埃，割开团团藏青色的阴影。

凌晨 3 时，他抵达实验室，刹车后的惯性刚一停止，他就迫不及待地从车上跳下，进了门，先打开灯，然后快步绕屋内一圈，打开遮阳帘，将它们在地缝中卡紧，如此，圆顶建筑便成了一顶钢铁帐篷。

在他身后的生态缸里，动植物悄然躁动着，回应突然涌来的冰冷荧光。只有黑猩猩没理会他。它坐在笼子里的地板上，神经质地反复将骰子魔方往塑料桶里塞，老也塞不进去，它暴跳如雷，大发脾气。

鲍尔斯向它走去，发现凹瘪头盔上的夹丝玻璃板已经碎成细渣，黑猩猩把自己打得头破血流，鲜血淌过它的脸和额头。鲍尔斯捡起从笼栅间抛出的枯萎天竺葵，用它吸引了黑猩猩的注意，然后丢进一颗从办公桌抽屉的药盒里取出的黑色药丸。黑猩猩迅速倒腕接住，配上两颗骰子玩起了杂耍，同时专心研究怎么将骰子装进桶里，几秒钟后，它从空中抓住药丸，一口吞下。

鲍尔斯马不停蹄地继续忙活，脱下夹克，走向 X 光投射室，拉开高高的滑门，门后便是投射仪细长而暗沉的金属杆及灯头。他开始贴着后墙叠垒屏蔽铅块。

几分钟后，投射仪嗡嗡响着启动了。

海葵动了动。它周围的辐射涨起一片温暖的深邃之海，它浸浴其间，在无数远海记忆的提示下，它小心翼翼地爬过生态缸，摸黑爬向昏暗的胚胎期的太阳。它的触须弯曲起来，尖端几千个非活动神经细胞重组、裂殖，各自将解锁的能量纳入细胞核中，然后组成链条，晶格层层堆叠，形成多面透镜，缓缓向着鲜明而又缥缈的声音轮廓对焦，那些声音像是荧光的波形，在圆顶房间的黑暗中舞蹈。

一幅图像逐渐形成，展示出一座巨大的黑色喷泉，向着一圈工作台与生态缸倾泻无穷无尽的亮光。一个人影在它旁边动来动去，调节流经他嘴里的光线。他踏过地板，脚边飞扬出团团鲜艳的色彩，他的手沿路擦过工作台，指尖生出绚烂的明暗对比，蓝色与紫色的光球在黑暗中瞬间炸开，好似微型照明弹。

光子发出呢喃。海葵望着周围光辉熠熠的声音屏板，稳定地持续膨胀。它的神经节连在一起，发现一个新的刺激源来自其自身冠状索脊精巧的膈膜。实验室沉默的轮廓开始轻柔回荡，弧光中散落无声的波，在下方的工作台和家具间回荡。蚀刻在声音中的，是它们有棱有角的形状，与连绵的尖厉泛音共鸣。波纹塑料椅是一团嗡嗡的断续不和谐音，方腿桌则是连续的二重奏。海葵注意到这些声音后便弃之不顾，转而对着天花板——它像一面盾牌，持续回弹着日光灯管稳定输出的声音。声音从一道狭窄的天窗中流进来，清晰而强劲，与无数的泛音互相交织，太阳在歌唱……

再过几分钟就要天亮了，鲍尔斯离开实验室，上了轿车。在他身后，宏伟的圆顶建筑沉默地矗立在黑暗中，银白月光照耀下，山峦淡薄的阴影投在建筑外墙。鲍尔斯驾着车随意地开过长长的弧形私家车道，来到下方的湖滨路，听到轮胎轧过蓝色砾石的声音，松开油门，加速引擎的

J. G.Ballard

运转。

他继续驾车前行，石灰岩山脉半掩在左侧的黑暗里。他渐渐体会到，虽然自己并未看着山峦，但出于某种不明就里的原因，脑海深处却很清楚它们的形状和轮廓。那种感觉模模糊糊，却又甚是确定，那奇怪的几近于视觉的影象从道道裂缝散发而出，其中最浓烈的来自于将悬崖劈开的最深沉的堑谷。好几分钟，鲍尔斯默然感受着它们的存在，没有尝试去分辨那十几张从他脑海飘过的奇怪影像。

前路转个弯，绕过湖岸上修建的几座小木屋，指引轿车直驶向山峦的背风处，鲍尔斯突然感受到山崖那巨大的重量，它矗立在黑暗夜空下，像是由发光的石灰岩组成。他意识到自己对它质地的印象已然在脑海中得到了热烈的呼应。他不仅能看见山崖，还很清楚它悠久的岁月，清晰地感受到自它初次从地壳岩浆中拔地而起之后的那无数个百万年。距他头顶 300 英尺的参差山顶上，无论是黑暗的沟渠与裂缝，还是悬崖脚下路边光滑的岩石，全都携带着各自清晰的历史影像向他袭来，1000 个声音一齐向他讲述着山崖此生中漫长时间的流逝，这些心理的影像，就像眼睛为他捕捉的图像一样清楚明晰。

鲍尔斯不自觉地放慢了车速，视线从山壁转开，感觉到第二道时间之波与第一道相交扫过。影像更辽远了，角度迅速变换，从盐湖开阔的圆形湖面发散而出，漫过古老的石灰岩悬崖，就像浅浪拍向高耸的岬地。

鲍尔斯闭上眼睛，倚着靠背，驾车顺着两道时间锋面间的夹缝前行，感受脑海中越来越深、越来越强烈的影像。山川亘古的年岁，湖泊与白色山坡传来的杳不可闻的连绵的合唱，似乎携着他逆时回溯，穿越无尽的时光之廊，回到世界初始的门槛。

他驱车转弯下了湖滨路，沿小道前往靶场。玄妙莫测的恢宏时间场在涵洞两侧的绝壁上"砰"地出现，就像巨大的互斥磁铁，声音回荡不绝。鲍尔斯终于从中穿过，来到平坦的湖面上，他感到自己仿佛能分辨出每一颗独一无二的沙粒和盐晶，它们在周围环绕的群山中呼唤着他。

他将车停在曼陀罗旁边，缓步走向那延伸入阴影中的混凝土外圈弧线。头顶传来群星的声音，百万个来自宇宙的声音，充斥整个天穹，从这边地平线弥漫到那边地平线，交织成一顶真正的时间之篷。如同互相干涉的无线电信标一样，它们漫长的路径以无数个角度相互交错，透过每一个极窄的空间缝隙投向天空。他看见天狼星暗红的圆点，听到它古老的声音，蕴含着不为人知的数百万年，比它更壮观的是仙女座浩瀚的螺旋形星云，消逝的星球聚成巨大的旋转木马，它们的声音几乎与宇宙自身同寿。鲍尔斯只觉天穹仿若无尽延伸的巴别塔，一千个星系的时间之歌尽在他脑海里互相重叠。他慢慢走向曼陀罗的中心，伸长了脖子望向银河系星光闪耀的横面，在混乱嘈杂的星云与星座之间搜寻。

他踏入曼陀罗内圈。在距中心平台几码处，他察觉到嘈杂声渐渐地淡了，唯独一个更加响亮的声音出现，把其他声音都盖了过去。他爬上平台，举目望向黑暗的天空，视线扫过各个星丛，望向88星座之外的落单星系，听见缥缈的上古的声音跨越数千年向他传来。他摸到兜里的纸带，转身看见遥远的冠冕状的猎犬座，听到它洪亮的声音在脑海中越来越响。

像一条无穷无尽的河流，宽广得河岸都远在天际之下，浩渺的时间之流稳稳地朝他迎面涌来。它向外延伸，充满天空和宇宙，包纳其间的万物。这条几乎无法感知的庄严河流缓缓向前，鲍尔斯知道，它的源头正是宇宙自身的源头。它流过他身旁，他感受到强大的吸引力，自愿让河流将他卷走，将他温柔地载在壮阔的波涛间。它静静地携着他前行，他缓缓旋转，面对潮水的方向。在他周围，群山和湖泊的轮廓都淡去了，眼前抹不去的只有曼陀罗的图案，像一面宇宙的时钟，照亮了河流浩瀚的表面。他定定地盯着它，感觉自己的身体逐渐溶解，物理的维度融入河流广袤的连续统一体，水流将他送往宽阔河道的中央，推动他持续向

J. G.Ballard

前，仿佛永生不得停歇。终于，他安定下来，顺着越发宽广的河道，漂向永恒之河的下游。

逐渐稀薄的夜幕朝山坡方向退去，卡尔德林下了车，迟疑地走向外圈的水泥边沿。50码外的圆圈中央，昏妹蹲在鲍尔斯的尸体旁，小手贴着他毫无生气的脸。一阵风扰动沙子，吹起一条纸带飘向卡尔德林脚边。他弯腰拾起它，在手心里小心地卷起，放入口袋。黎明时的空气寒意料峭，他翻起夹克的衣领，面无表情地望着昏妹。

"现在6点了。"几分钟后，他对她说，"我去报警。你留下守着他。"他顿了顿，又加上一句，"别由着他们拖延。"

昏妹转头看着他："你不回来了？"

"我说不准。"卡尔德林对她点个头，脚跟着力，向后转身。

他抵达湖滨路，五分钟后，将车停在惠特比实验室外的私家车道。

圆顶建筑漆黑一片，所有窗户都拉上了百叶窗，投射室的X光投射仪仍在嗡嗡作响。卡尔德林跨进门口，打开灯，来到投射室，摸摸投射仪的网格，感觉到铍质圆柱形底窗还残留着一丝暖意。圆形工作台正在缓慢旋转，设置为每分钟一圈，一把钢铁缚身椅用锁链随手拴在台边。几英尺之外，大部分的生态缸和笼子随意地上下堆叠，码成一个半圆。其中一个缸内有一棵巨大的鱿鱼状的植物，差一点就要爬出来了，长长的透明触须紧贴着缸的边缘，躯干却已爆裂开，呈凸面的一摊黏液已有些许凝结。另一个笼子里，一只巨大的蜘蛛被缠在自己的网中，无助地吊在发着荧光的网丝织成的3D巨型迷宫中央，痉挛抽搐。

实验用的动植物全都死了。黑猩猩仰面躺在残损的笼子中间，头盔牢拉下来盖住了眼睛。卡尔德林看了它一会儿，在办公桌旁坐下，拿起电话。

拨号时，他注意到一卷胶卷摆在吸墨纸板上。他盯着标签看了一阵，把胶卷塞进口袋，与纸带揣在一起。

　　报完警，他关上灯，出门上车，慢慢开下私家车道。

　　抵达避暑别墅时，清晨的阳光已经洒上了缎带一般的阳台与露台。他乘电梯来到顶层套房，进入自己的私人博物馆，依次打开百叶窗，让阳光照上展品。然后他拖了把椅子到一扇侧窗前，倚坐上去，盯着恣意倾洒入房间的阳光。

　　两三个小时后，他听到昏妹在外面叫他。半个小时后，她走了，又过了一会儿，第二个声音响起，大声喊着卡尔德林。他从椅子上起身，关闭了面朝前院所有窗户的百叶窗，终于不再有人打搅他了。

　　卡尔德林回到位子上，静静地倚上靠背，视线扫过一排排展品，陷入半睡眠状态。他每隔一段时间就挺起身，调整一下从百叶窗透过来的光线，默默想着鲍尔斯和他奇怪的曼陀罗，想着前往月宫白花园的七人，想着来自猎户座的蓝皮肤人，他们以诗歌的语言，讲述着与世隔绝的星系中金色恒星下美丽古老星球的故事，他们如今已永恒湮没在宇宙间无数的死亡之中。这些念头，将在未来的几个月里，在他脑海中挥之不去。

J. G.Ballard

宇航员 - (1960) -The Astronaut

（俄罗斯）瓦伦蒂娜·朱拉维尔尤瓦 Valentina Zhuravlyova —— 著

（英国）詹姆斯·沃马克 James Womack —— 英译　不圆的珍珠 —— 译

瓦伦蒂娜·朱拉维尔尤瓦（1933—2004）是一位主要生活在苏联时期的俄罗斯籍科幻小说家。20世纪80年代，她出版了一些她创作于50年代末期和60年代早期的小说的英文版，不过大多数西方读者对她还是很陌生。

朱拉维尔尤瓦并不是特别出名，但是她和她的丈夫、工程师兼发明家根里奇·阿奇舒勒合作了不少科幻小说，根里奇·阿奇舒勒提出了"发明问题解决理论（TRIZ）"。他们虽然合著了不少故事，但是由于反犹主义的现实，这些故事出版时只能署朱拉维尔尤瓦的名字（但《宇航员》这个故事是朱拉维尔尤瓦独自完成的）。

詹姆斯·莱基曾在2013年的博客中写道，《宇航员》第一次出版是在1960年，之后收入了由理查德·迪克森编辑的选集《终点：木卫五》（Destination: Amaltheia, 1963）。这个故事的动人之处在于它强烈大胆的感情及牺牲和新生的主题。莱基还写道，尽管故事中的感情十分直率，但是其结构十分新颖，因此本文作者毫无疑问是20世纪60年代中期新浪潮运动的先驱。下文由詹姆斯·沃马克翻译，此译本纠正了之前译本的一些错误，为我们提供了一个新的视角去看这篇被低估了的苏联时期的科幻小说杰作。

△　　　▲　　　△　　　△

"我能为那些人做点什么？"丹克大声喊道，他的喊声如同雷鸣。突然他双手撕开胸膛，挖出自己的心脏举过头顶。

——马克西姆·高尔基

我要简单解释一下我为什么会去太空旅行中央档案

馆。不然我之后要说的事情会比较难以理解。

我是太空船上的医生，参加过三次任务。我的专业是精神病学。如今被叫作"太空精神病学"。我研究的课题最初是在七十年代出现的。当时飞往火星需要花一年多时间，而飞往水星差不多需要两年时间。发动机只在起飞降落时启动。天文台还没有被搬上飞船——观测都是用人造卫星代劳。那么在漫长的航程中船员们要做些什么呢？太空航行的第一年——不做什么。这种强制的停滞状态会导致人精神崩溃，削弱人的力量，产生疾病。读书、听广播不足以弥补第一批宇航员们的活动不足。他们需要工作，创造性的工作，那才是他们熟悉的活动。随后有业余爱好成了招募新人的优先条件。重点不在于他们喜欢做什么，只要他们在漫长的航行过程中有事可做就行了。因此，飞行员都精通数学。领航员都是古文献学的学者。工程师的业余时间都用来作诗……

在宇航员训练手册中还有一条——著名的第十二条——其中写道："受训者有什么爱好？受训者对什么东西有兴趣？"接着很快又有了新的解决办法。在各大行星之间往返时，飞船采用原子-离子驱动。原本的航程缩短到了几天时间。于是第十二条被删了。但是几年后问题再次出现，且情况更加严重。人类开始进行太空航行。即使是使用原子-离子驱动火箭，进行亚光速飞行也要花数年时间才能到达最近的恒星。火箭的飞行速度很快，但时间流逝得更慢了，一次航行需要花费 8 年、12 年，甚至 20 年……

第十二条重新回到训练手册上。事实上它成了选拔船员时最重要的考量因素。从飞行员的观点来看，星际航行 99.99% 的时间都在停工期。起飞约一个月后，无线电信号就断了。再过一个月，光信号也会因为干扰严重而断掉。而此后还有很多、很多年……

那时候火箭上通常有六到八个船员，船舱窄小，另有一间五十米见方的温室。对于我们这些如今乘着邮轮进行星际航行的人来说，很难想象在没有健身房、没有游泳池、没有电影院、没有步行区的飞船上要怎么过……我跑题了，故事现在还没开始呢。现在第十二条已经不是选拔船员的主要标准了。对于标准航线上的定期航班来说，这是没问题的。不过对于进行远距离航行的研究人员来说，船员们依然需要各自的爱好。至少在我看来，第十二条是我的研究课题。"第十二条"的历史把我带到了这个地方——太空旅行中央档案馆。

我必须说一下，"档案馆"这个词我不喜欢。我是太空船上的医生，这个工作多少和 18 世纪的随船医生类似。我习惯航行，也不怕危险。我的三次星际航行都是进行研究考察任务。第一次的航行是去小犬座 α，当时我一心渴望着有所发现。绕小犬座 α 旋转的三颗行星上有很多由我命名的地方：那种给自己发现的海洋命名的心情，你能想象吗？

"档案馆"这个词让我害怕。但是事情似乎和我想象的不太一样。我不知道太空旅行中央档案馆的建筑师是谁，也查不出相关资料。但那一定是个非常天才的人，既天才又勇敢。这座建筑矗立在西伯利亚海岸上，建于 20 年前，当时人们正在修建鄂毕河的水坝。档案馆的主体建在海边的山上。我不知道他们是怎么做到的，总之这样看的话整个建筑仿佛悬在水面上。从远处看，它就像一片白帆，轻盈向上。

约有 50 个人在档案馆工作。我试图和其中的几个人套近乎，但他们都只是短期工作。一个奥地利人正在收集首次星际航行的资料。一个从列宁格勒来的学者正在写火星历史。还有个内向的印度人，他是个著名的雕塑家。他对我说："我需要了解他们的精神世界。"另有两位工程师：一个来自萨拉托夫的大高个，看上去很像那位伟大试飞员契卡洛夫；另一个礼貌微笑着的小个子是个日本人。他们在找一些项目的背景材料，我不知道具体是什么项目。当我去问他们的时候，那个日本人非常礼貌地回答："不是什么大不了的项目！不劳您浪费时间。"我好像又跑偏了。回到故事上来。

第一天的傍晚，我跟档案总管员聊天。他是个年轻男子，但是由于燃料罐爆炸事故几乎双目失明。他戴着一副有三片蓝色透镜的眼镜。你看不到他的眼睛。于是这位档案总管员看起来似乎永远不会笑。

他听我说完后说:"所以你需要查看0—14区的资料。抱歉,那是我们的内部资料,对你来说没用。我说的是对巴纳德星首次勘查的材料。"

我对那次航行一无所知,真是尴尬。

"你去的是完全不同的方向,"档案总管员耸耸肩,"天狼星、小犬座 α 、天鹅座 61……"

他居然知道我的任务记录,我觉得很惊讶。

"是的,"他继续说,"阿列克谢·扎鲁宾的档案,那次考察的指挥官,他会对你的问题做出很有趣的回答。半个小时之内他们就会把材料交给你。祝你好运。"

他的眼睛藏在蓝色的镜片后面,但是他的声音听起来很悲伤。

材料就放在我的桌子上。纸张都发黄了,有些文件的墨水都褪色了(那时候人们还用墨水)。但是有人很细心地保护这些文本:上面附了红外线胶片。纸上盖着透明塑料膜,摸起来厚实而光滑。

窗户外面是大海。它反反复复地冲刷着海岸,海浪的声音如同翻动书页……

那时候,远征伯纳德星是件富有挑战的事,也许还有些令人绝望。从地球到伯纳德星有六光年之远。飞船需要在前半段航程中加速,然后在后半段航程中减速。虽然是以亚光速飞行,但是往返行程要花费大约14年时间。对于在火箭上的人们来说,时间过得更慢:14年可能是他们的 40 个月。这不算是长得离谱的时间,但是问题在于,基本上所有的时间——40 个月中的 38 个月——飞船的引擎都在全负荷运转。核燃料的消耗量是经过精确计算的。任何偏离航线的行为都可能导致考察队死亡。

现在看来,不带上充足的备用燃料就进入太空是不可理喻的冒险,但

Valentina Zhuravlyova

是当年却没有别的办法。工程师们设计的燃料罐有多大，飞船就只能装载多少燃料。

我读了委员会选择船员的报告。船长候选人次第上前，但是委员会的人一直说："不。"不，是因为这次航程十分困难，船长既要有极强的适应力，又要有相当的胆量。但后来委员会的人又忽然说："好。"

我翻了一页。这就是阿列克谢·扎鲁宾船长故事的开始。

又看了三页，我明白了阿列克谢·扎鲁宾被一致认同选为"极点"号指挥官的原因。这个人拥有从"冰"到"火"的一切惊人的特质——既有作为研究人员的冷静智慧，又有作为战士的激烈性格。这一定是他人选这个危险任务的原因。他总有办法从看起来最无望的环境中脱身。

委员会选好了船长。根据不成文的规定，船员人选由船长决定。在我看来，扎鲁宾不懂怎么选择船员。他只是选了五个曾经和他一起飞行过的人而已。他问："你们愿不愿意加入这次困难又危险的航行？"所有人都回答："和你的话就去。"

资料中有一张"极点号"船员的照片。是张黑白照片，看不出景深。拍照的时候船长 27 岁。照片里看起来更老一些：脸略圆，颧骨突出，嘴唇闭得很紧，鹰钩鼻子，鬓发似乎很软，眼神有些冷淡。所有人看起来都很平静，甚至可以说是懒散，但是他身上有些地方似乎闪烁着不安分的火花……

其他的宇航员更加年轻。船上的工程师是一对夫妇，文件里附有照片，他们总是一起航行。领航员看起来像个思虑很多的音乐家。还有一位女性医生。我觉得自己刚加入星际舰队时拍的第一张照片一定也和他们一样严肃。那位天体物理学家看起来有些僵硬，脸上有烧伤。他曾和船长在土星的卫星之一土卫四上紧急着陆。

飞行手册上的第十二条。我飞快地翻阅资料想确定自己的怀疑：照片一定说出了事实。领航员确实是音乐家兼作曲家。那位严肃的女士爱好也很严肃：微生物学。天体物理学家研究语言：他能够流利地说出五种语言，其中包括拉丁语和古希腊语。那对夫妇工程师拥有同一个爱好：下棋，是一种新的象棋，双方各有两个皇后，棋盘上有 81 个格子……

飞行手册第十二条的最后一点和船长有关。他有着最奇怪的爱好——很不同寻常，可能是独一无二的。我从未见过那种事。船长自懂事时起就对艺术有着浓厚的兴趣：他妈妈是一位艺术家。但是船长很少画画，他的兴趣不在绘画。他梦想发现古代艺术大师的业已失传的秘密——怎样配制油画颜料，怎样在绘画之前进行调配准备工作。就像他的其他工作一样，他以科学家的坚韧和艺术家的激情展开了化学研究。

六个人，六种不同的性格，六种不同的命运。但是远征队的基调是由船长决定的。他们爱他、信任他，并支持着他。他们都知道要保持沉着冷静，同时也要勇往直前。

点火升空。

"极点号"飞往伯纳德星。核反应堆开始工作，无形的粒子流从多个喷嘴中喷出。火箭开始不断加速，船员们都感觉到了。一开始很难行走，工作也很不方便。博士却坚持执行一整套的行动规则。宇航员们终于适应了飞行环境。生活舱也建起来了，然后就是射电望远镜。大家开始了普通的生活。监视反应堆，监视各种设备和机械：这花不了多少时间。船员们每天只需要在自己的岗位上工作四个小时。剩下的时间都可以自由安排。领航员开始写歌——后来全船的人都会唱了。工程师夫妇一连好几个小时都在下棋。天体物理学家阅读古希腊文的普鲁塔克作品……

航行日志上记录简洁，"继续航行。反应堆和船上设备运转良好。士气高涨。"中间突然插入一句像是大喊大叫的话："火箭已经超出了可接收电视信号的最远距离。我们昨天收看了最后一条来自地球的报道。向故乡道别真是艰难啊！"然后时间一天天过去。又一则日志写道："设置好了光信号接收天线。希望在未来的七八天里我们还能收到地球的信号。"后来的 12 天里他们都收到了光信号，大家开心得像小学生一样。

飞船不断加速，向着伯纳德星前进。几个月过去了。核反应堆十分精确地运行着。燃料的使用情况完全符合计划，没有一毫克浪费。

但是灾难却突然发生了。

航行的第八个月——有一天——反应堆突然出现异常状况。平行反应使得燃料消耗急剧增加。航行日志是这样写的："我们不知道为什么会发生副反应。"是的，当年人们不知道核燃料中的微量杂质可能会使反应速度发生变化……

海在窗外喧嚣不已。风吹起来了，海浪不再是沙沙作响——它们冲上沙滩用力拍打着海岸。远处有人在笑。我不能，也不应该分心。我几乎可以看到火箭上的那些人。我认识他们——我能想象出当时的情形。也许我搞错了一些细节——但是没关系，对不对？事实上，我连细节都没有搞错。我确信当时的情景就是那样的。

燃烧炉上的曲颈瓶中，褐色的液体沸腾了。褐色的烟雾沿着冷凝器弯曲萦绕。船长仔细检查了装满暗红色粉末的试管。门开了。燃烧炉的火焰跳了一下。船长转身。工程师正站在门口。

工程师有些颤抖，但他还能控制住自己，可是他的声音却说明他真的很焦虑。他的声音不像是他自己的，很大声，很不真实，很刺耳。他试图平静地说话，但是根本平静不下来

"坐下，尼古拉，"船长指了指椅子，"昨天下午我做了一次测试，得到的结果一样……坐下吧……"

"我们现在怎么办？"

"现在？"船长看了看表，"离吃晚饭还有 55 分钟。我们谈谈吧。去通知所有人。"

"好，"工程师僵硬地回答，"我去通知他们。是的，我去通知他们。"他不知道为什么船长的反应这么慢。"极点"号每一秒都在不断加速，他

必须迅速作出决定。

"看,"船长说着把试管递给他,"你应该会对这个有兴趣。这是硫化汞,朱砂。一种很细的颜料。暴露在光线中的时候颜色通常会更深。我发现这和颜料颗粒大小有关……"

他花了一点时间向工程师解释自己为什么要合成耐光的朱砂。工程师不耐烦地摇晃着试管。桌子上方的墙面上挂着一个钟,工程师忍不住去看时间:30 秒。飞船每秒加速 2000 米,一分钟,现在是 4000 米每秒……

"我要走了,"他最终这样说,"我得去通知其他人。"

船长重重地关上房门,小心地把试管放回架子上。他仔细听了听。反应堆的冷却系统发出轻微的滋滋声。驱动"极点"号不断加速的引擎运转良好。

……十分钟后,船长来到船员室。五个人站在那儿等他。他们都穿着制服,这种情况很少见。船长明白了:他不需要向任何人解释眼下的情况了。

"看来……"他开口了,"我是唯一一个没穿好衣服的人了……"

没有人笑。

"坐下,"船长说。"战争会议……嗯……好。按照习惯,让最年轻的人先发言吧。你,莱诺奇卡。你觉得我们该怎么办?"他对那个女人说。

她十分严肃地说:"我是医生,阿列克谢·帕夫洛维奇。这是个技术问题。请允许我稍后发表意见。"

船长点头:"确实。你是最明智的,莱诺奇卡,也很敏锐。我相信你一定有自己的意见。你大概已经想好了。"

莱诺奇卡没说话。

"好吧,"船长说,"莱诺奇卡稍后发言。现在该你了,谢尔盖。"

天体物理学家大力挥动手臂:"这和我的专业领域没有任何关系,我没有什么意见。但是我知道燃料是可以到达伯纳德星的。为什么半路返回?"

"是啊，为什么？"船长重复道，"因为我们回不去了。我们只能半路返回。等我们到了目的地就真的再也回不去了。"

"同意，"天体物理学家若有所思地说，"我们真的会回不去吗？我们自己虽然回不去，但是其他人会来找我们。他们会发现我们回不去了，然后出发来营救我们。航天学还在不断发展啊。"

"发展，"船长笑了，"是需要时间的……所以我们要继续飞？我理解得没错吧？很好。现在轮到你，乔治。这和你的专业领域相关吗？"

领航员跳起来，把桌边的椅子都推倒了。

"坐下，"船长说，"坐下冷静地说。别跳来跳去。"

"不可能回去！"领航员几乎是在喊的，"我们只能前进。前进，克服不可能！不管怎么说，想想看，我们要怎么返回？我们本来就知道这次考察困难重重吧？我们当然知道。现在我们遇到了第一个困难，我们决定放手一搏……不，不，要前进。必须前进！"

"好了好了，"船长慢吞吞地说，"克服困难前进。听起来不错……那工程师怎么想？你，妮娜·弗拉基姆洛夫纳？你呢，尼古拉？"

工程师看了看自己的妻子。她点头，于是他开始发言。他说得很平静，仿佛在认真思考。

"我们这次去伯纳德星是为了研究考察。如果我们六个人发现了什么新东西，有了新发现，这件事本身是没有任何意义的。除非是我们的发现被别人知道了，被全人类知道了，才会有价值。如果我们飞到伯纳德星却无法返回，那我们的考察还有什么意义呢？谢尔盖说会有人来找我们。确实。但是后来的那些人不用我们帮忙也能有所发现。我们还有什么用呢？我们的考察对人类而言还有什么意义呢？那样一来我们只是造成了损失而已吧？确实是造成了损失啊。没错，就是损失。他们在地球上等我们返回，毫无意义地等着。如果我们现在返回，那么还能减少损失。然后可以开始新的远征，我们再次出发。可能会损失几年时间，但是我们目前为止收集到的资料会被储存在地球上。眼下却没有机会……继续飞行？为什么？不，我们——妮娜和我——反对。我们必须返回。现在，马上。"

一阵长长的沉默。然后妮娜问："你的意见呢，船长？"

船长难过地笑了。

"我觉得工程师们是对的。漂亮话只能说说而已。从常识、逻辑和利弊得失方面来看，工程师说得很对。我们可以飞到目的地去考察，但是如果这些资料不传回地球就毫无价值。尼古拉是对的，完全正确……"扎鲁宾站起来沉重地在船舱里踱步。这种情况下走路很困难：由于火箭的加速运动，重力是地球的三倍，动作十分吃力。

"等待救援更是不可能的，"船长继续说，"有两种选择。第一是返回地球。第二是飞到伯纳德星……然后再飞回地球。虽然损失了燃料，但还是能回去。"

"怎么能回去？"工程师问。

扎鲁宾坐回自己的椅子上，没有马上回答。

"我也不知道，但是我们有时间。还有 11 个月我们才到达伯纳德星。如果大家决定现在返回，那我们就返回。但是如果你们觉得在接下来的 11 个月中能想到办法，那我们就想个办法……然后继续前进，克服困难！这就是我要说的，朋友们。你呢，该你了，莱诺奇卡。"

那位女士朝他眨眨眼睛。

"你很敏锐。我想你一定已经想到了什么吧？"

船长笑起来。

"你猜错了。我什么都没想出来。但我们还有 11 个月的时间。这段时间之内我们可以想出办法。"

"我们有信心，"工程师说，"我们有信心。"他沉默了好一会儿。"不过说实话，我不知道我们能不能办到。我们到达伯纳德星的时候燃料大概只剩 18%，而不是预计的 50%……但是你们要是确定的话，那就去吧。

我们去伯纳德星，像乔治说的那样，克服一切不可能。"

门发出轻微的吱吱声。风吹动了书页，然后飞快地穿过房间，到处弥漫着大海的潮湿气味。气味很有趣。火箭的空气没有味道。空调过滤着空气，维持恒定的温度和湿度。但是空调里的空气是没有味道的，就像蒸馏水。他们尝试过几次加入人工的气味发生器，但是没用。普通地球空气的味道太复杂了，很难模仿。比如现在……我闻到了海的味道、潮湿的秋季落叶的味道、遥远的香水味，偶尔有风吹过，还有土壤的味道和十分微弱的油漆味。

风翻过书页……船长究竟在期待什么呢？他必须"想办法"。而且他是船上唯一一个有经验的宇航员。

当然了，扎鲁宾可以指望他的船员——领航员、工程师、天体物理学家、医生，但那都是次要的事情了。首先，他本人必须"想办法"，这是船长的工作。

我是医生，但是我参加过太空航行，我知道世界上不会发生奇迹。当"极点号"到达伯纳德星的时候，它肯定只剩 18% 的燃料。不可能还有 50% 的燃料……

没有奇迹。但是如果船长问我相不相信他能想到办法，我会说"相信"。我会毫不犹豫地这样回答："是的，相信！"我不相信奇迹，但是我相信人的潜力。

早上的时候，我请档案总管员给我看扎鲁宾的画作。

"你要去楼上，"他说，"但是……请告诉我，你读完所有的文件了吗？"

他听完我的回答后点点头。

"我明白了。我也这么想。是谁，船长背负着沉重的责任……你信任他吗？"

"信任。"

"我也是。"

他咬着嘴唇沉默了很久，然后站起来推了推眼镜。

"好的，我们去吧。"

档案总管员走路的时候有点瘸。我们沿着档案馆的走廊慢慢走着。

"你会读到更多的相关资料，"档案总管员说，"如果我没记错的话，是在第二卷，100 页左右。扎鲁宾想要发现有关意大利文艺复兴时期艺术大师的秘密。自 18 世纪以来，油画大为衰落，至少是技艺方面衰落了。很多人都认为这是不可避免的。画家没办法让颜料保持既鲜亮又持久。越是鲜亮的颜料就越容易褪色。尤其是蓝色。但是扎鲁宾……你到时候看吧。"

扎鲁宾的画作挂在一个天然采光的狭长画廊里。我先注意到的是每一幅画都只有一种颜色——红色或蓝色或绿色……

"这些都是研究，"档案管理员说，"技术练习。仅此而已。这里是他的《蓝色的研究》！"

两个单薄的人影——一男一女——佩戴着飞行翼肩并肩在蓝天上飞翔。画上的所有东西都是深浅不同的蓝色，我从没见过这么多蓝色。画面上是一片夜空，蓝黑色的，左边稍矮的地方和对面的角落是正午般透明温暖的蓝色。人的翅膀有一些光亮，深蓝色渐渐过渡到蓝紫色。尖端部分的颜色都很醒目，很鲜明闪亮，其他部分则柔软缓和且透明。哪怕是德加的《蓝色舞者》放在这幅画旁边也会显得局促苍白。

旁边还挂着一些画。《红色的研究》：两个猩红的太阳照耀着未知的行星，到处都是混沌的阴影，明暗相间，有血一样的鲜红，也有淡淡的粉红；《褐色的研究》：一幅想象中的仙境森林……

"扎鲁宾想象力很丰富，"档案管理员说，"他只是在尝试颜色。然后……"

他沉默了。我看着他眼睛上不透明的镜片，耐心等待着。

"继续读那些材料，"他平静地说，"然后我给你看一些别的画。你就能理解了……"

我飞快地阅读，试图找到一些关键点。

"极点号"飞向伯纳德星。太空飞船达到了它的最快速度，然后发动机开始减速。从简短的航行日志来看，事情的发展都很平常。没有故事，没有疾病。船长始终冷静、自信、了然。他花了很多时间研究颜料的制作技术，并画出了他的研究成果……

他在自己的房间里都想些什么呢？领航员的个人日记没有提供相关的答案。但是有一份文件十分有趣。是工程师的报告。其中提到了冷却系统故障。报告很枯燥，措辞准确，全是技术用语。但是在字里行间我读出如下的意思："我的朋友，如果你再考虑一下，你还有机会返航。光荣撤退……"船长在旁边加了一句批注："我们到达伯纳德星之后就立即修复冷却系统。"这里的意思是："不，我的朋友，我不会改变主意。"

扎鲁宾没有改变主意。他驾着"极点"号继续前进，超越不可能。在出发后的第 19 个月他们到了伯纳德星。这颗暗淡的红色恒星只是一个行星，大小和地球相当，不过覆盖着冰层。"极点"号试图降落。引擎的离子流溶化了冰面，第一次着陆不成功。船长另选了一处着陆地点——冰再次溶化。"极点"号六次尝试着陆，最终它找到一片位于冰面下的花岗石悬崖，着陆成功。

航行日志的这部分是用红墨水写的。这是记录各项发现时候的惯例。

那颗行星上一片死寂。大气几乎是纯氧，但是没有任何生物，在它荒芜的表面上没有任何生物。温度计读数大约是零下 50 度。

"很普通的行星，"领航员在日记里写道，"但是非常奇妙！一连串的神奇发现……"

没错，一连串的神奇发现。即使是现在，尽管对于恒星形成和进化的研究有了极大的进步，但"极点号"船员的发现依然十分有用。他们对伯纳德星这颗红矮星的气态表层研究至今也被认为是最精确、最全面的研究。

日志……科学报告……天气物理学家的手稿显示他对于恒星的进化有着自相矛盾的假设……另外，最终我找到了需要的东西：指挥官的返回命令。这是完全出人意料的，完全令人难以置信。实在是不愿相信，我飞快地重新看了一遍文件：领航员日记的内容。现在我相信，我知道了事实——事情的原委。

一天，船长说："够了。现在返航。"

五个人沉默地看着扎鲁宾。时钟冷静地走着……

五个人看着船长。等着。

"现在该返回了，"船长再次说，"大家都知道我们只剩 18% 的燃料了。但是我们还有办法。首先，我们必须减轻火箭重量。除导航控制的部分，我们必须丢掉所有的电子设备……"他发现领航员似乎有话想说，于是以动作阻止了他。"必须这样。设备，空罐里的内部装置。其次，还要放弃部分生活舱。最重要的是丢掉沉重的电子设备。但不是全部。燃料主要是用在飞行的最初几个月——因为加速比较慢。我们必须适应艰难的环境：'极点号'的加速度将不只是 3 个重力加速度，而是 12 个。"

"这个加速度我们控制不了火箭，"工程师突然说，"飞行员会——"

"我知道，"船长坚决地打断了他，"我知道。最初几个月对飞船的控制将在这里完成，从这颗行星上。一个船员必须留在这里……安静！安静，听我说！记住，没有别的办法。事情就是这样的，所以听我安排。你，妮娜·弗拉基姆洛夫纳，你，尼古拉，你们不可能留下来；你们还有孩子。对，我知道。你，莱诺奇卡，船医必须和大家一起走。谢尔盖是天体物理学家。他也必须走。乔治控制不了自己。所以我必须留下来。再说一遍——安静！事情就是这样。"

……我眼前就是扎鲁宾所做的决定。我是医生，但是我理解他们所有人。我突然注意到一件事：可以说，船长的这番计算是极限情况。飞

Valentina Zhuravlyova

船重量减到最轻，起飞时的重力就会减到最小。大部分的生活舱被留在行星上，宇航员每天的配给会减少——比规定少很多。放弃带有两个微型反应堆的备用能源。放弃绝大部分电子设备。如果在返程时发生了预料之外的状况，火箭甚至不可能回到伯纳德星。"风险上升到了第三级，"领航员在日记中写道，"但是对于留在伯纳德星上的人来说，风险大概是 10 级。1%……"

扎鲁宾要等 14 年。然后才会有另一艘飞船来找他。独自生活 14 年，在一个冰冷的陌生星球上……必须再三计算。最重要的问题是能源供应。必须要有足够的能源才能远程控制火箭，然后还要能够坚持 14 年，漫长得几乎没有尽头的 14 年。而且，再说一次，每件东西都接近极限，没有丝毫富余。

船长的部分有一张胶片。拍的是生活舱部分。透过透明的窗户可以看到电子设备和迷你反应堆。电子控制天线在房顶上。旁边是冰冷的沙漠。恒星照着灰蒙蒙的天空。那个恒星几乎是太阳的四倍，但是还不如月亮明亮。

我飞快地看了一遍日志。记录很完善：船长在分别时说的话，大家同意在航行过程中每过几天就用无线电联系，需要留给船长的物品清单……还有突然出现的五个字"'极点号'起飞"。同时还有一些注释。看起来仿佛是孩子写的：到处都是杂乱的线条，线条很僵硬，写得断断续续。这是十二倍重力加速度的情况下写出来的。

我勉强辨认那些文字。第一则写道："一切正常。该死的重力过载！眼珠都要脱眶了……"过了两天："我们按计划加速。无法行走，只能爬……"一周后："困难。非常（画掉）……我们努力应对。反应堆按计划工作。"

中间两页日记中断。第三页乱七八糟地写着这样倾斜的文字："失去与地面联系。有东西阻断通信。是（画掉）……结束了……"但是在这一页的旁边，有一些坚定的字迹："重新建立起与地面的联系。能量指示器显示力量为四级。船长把微型反应堆的能量都给我们了，我们阻止不了他。他牺牲了自己……"

我合上日记。现在我满脑子只能想到扎鲁宾。通信中断对他来说一定是未能预料到的。一道突如其来的光照在控制台上……

警报信号消失了。指针指向零。电波可以进来，但是控制信号发不出去。

船长站在生活舱透明的墙边。暗红色的太阳慢慢逼近地平线。棕色的阴影溢满了冰冻的河床。风在号叫，卷起尘土般的雪，把它们吹上高空，消失在灰红色的天空中。

警报声又响起来了。无线电信号继续传播，但是它们已经很弱了，不足以控制火箭。扎鲁宾看着伯纳德星上的日落。他身后电子控制台上的灯闪个不停。

紫色的恒星很快落到地平线以下。接着猩红的火光照亮了天空：恒星的光线在无数冰晶之间折射。再后来，黑暗降临。

扎鲁宾来到控制台前。他关闭了警报，箭头指向零。扎鲁宾调节能量调节器。生活舱里充满了环境调节系统的嗡嗡声。扎鲁宾把能量调节器调整到最长时间工作模式。然后他来到控制台另一边，打开锁，把调节器转到平时的两倍，生活舱里的嗡嗡声变成了刺耳的尖啸声。

船长转向墙壁坐下了。他双手发抖，拿出手帕擦了擦前额，然后脸贴着冰冷的玻璃。

他要等待新的信号到达火箭，然后再回传给他。

扎鲁宾等待着。

他失去了对时间的感知。微型反应堆发出轰鸣声，仿佛要爆炸了一样，环境调节系统呼啸不已。脆弱的生活舱墙壁不断颤抖……

船长等待着。

最终他努力站起来走向控制台。

能量指示器指向绿色区域。信号强到他足以控制火箭。扎鲁宾微微地笑了笑说："那么……"然后他看了看能量消耗的速度，比之前计算的消耗速度快了 140 倍。

那天夜里，船长没有睡觉。他在电子导航上运行了一个程序。他修正了所有短时联系产生的偏差。

风从冰雪覆盖的平原上呼啸而过。极点地区模糊的太阳挂在地平线上。疯狂运转的微型反应堆在输出能量的同时不停地尖叫。原本仔细分配为 14 年使用的能量现在被一口气用掉了……程序上传到电子导航仪里，船长疲惫地在生活舱里踱步。恒星的光透过透明的天花板照进来。船长靠着控制台仰望天空。在天空中的某个地方，"极点号"正在加速，飞向地球。

现在已经很晚了，我还是去找了档案总管员。我记得他告诉我扎鲁宾还有其他的画作。

档案总管员还醒着。

"我知道你会来，"他说着，快速推了推眼镜，"来吧，从这边过去。"

旁边的一间房间里装着荧光灯，两幅较小的画作在屋里。有那么一瞬间我以为档案总管员搞错了。我以为扎鲁宾不可能画这样的作品。它们和我白天看到的迥然不同：它们不是色彩的试验，也不是幻想的图画。

"没错，这也是扎鲁宾的画作，"档案管理员说，他仿佛知我的想法，"他留在那颗行星上，你肯定知道了。他们冒着巨大的风险逃出去，那也算是方法之一吧。我也是宇航员……曾经是。"

档案总管员把眼镜往鼻子上推了推，沉默了一会儿。

"扎鲁宾那时候……你知道……他在最初的四周之内就用完了预计供14 年使用的能量。他引导'极点号'火箭正常航行。然后飞船达到了亚光速，加速度降低到正常范围，船员们终于可以活动自如了。那时候扎鲁宾的微型反应堆几乎没有能量了。他没有任何办法。什么也做不了。他画了一些画。他热爱地球、热爱生命……"

那幅画上画着两座村庄之间的小路，直通向一座小山。一棵大橡树倒在路边。这幅画的风格颇似居勒·杜普雷，俨然巴比松画派的气质：乡野风物、纠结的情绪、充满生命力量。天上几片云被风撕扯着。路边的水沟旁有块大卵石，让人想到不久前还有行人坐在那里……每个细节都十分用心，充满爱意，画面上充满了极其丰富的光和色彩。

另一幅画还没有画完。画的是春天的树木。画面上每样事物都充满了光、风和温暖……有着不可思议的金黄色调……扎鲁宾确实懂得如何充分运用色彩。

"我把这些画带回了地球。"档案总管员轻声说。

"是你？"

"是的。"他的声音听起来很悲伤，甚至有些负罪感，"你看的那些资料可以说没有所谓的结尾。它们现在只是其他远征考察活动的一部分了……'极点号'回到地球，然后就立即开始了救援活动。他们尽一切努力确保火箭以最快速度到达伯纳德星。船员们在六倍重力加速度的环境下飞行。他们到达伯纳德星时，连生活舱都没有找到。他们冒着生命危险寻找了十次，但是什么都没找到……然后，过了很多年——他们派我去。途中发生了一些事故，就这样了。"总管员指指眼睛，"然后我们找到了生活舱和画作……还找到了船长的留言。"

"他说什么了？"

"两句话：勇往直前，超越不可能。"

我们沉默地看着那几幅画。我突然明白，扎鲁宾是在画自己记忆中的场景。他被冰雪包围，整日照着伯纳德那颗恒星吓人的暗红色光芒，他在自己的画板上调出了温暖阳光的色彩……在飞行手册的第十二条里，他完全可以写上："我喜欢……不，我深爱地球，爱着地球上的生活和在地球上生活的人们。"

Valentina Zhuravlyova

档案馆里空荡荡的走廊突然十分安静。窗户半开着，海风吹动了沉重的窗帘。海浪似乎更显得沉重了。它们仿佛在重复着那两句话"勇往直前，超越不可能"。接着它们也安静下来，它们默默地消失在沙滩上。"勇往直前，超越不可能。"然后再次安静。

　　我想要回答那些海浪："是的，前进，勇往直前。"

咎由自取 - (1962) -The Squid Chooses Its Own Ink

（阿根廷）阿道夫·毕欧伊·卡萨雷斯 Adolfo Bioy Casares——著

（西班牙）玛丽安·沃马克 Marian Womack——英译　不圆的珍珠——译

阿道夫·毕欧伊·卡萨雷斯（1914—1999）是阿根廷杰出的小说家、学者，他是一位世界级的小说家，他在拉丁美洲文学界以幻想小说、侦探小说，和主流文学一较高下。毕欧伊·卡萨雷斯为后世的幻想小说家开创了道路，其中包括胡里奥·科塔萨尔、加西亚·马尔克斯。他的小说充满玄学和神秘意味，而且充满了超现实的抽象元素。不过他对与安德烈·布勒东的会面并不怎么在意，而且他向来不认为自己是个超现实主义的作者。此外毕欧伊·卡萨雷斯还尽可能避免和拳击手、英式橄榄球运动员接触，不过他很喜欢打网球。他过着十分充实丰富的生活，曾多次去欧洲旅行，欣赏艺术和文化。

毕欧伊·卡萨雷斯也是博尔赫斯的挚友。他和著名作家西尔维娜·奥坎波结婚。奥坎波的姐姐维多利亚创办了阿根廷文学杂志《南方》(Sur)，他们三人在这本杂志上发表了很多出色的短篇小说和散文。毕欧伊·卡萨雷斯、博尔赫斯和奥坎波共同编撰了影响深远的《幻想文学选集》(Antologia de la Literatura Fantastica, 1940)，该书增补修订后于 1988 年推出了英文版《幻想之书》(The Book of Fantasy)。博尔赫斯和毕欧伊·卡萨雷斯还以 H. 巴斯托斯·多梅克（H.Bustos Domecq）的笔名写了很多讽刺小说，但是他们的首次合作却是为久坐人群开发的健康产品写广告语。

《莫莱尔的发明》(The Invention of Morel, 1940) 是毕欧伊·卡萨雷斯最著名的一篇小说，故事中除了超现实的臆想元素外，另一个特点是故事的讲述者，他去了一个小岛，但岛上居民都看不见他。毕欧伊·卡萨雷斯写这篇小说是为了创造出突破一般冒险故事的独特作品。他确实做到了，《莫莱尔的发明》是阿伦·雷乃和阿兰·罗布-格里耶的电影《去年在马里昂巴德》（L'année dernière à marienbad, 1961）的原型，这部电影改变了电影的历史。甚至连美剧《迷失》（*Lost*）都借鉴了这篇小说。博尔赫斯认为这篇小说在影响力方面堪比亨利·詹姆斯的《拧紧螺丝》（*The Turn of the Screw*）和卡夫卡的《审判》（*The Trial*）。

他的其他作品还包括《英雄之梦》（*El Sueño de Los Hcrew*, 1954），故事讲述了某工人被疑似超自然的神秘人从死亡边缘救回来，多年后这一幕又重复发生。这个故事显然是受到了 J. W. 邓恩的小说《阳光下沉睡》（*Dormir Al Sol*, 1973）中的时间理论影响。《阳光下沉睡》讲的是灵魂移植的故事，其中融合了精神外科改造与极权主义。

经历阿根廷国内的数次动荡之后，毕欧伊·卡萨雷斯变得不受庇隆政府的欢迎了，他和《南方》杂志显得很不关注国家且太过精英气质了。他是个低调但又不那么低调的反庇隆分子。博尔赫斯和卡萨雷斯再次合作，他们用本尼托·苏亚雷斯·林奇（Benito Suárez Lynch）的笔名写了很多讽刺诗嘲讽庇隆以及持同样政见的人。同时，有着大地主的家庭背景的他在 20 世纪 70 年代期间与发起革命的民粹主义者发生过摩擦。他的友人，比如博尔赫斯等，都被贴上了"文学寡头"的标签。即使如此，从文学的意义上来说，卡萨雷斯在虚构小说方面的成功和现实是完全不同步的。不过当那个时代的暴行结束后，民主回归，毕欧伊·卡萨雷斯重新获得了作为文学家的地位——这很大程度上要归功于他小说的普适性。在 20 世纪 90 年代，他获得了塞万提斯奖，这是西班牙语作家获得的最高荣誉。

以下是《咎由自取》的新译本——继《幻想之书》收录的英文版后的第一个新译本——它讲述了一段独一无二的与地外生命接触的经历。

△　▲　△　△

这个镇子上最近几天发生的事情比过去所有年份加起来都多。要明白我说这句话的分量，你得记住，我说的是本地历史最悠久的一座镇子，这

The Squid Chooses Its Own Ink

里发生过不少重大事件：它始建于 19 世纪中叶，暴发过霍乱——还好没有引起什么严重后果——经历了数次突袭，尽管没有真正被攻打，但是小镇居民在五六年中一直保持着警惕，那时候邻镇正遭受着印第安人的骚扰。在英雄时代结束后，我就直接跳过政府官员、国会议员和各政党候选人造访小镇的历史了，喜剧演员和一两个运动健将的来到也略去不提。我就简单总结一句：在小镇建成百年的庆典简直是一场雄辩和赞颂的竞赛。

由于我被邀请去参加过一场特别重要的活动，我会向读者说明自己的资历。本人富有同情心且想法很开明。我读完了我的朋友西班牙人比利亚罗埃尔的图书馆中的每一本书，从荣格到雨果，从华尔特·司各特到高多尼，连《马德里风景》的最后一卷都看完了。我很关心文化，但是我正处于"悲惨的 30 岁"的初期，我十分担心我要学的东西比我已知的东西要多得多。总体来说，我努力跟上当代各种运动，并教导大众，所有那些好人、最聪明的那些人，尽管他们已经放弃了自中世纪蒙昧时代以来就坚守着的午睡传统。我是个老师——在学校教书——还是个记者。

我为本地几家普通报社供稿，比如《太阳花》（这个名字起得很不好，会产生负面评价，而且会引起相当程度的误解，我们总被人当作农业杂志），有时候还给《新祖国报》写东西。

我必须指出这件事有个奇怪的地方：不光是因为这个活动在我的故乡举办，而是它就在我所生活的这个城区举办。就在我家的近旁，我的学校的近旁——学校是我的第二个家——当然也在车站对面的宾馆酒吧近旁。每到半夜，我们这些镇上不安分的年轻人就会去那个酒吧聚会。事情的台风眼，或者你喜欢的话可以叫作核心，是胡安·卡马戈的独栋别墅，那座房子东边紧邻宾馆，北边是我家的后院。可能并不是每个人都跟这事有关，不过在某些情况下，我必须说明：我指的是写在文书里的那种边界，以及喷灌机的活动范围。

玛格利塔酒店是堂·胡安自己的小宾馆，是一座小房子，占了一半临街的面积，有个朝着马路的花园，内部空间很小，但是塞满了东西，如同堆满海底的船难残骸一样堆在屋里。至于喷灌机，它一直在我刚才说过的那个花园里转着，它几乎要成为我们镇上最古老的传统之一了，也是最有趣的东西之一。

星期天，也是本月第一天，喷灌机神秘地不见了。之后的一个星期内它都没有出现，花园里少了很多光彩。大部分人看到这个情况也没有很在意，但是有一个人一开始好奇心就很重。这个人惹得大家也好奇起来，到了晚上，一群年轻人到车站对面的酒吧相互打听，议论纷纷。如此简单自然的好奇心让我们发现了一些完全不自然而且非常惊人的东西。

我们很了解堂·胡安，在干燥的夏天他不会随随便便就不给花园浇水。我们把他视为本镇的楷模。这位50岁的老头的确堪称楷模：他高大但肥胖，灰色的头发被伏贴地分成两半，和他的胡子形成平行的弧线，再往下就是他的表链。其他很多细节都表明他是个老派的绅士：马裤、皮绑腿、短靴。他一生都严守规定、为人谦逊，据我所知，没有人抓住过他的任何把柄。他从不酗酒，不好色，也没有丝毫不良政见。我们这些人，年轻时候谁没干过什么坏事呢？但是即使是他年轻的时候，那种正该忘记的年代，堂·胡安也无可指摘。就连公司的审计员，甚至那些算得上卑鄙的家伙都挑不出堂·胡安的毛病。在那个不懂得感恩的年代，堂·胡安的大胡子怎么能赢得所有人的尊敬，其中一定有些缘故。

一定要说的是，这位楷模抱有不少老派的观点，在我们这些理想主义者中还没出现能和他相比的人。在新的国家中，没有新观点这个传统。你们也知道，没有传统就没有稳定。

我们的生活中还没有能够超越这位大胖楷模的人——除了堂娜·蕾梅迪奥斯。她是堂·胡安的母亲，也是他的顾问。我就在这儿说，她被称为"铁娘子"不光是因为解决了找上门来的司法警察。不过我们还是会和她开玩笑，这个绰号也是亲昵的意思居多。

The Squid Chooses Its Own Ink

其他住在他们家的人也不多，其中有堂娜·蕾梅迪奥斯的教子堂·塔戴托，他在我的夜校上课。由于堂娜·蕾梅迪奥斯和堂·胡安不太欢迎别人到他们家去，不管是客人还是帮工都不受欢迎，因此那孩子只能把主屋里仆人和工人该做的事情都包了，甚至连玛格利塔旅馆里服务员的工作都做了。除此之外，这孩子还按时来上我的课。所以你要理解，对于那些出于纯粹的恶意而给他取滑稽绰号的人，我为他们感到羞愧。他拒绝服兵役这事跟我完全无关，因为我不嫉妒别人。

在发现问题的那个星期天，大概是两点到四点之间，有人敲我的门，从敲门的轻重来看似乎是下定了决心要把门砸烂。我起身，摇头，嘴里说："可能只有一个人。"然后又用上了不那么适合教师身份的词。再然后我也没时间对这次访问表示反对，就开了门。我确信来的是堂·塔戴托。我猜对了。他站在门口，我的学生满脸微笑，那张脸实在太瘦了，甚至没能挡住眼前的阳光直接照进我眼睛里。根据我对他的了解，他会漫无边际地问问题，每句话末尾声音越来越小，就这样把一年级、二年级、三年级的课本问个遍。

我不耐烦地问他："我能问问为什么吗？"

"教父想要这些书。"他回答。

于是我把书给他，接着就完全忘了这件事，仿佛那部分只是做梦。

几个小时后，我往车站走，为了打发时间我一路闲逛着，于是发现玛格利塔旅馆的喷灌机不见了。我在月台上跟人说了这件事，那时候我在等19:30从广场出发的车子，它开到这儿应该是 20:45。那天晚上在酒吧的时候我说了这件事，不过我没提书的事，我根本没把这件事和别的事情联系起来，因为我刚才已经说了，我完全忘了这件事。

我觉得，在如此繁忙的一天之后，生活会自动回到正常的轨道上。星期一，我在休息的时候想："这次肯定会不错吧。"然而我披风的边缘老是蹭着我的鼻子，接着又有人敲门了。我低声说："今天他又要干什么？要是我抓住他踢门我肯定收拾他。"于是我穿上拖鞋去开门。

"你是每天都要来吵我吗？"我接过那堆书很不高兴地说。但是得到的回答是：

"教父想要四年级和五年级的书。"

我问了一句："为什么？"

"教父想要。"堂·塔戴托解释道。

我把书给他，然后回到床上继续睡觉。我确实睡着了。我承认我睡着了，我确实睡着了，请相信我，真的。

然后在我去车站的路上，我看到喷灌机还没回来，花园都开始泛黄了。从逻辑的角度，我站在车站的月台上推想了一系列结论。我的身体被一群无聊的女人围观，我的脑子却在努力破解一个神秘事件。

月亮大大的，悬在空中，我朋友中有一个人，应该是迪·平托，他总是怀着当乡下青年的浪漫想法，并且（在他童年的朋友面前）说："月亮出来就说明天气干。我们不能说移走了喷灌机就是下雨的预兆。堂·胡安肯定有别的原因！"

拜德勒克也不傻，他脸上有个疤，这是因为早先他除了在银行上班，还靠告密赚外快。他对我说："你为什么不问问那个傻瓜？"

"你说谁？"我很礼貌地问。

"你那个学生。"他回答。

于是我抓住机会在每天晚上放学后问他。一开始我拿"下雨对植物好"这种陈词滥调套他的话，然后我索性就直接问他："喷灌机坏了吗？"

"没有。"

"它没在花园里呢。"

"为什么你看到了呢？"

"什么叫为什么我看到了？"

"喷灌机给仓库那边浇水去了。"

所谓仓库是堂·胡安房子的院子尽头的一个小屋，一般用来放卖不出去的东西，比如劣质炉子、雕像、整块石料、绞盘之类的。

我很想把关于喷灌机的八卦告诉朋友们，于是我没再多问就让那孩子走了。但是我突然想起一件事，于是喊了出来。堂·塔戴托从门口茫然地看着我。

"堂·胡安要课本干什么？"我大声说。

"他……"那孩子喊回来，"……他把那些书放在仓库里了。"

我迷迷糊糊地跑到旅馆，大概我之后要说的东西会让我的朋友们很迷惑。我们各有各的意见，这时候肯定不可能保持沉默，但是幸运的是大家谁也不听谁的。可能旅馆经理听到了我们说话，经理是患有胃部水肿的大块头堂·波尼奥，我们这伙人经常把他当作旅馆的柱子、桌子或者餐具。我们完全被这种理性上的傲慢给蒙蔽了。堂·波尼奥扯着嗓子让我们小声点儿，源源不断的杜松子酒让他的声音温和了不少。我们7张脸14只眼睛看着那张红光满面的脸，他问了这么一个问题："为什么不一起去问堂·胡安本人呢？"

他这讽刺的语气引起了另一个人的注意，是阿尔迪尼，他通过函授课程学习，今天戴着白领带。他抬起眉毛对我说："你为什么不让你的学生去偷听堂·胡安和堂娜·蕾梅迪奥斯的谈话呢？然后你再问他。"

"要怎么问？"

"拿出你无所不知的老师身份。"他充满恶意地说。

"堂·塔戴托记得住吗？"拜德勒克说。

"能记住，"我说，"装在他脑子里的东西都能像照片一样记很久。"

"堂·胡安和堂娜·蕾梅迪奥斯什么都要提点意见。"阿尔迪尼继续说。

"在他们的教子面前肯定会无所顾忌地说。"迪·平托说。

"如果说真的有什么奇怪的事，很快就会暴露的。"托莱多说。

查泽拉塔在市场里干活，他咕哝着说："要是没什么怪事的话，那又会是什么呢？"

结果谈话渐渐跑偏了，一向以冷静著称的拜德勒克阻止了各位雄辩家。

"好了，各位，"他对大家说，"这种时候就不要浪费精神了。"

作为最后总结，托莱多又重复说："如果说真的有什么奇怪的事，很快就会暴露的。"

事情确实暴露了，不过是在几天之后。

又到了午休的时候，我睡着了，结果又有人开始敲门。从我的心跳程度来判断，敲门声是一点钟准时响起的，而且是想和我的心脏作对。堂·塔戴托带着前一天借的书来了，同时还要求借中学前三年的课本。我没有中学的书，于是去了比利亚罗埃尔的书店，用力砸门把那个西班牙人叫醒，然后对他道歉说是堂·胡安想要那些书。这个西班牙人正如我担心的一样问："他到底在干什么？他这辈子都没买过书，现在想要念书了？这么没礼貌地来借书还真不是他一贯的样子。"

"别生气了，朋友，"我拍拍他的后背，"你这么生气，接着就要像水手一样开始骂人了。"

我跟他说了堂·胡安之前借小学教材的事，但是完全没提喷灌机消失的事情。这方面他倒是很理解，因为他也知道那件事。我把书夹在胳膊底下，又补充道："晚上我们在旅馆酒吧见面讨论这件事。如果你想说说自己知道的八卦就来找我们吧。"

我走回去的时候一个人都没看到，只遇见了屠夫家那只红灰色的狗，它多半是病了，因为任何脑子正常的生物都不会冒着下午两点的热浪出门。

我对堂·塔戴托说，他应该把堂·胡安和堂娜·蕾梅迪奥斯的谈话一字不落地告诉我。他们在对话中隐约提到，罪愆自会带来惩戒。那天晚上，我被自己的好奇心折磨了好一阵儿，我早就知道自己会听到准确的谈话内容，一字不差，冗长又无趣。刻薄话简直就挂在我的舌尖上，我想说，堂·胡安和堂娜·蕾梅迪奥斯关于最后一批家用肥皂的意见完全不重要，堂·胡安为了他的风湿痛买的羊毛裤也不重要。但是我都没说出口：我怎么能代替这孩子决定什么事情重要什么事情不重要呢？

次日，我午休的时候，敲门声又来了，从比利亚罗埃尔店里借来的书还回来了。然后事情还有新的发展：堂·塔戴托说，堂·胡安想要一些旧报纸，所以他不得不从杂货店、肉店、面包店收集了好几千克重的报纸。他跟我说这些报纸也和之前的那些书一样，是放在仓库里的。

然后一段时间什么都没发生。我对于心脏的感受真是无法控制，前几次的敲门声都把我吵醒了，但是这次我居然没听见。我希望有事情发生，好坏都行。习惯了紧张的生活之后，我就再也懒散不起来了。但是最后一天晚上，我的学生在复述了一长串关于盐和其他营养物质对堂娜·蕾梅迪奥斯的作用之后，突然毫无预兆地，连语气都没有一点变化就换了个话题：

"教父对堂娜·蕾梅迪奥斯说，他们仓库里来了个客人，他前几天在仓库中翻找账簿上没登记的一架游乐园秋千时，差点儿不小心把那人碰晕过去。仅管那人状态很差，就好像鲇鱼离开水之后大口喘气一样，但并没有发火。他说他拿了个装满水的桶，因为他想也没想就察觉到对方想要水，别人要死了，他不会袖手旁观。虽然不一定会死，他决定给这个客人搬个饮马用的水槽。然后用桶装水把水槽装满，但是没什么特别的事情发生。接着他突然想起了喷灌机，这就像医生不顾一切想要挽救病人的生命一样，他立刻跑出去把喷灌机搬过来。这下有了立竿见影的效果，那个奄奄一息的生物立刻恢复了，仿佛他就是只想呼吸潮湿的空气一样。教父说他陪着客人待了一会儿，他努力想办法问那位客人需不需要什么东西，客人很聪明，因为只过了一刻钟，他就学会了一些西班牙语单词，并且问他要一些材料来研究学习。教父说，他这就让教子去老师那里拿些一年级课本。那位客人真的很聪明，两天就学完了所有年级的课本，又过了一天他就能考试了。然后，教父说，这样他就会看报纸，知道世界上发生的事情了。"

我提了个问题："这是他们今天说的话？"

"当然啊，"他回答，"他们边喝咖啡边说的。"

"你的教父还说了别的什么事情吗？"

"说了，不过我不记得了。"

"你不记得了是什么意思？"我有点生气。

"你打断我了，"我的学生解释道。

"好吧。不过你不能就这样走了，"我说，"我太好奇了。来，再想想。"

"你打断我了。"

"我知道，是我打断你了，我的错。"

"是你的错。"他重复道。

"堂·塔戴托是个好学生。他不会说话说到一半就丢下自己的老师，更不会把剩下的话留到明天，或者干脆什么都不说了。"

他叹了口气。

"什么都不说。"

我很生气，感觉就像有人从我这里拿走了贵重物品似的。我也不知道为什么。我仔细想了一下对话的主要内容，突然发现了一丝希望。于是我重复了一下堂·塔戴托说的最后一部分内容：

"他开始读报纸了，关心世界上发生了些什么事情。"

我的学生非常平静地继续说："教父说客人发现世界上的政府居然不是由最厉害的人掌管的，于是觉得很惊讶，管事的人即使不至于一无所长，也都非常平庸。而核弹却是被一群无赖控制着，客人还说，这些事情足够让人发疯了。如果核弹是由最厉害的人掌管，那最后他肯定会发射出去，因为人有了核弹最终都是要发射的。但是那群无赖就没这么严肃了。他还说，在其他星球上的人都是发现了核弹，最终把自己炸飞了。他们倒是不介意那些星球的人把自己炸飞，反正他们离得很远。但是我们的星球离他们很近，他们害怕出现连锁反应影响到自己的星球。"

我怀疑堂·塔戴托是在要我，于是很严肃地问："你有没有读过荣格的《飞碟：关于空中事物的现代迷思》。"

幸好他没理我这个问题，又继续说："教父说，那位客人自称是乘坐特制飞船从他的行星上来的，他们那个星球上没有足够的资源了，而那个飞船是他们多年研究的成果。他是以朋友和解放者的身份来的，于是他要求教父全力支持他完成挽救地球的大业。教父说他是下午见到那个客人的，由于当时情况十分严肃，所以他毫不犹豫地告诉了堂娜·蕾梅迪奥斯，想听听她的意见，也等于他的意见。"

他停顿了一会儿，趁着他还没继续说，我问他堂娜·蕾梅迪奥斯说了什么。

"噢，我不知道。"他回答。

"你不知道是什么意思？"我重复了一遍，又有些生气了。

"我觉得他们讨论了一下，因为到了上课时间，我就过来了。我觉得要是我不迟到的话，老师也会高兴的。"

他迷茫的脸上露出骄傲的神情，等着受表扬。我突然灵光一闪，酒吧那帮朋友肯定不信这件事，但是我把堂·塔戴托作为目击证人带去就不一样了。我一把抓住他的胳膊，不由分说把他拖到酒吧。我的朋友们都在那儿，此外还有西班牙人比利亚罗埃尔。

我永远忘不了那天晚上，一生都忘不了。

"先生们，"我一边喊着一边把堂·塔戴托拽到桌边，"所有事情都解释得通了，他是这件事中最重要的环节，也是目击证人，他绝不会对我撒谎。堂·胡安对他亲爱的妈妈详细解释了整个事情，我诚实的学生一字不落全听见了。他们家的仓库里，门后，和我们一墙之隔，有个——你们猜是什么？——来自外星的访客。现在，先生们，不要紧张：那位客人状态不太好，无法适应我们镇上的干燥空气——和科尔多瓦不相上下——为了避免他像缺水的鱼一样死掉，堂·胡安就把喷灌机搬过去让仓库保持湿润。还有别的消息：这个外星人来访的动机似乎并不吓人。他是来拯救大家的，因为这个世界就快被核弹炸毁了。他把这个观点很明确地告诉了堂·胡安。当然，堂·胡安一边喝咖啡一边和堂娜·蕾梅迪奥斯讨论了这件事。遗憾的是，这孩子，"——我抓着堂·塔戴托像摇晃玩具娃娃一样摇晃着他——"在堂娜·蕾梅迪奥斯发表意见之前就走了，所以我们不知道他们最终做了什么决定。"

"我们知道。"书商撇着他的厚嘴唇说。

我有些惊讶，我以为这件事只有我知道，但是居然会被人纠正。于是我问：

"你们知道什么？"

"你没戴领带，"这个狡猾的老狐狸比利亚罗埃尔说，"如果像你所说的那样，这个外星人没了喷灌机就会死，那堂·胡安肯定已经把他弄死了。我刚才路过玛格利塔旅馆，借着月光我看到喷灌机又回到花园里了。"

"我也看见了。"查泽拉塔确认了。

"我摸着良心发誓，"阿尔迪尼小声说，"那个外星人没撒谎。我们早晚会被核弹炸飞。毫无疑问的。"

拜德勒克就像自言自语地说："别告诉我这俩老家伙毁了我们最后的希望。"

"堂·胡安不想影响到自己的生活。"西班牙人说。

"他宁可让地球被炸飞也不想接受外星人的帮助。也许这是爱人类的一种表现。"

"当面嫌弃你不了解的东西，"我说，"愚昧。"

人们说畏惧使人思路清晰。事实是，那天晚上酒吧里有某种很奇怪的东西，而我们开始讨论各自的想法。

"好了，各位，我们做点事情吧。"拜德勒克说，"就当是爱人类。"

"拜德勒克先生，你为什么这么热爱人类？"西班牙人问。

The Squid Chooses Its Own Ink

拜德勒克脸红了，结结巴巴地说："我不知道。大家都知道。"

"我们都知道什么，拜德勒克先生？你想到人的时候，你觉得他们可敬可爱吗？我倒是觉得完全相反，他们愚蠢、残忍、刻薄、嫉妒心重。"比利亚罗埃尔说明自己的意见。

查泽拉塔表示同意："一到选举的时候，美好的人性就展露无遗，而且无比真实。那些获胜的都是人渣。"

"所谓爱人类只是一句空话？"

"不，亲爱的老师，"比利亚罗埃尔回答，"我们姑且把爱人类认为是对于他人痛苦的同情和对伟大思想成果的敬佩，为了那位伟大瘸子的《堂·吉诃德》，为了维拉斯开兹和穆里约的画作。这份爱绝不会成为推迟世界毁灭的借口。只有人类不断经历，这些作品才存在，在世界毁灭后——那一天肯定会到来，不管是因为核弹还是因为自然的原因——作品也就没人来评价或者支持，相信我。至于悲天悯人之心，在世界末日来临时，它也会消失……因为没有人能逃过一死，对所有人来说都是死得越快越好，这样的话，痛苦的总量就少了！"

"我们就在这里的学术讨论中浪费时间，就在墙的另一边，我们最后的希望要死了。"我拿出自己都佩服的雄辩姿态说。

"我们现在必须行动，"拜德勒克说，"不然就太晚了。"

"如果我们冲进他家里，堂·胡安肯定要生气的。"迪·平托说。

堂·波尼奥一开始很安静，谁都没注意到他，结果他开口的时候大家都吓了一跳。

"为什么不让堂·塔戴托去守着仓库？这样比较明智。"

"好主意，"托莱多说，"让堂·塔戴托把喷灌机搬回仓库，然后看着之后会发生什么，然后我们也可以看到外星人是什么样子。"

我们一群人出去，永恒的月亮照亮了夜空。拜德勒克几乎是要哭了一样告诫我们：

"快点，各位，慷慨一点。这件事不光关系到我们的小命，还关系到世界上所有的母亲，地球上所有的生命都靠我们了。"

所有人都到了堂·胡安家门口，有些人往前挤，有些人往后挤，大家吵闹推搡。最终拜德勒克鼓起勇气把堂·塔戴托推向前。我的学生走到前面来，过了好长一段时间，说：

"那条鲇鱼已经死了。"

我们闷闷不乐地散了。书商跟我一起往回走。出于某些我自己也不懂的原因，我很高兴有他陪着我。

在玛格丽特门口，喷灌机还在单调地喷着水。

"他这么缺乏好奇心，我很不满，"我看着星星，"我们今晚失去了多少了个美国和新世界！"

"堂·胡安，"比利亚罗埃尔说，"更想生活在自己的小世界里。我倒是佩服他的勇气。我们两个都不敢翻过他家的篱笆呢。"

"现在晚了。"

"确实晚了。"他重复道。

库尔特·冯内古特（1922—2007），标志性的美国作家，以其超现实和非时序性的科幻小说《屠场五号》（*Slaughterhouse-Five*, 1969）而闻名。《屠场五号》讲述了一个与时间脱节的男人在外星人动物园里的奇异冒险和他在德国纳粹集中营里的痛苦遭遇，完美地捕捉了对美国反文化时期的现象。

冯内古特其他的重要小说还有《泰坦的女妖》（*The Sirens of Titan*, 1959）、《茫茫黑夜》（*Mother Night*, 1962）、《猫的摇篮》（*Cat's Cradle*, 1963）和《冠军早餐》（*Breakfast of Champions*, 1990）。冯内古特的晚期作品同样优秀，而且有可能受到了低估。最近美国文库再次出版了他的所有小说，这就是其作品之优秀的铁证。冯内古特的作品在不同时期曾被归为科幻小说、讽刺小说和后现代小说。他在某些圈子内被视为马克·吐温的继承人，但事实上冯内古特的超现实写作手法更接近威廉·巴勒斯，尽管两人的风格大相径庭。若是马克·吐温和巴勒斯结合，生下一个孩子，就该是冯内古特。

虽然冯内古特很抗拒"科幻小说作家"这个标签，但他的作品《未准备佩戴》（*Unready to Wear*, 1953）确实刊登在了《银河》杂志上，而且他经常想象外星人的社会与文明。1965 年，他为《纽约时报书评》撰写文章《科幻小说》（*Science Fiction*，《冯内古特：小说与短篇小说，1950—1962 年卷》，美国文库，2002），称他的小说《玩家钢琴》（*Player Piano*）出版后，他"从评论家那里得知，他是一名科幻小说作家"，自那以后，他就成了"（科幻）文件柜里一名不情不愿的住客"。按照他的说法，只要一名作家胆敢"关注科技"，就会成为科幻小说作家；他同时也敏锐地注意到，在"喜欢被归为科幻小说作家"的那些人里，有很多"安于现状"，因为这使得他们成为一个文化圈子的一部分。对冯内古特来说，科幻不仅仅是一种类型文学，更像是一个"参与者"的类型文学。对一位独来独往、性格乖僻的老头来说，这当然不是什么加分项。

冯内古特远离类型文学的做法或许非常明智，这么说，一方面是因为他由此获得了一个广泛得多的读者群体；另一方面是他使用科幻小说桥段达成的目的也与绝大多数科幻小说不同，他的目的包括在作品中体现他的荒诞主义、夸张手法和讽刺天赋。虽然威廉·泰恩和斯特潘·查普曼这些作家从没离开过"科幻"这一类型文学的范畴，但他们与冯内古特有着某些相同的特质。他们的职业生涯不够成功，这不仅因为他们出版的小说比较少，更因为他们不够热忱的姿态给一些科幻小说编辑造成了错误的印象。最后，类型文学还是俘获了冯内古特——2015 年，他的名字被纳入了科幻与奇幻小说名人堂。

冯内古特的短篇小说相对较少，但往往能够深刻地反映他的长篇作品的主题与风格。《2 B R 0 2 B》是一篇讽刺小说，讲述协助自杀和人口控制。同时也言之有物地评论了长生不老的想法。它与《茫茫黑夜》出版于同一年，后者由福西特金牌出版社（Fawcett Gold Medal）出版，首印数达 175000 册。

△　　▲　　△　　　△

一切都堪称完美。

没有监狱、没有贫民窟、没有精神病院、没有残疾、没有贫穷、没有战乱。

所有疾病都已臣服。衰老亦然。

死亡，除了意外事故，只是自告奋勇者的冒险旅程。

美利坚合众国的人口稳定在 4000 万。

一个明媚的早上，芝加哥产科医院里，一个名叫小爱德华·K. 维令的男人正在等待妻子分娩。他是唯一的等待者。如今每天降生的人数不怎么多。

2BRO2B

维令今年 56 岁，在人均寿命 129 岁的这个时代，他勉强还能算个小伙子。

X 射线说他老婆要生三胞胎。他们将是他的头几个孩子。

年轻人维令缩在椅子里，双手抱头。他真是狼狈，一动不动，面无人色，仿佛变成隐身人。他成功地与背景融为了一体，因为等候室本来就乱七八糟，让人泄气。椅子和烟灰盘被搬离了墙边。地板上铺着溅满油漆的罩布。

房间正在重新装修：为了纪念一位自愿去死的人。

一个喜欢挖苦人的老家伙，200 来岁，坐在折梯上，一肚子不情愿地绘制着壁画。换成以前看得出年纪的时代，他会被视为 35 岁左右。等不老药发明时，岁月已经将他侵蚀到那个程度。

他在劳作的那面墙上画的是一个非常整洁的花园。身穿白衣的男女医护人员翻开土壤，播撒种子，除去虫患，喷洒肥料。

穿紫色衣服的男女收拾杂草，割掉衰败的植物，修剪叶片，搬着垃圾走向焚烧炉。

从来、绝对、肯定不存在——甚至在中世纪的荷兰或古代的日本也没有——这样一本正经的花园，受到如此良好对待的花园。每株植物都有充足的肥土、光照、水分、空气和它需要的一切养料。

一名医院勤杂工走在过道中，低声哼唱着最近流行的歌曲：

假如你不喜欢我的吻，宝贝儿，

我就打算这么做：

我就去找个紫衣小妞，

吻别这个悲伤的世界。

假如你不需要我的爱，

我为什么还要占地方？

我要离开这个老星球。

让可爱的孩子取代我。

Kurt Vonnegut Jr.

勤杂工看看壁画，再看看画壁画的人。"画得这叫一个栩栩如生，"他说，"我觉得自己正站在他们中间。"

"你难道不正站在他们中间吗？"画师说，他脸上露出一个讽刺的笑容，"知道吗？这幅画名叫《生命的欢乐花园》。"

"太适合希兹医生了。"勤杂工说。

他指的是画里的一个白衣男人，那张脸的蓝本是本杰明·希兹医生，这所医院的妇产科主任。希兹英俊的脸让人目眩神迷。

"还有好多张脸要填进去。"勤杂工说。他说的是壁画中还有许多人像的面容还空着。所有的空白都要用医院管理者和联邦终结局芝加哥办公室员工的脸来填补。

"画这么好的画肯定感觉不错。"勤杂工说。

画师露出轻蔑的表情。"你觉得我为这幅狗屁东西感到自豪？"他说，"你觉得这是我心目中人生真正的样子？"

"你心里觉得人生是什么样子？"勤杂工问。

画师指了指地上的脏罩布。"这幅就描绘得不错，"他说，"裱起来，比墙上这幅他妈的有意义多了。"

"你这人嘴巴太坏。"勤杂工说。

"犯法吗？"画师回答。

勤杂工耸耸肩。"要是你不喜欢这儿，老先生——"他说着就想到了那个该死的电话号码，"要是你不想继续活下去，就可以拨打这个号码。号码里的'O'要念'naught'（naught，音同 not）。号码是'2 B R O 2 B'。"

这个号码所属的机构有许多个难听的绰号，其中包括："自助死死机""鸟园子""罐头厂""猫笼子""窝囊废处理中心""早死早投胎""老妈再见啦""痞子好快活""亲亲我走了""幸运老皮""一滴就丧命""华氏搅肉机""从此不流泪"和"干吗还担心"。

"生存还是死亡"是联邦终结局市立毒气室的电话号码。

画师用大拇指点着自己的鼻子，对勤杂工说："等我打算告别人世，才不去'一滴就丧命'呢。"

"打算自己动手？"勤杂工说，"老先生，你会弄得一塌糊涂的。就不为替你收尸的人着想一下？"

画师用下流手势表达他如何不在乎自己的遗体会遭受什么磨难："要我说，这世界受得了再多一点的脏东西。"

勤杂工大笑，继续向前走。

维令，等待中的父亲，低着脑袋嘟囔了些什么。然后再次陷入沉默。

一个粗鄙而令人生畏的女人踩着高跟鞋大步流星地走进候室。她的鞋袜、雨衣、皮包和海军便帽全是紫色的，画师称之为"审判日上的葡萄色"。

她紫色行军包上的徽章图案是"联邦终结局服务部"的印鉴——一头停在旋转栅门上的老鹰。

女人脸上有许多毛——怎么看都像胡子。毒气室女主人有个奇特的特征：无论刚招募来的时候有多可爱，大约五年后总会长出胡子。

"我没走错地方吧？"她对画师说。

"这得看你来干什么了，"他回答，"似乎不是来生孩子的吧？"

"通知我来当画像模特，"她说，"我叫李奥拉·邓肯。"她停下等着。

"而你给人下药。"他说。

"什么？"她说。

"没什么。"他回答。

"这画真漂亮，"她说，"像是天堂什么的。"

"什么的，"画师说，他从工作服口袋中摸出名单，"邓肯，邓肯，邓肯，"他查看着名单："对——上面有你。你即将永垂不朽了。看看哪个没脸的身子是你想把脑袋放上去的？还有几个选择。"

她没什么兴趣地打量着壁画。"老天，"她说，"我看起来都差不多。

我对艺术一窍不通。"

"身子只是身子而已，是吧？"他说，"让我看看。作为一名艺术大师，我推荐这个。"他指着一个捧着枯枝走向垃圾筒的女人身体说。

"呃，"李奥拉·邓肯说，"那更像一名处理人员吧？我是说，我负责服务，处理不归我管。"

画师假装欣喜地啪啪鼓掌："你说你不懂艺术，但没一秒钟就懂得比我多了！当然了，女招待怎么能推小车呢？割草的或者剪枝的，这些比较适合你。"他点了点一个在苹果树上锯枯枝的女人。"她如何？"他说，"觉得她怎么样？"

"我的天——"她忽然涨红了脸——"这个……我岂不是就在希兹医生的旁边？"

"你不喜欢？"他说。

"神圣的肉汤啊，怎么可能？！"她说，"这个位置……实在太光荣了。"

"啊哈，你也敬慕他，是吧？"他说。

"谁不敬慕他呢？"她崇拜地仰望希兹的画像。画里的医生是个皮肤黝黑、满头白发、全知全能的宙斯，他已经 240 岁了。"谁能不敬慕他？"她重复道，"正是他在芝加哥兴建了第一个毒气室。"

"那么我非常乐意，"画师说，"把你永远安排在他身边。正在锯树枝——你觉得怎么样？"

"差不多就是我做的事情，"她说。她对自己的工作非常矜持。她负责在杀人的时候送他们舒舒服服上路。

就在李奥拉·邓肯为画像摆姿势的时候，希兹医生本人大踏步地走进等候室。他身高足有 7 英尺，权贵感、成就感和对生活的愉悦感满得都快冒出来了。

"哎呀呀，邓肯小姐！邓肯小姐！"他说，然后开玩笑道，"你来这儿干什么？这里是人世间的入口，而不是人世间的出口！"

"我要和您上同一幅画了。"她羞答答地说。

"好极了！"希兹医生热情地说，"这幅画真是不错，你说呢？"

"能和您待在同一个画面里，我实在太荣幸了。"她说。

"我告诉你，"他说，"荣幸的是我才对。缺了你这样的女士，这个世界怎么可能美好得起来？"

他朝她敬了个礼，随后走向产房："猜猜刚生出来了什么？"

"我猜不到。"她说。

"三胞胎！"他说。

"三胞胎！"她说。她惊叹的是三胞胎的法律意义。

法律说，除非父母能找到愿意主动求死的人，否则就不允许新生儿活下去。三胞胎，要是想让他们全都活下来，就必须找到三名志愿者。

"父母找到三名志愿者了吗？"李奥拉·邓肯问。

"据我所知，"希兹医生说，"他们已经有一个了，正琢磨上哪儿再凑两个呢。"

"我觉得他们没戏，"她说，"我们没接到三个一组的预约。今天似乎都是单个的，除非我走了以后又有人来。他叫什么？"

"维令，"等待的父亲坐直身体说，他红着眼睛，衣衫不整，"小爱德华·K.维令，快活的准爸爸就叫这个。"

他举起右手，望着墙壁上的某处，发出一阵嘶哑而凄惨的笑声："暂时还是。"

"哦，维令先生，"希兹医生说，"刚才没看见你。"

"我是隐形人。"维令说。

"里面打电话说三胞胎刚刚降生，"希兹医生说，"母子平安。我正要去看看他们。"

"万岁。"维令干巴巴地说。

"你好像不太开心。"希兹医生说。

　　　　　　　　　　　　　　　Kurt Vonnegut Jr.

"换了你你会开心？"维令说。他比了个代表无忧无虑的手势。"我必须在三胞胎里挑一个让他活下来，然后送我外公去'痞子好快活'，带着收据回来领人。"

希兹医生对维令的态度一下子变得严厉，他如铁塔似的站在维令面前。"你不相信生育控制是吧，维令先生？"他说。

"我觉得这个政策妙不可言。"维令紧张地说。

"难道你愿意回到过去的好时光，地球人口200亿——正在往400亿走，然后800亿，再然后1600亿？维令先生，知道小核果是什么吗？"希兹问。

"不知道。"维令阴沉地说。

"小核果，维令先生，是一个小小的圆球，黑莓的浆果实。"希兹医生说，"没有生育控制，人类会像小核果一样长满黑莓树一样爬满地球表面！想想看！"

维令继续望着墙上的某个地方。

"公元2000年，"希兹医生说，"科学家还没插手干涉和制定法律之前，这里连足够的饮用水都没有，能吃的只有海草——但人类依然坚持要像兔子一样繁殖的生育权。同时还要尽可能长生不老。"

"我要这些孩子，"维令静静地说，"三个我都要。"

"你当然想要了，"希兹医生说，"人性如此。"

"我也不想要我外公去死。"维令说。

"谁也不想送亲人进'猫笼子'。"希兹医生悲天悯人地说。

"我希望大家别那么叫它。"李奥拉·邓肯说。

"怎么叫它？"希兹医生说。

"希望大家别叫它'猫笼子'什么的，"她说，"容易留下不好的印象。"

"你说得太对了，"希兹医生说，"请原谅。"他改了口，说出市立毒气室的官方名称，正常人说话一般不用这个名称。"我应该说，'人道自杀场'。"他说。

"这样听起来顺耳多了。"李奥拉·邓肯说。

"你的孩子——无论你打算留下哪个,维令先生,"希兹医生说,"他或她都将活在一个快乐、宽敞、干净、富足的星球上,感谢生育控制。就像壁画里的花园。"他晃晃脑袋,"200年前,我还年轻的时候,那真是一个活地狱,大家都认为熬不过20年了。而现在,摆在我们面前的是和平和充裕,一直能延续到人类想象力的尽头。"

他笑得满脸放光。

维令掏出一把左轮手枪,笑容随之消失。

维令一枪崩掉了希兹医生。"够一个人活了——好大一个。"他说。

然后他又一枪打死了李奥拉·邓肯。"不就是死吗?"他看着她倒在地上,"多好!两个人了。"

然后他也给自己喂了一颗子弹,这下子有三个人的名额了。

没有人跑来。大概没有人听见枪声。

画师坐在折梯顶上,对着下面的惨状凝神思考。

画师思考的是人生的怪圈,我们挣扎着生到世上来,生下来以后又挣扎着多生后代……繁殖,同时尽可能长久地生存——所有这些都发生在这个必须永远存在的小小星球上。

画师想到的答案一个比一个让人讨厌。比"猫笼子""痞子好快活"和"早死早投胎"都让人讨厌。他想到了战争。他想到了瘟疫。他想到了饥荒。

他知道自己没法继续画壁画了。他任由画笔落在脚下的罩布上。随后,他认为自己在生命的愉快花园里已经待得太久了,于是慢慢爬下梯子。

他拾起维令的手枪,很想一枪干掉自己。

但他没这个胆量。

他看见房间角落里的电话亭。他走过去拨打那个熟悉得不能更熟悉的号码:"2BRO2B。"

"联邦终结局。"接电话的声音特别温暖,就像一个女招待。

Kurt Vonnegut Jr.

"多快能预约到？"他小心翼翼地问。

"今天下午晚些时候，先生，"她说，"甚至更早，要是有人取消的话。"

"那好，"画师说，"要是可以的话，请帮我排个时间。"他把自己的名字一个字母一个字母地拼给她。

"谢谢你，先生，"女招待的声音说。"你的城市感谢你；你的国家感谢你；你的星球感谢你。但最衷心的感谢来自子孙后代。"

谦逊的天才 -（1969）-A Modest Genius

（俄罗斯）瓦季姆·谢夫纳 Vadin Shefner——著

乔丽 刘文元——中译

瓦季姆·谢尔盖耶维奇·谢夫纳（1915—2002）是一位苏联时期的俄罗斯作家，以诗歌和主流小说最为出名。不过，他确实发表过少量相当聪明且有影响力的臆想小说，其中大部分展示出对细节和人物互动微妙之处的敏锐眼光。海夫纳的长篇小说《一个债务人的棚舍》（*A Debtor's Hovel*, 1981）融合了科幻与哲理散文的元素，是一部成熟的文学作品。2000年，他获得了俄罗斯埃利塔奖。

此外，他的两部短篇小说《怯懦的人》（*The Unman*, 1967）和《科夫利金编年史》（*Kovrigin's Chronicles*, 1964）一同收录在《怯懦的人：科夫利金编年史》（*The Unman*: *Kovrigin's Chronicles*, 1980）中。两篇都是充满诗意、讽刺或近讽刺的小说，可以说是城市童话故事。其他作品包括小说集《鸟的名字》（*The Name for the Bird*, 1976）、《完全推理小说》（*The Round Mystery*, 1977）和《给聪明人的童话》（*Fairy Tales for Smart Ones*, 1985）。

《谦逊的天才》是一部经典作品——表面上是个轻松的故事，但实际上绝非如此。这是一个关于发明与爱情的近乎完美的故事，英文版最初收录于著名编辑、代理人弗朗兹·罗滕斯泰纳编辑的国际小说选集《另一个海岸的视角》（*View from Another Shore*, 1973）中，之后，此篇又多次被收入佳作年选和其他再版选集中。

△ ▲ △ △

1

赛奇·克雷德塞夫出生于列宁格勒市瓦西列夫斯基岛。

儿时的他是个奇怪的男孩。当其他孩子玩沙子和造城堡时，他却在沙滩上画一些看上去十分奇怪的机械构件。上二年级时，他发明了一台由袖珍闪光灯电池所驱动的便携机器，它会告诉每一个学生在接下来的一周内他们会取得多少优良成绩。大人们觉得这台机器没有任何教育意义，遂将其从他手中拿走了。

赛奇初中毕业后，去了技校学习电化学。他对那里的众多漂亮女孩毫无兴趣——也许是因为每天都低头不见抬头见。

在一个阳光明媚的六月天里，他租了一条小船，沿着小涅瓦河顺流而下，驶向芬兰湾。在沃尼岛附近，他看到一条小艇上有两个陌生的女孩。她们在努力把搁浅在沙滩的小艇推到水中时弄坏了船舵。赛奇介绍了一下自己，然后帮助她们回到租船的码头。此后，他就经常拜访那两个生活在瓦西里耶夫斯基岛的女孩。斯维特拉娜和露西亚分别住在第六大街和第十一大街，她们也很喜欢他。

当时，露西亚在上一个打字班。但对斯维特拉娜来说，初中教育已经足够了，而且，她那有钱的父母很想让她嫁人。她表面同意了，却并没有打算接受第一个合他们心意的男人。

一开始，赛奇更喜欢露西亚，只是不知道该怎么在她面前表现。她非常美丽端庄，而且很容易害羞。有露西亚在场的时候，赛奇也会表现得很不自然。斯维特拉娜则大不一样：她放荡不羁又古灵精怪。简言之，她就是喜欢冒险。天生胆怯的赛奇在她身边感到十分愉快。

一年后，赛奇去罗希德斯文卡拜访一个朋友，恰好碰到了在亲戚家做客的斯维特拉娜。当然，这不过是个巧合而已，但赛奇却认为是天意。他每天都跟斯维特拉娜去森林和海边散步，很快就确信他的生命中不能没有她。

但斯维特拉娜并不觉得他有何迷人之处，她只把他当一个普通朋友。她梦想着能够与一个不寻常的男人共度此生。她与赛奇去森林和海边散步仅仅是因为需要有人陪她打发时间。

一天晚上，他们站在海边，光滑的水面洒满银色的月光，就像仙女织就的地毯。世界一片宁静祥和，只有夜莺在对岸的野生接骨木上欢唱。

"多么美丽而宁静啊！"

"是啊，这太美了，"斯维特拉娜回答道，"如果我们能拾一些接骨木树枝该多好！但是从海岸上走过去太远了。我们没有船，又不能在水上行走！"

他们返回了村庄内各自的住所。那天晚上，赛奇没有睡觉。他拿出纸和笔，把公式和设计图写满了一张又一张纸。翌日清晨，他回列宁格勒市待了两天，然后在胳膊下夹着一捆东西回到罗希德斯文卡。

那天晚上，他带着那捆东西走到海边，然后打开，拿出两双用来在水上行走的溜水鞋。

"来，穿上吧，"他说道，"我专门为你做的。"

他们穿上溜水鞋，轻松地从水面上穿行至对面。溜水鞋在海面上的滑行效果非常好。

到了对岸，斯维特拉娜和赛奇折断一些接骨木树枝，然后每人抱着一捆，在月光下的海面上缓缓地踏上归程。

从那时起，他们每晚都会到光滑如镜的海面上滑水，在身后留下一道狭窄得几乎不可见的痕迹，随后便消失不见了。

有一天，赛奇在海面上停下来，等待斯维特拉娜缓慢地靠近他。

"你知道吗？"赛奇问道。

"什么事啊？"

"斯维特拉娜，你知道我爱你吗？"

"当然不知道！"她心知肚明却故意说了反话。

"那你是不是也有点儿喜欢我？"

"我不能那么说。你是一个很棒的朋友，但不是我理想中丈夫的样子。

Vadim Shefner

我只能爱一个真正优秀的男人，但实话实说，你只是一个很好的普通人。"

"好吧，不管怎样，你还是很诚实的。"赛奇沮丧地说。

他们沉默地滑回岸边，赛奇在第二天就回到了列宁格勒市。他一度感觉心里非常难受。他变得更瘦了，有时在大街上漫无目的地游荡。他经常离开城市去四处瞎逛，晚上回到家就一头扎进他的小工作室里。

一天，他碰到了沿着小河漫步的露西亚。赛奇立刻注意到，她见到他显得很高兴。

"赛奇，你在这里做什么？"

"没什么，就是瞎逛。我现在在休假呢。"

"我也是随便逛逛。如果你喜欢的话，或许我们可以到文化公园那边走走。"她建议道，脸上泛起红晕。

他们乘车去了叶拉根岛，漫步在那里的街道之上。此后，他们一同在城市中闲逛了好几次，发现彼此在一起很快乐。

有一天，因为要带赛奇去巴甫洛夫斯克旅行，露西亚来到他住的地方。

"你的房间太乱了！"她大叫道，"全都是机器跟烧瓶！它们是用来做什么的？"

"我在业余时间会做一些小发明。"

"我从未怀疑过这一点！"露西亚吃惊地说，"你能修一下我的打字机吗？我从一个折扣店买来的，它已经年久失修了，而且墨带一直很卡。"

"当然了，我会去看看的。"

"这是什么？"她问道，"这相机太奇怪了！我从来没见过这样的相机。"

"这就是一架很普通的费得相机，不过我最近刚给它做了一个配件。有了它，你就可以拍摄未来的照片了。你把相机对准一个你想知道其未来模样的位置，然后拍照就行了。但是我的机器还不够完善，只能拍摄三年之内的照片，再往后就不行了。"

"三年！那已经够远了。这个发明太奇妙了。"

"奇妙？那可一点儿都说不上。"赛奇不屑地说，"它还有很多瑕疵呢。"

"你用这架相机拍过照片吗？"

"拍过。前不久去郊外拍了一些照片。"他说着从桌子上拿出几张照片。

"我没用那个配件时，在草地上拍到了一棵桦树。而这张就是同一棵树在两年后的样子。"

"它长大了一点儿，树枝更多了。"

"这张是它三年后的样子。"

"但那里什么都没有！"露西亚惊叫道，"只有一个树桩，旁边有一个弹孔似的深坑。其中有两个士兵在弯腰奔跑。他们穿的制服好奇怪啊！我对这张照片毫不理解。"

"是的，当我冲洗这些照片的时候也很惊讶。在我看来，里面好像是在进行某种演习。"

"赛奇，你最好把那张照片烧掉。里面似乎涉及军事机密。那张照片有可能会落入外国间谍手中！"

"你是对的，露西亚。我之前没想到这一点。"他把照片撕碎，然后和其他垃圾一起扔到火炉里烧掉了。

"我现在感觉好多了，"露西亚明显轻松地说，"现在给我拍张照片，看看我一年以后是什么样子吧。我就坐在靠窗的那把椅子上。"

"但是这个配件只能拍摄某个特定的空间，无论里面有什么。所以，如果一年后你不在那把椅子上，那么你也不会出现在照片里。"

"我不管，你就拍吧。谁知道呢，没准儿明年的今日今时我正坐在这把椅子上呢！"

"好吧，"赛奇同意道，"胶卷正好还可以拍最后一张照片。"他拍摄了照片。"来吧，我马上冲洗出一些照片。今天的暗房是空的，没有人用。"

他走进暗房冲洗了胶卷，然后拿回房间，挂在窗户旁晾干。

露西亚捏着照片边缘，盯着最后曝光出来的图像。她似乎看到坐在椅子上的是另外一个人。与此同时，她暗自希望一年后坐在那里的是自己。这有可能就是我，她推断，只是图像还没有显现清楚。

照片刚晾干，他们便走进暗房，里面的红灯还在亮着。赛奇把胶卷放进放大机里，然后打开机器，将图像投射到相纸上。随后，他快速把照片放到显影剂中。照片中出现一个女人的轮廓。她手里正拿着一块布坐在椅子上绣一只大猫。除了尾巴，这只猫的其他部分几乎都完工了。

"坐在那里的不是我！"露西亚的幻想破灭了，"那完全是另外一个女人。"

"是的，那不是你。"赛奇同意道，"我不知道她是谁？以前从未见过这个女人。"

"赛奇，我最好还是走吧，"露西亚说，"你不必去我那儿了，我可以把打字机送到店里修好。"

"但至少让我送你回家吧！"

"不用了，赛奇，没有这个必要。我不想卷入到这件事情当中。"露西亚说完便离开了。

我的发明没给自己带来任何好运，赛奇心想。然后拿起锤子把配件砸得粉碎。

2

大概两个月后，赛奇在波修瓦大街上散步时看到一个坐在长椅上的年轻女人。他认出她就是那张照片中预言的自己却不认识的人。

女人转向他问道："你可以告诉我现在是什么时间吗？"

赛奇告诉了她并且坐到了她的身旁。他们聊了聊天气，然后熟络起来。赛奇了解到她的名字叫塔玛拉。他经常跟她约会，很快两人就结婚了。他们育有一子，塔玛拉给他取名叫阿尔弗雷德。

事实证明，塔玛拉是一个无聊的妻子。没有任何事情能够引起她的兴趣。她只是夜以继日地坐在床边的椅子上，在小布条上绣着小猫、天鹅和雄鹿，然后得意扬扬地把它们挂在墙上。她其实不爱赛奇，嫁给他只是因为他有自己的房子，而且在完成驯马师协会的考试后，她并不想去外省工作。因为没人有权利把一个已婚妇女派遣出去。

不仅自己是个无聊的人，她还认为赛奇也是无聊、无趣、无足轻重的。他经常把业余时间用来发明各种东西。塔玛拉对此毫不赞成，认为这是无谓的浪费时间。她经常因为赛奇将房间堆满机器设备而责骂他。

为了让房间有更多的自由活动空间，赛奇制造了一台局部效应反重力机。借助这台机器，他就可以在天花板上工作了。他在天花板上铺上地板、放上桌子、仪器和工具。为了不把墙面弄脏，他用一条窄油布条粘在走到天花板必经的墙面部分。从现在起，房间的下半部分属于妻子，上半部分则变成了他的工作室。

塔玛拉仍然不满意：她担心的是如果管理员发现房子空间变大，会要求他们付双倍的租金。此外，她对于赛奇在天花板上莽撞地走来走去也感到不快。那看起来就是不对劲儿。

"至少要尊重一下我的感受，你头脚颠倒地在上面的时候不要莽撞地走来走去，"她坐在椅子上对他哭喊道，"别的女人都有正常的丈夫，但我呢，却整日被笼罩在不祥之兆里。"

当赛奇下班回家后（他是可再生能源管理局的一名技术管理员），他匆忙吃完饭，然后途经墙面走到他的领地。为了躲避塔玛拉无休止的唠叨，他经常在市区及周边散步。他已经变得十分适应徒步旅行，以至于可以毫不费力地走到巴甫洛夫斯克。

有一天，他在第八大街和斯雷德尼大道的拐角处遇到了斯维特拉娜。

"自上次分别后，我就嫁给了一个优秀的男人。"她开场便说，"我的彼佳是个真正的发明家。他现在是完全日用品研究所的初级发明家，很快就会晋升为中级发明家。彼佳已经完全自主地发明了一些东西，比如防偷

　　　　　　　　　　　　　　　　　　Vadim Shefner

香皂。"

"那是一种怎样的香皂呢？"赛奇问道。

"这背后的原理非常简单——不过，每个天才发明当然都很简单。防偷香皂表面上是一块普通香皂，但在它的核心有一块防水的固体黑色墨汁。如果有人，比如说你所在社区的邻居偷了这块香皂并且拿它来洗澡，它就会把他的身体和道德都弄脏。"

"那如果香皂不被偷呢？"

"不要问愚蠢的问题！"斯维特拉娜愤怒地看着他说，"你就是嫉妒彼佳！"

"你见过露西亚吗？她过得怎么样？"

"噢，她还跟以前一样。我一直告诉她找一个合适的优秀男人把自己嫁出去，但她什么都没说。她好像下定决心做一个老处女了。"

不久后，战争就开始了。塔玛拉和阿尔弗雷德从市里被疏散，赛奇则去了前线。他参战时还只是一个步兵少尉，战争结束后已经晋升到了中尉。他回到列宁格勒，脱下军装，换上便服，又回到了可再生能源管理局的岗位上。没过多久，塔玛拉和阿尔弗雷德也回来了，生活又回到了以前的轨道。

3

几年的时间一晃而过。

阿尔弗雷德长大了，完成了学业和酒店人事培训的最低课程要求，然后去南方的一个酒店寻得了一份工作。

塔玛拉一如既往地绣着她的小猫、天鹅和雄鹿挂饰。年复一年地，她变得愈加呆滞，更加喜欢争吵。她认识了一个退休的单身汉主管。她不断地威胁赛奇，如果他始终都不肯恢复理智而放弃发明东西，她就会离开他，跟那个主管在一起。

斯维特拉娜对她的彼佳还是一如既往的满意。是的，他曾经去过很多地方，并且已经被提拔为中级发明家，还发明了用来替代老式圆形车轮轮辐的四方形轮辐！她确实可以为他感到骄傲。

露西亚依然住在瓦西里耶夫斯基岛，在设计和制造钢琴替换零件的科拉弗斯办公室做秘书。她一直都没结婚，而且会时常想起赛奇。她曾经远远地看到过他一次，但是并没有走得更近。当时，他正与妻子沿着第七大街在前往波罗的海电影院的路上。露西亚立刻就认出他的妻子正是照片上的那个女人。

赛奇也经常想起露西亚。他试图通过专注于新发明而转移注意力。那些发明对他而言从来都不甚完美，因此，他认为自己没有资格发明更复杂的东西。最近，他又发明了一种吵架测量与终结仪，并把它安装到社区房子的厨房里。这个装置有 20 个刻度，可以用来测量住客的心情以及可能将会到来的吵架的强度。当住客说出第一个不友好的词语时，指针就会颤抖并缓慢靠近红线。如果它到达红线，吵架终结仪就会发挥作用，释放出柔和舒缓的音乐充斥着整个房间，自动喷雾器会喷出一团缬草和白夜香水，机器屏幕上也会出现一个跳得很滑稽的家伙，他向观众深鞠一躬，然后不停地重复道："公民们，请你们和睦相处！"

有了这台机器，人们在争吵的早期阶段就能和好，所有的住客对赛奇的这个小小的发明充满感激。

赛奇还利用自己房间内一扇巨大的放大镜性质的窗玻璃发明了一架望远镜。通过这扇窗户，他能够看到火星运河、月球环形山以及金星风暴。当塔玛拉使他心烦意乱时，他就凝望那些遥远的世界来转移注意力和自我安慰。

他的大多数发明没什么实用价值，但有一个确实节省了他买火柴的费用。他成功地从水中提取出了苯。抽烟很多的他现在可以用装满自己提取的苯的打火机来点燃香烟了。否则，他的生活就会变得索然无味。塔玛拉和阿尔弗雷德都没有给他带来任何快乐。儿子回列宁格勒时基本上都是跟塔玛拉说话。

"你最近还好吗？"阿尔弗雷德问道。

"你觉得呢？"她反问道，"我唯一的乐趣就是我的艺术。看我绣的这只鹿！"

"多么华丽的生物啊！"阿尔弗雷德叫道，"太逼真了！看看它的鹿角！如果我有那样的鹿角，我一定会有所成就。"

"你父亲对艺术不感兴趣。他只对发明感兴趣。但是他的发明几乎都没有任何用处！"

"好吧，但至少他不喝酒，你应该为此感激。"儿子用鼓舞的语气说道，"他是个大器晚成的人，但也许将来会稍微聪明一点。当看到那些我供职酒店的住客时，我真为父亲感到羞愧。其中一个住客是首席买手，一个是外国人，还有一个是科学新闻记者。不久前，一位写过《普希金传记》的演说家曾在我们的一间公寓里住过，他拥有一座乡村度假屋和一辆汽车。"

"有这么一个丈夫，我做梦都不可能有一座乡村度假屋。"塔玛拉沮丧地说，"我受够他了，真想跟他离婚。"

"你有跟其他人交往吗？"

"我认识一个退休的主管，是个单身汉。他很有艺术眼光。我给他绣了一只天鹅作为礼物，他开心得跟孩子一样。跟这样的人在一起，你能大有成就。"

"是什么主管？酒店的吗？"

"是墓地主管，他是个非常严肃的人。"

"做那样的工作，不严肃才怪呢。"儿子同意道。

4

在六月的一个晚上，赛奇在天花板上从事一项新的发明。时间已经很晚了，但他并未注意到时间的流逝。在睡觉时，他忘记设定闹钟，结果在第二天早晨睡过了头，无法按时上班。他决定一整天都不去上班了：这是他第一次也是最后一次逃班。

"你会随着你的发明一起堕落的，"塔玛拉说，"最起码，你可能已经因为一些你认为值得做的事情而耽误了工作！但你的那些东西！聪明人会额外赚些外快，可你什么产出都没有，跟不产羊奶的公山羊一样。"

"别生气，塔玛拉。"赛奇试图使她平静下来，"一切都会好起来的。假期很快就要来了，我们去伏尔加河上乘船游玩吧。"

"我不需要你那廉价的乘船游玩，"塔玛拉尖叫道，"你应该去你的背后兜一圈，听听别人在那里是怎么说你的。他们都觉得你是傻瓜而嘲笑你呢。"

她突然从挂钩上抓起一副未完成的壁挂，怒气冲冲地夺门而出。

赛奇陷入了沉思。他思考了很久，决定像妻子建议的那样到自己的背后兜一圈。前不久，他发明了一种隐形存在机（IPM），它的有效距离可以达到 35 英里。但他从来没在城市里用过 IPM，他认为窥视别人的房间或窥探他们的私人生活是不道德的。不过，他倒是常常将森林设置为窥探目标，看鸟儿筑巢或听它们歌唱。

然而，现在他决定在城市内测试 IPM。他打开机器，调节旋钮使窥探范围变得很近，然后把天线对准社区房子的厨房。两个女人正站在煤气炉旁天南海北地聊着八卦。最后，其中一个说道："塔玛拉又离开家去找那个主管了——而且还一点儿都不害臊！"

"我真为赛奇·弗拉基米罗维奇感到可惜，"另一个女人说道，"他是一个多么善良聪明的男人啊——而那个女人正在毁灭他！"

"我很同意你的观点，"他听见另一个女人说道，"他的确是一个好人、一个聪明人，就是运气不太好。"

赛奇接着去窥探他的同事，他们对他也只有好话。他关掉 IPM 想了一会儿。然后露西亚出现在他的脑海中，他有一种想再次见到她的强烈渴

Vadim Shefner

望，即便只有片刻。他打开机器，搜寻露西亚位于第十一大街上的一栋房子中第五层的房间。也许她已经不住在那里了？也许因为结婚而搬走了？或者只是搬到了同一栋楼的另一层？

屏幕上闪过陌生的房间和不认识的人。终于，他找到了露西亚的房间。她不在那里，但那肯定是她的房间。家具完全没变，同样的照片像以前一样挂在墙上。小桌子上放着她的打字机。露西亚也许还在上班。

赛奇也很好奇斯维特拉娜最近过得怎么样，然后把 IPM 对准她的房子。他很容易地在一间装满各种全新玩意儿的房子里找到了她。她显得有点老，但看上去开心而满足。

突然，她的门铃响了，她把门打开。"你好，露西亚！好久都没见到你了！"斯维特拉娜用一种欢迎的语气说道。

"我刚刚路过这里，现在是我们的午休时间。"露西亚说道。赛奇现在也能看见她了。这些年来，尽管没有变得更年轻，但她仍和以前一样迷人。

两个朋友走进屋子，聊起了各种各样的事。

"你难道永远都不打算结婚吗？"斯维特拉娜突然问道，"你仍然可以找到风华正茂、有所作为的男人。"

"我不想要那样的男人，"露西亚沮丧地说，"我喜欢的男人早就结婚了。"

"你仍然爱着赛奇吗？"斯维特拉娜执意问道，"你看上他什么了？他有什么好的？他是那种一直都发不了大财的人。当然，他曾经是个很好的小伙子。有一次他给我做了溜水鞋，我们以前经常一起在水上滑来滑去。夜莺在岸上唱歌，人们在屋子里酣睡，但我们飞越大海，秀出了我们的高超技术。"

"我从来不知道他发明了那样的东西，"露西亚若有所思地说，"你还留着那双溜水鞋吗？"

"当然没有！彼佳很久以前就把它们卖给了废品商。他说这个发明简直荒谬至极。彼佳是真正的发明家，他对自己的发明心中有数。"

"彼佳的工作还顺利吗？"

"非常好！不久前他还发明了万开器。"

"万开器是什么？"

"万能机械开罐器。有了它，家庭主妇和单身汉们再也不用经历以前那种开罐头的麻烦了。"

"你有吗？"露西亚追问道，"我想看看它。"

"不，我没有，并且永远都不会有。它有五吨重呢，而且需要一个水泥平台。除此之外，得花费 40 万卢布才能买一台。"

"那得是什么样的家庭主妇才可以负担得起一台啊？"露西亚惊讶地问。

"天啊，你太迟钝了！"斯维特拉娜不耐烦地说，"任何家庭主妇都不会买。一个城市有一台就足够了。它将被安装在市中心，比如在内维斯基·普罗斯佩克特。他们将会在那里建一个城市联合开罐中心。这将非常方便。假设家里来了客人，你想为他们打开几罐沙丁鱼罐头，你再也不需要开罐工具，也不用做大量的工作了。你只需要把罐头拿到城市联合开罐中心，交给服务台，付五戈比，拿到一个收据。服务台的工作人员会在罐头上贴一张小票然后把它放上传送带。你去等候室坐在一张安乐椅上，看一个预存的短片。很快柜台就会叫你过去。你出示收据，然后就会拿到已经打开的罐头，心满意足地回到瓦西列夫斯基岛。"

"他们真的在推进这个项目吗？"

"彼佳对此非常渴望。但是最近出现了一些嫉妒他的人试图阻止他的发明投入使用。他们羡慕彼佳的才华。但彼佳不嫉妒任何人，他知道自己是一个优秀的人，而且他也很客观。举个例子，他对另外一个发明家有崇高的敬意——那个人发明了一喝到底金属帽并且付诸生产了。"

"什么是一喝到底金属帽？"

Vadim Shefner

"你知道伏特加酒瓶是怎么密封的吗？那个人用的是一个小金属帽。你拉金属帽的拉片，金属被撕开，瓶子就开了。但是这个金属帽不能再用来密封酒瓶，所以你必须把瓶子里的酒喝光，无论你愿意与否。"

"我更喜欢溜水鞋，"露西亚回应道，"我喜欢在明净的夜晚穿着溜水鞋在海湾滑行。"

"看来溜水鞋真的很合你的心意，不是吗？"斯维特拉娜大笑道，"如果当时你要买，我和彼佳肯定就卖给你了。"

赛奇关掉了 IPM 思考了一会儿，然后做出了一个决定。

5

当天晚上，赛奇从一个旧衣箱里拿出他的那双溜水鞋。他把浴缸里放满水测试了一下：溜水鞋并没有下沉，仍然像几年前一样在水面自如滑行。然后他回到工作室一直工作到深夜，为露西亚做了一双溜水鞋。

第二天是一个星期日，赛奇穿上他那套漂亮的灰色西装，用报纸把两双溜水鞋包好。他把一个喷雾器和一瓶表面张力多重助力剂放入口袋；如果一个人把后者喷到衣服上，就会使自己在水面上漂浮而不下沉。

最后，他打开装着他最重要发明的大壁橱，把专用光伏太阳能机拿了出来。他曾经为了这个发明下了很大的功夫，并且认为它是所有发明中最重要的一个。两年前就已制作完成，但从来没有进行过测试。其作用是可以使人恢复青春，但赛奇从未想过重获年轻。如果他使自己再次年轻，他不得不把塔玛拉也变得年轻，并且再次跟她从头开始生活——但是跟她生活一次已经足够了。此外，他对机器极高的能耗感到害怕，如果打开它，甚至会对宇宙产生一定影响。赛奇认为自己并没有重要到可以制造这些后果。

但是现在，经过仔细思考和权衡所有因素，他决定使用这台机器。他把它与溜水鞋放在一起便离开了家门。

到斯雷德尼大道只有很少的脚程。他在第五街拐角的一个商店买了一瓶香槟和一盒巧克力，然后继续行进。在第十一大街的路口，他离开斯雷德尼大道转向第十一大街，很快就到了露西亚的住址。他爬上楼梯，按了三次门铃，两次长和一次短。露西亚闻声打开了门。

"你好，露西亚！好久不见了。"

"是很久了。但我一直期待你能来，现在你终于来了。"

他进了露西亚的房间，喝着香槟回忆多年前的旧事。

"噢！"露西亚突然哭着说，"要是我再年轻一次，人生能够重来一次就好了！"

"我们有这个能力。"赛奇说着拿出专用光伏太阳能机给她看。它只有一台便携式收音机那么大，并有一条很粗的电线与之相连。

"要把它接到电力系统吗？它不会被烧坏吗？这幢房子最近刚把电压换成 220 伏。"

"不，不用接到电力系统。1000 个第聂伯发电站也不足以使它运行。它直接从太阳中获取能量。请你打开窗户好吗？"

她打开窗户，赛奇把电线伸了出去。电线的末端有一个小小的凹面镜，赛奇把它放到窗台上，这样它就可以直接对准太阳。然后他把机器打开。可以听见机器里有噼啪声，很快，太阳就开始看起来暗了一些，就像电流降低之后白炽灯泡变暗一样。房里变得昏暗起来。

露西亚走到窗边往外看。"赛奇，发生了什么事？"她惊讶地问道，"看起来好像开始日食了。整个岛都在昏暗之中，远处也渐渐变黑了。"

"现在整个地球都变得黑暗了，甚至连火星和金星也是。因为机器消耗了大量的能量。"

"那么，这种机器永远都不该大规模生产！否则，每个人都会再次年轻，但是从那时起世界就会永远漆黑一片了。"

"是的，"赛奇同意道，"机器只能使用一次。为了你，我使它可以再

Vadim Shefner

额外容纳一个人。现在让我们坐下来，保持安静。"

他们坐在一张旧长毛绒沙发上，手牵手等待着。同时，外面变得像黑夜一样。整个城市中，光亮夺窗而出，街灯也亮了起来。除了专用光伏太阳能机上电线的蓝光，露西亚的房间已经全黑了。

突然，机器发出一声巨大的爆裂声，前面一扇方形的窗户打开了，从里面溢出一束末端像是被切断的绿色射线。尽管只是一束光，但射线看上去就像固体一般。它变得越来越长，最后碰到了墙上的一幅绘有猪和橡树的壁画。画中的猪立刻变成了猪崽，拥有巨大枝条的橡树则变成了一棵小小的树苗。

光线在房间里像没有方向地缓慢移动着，就像一个瞎子在四处寻找着露西亚和赛奇。光线触碰到的墙面部分，那些陈旧褪色的帘子恢复了原来的颜色而再次变得崭新。那只坐在壁橱抽屉上打盹的老公猫变成了一只小猫，并立刻开始玩它的尾巴。一只苍蝇意外地被光线触碰到而变成幼虫，掉到了地板上。

终于，光线接触到了赛奇和露西亚。它在他们的头、脸、腿和胳膊上游走。他们的头上有两个闪闪发光的半环形成一种光晕似的东西。

"有东西在挠我的头。"露西亚咯咯地笑道。

"别动，保持安静。"赛奇说，"那是因为白头发在恢复成原来的颜色。我的头皮也变得好痒。"

"噢！"露西亚大叫道，"我嘴里有种很热的东西！"

"你的牙齿上有几个金牙冠，是不是？"

"只有两个。"

"年轻的牙齿不需要金牙冠，所以它们被粉碎了。你把粉末吹出来就好了。"

露西亚像一个没有经验的吸烟者噘起嘴吹出一些金粉。

"好像我身子下面的沙发开始膨胀了。"她突然说。

"那是弹簧在伸展，因为我们越来越轻了。这些年我们确实增加了一些体重。"

"你说得对，赛奇！我觉得自己变轻了，这真奇妙，我现在好像只有20岁。"

"你现在就是20岁。我们已经变年轻了。"

这时，专用光伏太阳能机开始颤抖，发出隆隆的声响，然后就燃烧起来并随即消失了，只有一点蓝色的灰烬表明它曾经存在过。他们周围的一切突然又明亮起来。汽车司机们关上了车前灯，街灯熄灭了，人造的亮光也从窗户里消失了。

露西亚站起身，看到镜中的自己不禁笑了出来："来啊，赛奇，我们去散步吧——去伊斯勒津岛怎么样？"

赛奇拿着那两双被捆起来的溜水鞋，拉着露西亚的手臂一起走下楼梯来到街上。他们乘坐有轨电车到文化公园走了很长时间，还骑了旋转木马，并且在一家餐馆吃了两顿饭。

当静谧明净的夜晚降临时，公园里渐渐冷清下来，他们便来到海边。海面平滑如镜，甚至连一点小波浪都没有，在远处的沃尼岛附近，游艇的帆在月光下静谧不动。

"今天的天气正好合适，"赛奇说着拆开那两双捆着的溜水鞋。他先帮露西亚穿上，然后把自己的也穿了上去。

露西亚跑上水面，轻轻地在上面滑着，赛奇跟在她后面。他们来到游艇旁，等待微风吹来的游艇主人向他们挥了挥手，他们滑过沃尼岛到了远海。在水上滑了很长时间后，赛奇突然放慢了速度，露西亚滑到他的身边停下来。

"露西亚，你知道我想对你说什么吗？"赛奇有些不太自信地问道。

"我知道，"露西亚回答道，"我也爱你。从现在起我们将永远在一起。"

他们拥抱着、亲吻着，随后转身朝海边滑去。与此同时，渐渐变大的

Vadim Shefner

风在海面上吹起海浪，增加了在海上滑行的难度。

"如果我失足跌入水里可怎么办？"露西亚说道。

"我现在就采取预防措施，这样我们就不会被淹死了。"赛奇笑着回答道。他从口袋里拿出喷雾器和表面张力多重助力剂，然后把液体喷洒到露西亚的衣服上。

"现在我们甚至可以到海浪上恣意驰骋。"他说道。

他们坐在海浪上，紧紧依偎在一起。水晶长椅般的海浪将他们带回了岸边。

复仇之日 -（1965）-Day of Wrath

（苏联）塞弗·甘索夫斯基 Sever Gansovsky ——著

（英国）詹姆斯·沃马克 James Womack ——英译

鲸歌 ——译

塞弗·甘索夫斯基（1918—1990），苏联知名小说家，作品包括科幻小说。他的部分作品称得上当时最优秀的短篇小说，其中几篇在 20 世纪 80 年代被译成英文，并收录进了英国麦克米伦出版公司出版的苏联最佳科幻小说系列选集中。1989年，他获得了俄罗斯埃利塔奖。

甘索夫斯基一生中从事过许多工作——水手、电工、教师、邮递员，第二次世界大战期间还当过狙击手和侦察员。甘索夫斯基在战争期间受了重伤，被误以为已经牺牲，家人为他举行葬礼之后，他又意外地返回家园。

他于 1950 年首次出版作品，1951 年毕业于列宁格勒州立大学（语言学专业）。不久之后，甘索夫斯基便开始获得写作方面的奖项。同时，他也是一个有才华的插画师，他曾为短篇小说《斜坡上的蜗牛》（ *The Snail on the Slope*, 1972）创作插画，也因此结识了斯特鲁伽茨基兄弟。

甘索夫斯基的作品贯穿着深刻的智慧，人物刻画简洁有力，这是因为他对人性荒谬残忍的一面有着敏锐的观察。"二战"期间的经历显然也对他的作品产生了一定影响，战争背景的作品透露出他厌倦战争的态度。甘索夫斯基似乎有种特殊本领，擅长在特定政治和社会制度下塑造典型人物。

甘索夫斯基是他所在的时代最好的科幻作家之一，完全可以与欧美国家的同类作家相提并论，他的作品应当在英语世界中重获关注。虽然他值得再版的作品有很多，比如，反战小说《测试场》（ *Testing Grounds* ）——但本书重点推荐其经典作品《复仇之日》，小说主题是生物技术实验，也是对 H. G. 威尔斯的《莫罗博士岛》的致敬。

△　　▲　　△　　△

主席：“你懂得多种语言，你会高等数学，可以做各种工作。你认为具备这些条件你就是人类了吗？”

奥塔克：“是的，当然。难道人类还会做其他事情吗？”

（摘自对一名奥塔克的交叉询问记录，国家委员会材料）

两名骑手穿过枝繁叶茂的山谷，开始爬山。打头的是林务官，他骑着一匹歪鼻子的杂色马，唐纳德·贝特利骑着栗色母马紧随其后。母马不慎被石板小路滑倒，双腿跪地。贝特利一直在出神，险些摔下马来，因为马鞍——配有单条缰绳的英式马鞍——顺势滑向了马脖子。

林务官等他赶上来。

“别让它低头，它经常滑倒。”

贝特利强忍怒火，沮丧地瞥了他一眼。“该死，他早该提醒我。”他同时也埋怨自己，因为马愚弄了他。它在贝特利给它装马鞍之前，就先吸了口气，导致了缰绳松弛。

他这次把缰绳抽得很紧，勒得马乱蹦乱跳，连连后退。

小路再次趋于平坦。他们正在翻越一座平顶山，在他们前方，被枞木森林覆盖的山顶隐约可见。

两匹马大步向前，时不时地一阵小跑，都想超越对方。每当母马领先时，贝特利都会看到林务官那张被晒得黝黑的、光溜溜的脸颊瘦削。他阴沉的目光一直锁定前方，似乎压根儿没注意到同伴的存在。

“我太直接了，”贝特利想，“这对我没有任何帮助。我已经跟他搭话好几次了，他要么回答一个单音节，要么什么都不说。在他眼里我一文不值。他把想聊天的人都当作了不值得尊重的话匣子。他们生活在野外，一点儿不懂得为人处世。他们也不懂得记者是干什么的。即使是像我这样的……

算了，我也不跟他说话了。该死！"

不过慢慢地，他的心情有所好转。贝特利是位成功的男人，认为其他人都应该像他一样热爱生活。他虽然对林务官的冷漠感到意外，但并不讨厌他。

早晨的恶劣天气开始转晴。浓雾消散。阴暗厚重的云层裂开，聚成一朵朵白云。巨大的阴影瞬间隐入了黑暗的森林和山谷，更体现了这个地方的残酷、野性和无拘无束。

贝特利拍了一下湿漉漉的马脖子，全是汗味儿。

"他们肯定是怕你趁觅食的机会跑掉，捆过你的前腿，所以你才总是滑倒。不过没关系，我会在你身边的。"

他松开缰绳，策马直追，赶上了林务官。

"梅勒先生，你出生在这一带吗？"

"不是。"林务官头也不回地说。

"你在哪里出生？"

"千里之外。"

"你在这边很久了吗？"

"有段时间了。"梅勒扭头对记者说，"说话小声点儿。它们会听见。"

"它们是谁？"

"当然是奥塔克。它们听见你说话，就会通知同伴，在前方伏击我们，也可能从后方突袭，把我们撕成碎片……如果不让它们知晓我们的来意，情况就会好一些。"

"它们经常攻击人类吗？资料上说，几乎从未发生过这种事。"

林务官沉默不语。

"它们是亲自上阵吗？"贝特利不由自主地回头张望，"还是说它们会开枪？它们有武器吗？步枪还是机枪？"

"它们很少开枪。它们的手不适合操作武器。因为那根本不是手，是爪子。它们用起武器来很笨拙。"

"爪子。"贝特利重复着，"这么说，这里的人不把它们当人类看待？"

"谁，我们？"

"是的，就是你们。住在这里的人。"

林务官吐了口痰。

"它们当然不是人类。谁都不会这么认为。"

这段对话来得突然。刚刚下定决心不再跟林务官说话的事儿，早就被贝特利忘到一边了。

"那你跟它们说过话吗？据说它们说话很流利，真的是这样吗？"

"年纪大的能说话。实验还没废弃时，它们就在这儿……年纪小的说得差些，但它们要危险得多。它们更聪明，它们的头是正常人的两倍大。"林务官突然勒住马，他的声音充满苦涩，"你看，我们的讨论没有任何意义。这一切都没用。这些问题我已经回答过几十遍了。"

"什么一切都没用？"

"所有这一切，包括这次行程。你不会有任何收获。事情将一如既往。"

"怎么可能？我来自一家知名媒体。我们拥有巨大的影响力。他们正在为参议院委员会收集材料。假如奥塔克真的很危险，政府将采取措施。你听说了吧，他们这次准备派军队来对付它们。"

"即便如此，事情也不会有任何变化，"林务官叹了口气，"每年都有人来，你绝不是第一个。他们仅仅对奥塔克感兴趣，却对与奥塔克朝夕相处的我们不闻不问。人人七嘴八舌地问：'它们真的能自学几何吗？它们真的有的能理解《相对论》？'好像这些事情有多么重要！好像这就是不去消灭它们的好借口！"

"这就是我来的原因。"贝特利开口，"为参议院委员会收集材料。那么全国人民都会知道——"

"你以为别人没有收集材料吗？"梅勒打断他，"而且……你怎么理解这里的情况？你需要住在这里才能理解。来这里调查一段时间和在这里世世代代生活，这是完全不同的两回事情。噢！我跟你说这些有什么意义？我们走吧。"他轻拍下马，"从这里开始，就是它们的地盘。从这个山谷开始。"

记者和林务官已经到达山顶。前方的路始于马蹄之前，呈锯齿状一路向下。

远处是一片杂草丛生的山谷，被幽细的河流纵向切开。河水中，石头遍布。森林生长于河畔峭壁，远方是冰雪覆盖的连绵山脉。

贝特利眺望方圆数十公里，却没发现一丝生命的迹象：既没有冒烟的烟囱，也不见一个干草垛，四下如死一般寂寥。

太阳已被云层遮盖，气温便立即降低。记者突然有点儿不愿再跟着林务官前进。他被冻得耸起肩膀。他想念自己市区公寓的温暖气息，还有报社明亮温暖的办公室。紧接着，他振作起来："该死，我经历过更糟糕的情况。我有什么好怕的？我枪法很准，反应敏捷。他们不派我还能派谁呢？"他看到梅勒从肩上卸下步枪，他也同样准备好自己的武器。

母马小心翼翼地在小路上落脚。

当他们到达山脚，梅勒说："我们尽量并排骑行。最好不要说话。我们八点必须抵达斯泰格里希的农场。我们在那儿过夜。"

他们策马而行，默默地骑行了两个小时。他们绕过熊山，昂头保持警惕，时刻保持森林在右侧，悬崖在左侧。崖边长满灌木，低矮稀疏，无法藏身。他们沿着岩石遍布的河底，抵达一条废旧的柏油路，路面的裂痕中，杂草肆意生长。

他们沿着柏油路骑行，梅勒突然勒住马，凝神倾听。然后他翻身下马，屈膝跪地，把耳朵贴在地面上。

"事情不对。"他站了起来，"我们身后有人骑马赶来。我们离开大路。"

贝特利下马，他们牵马钻入桤木丛的沟壑。

不出两分钟，记者听到马蹄声由远及近。来者正全速前进。

透过凋零的枝叶，他们看见一匹灰马疾驰而来。马背上的男人姿势笨拙，穿着黄色马裤和厚夹克。当距离拉近到足以使贝特利看清他的相貌，他意识到自己见过这名男子，甚至想起了地点。他曾在小镇的酒吧附近见到过五六个肮脏而不体面的男子。他们都有相同的半睁半闭的眼睛，眼神懒散而粗鲁。记者清楚那意味着什么——那是歹徒的眼睛。

当男子驰到近处，梅勒冲到路当中。

"喂！"

男子勒住缰绳，停了下来。

"喂，等等！"

男子回头，显然认出了林务官。他们对视片刻后。男子挥了挥手，掉转马头，继续前行。

林务官紧盯着他的背影，直到马蹄声消失在远处。他突然一拳砸在自己头上，发出一声呻吟。

"计划行不通了，很明显。"

"怎么了？"贝特利也从树丛中现身。

"没什么。我们的计划没戏了。"

"但是，为什么呢？"记者看了看林务官，惊讶于他眼中的泪水。

"一切都结束了。"梅勒说，他转过身来，用手背擦了擦眼睛，"这个混蛋！混蛋！"

"听我说。"贝特利开始失去耐心，"如果你情绪激动，我们就不要继续了。"

"我激动？"林务官大声说，"你认为我情绪激动？看这个！"他挥手示意 30 步开外的松树，一枚淡红褐色的松果挂在枝梢，悬在柏油路上方。

贝特利还没搞明白为什么要他看这个，只听一声枪响，强烈的火药气息扑面而来，而孤悬枝头的那颗松果，掉落在柏油路面。

"我可冷静得很。"梅勒说，走向桤木丛去牵他的马。

他们在日暮时分到达农场。

盖了半截的木屋中，走出一位头发蓬乱、身材高大的黑胡须的男人，沉默地站在一边，看贝特利与林务官卸马鞍。随后一位红发女人走到门口，她面无表情，同样头发凌乱。3个孩子跟在她身后。两个八九岁的男孩和一个 13 岁左右的女孩，女孩消瘦不堪，就像用歪扭的线条勾勒出来的一样。

他们 5 个人对梅勒和记者的出现并不感到惊讶：他们既不快乐也不忧伤。他们只是站在那里，沉默地注视着。贝特利不喜欢这种气氛。

晚餐时，他尝试着与他们聊天。

"告诉我，你们是怎么与奥塔克相处的？它们真的很难缠吗？"

"什么？"黑胡须的农场主把他的手掌放在耳侧向外张开，身体探过桌子。"什么？"他大吼道，"大点儿声。我听不见。"

这样的情况持续了几分钟，显然农场主并不想知道他的诉求。最后，他摊开双手。是的，这里有奥塔克。它们骚扰他吗？不，它们没有骚扰他，但他不知道其他人的情况。他不愿透露关于奥塔克的其他信息。

对话进行到一半，瘦女孩站起来披上披肩，一言不发地走开。

吃罢晚饭，农场主的妻子从房间取出两套床垫，开始铺床。

梅勒阻止了她。

"我们睡在谷仓。"

女人默默地站起身。农场主从桌边猛地起立。

"为什么？睡这里吧。"

林务官已经卷起床垫。

农夫提灯送他们到高高的谷仓。看着他们整理床铺，有那么一会儿，他脸上浮现了想说些什么的神情。但他只是用手揉了揉脑袋，随即离开。

"这是怎么回事？"贝特利问，"奥塔克不会在这栋房子里吧？"

梅勒拣起一块厚木板，顶住沉重的实心门，并确认不会滑落。

"睡觉。"他说，"什么事都可能发生，它们会进入人的家里。"

记者坐在床垫上，开始脱靴子。

"告诉我，这附近还有没有熊？不是奥塔克，而是真正的野生熊。在森林里不是有很多野熊出没吗？"

"已经灭绝了。"梅勒回答道，"奥塔克逃出实验室的第一件事，就是消灭所有的真正的熊。还有狼、浣熊和狐狸——所有的正常动物。它们从废弃的实验室取出药品，毒死了体形较小的动物。附近到处是死狼。不知为何它们不吃狼，但是吃了熊。它们有时甚至吃自己的同类。"

"它们吃同类？"

"当然，它们不是人类。你无法预期会发生什么。"

"你认为它们是野兽吗？"

"不，"林务官摇了摇头，"我们不认为它们是野兽。大城市里那些人也在争论这一点，它们究竟是人类还是动物？我们意识到，它们既不是人类，也不是动物。你还不明白吗？以前这里既有人类，又有动物，现在有了第三种东西：奥塔克。这是全世界历史上第一次发生这种事。奥塔克不是动物——如果它们真是动物，那就谢天谢地了。当然，它们也不是人类。"

"它们能很快学会高等数学吗？"——贝特利无法抑制自己问出这个问题，尽管他知道这是陈词滥调。

林务官猛地转向他："能不能不提数学！哪怕就一次！闭嘴吧！我根本不在乎它们懂不懂高等数学！是的，奥塔克倒立着都能解决复杂的数学题！但这能说明什么？它们不具备人性，这才是真正的问题。"

他咬住嘴唇，转过身去。

"他太激动了，"贝特利心想，"他还这么激动。他不是一个心理健康的人。"

林务官已经恢复冷静。他对于刚才的失态略感不安。经过短暂的沉默，他问："抱歉。不过，你见过他吗？"

"谁？"

"那个'天才'，菲德勒。"

"菲德勒？是的，我见过他。报社派我出来之前，曾安排我与他见面。"

"我猜，他们一定将他保护得密不透风，连一滴雨都沾不上。"

"是的，他们保护他。"贝特利想起他被检查通行证以后，面向科学中心的墙壁被进行搜身。研究所入口处，他再次被搜身，以及被检查通行证。进入花园之前，他们对他进行了第三次搜查，然后菲德勒才出来迎接。"他被严密保护着，但他是一位真正有天赋的数学家。他13岁就修正了《相对论》。他是一个不寻常的人。"

"他长什么样子？"

"长什么样子？"

记者犹豫了。他还记得菲德勒穿着宽松的白西装走进花园的样子。他的身材很别扭。臀部宽，肩膀窄，脖子短……这是一次奇怪的采访，贝特利甚至觉得，他自己才是被采访的对象。菲德勒回答了他的问题，却不知何故略显草率。他似乎在嘲笑记者，以及除科研中心之外的全世界的普通人。他也问了贝特利一些问题，都是些近乎愚蠢的奇怪问题。是否喜欢胡萝卜汁？这次采访中，他简直像菲德勒的实验对象。

"中等身材，小眼睛……"贝特利回答，"你真的从来没有见过他吗？他来过这里，湖边和实验室。"

"他来了两次，"梅勒说，"带着很多保镖，死人都无法接近他附近一英里。当时莱希哈特和克莱因还在这里工作，奥塔克仍被围在围墙里。奥塔克吃掉了克莱因，然后逃跑了。后来菲德勒再也没在这一带出现过……他关于奥塔克都说了些什么？"

"关于奥塔克？他说这是个非常有趣的科学实验，非常有挑战性，但是他目前还没有参与。他正在研究宇宙射线……他说他对受害者感到遗憾。"

"他们做这个实验的目的是什么？为什么这么做？"

"怎么说呢。"贝特利思索了一会儿，"科学研究中，常常用到'假设'。这能够导致很多新发现。"

"什么叫假设？"

"比如，假设我们把电线放入磁场会发生什么？于是你发现了电动机……我认为，假设意味着实验。"

"实验。"梅勒咬牙切齿地说，"他们做了一个实验：他们把吃人的暴徒放到我们当中，然后对我们不闻不问。我们竭尽全力生存下来。菲德勒放弃了奥塔克，也放弃了我们。它们已经繁殖了几百个，没人知道它们打算对我们做什么。"他停下来，叹了口气。"这些科学家干的好事！让野兽比人类聪明。这些住在城市里的人简直是疯了。先是原子弹，现在又是这个。他们是想毁灭整个人类。"

他站起身，拿起上好子弹的步枪，放在身旁。

"听着，贝特利先生。假如有异常情况，假如有人敲门或砸门，你必须躺着。否则我们会在黑暗中误伤对方。你躺在那里。我知道怎么做。我受过良好训练，我就像一只狗，会从本能中醒来。"

第二天早上，贝特利走出谷仓，太阳如此明亮耀眼，雨后的植物如此清新，他们昨晚那场谈话仿佛只是一个可怕的故事。

黑胡须的农场主已经在地里干活——河对岸露出白色衬衫一角。有那么一会儿，记者觉得也许这就是幸福——日出时起床，把城市生活的烦恼和喧嚣抛在脑后，只低头关注手里的铲子和一团团黑褐色泥土。

手握步枪的林务官从谷仓后出现，迅速把他拉回现实世界。

"来吧，给你看一些东西。"他们绕过谷仓，走进屋后的菜园。梅勒做出了奇怪的举动。他弯腰冲过灌木丛，在马铃薯地的沟渠中停下脚步。然后示意记者模仿他。

他们沿着菜园周围的水沟。在某一处能听到女人在房间里说话，但听不清她在说什么。

梅勒停下。

"看这里。"

"这是什么？"

"你说你打过猎。仔细看！"

没被杂草覆盖到的空地上有一个足印，五个脚趾清晰可见。

"熊？"贝特利试探地说。

"什么熊，熊早在这附近灭绝了。"

"那是奥塔克吗？"

林务官点点头。

"这是新的足印。"记者低声说。

"昨晚的，"梅勒说，"你看它很潮湿，它们下雨前就在房子里。"

"在房子里？"贝特利感到脊背发凉，仿佛有根金属贴在上面。"就在这所房子里？"

林务官不答，朝水沟方向一扭头，两人原路返回。

他们回到谷仓，梅勒一直等到贝特利恢复正常呼吸。

"昨晚我想了很久。我们刚到这儿的时候，斯泰格里希假装自己听不见。他只是想让我们大声说话，这样就能被奥塔克听见。奥塔克就在另一个房间里。"

记者声音嘶哑。

"你说什么？人们袒护奥塔克？却对付真正的人类？！"

"小点声。"林务官说，"什么叫'祖护'？斯泰格里希别无选择。一个奥塔克闯进来，躺到卧室过夜，这种事经常发生。否则，它们会把人们从房子里赶出去，在那里住上一两天。"

"那人们怎么办？他们就这样忍耐？为什么不开枪？"

"他们怎么敢开枪？森林里有许许多多的奥塔克！农民都有子女，有牲口，还有一个可以烧毁的房子……孩子是最重要的。奥塔克可能抓走他们。你没有办法时时刻刻盯着孩子。它们拿走了所有的步枪。这在一开始就发生了，第一年。"

"人们就这样放弃了吗？"

"他们能做什么？那些不肯交出武器的人被……"

他突然中断，盯着15步以外的柳树。

接下来发生的事情只花了两三秒钟。

梅勒举起步枪，拉开枪栓。此时，一个深棕色的大块头从灌木丛中出现，它的大眼睛闪闪发光，邪恶而恐惧，嘴里说着："嘿，别开枪！别开枪！"

记者一把抓住梅勒的肩膀。子弹射出，但只击中树干。棕色的大块头四肢着地，像球一样滚入森林，消失于林木间。不时听到树枝折断的声音，随后一切重新归于安静。

"该死！"林务官愤怒地转向他，"你为什么这么做？"

记者脸色苍白，低声说："它在说话，和人类一样……它叫你不要开枪。"

林务官看了他一眼，原本的愤怒被一副冷漠厌倦的表情所取代。他放下步枪。

"好吧……第一印象总是如此。"

他们身后传来沙沙声，他们转过身。

农民的妻子说："来吃饭吧。菜已经摆好了。"

他们吃饭时，假装什么事都没发生。

早餐后，农场主帮他们上好马鞍。他们一言不发地离开。

离开农场后，梅勒问："你的计划是什么？我没有搞懂。他们说，我只要带你在山里兜圈子就行。"

"我的计划是什么？嗯，我想在山里走走，是的。见的人越多越好，找机会了解奥塔克。一句话，我要感受这里的气氛。"

"刚才在农场感受到了吗？"

贝特利耸耸肩。

林务官突然放慢马速。

"嘘。"

他侧耳倾听。

"有人在我们后面……农场出事了。"

贝特利还没来得及质疑林务官的听力，就听到后面大喊："嘿，梅勒！嘿！"

他们掉转马头，农场主气喘吁吁地跑到他们身边。他不得不抓住梅勒的马鞍，才勉强支撑住身体。

"奥塔克抓走了蒂娜，把她拖到了穆斯峡谷。"他剧烈地喘息着，汗水从前额滴落。

林务官一把将农场主拉上马。公马全速前进，马蹄扬起泥土。

贝特利从未想到马可以跑这么快。洞穴、倒塌的树木、灌木丛和沟渠，模糊不清地从他身侧嗖嗖闪过。他甚至没有注意到自己的帽子，不知何时已被树枝打落。

贝特利无法决定前进速度。在这场角逐赛中，母马竭尽全力追赶公马。贝特利紧紧抓住它的脖子，担心自己随时会丧命。

他们穿过森林，穿过宽阔的草甸，沿着坡道前进，超过农民的妻子，朝下方进入一个大峡谷。

Sever Gansovsky

林务官翻身下马，农场主紧随其后，沿着狭窄的小路，冲进稀疏的松树林。

　　记者也跳下马，一把将缰绳掷向马脖子，紧紧跟上梅勒。他跟在林务官身后，不知不觉注意到了梅勒令人惊讶的转变。他奔跑的姿态轻盈、镇定，刚才的冷漠和犹豫不决一扫而空。他毫不迟疑地跃过坑洼，避过低枝，似乎奥塔克的踪迹被人用粗大的粉笔画在了地上。

　　起初贝特利与他们同步，渐渐地，他感到疲累，心脏在胸腔跳动，喉咙灼热发紧。他放慢脚步，花了几分钟独自走过灌木丛，然后听到了前方的声音。

　　林务官站在山沟的最狭窄的部分，子弹上膛，指向茂密的榛树林。女孩的父亲也在那里。

　　林务官强调：“放了她。否则我就杀了你。”

　　他正在对着那个树林里的东西说话。

　　回答他的是一声咆哮，与孩子的呜咽声混合在一起。

　　林务官重复他的话：“我会杀了你，哪怕花一生的时间也要追踪你、杀死你。你是了解我的。”

　　又是一声咆哮，然后一个声音响起，那不是人类的嗓音，却像一台留声机：“如果我照你说的做，那么你不会杀我？”

　　“不，”梅勒说，“你能活着走出去。”

　　丛林一阵沉默。唯有孩子的哭声在回荡。

　　树丛分开，一个白色身影从树林中出现。瘦女孩踏上草地，一只手鲜血淋漓，全靠另一只手撑扶。

　　她哭泣着从三人身畔走过，一眼不看他们，向房子蹒跚而行。

　　这三个男人目送她走远。黑胡子的农场主用苛责的目光看着梅勒和贝特利，记者难以承受，低下了头。

　　“就是那里。”农场主说。

他们停下，准备在森林中的看守小屋过夜。他们距离实验室所在的湖中小岛只有几个小时路程，但梅勒不同意在黑暗中赶路。

行程至此已是第四天，记者经过考验的乐观主义开始坍塌。以前，他每次遭遇不愉快的时候，都有一个小小的说法："一切如常，生活仍然美好！"但现在他知道了，这句话不适用于所有场合，当你乘着舒适的列车从一个城市奔向另一个城市时可以使用，或者当你踏入酒店的玻璃门准备会见某位知名人士的时候可以使用。但这句话完全不适用于斯泰格里奇，以及发生在他身上的事情。

整个地区笼罩着一种病态。人们如槁木死灰，终日不语。孩子脸上也难见笑容。

有一次他问梅勒，为什么人们不离开这里。林务官告诉他，这里的居民仅有的财产就是土地，但根本没有出售的可能。由于奥塔克的存在，这片土地毫无价值。

贝特利问："那你为什么不离开？"

林务官咬住嘴唇思考片刻后，然后回答："我还有点用。奥塔克害怕我。我一无所有，既没有家庭，也没有房产。他们无以威胁我，只能想办法杀死我，但这要冒险。"

"你是说奥塔克尊重你吗？"

梅勒犹疑地抬头。

"奥塔克？怎么可能？它们没有'尊重'的概念。它们不是人类。它们仅仅是怕我而已。它们想的没错，我确实会杀了它们。"

奥塔克正在冒着被林务官杀死的风险。林务官和记者都意识到了这一点。他们感到一张网在他们周围逐步收紧。他们遭遇了三次枪击。一次，子弹从废弃房屋的窗内飞出，两次直接从森林射出。在三次袭击中，他们都找到了新鲜足迹。他们每天都能发现更多奥塔克的活动迹象。

他们在狭小的壁炉里生火，准备做晚饭。林务官点燃烟管，忧伤地凝视某处。

他们把马拴在正对小屋敞开的门口。

记者看着林务官。他这几天一直和他在一起，对他的尊重与日俱增。梅勒从未受过教育，一生都在森林里度过。他从不读书，你无法和他谈论艺术，哪怕只有两分钟。即使这样，记者觉得很难找到比他更理想的朋友了。林务官的意见总是健康而独立。如果他没什么要说的话，他就不说。以前，贝特利觉得他有点急躁易怒，现在他明白了原因。梅勒以及这片地区的居民，长期处于生存环境急剧恶化带来的苦难之中。而这些，正是科学家的实验导致的。

最近两天，梅勒生病了。他得了疟疾。脸上生满红斑。

壁炉中的火苗渐渐熄灭，林务官突然问："告诉我，他年轻吗？"

"谁？"

"那个科学家，菲德勒。"

"他很年轻。"记者回答，"最多 30 岁。怎么了？"

"很年轻，那就不好。"林务官说。

"为什么？"

梅勒沉默了一会儿。

"他们将最优秀的人集中到封闭的空间，给予过分的优待和照顾。这些科学家对普通人的生活一无所知，所以他们对人们没有同情心。"他叹了口气，"要成为科学家，你首先需要成为一个人。"

他站了起来。

"该睡觉了。我们轮流守夜，否则奥塔克会杀死我们的马。"

记者决定由他先来守夜。

两匹马正围着去年的干草垛咀嚼。

他坐在小屋门口，步枪横在膝上。

天色暗得很快，夜幕笼罩，他的眼睛逐渐适应了黑暗。月亮升起，夜色清澈，星空闪烁。一群小鸟彼此呼唤着飞过头顶。它们不同于大型鸟类，为了躲避食肉动物才在夜间迁徙。

贝特利起身绕着小屋。小屋位于森林中央的空地，而四周环绕的森林则潜藏危险。记者检查了子弹是否上膛。

他开始回想这几天的所见所闻，一段段对话、一张张面孔。他开始思考回到报社后，该如何汇报奥塔克的一切。想回去的念头不断出现在他的脑海里，并给这里的一切遭遇染上诡异的色彩。即便经历了奥塔克抓走孩子的事情，贝特利仍然在想，无论事情怎样糟糕，他总是可以随时退出。

"我可以回去。"他自言自语，"但梅勒怎么办？其他人怎么办？"

思考这件事情将引发的后果和影响，对他而言，太残酷了。

他坐在小屋在月光下的阴影里，开始思考奥塔克。他记得一些新闻标题："没有同情心的智慧"，就像林务官所说的那样。对他来说，奥塔克不具备"同情"，因此它们不是人类。没有同情心的智慧，有可能吗？智慧甚至没有同情心，智慧能存在吗？孰先孰后？难道善良不是智慧的结晶吗？又或者恰恰相反？奥塔克的逻辑思维能力已经被证实胜过人类，它们有更强的抽象思维和记忆力。甚至有谣言说，国防部关押了一些初代奥塔克，曾协助决策某些特定问题。但插电的推理机也被用来解决某些特定问题。两者有什么区别？

他记得一位农民告诉他和梅勒，最近见到了一个几乎没有毛发的裸体奥塔克。林务官回答说，奥塔克越来越像人类了。它们有一天会征服世界吗？没有同情心的智慧能否比人类智慧更强？

"这在短期内不会发生。"他对自己说，"将来即使发生了，我早就不在人世了。"

然后，他想到子孙后代，他们会怎样？他们会生活在何种世界？奥塔克的世界，或控制论机器人——据说同样比人类聪明——统治的世界？

儿子出现在他的脑海里，对他说："听我说，爸爸。我们是我们，它们是它们，但它们认为自己是'我们'，不是吗？"

"你成长得太快了，"贝特利想，"当我七岁的时候，不会问这样的问题。"

在他身后某处，一根枝杈折断。男孩不见了。

记者小心地打量四周，仔细倾听。没事，一切正常。

一只蝙蝠摇摇摆摆飞过空地。

贝特利挺直身体，想起林务官对他隐瞒了一些事。他从未提起第一天路上超越他们的骑手是谁。

他再次靠在小屋墙上。儿子再次出现，冒出更多问题。

"爸爸，这一切是从哪里来的？树木、房屋、空气、人民，这些都从哪里来？"

他从生物进化论开始讲起，紧接着，感到心跳加速，贝特利醒来。

月亮隐去，天空蒙蒙亮。

马不见了。确切地说，一匹马不见了，另一匹马倒在草地上，三个灰色的阴影蹲在它上方，其中一个舒展身体，记者看到奥塔克庞大的身躯、发达的头部、咧嘴的颚，以及在半暗中闪烁的大眼睛。

身畔传来低声说话。

"他睡着了。"

"不，他已经醒了。"

"过去看看。"

"他会开枪。"

"他刚才就能开枪，他要么睡着了，要么吓得不敢动，过去看看。"

"你去。"

记者浑身僵硬。这像一场梦。他明白自己大难临头，无法脱身，但他却连一根手指头都无力移动。

压低的声音继续说道："但另一个呢？他会开枪的。"

"他病了，他不会醒的。要我说，我们过去吧。"

贝特利用尽全力转动了一下眼珠。小屋的转角出现了一只奥塔克，体形较小，就像猪一样。

记者从震惊中回过神来，连忙扣动扳机，连放两枪，两枚弹壳接连掉落。

贝特利挣扎着起身，顾不上已脱手的步枪。他冲进小屋，颤抖着用力关上门，拉上门闩。

林务官手持步枪，正等待着他。他的嘴唇动了动，记者没有听见，却知道他在问什么：

"马？"

他摇摇头。

门口发出刮擦声。奥塔克正把什么东西抵在门外。一个声音说："嘿，梅勒！嘿！"

林务官冲到窗前，伸出步枪。星空之下，一只黑色爪子突然闪过，他差点儿没及时撤回枪。

外面传来得意的笑声。

那个留声机一样的声音开口："你完蛋了，梅勒。"

其他声音七嘴八舌地加入："梅勒，梅勒，过来跟我们说话……"

"嘿，林务官，说点机智的话吧。你是人类，你应该很聪明……"

"梅勒，说些什么，让我来反驳你……"

"跟我说话，梅勒。用我的名字叫我，我是菲利普……"

林务官一言不发。

记者犹豫地走到窗边。它们的声音从矮墙很近的地方发出，记者闻到动物的恶臭——混合了血腥、粪便和其他东西的气味。

那个名叫菲利普的奥塔克在窗下开口了。

"你是个记者吧？你，窗子前那位。"

记者清了清嗓子。喉咙很干。同样的声音继续说："你为什么来这里？"

沉默。

"你是来消灭我们的吗？"

短暂沉默之后，其他声音开始说话："他们当然要彻底消灭我们……他们创造了我们，现在又想摧毁我们……"

一阵此起彼伏的咆哮声，伴随着其他噪声。记者觉得奥塔克们在打架。

那个自称菲利普的家伙，声音盖过了所有人："喂，林务官，你怎么不开枪？你开枪呀。过来跟我说话。"

它们头顶突然响起枪声。

贝特利转过头来。

林务官爬上壁炉，移除屋顶的秸秆，开了火。

他开了两枪，装填弹药，再次开枪。

奥塔克们逃跑了。

梅勒从壁炉里跳下来。

"必须搞到马。否则情况对我们很不利。"

他们观察三具奥塔克尸体。

其中一个是年轻人，皮肤光滑，只有脖子后面生长毛发。

当梅勒翻转尸体时，贝特利几乎呕吐。他设法控制住自己，闭紧嘴巴。

林务官说："记住，它们不是人。即使它们能说话，但是它们吃人。它们甚至吃同类。"

记者环顾四周，天色已经黎明。空地、田野、奥塔克的尸体——这一切似乎都不是现实。

一切是真的吗？他，唐纳德·贝特利，真的站在这里吗？

"奥塔克在这里吃了克莱因。"梅勒说，"是一个住在附近的当地人告诉我们的。他当时是实验室的清洁工。那天晚上，他刚好在隔壁房间。他听到了一切……"

记者和林务官来到了岛上科学中心的主楼。那天早晨，他们从死马上取下马鞍，沿着堤坝上了小岛。他们只剩下一支步枪，奥塔克逃跑时带走了贝特利的那支。梅勒的计划是趁天亮赶到附近的农场，看能不能找到几匹马。但记者说服他抽出半个小时，去参观废弃的实验室。

"他听到了一切。"林务官继续说，"晚上十点左右。克莱因拆卸一台连着电线的设备。奥塔克坐在地板上，听它们聊天。它们在谈论物理学。那是它们繁殖出的第一代奥塔克，这一只被认为是最聪明的，甚至会说外语……清洁工打扫地板时，能听到它们聊天。当时说话声安静了一会儿，接着一声重击。清洁工听到克莱因的惊叫：'噢，天啊！'，声音饱含恐惧，清洁工吓得腿都软了。紧接着又听到一声'救命'的尖叫声。他朝房间看去，克莱因蜷缩在地板上抽搐，而奥塔克正在咀嚼他的肉。清洁工吓得不知所措，只是站在那里。直到奥塔克向他走来，他才吓得赶紧关上门。"

"然后呢？"

"然后它们杀死了另外两名实验室工作人员，逃跑了。另外五六个奥塔克留在这里，假装什么事都没发生。国家委员会的成员到达这里，他们和奥塔克说话，并带走了它们。我们后来发现，它们在火车上又吃了一个人。"

巨大的实验室内，一切保持原样。长凳上的烧瓶和盘子覆盖了厚厚的灰尘。X光机的电线之间布满蜘蛛网。窗户玻璃已经破碎，肆意生长的金合欢穿过空空的窗框，伸入室内。

梅勒和记者离开主楼。

贝特利非常想看看辐射仪器，他向林务官又争取了五分钟。

废弃村庄的柏油路被杂草和新芽分割得支离破碎。这是秋天，你可以看到很长的路。空气中弥漫着腐烂树叶与潮湿树木的气味。

在村庄广场，梅勒突然停下脚步。

Sever Gansovsky

"你听到了吗？"

"没有。"贝特利回答。

"我在想它们在小屋围困我们的事情。它们联合起来，作为一个群体行动。"林务官说，"它们从未有过这样的行为。它们总是单独行动。"

他再次听。

"它们想给我们一个惊喜。我们得尽快离开这里。"

他们走向一座低矮的圆形建筑，有着狭窄的、被栏杆封死的窗户和一扇巨大的半开的门。门口的混凝土地面上覆盖着厚厚一层森林残骸——由红色松针、灰尘、蚊虫翅膀组成。

他们谨慎地走进第一个房间。房间里有悬吊天花板，还有一扇巨门通往一间低屋顶的房间。

他们向内窥探，一只尾巴蓬松的松鼠，像一团火焰般冲过木桌，穿过覆盖窗户的木板条。

林务官快速打量四周，紧握步枪，仔细倾听，突然叫道：

"不，不行。"

他转身朝来路飞奔。

但为时已晚。

一阵吱呀作响，大门砰的一声紧紧关闭。然后门外传来一记闷响，似乎还被堵上了重物。

梅勒和记者彼此对视一秒，随即冲到窗前。

贝特利一瞥之下，立刻后退几步。

用途不明的广场和干枯的水池里，挤满了上百个奥塔克，不断有新的成员涌进，好像从地里冒出来的一样。这个半人半兽的群落，尖叫喧哗，混合着阵阵咆哮声。

林务官和贝特利震惊之余，不知该如何是好。

近处有一只用后腿站立的年轻奥塔克，前爪握有一个圆形物体。

"石头！"记者仍然无法接受现实，"他要扔石头……"

那不是石头。

圆形物体飞过空中，在窗口迸发出炫目光芒，苦涩的烟雾散入房间。

林务官从窗边退回，他看上去有点困惑。他抓住胸口，步枪从手里滑落。

"该死！"他抬起手，看到被染红的手指，"浑蛋！它们击中了我。"

他跟跄两步，面无血色，跌倒在墙角。

"我中弹了。"

"不！"贝特利尖叫，"不！"他疯狂地摇头。

梅勒咬住嘴唇，将苍白的脸转向他。

"门！"

记者跑到门口，大门已经被重物从外面抵住。

他回到林务官身边。

梅勒贴墙躺下，按住胸口，衬衫被血浸湿了一片。他不肯让记者为他包扎伤口。

"没关系。"他说，"我预感到这就是我的结局。没必要再增加痛苦了，不要碰我。"

"我可以求救！"贝特利大叫。

"向谁？"

这个问题如此痛苦，如此直接，如此绝望。记者如坠冰窖。

他们安静了一会儿，林务官说：

"你记得我们第一天见到的骑手吗？"

"记得。"

"他当时极有可能通知了奥塔克，告诉它们你在这里。城里的歹徒成了奥塔克的同伙，这就是奥塔克能够联合的原因。你不应该感到惊讶。我相信，即使是一只来自火星的章鱼，都能找到同伙。"

"是的。"记者低声说。

直到晚上，没有发生任何事情。梅勒很快虚弱不堪。他止住了流血。即便如此，他也不让人碰他。记者坐在他身边的石头地面上。

奥塔克将他们丢在那里，没有破门而入，也没有再扔手榴弹。外面的说话声渐渐变弱，又再次响起。

夕阳落山，空气开始变冷，林务官想要喝水。记者用自己的水壶给他喝水，并帮他擦净了脸。

林务官说："也许奥塔克的出现是一件好事，至少明确了人类的定义。现在我们都知道，仅仅懂得算术和几何，是不足以成为人类的，还有别的东西。科学家以自己的工作为荣，但这绝不是全部。"

那天晚上，梅勒死去，记者则继续生存了三天。

第一天，他只想到拯救自己，从绝望到希望。他对着窗户开了几枪，期望被人听见，并帮助他脱困。

到了晚上，他意识到所有希望都是泡影。他的生命似乎被分为不可调和的两部分。两部分生命之间并没有任何逻辑上的关联性或连贯性。第一部分生命中，他作为一位非常成功的记者，过着幸福而知性的生活。当他和梅勒从半山腰骑到森林里时，这段生命就已经终结，而且没有任何迹象表明，他注定会在这个小岛上废弃的实验室内死去。在第二部分生命中，一切既是可能的，又是不可能的。它完全由巧合组成。真的，这一切完全可以不发生。他完全可以拒绝编辑的电话并接下另一份工作。他完全可以不来探索奥塔克的真相，而是飞往努比亚，写写如何保护埃及艺术古迹。

他之所以在这里，完全出于一个不幸的偶然。这是一个残酷的打击。有好几次，他无法相信发生了什么事，在房间里走来走去，触摸阳光照射的墙壁和布满灰尘的桌子。

奥塔克们不知为何对他失去了兴趣。只有少数留在水池和广场，有时它们会自相残杀。一次，贝特利亲眼见到它们是如何扑向同类，将同类的身体撕成几片，坐下大嚼。他的心跳几乎停止。

夜间，他突然认为是梅勒害了他。他对死去的林务官感到恶心，便把他的尸体拖到隔壁房间门口。

接下来几个小时，他坐在地上绝望地喃喃自语："主啊，为什么是我？为什么是我？"

第二天，他的水喝光了，开始忍受口渴的折磨。他已然清楚自己无法得救。他保持冷静，再次开始回忆自己的一生——此刻想起恍若隔世。他记得在旅途开始时，与林务官有一场争论。梅勒告诉他，农民不会和他说话的。

"为什么？"贝特利问道。

"因为你有温暖舒适的生活。"梅勒回答，"因为你是生活在上层的人，是背弃了他们的人。"

"你说我生活在上层，那是什么意思？"贝特利拒绝接受他的话，"我并没有比他们多赚几个钱。"

"那又怎样？"林务官说，"你的工作轻松，几乎都很有趣。他们多年以来如行尸走肉般生活，而你却在发表你的小文章，到访餐厅，进行妙语连珠的访谈……"

他意识到梅勒说得没错。他引以为豪的乐观主义，归根结底是鸵鸟般的乐观主义。当坏消息来临时，他只会埋头装作看不见。他在报纸上读到过巴拉圭的处决，或者印度的饥荒，转身却只是思索该如何攒钱，好为自己那套五个房间的公寓添置家具，或者怎样才能赢得一些知名人士的好评。奥塔克们——像奥塔克一样的人们——他们杀害异见者，操纵商品价格，悄悄准备战争。他对这些视而不见，假装什么也没发生过。

Sever Gansovsky

从这个角度来看，他过去的生活突然与目前的处境息息相关。他从未挺身而出对抗邪恶，如今遭到了报应。

第二天，奥塔克们来到窗外和他说话。他没有回应。

其中一个说："喂，来吧，记者！我们不会伤害你的。"

旁边的另一个奥塔克笑了起来。

贝特利再次想到林务官，他的想法变了。他认为林务官是一个英雄，是他这辈子见过的、唯一的、真正的英雄。他在没有任何支持的情况下，孤身一人对抗奥塔克，不屈不挠，直至牺牲。

第三天，记者陷入幻觉，以为自己回到了报社，正在向速记员口述一篇文章。

这篇文章的主题是："人类是什么？"

他大声将内容口述出来。

"在科学以惊人速度发展的本世纪，喊出'科学无所不能'的口号的人可以被理解。但是，请让我们想象一下，人造大脑已经问世，智力与效率都是人类大脑的两倍。一个拥有此种大脑的生物，真的就能够被称为人类吗？究竟是什么特征使人类与众不同？总结概括的能力，分析能力，逻辑推理能力，还是别的东西？它的形成究竟与社会发展有关，还是与个体与个体、个体与集体之间的关系有关？假如我们以奥塔克为例……"

说到这儿，他的思维开始涣散。

第三天上午，贝特利被爆炸声惊醒。他恍惚以为自己已经站起身端好步枪。实际上，他只是无助地躺在墙角。

眼前出现一只野兽的鼻头。他的大脑忍受着思考的痛苦，回忆起了菲德勒的长相——与奥塔克何等相似！

旋即他的思维再次涣散。他感觉不到肉体正在被撕扯。贝特利有1/10秒的神志清醒，在那一瞬间，他想到，其实奥塔克没那么可怕，在这个被遗弃的地区，只有区区几百个。它们完全能被处理掉，但人民……人民！

他不知道梅勒失踪的消息已经传遍整片地区，绝望的农民正在挖掘他们藏起来的步枪。

手 - （1965）-The Hands

（澳大利亚）约翰·巴克斯特 John Baxter —— 著

刘冉 —— 译

约翰·巴克斯特（1939— ）是一名澳大利亚作家。他出生于新南威尔士的兰德威克，现居法国巴黎。2007 年以来，他担任每年组织的巴黎写作工坊（Paris Writers' Workshop）的联席主席。他于 20 世纪 60 年代的新浪潮时期开始在《新大陆》上发表科幻小说，同时出版了两本开创性的澳大利亚科幻小说选集：《澳大利亚科幻小说太平洋之书》（The Pacific Book of Australian Science Fiction, 1968）及其续作。巴克斯特在《新大陆》上连载了他的长篇处女作《弑神者》（The Godkillers），后来由艾斯出版社（Ace）以《外来者们》（The Off-Worlders, 1968）为书名出版。不过，科幻小说只是巴克斯特的兴趣之一。在撰写小说的同时，巴克斯特也成为颇有影响力的工人教育协会电影研究小组成员，同时兼任小组内部刊物《电影文摘》（Film Digest）的编辑。他在悉尼电影节上活跃多年，并为许多电影撰写影评。

20 世纪 80 年代以来，巴克斯特开始做纪录片和电视剧的制作人与编剧，代表作有《剪辑室》（The Cutting Room）和《第一镜头》（First Take）等。他以关于电影的非虚构作品分析点评伍迪·艾伦、路易斯·布努埃尔、费德里科·费里尼、斯坦利·库布里克、乔治·卢卡斯和史蒂文·斯皮尔伯格等电影人的作品。

搬到巴黎之后，巴克斯特写了四本自传：《纸的骄傲：书虫的忏悔》（A Pound of Paper: Confessions of a Book Addict）、《我们永远拥有巴黎：光明之城的性与爱》（We'll Always Hare Paris: Sex and Love in the City of Light）、《不动的盛宴：巴黎圣诞》（Immoveable Feast: A Paris Christmas）以及《世界上最美的步行道：巴黎的人行道》

（ *The Most Beautiful Walk in the World: A Pedestrian in Paris* ）。

《手》是一篇特立独行且令人细思极恐的科幻小说，是受到新浪潮影响的成功作品。

△　　▲　　△　　△

他们让维蒂走在前面，因为他有两个脑袋；在其他人看来，如果迎接他们的将是同情、尊敬或爱，那么维蒂应该最先享受个够。他走下斜坡之后，其他人才跟了上去。斯隆把他的第三条腿和第四条腿折叠在背后，如同收起翅膀的蝴蝶；谷崎仍然是沉默而神秘的亚洲人模样，只是隆起的小腹让他看起来像是怀胎八个月的女人。还有其他人——七个被外星人折磨过的地球男人。

人们看到了维蒂，爆发出一阵欢呼，这正是他们聚集在这里的原因。一声自发的欢呼清空了一万个肺里的空气。那声音如浪潮扑面而来，波涛汹涌，令他们忍不住想趴在地上等它轧过。但欢呼只有一声。等它快结束时，人们已经看清了维蒂和其他人的模样。肺已清空，他们不愿意也没办法将肺装满空气再来一次了。只有站在最后面的寥寥数人发出了第二声欢呼。他们的声音如同海岸边海鸟的叫声一样稀疏。其他人一片沉默，但窸窸窣窣的低语如同退潮时逐渐消融的海水泡沫。没人想开口说话。就在那时，阿尔弗雷德·宾斯第一次意识到自己是个怪物。

在总部的接待室里，宾斯站在窗前俯瞰着城市，街道上空无一人。就在他眼前，一家三口——母亲、父亲和一个小男孩——匆匆忙忙地穿过下面的广场，消失在地铁口。他们肯定是最后一家人了，因为那宽阔干净的街道上再也没有其他人移动的身影。宾斯几乎忘记了，已经没有人住在城市里了。上万人来迎接他们，但现在表演已经结束，人们都回到了自己家里，只剩下那些不得不留在城市里的人。

"一个人也没留下？"法默说。其他人一言不发。

"你又在偷听了。"宾斯没转身就说道，"你发过誓不这么干的。"

"我控制不了。"法默说。他低头望着胸口的隆起，那里生长着第二个大脑。透过柔软透明的皮肤，他能够看到灰色的沟回，以及血管与组织下褪去的血色。"它越长越大了。"

"你和谷崎应该待在一块儿。"有人说。现在已经安全了，但在回程早期，谷崎曾经对自己的大肚子很敏感。那里生长着第二套肠道。曾经因此发生过斗殴，仿佛暴力可以抹去一切，但几周之后他们就习惯了。

有人走进了接待室，他努力避免流露出尴尬的神色，并短暂地成功了片刻。但法默的模样可不是一般人能够承受的，那人的目光变得呆滞，而后挪开了一会儿。当他转回头来，目光直接穿过了他们脑袋上空。

"请你们跟我走，好吗？"他说。

他们跟着他穿过走廊，走向即将举行报告的房间。灯光柔和，没有影子，他们都为此高兴。对他们来说，比自己畸形的身体更可怕的，是自己怪诞地舞动着的影子。

"恶心。"将军说，"野蛮。非人。"将军面色苍白。

"并不是，"宾斯礼貌地说，"他们跟我们不一样，您懂的。"

一名上校困惑地摇摇头："难以置信。"

"并不是。"宾斯又说了一遍。

"你们觉得疼吗？"医生温和地问道，"我是说，当挪动它们的时候。"

宾斯攥紧了其中一只从胸口中央长出来的手。

"一点儿也不疼。"他说，"如果攥成拳头四五次，我会觉得有点上气不接下气，但那可能是因为胸部的肌肉同时为这双手和我的肺工作。"

医生在他干净的小手上记了些什么："我能检查一下吗？"

他恭恭敬敬的姿态真令人恼火。所有人说话时都细声细气，哪怕他们表现出厌恶，也比这样要好得多。医生伸手过来时，宾斯热情地握住他的手摇晃起来。医生发出了一声尖叫。

医学检查结束之后，他们被带回了那个大房间，等待更多问题。所有人都很安静，也很善解人意。宾斯还是希望他们能别那么恭恭敬敬的。这让他觉得自己与众不同，而这会令他不安。在赫胥黎上，他从未觉得自己有所不同，就连他们离开赫胥黎的时候，库鲁也让他们觉得多一条胳膊、一条腿或者别的器官并不是什么大不了的事。他几乎希望库鲁能跟他们一起回来了。库鲁在的时候，这个群体是完整的。现在，一切都是错的，平衡被打破了。有什么东西缺失了。

提问者继续表现得善解人意。他们的问题总是轻声细语、温柔体贴，只有政客们表现出了少许不耐烦。

"你们从来没尝试逃跑？"其中一个人尖锐地问道。

"我们试过。"斯隆说，"一次——不对，两次。然后我们放弃了。根本不可能逃跑。"

"总是有可能的。"另一个人说，但声音不大。

宾斯胸口的两只手躁动起来，手指不安地互相抚摩。

"赫胥黎人跟我们不一样。"宾斯说，"他们看起来有时候跟我们很像——但在其他方面完全不同。你不懂那是怎么回事。你不可能明白……"

"手指。"维蒂说，只有他右边的嘴巴开口了，效果很奇怪。当其中一张嘴说话的时候，你会期待另外一边也说些什么，但它一直没开口。就算大脑在法默那里，人们也期待得到一些反馈。宾斯不禁想知道两个大脑是否在不同的维度上思考。他从没问过维蒂，感觉这么做不对劲。

"对，手指。"迪克森说，"库鲁有一种办法，他能用手指让我们……让我们……"

在他肩膀下，原本的胳膊下面又多长出来一对胳膊，上面却没有手。

　　　　　　　　　　　　　　　　　　　　　John Baxter

他想要用这对多余的胳膊比画什么，然后又停了下来，因为他意识到没有手，这根本毫无意义。

"他会打响指。"宾斯说，"不是那种普通的响指。很快，带着回声。他这么做的时候，我们就不得不服从他的指令。"

将军打了两个响指："像这样？"

"不。"维蒂说，"只有库鲁能做到。"

"除了这个，他们没有给你们施加其他压力？"

"我们不能离开城市，"斯隆说，"除此之外，大部分事情都能做。我们并没有被关起来什么的。"

房间里安静了一会儿。

"那么，"其中一个精神科医生说，"他们是怎么……"

他停了下来，意识到了其他人的沉默。没人想问这个问题，但既然他已经开口，就别无选择，只能问下去了。

"他们是怎么把你们……我是说……"

"你是说他们是怎么改变了我们？"宾斯说。

"对。"

斯隆笑了起来。"他们没有改变我们。"他说，"是我们自己干的。"

"在赫胥黎上，一切都不一样。"维蒂说，"在那里，我们这样是正常的。任何人都可以生长、改变，只要适合自己就好。如果你想要长高一英尺……你只要长高一英尺就好了。从身体上来说，他们跟我们没什么不同。这只是一种……他们学会的一种小技巧。他们教会了我们。"

"但你们为什么要长出这些……附加肢体？"

"我们不知道。"宾斯说，"库鲁只是打了个响指，然后……"他耸了耸肩，没什么更多好说了。

海边更安静一些。没有声响，只有风声和汩汩水声。宾斯希望海滩仍

The Hands

在，但城市多年前就已经吞没了海岸，甚至浅滩。他站在城市最远处的边缘，望着消失在灰色海面的塔桥。他脑海中并没有什么特别的想法，但有一些念头就像池塘里的鱼一样沉默地独自游来游去。这是最奇怪的：他的念头四处乱转，没有哪两个走向同一方向。他的头脑仿佛无边无际，那些念头如同金鱼被突然倒进了海里。从离开赫胥黎，他就一直这样。这个念头如果碰到另外一个，也许会引爆恐惧，但这从未发生。它只是安静地加入了其他念头，在他的脑海里安静地游来游去。

细雨打在他的脸上，如同喷雾一般。他抬头望去，感觉到坚实的雨滴刺痛了皮肤。他的衣服被打湿了。他站在海边发呆的时候，雨一定已经下了很久。冰冷的雨水像针一样刺痛他那双新长出来的手的皮肤。他自己的手在口袋里摸索着，抖开了他们给他的披风。那双手彼此摩挲了一会儿，躲进了披风下的黑暗里，宾斯能感觉到它们在那里彼此相握。这感觉令人愉悦。

他在海边又站了一会儿，望着海浪击打塔桥，盯着下面，试图用眼睛追随它们一路深入海水。有时他几乎以为自己能一直看到海底的淤泥，但他知道那只是一种错觉，然而这错觉跟他的其他念头一样真实。他很容易就会相信自己能看穿这么深的海水，就像他相信赫胥黎，以及自己胸前的那双手一样。这些念头都一闪即逝。它们模糊而阴沉。他丧失了所有带着真实感情的鲜明想法，就好像他一直在望着念头的照片，而不是念头本身。他慢慢意识到了一件事，就像他现在的思考一样缓慢：也许他脑海里的念头并不是他自己创造的。

胡说八道。他脑海里有一个声音说道。

但这是可能的。这个念头并不可怕。他已经丧失了害怕的能力，但这令人不安。自从回来之后，他第一次感觉到了某种真实的感情。他很感激这种刺激。他迅速转身，背对海水。动作太快了。他发现监视者时，那个家伙只来得及把身体的一部分藏在塔桥后面。宾斯没有流露出任何发现他的意思。他心知肚明自己会被跟踪监视，某种程度上也为此高兴。这意味着附近有人可以跟他聊天。

他裹紧披风，挡住雨水，快步沿坡道走向塔桥，然后停在旁边。

"我想跟你聊聊。"

一时间没有声响。然后，有人从柱子后面现身了。他很年轻，非常瘦，有点笨拙，宾斯心想。他的面孔和头发被雨水打湿了。湿漉漉的头发盖在头骨上，仿佛雨水将它软化，让它变成了透明的液体。宾斯能想象到他如何藏在塔桥后，身体紧贴在上面，双手摊开压在金属上，雨水潺潺流过他的面孔。

"你在跟踪我吗？"

男孩伸手从口袋里掏出了一个小小的金属徽章。宾斯对它很熟悉。

"我被派来保障你的安全。"

"为什么你不跟我一起散步？没必要躲在角落里。"

他迈步走开。几步之后，男孩追了上来，然后落在了后面。雨水打在他们背上，两人都弯着身子，避免冰凉的雨水灌进脖子。他们一同沿着坡道走向城市。

"对这份工作来说，你很年轻。"

"我22岁了。年龄其实没那么重要。"不过，他的声音很年轻。如此稚嫩的男孩不太可能明白年龄意味着什么。

"你叫什么名字？"

"特里斯。"

"没别的了？"

"我是个卫兵。"

卫兵。这能解释很多东西。由国家抚养长大，为国家工作。难怪他如此年轻。宾斯试着做了个实验。

"他们也在跟踪其他人吗？"

"你知道的，我不能告诉你这个。"很有趣，意料之中的回答。

然后，他突然停下了脚步。他为什么要问那个问题？为什么要做实验？他没理由这么做。这并不是他平时会做的事情。

特里斯正盯着他。

"怎么了？"

宾斯摇摇头："我觉得……很古怪。我在想我为什么要问你这个。"

"需要我打电话给总部吗？"

不！不要报告总部！

"不用，没事。"

他又走了起来。特里斯跟在旁边，但宾斯能感觉到他正用眼角的余光看着自己。在他胸口的披风底下，那双手微微躁动。

他们已经走到了坡道顶端。一条狭窄的街道沿海边铺开，顺着城市的曲线画出一个大圆弧。有几辆车路过，但雨天让大部分人留在了室内。路过的车辆发出绸缎撕裂的声响，宾斯盯着它们看了一会儿。灰色的路面上漂浮着一块块油光，闪烁着褪色的假彩虹。

"你想回家吗？"特里斯问道。

"不。"宾斯环顾四周，"这里有公园吗？"

"公园？"特里斯扫视着路牌，"半英里之外有一个。当然了，还有中央公园。"

"最近的就行。"宾斯四处望去，看到一条宽阔的街道与成锐角延伸出去的另一条街道。上面不见车辆。

"在那儿，对不对？"

特里斯警觉地看向他。

"你怎么知道的？"

当心。

"你忘了吗？我在这儿住过很长时间。我想那时候你还没出生呢。"

他走下路牙，穿过街道。

他们一起穿过几条街。"我让你紧张了。"宾斯说，"别这样。"

"没有。"

"我知道。是因为这双手，对不对？"

特里斯没回答。太典型了，他脑袋里的另一个声音评论道。他不知道那声音从何而来，但也没什么兴趣。这不是他的问题。

"我没法控制，你知道的。它们就这么从我身上长出来了。"

没有回答。两人的脚步声在湿漉漉的街道上嗒嗒作响。柔和的雨水如同雪花一般。他们是街上仅有的两个人。

"有人命令我不能跟你讨论这件事。"特里斯说。

"你不感兴趣吗？我不介意谈论这个。"

男孩表情僵硬，一部分是因为尴尬。

"我有我的命令。"

放弃吧。试试别的。

"好极了。如果你不想聊天……啊，这就是那个公园，对不对？"

公园占据了整个街区。这是一片巨大的草坪，中间有几棵树，还有一个古代风格的凉亭。草坪像地毯一样干净柔顺。他们穿过马路，站在草坪边缘。旁边有一个控制杆。只要按下按钮，就会雨过天晴，鸟儿也会开始鸣唱，但没人按下公园四周的任何一个控制杆上的按钮。这里空无一人。

特里斯走向控制杆。

"别。"宾斯赶快说，"我更喜欢下雨。"

特里斯怀疑地看着他。

"赫胥黎上不会下雨。"宾斯说。这个答案似乎让特里斯满意了。

宾斯踏上了草坪。它湿漉漉的，像海绵一样。他能感受到棕色泥土中的水分。在草坪下面，黑色的泥土又深又湿。他懒洋洋地揭开盖在第二双手上的披风。它们现在能更轻松地活动了，指尖交叠，手掌张开，感受着潮湿的空气。他望着公园另一侧。在那遥远的边缘，他能看到人影幢幢，个个动作蹒跚古怪。那边有人。具体来说，有六个。

"特里斯。"

男孩从他身后走过来。宾斯能听到他的脚步在草地上踏出柔软的声响。他走近了，紧贴宾斯的右肩。

宾斯迅速转身，抓起男孩的胳膊，猛地将他向自己扯过来。两人接触的一瞬间，他的另外两只手抓住了男孩松松垮垮的风衣，而宾斯自己的手则伸向了他的喉咙。

没花太多时间，也没人看见。一瞬间，瘫软的尸体倒在宾斯身上，男孩死气沉沉的瞳孔盯着他的眼睛。片刻之后，宾斯才松开手，好让尸体倒在草坪上。

其他人正穿过公园走向他，但宾斯看也没看他们一眼。他正盯着那双手，它们已经不受控制了。在他自己的双手松开之后很久，它们仍然死死抓着特里斯的尸体。他早就想让它们松开了，却无济于事。在他看来，那紧抓不放的手像是宣示着某种冷酷的胜利。就在这时，它们迅速动了起来，不受他的控制，仿佛自己具有智慧。他盯着那只右手弯曲、四指收拢、拇指竖起，而后拇指与食指接触。响指声。一个古怪的、带着回音的声响，但宾斯无比熟悉。

其他人也听到了，他们停下了脚步。每个人都盯着自己身上的累赘。法默盯着皮肤下的大脑，维蒂盯着另一个脑袋，谷崎盯着隆起的肚皮。宾斯盯着那双手，手腕与胸口皮肤相连处好像发炎了。很疼，皮肤开裂。谷崎倒在地上，抱着自己的身体。又是一声响指，宾斯跪倒在地。其他人早已倒下。雨水再次落下，但他们并未注意。在轻柔的细雨中，他们生出了自己的主人。

John Baxter

黑暗 - （1963 ） -Darkness

（巴西）安德烈·卡尔内罗 André Carneiro ———— 著

里奥·L. 巴罗 Leo L. Barrow ———— 英译　杨文捷 ———— 译

安德烈·卡尔内罗（1922—2014）生于巴西小镇阿蒂巴亚，多才多艺，是巴西最著名的科幻作家，也是巴西科幻文学的奠基人之一。除此以外，他在艺术领域涉足甚广，在摄影、电影、绘画、临床催眠、广告和诗歌等领域都有出类拔萃的表现，获得了全国乃至国际性的成就。他在巴西最负盛名的身份是诗人，不仅创建了极富影响力的巴西诗歌刊物，其作品还在多家富有影响力的杂志上刊登，被多部选集收录。他的摄影作品代表了巴西现代主义的最高成就，是伦敦泰特现代美术馆的永久展品。他获得的荣誉颇多，其中包括由法国政府颁发的奖章，奖励他对巴法两国文化交流做出的贡献。此外，他还被《巴西幻想文学年鉴》（*Brazilian Yearbook of Fantastic Literature*）选为 2007 年的年度人物。2009 年，他获得巴西文学学院颁发的特别奖。为了纪念他，他的家乡在 2014 年和 2015 年各举办了为期一周的文化庆祝活动。

在科幻领域内，卡尔内罗著有数本长篇小说和多篇影响力深远的短篇小说，共被翻译为 16 种语言。他是南美首位加入了美国科幻与幻想小说协会的成员。他的作品曾被收录于布莱恩·奥尔迪斯和萨姆·J. 伦德瓦尔编辑的《企鹅世界科幻作品选集》（*The Penguin World Omnibus of Science Fictio*，1986）；在弗雷德里克·波尔和伊丽莎白·安妮·赫尔编辑的国际科幻小说集《地球传奇》（*Tales from the Planet Earth*，1986）中，他的作品代表巴西入选。

这里收录的短篇小说《黑暗》是一个独特的末世故事。它称得上是一篇世界名篇，并获得了巴西的雨果奖——新星奖。阿瑟·克拉克和 A. E. 范·沃格特对这篇故事都极为喜爱，沃格特甚至称《黑暗》是史上最伟大的科幻小说，并把卡尔内罗跟卡夫卡和加缪相提并论。本篇跟葡萄牙作家侯塞·萨拉马戈 30 年之后所著的《盲》（*Blindness*, 1995）有相似之处——后者描述了一个所有人类骤然失明后的世界。

△ ▲ △ △

1

大家都吓坏了，但瓦尔达斯没有。他是四点回家的。那时，灯还开着。灯光很微弱，一道道红色的光像是一串警报。他在吃午饭的老地方要了一个冷切三明治。只有店主和一个女服务员还在，而他们之后也走了。黑影中，他们步伐缓慢。

瓦尔达斯轻而易举地回到了公寓。他已经习惯了夜归时在黑暗中穿过走廊。电梯停了，他便爬了三层楼梯。广播里传来的声音很奇怪，不知道是人声还是杂音。他推开窗，面前成千上万的红光在没有星的天空里勾勒出一幢幢高楼的剪影。

他走到冰箱前，喝了杯牛奶。冰箱的马达已经停了。在水闸停掉之前，他把浴缸的出水口塞上，装上满满一缸水。他翻出手电筒，在昏暗的光亮下翻找着公寓里的东西。他把一罐罐的奶粉、谷类早餐、饼干，还有一盒巧克力放在了厨房的桌上，关上窗，灭了灯，躺在了床上。真切的危机感让他打了个冷战。

他睡得断断续续，梦境纷乱。隔壁公寓有孩子在哭闹，不断地要求母亲把灯打开。他惊醒过来，把手电筒抵在手表上，发现已是早晨八点。他打开窗，黑暗几乎一望无际，只有东边又红又圆的太阳隐约可见，像是隔了层厚重的磨砂玻璃。街上的人群剪影般穿行着。

瓦尔达斯费了些力气才洗好脸。他来到厨房，就着奶粉吃了些脆米饼。出于惯性，他想到了自己的工作，又意识到自己并没有地方可以去。

André Carneiro

继而，他又回忆起儿时被关在衣橱里的恐惧，回忆起自己无法呼吸，黑暗铺天盖地。他来到床边，深吸了一口气。太阳像红色的圆盘挂在漆黑的天边。瓦尔达斯有些不知所措，这黑暗让他本能地想逃跑、呼救。他双手紧握成拳，不断地喃喃自语："我必须镇定下来，保全自己，直到一切恢复正常。"

2

敲门声响起，他的心跳得更快了。来者是他的邻居，他想为孩子们要些水。瓦尔达斯告诉他自己存了满满一缸水，随后又跟邻居一起去接来了他的妻子和孩子们。他的小心谨慎派上了用场。他们手牵着手，连成一行，靠着走廊的墙壁一点点往前挪动。孩子们安静了些，他们的母亲也不再哭泣，连声道谢。

瓦尔达斯领着他们来到厨房，让大家坐下。孩子们黏在母亲身边不肯离开。他摸索着打开橱柜，摔了一只杯子后才拿到一口铝锅，随后又去浴缸里打了一锅水回到厨房。他把水装进杯子，递给一双双摸索着伸出来的手。黑暗中他难以保持平衡，水洒了自己一手。

在他们喝水时，他礼貌地问了问他们要不要吃点什么。小男孩感激地表示自己的确饿了。瓦尔达斯拿起那一大罐奶粉，小心翼翼地开始冲奶。他动作缓慢，一勺勺地数好后再倒水搅拌，并大声地形容着自己的动作。听众们出言鼓励，让他再小心些，并对他的能力大加赞赏。瓦尔达斯花了一个多小时才把奶调好、分完。全神贯注地做好一件对大家都有益的事情让他感觉很棒。

有一个小男孩不知发现了什么有趣的事情，笑出了声。从黑暗降临之后，这是瓦尔达斯头一次感到乐观和希望。他们在他的公寓里待了很久很久，若无其事地聊着天。他们倚在窗棂上，寻找着远处的光。时不时地，他们会雀跃地发现天边有微光闪现，谁都不愿意承认自己的自欺欺人。

瓦尔达斯成了这一家人的领袖。他把吃的分给他们，并在黑暗中带着他们参观了这四个房间组成的小小世界——这里的布局他再熟悉不过。晚上九点到十点时，他们手牵着手回到了自己的家。瓦尔达斯随他们一起回去，帮忙把孩子们哄睡。外面的街道上有男子在大声呼喊，绝望地想为自己的孩子要些食物。瓦尔达斯关上窗，把他们的声音隔绝在外。剩下的食物只够他们五个人吃上一两天了。

瓦尔达斯没有回家。他留在了孩子们的卧房隔壁，跟邻居们一起躺下聊天，每句话都让他们联系得更加紧密。过了很久，他们才一一睡去，每个人的脑袋都埋在枕头下，像是海难中紧紧抱着木桩的海员，对周围的呼救无能为力。他们的梦里是新日破晓的场景，天空湛蓝，阳光涌入房间，双眼在经历了长久的不见天日后贪婪地吸收着这些奢侈的色彩。但这场景并没有成为现实。

3

那盒巧克力被尽数分配给了大家，还剩下谷物早餐和奶粉。如果光明再不回归，后果将不堪设想。时间一个小时一个小时地过去，他们再一次躺下，闭上眼睛，用尽全力想要睡着，等待着次日的晨曦降临。然而，醒来后事情依然没有改观——黑暗一如既往，火焰烧尽，灶台冰冷，食物已经快要告罄。瓦尔达斯把最后一点谷物和奶粉分给了大家。他们开始感到不安。

作为没有办法的办法，他提出去几百米外的杂货店抢些食物。隔壁的夫妇和孩子们在听到他的提议之后都眼睛一亮。

他带上一根从工具箱里翻出来的撬杠作为武器，要离开自己的庇护之所去偷东西。至于这一路将会遇到什么，他根本不敢去想。黑暗抹去了所有的感知。瓦尔达斯沿着墙边往前走去，用记忆来填补这条路上的

　　　　　　　　　　　　　　André Carneiro

细节，双手挨着墙，触摸着每一处凹凸的痕迹。他就这么一寸寸地摸索着这栋楼的外围，直到指尖下的触感变成了陈旧的铁门。没错了，就是这里。

这里是这一排建筑里唯一的商店。他弯腰寻找门锁，双手没有遇到任何的阻力。门只是半掩着。他探身进门，没有发出任何声音。右边的架子是放食物和糖果的地方。他撞到收银台，骂了一句，身体一动不动，肌肉僵硬地等待着什么。他翻身爬过收银台，缓缓探出手。指尖触到的是一块货架板。他的手顺着货架一路摸过去。

什么都没有。当然了，他们在黑暗彻底降临前已经把一切都卖光了。他举高手臂，更为急切地摸索着。空空如也，什么都没留下。

他重新拿上撬棒，谨慎地迈着小步返回，去跟家里那些朋友们会合……他迷路了。他倒在马路旁边，太阳穴突突直跳。他像是溺水一般挣扎着站了起来，大喊道："帮帮忙，我迷路了，可以告诉我这条街的街名吗？"他不断地重复着这句话，声音一次比一次大，却没有人回答。周围越是沉默，他便越是急切，希望有人出于怜悯帮助他。可他们为什么要帮他呢？他自己不也曾在窗前听过那些迷路的人的哭喊，对他们声音中的疯狂和绝望感到恐惧？

瓦尔达斯毫无头绪地迈出脚步，一边大声呼救，一边向人解释着自己肩负着四个人的性命。他不再靠着墙边行走，醉汉一样慌乱地绕着圈，恳求大家给他提供信息和食物："我是瓦尔达斯，我住在 215 号，请你帮帮我。"

黑暗中有人声传来：他们不可能听不见他的求救。黑暗笼罩了一切，剥去了他的羞耻心，让他变成了一个无助的孩子，不住地哭喊着、乞求着。这黑暗令他无所适从。这黑暗开始渗入了他的毛孔，改变了他的想法。

瓦尔达斯不再求助。他开始咒骂身边的路人，给他们冠罪，质问他们为何不作为。他的无助变为了怨恨。他攥紧手里的撬棒，准备好随时用暴力来获取食物。他遇见了一些跟他一样在讨要食物的人。瓦尔达斯往前走去，气势汹汹地挥着手上的撬杠，在撞到了另一个人之后紧紧地抓住了他。对方大声喊叫起来，瓦尔达斯不肯放手，命令他告诉自己这里的位置以及该怎样得到食物。对方似乎年纪大了，吓得抽泣起来。瓦尔达斯松了手，放他走开。他丢开撬杠，坐在路边，聆听着四周细碎的声音。风吹过空无一人的公寓楼，窗户砰砰作响。不同的方向有几个不同的声音传来，不知是人还是困兽正在虚弱地发出低沉又尖厉的声音。

一阵轻快的脚步声正在有节奏地靠近。他大声呼救，继续仔细聆听着。不远处有人答道："你等着，我这就过来帮你。"

那个男人正扛着一个沉甸甸的麻袋，累得气喘吁吁。他让瓦尔达斯帮他拿着麻袋的一头，自己在前面带头。瓦尔达斯感到有些不可思议。男人转弯时健步如飞，瓦尔达斯几乎无法跟上。他感到一丝疑惑。或许这个人可以看见些什么，或许其他人眼中的世界已经恢复了一点光明。他问他："你走得这么稳……你是不是可以稍微看见些什么？"

那人隔了一会儿才回答："不，我什么都看不见。我是个彻头彻尾的盲人。"

瓦尔达斯磕磕巴巴地问："在这……在这之前，也是吗？"

"对，我生来就是盲人。我们现在正在去盲人中心的路上，我就住在那里。"

盲人名叫瓦斯科。他告诉瓦尔达斯，他们帮助了一些迷路的人，也收留了一些人。但他们自己的食物也所剩不多，没法收留所有的人。黑暗无边无际，没有任何要消失的意思。大家都只能眼睁睁地看着成千上万的人被活活饿死。瓦尔达斯像是一个刚靠大人解了围的孩子。盲人中心的人给了他一杯牛奶和几片吐司。可他脑海里挥之不去的是他的朋友们——他们

André Carneiro

正在焦急又饥饿地等待着他的归来。

他去找了瓦斯科。他们犹豫了。这栋公寓楼的住户不少，每个人都值得同情，但他们并没有能力拯救所有人。瓦尔达斯想到了那些孩子们。他请求他们带他回家，否则他将独自回去。他起身离开，却被绊倒在地。瓦斯科想起了他提过自己家里的那一浴缸水，而他们急需用水。瓦尔达斯跟在瓦斯科身后，两人带着两个塑料桶，一前一后地走了出去，腰上绑着一根小绳。

瓦斯科对这个街区烂熟于心。他步履如飞，抄着近道，边走边说出街道的名字，灵活地避开了所有奇怪的声音和疯狂的哭喊。瓦斯科停下脚步，轻声说："应该就是这里了。"瓦尔达斯往前几步，这才意识到他们已经走到了门口。瓦斯科低声提醒他把鞋脱掉——他们得一声不响地潜入楼里。他俩把鞋子拴在腰间的绳子上，由瓦尔达斯带路，两步并作一步地爬上楼梯。他们在途中撞到了一些东西，门后传来轻不可辨的说话声。

到达3楼的时候，他们去了他邻居的公寓，轻轻地敲了敲门，随后又加重了力道。没人应门。他们来到瓦尔达斯的公寓。"是我，瓦尔达斯。让我进去。"

他的邻居不可置信地惊呼出声，打开了门，伸出手臂接应着自己的朋友。

"真的是我。大家怎么样了？我带来了一位朋友，是他救了我又带我回来的。"

他们来到浴室，装上两大桶水。瓦斯科用布条把水桶绑在自己和瓦尔达斯的腰上。此外，他还找到了一些可能会有用的东西。他们脱掉鞋子，手牵着手并为一列往楼下走去。他们动作匆忙，无可避免地发出了一些声音。来到一楼时，有人在门边问道："你们是谁？"没有人作答。瓦斯科把他们一行人带到了马路上。他们一前一后地走着，后面的人不便跟上，很快就拉开了距离。

他们回程一路又照应小孩又要注意周围的动静，耗掉了更多的时间。抵达盲人中心时，大家都精疲力竭，又像是刚刚赢得胜利的战士们一样，短暂地松了一口气。

瓦斯科给他们拿了麦片和牛奶吃，随后又去跟同伴们商量一番，讨论若是黑暗持续下去该如何生存下去。另一位盲人给他们找了个地方睡觉。困意来得很快，毕竟他们很久都没有睡过了。几个小时之后，瓦斯科叫醒他们，说他们决定离开盲人中心，要去城外几里远的一个自有的小型农场。因为他们的存货已经不多，如果去别的地方寻找食物又太过危险。

4

他们像一群登山者一样，把绳子绑在腰上，组成了四队。瓦尔达斯没有想到腰上的绳子会把自己拉上一条沙土路。不知怎的，他本能地知道自己已经来到了郊外。这些盲人到底是怎么如此精确地找到这儿的？可能是通过嗅觉吧。旁边的树林散发着成熟青柠的味道，瓦尔达斯深吸一口气，辨识出了桉树的气味。他可以想象大家呈直线在路的两旁行走的样子。两列队伍停下了脚步，他们已经抵达了这看不见的目的地。眼下，他们终于不用再去拼尽全力寻找食物，并且随时担心自己被饿死了。

盲人给他们拿来了一些冷粥，里面似乎是麦片和蜂蜜。瓦斯科竭力维持着秩序，不让大家撞在一起。他们是有的住、有的吃了，可那些还困在城里的人呢？那些老弱病残呢？没有人知道。没有人想知道。

院子里种有胡萝卜、番茄和其他蔬菜，果园里还有一些熟了的果子。他们应该平均分配食物；小孩子应该多吃一些。有人提出，这么多天没有太阳，蔬菜有可能已经焉了。还有一个小小的养鸡场；负责养鸡的人说，在太阳消失之后，虽然他每天都给那些母鸡喂食，可是它们再没下过蛋……

第十六天，瓦斯科把瓦尔达斯叫到一边，告诉他所有的麦片、奶粉和罐头几乎都快被吃光了。大家的精神状态每况愈下，他们不敢轻易把这个消息传出去。大家开始为了鸡毛蒜皮的事情毫无道理地争论不休。许多人濒临崩溃。

第十八天清晨，他们被雀跃的叫声唤醒。某个辗转难眠的人突然察觉到气氛有变，于是顺着梯子爬上了屋顶。

地平线上有一颗不甚鲜艳的红球。

大家都在第一时间推搡着涌了出来，等待着光线变强，狂喜的情绪感染了每一个人。瓦斯科问他们是不是真的能看到东西，会不会像前几次一样是虚惊一场。有人取出了火柴，划了好几次才把它点燃。火光微弱，并不能带来多少温暖，但对于能够看见它的人来说，能看见火光本身就是莫大的奇迹。

光明来得很慢，就像它消失时一样。下午四点时，已经可以从三四米外看清人影了。

太阳落山之后，黑暗再次笼罩了一切。他们在院子里点起了火，火焰小而透明，烧得式微。直到午夜，大家都不愿入睡，只有孩子们去睡了。身上还有火柴的人会时不时划亮一根，自顾自地笑起来。

凌晨四点半时，大家起身来到了外面。从古至今，没有任何一次日出是这般的众望所归。太阳比以前更亮了，有人不习惯地闭上眼睛。盲人们伸出双手，翻转着手掌，最大限度地感受着太阳的暖意。晨曦下一张张脸逐渐变得清晰可见，他们对彼此的脸是陌生的，可对那些脸背后的声音却是熟悉的。他们大笑，拥在一起。在这个重见天日的清晨，每个人所有的孤独和矛盾俱可不再提起。大家拥抱亲吻着那些盲人，像是宣告胜利般把他们举起。有几个大男人就这么哭了起来，本就乍见光明的眼睛更加红了。到了午时，太阳的光辉已经完全恢复了正常。他们三个星期以来头一次吃了顿热餐。接下来的一天，大家都没做什么事情。阳光倾泻而下，他们仔细地观赏着周围的风景，重新来到自己在黑暗中摸索走过的地方。

城里现在是什么样，那里面的人现在怎样了？这个骇人的想法让他们从喜悦中回过神来，开始挂念亲人的人笑不出来了。有多少人死去，还有多少人身处绝境，苦难深重？瓦尔达斯提出自己第二天去看一看。更多的人表示愿意同行。最后大家决定派三个人去。

5

天一亮，三位难民就出发了。他们往火车铁轨的方向走去。

他们绕了个弯，城市的景象便映入眼前。过了第一座桥，铁轨便开始跟街道有所交集了。瓦尔达斯一行人顺着其中一条路走了下去。前面两个街区看上去非常平静，只有寥寥几个行人，走得要比平时稍慢一些。在下一个转角处，他们遇到了几个扛着一具尸体的人。死者被糙布盖了起来，被送往不远处的卡车里。那些人正在哭泣。

一辆褐色的军用卡车开过，喇叭里大声地播放着政府公告，宣布全面戒严。任何侵占他人财产的人将会被枪决。政府已经下令找回所有的食物供给，统一按需分配。个人车辆随时都可被政府征用。大家被告知，如果在楼里闻到异味一定要第一时间通知警察，以便清理出可能存在的腐尸。所有死者都将会被葬在公墓里。

瓦尔达斯不想回自己家的公寓楼去。他还记得当时在楼道里从门缝中发出求救的声音，而自己却只是脱了鞋悄悄溜走，任由他们自生自灭。如果他闻到了异味，就还得去通知警察。他已经见到足够多的惨状，不愿再作停留。同行的一位年轻人跟警官说了几句之后决定马上去寻找自己的家人。

André Carneiro

瓦尔达斯询问电话是否还能用，得知某些基于自动电路的还可如常使用。他打了个电话给姐夫家，短暂的等待之后便有人接起了电话。他们很虚弱，但都还活着。那栋楼里死了四个人。瓦尔达斯简略地告诉他们自己活下来的经过，问他们还需不需要点什么。不，他们说不用了。家里还有一些吃的，他们的处境已经要强过许多人。

每个人都在跟陌生人聊天，讲述着各种各样的经历。小孩和病人最为悲惨。他们谈论起亡者的故事，其中的每一个都令人心碎。在军队的帮助下，公众服务重新运作起来，去帮助照顾有需要的人、埋葬死者，让社会秩序回到正轨。瓦尔达斯跟同行的中年人不想再听了，他们感觉虚弱。在耳闻目睹了这么多千奇百怪的事情之后，他们的大脑开始疲于接受这些怪诞离奇、不符合科学规律却又无比真实的事情。

他俩沿着空旷的铁轨往回走去，天空中飘着几朵云。微风掠过绿树，树叶沙沙作响，小鸟在树枝之间飞腾。它们是怎么在黑暗中活下来的？瓦尔达斯一边思考着这个问题，一边踏出酸痛的腿往前走去。他所有坚实的科学信念都被推翻了。在这一刻，惊魂未定的科学家已经开始在用电脑测量精确数据、做出观察记录；信教者正在寺庙里解释着神的意愿；政治家在宣布各式法令；母亲们在为未能走出黑暗的亡者悲号。

两个筋疲力尽的人一步步走在枕木上。他们带来的消息或许已经算是好消息了。人类挺了过来。他们吃了所有能吃下的，喝了所有能喝下的，在盲人的世界里坚持着活了三周。瓦尔达斯和同行的人一路都走得悲伤并气馁，可心里却依然为了活着而悄悄雀跃。理智在此时显得不足言道，最盛大而神秘的奇迹是他们血管里流过的血液，以及能够去爱、去动、去前行、去微笑的幸福。

从远处看来，他俩比身边的铁轨渺小许多。他们的肉身正在回归到日常的生活中，被命运的浪潮裹挟向前。然而，正当他们的眼睛急切地看向周围所有的颜色、光晕和动静的时候，他们并没有去想自己身处的宇宙到底是多么浩瀚莫测，更没有去想那些搭救了自己的盲人们所受的苦痛。他们拯救了许多人，却依然行走在黑暗中。

相较于这个浩大的星球、太阳系乃至各个星系，他们只是两个凡人而已。他们被两条冗长的铁轨所包围，带着各自的问题回家去。

André Carneiro

（美国）哈兰·埃里森 Harlan Ellison——著　鲸歌——译

『忏悔吧，小丑！』嘀嗒人说 -（1965）- 『Repent,Harlequin!』Said the Ticktockman

哈兰·埃里森（1934—2018）是美国偶像级臆想小说家，曾多次获得雨果奖、星云奖与爱伦·坡奖。他出版的作品有1700多部，包括短篇小说、长篇小说、电影剧本、漫画剧本、电视剧剧本和散文，还包括与文学、电影、电视和平面媒体等相关的评论文章。埃里森编辑了两本具有标志性和开创性的科幻小说选集《危险影像》（*Dangerous Visions*, 1967）与《危险影像重临》（*Again,Dangerous Visions*, 1972）——本选集也收录了其中的几篇。他是美国新浪潮运动的代表之一。1993年，他获得世界幻想文学奖终生成就奖。2006年，埃里森被美国科幻与幻想作家协会授予大师奖。2008年5月，一部记录他人生经历与作品的纪录片《尖牙入梦》（*Dreams with Sharp Teeth*）正式发行。2011年，埃里森进驻科幻奇幻名人堂。

埃里森还创作了《永恒边界之城》（*The City on the Edge of Forever*）的剧本，尽管拍摄时对剧本的改动使埃里森颇为不满，不过这一集被公认为是"星际迷航"（Star Trek）系列中最好的几集之一。埃里森还为美剧《迷离档案》（*The Outer Limits*）写过两集主要剧情，分别是《士兵》（*Soldier*）和《玻璃手恶魔》（*Demon with a Glass Hand*）。他的作品曾多次被改编为电影、电视和游戏。20世纪60年代，埃里森与滚石等摇滚乐队深入接触。他写的关于20世纪50年代摇滚风云的小说《蜘蛛之吻》（*Spider Kiss*, 1961）受到了音乐评论家格雷尔·马库斯的好评。

埃里森较为著名的短篇小说有：《我没有嘴，我要呐喊》（*I Have No Mouth, and I Must Scream*, 1968年雨果奖），《在世界中心呼唤爱的野兽》（*The Beast That Shouted Love at the Heart of the World*，1969 年雨果奖），《死鸟》(*The Deathbird*，1974 年雨果奖），《男孩和他的狗》(*A Boy and His Dog*，1969 年星云奖），《被鞭打狗的啜泣》(*The Whimper of Whipped Dogs*，1974 年爱伦·坡奖），以及《失落时间的圣骑士》(*Paladin of the Lost Hour*，1986 年雨果奖）。

埃里森的短篇小说《"忏悔吧，小丑！"嘀嗒人说》最初于 1965 年刊登在《银河科幻》上，获得了雨果奖和星云奖。埃里森只花了六个小时便写完了这部作品，并在第二天的达蒙·奈特组织的米尔福德写作工坊与其他作家分享。这篇小说被视为其最好的作品之一，也是被重印最多的英文小说之一。

△ ▲ △ △

总有人问，这一切是怎么了？对于那些不得不问的人，对于那些爱刨根问底的人，那些非要彻底把事情弄清楚的人，奉上这段话：

……这些人并非作为人，而是作为机器为国家服务。这些人包括常备军、民兵、狱卒、巡警、地方保安团等。在大多数情况下，他们不具备独立的判断力和道德感，仅仅视自己为木材、泥土和石头。说不定制造一个木头人也具有同样功能。这些人并不比稻草人或一捧泥土更值得尊重，他们的价值等同于马和狗。然而，这些人却往往被认为是好公民。其他人——大多数立法者，比如政治家、律师、部长和办公室主席——用头脑为国家服务，然而，由于他们很少能明辨道德是非，很可能无意间把魔鬼当成上帝一样效劳。极少数的人，比如英雄、爱国者、烈士、伟大的革命家，以及出于一腔热忱为国家服务并因此抵制国家某些行径的人，他们往往被国家视为敌人。

——亨利·戴维·梭罗《论公民的不服从》

以上就是全文主旨。我们先叙述事情的经过，然后讲讲它的开头。结局就让它自生自灭吧。

世界已然如此，已然成为如他们所愿的样子。正因为如此，他这几个

Harlan Ellison

月的活动才并未引起那些保持机器平稳运转的家伙们——他们不断向文明的齿轮和发条之间灌入上等黄油——的警觉和关注。直到某天，他突然名声大噪，成了名人，甚至是一个"严重干扰公众情绪"的英雄（逃不掉的官方说辞）。他们只好将事件转呈嘀嗒人与他的司法机构。因为世界已然如此，事情到了这个地步，便很难预测后续的走向——就像一种灭绝已久的疾病突然滋生在早已缺乏免疫力的系统——他已经深入人心。现在他既有形式，又有实质。

他极具个性。个性这种东西，理应早在几十年前就在系统内部灭绝了。但它出现了，他出现了，个性十分鲜明。这种个性在某些圈子——譬如中产阶级圈子——被认为是令人作呕的、庸俗的卖弄、无政府主义、恬不知耻。在另一些圈子，这种个性则会被那些举止得体、讲究细节、彬彬有礼的阶层在背后窃窃私语地嘲笑。但是在底层社会，啊，底层那些人的生活中，永远需要人来扮演圣徒和罪人、面包和马戏、英雄和恶棍。他被那些人视为了玻利瓦尔、拿破仑、罗宾汉、迪克·伯恩（王牌飞行员）、耶稣和乔莫·肯雅塔。

而在上流社会——就像"沉船凯利"那样，每次风吹草动都可能对他们的财富、权力与地位构成威胁——他被视为隐患、异端、叛徒、耻辱、危险分子。这个社会上上下下都知道他，但他引起的反响却只体现在上流与底层社会，最顶端与最底端。

因此有关他的材料，连同他的时间卡和心率盘，被一并递交给嘀嗒人。

嘀嗒人的身高超过六英尺，沉默寡言，遇到有关时间的话题，总是轻柔地低语。这就是嘀嗒人。

即使在统治阶层——那群制造恐惧却不承担后果的人——的办公隔间，他也被称为嘀嗒人。但没人当面这样称呼。

你不会用一个人厌恶的名字来称呼他，尤其当面具之后的这个人有权废除你们生命中的几分钟、几小时、几天，甚至几年的时间。人们当面称他为时间管理者。这样更安全。

"这是他的职业。"嘀嗒人轻柔地说，"但不是他的身份。我左手这张时间卡上有一个名字，但这是他所从事职业的名字，而不是他本人的名字。我右手这张心率盘也被命名，但被命名的不是人，仅仅是事物。为了保证废除时间操作的准确性，我必须知道他的身份。"

他对着所有的下属——费雷、罗格、芬克、柯麦克斯，甚至是米内——问道："这个'小丑'是谁？"

他不再轻柔低语，语气中流露出一丝不耐烦。

然而，这是他们所有人——费雷、罗格、芬克、柯麦克斯，但不包括米内，因为他通常不在办公室——听他说过的最长的一句话。现在就连他们，也迫不及待地想知道：谁是"小丑"？

城市上方，第三层天空，他蹲在飞船的铝合金平台上（哇塞！真正的飞船！带有粗制的牵引架），注视下方如同蒙德里安的作品一般整齐排列的建筑群。

他听见附近某处，下午2点47分整齐划一的运动鞋脚步声：左——右——左，换班，进入铁姆肯公司的滚动轴承车间。接着，他不出意料地又听到，凌晨5点绵软无力的脚步声：右——左——右，列队，回家。

他淘气地笑笑，晒黑的脸上泛起了酒窝，在那身五彩斑斓的小丑服装里面耸起肩膀，又抓了抓浓密的红褐色头发，仿佛在为接下来发生的事情做好准备：他俯身推动操纵杆，飞船前倾向下冲入风中。他在传送道上方降低几英尺，故意掠过时尚女士身边，弄皱她们衣裙上的流苏。然后将大拇指塞入耳朵，张开手掌，伸出舌头，翻个白眼，吱哇怪叫着飞走了。这是个小玩笑。一个行人不慎滑倒，包裹滚得到处都是。一位女士把水泼到了自己身上。还有一位女士受惊昏倒在传送道上，传送自动停止，一直到她苏醒为止。这是个小玩笑。

Harlan Ellison

他一阵风似的盘旋离开，消失不见。啊哦！他绕着时间运动研究中心的屋檐飞行，注视着正要去换班的工人们踏上传送道。他们用熟练稳健的步伐从侧面踏上慢速传送道（让人联想到老掉牙的巴斯比·伯克利式合唱队列）朝前走，直到如鸵鸟般排成一列，依次登上快速传送道。

他再次露出淘气的笑容，我们注意到他缺少一颗牙齿。下降，滑行，俯冲。他用力拉开自制卸货槽的固定栓，这时飞船正飞过工人头顶，一批价值15万美元的果冻豆如瀑布一般从天而降，落在快速传送道上。

果冻豆！成千上万紫色、黄色、绿色的甘草、葡萄、覆盆子、薄荷口味的圆润饱满、弹力十足、酸甜可口的果冻豆，噼里啪啦、蹦蹦跳跳地散落在铁姆肯公司工人的头上、肩膀上、安全帽上、工作服上。它们在传送道上叮咚作响，四散弹开，滚来滚去，洋溢着欢乐、童趣与节日气氛。一场多彩的糖豆雨，缤纷色彩与甜蜜从天而降，为这个理智而呆板的世界带来崭新的疯狂。果冻豆！

那些准备换班的工人哈哈大笑，为躲避果冻豆而搅乱了队伍。果冻豆蹦蹦跳跳地进入传送装置内部，发出一阵恐怖刺耳的刮擦声，仿佛有100万枚指甲在刮擦25万块黑板，接着一阵慢悠悠的吱嘎作响，所有传送道全部停止运行。大家像稻草人一样被甩了出去，人人摔得东倒西歪，却仍然笑嘻嘻地捡起色彩鲜艳的果冻豆往嘴里丢。这简直是一个节日，肆无忌惮的狂欢，彻头彻尾的疯狂，茶余饭后的笑谈。然而……

换班延迟了七分钟。

到家晚了七分钟。

所有生产计划被推迟了七分钟。

货物由于无法传送被耽搁了七分钟。

他推倒了第一张多米诺骨牌，一个接一个，噼里啪啦，全倒了。

系统被打乱了七分钟。这是一件微不足道的小事，但对于一个将秩序、协作、平衡和准时作为驱动力的社会，一个对时间高度重视的社会，一个将时间流逝视为神圣的社会，这是无比巨大的灾难。

他们向通信网的每个频道发出通知，要求他七点钟来见嘀嗒人。他们等啊，等啊，直到十点半，他也没有出现。当时，他只是在一个叫作佛蒙特的偏僻地方，哼了一首关于月光的小曲，随即又消失了。他们从七点钟就开始等待，却被他放了鸽子。所以这个问题仍然存在：谁是小丑？

这背后隐含了另一个问题（这个问题更重要）：我们究竟是怎样落到这个地步的？一个笑嘻嘻的、不负责任的、满口无聊笑话与谎言的小丑，轻而易举地摧毁了我们全部的经济与文明，就用这 15 万美元的果冻豆？……

看在上帝的分儿上，果冻豆！这太疯狂了！他哪里来的钱买 15 万美元的果冻豆？（他们知道准确的费用，因为他们临时紧急调来一个分析师团队，赶到现场清扫糖果，统计数量，并发布调查报告。这个临时任务打乱了他们的日程，将其他工作至少推迟了一天。）果冻豆！果冻……豆？等等！果冻豆已经停止生产 100 多年了。他从哪儿弄到这么多果冻豆？

这又是另一个问题，一个非常合理的问题。你可能永远也得不到满意的答复。那么，到底还有多少事情，是我们所不知道的？

以上就是事情的经过，接下来是开头。

故事从这里开始：

便笺。日复一日，每天重复。

9:00——检查邮件。

9:45——与规划委员会见面。

10:30——与 J.L. 讨论安装进度。

11:45——祈祷下雨。

12:00——午餐。

Harlan Ellison

一如既往。

"很抱歉，格兰特小姐。面试时间是 2 点 30 分，现在已经快 5 点了。我很抱歉你迟到了，但规定如此，你必须等到明年才能申请这所大学。"一如既往。

10 点 10 分出发的列车，经停克莱斯特港、盖尔斯维尔、托纳旺枢纽站、塞尔比和法恩赫斯特，除星期天以外不停靠印第安纳城、卢卡斯维尔和克顿。10 点 35 分的列车经停盖尔斯维尔、塞尔比和印第安纳城，星期天和节假日例外，此时列车的经停站是……一如既往。

"我等不及了，弗雷德，我必须在 3 点钟赶到皮尔·卡丁饭店，你说过 2 点 45 分在终点站的座钟下等我，但你不在。我只好独自过去，你总是迟到，弗雷德。如果你能来，我们或许能将事情谈妥，既然如此，我只好自己点菜了……"一如既往。

亲爱阿特利先生与夫人："由于您的儿子格罗尔德不断迟到，恐怕我们不得不暂停他的学业，除非他能够保证按时到校。诚然，他的成绩非常优秀，然而在其他孩子都能按时到校的情况下，他接二连三地蔑视学校的时间规章制度，这使我们无法继续让他留在学校。"一如既往。

必须在 8:45 以前到达，否则你会失去投票权。

"我不关心剧本好不好看，我周四就要！"

退房时间是下午 2:00。

"你迟到了。这个岗位已经录取了其他人。抱歉！"

"你迟到了 20 分钟，已从你的薪水中扣除。"

"天啊，都几点了，我要跑着过去！"

一如既往。一如既往。一如既往。嘀嗒嘀嗒嘀嗒。终于有一天，我们不再利用时间，而是被时间利用。我们成为了时间的奴隶，对太阳运行的轨迹顶礼膜拜，生活被时间与计划牢牢绑架。如果我们不守时，整个系统将面临崩溃。

迟到这件事带来的后果，不再仅仅是微不足道的小麻烦。它已经成为一种过失、一种罪行、一种可被惩罚的罪行：

2389 年 7 月 15 日午夜 12 时生效：时间管理者办公室要求所有公民提交时间卡和心率盘。根据第 555-7-SGH-999 条法规对人均时间撤销的规定，每个心率盘都将实名绑定持有者——

他们发明了一种技术，能够扣除一个人所拥有的时间总量。假如某人迟到了十分钟，他就会失去十分钟的生命，假如他迟到了一个小时，余生就会被扣除一个小时。假如某人一直迟到，他可能会在某个星期天的夜晚收到来自时间管理者的通知：您的时间已用完。您将在周一中午被"关闭"。请安排后事。先生／女士／双性人。

因此，通过这个简单可行的科学技术（其背后原理被嘀嗒人办公室严格保密），社会得以维系运转。这是眼前唯一的解决办法。毕竟这是为国效力。日程安排必须被严格执行。毕竟我们眼前有一场战争！

但总有例外，不是吗？

"这真的很恶心。"小丑说，当漂亮的爱丽丝给他看了通缉海报，"恶心，简直不可思议。毕竟这早已不是流寇横行的年代了。居然还有通缉海报！"

"你知道吗？"漂亮的爱丽丝说，"你说话的语调太过抑扬顿挫了。"

"对不起。"小丑温和地说。"你不需要道歉。你总是在说'对不起'。你犯了这么大的罪，埃弗雷特，真是太让人难过了。"

"真对不起。"他又说，紧紧抿着嘴唇，这使他的酒窝浮现出来。他真的不想说出口："我有事要做，必须出门。"

漂亮的爱丽丝把咖啡杯重重砸在台子上："噢，拜托了，埃弗雷特，你就不能好好待在家里一晚上！你非要穿着那身可怕的小丑装束，到处招

Harlan Ellison

人烦吗？"

"我——"他住了口，把那顶挂着一串铃铛的小丑帽子拍在茂密的红褐色头发上，起身冲洗咖啡杯，再放入烘干机，"我要走了。"

她没有回答。传真机嗡嗡地响了起来。她拿出传真，看了一眼，丢在台子上："当然了，是关于你的。你真是太荒谬了。"

他潦草地瞥了一眼。上面写着，嘀嗒人正试图找到他。他不在乎，他要再次出发去"迟到"了。走到门口，他灵光一现，想出一句谢幕台词，他赶紧回头说道："你知道吗？你说话也一样抑扬顿挫！"

漂亮的爱丽丝翻了个漂亮的白眼："你很荒谬。"

小丑砰的一声甩上门，门自动锁上了。

紧接着，响起几下轻柔的敲门声，漂亮的爱丽丝恼火地喘了口气，打开门。他站在门外："我会在 10 点 30 分回来，好吗？"

她拉长了脸："你为什么要这么说？为什么？你知道你会迟到。你知道的！既然你总是迟到，为什么还要对我说这些蠢话？"

她关上门。小丑在门外点点头。她是对的。她总是对的。我迟到了。我总是迟到。为什么要对她说这些蠢话？

他耸耸肩，又去"迟到"了。

他点燃烟花，告知大众：我将在晚上 8:00 出席第 115 届国际医学会议，希望你们都能前来参会。

这些文字在空中燃烧。当然，有关部门早已等在那儿。他们显然以为他会迟到，却没想到他提前了 20 分钟到达。当时，他们正在布置一张用来抓捕他的大网。他用扩音器吓了他们一跳，大网收紧，反而把他们自己罩进去了，吊在露天剧场的上空。他们乱踢乱动，不停地挣扎尖叫。小丑乐不可支，一再大声道歉。出席这场严肃会议的医生们也哈哈大笑，并以夸张的鞠躬和手势接受了小丑的歉意。大家沉浸在欢乐的气氛中，都以为这是一场普通的小丑表演，除了有关部门的人。他们由嘀嗒人办公室派出，很不体面地被吊在露天剧场的半空，像一坨码头上的货物。

（当小丑进行他的"活动"时，这个城市的另一个角落，发生了一件与前文无关的事。讲述这件事，仅仅是为了说明嘀嗒人的权力和地位。一位名叫马歇尔·德拉汉提的人收到了来自嘀嗒人办公室的"关闭"通知。这份通知由身穿灰色制服的米内递送到他妻子手里。米内脸上带着一副例行公事的悲伤表情。她不用拆就知道这是什么。在这个年代，人人都知道那是什么。她喘着粗气，仿佛拿着一个带有肉毒杆菌的玻璃片，同时暗自祈祷收件人不是她而是马歇尔。"行行好，希望是马歇尔。"她的祈祷冷酷而现实，"或者哪个孩子，千万别是我，亲爱的上帝，别是我。"然后她打开通知，是马歇尔。那一刻她既感到震惊，又有侥幸的欣慰。致命的子弹没有击中自己，而是击中了身边的战友。"马歇尔，"她尖叫，"马歇尔！关闭，马歇尔！噢，上帝啊，马歇尔，我们怎么办？我们该怎么办？马歇尔，噢，上帝，马歇尔！"当晚，家中传出撕扯纸张的声音与恐惧的啜泣，从烟囱里能嗅到崩溃与疯狂的气息。但他们什么也做不了，只能坐以待毙。）

（马歇尔·德拉汉提却试图逃跑，第二天一早，"关闭"准时降临，在距离两百英尺以外的加拿大森林深处，嘀嗒人办公室归零了他的心率盘，马歇尔·德拉汉提一头栽倒在地，心脏停止跳动，血液在通往大脑的中途干涸。他死了。一个光点消失在时间管理者办公室的地图上，传真机自动打印讣告。乔吉塔·德拉汉提被列为救济对象，直到她再婚为止。在这段插曲的结尾，唯一需要强调的是，不要觉得好笑，一旦嘀嗒人查出了小丑的真实姓名，同样的事情会发生在他身上。这一点都不好笑。）

城市的商业层挤满了被安排在周四购物的人群。女士们身披淡黄色的希腊长袍，男士则身穿玉石与皮革制成的仿提洛尔风格的紧身上衣，下身穿着灯笼裤。

Harlan Ellison

小丑出现在"高效"商场的尚未建造完工的外墙。他手持扩音器，举到嘴边，嘴角带着一丝淘气的笑容。人们目不转睛地盯着他，不停地指指点点。他大声呵斥道："你们为什么甘心受他们驱使？为什么要像蝼蚁一样忙前忙后？慢慢来！放慢脚步！享受这阳光，享受这微风，跟随自己内心的节奏生活！不要做时间的奴隶，前方的路还很长，慢下来吧，慢下来……打倒嘀嗒人！"

很多购物者感到好奇，这个疯子是谁？这个疯子是谁……噢，哇，我要迟到了！快跑……

商场的施工队收到时间管理者办公室的紧急命令，他们声称，一个叫"小丑"的危险犯罪分子出现在商场楼顶，需要他们配合进行逮捕行动。施工队不同意派人配合，因为那会打乱他们的施工日程。嘀嗒人设法找到了他们的顶头上司，强行要求他们放下手头工作，到楼顶去抓住那个拿着喇叭乱叫的笨蛋。因此，十几个身强力壮的工人爬上施工平台，启动升降板，向小丑奔去。

这次逮捕行动失败了(由于小丑时刻注意每个人的安全，没人受重伤)，工人们重新纠集，试图再次围攻小丑，但为时已晚，他早已消失得无踪无迹。然而这场闹剧吸引了大批看热闹的人群，使得原本的购物消费日程被推迟了几个小时。整个系统的消费指标也因此未能达成。因此，有关部门采取调控措施，加速了当天剩余时间段的消费日程。但日程忽快忽慢引发了一系列问题。比如，浮阀被超售，而摆动器又缺货，供需比例严重失衡。这使得门店周转失灵频频发生，而这原本三到四个小时才会发生一例。物流严重混乱，货物被运输到错误的地点，各行各业莫不如此。

"抓不到他就别回来！"嘀嗒人声音极其轻柔，也极其危险。

他们动用了警犬、探测器与心率撤销仪。他们使用贿赂、恐吓与严刑拷打。他们请出了侦探、巡警与法院。他们使用指纹识别与人体测量学。他们使用了悬赏、诡计与反间计。他们找专家求助，但并没有什么帮助。此外，他们还用上了应用物理学与犯罪学技术手段。

最后——该死的！他们抓住了他。

真相大白，他的名字是埃弗雷特·C.马尔，除了"毫无时间观念"这一点，他平凡无奇，并无值得称道之处。

"忏悔吧，小丑！"嘀嗒人说。

"滚开。"

"忏悔吧，小丑！"嘀嗒人说。

"滚开！"小丑回答，嘲笑。

"你总计迟到 63 年 5 个月 3 周 2 天 12 小时 41 分 59.036111 微秒。你拥有的时间已经透支。我要把你'关闭'。"

"吓唬别人去吧。我宁可死掉，也不想和你这种怪胎同处一室。"

"这是我的工作。"

"你滥用职权。你是个暴君。你没有权力指挥别人团团转，也没有权力仅仅因为迟到就杀死一个人。"

"你没有调整好自己，你无法融入社会。"

"放开我。我这就让拳头融入你的嘴巴。"

"你是个另类。"

"这又不是什么大罪。"

"现在是了，在你身处的世界。"

"我讨厌它。这是一个可怕的世界。"

"不是每个人都这么想。大多数人喜欢秩序。"

"我不喜欢，我认识的大部分人不喜欢。"

"你错了。你以为我们是怎样找到你的？"

Harlan Ellison

"我没兴趣。"

"一个名叫'漂亮的爱丽丝'的女孩向我们揭发了你的身份。"

"你胡说。"

"这是事实。你让她感到不安。她需要归属感和安全感。我会'关闭'你。"

"那就这样做吧，别再来烦我了。"

"我不会'关闭'你的。"

"你这个白痴！"

于是他们把他送到了考文垂。在那里，他们对他进行了彻底改造，就像他们在《一九八四》中对温斯顿·史密斯做的那样，那是本谁都没听说过的书。他们就用这些古老的技术来对付埃弗雷特·C.马尔。很久以后的一天，小丑出现在通讯网上，仍然有着淘气的笑容和酒窝，眼神清澈，完全没有被洗脑的痕迹。他承认他错了，准时是一件很好很好的事情，诸如此类的话。他出现在大屏幕上，整个街区的人都能看到。人们心想，好吧，你看，他只不过个疯子而已。如果这是社会运行的方式，那我们也就如此行事。即使我们打倒了市政厅或嘀嗒人，也得不到一分钱的报酬。埃弗雷特·C.马尔被摧毁了，这是巨大的损失。根据梭罗先前的说法，不打碎鸡蛋就做不出煎蛋卷。每一次革命中都有一些人死去，但这是无法避免的牺牲。因为事情就是这样。如果这些人的牺牲使现状发生了改变，或者，至少将问题清晰地暴露出来，那就是值得的：

"呃，对不起，先生。呃，我不知道——呃这个——该怎么说，不过你迟到了三分钟。你稍微——呃——迟到了一点点。"

他胆怯地笑了笑。

"胡说八道！"嘀嗒人在面具后低声说，"你的表坏了。"随后，他咕哝着走进办公室。

（美国）R.A. 拉弗蒂 R.A.Lafferty——著

王琦——译

九百个祖母 - （1966）-Nine Hundred Grandmothers

R.A. 拉弗蒂（1914—2002），美国著名科幻小说家，曾屡获大奖。因为他的作品天马行空，情节独特，所以他通常不愿被贴上某种类型文学作家的标签。拉弗蒂出生在普通工薪阶层家庭，他对知识有着强烈的渴求，自学成才。高中毕业后，他曾在塔尔萨大学读了两年夜校，后攻读国际函授学校的电气工程专业。拉弗蒂与少年时期的尼尔·盖曼有信件往来。他去世后，尼尔·盖曼将其作品保存下来，供后世参阅。

拉弗蒂很晚才开始写作生涯，1959 年才发表处女作，代表作多收录在《幻想》（Fantastic）、《银河》和达蒙·奈特的系列选集《轨道》中。天主教信仰对拉弗蒂影响颇深，他奉行保守主义，尽管其作品的独创性使这种保守主义更接近新浪潮，这点和吉恩·沃尔夫如出一辙。《高手》（Past Master, 1968）和《第四大厦》（Fourth Mansions, 1969）是拉弗蒂最著名的两本小说，均曾获得星云奖提名。《高手》（Past Master, 1968）还获得了雨果奖提名。他的短篇小说《伊瑞马水坝》（Eurema's Dam）于 1973 年斩获雨果奖。1990 年，拉弗蒂获得了世界奇幻奖终身成就奖。

拉弗蒂主要以原创短篇小说闻名，其作品以讲述爱尔兰人和本土美国人的奇闻趣事为主。他尤其善于在小说中运用机智、幽默和荒诞主义。在这方面，与库尔特·冯内古特、斯特潘·查普曼和威廉·泰恩等作家尤为相似。近期，在颇具胆识的丛书编辑约翰·佩兰的努力下，萨提皮德出版社（Centipede Press）展开了出版拉弗蒂作品九卷本的工作，打算将其全部短篇小说出版。目前已出版了两卷，分别是迈克尔·斯万维克作序的《拉弗蒂短篇小说集第一卷：制造模型的男人》（The Man Who Made Models: The Collected Short Fiction,

Volume 1, 2014），由哈兰·埃里森作序的《拉弗蒂短篇小说集第二卷：头顶光环的男人》(*The Man with the Aura,Volume 2*, 2015)。

斯万维克在第一卷的《序言》中称，"拉弗蒂为 20 世纪最具原创精神的短篇小说作家……读者喜欢冲浪般快速阅读其作品，但这不代表这些作品没有深度，其实他的小说内涵深如大海，值得我们去挖掘……

拉弗蒂在科幻小说创作中并不追求现实主义，反倒是他的超现实主义手法在描写外星生命方面比有些"硬科幻"更有用。在小说《盗窃熊星》(*Thieving Bear Planet*, 1982) 中，拉弗蒂刻画了一种性情古怪、反复无常的外星人，地球的人类无法理解他们的行事动机。人类在遥远的星球进行探险，遇到了怪异的时间裂缝，邂逅了与自己相同的迷你复制人，还见到了一些只有站在外星人角度才能理解的可怕景象。拉弗蒂仅仅在作品中展现了外星生命的冰山一角，就成功地传达了人类与其相遇后感受到的可怕与古怪，这即是他的天才之处。

入选本书的《九百个祖母》极具拉弗蒂的个人色彩。在短短几页的篇幅中，拉弗蒂颠覆了"太空探索"的套路，调侃了军事科幻小说，但最后读者会发现，作品内核其实是女权主义小说。此外，此篇中还有臆想小说里最真实的外星情节之一。这篇故事 1966 年首次刊登在澳大利亚的《如果》杂志上。读过之后，一部分读者感到十分愉悦，另一部分读者则困惑不解。

△　▲　△　△

赛兰·斯威司古德是一位年轻的特别行动队队员，前途无量。但是，和其他队员一样，他有一个恼人的习惯，永远在思考一个问题：一切的起源是怎样的？

除赛兰之外，其他人的名字都很阳刚。击垮者克雷格、力举者赫克尔、爆炸者伯格、血人乔治、闪开者马尼恩（当闪开者说"闪开"时，其他人都得闪一边儿去）和大麻烦特伦特。他们本就该有副硬汉的样子，所以才取了阳刚的名字。只有赛兰我行我素，保留了自己的真名，只为了恶心他的指挥官击垮者。

击垮者怒喝道："没有哪个英雄会取赛兰·斯威司古德这样的名字！你为什么不愿意叫'暴风雨沙隆'？多好的名字！或者'酒胆糙汉''劈砍者斯莱德尔'或'匕首涅韦尔'？你根本没看取名册！"

"我坚持用自己的名字，"赛兰总是这样回答，那是他犯的错。一个新的名字有时会让人的性格发生变化。血人乔治就是这样。尽管胸毛是移植的，但是有了新名字，乔治更像一个男人了。如果塞兰当时用了"酒胆糙汉"这个有英雄气概的名字，那么他可能已经鼓起了勇气，也燃起了斗志，心中不再有令人不齿的犹豫和与日俱增的愤怒。

他们降落在大行星普罗阿维图斯上，这个星球遍地是财富，只差人来捡。探险队成员明白自己的使命。他们在当地人光滑的树皮卷和自带的平行胶带上签了好些利润可观的合同，使出浑身解数哄得瘦小的普罗阿维图斯人相信了他们。这里有着扎实的市场，足以让他们变成富得流油的星际贩子。而这个五彩缤纷的异世界可能还会给他们带来做奢侈品生意的机会。

到普罗阿维图斯后第三天，击垮者就开始吼赛兰："除了你，每个人都开始做事了。特别行动队队员可不是吃干饭的。我们的使命要求我们转变对方的文化，但我们做的事其实不限于此。我们每次出任务都会顺便赚一笔，这是公开的秘密。如果对方主动配合文化转变，我们就可以顺水推舟完成任务。如果这样做可以顺便给我们带来利益，那我们非常乐意。你了解那些活娃娃吗？他们可能既是关键的文化因素，又具有市场价值。"

赛兰则说："活娃娃背后似乎很有故事，情况复杂，需要慢慢探索。普罗阿维图斯人声称他们不会死，这可能才是搞明白他们的关键。"

"我认为他们的生命短暂，赛兰，你看这些人都是年轻人，待在屋子里的是稍微上了些年纪的人。"

"那么他们一般葬在哪里？"

"他们死后会被火化，所有人去世后都会这样。"

R.A.Lafferty

"火葬场在哪儿？"

"可能烧完之后他们会把骨灰撒了，也许他们对祖宗毫无敬畏之心。"

"可有的资料上也说他们的文化基础就是对祖先的夸张的崇拜。"

"这你都知道啊，赛兰，你确实是个合格的特别行动队队员。"

赛兰与普罗阿维图斯人翻译官诺科玛谈过话。两个人都是专家，也是对手，谈话过程中相互理解。诺科玛很可能是位女性。普罗阿维图斯人不论男女，个性都有一些软弱，但是探险队成员认为他们现在已经让普罗阿维图斯人变坚强了。

今天拜访诺科玛时，赛兰问道："您介意我问得直白些吗？"

"当然不介意。不然我怎么能学会与人交谈呢？"

"有些普罗阿维图斯人说自己不老不死，诺科玛，这是真的吗？"

"怎么不是真的呢？如果他们死了，就不能站在你面前，说自己不会死。噢，我开玩笑，开玩笑。其实不是的，我们不会死，这是一种愚蠢的外星球陋习，没有传承价值。在普罗阿维图斯上，只有低级生物会死亡。"

"你们就不会？"

"为什么不？为什么要在这件事上成为例外呢？"

"不过你们老了会做些什么？"

"那时我们能做的事越来越少，因为没有精力了。你们不也一样吗？"

"是的。当你垂垂老矣，你会想去哪里？"

"哪儿都不去，就待在家。旅行是青春洋溢的年轻人的活动。"

赛兰说："那我们换种说法。诺科玛，你的父母现在在哪儿？"

"外出未归。他们现在还不是老年人。"

"那你们的祖辈呢？"

"偶尔还是会外出。年纪更大的就待在家了。"

"那我们就按这个思路来。诺科玛，你家族中有多少位老太太？"

"我记得家中还有九百位。噢，我知道并不多，不过我们只是大家族的旁支，有些宗族的祖辈非常多。"

"都还活着吗？"

"不然呢？谁会计较已经死了的人？这样的人怎么会是祖辈？"

赛兰兴奋地跳了起来。

"我可以见见他们吗？"他轻语。

诺科玛劝诫赛兰："拜访年纪偏大的老人可能不太明智。陌生人想见这些老人也不好办，我们会加以防范。当然，见几十个人还是没问题的。"

赛兰一想到可能会找到一生所求之物，就陷入一种既期待又恐惧的情绪中。

"诺科玛，这样一来我就能找到其关键！"他哼了一声，"如果你们谁都没有死过，那么你的整个宗族就一直存在！"

"当然。不是和数水果一样吗？只要没有拿走，水果就一直在。"

"不过如果最年长的祖辈仍在世,那么他们可能知道自己如何出生的！他们知道家族的起源。不是吗？不是吗？"

"呃，我不知道。我的年纪还不够参加仪式。"

"那谁知道呢？没有人知道的吗？"

"噢，不。年长者都知道。"

"多年长的？哪一辈祖先知道呢？"

"从我往上追溯十辈就行。等我有了十代后辈，也会参加仪式。"

"你说的仪式是指什么？"

"每年老人们会到更年长者家中，叫醒他们，问他们家族的起源，更年长者便告之。这时人们兴高采烈，举杯欢庆！这些长者回屋，接着睡到下一年人们来询问家族起源之时。这样代代相传，就是仪式。"

普罗阿维图斯人不是外星人，更不用说是"猴脸"，尽管"猴脸"现在被探险家定为术语。他们修长挺拔，长袍加身，且被认为拥有两条腿。

R.A.Lafferty

然而击垮者说："尽管我们知道他们可能以轮子代步。"

他们的手非常灵活，可谓世界尽在指间。手指可以操作任何工具，也可以成为最复杂的工具。

血人乔治认为，普罗阿维图斯人充满神秘感，探险队至今仍未揭开其面纱。他还说仪式面具就是最表层的面纱，除了灵巧的双手，其他部位未曾裸露在外，探险队的人还没见过，而双手可能恰恰是最真实的部分。

当赛兰告诉他们自己正在探索一项伟大发现时，这些人高兴坏了。

"赛兰还在研究家族的起源，"击垮者嘲笑道，"你难道要一直追问先有鸡还是先有蛋吗？"

"我很快就会得到答案，"赛兰喜滋滋地说，"只有我有机会。发现了普罗阿维图斯人的起源，我可能就会知道世间万物的起源。毕竟所有的普罗阿维图斯人都活着，甚至是第一辈人。"

击垮者抱怨："这只能说明你想得太简单了。人们都说当一个人可以优雅地忍受愚蠢，就说明他已经成熟了。上帝，我希望我永远不会变成这样。"

但是两天后击垮者又找了赛兰·斯威司古德，还是同一个问题。击垮者一直在思考和挖掘自己的想法。

"赛兰，你是特别行动队的人，"他说，"但是现在你的关注点跑偏了。"

"什么意思？"

"普罗阿维图斯人的起源并不重要，重要的是他们可能不会死。"

"我正打算从这一点开始研究。"赛兰说。

"蠢货，你还是不懂吗？如此特殊，而我们却不知道这种特殊性是科学的产物还是普罗阿维图斯人生来如此，抑或是靠着可笑的运气得来。"

"啊，我猜是化学研究的结果。"

"当然，普罗阿维图斯人的有机化学非常成熟，拥有各种各样的抑制剂和兴奋剂。这里的人可以随心所欲地使任何事物生长或萎缩，也可以压缩或延长其寿命。我觉得这些人很无所谓,就好像他们天生拥有这些能力。但是重要的恰恰是他们确实拥有这些药品。有了这些,我们会成为宇宙的专利药商霸主,反正普罗阿维图斯人从不外出,也不与外界接触。这些药品无所不能。我猜普罗阿维图斯人的细胞可以收缩,可能还有更意想不到的事。"

"不可能,击垮者,你胡说八道,他们的细胞不可能会收缩。"

"没关系,他们的东西已经使传统化学变得一文不值。人们在这里无师自通地学会了药典,就不会有死亡。这就像是你一直坚持的信念,不是吗?但是你的探索方向反了。普罗阿维图斯人认为他们永远不会死。"

"他们似乎很确信自己不会死。就像诺科玛说的,如果确实不会,那么他们可能是第一批接近这个事实的人。"

"什么?这些人是在开玩笑?"

"可能吧。"

"不过,赛兰,你不明白这件事有多重要。"

"这是迄今为止唯一知道这件事的种族。这意味着如果普罗阿维图斯人永生不死,就像他们现在这样,那么其中最年迈的人就还活着。从这些人那里,我可以了解这个族群甚至是每个物种的起源。"

击垮者抓耳挠腮,跺着脚走了出去,吼道:"起源并不重要,你这个蠢货!重点是他们可能不会死!"声音响亮,回荡山谷,"他们可能不会死!你这个蠢货!"

赛兰·斯威司古德不请自来,拜访诺科玛,却得知她外出了。这件事是悄悄进行的,探险队成员都受过这方面的训练。

所幸无人介绍这 900 位老太太,他可以更好地弄清楚传闻中的活娃娃的情况。若他们还活着,他会查出他们做过什么,他们是否知道家族的起源。他之所以敢刨根问底,是觉得普罗阿维图斯人天生懂礼貌,不会拒绝。

诺科玛乃至全族人都住在普罗阿维图斯卫城大山顶的土房子里,小巧

R.A.Lafferty

精致的房屋从山顶向外延伸，与山丘融为一体。

赛兰沿着石板路迎风而行，悄悄进入了诺科玛曾经指给他看的房子，遇到 900 位老太太中的一位，和这 900 位中的任何一位长者在一起就不需要偷偷摸摸了。

老太太小小的个子，坐在椅子上对着他微笑。他们的交谈虽然不像和诺科玛的谈话那样容易——毕竟诺科玛会赛兰的语言，但也并无障碍。她还叫来一位老爷爷，他见了赛兰也是微微一笑。这两位长者出生于普罗阿维图斯人的活跃期之前。他们善良而安详。这个场景似乎也蕴含着某种味道——困倦、怀念、难过。

"这里有比两位年长的人吗？"赛兰认真地问道。

"有啊，许多，谁知道有多少呢！"老太太说。她又叫来其他长者，有比她年长的，也有比她年轻的，不到普罗阿维图斯年轻人的半数，他们个子矮小、面容疲倦、面带微笑。

赛兰现在知道这些普罗阿维图斯人并没有戴面具。他们年纪越大，脸部就越有特点。只是对那些不成熟的普罗阿维图斯年轻人还有疑问。面具不可能把年长者脸部的冷静和微笑传达得如此淋漓尽致。那些奇特的纹理正反映出这是他们真实的面孔。

如此年长而友善，如此虚弱而倦怠，最年长者和最小辈之间一定隔着十几代的岁月吧。"最年长者多少岁呢？"赛兰问第一位老太太。

"所有人都永生不死，所有人都是同一年龄，"这位老太太告诉他，"其实当然不可能完全一样岁数，只是也没必要问确切的年纪。"

"我不知道你们听说过青蛙没有，"赛兰对他们颤抖着说，"温水煮青蛙，青蛙不会惊慌，因为水温慢慢升高，它对温度失去了感知。这就是我想说的循序渐进。我和你一起从某种状态过渡到另一种状态，过程中你完全可信。如此循序渐进地改变，我可能任何事都相信你。我相信你在这里，除了我看得到、触摸到你之外，没有别的理由。那么，我会在改变心意之前把青蛙煮了。这里还有年长者吗？"

第一位老太太示意赛兰跟着她。他们沿着斜坡进了地下的老房子。

活娃娃！货架上摆着几百只活娃娃，确实是娃娃大小，坐在小龛里的椅子上。

许多娃娃在我们进来时就醒了。其他的被说话声吵醒或被叫醒。尽管垂垂老矣，行动不便，也仍然目光温和，并向我们点头致意。他们面容疲倦却面带微笑，四肢蜷缩，不像人类，反而像年迈的小狗一样。赛兰和他们说话，意外地竟然双方都理解对方的意思。

龙虾，龙虾，赛兰自言自语，水温已经极高了！它却毫无感觉。如果你相信感知温度变化，那么你会活生生被煮沸。

他现在知道真的有活娃娃，而且他们是普罗阿维图斯人的祖先。

许多活娃娃接着入睡。他们清醒的时间很短，睡眠的时间似乎也很短。赛兰离开房间前，几个活娃娃再次醒来，睡了很短时间，急着想说话。

"好神奇啊！"赛兰大叫，所有矮小的、更矮小的、更更矮小的活娃娃都笑了起来。他们当然神奇。世界上所有品种优良的生物都很神奇。不过会有如此众多生物齐聚一起吗？赛兰很贪心，想要看到更多奇迹。

"我必须尽快找出真相！"他激动得哭了，"哪位最年长？"

"有年纪长的，有更年长的，也有年纪翻倍的，"第一个祖母说，"还有年纪三倍的，但明智的做法是不要自作聪明，已经看够了，他们很困，我们上去吧。"

上去？离开房间？赛兰不愿意。他看到了通往大山腹地的通道和下坡道。整个世界尽在他的脚下。赛兰决定继续往下走。会有人阻止他吗？反正不是这些比娃娃还小的活娃娃。

击垮者曾经自称是沉迷财富的老海盗。而赛兰是年轻的炼金术士，他即将找到炼金石。

赛兰跨越千百年才找到这条下坡道。他注意到上面的气氛变了——困

R.A.Lafferty

倦、记忆模糊、微笑、悲伤、热情。时间就是这样的味道。

"那些人比你还年长吗？"赛兰问站在他掌中的小老太太。

"更老更小，我都能把他们握在手里。"小祖母的普罗阿维图斯语言老式又单一，赛兰听诺科玛提过。

赛兰穿过房间，眼见着这些活娃娃在他的视线里逐渐消失。他现在肯定是被温水煮青蛙了。不得不相信这一切：他看到并感受到了。这位小祖母说话带笑，承认那些人比她小得多，同时点了点头回去睡觉。赛兰带她回到了她那个蜂巢墙里的小窝，那里有成千上万迷你族群。

当然，他现在不住在诺科玛的家里，而是在大山的腹地，在其他房子的下方，这些人是小行星上人们的祖先。

"这里的人比你年长吗？"赛兰问站在他指尖上的小祖母。

"是的，比我更年长也更小，"她回答，"快结束了。"

她睡着后他把她放回原处。他们年纪越大，睡得越多。

他已经到了山脚下，走上了那块岩石铺成的通道，岔路不多，道路也不深。他突然害怕这些活娃娃变得太小，肉眼不可视或无法与之交谈，这样他会错过普罗阿维图斯起源的秘密。

但是诺科玛没说过所有的老人都知道这个秘密吗？当然说过。但他想从最年长者那里了解情况。不管怎样他现在会这样做。

"是仪式吗？"问醒着的人。他们比老鼠小，也不比蜜蜂大，寿命可能比二者都长。

"这是一种特殊的仪式，"赛兰告诉他们，"对我来说，关乎族群的起源。"

这是什么声音——太轻微、太散乱了，不算噪声吧？就像十亿个微生物在笑。

"谁是最年长者？"因为笑声的干扰，赛兰又问了一遍，"谁最年长，谁是最早一辈人？"

"我是最年长的老太太，"一个人高兴地说，"其他人都是我的后辈，你也是吗？"

"当然。"赛兰说，人群中发出怀疑的笑声。

"你一定是最后的孩子，因为你和其他人不一样，如果你是，那么结局和起源一样有趣。"

"那是如何起源的呢？"赛兰嘀咕道，"你是最早的一辈，你知道自己怎么降生的吗？"

"哦，是的，是的。"这位老太太笑了起来，这些小东西的欢闹声变成了真正的噪声。

"那这些人的起源？"赛兰兴奋得连蹦带跳。

"噢，其实开始就是一个滑稽的玩笑，你不会相信的，"老太太摇摇头，"一个玩笑，玩笑！"

"告诉我那个玩笑吧，如果一个玩笑就可以造就你的种族，那么告诉我那个关乎宇宙的玩笑吧。"

"你扪心自问，"老太太脆生生地说，"如果你是我的后辈，你就是这玩笑的一部分，噢，这太有趣了，不可思议。笑着醒来，然后再睡，这样多好。"

挫败！原本亲密无间，却被一只笑嘻嘻的蜜蜂打断！

"先别睡！告诉我你家族的起源！"赛兰尖叫，最后的这位老太太站在他的拇指和食指之间。

"这不是仪式，"祖母反驳，"仪式是，你猜这三天要如何度过，我们笑着说'不！不！不！'比这要疯狂数倍，再猜！"

"我不猜，立刻告诉我，否则我对你不客气。"赛兰用颤抖的声音威胁道。

"现在我们面对面，我想知道你会不会这样做。"这位老太太很冷静。

探险队成员都会这么做——胁迫她、其他人甚至所有人，直到挖掘到起源的秘密。如果赛兰的性格和名字都足够强硬，他早就这么做了。如果他叫"酒胆糙汉"，毫无疑问可以做到这一点。但赛兰·斯威司古德做不到。

R.A.Lafferty

"告诉我，"他苦苦恳求，"我一生都在追求种族的起源，万物的起源。现在只有你们知道！"

"我们知道。呃，起源非常有趣。太像玩笑了！如此可笑、如此丑陋、如此怪诞！没人能猜到，没人会相信。"

"告诉我！快说！"赛兰面色灰白，歇斯底里。

"不，不，你不是我的后辈，"老太太哼了一声，"对陌生人说玩笑太荒唐了。我们不能对一个陌生人说出如此滑稽又令人难以置信的玩笑，这是一种侮辱。陌生人可能会笑死。我怎么能看着一个陌生人笑死了呢？"

"告诉我，侮辱我！让我笑死吧！"结果赛兰差点哭死，百万个蜜蜂大小的活娃娃不断在耳边嗡嗡作响，赛兰快要被这种挫败感吞噬。

"啊，太滑稽了！"

他们笑了起来。一直笑。大笑……直到赛兰·斯威司古德破涕为笑，回到船上还在笑。下次航行途中，他把名字改成了"闪火博尔特"，占领 M-81 的一座浪漫海岛长达 97 天，但这就是另一个更不美好的故事了。

百万日 - （1966）-Day Million

（美国）弗雷德里克·波尔 Frederik Pohl——著

罗妍莉——译

弗雷德里克·波尔（1919—2013）是一位风格多样的偶像级美国科幻小说作家，他的创作生涯始于美国的"科幻黄金时代"，跨越了 3/4 个世纪。在科幻小说领域，波尔数十年如一日地扮演着紧跟科幻潮流的重要角色，这足以证明他天资过人、兴趣广泛、求知欲旺盛，并能为他人充当良师益友。

波尔获得过的奖项和荣誉不计其数，他先后曾获雨果奖、轨迹奖和星云奖，并凭借他最著名的小说《门》（*Gateway*, 1977）获得约翰·坎贝尔纪念奖。他还以小说《杰姆星》（*Jem*, 1979）赢得了"美国国家图书奖"中仅颁过一届的（已然足够）科幻小说类奖，并于其他年份三次入围了该奖下设的最佳小说奖。波尔还获得了 1993 年的达蒙·奈特纪念奖的大师奖，并于 1998 年入驻科幻奇幻名人堂。

除了小说创作，波尔还有近十年时间（1959—1969）担任《银河》和《如果》两本姊妹杂志的编辑。而在此之前（就在第二次世界大战前），他早就做过《惊奇故事》（*Astonishing Stories*）和《超级科学故事》（*Super Science Stories*）的编辑，也编纂过若干选集。作为"未来派"的早期成员——跟他同样求知好学的詹姆斯·布利什也是其中之一，波尔信奉科幻小说的全球化路线，而他本人也是外国小说翻译的拥趸，尤其是来自日本的译作。在不同时期，他还曾是一位多产的非虚构作家，也担当其他作家的著作代理人。他与考恩·布鲁斯携手创作小说；与第三任妻子卡罗尔·梅特卡夫·乌尔夫·斯坦顿合作编辑选集；也曾身受第二任妻子、作家兼编辑朱迪斯·梅里尔的影响。无论从哪个方面来看，他都是位传统的"文人"，似乎永远无法闲着，无时无刻不在忙于各种计划。

波尔的创作生涯始于 20 世纪 50 年代，他以隐晦的荒诞

Frederik Pohl

主义和黑色幽默书写出巧妙的讽刺作品。50 年代，他还与考恩·布鲁斯共同写出了讽刺小说的瑰宝《太空商人》(*The Space Merchants*)，这部作品描绘出一幅反乌托邦的悲观未来，人口过剩，生态系统崩溃。整个 20 世纪 60 年代，波尔都持续不断地以作家的身份探索和成长着，并于 20 世纪 70 年代和 80 年代写出了登峰造极的系列作品——《稀奇人》(*Heechee*)，讲述了与隐匿不见的外星人留存在地球的史前上古神器的邂逅。这一系列的第一部曲《门》和同样精彩的续集《超越蓝色视界》(*Beyond the Blue Event Horizon*, 1980)夯实了波尔在科幻界已然显赫的地位。

奇怪的是，虽然波尔本人兴趣十分广泛，并致力于追求高标准的写作质量，但他却公开批判新浪潮运动。他认为新浪潮滑向了故弄玄虚和自我放纵的方向，已经无法识别其与主流文学中正当的先行文学形式的一脉相承之处——超现实主义、颓废派文学和先锋性写作，正是这些文学形式驱动了新浪潮运动的产生。无论如何，《百万日》一文凭借其博尔赫斯式的浓缩化叙述及对社会规范的非传统处理方式，完全可以当之无愧地成为新浪潮传统文学的典型代表作。不过本篇也同样收录在大卫·哈特韦尔和凯瑟琳·克拉默编的《奇迹的上升——硬科幻进化史》(*The Ascent of Wonder: The Evolution of Hard SF*, 1994)当中，收录原因描述得极其精准：因其"态度正确，给人硬科幻的质感。这篇文章面向的是能够理解在缺少物理常数的（遥远未来）宇宙中那种绝望感的读者"。因此，《百万日》之所以能具有持久的吸引力，或许部分原因便是在其跨越了多种不同的科幻小说模式和处理手法吧。

△　▲　△　△

今天我想给你们讲的，是未来距今 1000 年左右，有那么一个男孩和一个女孩，以及他们的爱情故事。

刚才这段话虽只寥寥数语，但却没有一句是真实的。这个男孩不是你我一般所谓的男孩，因为他已 187 岁。这个女孩也并非女孩，其中另有原因。而这个爱情故事里，也并不包含一般所理解的情情爱爱，那种想要强暴对方的欲念之升华，以及同时产生的屈服于对方那种本能的延迟。如果你不能立刻明白这些真相的话，你对这个故事就不会太在意。不过，如果你真尽力这样去做的话，你恐怕就会觉得其中塞得满满当当的，全是笑啊、泪啊、辛酸的感情啊，也未必值得。之所以我说女孩不是女孩，是因为她是个男孩。

你是不是气得把书丢到一边了？你会说，谁他妈想看一对基佬搞基那点事？先冷静一下吧。这篇文章里头可没有同志交易那些热辣辣的变态秘密。其实你要是见了这女孩，你根本会做梦都猜不到她其实是男的。女孩身上该有的她一样都不少，臀线优美、面部光滑，眼眶也看不到棱角分明的眉棱骨。你会马上将她定义为女性，虽然你可能还不太确定她是属于哪个物种的女性——有尾巴和一身丝滑的皮毛，而且耳朵后面还长着鳃裂。

你又想躲了吧。天啊，伙计，相信我！这可是个很棒的小妞，但凡是个正常的男人，只要跟她在一间屋子里处上一个小时，我保你就算折腾个天翻地覆，也得要把她弄上床。多拉——我们姑且叫她这个名字好了，尽管她真正的名字应该叫作"奥米克戎 - 辉绿岩七组托特乌特剑鱼座S5314"，其中 5314 是色别标志，相当于某种程度的绿色——我说，多拉是位魅力十足的女性。我承认，你听起来未必这么觉得。她是个——呃，你可以称她为舞者，她的舞蹈艺术中蕴含了发达的智力水平和高度的专业技能，必须同时具备与生俱来的天赋和经过无休无止的练习。表演的环境处于失重状态，对于她的表演，我再怎么搜肠刮肚也形容不出，最多只能说是跟柔术杂技或古典芭蕾有些相似，或许有点接近丹尼洛娃跳的那段《天鹅之死》。真他娘的性感到喷血啊。当然了，这种说法也只是象征性表述，但事实就是这样，大部分我们称之为"性感"的也不过是象征性的说法，可能只有开着裤子拉链到处乱跑的"露阴癖"才不是。在百万日，当多拉舞蹈时，那些看她跳舞的人们都忍不住兴奋得气喘吁吁，你保准也一样。

Frederik Pohl

再说回她是个男孩子这回事。对于看她表演的观众而言，她在基因表达上属于男性这种事完全无关紧要，你要是当时在场的话，也一样不会在乎的，因为你根本就无从得知——除非你从她身上切下一块活体组织，放到电子显微镜底下，找出里面的 XY 染色体。何况对他们来说，这也没什么，因为他们并不在乎。借助一些不仅复杂，而且目前尚未发明的技术，这些人能够在婴儿降生之前很久，就对婴儿的天赋和便利做出大量的更改——差不多是在细胞分裂的第二层，准确说来，就是当卵细胞分裂形成游离胚囊时，他们便以自然方式来帮助这些天赋形成发展。我们不也一样吗？我们如果发现一个孩子具备音乐天赋，就会发奖学金给他，让他去上茱莉亚音乐学院。而他们发现一个孩子具有做女人的天分，就把她变成女人。由于性早就已经与生殖脱钩了，所以这样做相对来说并不困难，没造成什么麻烦，也没招致半点来多少流言蜚语——至少没引来多少流言蜚语。

"没多少"是多少？大概就跟我们补了颗牙、篡改了"上帝的意旨"那程度差不多吧，比戴助听器影响还少些。现在你听着还觉得可怕吗？所以下回再碰到大胸辣妹的时候，你看仔细点，好好想想，说不定她也跟多拉是一回事。其实就算在我们这个年代，基因上虽是男性，身体构造却是女性的现象也比比皆是。子宫环境发生的意外改变战胜了遗传的力量。区别在于，在我们这儿，这样的改变纯属意外，我们通常也并不知情，除非进行密切的研究；而百万日的人们则是频繁地、有意识地制造这种改变，因为他们有这样的意愿。

好了，关于多拉，我们说得已经够多的了，再补充下去只会给你徒增混乱，比如，说她身高有七英尺，身上有股花生酱气味儿什么的。现在我们进入正题。

在百万日，多拉游出家门，进入一根交通管道，顺着管内的水流被迅速吸到水面上，然后随着一团飞沫喷射到她面前的一座弹力平台上——呃，也可以叫作她的彩排大厅。"见鬼！"她颇为窘迫地嚷起来，一边伸出手去平衡身体，结果却跟跟跄跄地撞到了一个完全不认识的人身上：我们叫他"唐"好了。

这是一场浪漫的邂逅，唐正在去更换新腿的路上，其实他当时连半点情呀爱的心思也没有，不过当他心不在焉地抄近路，穿过着陆平台打算去潜水基地，结果发现自己全身湿透的时候，他惊觉怀里抱着一位平生见过的最迷人的女孩，于是马上就知道两人是天生一对了。"你愿意嫁给我吗？"他问。她则用软绵绵的声音答道："周三吧。"这句答应听起来就像是爱抚一般。

唐身材高大健硕，古铜色的肌肤，看着就让人兴奋。他的真名当然也并不叫唐，就跟多拉也不叫多拉一样，不过因为他本名里个性化的那个词叫"阿多尼斯"，以彰显他身上耀眼的男性气质，所以我们可以将他略称为唐。他在光谱线波长单位"埃"里的个人色别标志代码是5290，或者也可以这么形容：只比多拉的5314色再蓝上那么一点点，这个标准可以衡量两人在初次见面时就凭直觉认识到的那一点——他们俩有许多相似的品位和兴趣。

我绝望地发现，不管用什么言辞，我都无法准确告诉你，唐究竟以何为生——我所指的并不是说他靠什么赚钱，而是说为了给自己的生命赋予目的和意义，让他不至于无聊得发疯。我最多只能说他经常旅行，乘坐星际飞船旅行。为了驱动飞船以足够高的速度飞行，大约31名男性和7名基因为女性的人类必须得做些事情，而唐正是这31个人其中的一个。他其实也深思熟虑过各种可能性。这种生活导致他经常暴露于辐射通量下，虽然来自推进系统内他自身驻地的辐射量尚不及来自下一阶段的溢出量，在下一阶段，优先由基因上的女性作出的选择以及作出她优先考虑的选择的亚核粒子都在量子雨中化为乌有。你觉得这跟你半毛钱关系都没有，不过这就意味着，唐必须随时随地穿戴着一层轻便、坚韧、硬度极高的古铜色金属皮肤，我刚才已经提到过这点，不过你多半还以为我是指他的皮肤

Frederik Pohl

被晒黑了吧?

不仅如此，他还是一个人机结合体。他身上大部分天然的部件早就已经被替换掉了，而代之以寿命和用途都远胜于从前的机械装置。抽送血液的是镉离心机，而不是心脏。只有在需要大声说话的时候，他的肺才会活动，因为一层层相互串联的渗透过滤器会直接从他呼吸出的废气中重新析出氧气。或许在 20 世纪的人眼中，他看起来会有点奇怪：眼睛会发光，手上有七根手指。可是对他自己而言，当然啦，还有在多拉眼中也一样，他看起来可真是一位雄赳赳的伟男子。在他过往那些旅程中，唐曾经围绕着比邻星、南河三以及鲸鱼座变星那谜一般的神秘世界旋转。他曾将农业模板携带到老人星的那些行星上，也曾从毕宿五那颗灰暗的伴星上带回过暖融融的诙谐宠物。他见过的恒星上千、行星上万，有的蔚蓝而炽热，有的火红而寒冷。实际上，已经有接近两个世纪的时间，他一直都在沿着星空的甬巷旅行，在地球上只休短暂的假期。不过你也并不关心这些。是人造就了故事，而不是人所处的环境，而你想要听的是关于这两个人的故事。好吧，他们成了。他们对彼此的那种伟大感情生长、开花，并且在星期三那天结了果，正如多拉曾经答应过的那样。他们在编码室相见，各自带了几个前来为他们祝福的朋友，趁着他们的身份被磁带记录和存储下来的时刻，两人微笑着窃窃私语，一边红着脸，巧妙地回应朋友们开的那些玩笑。然后他俩交换了各自的数学模拟体，便分道扬镳了，多拉回到自己在海面下的居处，唐则重新上了飞船。

真像一首田园牧歌啊。他们从此以后便快乐地生活着——不管怎样，一直活到他们决定从此一了百了，然后死去。

当然了，他俩彼此再也没有见过面。

嗯，我现在能看见你的样子，吃炭烤牛排的人，一只手挠着脚上刚刚长出来的拇指囊肿，另一只手拿着这个故事在看，立体声里播放着梵尚·丹第或是蒙克的音乐。你连半句都不信，对吧？一分钟也没信过。哪有那么过日子的人啊？你生气地咕哝说，听声音一点也没被这故事逗乐，一边站起来往有点走味儿的饮料里加点新鲜的冰块。

可多拉的确是存在的，她急急忙忙穿过水流涌动的通勤管道，朝着她位于水下的家赶去（她比较喜欢住在水底，为此还特意将自己的身体构造做了改变，以便在水下呼吸）。如果我跟你说，她如何满心欢喜地将唐录制好的模拟体放入符号调制器，把自己挂进里面去，然后亢奋起来……我要是把这些事情跟你讲讲的话，估计你只会朝我瞪眼，或是怒目而视，还会抱怨说：这是哪门子狗屁做爱方式？但我可以发誓，朋友，我真敢向你打包票，多拉的高潮跟 007 系列里面那些女间谍们一样如醉如痴，而且比所谓"现实生活"中最极致的那种兴奋都还他妈的强烈得多。你就尽管发你的牢骚去吧，多拉才不在乎呢。她就算能有一丁点想到过你——她 30 代前的曾曾祖父，也只会觉得你是个原始时代的野蛮人。你明明就是。为什么这么说呢？多拉跟你之间的差距，比起你跟 50 万年前的更新世灵长目动物之间的差距都还要大。你在她生活中那种强劲的水流里连一秒钟都游不动。你不会以为进化是一条直线，对吧？那你认识到它是条加速上升，甚至可能呈指数式变化的曲线了吗？刚开始起步的时候简直慢得要命，可是继续发展下去，那速度就快得跟炸弹一个样。而你——坐在"雷拉克萨赛泽"减肥椅上、喝着苏格兰威士忌、吃着牛排的家伙，只不过算是刚刚勉强点燃了炸弹上的引线而已。现在是什么年代？公元第 60 万日，还是 70 万日？多拉生活的年代可是百万日！距今有 1000 年呢。她的体脂都是不饱和脂肪，就像宝洁的"克罗斯克"（Crisco）起酥油那样。她睡觉时，体内的废物便通过血液透析的方式从血流中析出——也就是说，她根本用不着上厕所。若是一时兴起，想要打发个无聊的半小时，她能调集比今天葡萄牙全国消耗掉的还要多的能量，用来发射一颗周末卫星，或是重塑月球上的一座火山。她深深爱着唐。她以数学符号的形式收藏了他每个姿势、

Frederik Pohl

每样特殊习惯、每种细微差别、手的抚触、做爱时的战栗、亲吻时的热烈，每当她想要他的时候，只需打开机器，他便触手可及。

而唐当然也拥有多拉。无论是当他飘浮在她头顶几百码的飞船侧翼悬浮城上，还是绕着 50 光年外的大角星飞行时，唐只要向符号调制器发出指令，就可以从铁氧体文件中调出多拉，让她栩栩如生地呈现在他眼前。然后他们便兴高采烈地运动上一整夜，完全不知疲倦。当然，这并不是实实在在的肉体关系，不过既然他的身体经过广泛的改造，就算当真发生了肉体关系，他也感觉不到多大乐趣。他的欢悦无须通过肉体。生殖器官本身什么感觉也没有，同样的，手、乳房和嘴唇也一样，不会有实际的感受；说白了这些器官也只是感受器而已，功能不过是接收和传送神经脉冲。真正感受这一切的是大脑，是对各种神经脉冲信号的解读赋予了人类痛楚或高潮的体验。唐的符号调制器可以为他模拟出拥抱、亲吻，乃至狂野无比的激情时刻，而只需借助于永恒、精细、不老不死的多拉的模拟体，或是黛安、甜美的罗斯、爱笑的艾丽西亚的模拟体。因为毫无疑问，他们每一个以前都交换过模拟体了，以后也还会继续跟别人交换的。

胡说八道！你会说，完全是无稽之谈！那么你自己呢？涂着须后水，开着小红车，整天钻在桌上的文件堆里，晚上又瞎忙活一整夜，说说看，你他妈觉得你这副样子，要是让亚述王提革拉毗·帕拉沙尔看见了，或者让匈奴王阿提拉看见了，他们会作何感想呢？

会学习的身体 - （1953）-Student Body

（美国）F. L. 华莱士 F.L.Wallace —— 著

魏映雪 —— 译

F. L. 华莱士（1915—2004）是一位有趣的美国科幻小说作家。他充满神秘气息的小短篇常常体现出对生态话题的敏感。自爱荷华州立大学和加州大学洛杉矶分校毕业后，他大半辈子都在加利福尼亚州做机械工程师。《惊奇科幻》杂志发表了他的处女作《隐匿之地》（*Hideaway*）。接下来，《银河》及其他的科幻杂志开始陆续发表他的小说，其中包括《运输延迟》（*Delay in Transit*）《伯尔登的宠物》（*Bolden's Pets*）和《纠缠》（*Tangle Hold*）。20 世纪 60 年代，他离开了科幻圈，很快就被世人忘却了。但 2009 年他的作品的电子合集出版，又唤起了人们对他的关注。

20 世纪 50 年代是华莱士创作的活跃期，在此期间他很快就以独特的风格，敏捷的才思和深刻的感情闻达于世。1952年他在《银河》杂志上发表了《偶然的飞行》（*Accidental Flight*），讲述了一群拥有心灵异能的残疾人——其中包括意外事故的受害者、基因变异者、电子人和其他人，将一所小行星医院转化成了具有反重力引擎的宇宙飞船，启程寻找能作为人类救赎之地的星球。《平衡世界》（*Worlds in Balance*, 1955）则收录了两篇具有他的典型风格的故事，但他从未将全部作品结集出版。

1953 年登载于《银河》的《会学习的身体》充分展现了华莱士对环境话题的游刃有余的掌控力。比起同时代的其他作者，他能以更精巧复杂的方式就这一话题进行创作。当然，弗兰克·赫伯特也是此道高手，尤其是在长篇小说的创作上。《会学习的身体》将异类接触和物种入侵的影响这两项复杂的议题安插在紧凑的情节中，虽然在出版之后，它并没有受到过多赞誉，但它是一部当之无愧的超越时代的作品，一部未来的经典。

△　　　▲　　　△　　　△

在这个星球全权由他们负责的第一个早上，行政官踏出了飞船。天才蒙蒙亮，行政官哈夫纳站在晨光中，虚眯着眼睛。蓦地，他的眼睛睁大了，然后飞快地走回飞船中。三分钟后，他拖着生物学家再度出现了。

"昨天晚上你说这儿没什么危险，"行政官问道，"现在你还这么认为吗？"

达诺·马琳瞪直了眼睛："我还是这么认为的。"可是他的声音听起来一点儿都没有说服力，场面变得尴尬起来。他只好不确定地笑了笑。

"这一点都不好笑。我等会儿再和你说。"

生物学家站在飞船旁，看着行政官走向仍在熟睡中的殖民者队列。

"阿泰尔夫人。"行政官停在一位睡梦中的人旁边，唤道。

她打了个呵欠，揉揉眼睛，翻转过身子，站了起来。本来该盖在她身上的东西不见了，甚至睡觉前穿上的睡衣也踪影全无。作为一个在毫不知情的情况下，变得赤身裸体的女人，她惊慌失措，赶快捂住了关键部位。

"不要紧张，阿泰尔夫人，我并不是偷窥狂。当然，我觉得你还是应该找点儿衣服穿上。"这时，大多数的殖民者都醒来了。哈夫纳执行官转身面向他们，说道，"如果你在飞船中没有放合适的衣物，物资供给员会提供给你。我稍后会查明原因。"

殖民者（惊得）四散开来。倒不是出于害羞，一起在如此狭窄的飞船上生活了一年半，那东西早已荡然无存。但一觉醒来，发现身上不着寸缕，而且完全不知道夜里是什么人或者什么东西将衣服扒走的，还是让人受惊不小。这真的太让他们惊慌失措了。

正走回飞船的行政官哈夫纳停了下来："有什么想法了吗？"

达诺·马琳耸耸肩："我能有什么想法？我也是初来乍到，对这星球的了解不比你多。"

"当然，但你是个生物学家。"

这是一支由殖民者、建设者匆匆组建的队伍，作为队伍中唯一一名科学家，马琳总是被要求回答许多超出他研究领域的问题。

"最有可能的是夜行昆虫。"他提出。虽然他的确听说过在很久以前，蝗虫可以在几个小时内吃光数片田地，但这猜测还是不怎么靠谱。难道昆虫也能吃光人的衣服，而且还能不惊醒他们？"我会调查看看，一旦有什么发现，我就通知你。"

"很好。"哈夫纳点点头，走回了飞船。

达诺·马琳走向殖民者昨天睡觉的小树林。真不应该让他们在那儿扎营，但当他们说想这么做时，似乎确实没什么理由拒绝这一提议。在拥挤的飞船中待了十八个月，人人都想呼吸着新鲜的空气，听着树叶在头顶上沙沙作响。

马琳打量着树林。现在那儿空无一人，殖民者们，不管男的女的，都返回了飞船，或许正在穿衣服。

树不高，有着深绿色的叶子，白色的大花朵点缀在其中。偶尔有阳光照在花上，使它们看上去比实际还要更大些。这里不是地球，这些当然也不是玉兰树。但自从它们让马琳想起了玉兰树，他就一直将它们当作玉兰。

丢失衣服这件事还真是讽刺。生物调查组从未出过差错——但这次明显出错了。在现阶段发现的所有星球中，他们将这里列为最适合人类的地方。昆虫很少，没有凶禽猛兽，气候温和。他们将其命名为"林间空地之星"，觉得这个名字再合适不过。整片大陆就像是辽阔且水草丰美的牧场。

但显然，这星球上的某些东西被生物调查组忽视了。

马琳跪了下来，开始仔细搜寻线索。如果这是昆虫所为，那地上总该有被熟睡中的殖民者翻身压死的昆虫尸体。但没有昆虫，不管死的活的，都没有。

他失望地站起身来，缓缓穿过小树林。或许是这些树干的——它们夜晚的时候散发出了一种能溶解制衣材料的蒸汽。这猜测有些牵强，但并非完全不可能。他摘了一片叶子，用手捻碎，涂抹在衣袖上。碎叶子散发出的气味辛臭，但没什么事发生。当然，这也并不能完全证明猜测是错误。

他的目光穿过树丛，望向那颗蓝色的恒星。它比太阳大，也比太阳距离地球更远，所以从林间空地看过去，它和太阳的大小差不多。

他差点儿就忽略了从灌木丛中望向他的那双明亮的眼睛。不过最终他还是发觉了，毕竟从大气的边缘开始算起，就归生物学家管了，他当然不会放过灌木和灌木丛中的小动物。

他猛地扑向它。那只动物发出声尖啸，逃开了。他追着它，一路跑到了小树林外的草地上。他抓到了它，它吓得直打战。在他的轻声安慰下，它才渐渐不那么惊恐了。

在他将这只动物带回飞船的路上，它一直啃咬着他的夹克。

哈夫纳不快地瞪着笼子里的动物。它实在太不起眼了，一小只，像是某种啮齿类动物。卷须型的毛发稀疏，而且没有光泽，绝对不可能成为皮毛交易市场上的货物。

"我们能把这东西灭干净吗？"哈夫纳问道，"我指的是在这片区域内。"

"很难。这是生态基础。"

看到行政官一脸的茫然，马琳接着解释道："您知道生态控制组是怎么工作的吧。一旦适宜移民的星球被发现，他们就会派出一艘带有特定装备的调查飞船。飞船会侦查这颗星球的绝大部分地表，而且飞行高度很低，这样船上的设备就能记录下地面上动物的神经流。只要动物有大脑，这种设备就能够分辨出其神经模式的特征。哪怕这动物只是一只昆虫。

"总而言之，生态控制组对星球上的动物了如指掌，从品种类型到分布位置。通常，调查队的人会带回一些生物样本。他们要将神经模式和动物配对,不然（侦查到的）神经模式只是微缩胶片上毫无意义的曲线罢了。

"调查显示,这只动物正是这颗星球上仅有的四种哺乳动物之一,也是数量最多的一种。"

哈夫纳咕哝道:"所以就算我们把这里的杀光了,附近的也会涌进来?"

"差不多就是这样。在这个半岛上,有数以百万计的这种生物。当然,你如果愿意在我们和大陆间的狭窄的通道上设置一道屏障,也许真能将这片区域的这玩意儿清理干净。"

行政官愁容满面。屏障倒是筑得起来,但会花许多工夫。这是他来之前不曾料到的。

他怒气冲冲地问:"它们吃什么?"

"看起来什么都吃点儿,昆虫、水果、莓子、花生、多肉植物、谷物。"达诺·马琳笑了,"我想它们能被称作真正的杂食动物,毫不挑剔——鉴于我们的衣服触手可及,它们就吃这个了。"

哈夫纳笑不出来:"我以为我们的衣服都是防虫的。"

马琳耸耸肩:"在其他 27 个星球上,确实是。只不过在第 28 个星球,我们遇到了消化能力更强的小伙计。"

哈夫纳忧心忡忡:"它们会危害到我们种植的作物吗?"

"轻率地说,我觉得它们应该不会。但是我本来也以为它们对我们的衣服没什么兴趣来着。"

哈夫纳终于做了决定:"好吧,你多看着点儿农作物,想个办法将这东西隔在农田之外。与此同时,在我们修好集体宿舍之前,让大家都睡进飞船里。"

马琳心想,在这种情况下还是修单人寝室比较合适。可惜他没有做决定的权力,行政官又是个将日程安排看得比天大的人。

"这种杂食动物——"

F.L.Wallace

马琳刚开了个头，哈夫纳就不耐烦地点点头，说道："开始工作吧。"
然后走开了。

生物学家叹了口气。这种杂食动物确实只是种又小又奇怪的生物，但在林间空地上，它又毫无疑问至关重要。想想看，为什么这星球上的陆地动物种类这么少？没有爬虫类动物，没有一些鸟，只有四种哺乳动物。

每一个可供生存的星球都拥有丰富多样的物种。然而尽管林间空地的条件看起来近乎完美，却没有发展出物种多样性。这是为什么呢？

这是个有趣的问题，为此他还向生物控制组打听过这次的任务。而现在呢，他显然是被强行安排在了灭虫专员的位置上。

他走向笼子，抓起杂食动物。林间空地上有哺乳动物并不奇怪，平行演化理论就能解释这一现象——基本上相同的环境会进化出相似的动物。

在地球上的石炭纪末期的森林中，就曾生活过像这种杂食动物的一种原始的哺乳动物，其他的哺乳动物都是由它进化来的。在林间空地上，这种进化却并没有发生。是什么阻止了自然进化的潜力得以充分开发？这才是真正的问题所在，而不是该怎么灭虫。

马琳将一根针插入杂食动物体内。它先是尖叫，然后放松了下来。马琳抽了管血，将它放回笼子里。他可以通过试图杀死它的方式，了解到很多关于它的信息。

军需官大声吼着，虽然他平常说话的声音已经够大了。

"你怎么知道它是老鼠？"生物学家问道。

"看它那样子。"军需官气冲冲地回答。

马琳看了看，并没有发现能表明它是老鼠的证据。

他还没来得及说话，军需官就厉声喝道："别跟我说它们只是长得像老鼠的生物。我知道。关键在于我该怎么才能摆脱这东西？"

"你试过毒药了吗？"

"告诉我该用哪种毒药，我马上用。"

这个问题可不容易回答。什么样的毒药会对一种他未曾见过，甚至一无所知的动物起作用呢？根据生物调查组的结论，这种动物根本就不存在。

问题始料未及的严重。殖民队是可以靠着土地生活的，他们本来也是这样打算的。但另一队殖民者将会在三年内到来，殖民队需要储备一些额外的食物，提供给增加的人口。如果种植的作物也和压缩食物一样遭受破坏，他们就不能储备到足够的额外食物。

马琳绕着仓库走了一圈。这是殖民世界上常见的初期建筑，没什么美感，但足够坚固。混凝土地板，加固了的足有英尺厚的墙面和同样经过了加固的天花板，整栋建筑都以一种分子式水泥黏合，气密性几近完美。有两扇门，没窗户，这些啮齿动物本该进不来的。

进一步的检查暴露出了一个不曾料到的问题。地板就像玻璃一样坚硬，没有动物能够咬穿它；但同时，它也像玻璃一样脆弱。修筑仓库的工程队急着赶回地球，没能做细致，以至于有些地方地板很薄。在某些堆放沉重设备的地方，地板出现了裂缝，这样，就给了掘穴动物可乘之机。

面对这样的情况，除了再修一座仓库，已经没什么别的办法可想了。像老鼠一样的动物已经进入了仓库，需要就地解决它们。

生物学家直起身子："抓几只活的给我，我想想办法。"

一早，十几只样本就被送到了实验室。它们确实长得很像老鼠。

实验结果让人困惑。没有任何两只会被同一种毒药影响。有一种化合物使其中的一只立马变得僵硬了，剩下的却仍然活蹦乱跳。至于他研制出的用来对付杂食动物的毒药，对它们则完全无效。

仓库中的破坏行为依然在发生。黑的、白的、灰的、棕色的，短尾巴长耳朵的或长尾巴短耳朵的老鼠继续吃着压缩食物，破坏那些它们吃不了的东西。

F.L.Wallace

马琳向行政官坦承了情况，简述了他看到的问题和他想怎么对付这些惹人厌的东西。

　　"但我们没法儿再建一座仓库。"哈夫纳驳斥道，"至少在原子能产生器修建好之前是不可能的。而且到了那个时候，能源还有别的用处。"他挠了挠脑袋："我更喜欢另一个主意。造一个机器，看看有没有用。"

　　"我本想的是造三个。"生物学家说道。

　　"一个。"哈夫纳不为所动，"我们得先知道它起不起作用，不然浪费了制造设备怎么办？！"

　　在这点上哈夫纳或许是对的。三艘飞船尽可能地装载了制造设备，但装载的设备越多，殖民队的任务就越重。所以最后造成的结果就是制造设备总是处于短缺状态。

　　马琳带着行政官的批准去找工程师。在路上，他悄悄地修改了所造机器的说明，将规格往上提了提。既然他想要的机器的数量得不到满足，或许可以得到个品质更好的。

　　两天内，机器就被造好了。

　　机器被装在一个小板条箱里运到了仓库。板条箱刚一打开，机器就跳了出来，然后摆好姿势不动弹了。

　　军需官乐了，叫道："一只猫。"他伸手摸向那只黑色的、毛茸茸的机器猫。

　　"如果你曾碰到过那像老鼠似的某样东西，就把你的手拿开。"生物学家提醒道，"它会对老鼠的外形、气味儿、声音起反应。"

　　军需官赶快抽回了手。机器猫悄无声息地消失在了由堆积的物资构成的迷宫之中。

　　不到一周的时间，虽然仓库中仍有些老鼠，但它们已经构不成真正的威胁了。

行政官将马琳叫到了他的办公室中。这是一栋小巧坚固的建筑，坐落在定居地的中心地带。殖民地的规模不断变大，看起来有一些永居地的模样了。哈夫纳坐在椅子上，满意地看着这样的发展。

他说道："在鼠患这件事上，你处理得很好。"

生物学家点点头："确实不坏，但这里本不该有老鼠的。生物调查组——"

"忘了这点吧。"行政官说，"人人都会犯错，生物调查组也不例外。"他躺回椅背，严肃地看着马琳："我手上有一项需要完成的工作，但现在人手短缺，如果你不反对……"

行政官的人手永远是短缺的。就算在这星球人满为患，他还是要找别人来做他手下的工作。达诺·马琳并不直接听命于哈夫纳，他是为了这次任务从生物控制组借调来的。

但是好好配合行政官才是识时务的表现，他叹了口气。

哈夫纳准确地理解了他叹气的意思，笑道："没你想得那么坏，挖掘机造好了，我想让你来操作。"

鉴于这项工作跟他的调查研究息息相关，马琳松了口气，面色缓和了下来。

"除了食物，其他的补给品都得靠进口。"哈夫纳解释道，"然而货运距离实在是太远了，我们必须尽可能地利用这星球上的资源。我们需要石油。未来要转起来的轮子有很多，每一个轮子都需要石油。假以时日，我们倒是能建成一座（石油）合成工厂，但要是现在能找到一片可开采的油田，对我们的帮助会很大。"

"你觉得林间空地的地质构造跟地球一样？"

哈夫纳挥了挥手："为什么不一样呢？它就像是地球的同胞兄弟，甚至更好。"

马琳心想：为什么不一样？因为你不能只从表面看问题。它看着像地

F.L.Wallace

球，实际上呢？不过这倒是一个发掘林间空地的历史的好机会。

哈夫纳站了起来："一旦你准备好了，技术员会就挖掘机的操作对你进行考核。记得出发之前通知我一声。"

事实上，他们所说的挖掘机并非真正的挖掘机。它连一克重的泥土或是岩石都移不走，却能用来观测地面以下的情况，而且可以调节观测深度。一辆巨大的履带式车辆，空间开阔，足够让人在里面舒舒服服地住上一个星期。

它装载着一架特大号的超声波发射装置，还配备着能够调节声波发射方向的设施，这两种设备共同组成了挖掘机的输出端。输入端则是一面巨大的声透镜，它能接收从设定深度反馈回来的声波信号，再转化成电子信号，最后在屏幕上形成闪烁的图像。

十英里深的地下传来的图像是模糊的，但足以让人分辨出地质层的主要特征。三英里的图像就清晰多了，它甚至能够捕捉到被掩埋的一枚硬币，连硬币上的日期都清晰可见。

对于地理学家来说，它就像是生物学家的显微镜。作为一名生物学家，马琳觉得这个类比非常贴切。

他从半岛的顶端开始，沿"之"字形路线向着地峡前进，系统地探查了整片土地。晚上，他就睡在挖掘机中。第三天早上，他发现了石油的踪迹，下午之前就确定了主要油田的位置。

他本该即刻返回，但既然找到了石油，就可以更自由地做自己的调研了。从最上面的地质层开始，他一层一层地查看地底的图像。

地层情况与他所预想的完全相反。在最浅的几英尺内，有大量的化石留存，大部分都是四种哺乳动物的。像松鼠一样的生物和更大一些的食草动物是森林的居民。至于居住在平原上的动物，只有两种，体形介于两种森林动物之间。

再深一些，在超出两万年范围的地层中，他几乎没找到什么化石。直到抵达了与地球石炭纪末期年代相仿的地层，才重新出现了化石的踪迹。这些动物倒是与它们生存的世代相符，在这个深度及更深的地方，林间空地所表现出的历史就与地球很相似了。

感到困惑不解的马琳又探测了其他十几处地方。结果还是一样——最近两万年的历史有化石为证，然后有约为一亿年的历史一片空白，再往前推，生物进化的线索又变明晰了。

在这段近一亿年的时光里，林间空地经历了非同寻常的事情。是什么呢？

第五天，他的调研被无线电广播的响声打断了。

"马琳。"

"在，有什么事吗？"他按下了发送键。

"你多快能够回来？"

他看了看地图："三个小时。如果我抓紧的话，两个小时应该能回来。"

"那就两个小时内回来，别管石油了。"

"我已经找到石油了。发生什么了？"

"我不太好形容，你得亲自看看。等你回来了，我们再商量。"

马琳不情愿地收回了探测器，掉转了挖掘机的方向。没怎么检查地面情况，就全速启动了，发动机咆哮着，履带轧过地面，尘土飞扬，动物尖叫着从他面前四散逃离。他绕过较小的灌木，直接从那些稍大些的灌木上碾轧而过，留下一地残枝。

在定居地的边缘，他生生地刹住了挖掘机。仓库旁边热闹极了，卡车进进出出，将补给品运到仓库外清理出的一片空地上。他看到哈夫纳站在仓库的一个角落里和工程师说话。

马琳出现后，哈夫纳转过身对他说："你的老鼠这下长大了，马琳。"

F.L.Wallace

马琳向地面看去，机器猫正躺在地板上。他跪下仔细查看了一番。钢铁骨架并没有被折断，但被掰弯了，变形严重。坚硬的塑料皮肤也被撕毁了，里面精巧的机械结构被咬得乱七八糟，根本辨认不出形状。

机器猫旁边围着二三十只老鼠，不管以哪种标准来衡量，都能算得上巨大了。机器猫曾战斗过，这些死老鼠有的没了头、有的肚肠流了一地、有的血肉模糊到了让人难以置信的程度，但机器猫毕竟寡不敌众。

生物调查组曾表明林间空地上既没有小型老鼠，也没有大型老鼠。他们到底在什么环节上犯了错？

生物学家直起身子来："你现在准备怎么办？"

"新建一个仓库，两英寸厚的混凝土地板，采用整体浇铸的建筑手段，将所有的易腐物品都转移到那儿去。"

马琳点点头，这个法子可行。当然，这样做需要花很多时间，还有能源，甚至会耗尽刚建好的原子能产生器的所有能量。其他正在修建的项目将不得不暂停。难怪哈夫纳会显得焦躁不安。

"为什么不多造一些机器猫？"马琳提议道。

行政官阴阳怪气地笑了："我们打开仓库门时你不在，没看到整间仓库全是老鼠的景象。我可不知道要多少机器猫才能对付这么多老鼠——一只，十只？更何况工程师跟我说我们的材料只够造三只机器猫了，躺在地上的这只还不能被修复。"

马琳心想，破损成这样，不需要工程师也知道修复不了了。

哈夫纳接着说道："如果我们造更多的机器猫，飞船电脑会超负荷的。我不会批准这主意。"

他当然不会，在下一支远征队带来更多的殖民者之前，和地球通信只能依靠飞船。没有任何一个头脑清醒的行政官会允许飞船的功能被削弱。

但哈夫纳为什么要把他叫回来呢？只是为了告知他这一情况吗？

哈夫纳似乎看透了他的想法："晚上我们会用探照灯照亮从仓库运出

来的物资，并派遣装配着浅滩来复枪的护卫看守物资，直到食物被运进新仓库的那天。这个过程大概十天。与此同时，我们的速成作物差不多成熟了，我觉得那些老鼠没了食物会盯上作物。为了保障我们未来的食物供给，你得把你的动物放出来了。"

生物学家急了："但这违反了规定，除非是对释放这种动物有可能造成的所有后果有了详尽的调查，不然不能在一颗陌生星球上释放它。"

"调查得花上十年或二十年。现在情况紧急，如果你担心的话，写报告的时候就说后果由我负责。"

事实上生物学家是完全反对这一命令的。这个决定也许会制造出另一个被兔子肆虐的澳大利亚 [1]，抑或是一个被蜗牛统治的星球。但他什么也做不了。

"对付这么大的老鼠，我不觉得它们会有任何用处。"他抗议道。

"你不是有激素吗？给它们用上。"行政官转过了身子，开始跟工程师讨论施工的问题。

马琳将死去的老鼠收集起来，放进冷冻设备，以备将来研究。

在这之后，他回到了实验室，开始研究针对殖民队带来的地球动物的疗程。他首先对它们进行了注射，然后开始了密切的观察。刚开始变大的时候，它们惊恐不安，直到他确定它们安然度过了这一阶段，能够存活下去，才停止了观察，然后给它们吃了东西。

接下来他将目光转向了老鼠。这些老鼠最为显著的特征，是体形大小极为不一，同样的情况也见于它们的内部构造上。它们的器官倒是没什么特别的，但比例却相去甚远。还有牙齿也长得不同，有的在精巧的下颚上长了尖利的牙齿；有的牙齿却很小，同粗壮的骨架结构完全不符。作为同

---

[1] 1788 年，兔子随船队被带到澳大利亚，由于没有天敌，疯狂繁殖，对当地农作物造成了上百万美元的经济损失。

F.L.Wallace

一个物种，它们个体的差异之大，是生物学家从未见过的。

他用显微镜观察它们的细胞组织，并将观测结果制成表格。这回差别要小一些了，但也足以让他头疼了，尤其是生殖细胞的差异让他百思不得其解。

当天晚些时候，他似乎听到了制造建筑的机器发出的低沉的移动声。他从实验中抬起头来，看到浓烟旋转着上升。当植被被烧光，浓烟消逝，滚滚热浪也散入了天空。

他们正在山丘上修造建筑。这些在灌木丛中匍匐潜行的小生物攻击了防护最为薄弱的区域——食品供给。当殖民队的人完成任务，山丘上将不会再有灌木丛，一片草地都不会留下。

在农业时代，梗类犬被用作猎犬。它们体形虽小，但对付啮齿类动物时非常凶猛，最早被驯养在粮仓和田野中。当殖民星球有类似情况发生时，它们又会暂时地承担起曾经的职责。

殖民队带来的动物就是梗类犬。它们仍然行动迅猛，仍然是啮齿类动物的天敌，但体形不再小了。让它们变得同丹麦猎犬般大，同时又保留原有的技能和速度不是一件容易的事情，但马琳做得很好。

老鼠们将阵地转移到了速成作物农田。速成作物是专为殖民星球准备的，从播种到成熟，只需要数周时间。四轮播种之后，土地的肥力就彻底被破坏了。不过在殖民地的初建时期，这没什么大不了的，毕竟土地有的是。

速成作物农田里的老鼠越来越多，猎犬被释放来对付它们。猎犬在田地里巡逻、捕猎，它们只需要一个冲锋，然后咬住老鼠，猛一摇头，老鼠的背部就被撕扯了下来，尸体抛到一旁。接着猎犬又向下一个目标进发。

就算猎犬消失在人们的视野中，它们仍然继续搜捕、杀戮。晚上猎犬精疲力竭、浑身浴血地回来，当然大部分都不是它们自己的血。马琳替它们注射抗生素，包扎伤口，通过静脉注射喂养它们，然后用镇静剂使它们入睡。清晨，他又用一剂兴奋剂唤醒它们，将跃跃欲试的它们送上战场。

Student Body

两天之后，老鼠们终于弄明白了它们没机会在白天进食。晚上的时候，它们一小拨一小拨地来，爬上葡萄藤，啃噬果实和正在生长的谷物，糟蹋蔬菜。

第二天殖民队就去架设灯光了，猎犬也随着他们进入了田地，去阻止那些太阳升起后，仍然愚蠢地在寻找食物的老鼠。

太阳落山前一个小时，马琳唤回了猎犬，强制它们睡了一会儿。然后在夜色降临后唤醒了它们，带它们到田地里。猎犬们的脚步都有些不稳了，但老鼠的气味刺激了它们，它们再次跃跃欲试，虽然行动速度不如之前了。

老鼠从旁边的草地来了，这回不像之前单独行动或三三两两一起，而是成群结队而来。它们窸窸窣窣地踏过草地，向农田前进。夜色浓郁，马琳看不见它们，但能听到响动。他下令打开灯光，照向农田。

在灯光的照射下，老鼠停止了前进，焦躁不安地原地乱转。猎犬颤动着，发出呜呜的声音。马琳拉着它们，直到老鼠重新开始行进，他才放出了猎犬。

猎犬发动了进攻，但并不敢直接攻击最多的那群。它们选择了那些掉队的老鼠。这样一来，主体鼠群缩得更紧，看起来更加无从下手。

殖民队如果有称手的装备，本可以烧了这聚成一团的老鼠。可惜他们没有，制造武器得花上好几年的时间。而且就算他们现在就有装备，也有可能烧毁作物。但凡有一丝可能，他们都不能破坏作物。所以，现在一切都得指望猎犬了。

老鼠大军已经走到了田地边缘，散开了。它们面对这共同的敌人，本应该继续保持团结，然而在食物的面前，它们忘记了这一点。饥饿是强大的离间计。猎犬欣喜地跳跃着，展开了追捕。它们捕猎饥饿的老鼠，一只接着一只，在老鼠进食的时候杀死它们。

当黎明到来，鼠患也结束了。

接下来的一周内，殖民队收获了食物，将其存入仓库，立马开始了第

F.L.Wallace

二轮种植。

马琳坐在实验室中，思考当下的情况。殖民地的危机一轮接着一轮，全都与食物有关。每一场危机似乎都微不足道，但加在一起，足以使（殖民计划）失败了。不管他怎么分析，都觉得要殖民林间空地，殖民队缺乏装备。

这似乎是生物调查组的错，他们的报告中没有提到危害食物的鼠患的存在。但不管行政官怎么想，调查组在自己的领域非常出色。如果他们说林间空地上没有老鼠，那就是没有——至少在写报告的时候还没有。

那么问题就来了：老鼠是什么时候来的？它们怎么来的？

马琳坐着，盯着墙发呆，在脑海中反复考量着几种可能性，然后排除那些说不通的假设。

他的目光从墙上移到了笼子里的杂食动物身上，这种松鼠大小的森林生物是林间空地上数量最多的动物，殖民者已经对它们习以为常。

但他越来越觉得，这真是一种非同寻常的动物。虽然外表上看起来平淡无奇、微不足道，但或许在这么多殖民星球中，它是人类遇见过的最了不起的动物。他观察得越久，就越认可这一想法。

他静静地坐着，一动不动地观察着这生物。直到夜幕降临，杂食动物开始重复它们平常的活动。

平常？这个词在林间空地上可不适用。

杂食动物的介入给了他一个答案。他还需要另外一个，他觉得自己知道答案是什么，但还需要更多的数据和观察。

他将设备仔细地安置在定居地的边缘，但那儿还有别的地方都没能提供他想要的信息。

他在挖掘机中待了一阵子，查看最初的调查数据。这些数据又为完成最后的拼图填补了一块。

当他确定找到了事实，他给哈夫纳打了电话。

因为殖民地的任务正顺利地逐步完成，行政官显得很和善。

"坐吧。"他友好地说，"抽烟吗？"

马琳坐了下来，点了一根烟，说道："我觉得你会想知道小老鼠是从哪儿来的。"

哈夫纳笑笑："它们不再是我们的困扰了。"

"我还找出了大老鼠的来源。"

"它们也得到了控制，我们干得不错。"

马琳心想，恰恰相反。他思索着如何开场比较合适。

"在过去的两万年中，林间空地有着和地球类似的气候与地形。"他开口道，"更早的时候，一亿年之前，那时候环境也跟地球差不多。"

当他陈述这显而易见的事实时，他看见行政官表现出出于礼貌的好奇。好吧，这事实只能在某种程度上算是显而易见，因为由此得出的结论并不直接。

"在两万年前和一亿年前之间，林间空地上发生了些变化。"马琳继续说，"我不知道变化是什么造成的，这属于宇宙史范畴了，或许我们永远找不到真正的原因。总之，不管是什么原因——太阳的变化，星球上不稳定的力场，或者与密度不均的星际尘埃云相撞——林间空地的气候改变了。

"气候的变化之大，令人难以想象，而且一直不停地在变化。约一亿年前，林间空地上还存在着原始森林，类似恐龙的巨大的爬行动物和小型哺乳动物漫步于其间。第一轮巨变使恐龙灭绝了，同地球上发生的一样。但巨变并没有灭绝更原始的杂食动物的祖先，因为它们能够适应不断改变的环境。

"让我打个比方，好让你明白环境是怎样变化的。某一区域在数年的时间里都是一片荒漠，然后蓦地变成了森林，再过一阵子，一片冰川又在这里出现。然后这个循环不断重复，还伴随着其他激烈的变化。这一切可能在一只杂食动物一生的时间里发生，也确实发生了，还不止一次。在近一亿年的时间里，这是林间空地上的生存规则。没有化石留存，也是这种

F.L.Wallace

状况造成的。"

哈夫纳终于意识到问题的严重性,开始担忧起来了:"你的意思是说气候变化在两万年前突然停止了?那还会重新开始吗?"

"我不知道。"生物学家坦承道,"如果跟我们利害相关的话,或许能想办法调查出来。"

行政官阴沉地点点头:"好吧,的确跟我们利害相关。"

生物学家心想,或许吧。他接着道:"事情的关键在于,在这种条件下,生存是一件非常艰难的事情。鸟类可以飞走,寻找适合生存的气候,所以有一些种类存活了下来,但只有一种哺乳动物坚持了下来。"

"这点我就弄不明白了。"哈夫纳仔细听着,"明明有四种哺乳动物,从松鼠这么小的到水牛这么大的。"

"一种。"马琳固执地回答道,"所谓的四种其实就是一种。如果食物充足,能保障最大的那种动物的数量增长,那些所谓的更小一些的物种就会长大。相反,如果缺少食物,动物的下一代就会选择更小的体形来让自己吃饱。而且,这些动物的繁殖极快。"

哈夫纳缓缓地说:"那些小老鼠。"

马琳接过他的话头:"我们来的时候并没有老鼠,它们是松鼠大小的杂食动物生的。"

哈夫纳点点头:"那些大老鼠呢?"

"是比杂食动物体形大一些的哺乳动物生的。毕竟我们也是环境的一部分——甚至或许是它们有史以来面临的最严峻的环境。"

作为受训过的殖民地的管理者,哈夫纳是个实践型的人,对概念并不熟悉:"所以就是基因变异了?我以——"

生物学家嘴角泛起了一丝笑意:"在地球上,或许可以说是基因变异。但在这里只是正常的适应性进化。"他摇摇头,"我没跟你讲过,虽然杂食动物看起来像是地球上的生物,但它们既没有基因也没有染色体。当然它们也有遗传性，但我对具体的遗传过程一无所知。但不管怎样，它们进化得很好，能比我们所知的任何一种生物都更快地适应外部环境。"

哈夫纳冲着自己点点头。"那我们就将永远无法摆脱鼠患。"他十指交叉握紧，又分开，"除非我们杀光这个星球上的所有动物。"

"用放射性尘埃？"生物学家问道，"它们可在更恶劣的情况下活下来了。"

行政官思考着其他可能性："或许我们可以离开，把这个星球留给它们。"

"太晚了。"生物学家说道，"它们将会出现在地球，还有所有有人类定居的地方。"

哈夫纳看着他。他也想到了马琳所想到的问题。有三架飞船被派遣到了林间空地。一架留在了殖民地，如果有什么意想不到的情况发生，飞船就是最后的生存保障。另外两架带着一切安好，但需要更多补给的报告返回地球，同时，它们还携带着这星球的生物样本。

装样本的笼子本来是安全牢固的，但它们繁殖的更小的品种却出得去，很有可能已经神不知鬼不觉地溜走了，潜藏在飞船的货舱。

他们没有任何办法可以拦截下飞船。一旦飞船到达地球，地球上的生物学家能察觉到这情况吗？要不了多久，一种新的老鼠就会出现，不过很有可能会被解释为基因变异。没有特定的知识背景，谁能将它们和飞船从林间空地上带回来的样本联系起来？

"我得说，"马琳说道，"林间空地是最适合研究它们的地方。"

他想到地球上那些结构远比殖民地复杂的建筑。拆毁建筑，重新为其做防虫措施的投入实在是太高昂了。而且，在改造建筑的时候，数以十亿计的人又没法儿搬离地球。

他们必须把林间空地当成一个实验室，而不是殖民星球。得到一个林间空地的同时，人类或许损失了其他十个星球，甚至更多。具体情况要等杂食动物的破坏力被评估出来才知道。

F.L.Wallace

一阵动物发出的刮擦声打断了生物学家的思路。哈夫纳猛地抬起头，望向窗外。他紧抿着嘴唇，一把抓起靠墙放置的来复枪，跑了出去。马琳跟上了他。

行政官奔向农田，那里第二轮播种的速成作物正在成熟。奔上小山丘的顶端，他停了下来，跪在地上，将枪上满了膛，瞄准，开火。位置偏高了些，没能打中田野里的动物，一缕褐色的烟从绿色的植物中升起。

他更加专注地再次瞄准，开火。子弹尖啸着从枪口射出，击中了动物的前掌。那动物被弹到空中，接着摔在地上，被烧焦了，没命了。

他们站在被哈夫纳杀死的动物身前。虽然没有记录，但它看起来长得很像老虎。哈夫纳用脚趾捅了捅那只动物。

他喃喃自语道："我们将老鼠逐出仓库，它们转战到了田地。我们用猎狗在农田里捕杀了它们，它们又养出了老虎。"

"至少比老鼠好些。"马琳说，"我们可以射杀老虎。"他朝死去的猎犬弯下腰，正是在这猎犬的身旁，他们向那只大型猫科动物开了枪。

另一只猎犬呜呜地叫着，远远地从农田的一个角落过来了。它当时被吓跑了。它是一只勇敢的狗，但没法对付大型食肉动物。它呜咽着，舔着自己配偶的脸。

生物学家抱起被撕碎了的猎犬，向实验室走去。

"你没办法救它了。"哈夫纳郁闷地说，"它已经死了。"

"但那些幼犬还没死，我们需要它们。老鼠不会因为老虎的出现而消失。"

猎犬的脑袋无力地搭在他的手臂上，鲜血浸透了他的衣衫。哈夫纳跟着他，走在山丘上。

"我们到这里三个月了。"行政官突然说道，"但把狗放进田里只有两天，这老虎就长成了。你能解释这样的事吗？"

马琳被猎犬的重量压弯了腰。哈夫纳可能永远都没办法弄明白这些困惑他的事了。作为一个生物学家，面对他的这些问题，感到心烦意乱。进化论解释了什么？进化不过是某种有机生命体在特定世界中的历史而已。离开了那个世界，它很有可能就不适用了。

其实关于人类自身，都有很多未解之谜，那是（科学）理论直接忽略的知识的黑色地带。而关于其他物种，这种无知就更为显著（更是无边无际）了。

生育是简单的事情，发生在数不胜数的星球之上。不管是温顺的食草生物，还是凶猛的肉食动物——截然不同的动物都同样孕育下一代。一直以来，皆是如此。然后年轻的一代长大——成熟——寻找配偶结合。

他想起了在实验室的那个夜晚。他看到那幅情景纯属偶然，如果他正好身在别处，而没看见呢？他们也不会清楚自己到底干了什么。

他耐心地跟哈夫纳解释："如果存活率很高，且物种内部的体形差异本身又这么大，下一代用不着经历幼年，它们可以直接成为各项功能健全的成熟生物。"

殖民地依然在发展着，虽然速度不如初期制定的那样快。速成作物的种植被延缓了，取而代之的是被挑选出的品种不一的其他作物。新的建筑被修建起来，好让贮藏的补给得以分散放置，方便检查。

幼犬活了下来，一年之内就被催熟了。经过适当的训练，它们被释放进了田地，加入老的猎犬，继续同老鼠战斗。虽然老鼠带来的损失依旧严重，但局面好歹控制住了。

最初的那种动物，形态并没有发生变化，开始喜欢上了食用绝缘材料。除了一直通着电，人们没有找到其他可行的保护措施。甚至有时候，某只杂食动物咬断了电线，就会有其他不速之客前来拜访，直到人们定位了短路的位置，然后清理了杂食动物被烧焦的尸体。交通工具一辆紧挨着一辆地停泊在带有防虫措施的建筑物里。虽然鼠患的规模没有扩大，但也没能

F.L.Wallace

被根除。

老虎引起了一阵恐慌，但它们体形大，迅速地就被射杀了。

老虎总是晚上来袭，所以殖民队的人 24 小时巡逻守卫田地。那些灯光无法照到的地方，可以用红外仪器来探查。所以老虎一来就完蛋，除了开始的那一只，再没有猎犬被杀死。

老虎开始发生变化了，但外形依然，仍旧是凶猛的大型捕杀者模样。然而，随着猎杀的进行，马琳发现了一个让人惊讶的事实——老虎内部的器官结构变得越来越不成熟。

最后一只被带给他做实验的老虎几乎已经是一头全新的幼兽了，比起肉食来，牛奶更容易让其小小的胃消化。在这样的情况下，老虎依然能获得足够的能量来操纵强健的肌肉，不能不说是个奇迹。可不管它再怎么有力量，也顶多只能在被放倒前威风 15 分钟。殖民队没人死亡，不过医务室也有一阵子人满为患了。

这是他们最后击中的一只老虎，自那以后，袭击停止了。

四季轮转，再没什么新鲜事发生。殖民地所代表着的飞船文明，或者说飞船文明的一部分对这种生物来说实在是太难应对了。现在马琳已经将这种生物视作"全能动物"了。在巨变不断发生的过去，它随之演变，却最终没能战胜这最为严苛的环境。

或者说，看上去如此。

在新的殖民队伍抵达前的三个月，一种新的动物被发现了。田地里的食物被偷吃了，但并不是老虎——老虎是肉食动物；也不是老鼠——植物的藤蔓被扯断了，而这不是啮齿类动物能办到的。

食物不是最重要的事，毕竟移民地的仓储已经非常充足了。但如果这种新的动物预示着一场新的灾祸，他们有必要知道该如何应对。越快弄明白是什么动物，制定的防御措施就能越完备。

猎犬是用不上了。它们被释放进田野里搜寻动物,但并没有发动攻击。甚至看起来,它们根本不知道那些动物在哪儿。

殖民队再一次开始守卫田地,但依然没有收获。他们巡逻了一个星期,不见一丝动物的踪迹。

哈夫纳召回了守卫队伍,在常被这种动物光顾的田地里安装了警报系统。但动物发现了警报系统,并将活动范围转移到了没有警报系统的田地。

哈夫纳跟工程师讲了这事儿,工程师于是设计了一种会对身体辐射发出警报的新系统。新系统被埋在原来的位置,旧系统则移到了别处。

两个晚上过后,在黎明之前,警报响了。

马琳在殖民地的边缘遇到了哈夫纳,两人都拿着来复枪。他们步行前往,交通工具的噪声很有可能惊动那些动物。他们绕道到田地的后方,缓缓接近田地。睡在帐篷里的人被叫醒了,一旦有需要,就可以给他们提供帮助。

他们悄悄地穿过灌木丛。动物正在田地里进食,声音很小,但依然能被听到。猎犬也没有叫。

他们一寸寸地挪近了。林间空地的蓝色太阳升起来了,照出了他们的猎物的模样。哈夫纳将手中的枪放了下去,又紧咬着牙关,举了起来。

马琳举手制止了他下一步动作。"别开枪。"他小声说。

"我是执行官,我认为它十分危险。"

"是很危险。"马琳低声表示同意,"正因为如此,你才不能开枪。它甚至比你想象的更加危险。"

哈夫纳还在犹豫,马琳继续劝道:"'全能动物'不能应对变化的环境,所以它进化出了小老鼠;我们制止了鼠患,于是小老鼠变成了大老鼠;我们控制住了大老鼠,它又为我们制造出了老虎。

"对我们来说,老虎是这几样里面最容易对付的了。所以它消停了一阵子,但并没有彻底放弃。另一种动物正在成形,就是我们瞧见的那种。'全能动物'花了两年的时间进化成这种动物。至于它们是怎么做到的,我真

F.L.Wallace

不知道，在地球上，这种动物的进化历程耗时数百万年。"

哈夫纳依然举着来复枪，一点儿没有放下的意思。他开始瞄准了。

马琳急道："你难道还不明白吗？我们不可能消灭'全能动物'。它现在已经到地球或者其他人类星球上了，伪装成老鼠，潜藏在大城市的仓储区。我们连在这个星球上的老鼠都不能根治，怎么去彻底消灭所有'全能动物'？"

"正因为如此，我们更要立马采取行动。"哈夫纳冷漠地说。

马琳按下了他的来复枪，疲惫地问道："这些老鼠比地球上的老鼠更厉害吗？这些害虫和地球上的害虫相比，谁又更强壮呢？林间空地的，和地球上的会不会相处和平，联合起来，甚至混种交配，然后一起与人类为害？这不是没有可能的，如果混种使生存概率更大，'全能动物'会这么干的。"

"你还是不明白？它们在不断地改进着自己，老虎之后，它们进化出了这个。如果我们开枪打死它，意味着这种演变也失败了，那它们接着会进化出什么？我觉得这种生物我们还能应付，然而再下一种，我可不想面对。"

它听到了他们的声音，抬起头来，四处看看。然后，它缓缓地向边缘移动，躲入了附近的一丛灌木中。

生物学家站了起来，轻声呼唤。那个生物朝着树跑去，停在了树的阴影里。

马琳和哈夫纳放下了来复枪，一起朝着灌木丛走去，摊开双手，表示他们没有携带武器。

它终于走出来跟他们见面。它还来不及学会用衣服蔽体，所以光着身子。自然，它也没有武器。它从树上摘了一朵大白花，无声地将花递给对方，以示和平。

"我真好奇它到底像什么？"马琳说，"看起来像个成人，但通过学习，它真的可以成为成人吗？它的身体里到底有什么？"

哈夫纳忧心忡忡地说："我更想知道它的脑袋里有什么？"

它看起来非常像个人类。

（美国）塞缪尔·R.德拉尼 Samuel R.Delany ——— 著

Xpistos ——— 译

没错，还有蛾摩拉 -（1967）-Aye,and Gomorrah

塞缪尔·R.德拉尼（1942— ）影响广泛，常被视为美国先锋派作家，并与新浪潮运动联系密切。他最广为人知的是他所著的臆想小说，但也写过一些关于性的重要论述，包括《副文学中酷儿思潮与政策的一瞥》（*Shorter Views:Queer Thoughts and the Politics of the Paraliterary*, 2000）。德拉尼曾与国家图书奖得主、诗人玛丽莲·哈克结婚，两人生有一女。哈克的诗歌对他的早期小说影响很大，这在他1966 年荣获星云奖的小说《巴别塔 17 号》（*Babel—17*）中尤为明显。

德拉尼的其他小说还包括 1967 年星云奖获奖长篇《爱因斯坦交集》（*The Einstein Intersection*）、《达尔格林》（*Dhalgren*），还有剑与魔法系列小说《重返奈维尤恩》（*Return to Nev*）[1]。他的小说《达尔格林》让他超越了邪典偶像这一范畴，该书销量接近一百万册，还使得科幻小说团体两极分化；其语言是典型的新浪潮风格。近年，德拉尼出版了一本故事宏大、野心超凡的长篇小说，名为《穿行蜘蛛巢穴之谷》（*Through the Valley of the Nest of Spiders*, 2012），记录了一群男同的生活。这部小说着眼于近代未来，并再度阐释了自身写作生涯中所致力于展现的内容，以及在《达尔格林》的字里行间展现出的野心和成人文学迹象。在非虚构文学方面，德拉尼关于科幻小说的著作《宝石铰链下巴》（*The Jewel-Hinged Jaw*, 1977）至今仍在新一代的作者和读者间拥有巨大的影响力。

---

[1] 该系列共有十一个故事，在 1979 年至 1987 年间分为四卷出版，分别为《奈维尤恩的故事》（Tales of Nevèrÿon）、《奈维尤娜》（Neveryóna）、《逃离奈维尤恩》（Flight from Nevèrÿon）、《重返奈维尤恩》（Return to Nevèrÿon）。

德拉尼在科幻领域的影响力还不局限于此。他获得了数次星云奖。1986年，班塔姆出版社（Bantam）甚至出版了一本厚达 425 页的德拉尼作品集，标题就叫《星云奖获奖小说全集》。每一版《诺顿非裔美国作家文学选集》（*The Norton Anthology of African American Literature*）都将他的《亚特兰蒂斯：型号 1924》（*Atlantis：Model 1924*）收录其中。他也写过两期《神奇女侠》（*Wonder Woman*）的漫画脚本，包括著名（或许也是评价极差）的《女性解放》（*Women's Lib*）那一期。他还著有漫画小说《帝国》（*Empire*）和漫画回忆录《面包与酒》（*Bread and Wine*）。德拉尼也在影响广泛的号角科幻与奇幻写作工坊授过课，他的学生包括奥克塔维亚·E. 巴特勒和金·斯坦利·罗宾逊。德拉尼于 1984 年写就的小说《瘟疫与嘉年华的故事》（*The Tale of Plagues and Carnivals*）作为附录收录于 1985 年出版的《逃离奈维尤恩》（*Flight from Nevgues*）中，按照杰弗里·塔克的说法，这本书是"美国主流出版社出版的第一本着眼于艾滋的长篇小说"。

德拉尼于 2002 年进驻科幻与奇幻小说名人堂。从 2001 年 1 月直到最近退休为止，他都在坦普尔大学担任创意写作专业的研究生导师。2010 年，他在加州大学河滨分校举办的伊顿科幻学术大会上荣获第三届 J. 劳埃德·伊顿科幻小说终身成就奖。2013 年，美国科幻和奇幻作家协会为他颁发了第三十座大师奖。

1967 年，《没错，还有蛾摩拉》首次面世，收录在哈兰·埃里森编纂的著名选集《危险影像》中。在埃里森为这篇故事撰写的引言中，他指出，德拉尼的故事近似于"那些陈词滥调的臆想小说，可又有着大胆且引人入胜的巧妙叙事……科幻小说往往采用难度较低的叙述手法，而他却为此带来了一股新气象"。《没错，还有蛾摩拉》仍是一篇真正称得上突破性的故事，它让科幻小说中那些充满传奇色彩的宇航员变得不再神秘，也创造了一个更为真实与奇诡的现实世界，这点与小詹姆斯·提普奇所著的《我醒来发现自己在寒冷的山坡上》中对其他科幻小说所做的比喻尤为相似。

△　　▲　　△　　△

我们降落在了巴黎。

我们沿着美第奇街赛跑，波、卢还有米斯在围栏一侧，凯莉和我在另一侧，隔着那些栏杆做鬼脸，大声嬉闹，凌晨两点的卢森堡公园传出阵阵哄笑。我们翻出公园，一路走到圣叙尔比斯教堂前的广场，波在那儿试着把我推进广场上的喷泉里。

凯莉突然觉察到我们周围有些异样，她找了个垃圾桶作掩护，一路小跑进了街头小便池，用力敲墙。有5个男人立刻从里面跑了出来。可就算大型的小便池也只能装得下4个人。

一位皮肤白皙、金发碧眼的男人把手放在我的胳膊上，微笑着说："太空仔，你们难道不觉得……自己该离开这儿吗？"

我看着他搭在我蓝色制服上的手，用法语问他："你是个怪胎吗？"

他扬起眉毛，随后摇了摇头："不，我不是。对我来说，挺遗憾的。你看起来之前可能是个男的，但现在嘛……"他微微一笑。"现在你没有我能用得上的东西。那些警察，"他朝街对面努了努嘴，我第一次注意到法国的宪兵队，"他们都没来烦我们。你们嘛，尽管是群陌生人……"

可米斯已经扯开嗓子嚷嚷了："嘿，快点！我们走吧？"随后便带头动身。

我们又上路了。

接着我们来到了休斯敦。

"妈的！"米斯骂道："双子座飞行控制器——你说这是一切的起点？求你了，赶快离开这个鬼地方吧！"

所以我们搭上一辆巴士，穿过帕萨迪纳，沿着单行道一路驶向加尔维斯顿。本来我们打算一直坐车到墨西哥湾，但卢发现了一对开着皮卡的夫妇——

Samuel R.Delany

"你们在天上的其他行星和其他设施上为政府做好事，我们很高兴能载你们一程，太空仔。"

　　他们打算开往南方，而且车上还有个婴儿，所以我们在皮卡车厢里忍受了整整 250 英里的风吹日晒。

　　"你觉得他们是怪胎吗？"卢对我挑了挑眉毛，问道，"我敢打赌他们就是，只是在等着我们勾引他们呢。"

　　"得了吧。他们不过是一对儿待人和善又有点愚蠢的乡下孩子。"

　　"这又没法证明他们不是怪胎！"

　　"你是不是谁都不信？"

　　"当然。"

　　我们终于又等到一辆巴士，它载着我们隆隆地驶过布朗斯维尔，穿过美墨边境，来到了马塔莫罗斯。我们踩着摇摇晃晃的步子，踏上了半是黄土半是焦土的地面。这里到处都是墨西哥人和鸡，还有得克萨斯湾的捕虾人，他们的气味闻起来最糟糕，而论叫喊声要属我们的最响。一群妓女出来迎接那些捕虾人，我数了数，一共有 43 个。我们在巴士站打碎了两扇窗子，周围的人哄堂大笑。那些捕虾人说他们不会给我们买东西吃，可如果我们想的话，倒是能给我们弄点喝的，因为这是捕虾人间流传下来的习俗。可我们对他们的话报以大喊大叫，然后又打碎了另一扇窗。随后我躺在电报局的台阶上唱着歌，一个嘴唇漆黑的女人弯下腰，把手放在我的脸颊上。"你真可爱。"她那毛糙的头发向前垂落下来，"可是他们围在你身边看着呢，这就占用了他们的时间。不幸的是，他们的时间关乎到我们收益的多寡。太空仔，你难道不觉得……你们该走了？"

　　我抓着她的手腕。"你！"我放低声音，用西班牙语问道，"你是怪胎吗？"

　　"说西班牙语的怪胎。"她也用西班牙语回应我，微笑着拍了拍挂在我皮带扣上那个嵌着宝石的旭日型挂坠，"不好意思，但你身上没有……会对我有用的东西。真是不幸,你看起来之前像是个女人,我说的对吗?我也喜欢女人……"

我连滚带爬地冲出了门廊。

"这里挺令人生厌的,还是说本来就是这样!"米斯大声喊道,"快点!出发了!"

我们想法子在日落前回到了休斯敦。

然后又上路了。

这次来到了伊斯坦布尔。

那天早晨的伊斯坦布尔下着雨。

我们坐在军营里的杂货商店里,用梨形的玻璃杯喝着茶,目光越过窗外的博斯普鲁斯海峡。王子群岛就像一堆堆垃圾山一样落在这个满是高塔的城市前。

"你们在这儿都有什么计划?"凯莉问。

"难道不是一起走吗?"米斯质问她,"我还以为会集体行动的。"

"他们把我的支票都扣在了事务长的办公室里,"凯莉解释道,"我彻底成了个穷光蛋,感觉那个事务长就是在针对我,"然后她耸了耸肩:"虽然我不是很想那么做,可还是打算找个有钱的怪胎下手,然后再装出一副和善的样子。"凯莉又喝起了茶,随后她才意识到气氛变得有多安静。"啊,得了吧,喂!你再这么盯着我看,我就动手把你那从青春期就开始精细调养的身子里每根骨头都打断。嘿!说你呢!"她原来是在和我说话,"别用那种'我就是比你纯洁'的眼神看着我,弄得好像你从来没和怪胎上过床似的。"

又开始了。

"我才没盯着你傻看。"我怒不可遏地说。

那是渴望,长久的渴望。

波用笑声打破尴尬:"我说,上次我在伊斯坦布尔的时候大概还是我

Samuel R.Delany

加入这支小队一年前吧。我还记得我们从塔克西姆广场出来，沿着伊斯蒂赫拉大道一直走，经过许多廉价电影院，突然发现了一条摆满鲜花的小径。在我们前面是两个太空仔。那儿是个集市，他们又往里走了一段路，买了鱼，随后走进一个天井，里面卖橘子、糖果、海胆和卷心菜。但在摊位前总是摆着花。不管怎么样，我们注意到那两个太空仔身上有点有趣的地方：他们很完美，有着一头修剪精致的发型。但这印象仅仅维持到我们听见他们说的话为止——他们只是一对普通男女，把自己打扮得像太空仔那样去试着勾搭怪胎！嗬！你能想象吗？两个痴迷怪胎的酷儿！"

"当然，我之前看到过这样的人。"卢说，"在里约热内卢有很多。"

"最后我们把他俩暴揍了一顿！"波为这个故事收了个尾，"我们在一条小路上动的手，然后回到了城里。"

凯莉把玻璃茶杯放到吧台上："你们从塔克西姆广场走到伊斯蒂赫拉大道，直到看见那些花为止？你怎么不说那儿就是怪胎们的聚集地呢，嗯？"如果凯莉脸上有一丝微笑，那这话题也就这么过去了，但她却一脸严肃。

"该死的，"卢说，"都没人告诉过我该去哪里找怪胎。我只能走到街上，那些怪胎嗅到我的气味儿，就知道我来了。我可没法一个人在皮卡迪利大街上找到他们。这里除了茶就没别的了？在哪儿能找到酒喝？"

波咧着嘴笑道："你可别忘了，这是穆斯林国家。不过沿着那条花之径一直走，就能在尽头看到不少小酒吧，清一色地配着绿门和大理石吧台。你在那儿大约花上 15 里拉就能买到一升啤酒。那里到处都是卖油炸虫子，还有猪内脏三明治的小摊……"

"你有没有注意到怪胎对它敬而远之？我是说酒，不是说那些……猪内脏。"

我们又顺着话茬说了一堆缓和气氛的故事，最后以一个怪胎说的话作结，之前有些太空仔想尽法子和他上床："我一生所求无他，除了太空仔，就是好好打一架……"

但那些故事只缓和了气氛，并没有消弭矛盾。就连米斯都知道现在我们会分头度过这一天了。

雨已经停了，我们搭上渡轮，一路来到金角湾。凯莉立刻问别人塔克西姆广场和伊斯蒂赫拉大道在哪里，别人却把她带到了一辆多姆斯边上，我们才发现，原来多姆斯就是共乘小巴，不过它只开往一个地方，沿途会搭上很多很多人，还很便宜。

卢去阿塔图克大桥眺望新城区的景色。波打算去搞明白那个"填充脑袋"究竟是什么。米斯发现自己只要花15美分就能去亚洲，折算下来才一里拉50库鲁什，便决定去亚洲玩一圈。

我转身穿过桥头混乱的车流，走过老城区潮湿的城墙，头顶是有轨电车的电线。总有些时候，就连大喊大叫也无法填补内心的空虚。总有些时候，你必须独自行走，因为孑然一身太过伤人。

我穿过许多狭窄的街道，周围是湿漉漉的驴子和骆驼，还有戴面纱的女人；接着我走进一条宽阔得多的大街，大马路上开着巴士，街边放着垃圾桶，西装革履的男人们步履匆匆。

有些人会盯着太空仔看，有些不会。有的人16岁从训练学校出来后不到一周，不管盯不盯着他们，都能分辨出他们是不是太空仔。我那时正走在公园里，她盯着我，被我抓了个现行。她发现我正在看着她，便把目光投向别处。

我踩着潮湿的沥青地面，向她慢慢走去。她站在一个又小又空旷的寺庙拱顶下方。我经过她身边时，她走进庭院，站在那些大炮中间。

"不好意思。"

我停下了脚步。

"请问这里是圣艾琳神殿吗？"她的英语有着非常可爱的口音，"我把自己的导游手册忘在家里了。"

Samuel R.Delany

"抱歉啊，我也是个游客。"

"噢。"她微笑着说，"我是希腊人，看你皮肤这么黑，我想你或许是土耳其本地的。"

"我是土生土长的美国印第安人。"我点头说道，她朝我行了个礼。

"原来如此。我刚开始在伊斯坦布尔的大学就读。你的这身制服嘛，告诉我你是个——"她顿了顿，一切推测立刻有了答案——"太空仔。"

我感觉有点不自在："没错。"我把手插进兜里，在靴子里来回动着脚趾，舌尖舔着左侧从后数的第三颗白齿——把你不自在的时候会做的动作都做了一遍。有个怪胎曾经告诉我，你看起来不自在的时候让人很兴奋。"没错，我是个太空仔。"但我这话语气太尖厉，声音太响，让她微微一惊。

所以现在我知道她知道我是太空仔这事了。我思忖着：接下来我们会如何演绎这个普鲁斯特式的故事呢？

"我是土耳其人，"她说，"不是希腊人，也不是什么刚上大学的新生。我在这儿的大学读的是艺术史专业，而且已经毕业了。前面撒的那些小谎是在陌生人前保护自尊的策略……你要问为什么？因为我有时觉得自己的自尊太脆弱了。"这是她的策略之一。

"你住的地方离这里多远？"我问，"还有，现在土耳其的行情价用里拉算是多少？"那又是一个问题了。

"我付不起钱。"她紧了紧垂落在臀部的雨衣，脸蛋长得真是漂亮极了。"我很想给你。"她耸了耸肩，微笑道："可我……只是个穷学生，并不富裕。如果你打算就这么转身离开，我心里也不会有芥蒂的,只会感到难过罢了。"

我站在那里，以为她过会儿会给我报个价，可她却什么都没说。

这又是另一个策略。微风吹过公园里最大的那棵柏树，弄皱了地上的积水。我问自己，你为什么不管怎样都想要那笔该死的钱？

"我觉得这一切本身就不是什么愉快的事。"她擦去脸上滴下的水珠。我有那么一会儿在盯着水流下的纹路。我看得太仔细，连她说话的声音都听不见了。"他们改变了你,把你变成了太空仔,这是件不怎么开心的事。如果他们没有这么做,那我们……如果太空仔从来没有出现过,那我们就不会……成为我们现在的样子。你一开始是男的还是女的?"

伊斯坦布尔又迎来一阵瓢泼大雨。我正低头看着地面,细小的水滴沿着衣领滴落下来。

"男的,"我说,"这又无所谓。"

"你现在多大? 23 岁还是 24 岁?"

"23 岁,"我条件反射地撒了个谎。其实我已经 25 岁了,但他们觉得你越年轻,给你的钱就会越多。但我根本不想要她那该死的钱……

"那我这次猜对了。"她点了点头,"我们中的大多数人都是太空仔专家。你发现了吗? 我猜那是因为我们不得不那样。"她用那双圆圆的黑眼睛盯着我,末了猛地眨了眨眼睛。"你本来会成为一个健全的男人。但你现在成了太空仔,在火星上建造节水装置,在木卫三上采矿计算机编程,在月球检修通信转接塔。而你身上的变化……"我发现只有怪胎们在说"变化"这个词时带有深深的迷恋与惋惜。"你肯定会想,他们本来可以发现一些别的方法。可以用别的技术而不是阉割你,把你变成一个连雌雄同体的生物都不如的人,变成那样的……"

我把手搭在她的肩上,她立刻停住不说了,好像我打了她一下。她看了看附近有没有人,随后轻轻抬起手,轻柔地放在我的手上。

我把手抽了回来:"那样的什么?"

"他们本应该发现另外一种方法的。"现在她把两只手都插进兜里了。

"没错,他们本来是应该发现别的方法。宝贝,你要知道,在电离层上方,如果你想去任何地方——比如说月球、火星,或者木星的卫星上做点事儿,而又得在那待超过 24 小时的话,你肯定会想要做点什么来保护自己,因为那儿的辐射太多,你那珍贵的性腺都没法正常工作了。"

"他们本来可以造个防护罩,也可以做更多关于生物体调节的

Samuel R.Delany

研究……"

"毕竟这是个人口爆炸的时代,"我说,"他们想方设法削减孩子的数量,将其控制在过去的水平,尤其针对那些畸形的孩子。"

"没错。"她点了点头,"我们还在以自己的方式与新清教徒对 20 世纪性解放的态度做斗争呢。"

"这倒是个不错的解决方法。"我咧嘴笑着,把手放在自己的胯部,"要是这样就好了。"说罢挠了两下。我永远都不明白,为什么一个太空仔这么做就是下流的表现。

"别这样!"她怒气冲冲地说,走到一边。

"怎么了?"

"别这样,"她重复道,"别挠了!你真是个幼稚的家伙。"

"但他们就是从那些性症在青春期就彻底退化了的孩子中把我们选出来的。"

"你的爱是不是被幼稚和暴力取代了?不过我想这也是吸引人的一点。没错,我知道你还是个幼稚鬼。"

"噢,是吗?那怪胎们呢?"

她沉吟半晌,说道:"我觉得他们就是对我们这样性症退化的人魂牵梦萦。或许这是正确的解决办法。没有性生活,你真的不觉得遗憾吗?"

"我们有你们啊。"我说。

"这倒是没错。"她的眼睛瞟向地面。我瞥了她一眼,猜测着她隐藏的想法,发现她藏起的是一个微笑。"你有着辉煌自在的生活,还有我们。"她抬起头,脸上带着红晕,"你在宇宙中旋转,而这旋转的世界在你脚下,你从这片土地踏上另一片土地,而我们……"她左右甩着头,一头黑发在她的大衣肩上卷曲又松开。"我们的生活日复一日,枯燥无昧,无可奈何地被重力束缚着,崇拜着你们!"她又把目光投向了我,"你要说我是性变态?没错!我爱上了一堆自由落体时的尸体!"她突然缩起了肩膀。"我不想让自己有自由落体性倒错的情结。"

"这话听起来总感觉有点说过头了。"

她把视线扭向别处："我不想成为一个怪胎。这样说行了吗？"

"我也不太喜欢这个说法。你最好再想想。"

"你没有对自己反常的性癖做出选择，因为你根本就不反常。这一切和你一点关系都没有。我正是因此才爱着你啊，太空仔。我的爱始于对爱的恐惧。这还挺美的吧？一个性倒错者有时用无法实现爱的东西来代替'平常'的爱：同性恋者用镜子，恋物癖者选择鞋、手表或者女性束身衣。那些有着自由落体性癖的……"

"怪胎。"

"那些怪胎选择松弛、摇晃的肉块。"她又用尖锐的目光看着我。

"你说这话惹不到我。"

"我倒是想那样。"

"为什么？"

"你没有欲望，当然不会懂。"

"继续说。"

"因为你无法对我产生渴望，所以我才想要你。这就是乐趣所在。如果有人真的……对我们产生了性冲动，那被吓跑的倒会是我们。我在想，在你之前有多少人被创造出来了。我们是恋尸癖。因为你们现在开始前往太空，我肯定盗挖坟墓这行已经没落了。可你不能理解这点……"她顿了顿，继续说道，"如果你能理解的话，那我现在就不会用鞋底一边摩擦落叶，一边盘算着自己该从谁那儿借 60 里拉了。"她跨过一节树根，那虬结的根把人行道都顶裂了。"顺带说一句，那是伊斯坦布尔现在的行情价。"

我心算着："越是往东，东西的价格果然就越便宜。"

"你知道，"她任由自己身上的雨衣敞着——"你和其他人不一样。至少你还想着去了解这些事情。"

我说："如果你每对太空仔说一次这样的话，我就对你吐一口唾沫，那你早就被淹死了。"

"你这堆烂肉，滚回月球去吧。"她闭上双眼，"在火星上空旋转着也行。木星周围环绕着几颗卫星，你或许能在那里做点好事。先去太空，回来的时候最好去别的城市。"

"你住在哪儿？"

"你想和我一起走？"

"给我点东西，"我说，"随便什么都行——不一定要值 60 里拉。只要是你喜欢的，或者对你有意义的东西都可以。"

"不！"

"为什么？"

"因为我——"

"不愿放弃自己的自尊心。你们每个怪胎都不想！"

"你难道真的还没理解吗？我只是不想让自己'购买'你！"

"你又没什么东西可以把我买下来。"

"你真是个幼稚的家伙，"她说，"我爱你。"

我们走到公园门口，她停下了，我们在那里站了一会儿，时间久得足够让一阵微风从草丛里发生又平息。"我……"她犹疑不决，用手在大衣袋子里指了指，甚至都没有抽出手来，"我住在那边。"

"行，"我说，"走吧。"

她对我解释说，天然气主管道之前在这条街上爆炸过，火焰太过迅速而又灼热，喷涌的火舌一直蹿到码头。虽然这场火灾几分钟内就被扑灭了，没有建筑倒塌，却空余烧焦的商店招牌在雨中泛着水光。"这里算是个艺术家和学生的聚集区。"我们走过鹅卵石铺就的路，她说，"尤里·帕夏，14 号。如果你下次再来伊斯坦布尔，可能会用得上。"她的门上布满了黑色的水垢，门边水沟里浮着一层厚厚的垃圾。

"许多艺术家和各领域的专业人士都是怪胎。"我说，试着和她絮叨几句。

"还有很多别的人也是，"她走进房间，把着门说，"我们只是表现得更明显而已。"

通向二楼的楼梯平台上方挂着一幅阿塔图克[1]的肖像。她的房间在二楼。"等我下，我找一下钥匙……"

那是火星和月球的景色！她房间里的画架上绷着块 1.8 米长的帆布，画的是环形山上的日出，阳光在山沿上闪耀着。墙上钉着月球观察者号原版照片的复印件，还有国际宇航员部队里每个英俊军官的照片。

她桌子的一角堆满了那些关于太空仔的照片杂志，在全球大多数的报刊亭都能买到。我曾经的确听别人说过，这些杂志是专门印给那些具有冒险精神的高中生看的。她也收藏了几张他们从未见过的丹麦人的照片，还有一架子艺术书籍和艺术史方面的书。在那上面是整整一排平价纸质封面的太空歌剧书，那排书有差不多 1.8 米那么长，里面有第 12 期《空间站的罪恶》《火箭搜救》，还有《残酷轨道》。

"你要亚力酒、乌佐茴香酒还是保乐绿茴香酒？你可以自己选。不过我或许会从同一个瓶子里倒出来。"她把玻璃杯列在桌上，然后打开了一个齐腰高的柜子，原来是个冰箱。她站了起来，手上托着一碟诱人的点心：有水果布丁、土耳其软糖，还有焖肉。

"这是什么？"

"多尔玛德斯。就是用葡萄叶包着米饭和松子。"

---

[1] 穆斯塔法·凯末尔·阿塔图克（Mustafa Kemal Ataturk, 1881—1938），土耳其共和国第一任总统，实施凯末尔改革。阿塔图克一姓是土耳其国会赐予的，土耳其语的"Ata"指父亲，"Atatürk"即为"土耳其之父"。

Samuel R.Delany

"再说一遍那名字？"

"多尔玛德斯，这个词源自土耳其语中的'dolmush'，都是填充的意思。"她把托盘放在玻璃杯旁，说道，"坐吧。"

我坐在用工作室的沙发改造成的床上，感觉到了缎子下方糖凝胶床垫那像液体般强烈的复原力。他们之所以想到发明这个，是因为躺在上面的感觉和自由落体时非常接近。

"感觉舒服吗？你能等我一会儿吗？有几个我的朋友在楼下大厅里，我想抽点时间和他们见一面。"她眨了眨眼，"他们也爱太空仔。"

"你该不是想为我筹款吧？"我问，"还是想让他们在门外排队站好，等别人完事后轮到他们？"

她深吸一口气。"事实上嘛，这两个方案我都会提议。"她突然摇了摇头，"你想要什么？！"

"你会给我什么？我的确想要点东西，"我说，"这就是我来这儿的目的。我很孤独。或许我只是想看看自己究竟能孤独到什么地步，自己现在还不清楚。"

"一切会如你所愿。至于我嘛，我学习、阅读、绘画，与朋友们谈天说地，"她走向床边，坐在地板上，挨着我的靴子，"去去剧院，看看街边与我擦身而过的太空仔，直到有一个人回应我的目光，我也是孤独的。"她把头枕在我的膝盖上："我想要的东西，而你"——她突然停住不说了，这一分钟里，我们都静默不动——"却不是那个能给我的人。"

"你不会为此付我钱的。"我反驳她，"你不会的，对吧？"

她的脑袋枕在我腿上，摇了摇头。过了一会儿，她用细若游丝的声音说："你难道不觉得你……应该走了吗？"

"好吧。"我说，站了起来。

她向后挪了挪，坐在了大衣的下摆上。她还没把那件大衣脱掉。

我走向门口。

"另外……"她双臂抱胸，抵在膝盖上，"在纽约有个地方，你或许能在那儿找到你苦苦寻觅的东西，那里叫'花之径'——"

我转身怒气冲冲地对着她："怪胎经常聚在那儿对吗？听着，我不需要钱！我说过，你给我任何东西都可以！我才不要——"

她摇了摇头，轻声笑着。接着她躺了下来，把头枕在我坐过的地方，那里现在还皱巴巴的。"你还是打算坚持误会我吗？那是太空仔们常去的地方。等你走了之后，我会和我的朋友们见个面，谈谈……那个刚刚离开的漂亮家伙。我想你或许会在那儿找到……你认识的人。"

一切在愤怒中落下帷幕。

"噢，"我说，"噢，原来那是太空仔聚集地。好吧，谢谢你。"

我走出了房门。

随后我找到了花之径，也找到了凯莉、卢、波，还有米斯。我见到凯莉的时候她在买啤酒，所以我们最后都喝醉了，还吃了炸鱼、炸蛤蜊和炸香肠，凯莉攥着钱四处挥舞，说着："你应该见见他！看看我让他经受了什么，你应该去见识下的！这儿的现价是八里拉，他给了我整整一百五十里拉！"说完，她又喝了更多酒。

我们又上路了。

Samuel R.Delany

机器殿堂 - (1968) - The Hall of Machines

（英国）兰登·琼斯 Langdon Jones——著 魏映雪——译

兰登·琼斯（1942—　）是一位英国作家、编辑以及音乐家。他同新浪潮时期极具影响力的杂志《新大陆》关系密切，既是杂志的供稿者——从短篇故事《暴风雨输水隧道》（Storm Water Tunnel, 1964）开始，一直在创作，还同时身兼数种编辑工作。他大部分的知名作品，在形式上很有先锋性，而且采用了建构式（architectural narrative style）的叙事风格，这些作品都被收录进了《镜之眼》（The Eye of the Lens, 1972）。在停止幻想小说创作后，他仍旧积极参与当地社区的公共政治事务，并作为一位演奏家和编曲家继续享受古典音乐。

跟风格多变的作品一样，身为编辑的他，口味也可谓是兼容并包。这一点在先锋气质浓厚的作品集《新科幻：当代思索性小说原创集》（The New SF: An Original Anthology of Modern Speculative Fiction, 1969）体现得淋漓尽致。同现在相比，那个年代实验性质的作品更有商业价值。他还同迈克尔·摩考克合作编著了《灾难的性质》（The Nature of the Catastrophe, 1971），其中收录了好几篇摩考克和其他人发表在《新大陆》上的关于"杰里·科尼利厄斯"的小说。由于马温·皮克身患退行性疾病，他的小说《孤单的提图斯》（Titus Alone）在 1959 年首次出版的时候，受到了许多删改。1970 年，在重新修订他的遗作时，琼斯承担了最终版本的编辑任务。

《机器殿堂》首次发表在《新大陆》第 180 期（1968）上，接着作为名义上的三部曲中的一部被选入《镜之眼》。他花了 15 个月才完成这三部曲。在合集的序言中，琼斯写道："这三个故事，比我之前写的东西都难写。这是我第一部完全抛弃了传统叙事和结构的作品，写作的过程就像是在难以通过的丛林中开辟出一条道路……这故事最初的构想诞生的时候，我正坐在通往伊灵大道的地铁上，地铁正穿过两个街区的交界线……事实上，在旅程的那一部分，火车是行驶在地面上的，而且正在经过一栋我从未留意过的小砖瓦房，房门上贴着告示：'连锁机器房'。这场面在我脑海中激起的联想似乎同现实完全不相干。"

《机器殿堂》发现了普罗大众的行为动机和小标题所说的神奇机器的相似之处。这是少有的能够将形式上的实验性和充沛的感情以一种难以界定的方式结合在一起的作品。虽然琼斯只发表了十几篇小说，却影响了新浪潮运动，并因新浪潮而流传。

△　　　▲　　　△　　　△

许多伟大的思想家想要解析殿堂的本质，但对于所采用的方法，他们却莫衷一是，而且（得出的结论）也往往同事实极为不符。殿堂的外形已被众人熟知，但一旦我们想探究它的具体细节，就会发现一切都只能停留在猜测层面。

殿堂广阔无垠。我们能够想象，对于它所包含的内容的描述必然各有不同——没人能够探索完殿堂内部的所有区域。然而，大量有关殿堂内部的迷信谣言到处传播，让人很难将真相同鬼扯区分开来。

有关殿堂规模的推测倒是不少，但从未有过确实可信的测量结果。至少有一个作家声称，实际上殿堂的面积是无限的。其他人则坚持认为殿堂的面积是不定的，以 50 平方米为一个尺度变化着。显然，这些人是受了那些夸张的报道的影响。而其余的证据则显示，不管从什么方面考虑，这两种说法都和事实相去甚远。在最近的几年里，我觉得研究所收集到的有关殿堂各方面的资料是一项很有成就感的工作。这工作很难，但十分有启发性。现在，在我的文件夹中，有大量的相关信息。其中有书、有文章、有剪报、有录音带、电影胶片，还有许多转录的采访。对我来说，这个话

Langdon Jones

题变得一天比一天有趣。在一定程度上，可以说我完全沉迷在了我的研究中。我发现近三年，我的正常作息被打破了，变得极为不规律。我将整个房间都用作了工作室，将各种有关殿堂的材料编成一本综合性的书是我的最终目标。整面墙上钉着的全是相关的剪报。根据我最近正在研究的内容，我对剪报的位置进行了调整：房间的正中是一台电影放映机（通常，我会收集到五个小时的胶片，一口气看完），放映机的旁边就是磁带录音机。除了采访和评论的录音带，我还有至少一个小时的某些机器运转时的录音。我尽可能准确地将这些声音以乐谱的形式记录下来。我用不同的乐谱系统来记录这些声音，在最基础的几种乐谱系统的对比中，我发现了非常有趣的联系，但再具体些的发现，却是没有了。

现如今，我一天大部分的时间都花在了这项研究上。我一坐就是好几个小时，不是剪贴下报纸上的相关内容，就是在暗房中冲洗拍好的胶卷。就像这样，用剪刀、显影药剂、乐谱纸、胶水、磁带录音机和放映机，我描画出了一幅关于殿堂的图景，虽然和全景相去甚远，但在细节上已经非常可观了。

我在研究中，发现了一些让人印象极为深刻的描述，现在想要（与众位）分享。这些描述并非按照顺序一一列出，而是被打包呈现给大家。比起枯燥的学院式说明，这些描述是一系列有趣的记忆。我相信，殿堂之所以引人入胜，其中有一点就是因为它给观察者留下的印象异彩纷呈。

等到我的书完成的那天（这还需要好几年的时间，到时候起码有厚厚的五卷），我将会对研究结果的正确性有足够的信心，那时候也会有足够的空间给我去展示其中的细节。而这些片段只能用来让人们大体上体会一下殿堂的氛围了。

抽水机

-

在殿堂的这一片区域，抽水机的槽和沟占据了很大一块儿，虽然它被木板建成的"墙体"围着，但依然给人向四周蔓延的印象。地板被纵横的沟槽割裂，到处都是凸起的金属表层。抽水机的主要铸造材料是生铁，但也有一些部分采用了更轻一点儿的金属，可能是合成金属，比如说铝合金。这机器结构复杂，由大型配件组装而成，搭建起来足足有 20 英尺高。更让人惊叹的是，撑起整个机器的重量的是几根纤细的金属支柱。

机器最顶端装着一根大的抽水管。经过一系列精妙的机械运作，抽起的水流过沟槽，被排出殿堂的这片区域。我觉得水很有可能是沿着一个大的循环线路在流动，于是扔了一张白纸在近旁的水道里。不出所料，不到三分钟，这张纸又从我的脚边流过。

偶尔，水的噪声会变得震耳欲聋。

机器顶部的喷射口不断发出咝咝的响声，流水奔腾，在水道里激起泡沫。当金属部件运转的时候，还会有巨大的嘎吱声。每隔几秒钟，就有一个金属部件被激活，发出一声巨响，此刻水量也会成倍增长。

水不断从支撑机器的柱子上滴下来，在地面上聚成一摊，顺着斜坡流向排水口：混凝土水道整整齐齐地排开，连接着生铁打造的黑漆漆的圆柱形引水管。引水管的表面上有凝结成的水珠滚动。

机器上部是顶层水箱的巨大的银制凸起部分。这是一个带有弧度的刮刀状物体，看上去像一只大勺子。像勺子一样的水槽承载着约莫直径有六英寸的抽水管，水柱从水管中喷出，就像是玻璃圆柱，然后流进水箱内部。

片刻后，水箱开始发出吵闹的嘎吱声。突然之间，临界平衡达到了，在巨大的水压之下，嘎吱声拔高到了极点。水槽已经承载不住水的重量，开始颤动起来。溢出的水溅到地板上，朝着方形排水口流去。然后，水槽慢慢地、一寸一寸地倾斜，将装着的水倒出。水从厚实的倾注口流出，落到下面的几码以外的蓄水池中去。在下落的过程中，流水就像一条闪闪发光的丝带。接着，水槽加快了倾倒的速度，更多的水涌了出来。水箱倒水的速度越来越快，突的轰隆一声，整个翻倒了过来，一大波水泻入了蓄水库，水压之大，使得地面都震颤起来。这时候，因为平衡力的作用，水箱已经咯吱咯吱地翻转回了原位。

蓄水池凹陷的底部有六个泄水口，围成一圈，水从泄水口喷涌而出。这六道水流经过不同的路线，最终汇到地面上。其中一道经过的路线是大水箱的缩小版。另一道则注入铰链式水箱中的某一个。这些水箱被安置在一个大水车的两侧边缘之中，水的重量使得水车缓缓转动。水车转动四分之一周时，会有一个障碍物使水箱停下来并倾斜，让当中的水倾倒进多条水道之一。还有一道不断冲击着一个弹簧联轴器，使其在水流中不停地上上下下。联轴器的一端控制着一个类似时钟卡子的机械装置。

所有的水流最终都会汇入地板上潮湿的混凝土黑色水道，再从"墙面"上的洞流走，消失在人们的视线中。

不过水泵运作的声音会从墙的另一侧传来。

综上可知，这时一定有个喷泉正在喷水。

运行中的机器

-

我正经过的是殿堂中相对封闭的一个区域。为了将不同的机器隔开，这里修建了隔间，每一间占地都不小，这样就使得整个空间看起来没有实际上的宽敞。当我走过一间隔间的木质门，看到门上贴着一个白色告示牌，上面印着黑字：

连锁机器房

进到房间里面，我发现到处都是巨大的铁铰盘。

从天花板到地面，巨大而细长的金属支条盘根错节，让人根本看不清房间深处的情况。随着这些机器的运转，空气都在抖动。虽然这些机械每一个都大不相同，但大多数的基本形状是一致的。它们约有十英寸高，核心构造是一大堆支条和其他一些连锁在一起的部件。这些支条的位置安排异常复杂，在它们相互连接的隆起的接口处，还安装着其他的一些零件，确保机器运转无碍。它们就这样通过连接不断扩张，到达地面的时候，已经需要占据很大一块面积了。

不同机器的支条依靠能够自由移动的接头连接在一起，其中的一条动了，另一条则会做出相应的调整。整间屋子的器械都处于运动之中，它们互相策动着，就像是被淫靡的本能驱动。

我身旁的一节支条被它旁边运动的支条带动了，然后引起了机器顶端的连锁反应，策动了另外一节支条。接着，更远处的机器也被带动了。当这些机器运转的时候，空气中充斥着金属碰撞的声音，就像整间屋子里全是打字员。

机器经过了抛光上油，运转起来平滑流畅，却带来了极大的压迫感。房间中还有其他的东西，可似乎都在某种程度上受到了运动中的支条的影响。我旁边的墙上挂着一块平板，从平板上延伸出了可弯曲的机械臂。在其灰色的机械骨架中，连接两端的电线被绷得笔直。机械臂一端抬起，另一端则下降。当较高一端的电线受大型连锁装置的运动影响，被拉紧时，机器臂就会颤动着倒转位置。

或许在数百万年前，这些机器被修建起来，保持着精准的稳定与平衡，仿佛是被冰冻起来的浪潮；当整个线路的最后一环被搭上，最后的机械支条同前一条衔接好，整个平衡就被打破了。于是，动能找到了属于自己的传播路径，被分配到不同的零件上去，促使机器转动。时至今日，这股动能依旧在机械间四处游走，不可预测其最终的方向。最初的那股动能已经被分割成了数百万股，而且仍在继续分裂。或许，这机器的设计更加精妙，在接下来的百万年间，被分配出去的动能将开始合流，机器的运转越来越简单，直至最后剩下两股交汇，达成平衡，这时一切运动都会停止。

连锁机器的每一个环节都是智慧的体现，或许是因为这一抽象的迷宫类似神经电流的传导模式。这种联动性又和受神经电流影响的人类性格十分相似，它们都会受到另一个个体的严重干扰。或许也有一点不同，这个房间中的人类大脑无法使机器转动分毫。

我没法儿再在连锁机器房中待下去了，即使只一两分钟也不行。再待下去，这个房间在心理上给我带来的影响是我无法承受的。

时钟
-

殿堂里有许许多多的机器，但它们被木板分隔开来，所以当人行走在隔间有限的空间中时，就会忘记自己是置身在广阔无垠的殿堂之中。正是在某个隔间的一面"墙"上，我发现了像是巨大时钟的机械装置。它由锃亮的黄铜制成，至少有十英尺高。它面对着墙，所以完全看不到它的刻度和指针（如果真有这两样东西存在）。时钟呈三角形，正反两面都靠着黄铜框架支撑钟体，底部是四个弯曲的支脚。时钟的背面没有金属板，于是钟表的心轴[1]就安装在黄铜花纹之上。这些造型优美的花纹和主框架相连接。

虽然时钟巨大，但它的部件却非常精细——所有的齿轮边缘都很窄，擒纵轮的棘爪细长弯曲，就像是女人的手指。这个装置就像是一个普通的家用时钟的放大版，毫无塔钟的粗糙笨重。我惊讶地发现同家用时钟一样，这个时钟竟然也是依靠弹簧为其提供动力。只不过这个弹簧巨大，必须得有非常大的压力，才能使装置工作起来。

虽然控制钟表运动的擒纵轮和卡摆擒纵机安装在三角形的顶端，但钟摆的长度相对时钟本身来说较短，可能刚超过六英尺。这使得大时钟缓慢

---

[1] 擒纵装置主要由棘轮和带棘爪的心轴组成，心轴上方与横摆相连。当棘轮在重锤的带动下转动，上方的轮齿推开心轴上部的棘爪，使心轴转过一个角度，而这样刚好又使心轴下部的棘爪转来挡在下方轮齿的去路上，棘轮继续转动将它推开后，心轴就转回原来的位置，完成了一次摆动。心轴每摆动一次，棘轮都转过一个相同的角度，而这种摆动的频率通过连在心轴上的横摆得到控制，从而具有等时性（如同单摆的等时性一样，这种等时性是可以用经典力学证明的），这样，将棘轮的运动通过中轴传递给表盘上的指针，指针就可以匀速转动了。

的嘀嗒声没有更低沉的分音，不会搅扰他人。

因为时钟很大，所以齿轮的运转清晰可见。每一声嘀嗒声，每一个齿轮如何运动、变化，这一景象引人入胜，我站在那儿，观察了时钟很久、很久。

我多希望自己可以看见晨光透过窗户，照亮时钟的那刻。

死亡机器—1

-

殿堂的这一区域幽深昏暗，散乱的光线勾勒出黝黑且布满凹陷的金属轮廓。我几乎不怎么看得清死亡机器，它就在我右手边，看上去是一面冰冷而突兀的金属高墙。有一条粗壮的链子，约一英尺宽，四英寸厚，从墙体凸出来，又转而没入墙体。除了链子，这机器只有一处其他结构了：从墙面伸出来的排水管。排水管之下是安装在地板上的水渠，废水通过水渠，被排入临近的下水道。下水道散发出的恶臭味简直无孔不入，令人难以呼吸。然而，排水管排进水渠的，是血。

死亡机器—2

-

这机器硕大无朋，占地极广，结构复杂，而且看上去毫无用处。很有可能，它被建造起来是出于象征性的目的；又或者，使它运转的东西或操作它的生物已经不在了。

它由桁架组成的宽广网络构成，整个网络都按照一种奇特的节律颤动着。机器上唯一不被这节奏影响的部分只有末端的两个大型支撑物。支撑物的框架也是由桁架组成，框架中有各式各样的驱动链和传动装置。在每个框架的顶端，都有一只可弯曲机械臂，长得不合比例。这些机械臂上也有链条和传动装置，在其末端，是银合金刀片，刀片微微泛着光。这些刀片似乎是通过某种球形接头安装在机械臂上的，可以非常灵活地转动。

想要观察到机械臂和刀片的详细运转情况是非常难的，用语言描述则更是难上加难。用语言条分缕析地描述运动的方式，往往会给人造成运动缓慢的错觉。然而事实上，考虑到这机器的巨大体积，它的运转可以说是迅捷无比的。

像人的手肘似的，机械臂的关节向下弯折。在靠近支撑体的地方，机械臂静止了，刀片则向上扬起。接着，两只机械臂跨越 30 码的距离向彼此靠拢（在靠拢的过程中），刀片的方向保持不变。当它们几乎完全伸直的时候，距离彼此只有一码左右，此时，机器运转暂停了下来。突然间，刀片开始独立运转了起来。它们在几秒钟的时间内，执行了一系列复杂的动作——突刺、闪避、旋转，两把刀的动作一模一样，互为镜像似的。再然后，运动又停止了，机械臂再一次开始弯折，将刀片带回靠近支撑体的地方。

这些刀片的运转方式明显是用来切割某种物体的。当我观看它的运作时，一直在想，这机器真的还完整吗？曾经会不会有某种投放机制，将尸体递到刀下，转瞬之间，尸体就被绞成血肉模糊的一堆？

这机器虽然给人不寒而栗的感觉，但当我看到刀片运转和刀片之下那颤动着的复杂的桁架结构时，仍然觉得它甚为迷人。这么巨大的物体以如此快速的节奏运转，并不常见。地板的震动正好说明了这机器的沉重，估摸着有数百吨。

当我在详细勘查机器时，还有另外两个人也在那儿，一男一女。起初我以为他们是机器的一部分，但后来我注意到，他们震颤的频率稍稍落后于机器震动的频率，大概是因为柔软的身体形成了某种缓冲。

他俩都赤裸着身体，位于刀片正下方的某一桁架上。男人仰躺着，在桁架上伸展开了身子，女人跨坐在他的臀部。桁架的震颤使他们的身体上上下下地起伏，以一种机械般的节奏交媾，显得十分滑稽。男人紧紧抓着女人的大腿，女人的脸转向了我，她紧咬着下唇，面色绯红，汗水淋漓。我甚至可以看到她每次喘息的时候，鼻孔的收缩。

当刀叶碰撞时，一滴油从其上滴落，悄无声息地落在了女人的肩上。这滴油从她苍白的臂膀淌下，看上去像是一滴古老的血滴。

死亡机器—3[1]

-

这机器坐落在殿堂深处，连运转的声音也几不可闻。我走在因干燥而龟裂的地面上，踩踏在我们的排泄物上。走在我身旁的一个人更是瘦得形销骨立。水源已经干涸了，剩下的只有灼热的放射性尘碴儿。整个世界像是变成了一个旋涡，这里就是旋涡的中心，是时间与空间的尽头，是归于无的终结。我已经吃掉了自己的食物。这里就是我的位置，没有任何可以得到救赎的方法，所剩下的只有恐惧。这是荒凉且如同死亡般冰冷的绝境。人类用自己的痛苦打造出了这惨淡无望的焦点。一定得试着打开这道门，我使劲一拉，门发出嘎吱的响声，然后大门打开了。房间很小，但有光亮，借着光亮我看到了一个词——奥斯维辛。

母体

-

这台机器被单独安放，四周空无一物。它体积巨大，大概有一百英尺高，形状像是一个被拉长的洋葱，从上端开始，越变越细，直到成为尖顶。机器的一侧，大概十英尺高的地方，有一根柔软的橡胶管道，垂向地面。

洋葱型机器的腹部毫无特点，只有灯光勾勒出它的弧线形轮廓。而管道则投下暗红色阴影。

---

[1] 作者注：此机器包含一面带圆形金属门的金属墙，门后是一个叫作"压缩室"或"锅"的小隔间。除此之外，这面墙没有任何特点，只在门侧有一个开关。这片区域似乎是整个殿堂中最阴沉的角落。

这台机器有着平滑的金属表面，表面上有一道圆形的金属门。金属门通向一间被叫作"压缩机"或是"锅"的小屋子。除了这扇门和门旁边的一个开关，机器的表面再没有别的东西。这块区域似乎是整个殿堂中最沉闷无趣的地方。

金属体的内部传出轻缓但持续不断的声响。然而，突然之间，声响停止了，四下一片寂静。

管道的顶端鼓了起来，并不断向外膨胀。慢慢地，像肿块一样的东西开始在管道内部移动，从机身流向地面。机器运转的整个过程，给人一种竭尽全力的印象，更为奇怪的是，还让人觉得它很痛苦。或许是因为这个过程十分缓慢。肿块从管道中滑落，终将从尾端滑出，在灯光下现出形状。当人意识到肿块的最终去向后，面对如此缓慢的进度，便会产生一种类似于幽闭恐惧症般的急躁。与此同时，在时而紧张，时而放松的气氛影响下，人自己的肌肉也会随着假想中的收缩行为不断收放。

当肿块滑到管道尾段，接近地面时，真正的挣扎才算开始。这时，人们可以发现，管道的尾端开始缓慢地有节奏地扩张，机器的腹部仍然光滑，并没发生能引动人们情绪的变化，但旁观者却铁定能感受到它正忍受着极大的痛苦。这一过程是不可逆转的，没有任何办法能使肿块往回滑进金属体内。

管道末端的开口越来越大，已经能够让人瞥见其中闪亮的水汽和若隐若现的金属光泽了。

管口扩张到了最大限度，突然，一个金属物体显露了出来，其上还滴落着棕色液体。橡胶管贴在金属物表面上，一点一点地将其释放出来，蓦地，金属物混着羊膜油彻底脱落了出来。

四下俱静。

新机器一动不动地停在地上，羊膜油从它的表面滴落排走。这是一种带有履带的小型机械，前端安装着不同形状的机械附件，像是用来加工金属或者石料。

伴随着一声呼啸，它猛地启动了，轻捷地从母体旁边离开。母体发出咔哒的声响，然后内部的噪声再度开始响起。

我观察了这个机器很久，母体似乎只会生产出两类不同的机械。它们的基本设计都是相同的，只不过看起来一类用来修建，另一类则用来拆卸。

母体或许已经这样运转了数百年。

电子机器

-

电子机器带着温度的绿眼睛正盯着我。我的视野里只剩下明亮的镶嵌着玻璃片的塑料壳。微弱的声响传进我的耳朵，向我证明这些机器确实还"活"着。这是些静止的机器，虽然正在运转，但是没什么响动，唯一的动静只有仪表指针的走动和空带盘偶尔地转动。

它们的功能并不是显而易见的，在此从事着默默无闻的工作，展示着电子的精确和流畅。

房间中到处都是电线，电线那明亮的原色与塑料机身整体上偏于柔和的色调形成了鲜明的对比。

在电子机器房后侧的小屋里，还有一些不同类型的机器。通往小屋的门是木制的，门上嵌着一块正方形的玻璃。看进去像是很多年没有人造访过了。

小屋中的机器在三面墙上排列得整整齐齐，机器上是各种各样的开关和仪表。它们运转时发出的声音以一种奇异的方式合在一起，像是在共同谱写一首电子乐。

机器之殇—1

-

殿堂的这片区域一片死寂。一堆堆细长的时间在我周围拔地而起，它们巨大的机体上包裹着斑斑锈迹，锈菌给地板铺上了一层柔软的地毯，辛臭的气味刺激着鼻腔。高大的机器上有东西脱落，坠落到了地面上——那是一片剥落的时间。在此处，有许许多多相同的薄片剥落了。

时间燃起熊熊烈火，映入我的眼帘，我转过头寻找逃离之途。但举目四望，尽是凝固在这红色机体里的秒与时。这有一个轮子，轮子边缘已经全被腐蚀了。那儿是一个活塞，但活塞可移动的部分已经被机器生的锈给塞住了，难以挪动。在角落里有一样被尘土覆盖的圆形物体，依稀可以分辨出是一卷电线。距它被扔在那里，不知已过了多少年岁。

我的足迹留在了锈菌地毯上。

机器之殇—2

-

我和女儿一同来到殿堂，牵着手在其中漫游了好一阵子。突然，我们在一堆机器的残骸面前停下了脚步。

机器约有六英尺高，我可以看出它曾经的结构非常复杂。不知为何我的女儿并不感兴趣，走开去看其他东西了。但这台机器却给了我一种悲伤的感觉。整台机器都是由金属针密密麻麻地排列组成的，最长的针大概有3英寸长。一眼看上去，这台机器根本没办法被组装成一个整体。我猜测，在机器营造之初，这些针就被精确设计，以确保整台机器能保持内部的平衡。现如今，这台机器就像是一张由锈迹组成的蛛网，这么久能够撑着不散架，它的稳定性一定非常好。

在这么近的距离观察它的结构，看这些红色的线条是怎样被组装得如此紧密，真是让人着迷，就像是在观察着一个迷宫、一组血色的洞穴结构。我微微一转头，就能看见一幅全然不同的景象。我把女儿叫了过来，两个人牵着手，一起凝视着这台已经死亡了的机器。

就在这时候，整台机器发出了一声嘎吱声，整个往下沉了几英寸。接着，仿佛是一声叹息，机器彻底坍塌成了一堆粉末，散落在我们脚边。鉴于我俩谁也没做出幅度过大的动作，我想一定是体温的缘故。

离开殿堂的时候，我俩都觉得挺郁闷的。

我希望以上信息能让我的读者朋友们对神秘莫测的殿堂有一个大致的印象。我所能补充的已经不多了，只有以下一点。

你大概还能记起我列出的某段说明，它详细地描述了制造新机器的过程。现在摘录在此："这是一种带有履带的小型机械，前端安装着不同形状的机械附件，像是用来加工金属或者石料……母体似乎只会生产出两类不同的机械……只不过看起来一类用来修建，另一类则用来拆卸。"这两段话，加上一些我没有列出的材料，暗示着一件非常有趣的事情。

我觉得提到的这些机器和另一段描述中的机器是相同的。那段描述的作者曾站在殿堂的某堵外墙处，看着一组机器修建了一堵新墙，跟原来的那堵墙比起来，位置大概向外移了六英寸。而原来的那堵墙早已被另一组机器推倒。这一过程似乎不断地在殿堂的各个地方发生着，一堵新墙被修建起来，位置比原来的墙稍微远些。但有一天这堵墙也将被推倒，更新的被修筑起来。

我认为，自创始之初，殿堂就一直在扩张！

然而，还需要更多的调查研究，才能证实我这个激进的想法。

Langdon Jones

柔软的时钟 - (1968) -Soft Clocks

（日本）荒卷义雄 Yoshio Aramaki —— 著　（美国）和子·贝伦斯 Kazuko Behrens —— 英译

（美国）路易斯·夏纳 Lewis Shiner —— 润色　沉默螺旋 —— 中译

荒卷义雄（1933—　）不仅是一位日本科幻小说家，还曾是建筑学家，在札幌有自己的建筑公司和自己的美术馆。荒卷的写作生涯的处女作，推想小说《大中午》（The Great Noon，1970）以及他的首篇科幻小说理论分析作品《艺术小说理论》（Theory on the Fiction of Kunst, 1970），都发表在《早川书房的科幻杂志》（Hayakawa's Science Fiction Magazine, 1970）上。在《艺术小说理论》一书中，荒卷试图以康德的视角解读海因莱因的作品。荒卷义雄早年的中篇小说《白墙上的文字在夕阳中闪耀》（The Writing on the White Wall Shines in the Setting Sun）曾获得 1972 年的星云奖。该奖项在日本的地位，相当于欧美的雨果奖。荒卷的首部推想超小说《白昼出发，前往不朽》（Setting Out on a White Day Leads to Immortality）则受到了萨德侯爵的影响，获泉镜花文学奖提名。泉镜花文学奖是为了纪念日式哥特小说大师泉镜花诞辰 100 周年而设立的。荒卷的部分短篇小说作品用英文发表在《界中界》（Interzone）和由刘易斯·夏纳编辑的反战文选《曲终之后》（When the Music's Over, 1991）。

荒卷是如何成为一名科幻小说家的呢？荒卷研究学者，知名评论家巽孝之在荒卷的《作品合集》（Collected Works, 1965）序言中写道："荒卷对科幻小说的兴趣使得他加入了北海道科幻俱乐部。在俱乐部的同人杂志《核心》（CORE, 1965—1967），荒卷发表了很多存在主义和心理分析相关文章，阐述了科幻作者诸如阿瑟·克拉克爵士，菲利普·迪克，阿尔弗雷德·贝斯特，眉村卓和筒井康隆的作品。筒井康隆是日本超小说的先驱，也是发现荒卷的文学和评论天赋的伯乐。"

荒卷也被牵扯进了文坛的斗争之中。如巽孝之所言："在

1969 年和 1970 年间，荒卷在同人小说《宇宙尘埃》(*Cosmic Dust*) 和青年才俊山野浩一的争论愈演愈烈。山野浩一是第一个商业化推想小说季刊《NW-SF》(1970—1982) 的作者和编辑，和荒卷一样受激进的新浪潮文化的影响。但山野浩一不断攻击日本科幻作家，指责他们是科幻界英美同僚们的模仿者。山野著名的论断是："'日本科幻创作的起源和可能性都是 1969 年，也就是现在。'"

自 1990 年开始，荒卷推出了更为主流的系列作品"虚拟现实战争小说"(Virtual Reality War Novels)。山本五十六，历史中"二战"时期的日本海军指挥官，则作为核心角色出现在架空历史中。最初销售遇冷，但随着 1991 年海湾战争的爆发，这个系列迎来了更广泛的读者群体。受销量激励，荒卷开始了新系列《旭日舰队》(*The Fleet of the Rising Sun*) 的创作。这两个系列的作品一共 25 卷，销量却超过 500 万册。

《柔软的时钟》一文的英文版最早发表在《界中界》(*Interzone*, 1989)，而后在特刊《当代小说回顾》(*The Review of Contemporary Fiction*, 2002) 中被重新刊印，标上了"新日本小说"的标题。而本文最早的日文出版物则是在 1968 年发表，那时，新浪潮运动正如火如荼。本文的故事背景和作者的其他作品有着松散的联系。荒卷受画家勒内·马格里特影响的作品《热带》(*Tropical, Strange Plasma 4*, 1991)，以及受画家希罗尼穆斯·博斯影响的作品《新生代》(*Sanctozoic Era*, 1978)，都与本文有所关联，后者更被巽孝之评为荒卷义雄的"不世之作"。

受超现实主义画家萨尔瓦多·达利和剧作家普契尼作品《蝴蝶夫人》(*Madame Butterfly*) 的影响，《柔软的时钟》是篇跨界作品。读者在阅读本文时，会在不经意间联想起布列顿式的超现实主义画作，或者重温到颓废时期的文学作品。此外，在同类科幻作品中，本文也展现了去火星旅行的另一种设想。

△　　　▲　　　△　　　△

当我仰望天上的星辰，发现它们如此渺小。要不就是我在变大，要不不就是宇宙在缩小——或者二者皆有。

——萨尔瓦多·达利

已经是火星上的中午了。在赤道地区炫目的阳光下，一场派对正在如火如荼地进行。本次派对的主题是"白昼的熄灯狂欢"。我们派对的主人是达利，他是个超现实主义者，一个偏执狂的批评家。他不仅是个腰缠万贯的富豪，还是个对现代科技恨之入骨的人。他将整个火星月沼区收入囊中，这块地产几乎有整个得克萨斯州那么大。

派对的组织者是吉尔伯特，他发号施令，让所有客人都穿上源自萨尔瓦多·达利作品的服饰。连我也不能幸免。脸上画着彩绘，身体几近赤裸的招待员取走了我从地球穿来的西装。她们给我换上一套带着金色翅膀的塑料服饰，这套衣服的创意来自那幅《利加特海港风光,守护天使和渔夫》。

换好衣服，我漫步到地表。此刻，我不禁为眼前景色感到眩晕。一个由水银和镜子组成的湖泊波澜起伏；一座没有维度的青山，象征着达利生活多年的那个西班牙海边村落，利加特海港。一组造型充满肉欲的凉亭依次排开，一直延伸到天际。

"这就是超现实，没错吧？"背后传来个男人的声音，于是我转过身来。这个达利主义者的头发笔直挺立，标志性的小胡子抹了蜡，一直翘到胡子尖。他手里端着一杯产自火星的蓝色梅斯卡尔酒，看来喝了不止一杯。

"噢，不好意思。请问你想扮成谁？一只驴子吗？"

"抱歉，你在说什么？"我回答。

这个男人的上半身在左右摇晃，双脚却像在红色沙滩上一样岿然不动。

"不，等等，我再看看，你是只狮子对吧……"

在我看来，这不仅仅是梅斯卡尔酒的缘故。幻想症是一种典型的火星疾病，属于一种轻度脑炎。据文献记载，在认知能力不发生变化的前提下，患者对事物的理解常常发生混淆。这种疾病导致神经系统进入异常的高度兴奋，据说还会赋予患者心灵遥感的能力。当然，最后这个特异功能从未得到证实。

我实在不能想象自己在他眼中是什么模样。他似乎觉得这相当搞笑。

"我从东京来，"我说，"我是——或者说，我曾经是——薇薇的精神分析医师。您给我寄了一封信——"

"哦，没错，医生。远道而来，欢迎光临。我就是无人不知的火星达利。您在派对上玩得开心吗？别急，薇薇很快就会来陪我们了。"

"挺开心的，派对很棒。"我回答。虽然知道来这里，就意味着我能再次见到薇薇。可事到临头，我却发现自己心里有些踟蹰。

"吉尔伯特应该就在这附近，这一切都是他的主意。你应该会想见见他。"

"我记得他不在名单上，"我问，"他是其中的一位……候选人吗？"

"噢，你说那份名单。所以你现在就打算开始工作吗？"达利被一个年轻女子分散了注意力。她戴着死亡面具，穿着特意展露胸脯和臀部的紧身衣。达利的目光正在她身上流连忘返。

"是的，"我回答，"我想尽快开始工作。当然，如果能换回日常装束，我做事会方便很多。"

"噢，没问题，"达利说，"你刚刚提到的'候选人'应该都在酒吧里。"他指了指边上那栋像蜗牛壳一样的建筑物。

"谢谢您。"我向他道谢。可达利已经朝那个戴着死亡面具的女人走去了。

换回西服，我就动身去酒吧了。宽阔的螺旋回廊上摆着座椅，而拱顶上则挂着盛满梅斯卡尔酒的皮囊。有几位客人已经喝醉了。如果按照达利的说法，他们就像"泡在香槟里的蜗牛肉"。

我在凹陷的墙边找了个座位，好听清候选人之间的对话。在我这个旁

Yoshio Aramaki

观者眼中，他们就像一只猪在鹅群里大闹天宫。他们的只言片语都在含沙射影，一句接着一句。剑拔弩张的氛围也没有维持多久，平静很快被打破了。

屋子里吵嚷得最凶的是平克托，他就是鹅群里的那只猪。我是从流体学家伊舍伍德教授口中听到平克托的名字，他俩是达利候选人名单上的前两名。

"不，不，不！"平克托叫嚣着。他身着罩衫，头戴贝雷帽，打扮得像那位艺术家的自画像。"你大错特错。这种对机械的厌恶可以追溯到我的先祖，萨尔瓦多·达利。他是真正不遗余力的科技批判家。正是因为我对此领悟得分毫不差，薇薇才会对我如此倾心。因此，所有的投注赔率都显示，我会被她选为夫婿。我的胜率是 92.4%。不得不说，这是非常客观的估算结果。"

"蠢货，"伊舍伍德反驳。他坐在平克托桌对面，穿着毛线衣，外套着一件灯芯绒夹克。

"你这个口无遮拦的蠢货！"

"什么？"平克托从椅子里蹦起来，双手撑着桌子，对他怒目而视，"你只是个爱吹捧科学技术，为了溜须拍马上蹿下跳的猴子。你从未得到薇薇的爱，而我们却随时都可能宣布订婚。听着，薇薇的丈夫会是我平克托，火星的天才艺术家——那位活生生的萨尔瓦多·达利在火星的化身！"

平克托坐回椅子里，用手镜小心梳理着自己的头发。伊舍伍德死死盯着平克托，他的手里端着一杯梅斯卡尔酒，气得双手颤抖。突然，酒杯发出清脆的声响，裂成了碎片。伊舍伍德被划伤的手上，血液喷涌而出，流到了桌布上。

"噢，"平克托说，"这桌布真美啊！我应该把这张桌布带去参加我的下一次展览。"

那张桌旁还坐着两个人——美发师博卡乔和电影演员马丁。他俩都幸灾乐祸地笑了，而平克托却故作严肃地说："我会叫这作品：《嫉妒的驴子，它的尾巴被铁蹄踩住了，还去惹怒天使》。"

"真荒唐！"伊舍伍德站起身，一脚踢翻他的椅子，离席而去。"先生？"我递给他我的手帕。"谢谢你。"他说着，用手帕包裹住自己的伤口。他回头瞥了一眼平克托："这男的疯了！"

"这是因为火星病，"我回答，"也许他只是失去控制了。我们可以坐下来说话吗？"

伊舍伍德点点头，在我对面坐下。"我从没见过你，"他说，"你从地球来吗？"我点点头，他说："你讲话的方式就像一个精神病医生。"

"我现在是个婚姻咨询师，"我说，"我曾经学过精神病学。但至少现在在地球上，已经没什么精神病诊所了，生意不太好啊。"

"我的名字是伊舍伍德。"

"我知道，"我回答道，"我读过你关于流体蛋白的文章。"

伊舍伍德眉角扬起，并没有被我扯开话题："你是来火星旅游的吗？"

"我在研究火星病，"我这么回答，是用了达利给我的掩护身份，"我想来这里研究这种能靠意志影响外物的现象。"

"对婚姻咨询师来说，这份工作有些牵强，"伊舍伍德说，"我觉得你应该是来火星帮薇薇考察求婚者的。你对此如何解释？"

我惭愧地低下头。我受到的是精神病学的专业训练，而不是高妙的间谍术。所以，我并不知道该怎么欺骗他。

"很好，"伊舍伍德说，"所以我是第一个测试者。告诉我，我的机会大吗？"

"我现在还没法告诉你。你需要进行笔试和面试，我会对比你和薇薇的测验数据。"

"你已经有薇薇的数据了吗？"

有一件事情是可以明确的，伊舍伍德的确深爱着薇薇。我只是提到她的名字，就能够让他醋意大发。

"在薇薇来地球学习的时候，我曾经为她单独诊疗。"我回答道。

"单独诊疗？"

"不需要过多解释这个，我们只是普通的医患关系，没什么特别的，"他的目光直视着我，而我发现自己像犯了错一样，红着脸澄清道，"她那时患有严重的科技恐惧症。地球和这里截然不同，那里到处都是机械。人们无法避免接触机器，因为在每个房间都有电脑、电视和摄像头。对于从火星来的普通人，这已经很糟糕了。对于薇薇而言，她那特别——"

伊舍伍德打断了我："没错，她的神经系统非常敏感。把她送去地球这个决定本身就是个错误。"

"但是你在科技领域工作。你不觉得你俩结婚可能会酿成悲剧吗？"

"噢，我当然不这么认为。不论有多艰难，我一定会和她在一起。"

"但你的对手们都不简单。并且，你确定她真的在乎你吗？此外，你的年纪都可以做她的父亲了。"

"我也不清楚，"伊舍伍德悲伤地说，"我的贝缇丽彩的想法比火卫一的构造还要神秘。"

"所以，她也没有完全拒绝你，对吧？"

他忽而深情地望着拱顶天花板："不，她只是像蒙娜丽莎一样，笑而不语。"我不知道他指的是达·芬奇的那幅画，还是达利的那幅画。

我们转移到伊舍伍德的办公室。那里是私人场合，方便进行正式的测试。我给了他主题统觉测验，改良版罗夏墨迹测试、高级联想测试、色彩分类测试和异常短句联想测试。在一系列的测试中，伊舍伍德都表现良好。通常，测试者都会对这些测试有抗拒心理，但伊舍伍德足够的坦诚友善，时不时还表现出孩子般的纯真。

在酒吧里，我险些要告诉他薇薇的故事了，但是他在我说出口之前打断了我。现在，时间拖得越久，我越难再提起这个话题。

那时候，我本会告诉他三年前我在东京给薇薇做理疗的故事。她第一次来到我的诊所的时候，还是初夏时节。我依然记得那天照进屋里的阳光，穿过窗外绿叶，洒落一地的翡翠。但好景不长，六月末，地球的高温和一氧化物就会把世界变成棕灰色。

那时候，薇薇还是诊所附近艺术学院的学生。她因为用一把古董短剑剖腹自杀被送去当地医院，之后又被转送来我的诊所。

看到薇薇的病历，病因就显得一目了然。她搭乘的那趟开往东京的航班发生了空难，薇薇受到重创。只有给她移植人造心肺和机械胃，才能保住她的性命。获悉薇薇患有科技恐惧症，她的外科医生向她隐瞒了手术的具体信息。即便如此，薇薇的潜意识还是推测到这个真相了，所以才会有剖腹的事情发生。

那时她才 18 岁，像蝴蝶一样美丽轻盈，而我刚从医学院毕业，才 27 岁。那时候，我连护士和秘书都没有，只能靠转诊介绍来的病人维持生计。我们立刻就坠入了爱河。当然，我清楚自己的处境，利用医患关系来占她的便宜非常不妥。不过，我放弃的原因不只是这些，更重要的原因是——我没有能让薇薇获得幸福的自信。这种想法很保守，但我当时还年轻，没有自己的立足之地，我的未来像浮云一般飘忽不定。

我照看了她一年多，帮助她走出心理阴影。或许，我当时应该把真相告诉薇薇——她所厌恶的科技恰恰是她活着的唯一原因。但我说不出口，因为薇薇的内心非常纤弱，就像精美的琉璃，一碰就碎。

我还帮助她处理了其他问题，其中最糟糕的当属她和祖父的关系。薇薇的父亲在她 3 岁的时候就去世了。不知道薇薇是怀疑还是有证据，她觉得达利和她的母亲发生了乱伦关系。之后，达利取代了薇薇父亲的地位，又掠夺了母亲对她的爱。我鼓励薇薇正视自己的恋母情结，并帮助她走出了自己的心理阴影。

当薇薇离开地球，回到火星的时候，我觉得自己再也见不到她了。而几年后，达利寄来了一封信。信中说薇薇已经 21 岁了，是时候结婚了，但她拒绝了所有的求婚者。达利认为她应当结婚，而我应该从他给的候选名单里，给薇薇挑个丈夫。虽然心里不是滋味，但一想到自己有机会再见到她，我就同意了。

第一位候选人到现在的表现都挺不错，他们的结合只有一个严重的问题。薇薇依然对科技望而生畏，而伊舍伍德的职业——流体学家——会自然而然地牵扯到机械问题。我试图委婉表达自己的顾虑，但伊舍伍德根本不理睬我，他还沉浸在自己的抒情诗里。

"平克托脑子里只有达利的财产，只有我才是真正爱着她。平克托画一张一英寸见方的画，就抵得上曼哈顿 100 平方英尺的地产。而我却不一样，薇薇是我生活的意义。对我而言，她就像火星红色沙漠里盛放的向阳花，常开不败。"

"但明眼人都看得出，平克托是更般配的人选。他比你年轻……请恕我直言，他比你俊俏得多。而且，作为一名艺术家，他的职业也不会对薇薇造成威胁。此外，他似乎对自己相当有自信，觉得自己一定会求婚成功……"

"所以，你也这么认为？但是，有些乐趣是只有我能够给她的。我会制造些有趣的小玩意，给予她无边的想象力的快乐。你瞧这个。"

他打开桌子抽屉，掏出一块柔软的时钟。那块时钟有点心盘般大小，软绵绵地搭在他的手上。他把它放在桌子边缘，时钟的外延就垂下来，向地板拉伸。

"这真奇妙，"我说着，用根手指戳了戳表盘，它便稍稍下陷。秒针在表盘周围不断转动，时钟也随之变形，"就像达利的名画《记忆的永恒》里面的时钟！"

"整块时钟都是用流体蛋白做的，"伊舍伍德说，"它被校准到比地球时稍短的火星时间，而且可以精确到毫秒。这块表必须保存在凉爽的地方，不然它会像巧克力一样融化。"

Soft Clocks

389

"这听起来似乎不太现实。"我说。

"如果使用无机结构，的确不太现实。其中的问题在于那些齿轮。这些齿轮必须与另一些齿轮相互耦合才能互相作用，而它们在重力或者其他外力的作用下则需要保持流动性。我们采用蛋白质组成分子水平上的通用连接器。此外，钟表内有 RNA 等信息转运组件，使得流体蛋白能够识别其他蛋白，并与之进行应答。"

"真是件相当复杂的玩意。"我感叹。

"这不仅仅是玩物，"伊舍伍德说，"在地球上，它有能力引发工业革命。也许你听别人提过——他们管这个叫'软体工程学'。我猜，这名词也许是某个记者的玩笑话。无论如何，这是一台能以几乎任何形态存在的内燃机——长如扫帚柄，扭曲如螺旋都可以。更别说在神经机械学掀起的巨变了。它能够像活体组织一样，将能量平稳地传递，让动作如行云流水般进行。"

我受到了启发："从精神病学的角度，我也能找到这种流体蛋白的用武之地。坚硬的机械与柔软的人体格格不入，但是……"

伊舍伍德似乎并没有在听："在工厂里，这种材料可以降低，甚至能够控制意外爆炸的威力。靠这种材料制造的汽车和飞机，可以变得无限安全。"当伊舍伍德提到飞机，我又想起薇薇。他继续自己的陈述："我们甚至可以建造模拟海豚游泳的潜水艇。靠着这些可以伸缩的机械零部件，所有精确到小数点后 6 位的标准要求都显得毫无意义。"

他兴奋地举起双手："这其中的可能性……其实已经超出了我们的想象。"

从那天开始，我和剩下的几位候选人一一面谈。博卡乔脑子不太灵光，也没什么想象力。那个演员马丁，则完全受虚荣和贪欲左右。而另一个候选人，知名运动员康拉德，则表现出对女性深深的敌意。

在第二天晚些时候，我面试了平克托。我先跟他聊聊天拉近距离，然后邀请他做正式测试。当他发现我能决定新郎人选后，似乎就急于给我留下一个好印象。但是在铁面无私的人性测试的探查下，我发现他是个只会夸夸其谈的梦想家，是个彻头彻尾的自恋狂。测试到最后，他朝我尖叫，并开始诅咒我。

在这些候选人当中，能配得上薇薇的，只有足够稳重真诚的伊舍伍德。他体贴的天性和薇薇细腻的感性人格相得益彰。他们之间唯一的问题在于薇薇的科技恐惧症。如果她嫁给伊舍伍德，对科技的恐惧很可能对她造成生命威胁。

这场派对持续了两天。当我完成与平克托的面谈，最后的客人走了。男管家将平克托带到门口，而我独自待在达利那大教堂一般的豪宅里。

我还没来得及沐浴更衣，管家就带着邀请函来到我的房间："我的主人希望能与您共进晚餐，不知道您是否愿意赏光。"

"悉听尊便。"我回答。

我随管家走到门厅，在一扇青铜门后，我看见一条向上旋转的楼梯，似乎不符合万有引力定律。当我走到近处看，才发现那条楼梯只是错觉。

这栋豪宅里到处都是这样的把戏。这里有许多不存在的房间，虚构的楼梯，伪装的回廊。这些虚幻的部分喧宾夺主，那些真实物件的造型反而都千奇百怪，显得如同虚幻的梦魇。

眼前气势恢宏的客厅，似乎在向客人的理智挑衅。脚下的方砖黑白交错，朝各个方向延伸，一眼望不到边。

"欢迎您，"达利说，"请坐。"他坐在一张窄长餐桌的一端，将他那根心爱的拐杖靠在红色天鹅绒扶手椅上。但我几乎没有注意到达利的存在。因为，薇薇坐在餐桌的另一头。

在我眼中，她美若天仙。她寸许的金色短发，整整齐齐地贴在头上；她的俊俏脸颊稍稍低陷，迷人的眼睛有些空洞；那大理石般白皙的脖子上，消瘦的肌肉清晰可见。很明显,她患有严重的厌食症。我朝她微笑,她也对我报以微笑,温柔的目光里似乎饱含欣喜。

我刚坐下,身下的椅子就忽然崩塌。我一个趔趄,椅子却弹回原来的形状,这种设计很明显不是给人坐的。

达利看着我笑了:"这是吉尔伯特先生的系列作品'讨伐机械时代'的一部分。你瞧,如果工具的实用性被剥离,艺术感就呼之欲出。这挺有趣的,你觉得呢?"

终于,我找到了一张能踏实坐着的椅子,开始了晚餐。

达利向我解释了,为什么达利家族的家徽是贝壳:"如果对于动物而言,骨头是它们的客观实体,而血肉则是它们的疯狂。大多数人虽然在旁人眼中玩世不恭,但他们的内心从未泯灭公正性。但是贝壳却是谜一般的存在——严实的外壳之下,疯狂才是它们的本质。"

说完他双管齐下,刀叉并进——眨眼间就将眼前分量惊人的牡蛎、贻贝、龙虾、螃蟹,还有海螺一扫而空。普通的大胃王,也许会在中途稍稍停下,让自己缓一缓。但达利的胃像个无底洞,从没停下过嘴。

可是,薇薇却一点也没动面前的食物。"祖父从来不会听我说话,"她的声音像橄榄油一样闪闪发光,惹人怜爱,"医生,求求您了,您难道不能说出你的真心话吗?"

我局促不安地笑了,不知道她指的是什么。

"这孩子啊,什么都想要,"达利顺手敲碎了一只大虾的壳,开始吮吸里面黄油般柔软的肉,"一直以来,她想要什么,我都会给她。"说完,他意味深长地看着我。

"我很抱歉,"我说,"但是——"

"不!"薇薇说,"医生,快告诉他!告诉他我只是想和你在一起!我希望你能带我一起回到东京!"

听到她的告白,我顿时茫然失措。对于薇薇这样情窦初开的少女,在心理治疗期间对医生产生迷恋也是很自然的事情。这算是精神分析过程中经常遇到的问题。但是，患者产生的这种感情通常浅薄而短暂。现在，薇薇需要一个像伊舍伍德教授这样父亲般的角色，忠诚她、深爱她、保护她。

"薇薇，我——"

达利扶着拐杖，站起身来。"薇薇！回自己房间去！马上进去，你听见了吗？"他又回头看着我，"医生，麻烦您给她开导一下，让她清醒一点。"

"不，"薇薇的声音越来越激动，"不，不要，不要这样！"她突然拿起餐刀，将它抵在自己的胸口上。我发现自己离她太远，就一把抢过达利的拐杖，用拐杖打飞了薇薇手里的餐刀。薇薇倒在椅子里，不停地抽泣着。

"还给我！"达利朝我咆哮着。我回过头看着他。拿走他的拐杖，就像我抢走了他的理智一样。他嚷嚷着，把拐杖从我手中夺了回去。

我早就知道拐杖具有生理和心理的双重意义。这个意象在萨尔瓦多·达利的许多画作中都出现过，是他用来支撑自己柔软世界的象征意象。达利和薇薇隔着桌子怒目而视，愤怒和嫉妒的火药味在他们之间弥漫，能擦出火花来。薇薇先从对峙中缓过神来，双手捂着脸跑出了房间。晚餐就这么不欢而散了。

我们都有自己的拐杖，我这么思索着。有些时候它们是强大的武器，有时候它们是危险的依赖品。

我找到了管家，问他薇薇哪儿去了。他告诉我薇薇刚刚开车去城里了。"她应该去了水仙花酒馆。艺术家们都喜欢去那儿。"他给我指了个方位，然后给了我一辆达利的私家车的钥匙。

酒吧的空气中，混杂着烟草、大麻、梅斯卡尔酒、亚硝酸异戊酯、β-咔啉的味道。屋子的中央，基里科主义者在安静地冥想。一对文着鸟与蛇的情侣，在找到座位之前，裸着身子在屋子里游荡。单色主义的先锋艺术家团体组成了两组活体雕像，一组水平卧倒在昏暗的角落里，另一组在光照下排成纵列。未来主义艺术家在屋子四周快速走动，嘴里嘟囔着一些我听不懂的简短语言。一位波普艺术家，浑身包裹在肮脏的绷带里，样子像个木乃伊，闻起来像只烂掉的香肠。

一位野兽派女性靠了过来，她打扮得像马蒂斯的《蓝衣女子》。"给我买杯酒水怎样？"她问。我点点头，示意侍者给她倒杯酒。"你是什么流派的？"她问。

"我就是我，你觉得呢？"

"糟了，你不是个艺术家。你们这些人都太现实了，没有理想，"她将苦艾酒一饮而尽，"噢，我的朋友来了。"当她离开时，我甚至感到些许欣慰。她走向一个行动时带着机械迟滞感的老头。那老头明显是个立体派艺术家。有传言说，野兽派画家迷恋野狼。这个念头闪过我脑海的时候，那个穿着蓝色裙子的女人转过头朝我微笑，露出了她犬齿上的獠牙妆。

我也得了火星病吗……我挪开视线。这里的所有人都受到了不同程度的影响。如果我在这里待得太久，相似的病症也会在我身上出现。这间酒吧让我想起自己在东京做实习生的那家精神病院。

"你也没有伴吗？"一个女子问我，"我能坐旁边吗？"

她的身体结实而美丽，穿着高更画作里的塔希提花裙，头发里还插着红色热带花卉。

"我们认识吗？"我问。

"我是卡门。前天我们在达利的豪宅里见过面。"

"哦，没错，你是一位接待员。其实今天，我是来这里找薇薇的。你见过她吗？"

"她和达利主义者一起开车兜风去了。"

"你知道他们去哪里了吗？我现在真的找她有急事。"

"放弃吧，这片沙漠太大了。放心，她会没事的。"

我选择相信她的话。如果薇薇和朋友在一起，他们应该会照顾她的。

Yoshio Aramaki

我给卡门买了一杯香槟，给自己点了瓶啤酒。这啤酒像老鼠尿一样难喝。虽然火星的侍者和啤酒花都不够味，但是啤酒酒精度数还是挺高的，我很快就变得晕晕乎乎的。

火星女人以风流成性闻名。卡门也是如此，她挪到我身边，臀部有意无意挨着我，叫我心猿意马。我独自一人漂泊万里，而她一心撩拨着我的欲望，比啤酒更叫人销魂。

显然，刚刚那杯香槟就把她灌醉了。"我必须要向你坦白，"她说，"我有个一直没戒掉的恶心癖好。我是个偷窃狂，我喜欢偷东西。"

……这并不是我想听到的告白类型，但我还是同情地点点头。

"那种负罪感相当强烈，"她说，"我每天都为此受到折磨。医生，求求你，把我抽一顿吧。"她边说边开始哭泣了。

酒吧里似乎没人在意这样的事情，只有邻桌的男人饶有兴致地说："你为什么不上去揍她一顿？她就是欠揍。"他戴着圆顶礼帽，穿着背心，留着胡碴儿，看起来斯斯文文。他朝卡门脱帽致敬："嘿，卡门，你这次是不是偷了什么值钱东西？"

"你这个小气的老浑蛋！"卡门喊着。

"你这个婊子！"

那男人将她从我身边扯开，他俩一起翻滚到地板上。那男人跨坐在她的腰上，背对着卡门。他掀起卡门的裙子，开始扇她那俊俏的臀部。我站起身想将他拉开，却被那个蓝衣女子拦住了。"那是卡门的皮条客，"她说，"你最好少管这事。"

皮条客打开她的钱包，边摸索边说："这婊子专偷最破烂的东西，这玩意是什么？"他从钱包里扯出的东西像口香糖一样，缓缓从他的指缝间滑落。

那是一块伊舍伍德的柔软时钟。

"你才是个贼！"卡门哭喊着。那个男人猝不及防，被卡门夺下时钟。卡门把钟表丢进嘴里，她才嚼几下，便将那块钟表咽进肚子里。

看来，和卡门一夜风流的计划已经不太现实了。但是，她刚刚给了我一个启发。我跑去打电话，把这个点子告诉伊舍伍德教授。

第二天早上我醒过来的时候，脑子还是昏昏沉沉，肚子还有点想吐。我没料到火星啤酒的后劲会有这么足。我冲了个热水澡，然后脚步一深一浅，走下楼梯。我刚好赶上早餐。达利已经开始狼吞虎咽了，他看起来心情相当舒畅。

"你要不要一起尝尝这个？"他问我。

看到他的盘中餐的时候，我不知所措。我的本意，是让伊舍伍德把那些柔软的时钟给薇薇吃。现在达利盘子里的，一定是从薇薇那里拿来的。

我别无选择，接受了达利的盛情邀请。我从盘中挑出了一块小怀表，把它吃了。这块怀表尝起来丝丝凉爽，还有点生脆，就像英式小麦饼干。

"我喜欢在早上就饱餐一顿。"达利说。他的厨师端着托盘，将一块热气腾腾的闹钟送了进来。虽然这块闹钟已经软化摊开，溢出了盘子的边缘，但上面的时间依然分毫不差。

达利先用叉子戳了戳闹钟，就好像先将它处死。然后再用挥舞着的餐刀，将闹钟切割成能被一口吃掉的大小。他红光满面，充满喜悦。棕色的酱汁从达利的嘴边滴落，弄脏了他的餐巾。"医生，这味道可真棒啊！"

"也许，"我提议，"薇薇也会想尝一块时钟。"

"我一点也不想吃。"薇薇说。

"求你了，薇薇，"我向她祈求，"这是伊舍伍德教授的礼物，他特别叮嘱我，要让你尝一尝。"

"不，"她说，"我一点食欲也没有。我已经告诉你了，我一点都不想吃！"

我原本打算用柔软的时钟，改变薇薇对科技的成见。因为，这些时钟样子讨人喜爱，而且看起来人畜无害。我本寄希望于让薇薇接触这些时钟，慢慢克服自己的科技恐惧症。但我没有考虑到她的厌食症对此的强烈抵触。

午饭和晚饭，她再次拒绝吃伊舍伍德的时钟。薇薇对这些柔软时钟的强烈厌恶，让我觉得她随时可能会用叉子自杀。为此，她的私人理疗师不得不替她静脉推注，通过注射蛋白质来维系她的生命。

第二天，我返回了地球。但我还没有放弃，我有个压箱底的计划。伊舍伍德把他所有的笔记和流体蛋白的各种样品都给了我，而我将这些材料带到索尼研发中心实验室。流体蛋白和活体组织相似程度极高。如果能用流体蛋白制造的器官，取代薇薇体内的机械人造器官，她潜意识里的自我厌恶也许能得到控制。而手术后，她对伊舍伍德的感激之情，也能够确保他们走上红地毯。

事不宜迟，我必须立刻行动。因为如果薇薇的厌食症加剧，她也许连注射针剂都会拒绝。而这样，她必死无疑。

索尼的科学家们，为我给他们带来的材料欣喜若狂。一周内，他们就开发了器官原型。他们还对器官做出调整，使得它们能尽快被植入人体。此外，伊舍伍德的专利也得到了申报。凭借这些专利，我保证能让伊舍伍德成为百万富翁。

一切都安排妥当了。我闲下来，坐在办公室里，一个人喝热奶昔。奶昔的味道一如既往，苦涩而香甜。我又想起薇薇。我大概已经拯救了她的生命，我还给她挑选了合适的爱人。我……我明明已经完成自己的使命了。

可是，为什么我的心里会这般苦涩？难道说我还深爱着她？难道说，我们的感情不只是幼稚的冲动？

但是，如果我真心爱她，就更应该为她的幸福着想。我能看到薇薇穿上婚纱的幸福表情，她会和伊舍伍德一起度蜜月。而我会给这对神仙眷侣饯行，给他们最诚挚的祝福。

我很快意识到，自己的任务还远没有结束。我收到了一封薇薇发来的电报。"祖父疯了，火星正在融化。"

我在空无一人的航天飞机站，见到了等着我的伊舍伍德。我钻进他的吉普车，一起驶进火星的沙漠，驶向达利的豪宅。

"发生什么事情了？人都哪儿去了？"我问他。

"他根本不应该吃我的柔软时钟，"伊舍伍德回答，"事情出乎每个人的意料。这成了一场灾难，这是个大灾变！"

沙漠正在融化，改变着自己的造型。它塑造出一组彼此相拥的人像，它们陷在齐腰深的沙海里。在女人像软化崩落时，一株扭曲的树木拔地而起，支撑住她的头像。我意识到这其实不是树，而是一根拐杖。而这一幕场景正出自萨尔瓦多·达利的作品《秋天的自相蚕食》。

"只是因为流体蛋白和达利的消化液相混合，和他全身的化学物反应。随着时间推移，他体内的流体蛋白吸纳了达利的遗传信息。现在所有与流体蛋白接触的东西，都变成了达利的一部分，成为他的疯狂的一部分。"

"这是火星病造成的，"我说，"达利现在能够通过心灵遥感，操纵整个沙漠。"

"这并不是控制。"伊舍伍德说，"确切而言，是沙漠变成了他潜意识的盛大剧院。"

吉普车开始变得颠簸，车轮下的沙地逐渐起伏不平。我在吉普车的座位里陷得越来越深了。看来是柔软时钟的缘故，这辆吉普车也开始软化了。伊舍伍德喊着："不！"他把吉普车开得更快了。吉普车加速后，轮胎和地面的接触变少了，软化现象也消失了。

"整个时空构造现在都受到了影响，"伊舍伍德说，"达利开始疯一般地进食。当他的疯病扩散时，整个疯狂的世界都变得可食用。他吃得越多，状况就越糟糕。现在，他已经开始吞噬时间了。"

薇薇站在达利的宫殿外等我们。她周围的空间，像一座固态的孤岛。我刚迈出吉普车，薇薇就朝我奔来。她拥抱住我，却很快放开了手。"你来了，"她低声说，"你没事真好。"

"我当然会过来。"我回答。她比上次见面时候，又消瘦了不少，现在

Yoshio Aramaki

几乎只剩皮包骨头了。然而，薇薇依然红光满面，这种精神上的美感是我不能否认的。

我回过头，望向沙漠。一群巨象在一匹白马的带领下，朝我们奔驰而来。它们的腿不可思议地拉长、变形，就像蜘蛛腿一样。我认出来这些动物来自萨尔瓦多·达利的作品《圣安东尼的诱惑》。

"我们还是进去里面吧，"我说，"你祖父在哪里？"

"他在吃东西，"薇薇说。伊舍伍德向房子跑去，我牵着薇薇的手，领着她跟在我们后面。

"他在吃什么？"我问。

"祖父把所有能找到的东西都吃了。书桌、椅子、床……他把电话都给煮了。现在他开始吃客厅的墙，很快就能把整个房子吃掉了。"

我突然注意到这座房子。达利曾经预言，这栋建筑在未来会变得柔软而多毛。现在看来，至少这个预言成真了。我看到墙壁开始软化膨胀。墙壁轻轻地起伏，就好像在呼吸一样。而一些漂亮的黑色毛发也从墙壁和天花板长出来，我转身避开了它们。

"达利先吃掉这座房子，"伊舍伍德说，"然后会是整个星球，也许整个宇宙都会被达利吃掉。"

在看到达利之前，我都不敢相信他的话。

他大概有十英尺高，双腿盘坐在那里，头已经快碰到了天花板。我们进来的时候，他正在那里啃食壁炉。

"医生，你回来了，"达利说，"你会跟我一起吃吗？"他递给我一块椅子腿的残骸。

"不了，谢谢。"我说。

他带着超越饥饿感的热情，继续进食。他进食的目的是满足自己无止境、无意识的贪欲，而不只是填满他的肉体。这就是终极物质主义，最终极的欲望就是去征服、去控制、去占有。让整个外在世界，都变成他达利身体的一部分。

"火星已经变成了达利从先祖那里继承来的梦幻世界,"我对薇薇说,"萨尔瓦多·达利的儿时梦想是成为一个厨子。当他长大后,他开始憧憬拿破仑。而我们的火星让达利将这两个梦想都实现了,他变成了一个贪得无厌的帝国主义者。对他而言,世界不仅仅是用来征服的,也是用来吞噬的。"

我脑海中浮现出星球一样巨大的达利,飘浮在空间里。他手里的火星像一只苹果,已经被他啃到了核心。

薇薇摇摇头。"这太可怕了,"她说,"吃这么多,变得这么巨大。他怎么能吃得消?"

而我找到了解药,薇薇的厌食症正是达利的疯狂的解药。

这合乎逻辑。一般来说,神经性厌食症与患者的空间意识失控有很大的关系。我诊疗过的一名厌食症病人,会因为别人走近她的身边而感到羞愧。当她待在父亲的餐馆,只要有顾客碰到她,她就会陷入极度的自我诅咒中。随着病情的加重,她从羞于身体接触变成羞于看到陌生人。最后,她甚至不能看到碟子之类的非动物性物体。

薇薇对于跨进自己领域的事物的恐惧,正好是她祖父贪欲的对立面。

薇薇对达利的个人感情也是这样。其实,我现在才留意到,她的这种厌食症是对于祖父的俄狄浦斯式憎恶的替代品。随着薇薇成长,她内心的封闭世界开始触及外部世界。餐厅在这个过程中,扮演了重要角色。接受家人给的食物,就像取得家人的信任一样。但是在达利家的餐桌,充斥着达利的贪欲与薇薇对他的恐惧,与正常的成长空间相去甚远。

这一切矛盾,都在移植人造器官后瓜熟蒂落。厌食症只是科技厌恶症的另一种形式,是薇薇对外界世界的排斥的表现。因为薇薇的潜意识发现异物——人造器官——进入她的身体。这样的矛盾开始将她撕裂。她抗拒的不只是食物,还有她的新郎人选,还有任何试图跨进她领域的人。

"伊舍伍德教授,"我说,"你还有那种柔软时钟吗?"

Yoshio Aramaki

"其实，"他不情愿地说，"还剩一只，我留着打算把它当纪念品。"

"你必须把它给我，这是我们唯一的希望。"达利已经将房子后半部分吃了个精光。他现在开始吃前院的家具，体形也越来越巨大。几分钟内，他就会闯进沙漠里。

伊舍伍德将时钟递给我。这是块涂着红色瓷釉的小挂钟，不比我的手掌大多少。薇薇似乎猜测到即将发生的事情，从我身旁闪开了。

"薇薇——"我说。

"不，"她说。我把这块柔软的时钟放到她手中。"我看到它就感到难堪，"她说，"这太羞耻了，让我无地自容。"

"薇薇，你必须坚强起来，你必须把它吃掉。""不，我做不到。这太羞耻了，我宁愿死也不愿吃。""这不仅仅关系到你的生命，也关乎火星上每个人的生命，"我略微迟疑，而后平静地说，"当然，也攸关我的性命。"

"好的，"她哭着说，"我会照做的。但是，伊舍伍德教授必须转过身去。"

"教授，可以吗？"

"好的，没问题。"

伊舍伍德转过身去。薇薇缓缓将时钟送到嘴边。她的脸因为羞愧而变得通红，她的眼睛里也噙满泪水。我也把目光移开。当薇薇像吃曲奇饼一样，轻轻咬下去的时候，钟表还在嘀嗒嘀嗒地慢慢走。我用眼角余光看到她努力将钟表递到嘴边，然后一点点啃食。

"都要吃掉吗？"她问我。

"能吃多少吃多少，至少再多吃几口。"

当我再回头看她的时候，薇薇已经吃掉了一半。秒针转到被啃掉的部分，就忽然消失了，半分钟后又出现在另一端的边缘。薇薇摇着头看着我："我再也吃不下了。"

"很好。薇薇，我现在需要告诉你一件事情。教授，你也有权知道这件事情。薇薇，几年前你去地球的时候，发生了一起严重的事故。你在外科住院了很多天。""这和这件事有什么关系——""别打断我，这我也很难说出口！"我的手心开始出汗，"为了拯救你的性命，你的心和肺——"

"不！"薇薇尖叫。

"还有胃，都需要器官移植——""不！"她试图跑开，但我抓住了她的胳膊。"——它们都被人造器官取代了，都是些机械的组件——"我说不下去了，因为薇薇的尖叫声太大了。我放开薇薇。突然，她痛苦地闭上眼睛，喉咙开始蠕动，她的机械肠胃开始抽搐。我连忙给她让出一条路。

她跑去盥洗间，猛地关上了身后的房门。门关上的声音就像肉块碰撞一样。当我们听到薇薇猛烈地呕吐的时候，我看着伊舍伍德。

"你是故意的，"伊舍伍德说，"流体蛋白已经和她的消化液相混合。薇薇也将她的厌食症传染给整座房子，就像之前这栋房子被达利的暴食症所影响一样。"我朝伊舍伍德笑了笑："现在，战斗开始了。"

我们跑出达利的豪宅。我看着远方，看到 30 英尺高的达利，正奔向融化的沙漠。他还在不断吞噬卵石和大把大把的红色沙砾。

"医生！"我听见伊舍伍德呼喊，我跑到他所在的池塘边。我看到一个全裸的女子面朝下漂浮在水里。她的身体已经变得柔软，手指和脚趾也已经融化，变得就像纤细的触须一样。我帮着伊舍伍德将她的身体拖到岸上，让她仰面躺着。

是卡门，酒吧里的卡门。

"她一定是回来偷更有价值的东西了。"我无法移开自己的目光。她柔软的躯体是那么成熟丰满，妖娆多姿，撩人情欲。她那对圆滚滚、白花花的乳房轻轻摇晃，令人血脉偾张。她柔软无骨的大腿，有些痛苦地扭动着，不停摩擦着那团潮湿的黑色阴毛。

伊舍伍德也被这场景俘获了。他在她身前弯下腰，轻轻触碰她的一只胳膊。他说："她的骨头都还在。"

"正如达利所言，她依然拥有自己的'客观存在'。我们还有时间拯

　　　　　　　　　　　　　Yoshio Aramaki

救她。"

"如果是她的话，也许有救，"伊舍伍德说，"但是平克托呢？"

他指着沙漠，顺着那个方向，我看到沙丘间，高举着一只巨手。巨手里握着一个破碎的蛋，蛋里长出一朵鲜花。只有巨人才有这样的巨手，而这位巨人蹲伏在沙里。这幅场景来自萨尔瓦多·达利的名画《那耳戈索斯的变形》。而那蹲伏着的巨人，长着平克托的面孔。

我看到平克托张着嘴，似乎想说出"救我！"这句话。但是，这一切已经太迟了。

薇薇走出这个现在已经重归坚实、丧失生命力的房子，走到门廊上。固态化的波澜从她身边蔓延开，逐渐扩散到沙漠里。卡门撑起身子，坐了起来，问我们："我在哪儿呢？"

"你很安全，"我说，"你现在是安全的。"

最后，他们在月沼的沙漠深处找到了达利。达利已经凝固在了那里，变成了足有 100 英尺高的巨人，成为萨尔瓦多·达利的早期作品《画架前的自画像》的复制品。

薇薇和我一起回到了地球，接受了器官移植手术。用流体蛋白制作的活体器官替换了她原先的机械器官。术后，她立即开始恢复体重。虽然这只是象征性的治疗，但疗效显著。我之前的病人是通过扁桃腺切除手术被治愈的。

虽然薇薇并不爱伊舍伍德，但她很愿意遵从祖父的遗愿，嫁给他。可伊舍伍德教授却移情别恋了。这也许是因为在达利家，在那个疯狂故事的最后，薇薇让他转过身不看她。也许是因为别的一些事情。不论如何，他现在爱上了卡门。据我们听到的最新消息，比起诗人，他现在活得更像个斗牛士。

最后，说到薇薇和我自己。我不再纠结，听从了自己内心的呼唤。我完成了达利的委托，选择自己作为薇薇的新郎——而这个决定皆大欢喜。

也许将来，我们会有孩子。那时，我们会带他们去火星，去看看他们曾祖的雕像。但是现在，我们的幸福生活才刚刚开始。

　　大卫·R.邦奇（1925—2000）是位多产的美国小说家、诗人，尤其擅长短篇小说。他的真名可能是大卫·格鲁普（David Groupe），是美国空军的一位制图员。邦奇和新浪潮运动的联系要归功于哈兰·埃里森编选的小说集《危险影像》。邦奇的小说和 R. A. 拉弗蒂、斯特潘·查普曼、库尔特·冯内古特的作品颇有相似之处，只是他的行文更加有力、更富有动感。

　　尽管知名度不高，但邦奇肯定是 20 世纪 60 年代和 70 年代科幻领域最独特的作者之一。在转而创作臆想小说之前，他的大部分作品发表在文学杂志上。他的科幻处女作《例行突发时间》（*Routine Emergency*, 1957）发表在《如果》杂志上。《蓝色高空上黑色天空列车疾驰而过》（*That High-Up Blue Day That Saw the Black Sky-Train Come Spinning*, 1968）刊登在《奇幻与科幻杂志》上，这是他最出色的一篇小说。富有冒险精神的赛丽·戈德史密斯非常青睐邦奇，在她任编辑期间，《惊奇》（*Amazing*）和《奇妙》（*Fantastic*）刊登了许多邦奇的小说（《奇妙》杂志还刊登 J. G. 巴拉德的作品，哈兰·埃里森认为那些作品对大众刊物来说太超前了）。

　　邦奇本人在 1965 年 6 月的《惊奇故事》上写了一段很有名的话，"我写作不是描述未来或解释或娱乐的。我是要让读者思考，为此不惜打掉他们的牙，打断他们的腿，碾轧他们，把他们打趴下，把全世界可怕、庸俗、糟糕的东西都怪在他们头上……低级读者只想看到庸俗老套的情节——我爱这样的读者，但是我对他们的恨更甚，这种恨甚至超出了全世界的怜悯。这样的读者不是我要的。我要的那种读者愿意面对痛苦，能勇于对这种情节打个大叉。而且读者会和我一样明白，有时候阅读必须付出沉重的代价……太空会疑虑重重地看着我们，无数星系冲着我们皱眉，宇宙不怀好意地斜眼看着我们这个充满冒牌货的小星球"。也许《二十世纪科幻作家》（*Twentieth Century Science Fiction Writers*）一书中对邦奇的作品的评价是对的——小说里总是"充斥着各种各样的愤怒"。

邦奇最新的小说选集是《邦奇来了！》（*Bunch!*, 1993）。而他的第一本书，即他的代表作《摩德兰》（*Moderan*）却是在1971年出版的。这是一部多视角小说，由互相关联的寓言似的故事构成，以一种超现实甚至实验性的手法写成。这些有关"摩德兰"的故事描述了一个核毁灭后的虚构未来世界，那里充满了自动机械和工厂，人类也被改造成了半机械人，地球的表面全由塑料构成了，人类都生活在地下。

"摩德兰"的故事可以说是前无古人，后无来者的。它紧凑的叙事和螺旋般的结构有时候类似散文诗。而且在它们超现实的外表下，故事传达出了大量的信息。唯一能与之媲美的就是斯特潘·查普曼的《三套车》，这个故事讲的是一个名叫阿历克斯的人被改造成了机器。"摩德兰"的故事之所以引人注意，也是因为随着人类在地球上的作为，他们和资源紧缺的世界联系越来越紧密，同时也对气候变化提出了警告。

《三个摩德兰人》是长久以来再版的邦奇作品的第一篇。希望不只是"摩德兰"系列有望再版，邦奇的其他作品也可以和读者早日见面。

△　　　▲　　　△　　　△

不得有裂痕和凹陷

-

有时候，在我们伟大进化的边缘地带，我们的脑子会回溯一些过去的事情，这些事看似无关紧要，但是在回忆的时候却会变得出奇的重要。我来到摩德兰的那天，看到的是修剪整齐的层层田野一望无际地铺开，长腿的机器在其间行走。事实上它们是一些巨大的黑色圆筒，架在金属制成的大腿和小腿上摇摆旋转。这些奇怪的黑色大怪物摇晃着大长腿和圆筒的样子仿佛十分漫不经心，有时候似乎又很不自然，动作很夸张，而且有些毫无疑义的冷漠。随后，我既没有看出任何信号，也没有听见任何声响，其中一个机器就跑到某个地点，向前弯一弯腰，然后似乎很开心、很专注地从圆筒里朝地上发泄自己的怒气。这些两脚机器一旦开始，就会用圆桶前端连续半个小时甚至45分钟敲打那块地方，而且越打越用力。等它们打够了，打得圆筒前面沾满了泥巴，机器就直立起来，回到一旁等待游荡的机器中，别的机器也当这期间什么都没发生。

如果两个机器选择敲打同一块地方，那就好玩了。

两个机器都同时弯下去敲打地面，都瞄准同一个地方，然后它们几乎一半的时候是在互相敲打，另一半时候是在敲打地面。监工看到了这样滑稽的击打，走过去狠狠拍了拍两个机器的后半部分，打乱了它们的节奏，然后它们就掉转圆筒走开了，仿佛根本不想做这个事一样。这份工作只奖励给1/3的机器，这是一种检修机器，它们各自就位，到处检查修理，仿佛世界还是全新的并且能让自己开心一样，嘿嘿喽！假日，假日，走走走！

"哪个走，哪个留？"我问那个监工。我的声音像小孩一样充满好奇，我的眼睛就好像旧时候的青蛙眼睛一样鼓鼓的。

"时间走，生命留，嘿嘿喽，"他背了一句。然后他又说："你是谁？你是喜剧演员之类的吗？什么叫'什么走什么留'？"

"哪个走，哪个留？请解释一下这些阴沉古怪而且可笑的行为，我希望有人能介绍一下，我想了解情况。但是我在这儿只看到闹剧。还有别的吗？"

"还有别的吗？有啊！"他凑近了看我，"怎么了？你是从外面来的啊？从旧时代来的？"他突然说："可能你真的什么都不明白。可能你就是想说'什么走，什么留？'"

　　　　　　　　　　　　　David R.Bunch

"我是说哪个走，哪个留！"我握紧了拳头，我觉得自己马上就要进入先打人再说话模式了。

"你从很远的地方来？"

"确实够远的。时间和地理上都远。我从凄凉的希望中来；从枯萎的梦境中来；我从泪水中来；从麻烦中来。是的，我来自很远的地方。而现在，我要在这附近找到自己独一无二的目的地，希望我的路程没错，航线最好也在他们给出的傻瓜图表上。至于说这些两条腿的机器，在我看来它们就是用来搬运这些大圆桶，然后随时跟土地来一发，每个行为都随机，也没有任何实际的目的。"

"你很健谈。为什么不再多说点呢？直接说事实，把你想的东西说出来？你可以更像那些机器一点吧？你能看出来，当它们收到信号，就不会去打灌木丛。它们只是去指定位置，然后'砰砰砰''乒乒乓'，完成了。"

"什么工作？什么完成了？"

"它们是要把污染物埋起来。为了消除癌症。嘿嘿嘿。"

我向他靠近，准备好把他一拳打倒。然后我看到他神情很奇怪。他用闪闪发光的眼睛看着我，那样子看着不像人类，更像是机器人。"这里是摩德兰，"他说，"我们在这里建造新的国度。当这些机器发现地上有松软的土壤时，它们就冲过去夯实。我知道它们看起来像是随机行动，对周围漠不关心。但其实不然。它们站着不动时，其实是在对远处的物质进行取样，应该是这样。你看，它们的脚很敏感。有内置机械。如果在它们探测范围内出现松软的地面，它们就会通过脚上的传感器感觉到。然后走过来。它们可以从空洞的地方感觉到震动。它们在编程时被设定为不能容忍空洞。一旦感觉到有空洞的地方，它们就会冲过来，狠狠地挥动沾满泥巴的大圆桶。我说'空洞'是指看起来不如表面那么坚实的地方。"

"噢，没错！空洞很重要吗？"

"非常重要，"他冷冷地看了我一眼，"你最好跟我来。我可以暂时不管这些机器。它们都编好程序了,我真正需要做的只是计划好自己的时间。还要应付突发事件,比如,两个信号在探测区域重叠了。这种事情很少发生,但还是会有,噢噢!小心!你也看到了,有时候会有两个机器傻头傻脑去敲同一个洞的这种搞笑情况。(我说'洞'是指看起来不如表面那么坚固的地方)坚固耐用的工程,那是你真正想要建造并且必须要建造的东西之———必须首先把洞好好夯实。"他是认真的。我看得出来他没开玩笑。

我们坐上他用来检查工作进度的襟翼式空气摩托升空。放眼望去我只看到一片平地。到处散布着大圆桶机器人,我所见到的这片棕黑色斑斑点点的平原上,3/4 的地方都有这些深色机器摇摇晃晃呆滞行走的身影,刚才我也听说了,它们是在以极高的效率完成很重要的探测工作,并夯实地上的空洞。在远处靠近地平线的地方,也就是那群机器的最边缘处,我看到棕黑色渐渐变成灰色和灰白色。他递给我一副望远镜,我对准那片灰白色。

"新的冰川期!"

"完全不是!"他回应说,"如果你坚持认为是冰川期的话,那我只能说准确来说不是。但是冰川期对生物有好处,没有坏处。你坚持说是冰川期——那就继续坚持吧!眼下的这个冰川期,你绝不会看到冰盖过岩石,也不会见到它冻住猛犸象的骨头。这个冰川不光可以搬运污物,还可以封住它们。你看到的是塑料,我曾经以高级卫兵的身份去过。当时我和这群机器展开了一场友好而且异常激烈的竞赛,简直是拼死对决,仿佛输了就会被恶魔抓走一样,最终我们爬上了那边灰色的边缘,而且很有收获!"他很满足地咧着嘴笑。要不是我早知道他是大人物之一,我肯定会怀疑他只是个混蛋监工,仗着对这份活计略知一二来找满足感。但是他显然不是那样的人。他是计划者,是世界大计中负责活动、煽动、安排的人。至少也是地表部分的活动家、煽动者、计划负责人。

"为什么——什么——"我结结巴巴地说。没错!我上当了,有生以

David R.Bunch

来最为彻底、最不情愿地被骗了。

他目光炯炯地盯着我，几乎要用力把我看穿。看起来他仿佛是在很艰难地判断我这个人究竟是否存在。总之我产生了这样的印象，他目光如炬。最终他说："喂，你已经被清理干净了，对不对？"

我回忆起这一路上连日来遇到的关卡和卫兵。在这个地区的边缘之下很远处，是一片被破坏的老旧事物，我想起那场艰难的交叉询问和测谎仪，还有探测器，是探测……"我想我是净化过的，"我回答，"不然的话怎么能走这么远呢？一路上都有机械鹰似的东西跟着我，我拖着两条腿慢慢走，它们就一直在空中盘旋……我以为是你们不敢冒险接触下面的那些东西。"

"我们是不敢冒险！你有的话就赶紧给我看！"

我拉起袖子给他看印在我前臂上的两个亮橙色 M，那是之前在净化关卡印上的。我猜他是想看这个，没错。"你净化过了！而且不只是净化过！"他凑近了看那个 M，"可能你现在还不明白，不过你远不止是净化过！"他语气中有点佩服的意思，我觉得应该不是装出来的。嗯，他应该是当真的。他指着每个 M 下面较小的符号挺开心地说："你可能不知道这是什么意思，但是我知道。我真的知道。"然后他摇摇头，我觉得应该是难过的意思，似乎是想起了某些往事。"太久了，"他低声说，"太久了，那么多座桥在洪水、火焰和各种灾难中倒塌，最终那个东西出现在我面前。而你——你完全没问题！你很年轻，很显然已经通过了颜色各异的各种测试，然后嗖的一下突然出现。我估计你身上肯定盖满了章！都被衣服盖着了！"

"是啊，他们给我盖了很多。然后让我走了。还给我指路，送给我地图和各种表格，说'沿着这条路走。它们还在建造中，你肯定会按时到的'。他们说的是那个吗？"

"不。对你来说不是！我是干这个的。我是摩德兰最早的居民。但是我太老了，这个大好机会出现之前我就已经被时间拖累并重创了。而你，你还年轻，还很好，而且已经准备好了。我现在就能告诉你，只要你能挺过那些手术，就会成为要塞的主人，精英中的精英。你一定可以的。我也接受了那些他们授权的手术，我还好好的呢。你将会获准实施最大限度的手术。M 下面的那些小标志已经告诉我了。恭喜你！"他放开襟翼式摩托双手握住我的右手。那真是非常用力的一握！

过了一会儿，我们回到起飞前的地点降落了，又有两个圆筒机器人在敲同一块地方，他冲上去往两个傻机器人后面颇有节奏地各拍了几下，问题就解决了，跟我上次看到的一样。"这个点很不好，"他回来之后说，"这个地方的探测区域有点问题，你能感觉到是有点凹陷，而且范围挺大，所以螺旋的部分混在一起了。其实不是机器人的问题，完全不是，它们只是按程序设定做事。"

"你真的很了解。"我说，因为直觉告诉我，眼下他就是个普通工作人员，一个牺牲品，可以受一点表扬。

他骄傲地挺起胸膛，露出一道凹陷："你知道吗？这个诀窍就是我本人发明的——用特定节奏拍它们的屁股。打乱它们的节奏，干扰连接，然后它们就会无所事事地瞎逛一阵子。不过只要过一小会儿，它们就会恢复，程序就会重新建立节奏，然后它会再次勤奋地锤地。"

"不管怎么说，这招很有效，拍这群捶地机的屁股，让它们举着大圆桶迷迷糊糊地瞎晃荡。这算是显示了人的权威啊。但是——嗯？"

"对！我一个人想出来的，其实是偶然发现的。我看它们工作的时候滑了一跤，摔到了一台机器上，于是我挥舞胳膊想保持平衡。然后我就发明了这个方法。当然是违反流程的。我说！你应该知道发生这种事的时候正确操作是什么吧。填三十来张表，写清楚发生故障的准确时间、地点，再写上我认为为什么会发生故障。在我立刻把两台机器锤一个点的信号报告给总部让他们赶快派人，然后疯狂填完表格。总部的十六个大人物离开他们的新金属情妇，他们的秘书，你懂的，坐上襟翼喷气式飞行摩托，鬼赶着似的冲出来。而在这段时间内，信号受干扰的可怜圆桶机器人依然在

David R.Bunch

互相捶打，而且把那片坡地打得越发乱七八糟，把徒劳无益发挥到了极点。大人物们总算很快到了，大概花了三五分钟——我得说他们还是挺快的——他们从飞行摩托上跳下来，点起大雪茄，清清嗓子，这期间那两个几乎缠在一起的圆桶机器人差不多已经运行了整个锤地程序的1/3。事情变得更难了，因为大人物做事不就是这样的吗，那些总部来的人（就算错了也要找事做）立刻给独立任务部队发了信号，于是独立任务部队的人十分钟之后开着重型车辆来了，他们用大粗链子套在工作中的圆筒机器人上，把它们拖走，而圆筒机器人还在按照程序流程不停地敲打，这是当然的。你试过在圆筒机器人运行锤打流程时把它们拖走吗？"

"从来没试过。"

"从来没有，"他笑了，"你当然没试过。因为必须要用强大的马力和坚固的链条才能把它们拖走。把两个圆筒机器人强行扯开之后就要送到好几百米外的修理站去。然后我继续填完表格，完成整个管理流程，一切都正常快乐，搞硬件的孩子们很满足。"

我笑了。他也笑了："没错，如果我坚持每件事都要按流程走的话，那条塑料冰川转眼就会把我和我所有的机器人都掩埋起来了！所以我在这儿大显身手，总部的人继续跟新金属秘书鬼混，我守在塑料前头，谁管我有没有打断两个机器人的程序进程？"

"没人注意。"我表示同意。

他看着我，嘴角似笑非笑地翘着，这个傲慢虚荣的小个子。"万一他们发现了，万一他们发现我用拍打机器人的办法让程序暂停，你觉得会怎么样？我绝对会立刻被套上链子抓走，肯定会的。没错！流程就是新世界的神。绝对不能出错——但是，偶尔一两次，我觉得还是应该以实用为重。我经常给这些机器人多加点油，擦洗干净好好保养，'光亮可爱'保养服务可以让它们迅速恢复，并且忘记之前受到的委屈，很有效的。"突然一阵灵光从我眼前闪过。这个人真是普通！人人都遵守流程，只有他例外。

突然间我一点都不佩服他了，那种拍拍打打违反规定的小把戏我也会做。不过我接着就想起所有人早晚都会对我失望。他们只是没说出来而已。"塑料怎么办呢？处理塑料的圆筒机器人怎么办呢？"我大声说，"你带我飞过这么大一片被敲得乱七八糟的平原，上头全是走来走去随处锤打地面的机器人。你还带我飞过那片像冰一样灰白寒冷的地区。为什么这么做？你似乎觉得这样做很重要。工作之外的事情很重要吗？"

他的眼睛突然亮起来。他一时看起来不太友好，但是突然间放松下来，我猜应该是他突然想起来什么事情了。"是啊，"他回答，"工作确实很重要。但是你刚从旧世界来，从满是废墟和灰尘的地方走了那么远的路才来，我觉得你可能不明白。请原谅。我当时有点生气。我以为你在笑话我。但是后来我想起来你的经历和背景，你什么都不知道。而无知有时候也值得佩服，只要那个人诚实。和诚实的无知相比，轻率、污染和自作聪明才是世界上最糟糕的东西。"

"谢谢，"我说，"多谢你。"

"现在我来回答你关于七零八落的土地、圆筒机器人和塑料的问题：我们正要往你来的那个方向去。假以时日我们就能到达。你肯定知道土地有毒。我听说你来的那个地方不只是有毒，而且遍地废墟和尘土。我们就停留在那片被毁的地点上方不远处，也就是你这样从旧世界来的人去的地方。但是我们这个世界被科学'进步'毒害了，跟你们的世界一样。所以我们把所有的东西都用无菌塑料盖起来，我们的目标是把所有的土地都用巨大坚固的灰白色塑料封起来。这是个巨大的任务，而人类有巨型机械。山脉变成峡谷，河岸没入河中，沟渠也没了边际，高尔夫球场也被彻底抹平，到处都是尾矿——但这一切都要被盖起来。我们在必要的地方为河流建造蓄水池，然后将它冻起来。我们这代人就能处理完海洋，我们这代的时间就足够了。有好几个计划，一个是用我们现有的科学技术把海洋冻起来，另一个是把海水装进胶囊发射到外太空，彻底丢掉多余的水。新金属

David R.Bunch

人，我多少也算是个新金属人，你也将会成为一个新金属人，而且更加高级，我们都不太需要水……但是现在我们是在改造土地。水是稍后的事情了。等我们把所有的事情都做完，我将看到一个十分宁静平和的地球，那一定是前所未有的奇迹。我们地球的表面将变成一层平滑、坚硬的灰白色硬壳。等到水的计划完成，地球上也将不再降雨。世界上任何地方的人都不会遭遇洪灾。由于温度十分平静，因此无云的天空中也不会有风，绝不会再有人被龙卷风刮上天。这个光滑的灰色圆球表面将覆盖着静止的大气，只有要塞和球顶居所有可能打破这种平静。只要我们愿意，按个开关树就会从院子的洞里长出来。花朵也会及时绽开金属花瓣。动物——再也不会有动物了，不过我们愿意的话可以造几只机械老虎和狮子用来模拟丛林狩猎。是的！永远都是陆地，干净有序。这是我们的梦想！"

"但你还是没有告诉我那些圆筒机器人为什么用那种滑稽的方式锤打地面！"是的，我可以听他讲宇宙中最宏伟的计划，然而我还是会感觉到那个棱角分明得令人不快的问题在用它的骨头硌我的嗓子眼。不管怎么说，我认为他应该以同样严肃的态度来回答我的问题。每个人都可以梦想着怎么把地球改造成一个有序的地方，这也算是一点点的想象力。但这种事情真的可能吗？人类只是从冰冷死寂的物质中勉强进化出来的一点生命之光，如果人真的可以组织起自己的力量，在自身灭亡之前将这些物质整合成一个冰冷死寂的星球，那我得说此举必定是个小小的宇宙奇迹。在我看来，这种状况很是凄凉，而且很显然十分绝望而且极其封闭。"跟我说说圆筒机器人！"我喊道。

"嗯，你刚才肯定已经猜到了，圆筒机器人是很聪明、很熟练的机器。你可能会说科学就是奇迹，科学确保我们在地球表面的涂层每一处都坚实平整。我们不希望塑料表层出现任何裂痕或凹陷。那些巨大的推土机、压路机把地面整平夯实，它们现在在我们前方数英里处。而在我们后方英里处就是塑料冰川的边缘，这是最重要的部分，你可以看到我们的襟翼式飞行摩托队伍。我和圆筒机器人就在这两者之间，我们要确保不会因地面柔软而造成缺陷，比如，未经平整的地面让塑料无法铺平。对于关注这项工作的人来说这是个精细活。没错！我们就是关键所在！"我看得出来他很自豪。

我四下看了看，在那片被巨大圆通机械怪兽压平夯实的地上走了很远，很多圆筒机器人都在砰砰砰、噗噗噗、咣咣咣地锤地或是互相敲打，这是它们的主要任务。"我什么时候去医院？"我突然想起了自己的未来和其他很多事情。

"九个月之后，"他立刻就回答我了，顺手还轻轻拍了拍旁边一个发现了硬土地上松软地点的圆筒机器人，"根据我在那个橙色 M 下面看到的内容，你要进行全身改造，必须安排好计划。"他伸出一只手和我握了握，他的手冰如钢铁。"祝你手术顺利，孩子。等我们再见面的时候你就该是要塞主人，精英中的精英了，希望我们还能见面。到时候会有人伺候你。我错失了我的机会，没能达成我的目标，当我召集自己的军队在战场上集结时已经来不及了，我输了——但并不是因为我自己的过失而失败，而是因为年龄——还有命运。"他转过身，我知道他曾经战斗过。

我往九个月后进行手术的那个地方前进，据传闻说，那里有钢铁的护士，绝对无菌，且技术高明，他们沿着病床边的轨道飞奔。而且如果病床上是被选中的人，那么他就会被换上足够多的钢部件，足够他可以在自己的时代称王。

不可嘲笑新王

-

在医院外面，九个月的切割，九个月的魔法，最终轻松独处。那些由钢铁拼接起来的医生知道自己造出了一个怪物。他们为我感到骄傲，为他们的怪物感到骄傲，医生们对于自己在专业领域内的成功总是很自豪的。他们知道我是王，而他们只是医生。他们的傲慢态度只是乡巴佬的自大，

David R.Bunch

而且他们的自大也已经没用了。不管是什么出身，也不管身体由什么东西构成，王就是王。他们想摆脱我。他们把我送出来。他们甚至不经过告别就把我扔到这个沸腾动荡的世界里。只有一点点相关说明，工具也很少（而且很重），我很难就此开始自己的行程。但是王必然成王，不管情况如何艰难，他也知道如何掌握自己的时代，控制混乱的局势。

我现在有便携式肌肉维持装置，还有关于控制新金属四肢的手册，有塑料的机械泪袋（即使国王有时候也会哭，必须承认），还有其他供我开创事业的很多杂物——或者说是让我坚持到夺取自己的要塞为止的杂物。我从医院的台阶上开始，那些傲慢的医生看着我。我猜想我大概就像旧时代的钢铁护卫舰，负载满满，并且要一直坚持到最后。

走路很简单，真的。抬、走、放——一只脚在另一只脚前面，抬起来——放下去，收紧铰链和曲柄，晃动手臂保持平衡，快要摔倒就用那些叶片用力拍打空气——专心，专心，专心！专心让自己走得更久一些。要是特别不能确定就用泪袋，停——想好——哭（对，国王也可以哭），想骂人就骂，想恨谁就恨。但是继续走下去，不要让那些钢铁拼起来的医生看到，不要让任何人看到。

老天！当个新金属人一点也不简单。我现在就告诉你，当新金属人是有风险的，但是我甘愿冒险。根据那帮铁皮医生在告别时挂在我脖子上的特殊地图和指南显示，我要去的是 10 号要塞。我看着那个数字，一开始它一点意义都没有。没有任何意义。然后我又想了想，全新的头盖骨里的全新绿色汁液摇晃着冒着烟，我继续思考，10 号要塞！是的！10 号要塞万岁！10 号要塞肯定不会令摩德兰蒙羞。10 号要塞必定成功。10 号要塞荣光常在。10 号要塞成就传奇。10 号要塞英勇无比。10 号要塞是这个广阔世界中最强、最坚韧、最卑鄙、最仇恨、最狂妄、最口无遮拦、最好战、最厉害无敌的要塞。没错！

但是首先，就眼下而言，下一项任务！10 号要塞必须有自己的主人。

Three from Moderan

我艰难地走了五个小时，大概只走了一英里半的距离，而且有一段是在绕圈子，我迷惑地站在一片塑料图画中，心里十分不解。水蒸气保护罩在八月这段热死人的日子是鲜红的，铁皮花朵从塑料地面的植物口里探出来，人造牧草闪耀着、摇晃着开满了花。光亮来自空中，一道闪光之后，100 万个中暑恶魔冲出来把我裹在了自己的外壳里。我在这个炎热八月的第七天昏了过去。

　　我一直记得他走进来的样子，一个大块头忽然缩小得只剩下躯干，然后沿着背部的曲线弯下来，脸部全是干枯的皱纹，而且是很深的棕黑色，仿佛是肉被煮烂了。很显然他经历过严重的事故——也许是火灾，也许是火灾加狂风，也许是洪水，也许是夫妻不合或者是被亲戚抛弃，更有可能是战争，或者其他任何对人来说绝对是灾难的事情，也可能是对部分人来说不那么灾难的事情。总之，他看起来很不好。真的很不好。多半是因为战争。即使不看外表，当他开口说话的时候，我也知道他被什么东西毁坏了。也许他失去了一些曾经极其重要的东西。总之他的声音像女人一样尖，他说："迷路了，先生？"

　　我转身想把他看清楚，顺便练习一下用我的新型全景摩德兰视觉看东西，我用拇指点了点书，找到了关于讲话那部分（记得吗？我是个全新的新金属人，医院在练习期间监视我。但是没有说过一个字，更别说讲话了）。但是讲话其实不算困难。不！当然不困难。我只需要当个机械天才让自己好好运行就可以了，为了说话顺便当个广播演讲专家，再掌握点别的东西，好当个热情又随和的新金属人。现在就别管那些烦琐细节了，找到正确的按钮才是正经。我很用力地按了会话按钮，结果它吼起来，真的是吼起来了。"啊，好！"他吓得跳起来。我估计他是没料到会话按钮会吼人，而且我估计他是觉得我嘴巴应该动才对（我会学着动嘴的），说不定他还觉得我嘴应弯一弯（我也会学的）。我又一次试着说："我在找 10 号要塞。等我到了那里，我就是 10 号要塞。"然后我试着用声音按钮发出笑声，结

David R.Bunch

果发出了"哈！呼！"声。

"啊！"他说。黏湿的软骨结构涌动起来——肉和舌头开始运动，气管里的空气开始工作，老天！为了说出几个字，这种发音方式真是太老旧了。我们早就应该改进了不是吗？"我想我知道，"他用尖厉胆怯的声音说完这句话，"你看起来挺奇怪的！好像一堆抛光的零件之类的。而且这么重！"他那仿佛被煎过的皱巴巴的脸颊鼓起来，他看了我一会儿，并且从腹部发出尖尖的笑声。

"我并不奇怪，"我气愤地调动按钮，"一点都不奇怪。我要成为国王。我就是国王！只要我能找到 10 号要塞。这堆东西都是必需的，我靠它们启动，就是这样。"

"我觉得我知道，"他尖声说着，不再笑了，"我是指你说的 10 号要塞。那里有一大堆东西堆着。我是说，那是个城堡，真的。哇！那里和我见过的任何东西都不一样！"他着迷似的站起来陷入沉思。他究竟看到过什么，我只能猜测了。

"呼！要塞上有个巨大的'10'，白天黑夜都发光。那个'10'一定是宝石做的。或者是某种涂料。对我来说太大了。有时候我路过会看看那个'10'。有时候会发生一些事情。或者应该说每次都会出事，上一回就有事情发生。也许他们那里砰砰响的东西现在都能正常工作了吧。还有那些墙和塔楼。"

"是吗？"我再次发声，"真的吗？"

"真的！上次我路过——就是昨天，当时很晚了，我是说，他们肯定是把所有的系统都开了！我靠近的时候可能触发了什么东西。我发现了那个东西，几个月前就发现了，这几个月我都在逗他们玩。不过他们大概不介意，因为我给了他们测试的机会。还能实践。昨天，嘻嘻嘻！我坚信一切都准备就绪。真是大混乱，到处都是警告显示，就为了我这个无害的废人他们都反应过度了，我做到了，真的做到了。我是说我完了。战争，你知道吧。还有其他一切。"

"抱歉，"我按了按钮尽可能温和地对他说，"很抱歉。后来发生了什么。我是说反应过度那里。"

"反应？噢，对。不知道你参加了那次战争没有？我们的对话还有点背景。你参加了那场战争吗？"

"参加了！"

"对兰德里作出回应时你在吗？或者说，按下按钮平息混乱时你在吗？所有的事情在一瞬间就发生了，你知道吧。我就是在那里受的伤，很严重的伤——就在兰德里，我丢失的那些零件彻底回不来了，所以我说话的时候就这样尖声尖气。你明白我的意思吗？"

"明白你的意思。是的，你说的那个时候我也在场。事实上我就是那个年轻指挥官，要塞首领、爆炸时候的主管，是我在混乱时按下按钮。这是我的工作，你能明白，我只是完成我的工作。"老天，说不定我会杀了他。

他直直地盯着我，双眼中浮起亮光，以百万倍的温暖和崇敬看着我。"你就是他！"他尖声喊道。我觉得我明白了他的意思。是的，我在兰德里的动乱中起到了重要作用，我按下了按钮平息了动乱。我是首屈一指的制暴专家，是指挥官。

"现在他们把你修好了，让你来当这儿的头头！这就说得通了。"

"我很幸运。你受伤了我感到很抱歉，而且还伤得这么重。真的很抱歉。最终这场战争没有胜利者。没有。也许他们也能把你修好。"

"不会了。一旦没了就是彻底没了。对我来说，这是一条直通坟场的路了。但是我要尽可能久地活下去！"我对于他咬牙切齿表达出的决心表示佩服。"我要看看你们这些人的下场。"他说。

"现在，你能不能带我去我的城堡了？"我问道，"我好去开展我应该做的事情。我会一直感谢你。"

"我会的，很高兴。如果你到现在还不知道为什么'很高兴'，那你永远也不会知道了。"他看我的神情并不是祈求，而是毫不动摇的质问的眼神。

David R.Bunch

我猜想，在这个损毁的身体里应该有个十分骄傲的人类吧。他的姿势有点奇怪，那曾经厚实的肩膀位置不对，他低下头眼神锐利地看着我，拳头随时准备把整个世界砸得粉碎——远处我够不到的地方，灯泡闪了闪——"摩格鲍恩！"我按下语音按钮大声喊道，突然间我们紧抓着对方，僵持了好一会儿，"我的天，怎么回事？"

我记起来了，在不久以前，他是个比别人都优秀的人，高大结实，总是穿着那身简洁的 BANGS 制服。自兰德里骚乱之后，我和他的所有事情都混乱了。我失去了这个人，在兰德里地狱般的火焰和巨响中失去了我出色的副官，我以为他被炸上了天，被风卷走了。我靠着奇迹般的运气抓住很小的机会逃了出去，试图平息这场动乱。但是战争中没有任何东西是能够平复的。是的！我用发射塔上的大型炸弹平息了动乱，但是对方也同样对我造成了重创。在那之后，全世界似乎都着火了，每个人都拿枪参战了。

"为了重新开始！"我对摩根鲍恩说，"也许我们都能重新开始。"

"不行了，"他用细小到诡异的尖声回答，"我现在什么也不是，只是尘土了。真的。一切都没什么意义了，我的过去必须被掩盖——永远埋葬起来。我再也不可能加入任何战争了。"

我突然想到一个主意，一个沸腾冒烟的主意，在我还是血肉之躯的时候，这个主意足以让我浑身起鸡皮疙瘩。我的新金属外壳发出刺耳的声音，在我的肌肉中收缩吼叫，新鲜的绿色血液中发生着化学反应，头盖骨冒出了蒸汽。"来当我的武器官！"我和发音按钮一起喊起来，"我们要荡平整个世界！我们年轻的时候就这样想过，那时候我们还穿着全新的 BANGS 制服呢。现在有机会再次战斗，说不定能获胜，说不定能弥补我们的损失——据我所知，每个要塞主人都有武器官。你可以当我的首席武器官。"

他憔悴得像煎肉一样的脸十分苍白，而且冷漠得像是刮着阴郁的风暴。我觉得我在他眼神中挣扎纠结的深处看到了一点点渴望的火花。但是他说："不，我在这里待了很久，知道摩德兰的武器官是做什么的。就是个会动的器械仆人，除此以外，毫无意义。我想我宁可躺在自己的坟墓里也不想再上战场。一丝肌肉都不想去。”

"我会确保你被卷入战争。我认真的。而且是我发动的战争！"

"不，那又有什么意义？一条肌肉。哈哈哈。人是一个系统，有血液循环和其他各种东西。不然就什么都不是。你必须承认。上帝依然把人造得完美。一条肌肉！哈哈！那样的话我得造个泡菜罐子保证它存活。”

"就这么办。造个泡菜罐子。”

"啊，不。"我觉得还是有希望的，我甚至觉得希望更大了。是的！我在想，摩根鲍恩有没有意识到这是个世界级的好主意——至少有一条肌肉放在罐子里活动比整个人永远和战争绝缘地躺在这里好多了。

"怎么样？"

"有可能！"他说，"我不知道。我死了记得找我。我们大概可以保持联系。不会等很久。不管在什么地方，一旦我觉得自己快不行了就去找你。我会尽可能接近你。到时候来找我——"他的脸消失了，开始分解，然后他离开了。在那痛苦的一刻，我比过去更清晰地理解到事情到了永恒黑暗边缘有可能会是什么样子，摩根鲍恩肯定也知道。在我回到此处并回忆起他能帮我找到回去的路之前，这位卓越的副官忍受着令人心碎的伤痛，独自在塑料涂层的深处生活。据他说 10 号要塞很近了。也许到了晚上，他说的那个明亮的"10"会发出光芒指引我前去。我把所有的设定都改为"低"，设好了闹钟后躺在炎热夏季傍晚的塑料上，在设备和各种指南中睡去，我希望在醒来时能看见明亮的"10"。

远阔平原来的活人

-

我从尾巴部分把老鼠钉在板子上，心里思考着到底多快乐才叫快乐。我从舒适的椅子上起身去抓我的新金属猫，这是没错的，与此同时我的警

　　　　　　　　　　David R.Bunch

报器开始响个不停。我跑到显示墙前面，监视范围调到最大，所有的武器都对准了蓝色的塑料山。我看到了那个人，他有点驼背，不是从我最近最为戒备的白巫山谷来的，他是从远阔平原来的，近五个纪元都没有人从那边来过了。

他很悲伤，是的，很悲伤！他继续走着，这个驼背的小个子，迈着小碎步慢慢走着，但是他在缓慢行进的过程中透露着紧张和谨慎，仿佛每走一步都是要去捉一只鸟。我一看着他就觉得不安，然后我就想到底该怎么走路，昂首阔步，快速走，满身钢铁零件所以显得很高，而且一路上都在咣当作响，同时还携带着足以对抗全世界的武器。接着装备了钉头槌和短斧的车子也跟上来了。当然我不会这么做，说实话，我是摩德兰人，摩德兰人有"替换"。我出去的时候带着一个不太好的钩子，走一英寸远就会刮过塑料地面时发出咔唧咔唧的声音，因为铰链的地方还有些缺陷。我是早期移民之一，也就是最早的一批摩德兰人。但是我记得很清楚。我肌肉中淡绿色液体里的某些物质还记得该怎么走路——气势汹汹地带着锤子出去砸烂敌人的头，骨头上的血块在脚下发出嘎吱嘎吱的声音，一些小得不值一看的黏湿碎片被覆盖铁皮的脚踩碎。

但是这个人！嗯……他就像朵百合花。是的，白颜色的百合花低着钟形的头。我不知道警报器为什么会因为他发出警报，但是我确实知道警报器为什么会发出警报。我的警报器就是要对一切靠近我的要塞的行动发出警报，有时候甚至包括百合花——"站住接受净化！"他现在在我的外墙边了，在幕门外，于是我让净化器和武器来热情迎接他。说白了就是两只巨大的金属手掌从墙里伸出来抓住他，然后直接把他带到幕门前，然后我说："站住接受净化！"这只是例行公事。然后净化和武器报告就会给他一份净化单据。

我指挥十一处钢铁围墙收起来，让那个百合花客人进来。

"你好，欢迎，远阔平原的旅行者。"他穿着软布做的鞋子，有点发抖，似乎不知道要怎么停下那种小碎步。"请原谅，"他说，"我看起来有点紧张。"他用有血有肉的蓝色眼睛看着我，同时扯扯自己杯子形状的红色胡子。他拒绝进行"替换"，坚持使用自己的身体，这让我大吃一惊。在惊慌失措中，我甚至觉得他有真正的心脏。然后我想，不，如今在摩德兰是不可能的。"这样走路，"他继续说，"一直走，你看，要等一会儿才能平静下来。你知道，我不敢相信，我整个，不敢相信，竟然最终真的能到这里。我的脑子说是的！我可怜的腿还以为要继续走路。但是我到了！"

"你到了，"我重复道，我在想接下来呢？说什么？我想起被钉起来的老鼠，新金属猫还在等着，我还要去找乐子呢。但是客人总归是客人，主人更像是受害者。"你吃饭了吗？需要内流能量吗？"

"我吃过了，"他奇怪地睁大眼睛看了我一眼，"我不需要内流能量。"

我越发觉得紧张了。他两腿发抖地站在那里似乎在等我回应。"我到了这里！"他再次说。我说："是的，"但是不知道接下来该说什么。"你想跟我讲讲旅行中的事情吗？"我问，"路上的艰难险阻？"

于是他开始回忆。几乎就是一长串枯燥无味的内容，艰难行进，毫无希望地想着自己想要寻找的东西，然后一直走路，走到斯波斯山的时候几乎想要半途而废，然后前方的某种东西让他继续前进，那个东西仿佛是从钢铁墙壁上透出来的光。"穿过围墙，"他说，"你就能得到它，得到所有的光。穿过围墙！"他看着我，仿佛这次肯定该我回应了。

"在斯波斯山的时候，你为什么差点半途而废？"

"你去过斯波斯山吗？"我说我没去过。"如果你从没去过斯波斯山——"他抖了一下，这个动作比任何词语都要形象得多。他终于抖得不那么厉害了，于是问："其他人呢？"

"其他人？你在说什么？"

"我是说，这里肯定有一大群人。肯定有很多人等着。"他白色锥形的脸有了些光彩，"他们都在微笑室，对不对？"

David R.Bunch

我很想用自己的铁手指把他轧碎，像轧碎肚子里全是水的虫子一样。他有点不对劲，很软，很信任别人，有很多请求，而且和我想象中带着锤子甩着胳膊走路的样子大相径庭。"这里没有微笑室，"我突然说，"也没有人在等着。"他似乎是不想被轧碎，于是露出纯粹的笑脸："噢，那一定是个非常了不起的奇迹。那么大！在看过了所有其他的机器之后，这一个——终于到了这一个！"

　　我仿佛是被大铅球砸了脚指头。到底怎么回事？这人疯了？他迷路了？"先生，"我说，"我不知道你到底是什么意思。这是我家。我用来防御危险的地方。我享受乐趣的地方。我的乐趣。这是个要塞。"

　　听完最后一个字，他的蓝眼睛往下瞟，几乎下沉到他苍白的脸上，他的头也往下垂，仿佛是要追上他的眼睛。一层厚重但无形的阴云仿佛裹住了他，他难看的嘴巴大张开："一座要塞！我辛辛苦苦走过来，结果这是一座要塞！你这座要塞里没有快乐制造机。不可能！"

　　"这就是让我一直前进的东西啊——我希望见到它。我听说过。在迷雾重重、危险又诡异的斯波斯山里，长着湿乎乎大翅膀的格莱水鸟朝我扑过来，用喙把我啄伤，但我又站起来继续走。在一个特别阴雨特别倒霉的早晨，我醒来的时候发现自己被一群长着长牙、满身疙瘩的白色痛齿兽围住了，要是它们把我撕碎咬死的时候我继续装睡那倒是会轻松不少，会简单得多。但是，不！我站起来，我记得那个预言。我披上披风。我继续走。继续走。我逃脱了它们的利齿。我想着我的目的地。现在——这居然是个梦！我被骗了！带我去看你的快乐制造机！"他变得歇斯底里。他不停地说他想要坐在一台机器里，这个机器可以计量美、真实、爱和快乐。他崩溃了。我觉得我应该鼓励他再试一次，让他出去远离我的围墙。于是我说："先生，很显然你懂得这个绝望时代中的云层、日落和被雨水洗得灰白的黎明。我相信，你必须在灾难和痛苦的刀锋中站住脚，你所追求的一切也正是你一直以来拥有的一切。别的原野上没有军队来围攻你，你也没有哪个叔叔在海外设立基金；也许就算爸爸在斯波斯山里也不会有小孩去找，人死了也不会有寡妇去认领尸体，更不会为他哭。但是你否定了这一切，跳出了灾难的紧迫循环，你继续前进。我佩服你。我很抱歉这里没有你想要的东西。虽然在我看来你可能像个傻瓜，仅凭血肉之躯就出门远行，寻找某个可能完全不存在的东西，但我还是祝你好运。我打开大门，好让你继续前行。你一定会找到它的，它就在某个地方，也许是很多座大山的尽头，某片贫瘠的土地上，你梦寐以求的快乐制造机就在那里。"当我说大山的时候，他发抖了，但他还是走出了大门。

虽然我确信他肯定什么都找不到，但我还是无法忘了他。这人究竟是怎么被造出来的？很显然他整个配置都不适合去探寻任何伟大的发现，他不该对于不可想象的成就抱有幻想。而且他的想法也如此奇怪，快乐竟然是由一台神奇的机器播洒出去的，美、真实和爱都是可以计量的。而那个机器居然是在漫长旅途终点的某个金碧辉煌的地方。

听他说话你会觉得快乐会来自某个像百合花一样脆弱的生物。真奇怪。权力是快乐，力量是快乐，你的信任必须放在重重围墙之后和警报器待在一起。但是有时候，尽管不情愿，我也会想起那个有着血肉之躯的人，不知道他现在在哪里了。

我放松的时候，会用复杂的内流能量流喂养我的肌肉，我知道自己在新金属合成材料的帮助下确实可以长生不老，但是我却感到一阵轻微的不安，于是我尝试丰富一下自己的生活。为我服务的机器都在要塞下方嗡嗡地正常运行着——是的，我很满足，很开心。当我需要比平静的满足更多一点东西的时候，我就伸出武器，捣毁邻居的几座围墙，或者打掉他的警报器。然后我们就从各自的暴力里奋力打上一架，开开心心地按下各种毁灭性的按钮。或者我也可以收拾房间，独自享受一下施虐狂的小乐趣。至于那个血肉之躯的人想要的东西——真实、美、爱——我确信世界上任何地方都没有快乐制造机。我确信没有。

424

David R.Bunch

让我们拯救宇宙（伊乔·蒂奇的一封公开信）-（1971）-Let Us Save the Universe (An Open Letter from Ijon Tichy)

（波兰）斯坦尼斯拉夫·莱姆 Stanislaw Lem——著

（美国）乔尔·斯特恩 Joel Stern——英译

（美国）玛利亚·斯维西卡·季米安奈科 Maria Swiecicka-Ziemianek——英译

王亦男——中译

斯坦尼斯拉夫·莱姆（1921—2006）是一位享誉世界的波兰科幻作家、哲学作家以及讽刺文学作家，他的作品出版三十多个国家，销售上百万本。半个多世纪以来，他创作了一系列影响深远、开创先河的虚构和非虚构作品。

1976年，西奥多·斯特金说，莱姆是世界上读者范围最广泛的科幻作家。如果这个说法属实，那么这不仅因为莱姆是一位天才，还因为他常常在科幻创作中使用荒诞故事或民间传说的写作手法，语言也更加平易。然而，他的作品中，知识的严谨性却鲜为人知，其涵盖领域包括先进技术、人工智能、群落集体、外星生物，等等。莱姆的大部分作品都具有连续性，同时也具有独特性，类似的杰出作家还有卡尔维诺、博尔赫斯和莱纳·洛恩。

他最为出名的要数1961年创作的杰作《索拉里斯星》（Solaris）了，这部作品曾经三次被搬上荧幕，其中安德烈·塔科夫斯基改编的那部最为著名。但是，莱姆非虚构创作经历同样令人惊叹。尤其是《科技汇编》（Summa Technologiae, 1964），这是一本杰出而前卫的调查书，内容涉及信息技术、人工智能以及生态前沿，其中夹杂着作者对于生物及技术本质的思考。

部分美国科幻界人士和莱姆相处特别不融洽，使得他成为1973年美国科幻作家集中抨击的对象，当时，他先是被授予了美国科幻协会荣誉会员，随后又被撤销资格；有些人认为，这是对他的一种指责，因为他对于美国科幻的言论大部分表示否定，认为美国科幻作品太过于商业化。甚至当莱姆称赞一位美国作家——菲利普·迪克时也招来了麻烦。菲利普·迪克向美国联邦调查局举报莱姆，认为"莱姆"是一位特工，试图通过某种方式来美国搞破坏。那以后，也难怪莱姆淡出科幻圈了（幸亏他的国际知名度，莱姆才比大部分苏联集团成员国作家有更多回旋的余地）。

莱姆大部分作品都值得一读，其中以"戎·蒂奇"为主角创作的系列故事细节丰富，尤其令人捧腹。蒂奇是一位倒霉的宇宙乐观主义者，他驾驶自己的单人火箭穿越太空深处，先后遇到了时间隧道、古怪的星际文明以及黑洞。无论是喜欢吞掉宇宙飞船的食人土豆，还是生活在地下墓穴的机器人神学家，莱姆的想象力都在这些脍炙人口的故事中发挥到极致。正如翻译家迈克尔·坎德尔在《星际航行日记》一书的注释中指出的，这些故事包含有趣好玩的逸事、尖锐的讽刺，还有透彻的哲学思想。但是，正如坎德尔所持的观点，比起创新来说，莱姆更多的是再创造——将20世纪早期科幻小说中的哲学小说写作手法带入了现代，从而使自己与阿尔弗雷德·雅里和保罗·史克尔巴特等作家齐名。

《让我们拯救宇宙》的英语版首次刊登在《纽约客》杂志（1981）上，这是"蒂奇系列"晚期的故事之一，不仅保持了该系列大部分秉承的氛围，还夹杂了一丝悲伤的气息。在重游自己喜欢的地方时，蒂奇发现，其中有太多都被污染或者改造了。"蒂奇"在波兰语中是"安静"的意思。

△　　　▲　　　△　　　△

在地球做过长时间休整之后，我再次出发，重游自己前一次宇宙探险中喜欢的地点——英仙座星群、小牛星座，还有银河系正中间那一片浩大的星云。每一处地方我都发现了变化，写出来却着实令人痛苦，因为这些变化并非朝着良性方向。在今天，太空旅游客流量增长被多次提及。毫无疑问，旅游本身是美妙的，但是要控制在一定限度之内。

有碍观瞻的现象一出家门就开始出现。火星和木星之间的小行星带现在的状况简直可悲可叹。这些亘古不变的陨石，曾经在永恒的黑暗中沉睡，现在却被灯光照亮，更糟糕的是，每块陨石都被刻满了字母签名和字母标志。

深受恋人们喜爱的爱神标志，在自学成才的"书法家们"刻写的铭文下与日俱增。一对儿精明的商贩夫妇在这里出租锤子、凿子甚至还有空气

Stanislaw Lem

钻，这个曾经最结实的岩石地带，没人能找到一块没有痕迹的石头。

涂鸦遍地都是，第一眼望过去全是被丘比特之箭射中的爱心，品位极其低劣。而谷神星，这个出于某种原因深受大家族喜爱的地方，则深受拍照的困扰。这里的很多摄影师不仅出租拍用的宇航服，还在山坡涂上一层感光乳剂加强效果，而拍照费用却极其低廉，这为他们带来了大批络绎不绝的旅行团。拍摄的巨幅照片，被游客们装上相框保存起来。在相片里摆出和谐姿势的家庭成员——父亲、母亲、祖父母、孩子——都在悬崖峭壁上露出微笑。这些，正如我在一些旅游介绍中读到的，营造出一种"家庭式的融洽氛围"。至于朱诺，那颗曾经美丽动人的小行星已经成为过去式；每个喜欢它的人都要凿下几块石头来，用力扔进宇宙里。人们大肆浪费铁镍成分的流星（这些流星被制作成纪念图章、戒指和袖扣），也不放过彗星，你再也找不到一颗完好无缺、拖着长尾的彗星。

我本以为，只要飞出太阳系，就能摆脱星际大巴的拥堵、在悬崖上摆拍的家庭，还有拙劣的涂鸦。然而，我却大错特错了！

最近，天文台的布鲁克教授就向我抱怨，半人马座的 A 星和 B 星都变得越来越黯淡无光了。那里塞满成堆的垃圾，不变得黯淡无光才怪呢！还有高密度的天狼星周围，现在最吸引眼球的是一个圆环，看上去和土星的行星环类似，只不过前者由啤酒瓶和柠檬饮料罐组成。沿这条路线飞行的宇航员不仅要闪避成群的陨石，还得注意锡罐、蛋壳，还有废报纸。有些地方甚至连星星都看不到，遍地都是垃圾和废物。多年来，天体物理学家们一直为找出不同星系宇宙尘埃总量不同的原因而殚精竭虑。至于答案，我认为，非常简单：文明程度越高，产生的尘埃和垃圾就越多。这与其说是天体物理学问题，不如说是宿舍管理员要解决的课题。其他星系也无法应付这种情况，这多少算是个小小的安慰。

在宇宙里吐口水是另一种应受谴责的陋习。和其他液体一样，口水在低温下凝结成固体，与其碰撞会很容易导致灾难。这说起来有些尴尬，但是太空旅行途中生病的游客似乎把外太空当作了自己的私人卫生间，似乎完全没有意识到，这些记载自己病痛的痕迹会沿着轨道盘旋数百万年，由此而引发其他游客不好的联想、厌恶和反感也就在情理之中了。

酗酒是一个尤其突出的问题。

经过天狼星的时候，我数了数上面林立的各种广告牌，火星牌伏特加、银河牌白兰地、月亮牌杜松子酒，还有卫星牌香槟，很快就眼花缭乱、数不清楚了。我从驾驶员那里得知，一些空间站不得不把起飞燃料换成硝酸，因为前任把酒精燃料都挥霍光了。空间站的巡逻警卫说，太空中的醉汉一般都离得比较远，很难抓到现行：人们会把自己步履蹒跚的原因归咎于失重反应。某些空间站的行为更是丢人。经过一个空间站的时候，我曾经请他们为我的储备瓶装满氧气，然而，在继续前行不超过 1 秒差距之后（等于 3.26 光年），我听到一种奇怪的咝咝声，于是发现，他们给我装的竟然是纯干邑白兰地！我返回空间站，那里的主管坚持说，我在和他说话的时候曾经向他递过眼色。或许我确实眨了眨眼睛——我患有麦粒肿——但这种事情是光凭眨眼就能确认的吗？

主干道上，混乱横行。很多人时常超速，考虑到这一点，庞大的事故灾难数字也就不足为奇了。最糟糕的要数女司机：她们通过飞速前进来放缓时间的脚步，从而能显得更加年轻。同样地，你还会经常碰到驾驶即将报废的交通工具上路的，譬如那种老旧的宇宙大巴，排出的尾气污染了整个黄道。

在帕里多尼亚星球着陆的时候，我想要找意见簿，却被告知，意见簿前一天被陨石撞碎了。原来，这里的空气供给已经告急，下一站比鲁利亚星球有 6 光年距离，没有别的地方可以补充给养。去那里观光的人们不得不把自己冷冻起来，达到假死状态，等待下一艘空气补给船。如果一直保持存活状态，他们连一口空气都没法呼吸到。当我到达时，这里的太空基地空无一人，他们都在冷却舱里冬眠。不过在自助餐厅，我看到了各类饮品——从菠萝干邑到比尔森啤酒应有尽有。

Stanislaw Lem

卫生状况，尤其在那些大型保护区里的行星上，令人无法容忍。在《莫西图里亚之声》报纸上，我读到一篇文章，呼吁消灭可怕怪兽斯沃胡克。这些捕食者上嘴唇长有一堆发光的肉赘，形状各异。然而过去几年里，并排两个零形肉赘的出现频率越来越高。斯沃胡克经常在野营地附近捕食，这里到晚上，在夜幕掩盖之下，游人会躺在敞开的帐篷里。它的目标就是那些寻找隐秘地点的人们。然而，文章作者为什么没意识到，这些动物难道不是完全无辜的吗？应该被谴责的不是斯沃胡克，而是那些没有尽到责任建造卫生设施的人，不是吗？

夜幕中一只叼着猎物的斯沃胡克　　噬咬底部的座位蚁排列好在等待猎物

同样在莫西图里亚，公共厕所设施的匮乏导致昆虫物种发生整体变异。

在那些风景优美的地方，经常能看到舒适的柳条椅，似乎在向疲倦的行人发出邀请。如果行人在扶手之间坐定，这个本应该是座椅的东西就会咬他。事实上，这是成千上万只密密麻麻的蚂蚁——噬咬底部的座位蚁（Multipodium pseudostellatum Trylopii），这群蚂蚁聚在一起，模仿成柳条木家具。有传闻说还有一些其他种类的节肢动物（弗里皮、斯库齿和履带野人）也会模仿成苏打水饮料机、吊床，甚至是带水龙头和毛巾的浴室，但我不能确定这些说法的真实性，我本人没有遇到过任何一只次类生物，而蚂蚁学术权威也始终对此缄口不言。不过，我要警告大家注意一种特别稀有的物种，蛇脚望远镜怪。这种望远镜怪物也守在优美的景点，三角支架一般撑开自己三条细长的腿，举起管状的尾巴瞄准景点。它张开的大嘴浸满口水，模拟出望远镜头的形态，引诱没有防备的游人瞥上一眼，后面的情节自然是相当令人不快的。另一种蛇——绊脚蛇在格瑞马齐那星球上被发现，它偷偷潜伏在树丛里，伸出尾巴绊倒粗心大意的过路人。不过，这种爬行动物只特定地捕食金发美女而且没有拟态。

履带野人

宇宙并非一个游乐场，也不是一首讴歌生物进化的田园诗。我们应该发行一些类似我在戴瑞迪蒙纳星球上看到的那种小册子，用来警告生物学爱好者提防克鲁拉。克鲁拉开出的花朵极其美艳，但是千万不能采摘，因为这种植物和砸脑壳树是共生关系，后者是一种树，会结出甜瓜大小带刺的果实。植物爱好者若是没有防备，只要采下一朵花,石头般坚硬的果实"导弹雨"就会砸向他的脑门。随后，无论是克鲁拉还是砸脑壳树都不会直接伤害上当者；它们只是任其自然死亡，这能为周围的土壤带来肥料。

拟态奇迹在保护区内所有星球上都能目睹到。譬如比鲁利亚星球的热带稀树大草原，盛产色彩鲜艳的花朵，其中有一种绯红色的玫瑰，非常美丽，芳香四溢，叫血肿伪玫瑰（The Rosa Mendatrix Tichiana）。这种花由平格教授命名，而我是第一个描述它的人。这种花朵事实上，是生长在比鲁利亚的捕食者——赫普顿尾巴上的。饥饿的赫普顿躲在树丛里，尽量向前伸出自己长长的尾巴，只有类似花朵的部分从草丛里冒出来。如果一位毫不知情的游客俯身闻花，这怪物就会从身后向他发动突然袭击。它的獠牙几乎和一只大象

Stanislaw Lem

一样长。这是多么怪异的外星景象，印证了那句谚语，"每朵玫瑰都有刺！"

说到这里，请允许我岔开一点话题，我不禁回忆起比鲁利亚的另一个奇迹，一种土豆的近亲——感知龙胆根（Gentiana Sapiens Suicidalis Pruck）。这种植物的名字源自它的一些思维特性。这种植物长有甜而爽口的球茎，在基因突变作用下，有时结出球茎的地方，会长出袖珍的大脑组织。这种离奇变化的龙胆根（Gentiana Mentecapta）一旦生长起来就永无休止。它会把自己的身体从土壤里挖出来，爬进森林，沉浸在孤独的沉思中，最后总是得出这样的结论，生命不值得延续，于是便自我了断。

龙胆根对人类没有威胁，不像另一种比鲁利亚植物——弗瑞尔。这种物种已经适应了熊孩子们制造的环境。这些无法无天的孩子，经常你追我赶，互相推搡，无论什么东西挡道都要一脚踢飞。他们热衷于敲碎多刺树懒的蛋，而弗瑞尔结出的果实和这种蛋在外形上简直一模一样。一个孩子会认为自己前面躺着的是一颗蛋，于是爆发出破坏的冲动，伸脚用力撞击。这么一踢，伪造的蛋里包含着的孢子就会释放出来，钻进孩子的身体。被感染的孩子表面上会成长为正常的个体，但是不久之后一种无法治愈的致命程序就会启动：打牌、酗酒、放荡是连续几个阶段的表现，随之而来的，或者是死亡或者是成就一番事业。我经常听到这样的观点，弗瑞尔这种植物应该灭绝。说这种话的人就不会停下来想想，相对地，孩子们也应该被大人们教育，不要在外星随便乱踢东西。

本质上，我是一个乐观主义者，尽量对人类保持信心，但这并不总是很容易做到。在普洛斯托斯肯内沙星球上，居住着一种被叫作涂鸦嘲笑鸟（Graphomanus Spasmaticus Essenbachii）的小鸟，类似地球的鹦鹉，只除了一点，这种鸟喜欢涂写而不是说话。唉，它经常会在围栏上写下从地球游客那里学到的污言秽语。有些人会嘲笑小鸟的拼写错误，以此来故意激怒它。随后，这外星生物就会啄食任何进入视线的东西。人们给它喂生姜、葡萄、辣椒和尖叫麦芽，尖叫麦芽是一种草，会在太阳升起的时候发出一长串尖叫（这种植物有时候也被当作闹钟使用）。当涂鸦嘲笑鸟因为过度填鸭而死亡，人们就把它架在火上烧烤着吃。这个物种现在面临灭绝的威胁，每一位来普洛斯托斯肯内沙星球的游客都期待能吃上一顿涂鸦嘲笑鸟烧烤，据说这可是美味佳肴。

涂鸦嘲笑鸟

有些人认为人类吃掉其他星球上的生物无伤大雅，但是当这种食物链关系颠倒过来，他们又会吵吵嚷嚷、又哭又闹，请求军事援助，要求讨伐外星，等等。然而，指责外星植物或动物"叛变"简直是一派胡言。假如致命欺骗怪，看上去像一节腐坏的树桩，用后腿支撑站在那里，模仿山路边的路标，误导徒步者坠落山沟，然后把他们吞进肚子里——那么我要说的是，欺骗怪这么做，只是因为保护区的护林人从来不修缮路标，油漆从标牌上剥落，路标逐渐腐朽，才会变得和这种动物如此相像。任何其他生物在它的位置上，都会做出同样的事情。

致命欺骗怪

Stanislaw Lem

斯特东哲西亚星球著名的海市蜃楼，其形成原因应该只是人类的恶趣味。曾经一度，奇观遍布这个星球，沃姆斯瑞尔几乎很难见到。而现在，后者疯狂地成倍繁殖。它们生长的灌木丛上面，是人工加热并衍射的空气，这样的大气环境促生出酒馆幻象，导致很多地球游人死亡。人们认为，沃姆斯瑞尔是罪魁祸首。那么为什么它们产生的幻象不模仿学校、图书馆或者保健俱乐部？为什么它们总是呈现出售卖兴奋饮料的地方？答案很简单。基因突变是随机的，沃姆斯瑞尔一开始创造出各种类型的幻象，那些展示人类图书馆和成人教育培训班的被活活饿死，只有酒馆幻象变种存活下来［来自食人族科的温热酒精迷幻剂？（Thermomendax Spirituosus Halucinogenes)］。沃姆斯瑞尔这种由人类本身引发的自我调节，是对我们恶习的一种有力控诉。

不久前，我被一封写给《斯特东哲西亚回声报》的来信给激怒了。作者要求彻底铲除沃姆斯瑞尔和索林提亚。索林提亚这宏伟的树种是每个公园的骄傲，它们的树皮一被剥掉，剧毒致盲的汁液就会喷射出来。索林提亚树是斯特东哲西亚星球上仅存的、没有被从上到下刻满涂鸦和字母的树种——而现在我们却要除掉它们？类似的命运也威胁到其他一些珍贵的动物，比如，万哲里克斯、马罗多拉、莫瑟隆，还有电波吼猴，最后这种动物，为了保护自己和后代不受到噪声的神经煎熬——这些噪声来自游客带进森林里不计其数的收音机，通过自然选择，进化出了抵消摇滚乐震天巨响的能力。吼猴的电波器官能发射出超外差电波，这种罕见的自然创造理应立刻被保护起来。

至于尾巴臭气熏天的费提多，我承认它释放的气味简直无可匹敌。密尔沃基大学的霍普金斯博士曾经统计过，这种独具一格的活标本每秒钟能够最多产生 5kr（5 千克臭气）。不过，甚至连一个孩子都知道，费提多只有在被拍照的时候才会有这样的反应。每当视线捕捉到一个瞄准它的照相机，费提多就会触发一种被叫作"尾部透镜"的反应——这是一种本能尝试，以保护这种无辜的小生物不被好奇的游客打扰。尽管事实上，费提多很少有近视，不过有时候它们会理所当然地把照相机认作烟灰缸、打火机、手表以及奖章和徽章，这是因为一些游客使用微型照相机，很容易和上述东西混淆。至于人们观察得出，最近几年，费提多的喷射范围有所扩大，现在制造的臭气能够达到每英亩土地 800 万单位臭气，我必须要指出的是，这其中的诱因是长焦镜头的广泛使用。

尾巴臭气熏天的费提多

我并不希望给人这样的感觉：所有外星动物和植物在我眼里都是不可指责的对象。当然了，卡尼旺普、萨普罗坡第、杰克林、德玛特里亚以及马什马克这几种生物尤其不讨人喜爱，类似的物种还有专属科的米索皮里，包括高卢雷特姆鞭笞者（Syphonophile Pruritualis），还有特洛特摩尔（Lingula Stran-guloids Erdmenglerbeyeti）。不过让我们认真思索，尽量客观一些来看待这件事，为什么人类摘下花朵把它们风干做成标本是合乎情理的，而一棵植物撕掉人类的耳朵并保存起来就违背天理了？如果回声潜水鸟（Echolalium impudicum Schwamps）的繁殖数量在艾多诺西亚星球上达到不可估量的地步，人类也同样要受到谴责。回声潜水鸟从声音中获取生命能量，从前它把雷声作为食物来源。事实上，现在它也仍然喜欢听暴风雨声音，不过食物来源却转向了游客。每位游客都用铺天盖地的最肮脏的咒骂来"款待"回声潜水鸟。他们说，这很可笑，看到这种生物果真在连续不断的骂街词语的攻击下恢复了生机。回声潜水鸟的种群确实扩大了，但这是因为它们从声音震动中吸取了能量，和情绪激动的游客大声喊叫的污言秽语本身并无关联。

高卢雷特姆鞭笞怪

人类这些行为导致了什么后果？某些物种，像是蓝色威兹和钻头喙甲虫已经消失；其他还有成千上万的物种正濒临灭绝。而太阳斑点这种植物，却因为遮天蔽日的垃圾数量激增。我依然记得从前，对于一个孩子来说，最好的奖赏就是承诺一次去火星的周末旅游。然而现在，除非爸爸专门为他制作一颗超新星，否则这些小魔鬼连早饭都不肯吃！核能源的滥用，污染了小行星和行星，毁坏了自然保护区，我们所到的地方到处都是乱扔的垃圾，太空即将毁在我们手中，变成一个巨型垃圾场。人类是时候该树立环保意识并加强法律约束了。毋庸置疑，每分钟的拖延都会导致严重后果，所以在这里，我要敲响警钟：让我们拯救宇宙。

钻头喙甲虫

庞大而凝滞，甚于帝国 - （1971）-Vaster Than Empires and More Slow

（美国）厄休拉·勒古恩 Ursula K.Le Guin —— 著

龚诗琦 —— 中译

厄休拉·勒古恩（1929— ）是美国知名科幻与奇幻作家，亦是该领域的得奖专业户和标志性人物，在美国文学界拥有崇高地位。勒古恩私生活低调，偶尔参加一些政治活动，但从 1958 年移居俄勒冈的波特兰起，会定期参与社区里的文学活动。

勒古恩有三本书曾杀入普利策和美国图书奖的决选阶段。她的作品为自己赢得不少荣誉，包括一次国家图书奖、一次詹尼特·海丁格尔·卡夫卡小说奖、一次笔会马拉默德短篇小说奖和五次雨果奖、五次星云奖、一次美国科幻与奇幻作家协会的大师奖、一次美国艺术文学院颁发的哈罗德沃塞尔纪念奖、一次玛格丽特·爱德华兹奖、一次《洛杉矶时报》罗伯特吉尔希奖，并于 2014 年，与其他文学家一道，获得了美国国家图书的文学基础贡献奖。

勒古恩在科幻小说和其他通俗文类中，展现出严肃的艺术性和严谨的创作态度，获得批评界的追捧。约翰·厄普代克、加里·斯奈德、格蕾斯·佩蕾、萨尔曼·鲁西迪、凯莉·林克、尼尔·盖曼、卡洛琳·凯瑟都对她赞誉有加。哈罗德·布鲁姆将其归为美国经典作家，许多文学研究都关注她的作品，伊丽莎白·康明斯、D. R. 怀特、B. J. 巴克纳尔、B. 塞林格、K. R. 韦恩等人完成相关批评专著。

勒古恩创作生涯至今已逾六十载，但她依然热情地参与到有关叙事作品、科幻小说、性别议题和未来出版业的讨论中。她犀利的随笔和博文，展现出其对现实依旧敏锐、清晰的认知。她还参与编辑重要合集，包括合作编辑《诺顿科幻小说》(The Norton Book of Science Fiction, 1993)。生活的各方面都反映出她对图书和图书文化的热爱，是不折不扣的"文人"。

勒古恩于 20 世纪 60 年代开始出版小说。在这些作品中，她常常描绘未来或异世界，将政治、性别和环境问题融入作品。11 岁将第一部作品投给《惊奇科幻》杂志但遭退稿后，她又继续创作了十年，但作品从未得到发表。直到 1969 年，她的《黑暗的左手》（*The Left Hand of Darkness*）得以出版，且获得星云奖和雨果奖的最佳长篇小说奖，她的写作事业才迎来了辉煌。不久后出版的《一无所有》（*The Dispossessed*）再次获得双奖。

《庞大而凝滞，甚于帝国》是勒古恩的经典作品，很好地示范了一个随着时间沉淀越发迷人的故事的特质。故事讲的是与外星人的一次不同寻常的接触，与本选集中其他几部作品——詹姆斯·H. 施米茨的《祖父》，F. L. 华莱士的《会学习的身体》和德米特里·比连金的《两条小径交会之处》的主题一样，都写了环境问题。

△　　▲　　△　　△

在联盟成立最初的几十年里，地球曾派遣飞船跨越前哨与星辰大海，去到茫茫他方，进行漫长的宇宙大探险。他们的目的地是那些未曾被瀚星人播种或移居的世界，那些真正的异乡。已知世界均起源于瀚星血脉，被规训和救助的地球人因此心怀不满。他们要离开这个家庭，要找到别的生命体。像所有讨厌的开明家长，瀚星人支持他们的探索，还捐赠了一些飞船和志愿者。联盟里其他世界也上演着同样的探险。

这些参加边界调查的志愿者有个共通的癖性：脑袋有问题。

毕竟，有脑子的人怎么会去收集近十个世纪后才能发回的资料？安赛波的应用还不能排除宇宙质量的影响，因此只有在 120 光年之内才能实现实时通信。这些研究者将极度孤独。他们当然也无法想象，迎接他们归来的将会是一个怎样的世界，如果可以归来的话。一个正常的人类，在联盟世界里经历几十年的时间错位后，绝不会志愿加入一次跨越百年的双程旅途。这些研究员是逃避现实者，是格格不入的人。是疯子。

这十个人从斯缅因港口登上摆渡船，在被送往飞船"钢姆号"的 3 天航程里，用各种笨拙的方式了解对方。钢姆是瑟缇语中"宝贝""宠物"的昵称。探险队上有两个瑟缇人、两个瀚星人、一个波登尼，以及五个地球人。这艘瑟缇人建造的飞船登记在地球政府名下。它的杂牌军船员们挨个从成对的传送筒里登船，一个个扭动得如同躁动不安的精子，想要去给宇宙受精。摆渡船离开了，领航员将"钢姆号"启动。飞船先是平稳地飞了几个小时，来到距离斯缅因港几亿英里外的边界，猝不及防地就没了踪影。

接着，10 小时 29 分后，或者说 256 年后，"钢姆号"重新出现在标准空间。按照计划，它此时应该在 KG-E-96651 星球的附近。没错，那个针尖大小的金点就是了。那么距离 4 亿英里内应该有一颗绿色的行星，瑟缇的地图画师将其标注为 4470 世界。飞船现在要找到这颗行星。想想蔓延 4 亿英里的干草堆，这项任务可没有听起来那么容易。"钢姆号"无法在星球附近进行近光速飞行，否则它和 KG-E-96651 星球、4470 世界都将嘭的一声完蛋。所以她只好慢悠悠地利用火箭推进器，一小时走十几万英里。数学家兼领航员阿斯纳尼佛伊很清楚行星所在，他认为不用 10 天就能登陆。这期间调查队员们可以继续增进了解。

"我受不了他，"数理科学家（兼任化学家、物理学家、天文学家、地理学家等）波洛克说，唾沫星子飞溅到胡子上，"这人是个疯子，难以置信，他怎么会被认定适合参加调查队，除非这本身就是高层的阴谋，把我们当荷兰猪，故意测试不相容性呢！"

"我们一般用仓鼠和瀚星戈尔鼠，"人文科学家（心理学家、精神病学家、人类学家、生态学家等）曼农礼貌地接腔，他是其中一个瀚星人，"来代替荷兰猪。呃，你知道吧，奥斯登先生确实是罕见的特例。事实上，他是史上第一个彻底被治愈的伦德尔综合征患者。这是幼儿自闭症的一种，过去被认为是无药可医的。伟大的人类精神分析医师哈默戈尔推断出，这种孤独症的症结在于一种超人的共情能力，于是发明了相应的治疗方法。奥

Ursula K.Le Guin

斯登先生就是采用这种疗法的第一位病患,他一直跟随哈默戈尔博士生活,直到 18 岁。这套疗法成功治愈了他。"

"成功?"

"怎么了?没错呀。他现在绝对没有自闭症了。"

"我是说,他叫人没法忍受!"

"呃,这么说吧,"曼农用和善的目光瞅着波洛克胡子上的唾沫,继续道,"通常陌生人见面时——以你和奥斯登先生为例——很少去关注其中的攻防意识;由于习惯、礼节、疏忽,你完全不去在意,你已经学会去忽略它了,你甚至可能否认它的存在。但奥斯登先生作为一位共情者,可以感受到它。不光感受到自己的感受,还感受到你的感受。很难去分清彼此。可以说,你见到他时,流露出了你对任何陌生人都会产生的敌意,他感觉到了这一点。再加上你同时泄露出的对他的外貌,或衣着、握手方式,随便什么方面的不满。他感觉到这种不满。因为他天生就有孤独式的戒备倾向,自然就表现出攻击性,这是对你无意间投射给他的情感的反击。"曼农一口气说了好久。

"再怎么说,他也没权力这么混蛋。"波洛克说。

"他不能屏蔽我们吗?"哈菲克斯问道。他是生物学家,另一个瀚星人。

"这就像听力,"助理数理科学家欧腊茹接口道,她弯腰去给脚指头涂上荧光指甲油,"就跟你的耳朵没有眼皮一样,共情能力也没有开关键。不管他情不情愿,都会接收到我们的感受。"

"那他知道我们的想法吗?"工程师厄斯克瓦纳问道,他环视了一圈其他人,眼神透着恐惧。

"不会,"波洛克斩钉截铁地说,"共情又不是心灵感应!没人会心灵感应。"

"尚没人,"曼农带着他那种窃笑,说道,"就在我要离开瀚星时,听到从新近发现的世界传回的一条极有意思的报道,说是在某个变种人族里,有一种可习得的心灵感应技术存在。我只在 *HILF* 快报上看到一则简讯，但是……"他继续说着。其他人早已知道，曼农发言时只顾自说自话。他不在乎别人听不听，别人说的话他也一字没落下。

"那他为什么讨厌我们？"厄斯克瓦纳问。

"没人讨厌你，亲爱的，"欧腊茹安慰道，将荧光粉的指甲油点到厄斯克瓦纳的拇指盖上。工程师的脸唰的红了，呆呆地傻笑。

"他的行为好像很讨厌我们似的。"说话的是隼人，协调员。她是一位拥有纯正亚洲血统的女性，容貌精致，声音却出人意料的沙哑、低沉、温柔，如一只勃勃生机的牛蛙。"但为什么呀？如果说我们的敌意让他备受煎熬，他经常的攻击和辱骂不会让自己更难受吗？我不觉得哈默戈尔博士的疗法多么了不起，真的，曼农，自闭症可能还讨人喜欢点……"

她止住话头。奥斯登走进主船舱来。

他看起来形销骨立。皮肤既白且薄，十分反常，底下的血管透了出来，就像一张红蓝双色的褪色公路地图。他的喉结，嘴巴一圈的肌肉，手和手腕的骨头和韧带，全都清晰地凸起，像是给一堂解剖课做模特。他的头发是暗淡的铁锈色，像干掉的血迹。他的眉毛、睫毛，只有在特定光线下才看得见；一般只能见到他眼窝的骨头，眼皮上的毛细血管，以及一双无色的眼球。他并非白化病人，所以眼球不是红色。但它们也不是蓝色或灰色；色彩已经从奥斯登的眼睛里褪去，剩下一汪冰冷的澄明，毫无隐藏。他从不直视对方。他的面部缺乏表情，像一张解剖画，或是被剥皮的脸。

"说得对，"他用尖厉的男高音说道，"面对你们这些家伙乌烟瘴气的二手廉价情感，还不如回到自闭状态。是什么让你恨得牙痒痒，波洛克？看都不想看见我？像你昨晚上那样，去撸一管吧，这可以提高你的心灵感应能力——哪个天杀的动了我的录音带，放这儿的？你们一个个的，别碰我的东西。不许动。"

"奥斯登，"阿斯纳尼佛伊用他那洪亮而缓慢的嗓音说，"你为什么这么混蛋？"

安德·厄斯克瓦纳畏缩了，双手盖在脸上。争吵使他害怕。欧腊茹抬头看，眼神茫然却充满兴趣，一个永远的旁观者。

"我怎么不能混蛋了？"奥斯登反问。他没看阿斯纳尼佛伊，在拥挤的舱室里与众人保持尽可能远的距离。"你们没道理逼我改变自己的行为。"

哈菲克斯是一个既克制又有耐心的男人，他说道："道理就在于，我们要一起度过好几年时光。如果我们所有人好好相处，生活将会好——"

"你怎么就是不理解呢？你们这些人我一个也不关心。"奥斯登说完，拿起自己的微型录音带，走出船舱。厄斯克瓦纳突然决定去睡一觉。阿斯纳尼佛伊一边用手指在空中描绘气流的走向，一边嘟囔着神圣质数。"他会出现在队里的唯一解释，就是这是地球政府策划的阴谋。我一眼就看穿了。这趟任务注定失败。"哈菲克斯向协调员耳语道，回头瞅着其他人。波洛克摩拏着衣服上的纽扣，泪水在眼眶里打转："我跟你说过，他们都疯了，你还觉得我夸大其词。"

虽然如此，他们的诉求不无道理。边界调查员们都希望自己的队友聪明、训练有素、有活力、富有同情心。他们必须在封闭、恶劣的环境里一起工作，希望对方神经质、抑郁、发狂、恐惧症甚至强迫症的程度是轻微的，可以在绝大多数时候保持友好的人际关系。奥斯登可能很聪明，但经受的训练太过潦草，个性简直是个灾难。他被派来的唯一原因，就是他的独特天赋，共情的能力。准确地说，是广义的生命情感接收能力。他的天赋不局限于特定物种，他能从任何有感觉能力的东西上接收情感或感觉。他能分享小白鼠的性欲、被踩扁的螳螂的痛楚，蛾子的光致变色过程。掌权的认为，在一个异星世界，掌握周围事物是否有感觉、对你又持有什么情感，是很有用的。奥斯登的头衔是前所未有的：他是队里的感应官。

一日在主船舱里，隼人富子想要跟他寒暄几句，便问道："什么是情感，奥斯登？你从共情感受里接收到的，究竟是什么东西呢？"

"狗屎，"这男人用他尖厉而夸张的声音回道，"动物王国的精神污染。我从你们的粪便上踏过。"

"我只是试着，"她说，"了解事实。"她认为自己的嗓音足够冷静了。

"你可不是去了解事实。你是在针对我。带着一点点畏惧、一点点好奇，以及满腔的厌恶。就像为了看蛆虫蠕动，而去杵一条死狗的心理。我不想被针对，只想一个人待着，你怎么就是不明白呢？"他的皮肤因愤怒透出红紫色的斑点，声音又高了一度，"去自己的粪堆打滚吧，你个黄皮婊子！"他冲沉默的对方咆哮着。

"冷静点。"她的嗓音依旧很平静，不过转身就撂下他回到自己的房间。当然，他对她的动机分析完全正确；她的问题更多是一种托辞，仅仅是为了挑起他的兴致。但这又有什么妨害呢？这种努力不正显示对另一方的尊重吗？在提问的那一刻，她仅仅觉得对他有些许猜疑，更多的是同情、可怜、自大又恶毒的浑球，没皮肤先生，欧腊茹这么叫他。他这么行事，还指望别人怎么对他？爱他？

"我猜他受不了别人同情他，"欧腊茹说。她躺在下铺位上，正给自己的奶头镀金。

"而且，他不能与人建立任何形式的关系。他的哈默戈尔博士的所有治疗，不过是把自闭症外化了……"

"可怜的变态。"欧腊茹说，"富子，你不介意哈菲克斯今晚过来一小会儿，对吧？"

"你就不能去他的房间？我已经受够不得不躲到主舱室，跟那个该死的没皮萝卜待一块了。"

"你确实讨厌他，对吧？我猜他能感觉到。但我昨晚跟哈菲克斯睡了，阿斯纳尼佛伊跟他同屋，会吃醋的。还是在这里好点。"

"两个一起办。"富子说，粗粝的声音里可以听出被冒犯后的克制。她所属的地球远东亚文化圈，有着清教徒般的禁欲氛围。她的成长环境很重视贞操。

"我只喜欢一晚一个,"欧腊茹回道,语气单纯而爽朗。波登尼是一颗花园般的行星,但从未发明贞操,或是轮子。

"那跟奥斯登试试。"富子说。她个性的不稳定状态从未像现在这样显露:对自身极不信任,这种不信任表现出破坏性。她之所以申请参与这次任务,就因为它毫无用处。

这位娇小的波登尼人抬起眼眸,画笔还握在手中,瞪大眼睛:"富子,这么说太下流了。"

"为什么?"

"这太卑鄙了!我不喜欢奥斯登!"

"我不知道你还在意这个,"富子冷淡地说,其实她早就知道了。她拿了些文件,离开房间之前补充说道:"希望你和哈菲克斯或别的什么人能在打最后一道铃前完事,我累了。"

欧腊茹把泪珠都滴到金黄的小奶头上了。她很容易哭。富子十岁以后就没哭过。

这艘飞船并不和睦,直到阿斯纳尼佛伊将飞船开到 4470 世界附近,船上的氛围才有了好转。它就在那里,一颗暗绿色的宝石,就像躺在重力井底部的真相。他们注视着这碧绿的圆盘越来越大,心间生发出一种休戚与共的战友情谊。奥斯登的自私自利和他精准的残忍,如今能将大伙捏合到一块。"或许,"曼农说,"他是被当成发光歌戒送来的。就是地球人所谓的替罪羊。也许,他带来的影响终究是有益的。"对此没人反对,他们都小心翼翼地善待队友。

他们来到轨道上。周围没有光,是星球的暗面。大陆上没有任何有建筑本领的生物活动的迹象。

"没有人族。"哈菲克斯喃喃自语。

"当然没有,"奥斯登打断他。前者有自己专属的屏幕,脑袋套在一个聚乙烯袋子里。他宣称塑料可以切断从他人处接收到的共情噪声。"我们离瀚星边疆已经200光年远了，版图之外没有人族。哪儿都没有。你们不会以为创世会将这愚蠢的错误犯两次吧？"

没人对他的话上心：他们正兴致勃勃地看着底下那巨大的碧玉，上面有生命存在，但并非人族。他们作为人类社会的格格不入者，眼中看到的并非荒凉，而是平静。就连奥斯登也一改平常的面无表情，他皱起眉头。

飞船带着焰尾从天空降到海面上。空中侦察。着陆。周围是一片平原，生长着如草一般的茂密的绿色茎秆，随风摇摆，扫过外部的摄像头，给镜头黏上一粒花粉。

"看起来单单是个植物圈，"哈菲克斯说道，"奥斯登，接收到有感觉的东西没？"

他们都望向感应官。他离开了屏幕，正给自己满上一杯茶。他没有回应。他很少回答语音问题。

对这群由疯狂的科学家组成的调查队来说，很难沿用军事化的严苛纪律，他们的指挥链介于议会程序和禽鸟啄食顺序之间，还常常将自己公务人员的身份抛诸脑后。不过在掌权的难以捉摸的决策下，隼人富子博士被任命为协调员，此刻她首次运用自己的特权。"感应官奥斯登先生，"她说，"请回答哈尔菲克斯先生的问题。"

"九个人科动物如罐中蠕虫般悸动不安，我在这群神经质的包围下，"他说，"怎么可能'接收'外界信号？如果有需要告诉你的，我自然会告诉你。我明白自己身为感应官的职责。不过呢，你要是再越权给我下命令，协调员隼人，我就解除自己的职责。"

"好吧，感应官先生，我相信从现在开始，无须进一步的命令了。"富子牛蛙般的嗓音显得很冷静，但背对着她的奥斯登似乎轻微地躲闪了一下，仿佛她积怨的飙升化为物理形态，抽了他一鞭。

生物学家的预感被证明是正确的。他们的田野分析结果显示，这里没

Ursula K.Le Guin

有动物，连微生物都不存在。这里没有捕食者。所有的生命形态不是依赖光合作用，就是靠腐生生存，靠着光和死物，而不是生命体。植物，无尽的植物，没有一种是来自人居环境的来访者们已知的。无尽的绿色、紫罗兰色、紫色、褐色、红色的密集色块。无尽的寂静。只有风在动，吹得类似树木和蕨类的叶子摇曳不定，飒飒的暖风中携带着孢子和花粉，将这白绿相间的粉尘播撒到广袤的大草原。草地上不生杂草，无花的密林从未被踏足，从未被注视。一个温暖的世界，但不免哀伤，哀伤又宁静。调查员就像一群郊游的人，徜徉在阳光下的蓝紫色类蕨类植物丛里，彼此轻声地交谈着。这里近十亿年的寂静里，从来只有风与叶，叶与风，吹拂、停息、再吹拂。他们知道，自己的声音将这寂静打破。他们轻声交谈着。作为人类，他们惯于交谈。

"可怜的老奥斯登，"生物学家兼技术员庄珍妮说，一边驾驶飞行器在北极点做例行巡视，"他脑袋里有那么炫酷的高清接收器，却什么也没收到。真不走运。"

"他跟我说，他讨厌植物。"欧腊茹咯咯笑出声来。

"你以为他会喜欢植物，因为它们不像我们似的招惹他。"

"我自己也不能说很喜欢这些植物。"波洛克说，低头望向北极地森林里的紫色波涛，"全都一样。没有思想。没有变化。一个人要是单独待里面，马上就会疯掉了。"

"但这都是活生生的。"庄珍妮说，"只要是活的，奥斯登都讨厌。"

"他真没那么坏，"欧腊茹颇有雅量地说。

波洛克侧头斜睨她一眼，问道："欧腊茹，你跟他睡过了？"欧腊茹泪花四溅，哀号着："你们地球人都下流！"

"她才没呢，"庄珍妮迅速反击，"你睡过吗，波洛克？"

化学家哈哈哈地笑。胡子又沾上唾沫星子。

"奥斯登受不了被摸，"欧腊茹颤抖着说，"由于我不小心擦着他了，他把我打翻在地，好像我是某种肮脏的……东西。对他来讲，我们全是东西。"

"他是个恶魔。"波洛克咬牙切齿地说，把两位女士吓坏了，"他最终会毁了这个队伍，捣坏它，不管是什么方法。记住我的话。他不适合与人共处！"他们降落在北极地。一轮午夜的太阳笼罩住低矮的丘陵。一茬茬干枯的绿粉色苔藓状植物向四面八方延伸，其实都算是朝着同一个方向——南方。在绝对的静谧里，三位调查队员搭建好设备，开始工作，如同三只为了不吵醒岿然不动的巨人，在小心翼翼地蠕动的细菌。

在例行的巡视、拍照和录像行动里，没有人再向奥斯登提问。他也不要求参加，因此很少离开驻地。他在船上的电脑系统里运行哈菲克斯的生物分类学数据，帮助厄斯克瓦纳做些修理、维护的活。厄斯克瓦纳开始睡得很多，一天 32 个小时，他睡到 25 个小时甚至更多。有时修无线电或检查飞行器的导航线路到一半，就跑去睡。有天协调官待在驻地，发现了这个情况。那天，除了癫痫发作的珀斯威特·图，大家都不在家。曼农为了预防紧张症将自己接入了治疗系统。富子将报告存入数据库，同时监视着奥斯登和厄斯克瓦纳。就这么过了两个小时。

"你可能需要用 860 频的安塞波来阻断那个连接。"厄斯克瓦纳轻声地用他犹豫的嗓音说。

"废话！"

"对不起，因为我看到你用了 840 频的——"

"要等我把 860 频的先调出来啊。工程师，我不知道怎么操作时，会向你询问。"

过了一分钟，富子抬头瞅了瞅。毫无疑问，厄斯克瓦纳睡得正甜，脑袋枕在桌上，拇指放在嘴里吮吸。"奥斯登。"

那张白脸一动不动，没有回应，但不耐烦的样子传达出他正在倾听。

"你应该注意到了，厄斯克瓦纳个性脆弱。"

"我可不为他的精神病态负责。"

"但你要对自己负责。对我们此地的工作来说，厄斯克瓦纳是个重要角色。你可不是。你要没法控制自己的敌意，最好离他远点。"

奥斯登放下手上的工具站起身。"乐意之至！"他用恶毒又尖厉的声音说，"你完全想象不到，去感受厄斯克瓦纳非理性的恐惧是什么滋味。不得不分享他可怕的胆怯，不得不跟他一起，对一切畏畏缩缩！"

"你是在为自己对他残忍的态度辩护吗？我本以为你还有点自尊。"富子发现自己因厌恶而发抖，"如果你的共情能力真能让你分担安德的痛苦，怎么没激起一点同情心？"

"同情心？"奥斯登说，"同情心。你懂什么是同情心？"

她盯着他看，他却避开她。

"你想让我形容一下，现在你对我的情感影响吗？"他说，"我可以比你分析的精准得多。我接受的训练就是如何去分析我接收到的反馈。而现在，我接收到了反馈。"

"但像你这样行事，怎么能期望我对你友好？"

"我的行为很重要吗？你这个愚蠢的母猪！你认为我的行为能有啥影响？你认为人类总体来说是一群友爱善良的物种？我就选择去当那个被憎恶的、被鄙视的。不是当什么女人、小丑，我喜欢当被憎恶的。"

"那是堕落，自怨自艾。每个人都有——"

"可我不是人，"奥斯登说，"你们是你们，我是我。我是唯一。"

她被他那唯我论的深邃眼神震慑住，久久说不出话来；最后，她既不鄙视也不怜悯地以手术刀般的冷静说："奥斯登，你可以自杀的。"

"那是你的应对方式，隼人。"他讥讽道，"我可不抑郁。我也不喜欢剖腹。现在你有什么要我做的吗？"

"离开。放过我们和你自己。拿上空气车和数据传送器，去做生物计数。去森林里，哈菲克斯还没顾得上森林。在无线电通信范围内，随便哪儿，找一块一百平方米的林木覆盖的地方。不过要在共情接收范围之外。每天8点和24点各汇报两次。"

奥斯登走了，之后的五天里，除了每日两次简短的报平安，再没有他别的信息。驻地里的氛围一下转变了，就像舞台剧的转幕。厄斯克瓦纳一天里醒着的时间达到 18 个小时。珀斯威特·图弹起星之琉特琴，吟唱天空和声（音乐会让奥斯登陷入癫狂）。曼农、哈菲克斯、庄珍妮和富子都停用了镇静剂。波洛克在他的实验室里蒸馏出点东西，自己全喝了，陷入宿醉状态。阿斯纳尼佛伊和珀斯威特·图举办了一场持续整晚的数字顿悟仪式，这种沉浸在更高等数学中的神秘主义狂欢，是瑟缇人的宗教里最主要的欢庆方式。欧腊茹跟每一个人睡觉。一切工作顺利进行。

数理科学家向驻地疾驰而来，穿过高高的、新长出的灌木状草丛。"森林里——有东西——"他双目圆睁，急促呼吸着，胡须和手指乱颤，"庞然大物。追着我跑。我弯着腰，正在画基准点。它冲我来了。就好像是从树上跳下来的。就在我身后。"他看着其他人，混浊的眼睛里透出恐惧，抑或疲倦。

"坐下，波洛克。慢慢讲。现在，从头讲起。你看见什么东西——"

"不是很清晰。只看到移动的身影。目的性强。一只——一个——我不知道是什么。能自己动的。从树上来，树木形状的，随便怎么叫吧。在树林的边缘。"

哈菲克斯冷冰冰地说："这儿没东西会袭击你，波洛克。连微生物都没有。不可能有大型动物。"

"会不会是一棵附生植物突然掉下来，一条藤蔓在身后松落了？"

"不是，"波洛克说，"它穿过枝蔓，笔直冲着我来的。我一转身，它又腾空而起，远远跳到高处。传出撞击声。这要不是动物，天知道是个什么东西。个头很大——最少有人类这么大个。可能是淡红色的，我没看清。不确定。"

"是奥斯登，"庄珍妮说，"模仿泰山。"她紧张地发出咯咯的笑声。富子则放声大笑。但哈菲克斯不为所动。

　　　　　　　　　　　　　　Ursula K.Le Guin

"人在树枝状的东西下面会感觉不安，"他用克制又礼貌的声音说，"我注意到这种情况。这大概是我迟迟不进森林作业的原因。那种颜色和枝丫间的空隙，对人有催眠作用，特别是排成螺旋形的那些。还有孢子植物，生长间隔那么有规律，看起来不自然。主观来说，令我反感。但我好奇，这种催眠效果要是更强烈一点，是不是就能让人产生幻觉了……"

波洛克摇头，舔了舔嘴唇。"它就在那儿，"他说，"某种生物。行动具有目的性。试着从背后偷袭我。"

那天夜里，奥斯登如往常一样，在 24 点整的时候发来汇报。哈菲克斯将波洛克的所见告诉他。"你遇到什么没有，奥斯登先生？可以解释波洛克先生在森林里遭遇的那个会移动、有感觉的生命体？"

哔哔哔，无线电的噪声像在讥讽他。"没有，全是屁话。"奥斯登没好气地答道。

"你比我们在森林里待的时间都长，"哈菲克斯依旧彬彬有礼，却不妥协，"我认为是森林里的环境使人困扰，让感知产生幻觉，你同意吗？"

哔哔哔。"波洛克的感知很容易受困扰，这点我赞同。让他待实验室就不会惹麻烦了。还有别的事吗？"

"暂时没了。"哈菲克斯说。奥斯登切断联络。

没人证实波洛克的所见，但也没人能证伪。他很确定那是某种生物，个头很大，预备偷袭他。断然否定也很难，因为他们处于一个陌生的世界，每个进入森林的人，都会在"树"荫下产生毛骨悚然、大祸将至的感觉（"当然要叫树，"哈菲克斯说过，"跟树是一类东西，只不过，完全不同"）。他们承认自己也感觉到不安，或有被什么东西从背后窥视的感觉。

"我们必须查清这件事。"波洛克说，要求临时指派给他一位生物学副手，像奥斯登那样，也进入森林做调查。欧腊茹和庄珍妮自告奋勇，想搭档着一起去。哈菲克斯派她们进入营地附近那片覆盖了 D 大陆五分之四面积的森林。他禁止她们携带武器，也不允许走出一块五十英里半径的半圆形区域，奥斯登目前也在这片地区。他们仨全都一天汇报两次，然后过了三天。其间，波洛克报告称，他瞥到一个巨大的、半直立的身形，穿过树林，跨越溪流；欧腊茹确信，在第二天晚上，听到有东西在帐篷外走动。

"这个星球上没有动物。"哈菲克斯固执己见。

然后奥斯登的晨报没有如约而至。

富子等不到一个小时，就跟哈菲克斯一起，飞往奥斯登前晚汇报的地点。飞行器盘旋在紫色叶子的海洋上，无边无际，密不透风，她惊慌又绝望："我们怎么从这里面找到他？"

"他报告说降落在河岸上。找到空气车。他应该在离得不远的地方扎营，现在也不会离营地太远。生物计数是个细活。河流在那里。"

"那是他的车。"富子说，从一片植物色块中，她瞥到一丝异样的闪光，"朝那儿去吧。"

她将飞行器悬停，放下梯子。哈菲克斯和她下到地面。生命的海洋在他们头顶合拢。

当双脚接触到林地的一瞬间，她迅速翻开枪套，但看了看没带枪的哈菲克斯，手才离开了枪。但她的手还是时不时地摸回去。这里一点声响也没有，很快他们离那条缓缓流动的褐色河流只有几米远了。周围光线暗淡。参天大树疏松耸立，分布均匀，形态千篇一律。它们拥有柔软的外皮，有些表面光滑，有些具有海绵状孔洞，灰色、褐绿色、褐色，与线缆般的藤蔓植物纠结一起，加上点缀其上的附生植物，刚硬的枝条支棱着，其上长满宽阔的深色蝶形树叶，编织成二十多米厚的华盖。脚下的地面如坐垫般富有弹性，每一英寸都被根须和新生的幼小植被覆盖。

"这是他的帐篷，"富子说，听到自己的声音出现在一片广袤的无声世界，不禁被吓到。帐篷里有奥斯登的睡袋、几本书和一盒干粮。她想，我们应叫唤他、呼喊他才对，但她提都没提这个建议，哈菲克斯也是。他们绕着帐篷寻找线索，在厚密、昏暗的树林间，小心地确保对方在自己视线内。

在离帐篷不到三十米的地方，她追随一道白光发现了掉落的笔记本，然后就被奥斯登的身子绊倒。在两棵根须粗壮的树木之间，他脸朝下躺着，头上、手上沾着血，有些已经干涸，有些还在外渗。

哈菲克斯来到她身边，在暮色中，他苍白的海恩人面色显得绿莹莹的。"死了？"

"没，受袭了。被攻击。从身后。"富子的手摸索过血迹斑斑的头骨、太阳穴和后脖子，"用的武器，或是工具……骨头没折。"

当她将他的身子翻转过来以方便抬起时，他的眼睛睁开了。她正扶着他，弓着身离他的脸很近。他无血的双唇颤抖起来。她感觉死亡将至。她高声尖叫了几声，尝试着跑开，跌跌撞撞钻进可怕的暮色中。哈菲克斯抓住她，感觉他的触摸、听到他的声音，她的惊恐才渐渐平息。"怎么啦？怎么啦？"他不断地问。

"我不知道，"她啜泣着。她的心跳把自己吓坏了，视觉也不清晰。

"当我看着他的眼睛，恐惧——恐……我吓坏了。"

"我俩都太紧张了。我不明白这——"

"我已经没事了，来吧，我们得送他去治疗。"

两人行动起来，带着不自觉的急切。他们将奥斯登拖到河岸，将一条绳子从他腋下绕过，他被拖曳在两人身后，仿佛一口微微扭动的麻袋，扫过黏糊的暗色树叶组成的海洋。他们将他拖进飞行器，起航。不到一分钟，他们就飞到开阔的平原地带。富子开启导航波束。她深吸一口气，与哈菲克斯对视上："我刚才吓坏了，差点昏过去。过去从没这样过。"

"我也……没来由地受到惊吓。"瀚星人说，他看起来苍老，颤抖不止，"没你那么厉害。但是毫无缘由的。"

"那时我正抱着他，跟他接触上。有一会儿，他好像清醒过来。"

"共情吗？……希望他能告诉我们是什么袭击的他。"

奥斯登像是个破烂假人，身上是血迹和泥巴。他们将他半躺着安置在后座上，火急火燎地逃出森林。

在驻地等待他们的是更多的惊慌。这次残忍又低效的袭击非常野蛮，叫人难以捉摸。由于哈菲克斯固执地否定动物存在的可能性，大家开始怀疑是有知觉的植物、植物怪兽、心理投射。庄珍妮潜在的恐惧症发作了，她只念叨着围绕在他们身后的黑暗自我，别的一概闭口不谈。她和欧腊茹、波洛克被召回驻地，没人愿意外出了。

独自躺在那里的三四个小时，让奥斯登流失了大量血液。脑震荡和严重的挫伤使他处于休克和半昏迷状态。等他醒过来，开始发低烧时，有好几次嘟囔着"博士"，用悲戚的语调说："哈默戈尔博士……"漫长的两天后，他完全清醒过来，富子将哈菲克斯叫到他的小房间。

"奥斯登，你能告诉我们是什么袭击了你吗？"

无神的眼睛扫过哈菲克斯的脸颊。

"你被袭击了。"富子温柔地说。那闪烁的眼睛里依然充满熟悉的愤恨。但她是一位医生，专门守护伤者的。"你可能不记得了，有东西袭击了你。当时你在森林里——"

"啊！"他大叫起来，眼光如炬，身体扭曲，"森林——在森林里——"

"森林里有什么？"

他大口喘着粗气。理性的光芒回到脸上。过了一会儿，他说："我不知道。"

"你看到袭击你的东西没有？"哈菲克斯问。

"我不知道。"

"你现在想想。"

"我不知道。"

"我们能否活命就靠这个了。你必须告诉我们你看到的！"

"我不知道，"奥斯登泣不成声，显得虚弱不堪。他太虚弱了，都没力气去隐藏他隐藏着的答案的事实，但他就是不愿说。隔间的波洛克嚼着自

Ursula K.Le Guin

己胡椒色的胡子，想要听清隔壁的对话。哈菲克斯将身子探向奥斯登，威胁说："你会告诉我们的——"富子不得不用肢体干涉。

哈菲克斯竭力控制着自己，看起来很难受的样子。他默默回到自己房间，毫无悬念地吞下两份或三份剂量的镇静剂。其他的男男女女分散在这巨大、脆弱的建筑的主长廊和休息间里，无声无息的，却显得压抑、敏感。奥斯登跟往常一样，即使现在，每一个人还是受他影响。富子低头看着他，一股厌恶感如胆汁涌上喉头。这个可怕的自我中心者，用他人的情感来喂养自我，这种绝对的自私比任何可怕的肉体畸形更恶心。生来就是怪物，他就不该存活于世。不该活着。应该死掉。怎么他的脑袋没开花？

他平躺着，面色苍白，双手无助地放在体侧，透明的眼睛瞪得很大，泪水从眼角滑落。他想要躲闪。"别，"他的声音沙哑又虚弱，抬起手来想要护住头部，"别！"

她找了个折叠椅，挨着铺位坐下。过了一会儿，她的手盖住他的手。他想要挣脱，却没有力气。

两人沉默了很久。

"奥斯登，"她嘟囔着，"我很抱歉，我真的很抱歉。希望你康复起来。让我祝福你早日康复，奥斯登。我不愿伤害你。听着，我知道了。是我们中的一个，对不对？别，别回答，除非我说错了，但我没有……当然，这个星球上有动物。十只。我不在乎是谁，不重要，不是吗？那个时候，凶手可能是我。我意识到自己当初不明白这个作用方式，奥斯登。你不明白，对我们来说，这有多难理解……但是，听着，如果是爱，而不是怨恨和害怕的话……不会有爱吗？"

"不会。"

"为什么？绝不会吗？人类全都这么渺小吗？太糟糕了。别在意，别在意。不要担心。躺着别动。至少现在，没有怨恨了，是吧？至少，是同情、关心、祝福，你感觉到了吧，奥斯登？你有这种感觉吗？"

"以及……其他的感觉。"他气若游丝地说。

"我猜，是一些潜意识的干扰，还有船上其他人……听着，我们在森林里找到你，当我试着给你翻身时，你迷迷糊糊醒了，我从你那里感受到一种恐惧。有那么一霎，我怕得要死。我感受到的是你的恐惧吗？"

"不是。"

她的手还覆盖着他的手，他很放松，渐渐沉入梦乡，好像受疼痛折磨的病人终于从疼痛中解脱。"是森林，"他嘟囔着，"害怕。"她没有听懂。

她没有继续追问，只是抚着他的手，看着他睡去。她知道当时自己的感受，因此他一定也感受到了。她坚信这一点：只有一种情感，或存在状态，能够成为情感的对立面，在一瞬间变得如此极端。在伟大的瀚星语里，有一个确切的词形容它，"昂祂"（onta），既代表爱，也代表恨。她当然不爱奥斯登，这是两码事。她对他的昂祂，是极端的恨。她握着他的手，感觉血液的流动，触摸中强烈的过电的感觉，这是他一直都害怕的。他睡着后，嘴巴一圈解剖图似的肌肉松弛下来，富子看到他脸上浮现出谁都没见过的表情，一个很浅的微笑，转眼即逝。他睡熟了。

他是个硬汉，第二天就坐起身，要东西吃。哈菲克斯希望盘问他，却被富子拦下。她学奥斯登过去那样，在房间门口挂了张塑料帘子。"这真的可以切断共情接收吗？"她问道。"不会。"他用干瘪、审慎的语调回答。如今他俩交流的语气很慎重。

"那么，只是警告作用喽。"

"部分是，更多是一种心理治疗。哈默戈尔博士认为有用……可能有吧，一点点。"

曾经，他也是有爱的。在成人世界汹涌的情感大潮中窒息的孩子，被吓坏了，要淹死了，被一个男人救起。这个男人教他呼吸，教他生存。这个男人给予他一切，全方位的保护和爱。他是父亲／母亲／上帝，再没人像他一样。"他还活着吗？"富子问，想到奥斯登是多么孤独，那些伟大的医师真是异常残酷。她听到他压抑的轻笑，很受震撼。"他死了最少半个世纪了。"奥斯登说，"你忘了我们在哪儿吗，协调员？我们都将自己的小家抛下了……"

在塑料帘的另一边，4470世界的其他八个人类漫无目的地晃荡着。他们的声音压得很低。厄斯克瓦纳睡了，珀斯威特·图在治疗室。庄珍妮想在房间里装满灯，这样就不会投下影子。

"他们都很害怕，"富子说，她自己也害怕，"他们都在想是什么袭击了你。某种猿猴土豆啊，长毒牙的巨型菠菜啊，我不知道……连哈菲克斯都胡思乱想。你没逼他们面对真相，也许你是对的。因为可能会更糟，对其他人失去信任。但为什么我们都战战兢兢，濒临崩溃，却无法面对真相呢？是我们都疯了吗？"

"我们将疯得更厉害。"

"为什么？"

"确实有东西。"他住了嘴，嘴巴一圈的肌肉紧绷着。

"有知觉的东西？"

"一种知觉。"

"森林里的？"

他点点头。

"那么，到底是什么——"

"恐惧，"他又显得惴惴不安，浑身扭动着，"当我倒在那里时，你知道吧，我并没有立马失去知觉。也可能是我后来醒转过来。我不知道。更像是瘫痪的感觉。"

"继续。"

"我倒在地上，起不来身。脸埋在土里，周围是柔软的树叶堆，都进到我的鼻腔和眼睛里。我动弹不得。目不能视。就好像被活埋地下。某一部分，沉到地底。不看我也知道，自己倒在两棵树之间。估计是因为我感觉到了地底下的根须。我还感觉自己的双手沾着血，血液让面颊周围的土地黏糊糊的。我感到害怕。恐惧越来越强烈。就好像我终于被它们抓个正着，我就躺在它们的上面、下面、里面，它们害怕的东西，有一部分就是恐惧本身。我不受控制地将恐惧反馈给它们，恐惧越滚越多，我动弹不得，无法逃开。我想，自己就要昏过去了，但恐惧再次把我抓回来，我还是动不了。跟它们一样。"

富子的发丝根根直立，打着冷战，准备迎接恐惧降临。"它们？它们是谁，奥斯登？"

"它们，它——不知道。那种恐惧。"

"他什么意思？"富子汇报以上谈话时，哈菲克斯质问道。她依旧不允许哈菲克斯问讯奥斯登，觉得自己必须保护奥斯登，免受瀚星人过分压抑的情感的猛攻。不幸的是，这仿佛是给文火添柴，让可怜的哈菲克斯越发焦躁。他认为她和奥斯登联起手来，向队里其他人隐瞒了事关重大的真相，或危机四伏的事实。

"这就是盲人摸象。奥斯登不比我们看到或听到更多……知觉。"

"可他接触到了，我亲爱的隼人，"哈菲克斯强压着怒火说道，"不是说共情，而是他的脑袋。那东西接近他、扳倒他，还用钝器击打他。他难道没有瞄到哪怕一眼？"

"那他可能看到什么，哈菲克斯？"富子话中有话地问，但他不去听这层深意，因为他早已把那层意思屏蔽。大家害怕的是异形。犯下谋杀的是个局外人，一个陌生客，而非我们其中一员。魔鬼不在我体内！

"第一下就把他打昏过去，"富子的口吻有些倦怠了，"他什么也没看见。但等他孤零零地在森林里醒来，他感到强烈的恐惧。这恐惧不属于他自己，是共情的作用。这一点他很确定。当然，他也不是从我们这儿接收的。显而易见，这里自然界的生命形式并非全都没有知觉。"

哈菲克斯盯着她看了一会儿，咧嘴一笑："你故意吓我呢，隼人。我不知道你什么动机。"他起身走向自己的实验台，动作僵硬、迟缓，一点

Ursula K.Le Guin

不像 40 岁，更像 80 岁的老人。

　　她看了一圈其他人，觉得士气很低落。她清楚地意识到，最近与奥斯登建立的脆弱但意义不凡的关系，给了她一些额外的力量。但就连哈菲克斯都垂头丧气的，其他人如何保持士气？波洛克和厄斯克瓦纳将自己锁在房间里，其他人都忙着工作或什么别的事。但他们的态度有些怪异。一开始，协调员还没觉察出怪异的氛围，直到她看到所有人都坐着，面朝附近森林的方向。跟阿斯纳尼佛伊下象棋时，欧腊茹一点点地挪凳子，最后几乎挨着对手坐。

　　她去找曼农，后者在厘清纠结在一起的蜘蛛样褐色根须。她让他去分析这个古怪的行为模式，他看后居然简短地说："留意敌人。"

　　"什么敌人？你感觉到什么了，曼农？"她突然对他这个精神病学家充满期待，在现有线索和共情的晦涩基础上，生物学家容易跑偏。

　　"我感到基于一个特定的空间定位的强烈焦虑，但我不是共情者。因此，这种焦虑可以用一定的压力—情景模式来解释，就是说，一个队员在森林里受到攻击，再加上全部的压力 - 情景，就是说，我在一个完全陌生的环境里，'森林'这个词的原本内涵不可避免地提供了一个隐喻。"

　　几个小时后，富子被奥斯登在噩梦中的尖叫吵醒。曼农在安慰他，她重新沉入自己黑沉沉的梦。当天早上，厄斯克瓦纳没有起床。兴奋剂也无法将他唤醒。他执着于睡眠，意识往更深的地方滑走，时不时地冒出几句柔声的呓语，之后完全寂寂无声。他蜷缩地侧躺着，拇指放在嘴里，离开了。

　　"两天，倒下两个。十个小印第安人，九个小印第安人……"说这话的是波洛克。

　　"你就是下一个小印第安人，"庄珍妮打断他，"去分析自己的尿吧，波洛克！"

　　"他要把我们全逼疯了，"波洛克说，起身挥了挥左手，"你没觉察到吗？老天爷啊，你们又聋又瞎吗？没觉察到他在发射信号吗？全都来自他——从他的房间里——从他的脑子里。他正在用恐惧把我们全逼疯呢！"

"你说谁？"阿斯纳尼佛伊突然逼近这个矮小的地球人，毛发扫到对方身上。

"我非得说名字吗？好吧，奥斯登，奥斯登！你以为我为何想杀他？为了自保！为了救大伙！因为你不相信他对我们的所作所为。他让我们吵得不可开交，想使任务流产。现在他又将恐惧投射给我们，这样大伙都吓疯了，没法睡觉，没法思考。他像是个无声的巨型无线电，却一直在广播，让你没法睡，也没法转脑子。隼人和哈菲克斯已经被他掌控了，但剩下的人还有生机。我必须救大家。"

"你的救援不怎么起作用。"奥斯登说，他半裸着站在自己小房间的门口，满身都是排骨和绷带，"我应该对自己下手更重一些。见鬼，把你吓得瞎了眼的并不是我，波洛克，是那边那个——那边，森林里！"

波洛克朝奥斯登扑过去，却被阿斯纳尼佛伊拦住。他继续毫不费力地抱住他，好让曼农过来给他打一针镇静剂。他被架走的时候，还大声嚷着巨型无线电的鬼话。很快镇静剂起作用了，他也加入厄斯克瓦纳去享用安详的寂静。

"好了，"哈菲克斯发话，"那么，奥斯登，你来告诉我们你所知道的一切。"

奥斯登说："我什么也不知道。"

他看起来精疲力竭。富子让他坐好后再开始讲话。

"我进入森林三天后，觉得自己偶尔会接收到某种情感。"

"那你为什么不汇报？"

"我以为跟你们一样，思幻了。"

"那同样应该汇报，没有例外。"

"你召我回驻地，我没法接受。你意识到让我参加任务是个可怕的错误。我无法跟九个神经质的人类在封闭空间里共存。我申请参加边界调查是错的，政府接受我的申请也是错的。"

没人说话，但富子这次清楚看到，奥斯登看到他人对此的默认，肩膀一抖，脸部肌肉也扯紧了。

"不管怎样，我不想回驻地，是因为我的好奇心。即便是疯掉了，我怎么能够在周围没有生物体发射信号的时候接收到共情作用？而且，信号并不邪恶。非常模糊。怪异。就像一间封闭房间吹过一丝风，你的眼角闪过一道光。微不足道。"

有那么一会儿，是他们的倾听支持着他继续往下说；他们倾听，所以他继续说。他完全受他们摆布。如果他们不喜欢他，他就是可恨的；如果他们嘲笑他，他就变得荒唐；如果他们聆听，他就成了说故事的人。他无助地受到他们的情感、反应、心境的驱使，适应他们的需求。由于他们有七个人，太多需要应对的，所以被不同人的需求耍得团团转。他无法保持专注。就在他的讲话掌控住局面的同时，有人的注意力飘走了：欧腊茹可能想着他毫无魅力；哈菲克斯在思考他讲话的内在动机；阿斯纳尼佛伊的想法很飘忽，难以把握，他正游离在数字世界的永恒平静里；而富子被怜悯心和恐惧分了心。奥斯登开始结巴，他分神了。"我……我想一定是那些树。"他止住了话头。

"绝非树木，"哈菲克斯说，"它们的神经系统并不比地球上具瀚星血统的植物多多少。根本没有。"

"你不能还像在地球上那样，把森林看作树木。"曼农插嘴道，狡黠地一笑。哈菲克斯瞪着他："20天来一直叫我们困惑的那些根须节点是怎么回事——嗯？"

"怎么回事？"

"毫无疑问，那些是连结点。树木的连结点，对吧？现在让我们设想一下，假设你对动物的大脑结构一窍不通，然后给你一根神经轴突或是分离得到的神经胶质细胞做研究，你会发现它的功能吗？你能发现这种细胞有知觉能力吗？"

"不行，因为它没有。单个细胞只对刺激有本能反应。仅此而已。你是猜测每个树状生命是某种脑'细胞'吗，曼农？"

"不完全是。我只是指出来，它们通过根须的节点和树枝上的绿色附生物相互连接着。这个网络相当复杂，非常庞大。为什么连平原上的草状物也有那些根须连结点呢？我知道，知觉或是智能不是一样东西，你没法在脑细胞里找到它，或是将它分析出来。这是细胞网络形成的一种功能。某种程度上，它就是连接本身：连接状态。它不是存在物，我不是说它有实体。我只是猜测奥斯登可能会把它描述出来。"

奥斯登接着他往下说，仿佛处于催眠状态。"没有感觉的知觉，例如眼盲、耳聋、没有神经，没有运动。一些对碰触的应激反应。对光线、水以及根须周围土里的化学物的趋向性。动物的思维无法理解以上行为。思想抽离身体。无形体的存在。无我的境界。涅槃。"

"那你为什么会接收到恐惧？"富子低声问。

"不知道，我不清楚其他物体、其他人的意识状态怎样开启：这种反应尚未被察觉……但连日来，都有不安的感觉。然后我躺在那两棵树之间，我的血流到根须上——"奥斯登的脸庞汗津津的。"就变成恐惧。"他的声音刺耳，"只有恐惧。"

"如果这种功能确实存在，"哈菲克斯说，"它也没能力孕育出一个行动的自我、实体化的整体意识，或是对某个行为做出反应。它们对我们的觉察，不可能多于我们对无限的'觉察'。"

"这无边的寂静叫我害怕，"富子喃喃自语道，"帕斯卡能感知到无限。依靠恐惧。"

"对森林来说，"曼农说道，"我们像一场森林火灾。飓风。危险。对植物来说，行动敏捷的东西是危险的。无根的东西可能是异形，真可怕。如果它形成了思维，那最可能感知到奥斯登的存在，因为他的大脑在清醒状态下时刻准备与其他东西连通，而那时他就躺在它体内，痛苦又恐惧。它会感到害怕，一点也不稀奇——"

"不是它，"哈菲克斯说，"没有实体。不是巨大的生物，也不是人！顶多算得上是一种功能——"

"只是恐惧本身。"奥斯登接嘴。

一瞬间他们都静下来，聆听着外界的寂静无声。

"我一直以来觉得被人跟踪的感觉，跟它是一个东西吗？"庄珍妮越说声音越小。

奥斯登点头："即使像你们这么闭目塞听，也都感觉到了。厄斯克瓦纳最没用，他其实有一点共情的能力。如果加以学习，他可以向外发送。但他太软弱了，只愿做个媒介。"

"听着，奥斯登，"富子说，"既然你能发送，那就向它——向森林里的恐惧发送——告诉它我们不会伤害它。既然它拥有，它是某种可以转换成情感的影响力，你就不能转送回去吗？传递一个信息。我们是无害的，我们很友好。"

"你要知道，没人可以发送虚假的共情信息，隼人。你没法发送根本不存在的东西。"

"但我们没有恶意啊，我们很友好。"

"是吗？在森林里，你抬我起来时，感觉友好吗？"

"不，吓坏了。但那时是——它、森林、植物，并非我自身的恐惧，不是吗？"

"有区别吗？这就是你的感受。你们还不明白"奥斯登夸张地抬高音调——"为什么我讨厌你们，你们所有人，你们也讨厌我？你们还没发现，从初次见面起，我就把你们对我的所有负面、具攻击性的情感全部转送回去了吗？我心怀感谢地将你们的敌意原样奉还。我这么做是自卫，像波洛克那样。仅仅为了自卫，这是我现在唯一可以自我保护的方式，取代了最初完全的自闭式自卫。很不幸，这导致了一个死循环，不断地强化自我。一开始，你们对我的回应，只是对残废的本能反感；但现在，当然，转变为了痛恨。你们不会还没懂吧？现在，森林只发送出恐惧，是因为暴露在那里的我唯有恐惧！"

"那我们该做什么？"富子问。曼农立即回复："转移驻地。去另一个大陆。就算植物有大脑，就像这一次，不会那么快注意到我们，也许完全不会觉察到我们。"

"那就真是个解脱了。"奥斯登生硬地评论道。其他人带着新的好奇望着他。他袒露了自己的心声，他们看到了真实的他，一个落入陷阱的无助的男人。也许，跟富子一样，他们看到的陷阱，即他的粗鲁且残酷的自我，只是他们自己构建的结果，并非真实的他。他们造了个笼子，将他锁在其中，他像笼子里的猩猩，将秽物丢向栏杆外。假设初次见面时他们表现出信任，如果他们足够强大，给予他爱，他怎会成为现在这样？

他们没一个人这么做，现在已然太迟。要是给时间让他们单独相处，富子可能与他建立起感觉上的缓缓共振，一致的信任，一种和谐的关系；可惜时不待人，有任务需要完成。没有足够的空闲去培育这种伟大的感情，只能诉诸同情心、怜悯心，和一点点新生的爱。这一点点的改变给了她力量，但对他却远远不够。她从他伤肿的脸上，看到了残酷的怨恨，针对他们的好奇，甚至针对她的怜悯。

"快去躺下，那个伤口又流血了，"她说。他听从了。

第二天早上，他们整理行装，将库房和居住区烧毁，然后开启钢姆号的自动驾驶系统，绕着 4470 世界飞了半周，飞跃红绿色的陆地，以及温暖的碧绿的洋流，最终在 G 大陆一块类似的地点安营。这是一片平原，两万公顷的草状植物在风中俯仰。一百公里内没有森林，连一棵落单的树、一簇低矮的树丛都没有。植物状生物只会出现在大型生物聚落，除了一些随处可见的微小腐生物和孢子杆，从不同物种间混长。队员在建筑外

　　　　　　　　　　　Ursula K.Le Guin

壳上喷上全息涂剂，等进入 32 个小时中的夜晚时段，大伙就在新驻地里安顿下来。厄斯克瓦纳还在睡，波洛克还处于镇静剂作用下，其他人则心情大好。"你能在这里呼吸！"他们不断说着这样的话。

奥斯登起身，颤颤巍巍走向门廊——他靠在那里，透过黄昏的微光看着摇摆的似草非草的物体绵延出去。空气中有一股淡淡的香甜气，来自风中的花粉，无声无息，只剩风发出的轻柔、辽远的鸣鸣声。他缠着绷带的脑袋稍微扭动，这位共情者呆立了很久。暮色四合，只见星光，就像远处人家窗户里的灯。风止住，一切归于寂静。他倾听着。

漫漫长夜里，隼人富子也在倾听。她一动不动地躺着，听自己的血液在血管里流动，听休眠者的呼吸；听风声，听黑暗中的奔跑；听梦走近的脚步，听宇宙迈向死亡的过程中渐渐趋向死寂的星辰；听逝者的脚步声。她挣扎着从床上爬起来，逃离憋屈、孤独的隔间。厄斯克瓦纳一个人睡了。波洛克穿着束缚衣躺着，嘴里时不时蹦出几句用含混不清的方言说的轻声呓语。欧腊茹在跟庄珍妮打扑克，面色严肃。珀斯威特·图在治疗间，接入了系统里。阿斯纳尼佛伊在画一幅曼陀罗，象征第三组质数列。曼衣、哈菲克斯跟奥斯登一起，坐着没睡。

她为奥斯登换了头部的绷带。他没刮掉的柔顺的红发看起来很奇怪，沾上了白白的盐粒。她忙活的时候，他的双手抖动不止。但谁都没说什么。

"为什么恐惧也尾随而来了？"她的声音在恐惧的沉默中显得单调、不合时宜。

"不仅是树，连草也……"

"可我们离早上的所在地 1.2 万公里远，我们把它留在了星球的另一面呀。"

"是一个整体，"奥斯登说，"一个巨型的绿色的脑子。你脑里的一个想法，需要多久从一端传到另一端？"

"它不会想。它没在想。"哈菲克斯毫无生气地说，"只是一个程序网。

那些枝丫、附生物、带连接节的根须：它们一定都有发送电化学冲动的能力。确切说，那里没有单个的植物。即使花粉也是连接中的一环，毫无疑问，一种随风传播的感知器，使连接跨越大洋。但这是难以想象的。一整个生物圈里的植物，组成了一个感性的、易怒的、不死的、隔绝的……交流网络。"

"隔绝的，"奥斯登重复道，"就是这个！恐惧的来源。不是因为我们可以移动，或是具破坏性。仅仅因为我们是我们，我们是他者。而这里从未出现他者。"

"你说得对，"曼农近乎耳语地说，"它没有同伴。没有敌人。没有与任何东西建立关系，除了它自己。永远形单影只。"

"那从物种生存的角度看，它的智能又有什么意义呢？"

"毫无意义，有可能。"奥斯登说，"你为什么要用目的论来解释呢，哈菲克斯？你不是瀚星人吗？对难题的探索不正是一种永恒的快乐吗？"

哈菲克斯没有上钩。他看起来萎靡不振。"我们应该离开这个世界。"他说。

"现在你知道我为何老想着出去，老想要远离你吧，"奥斯登用一反常态的友好腔调说，"滋味不好受，对吧——他人的恐惧？……它如果真是一种动物智能就好了。我能对付动物。我跟眼镜蛇和老虎相处得不错，更高的智能能提供便利,我应该到动物园发挥作用,而不是参加人类小组……要是我能读懂该死的蠢土豆就好了！要是它没这么强烈就好了……知道吗？我还接收到恐惧以外的东西。在它大惊失色前，曾有过——曾是平静的。我不能对所有知觉照单全收，之前没意识到它有多庞大。整个白天的意识，还有整个夜晚的。再加上风的吹拂与止息。冬季星座和夏季星座同时绽放。拥有根须，从未见敌人。自成一体。看到没？没有遭遇过入侵，没有过他者。完整无缺……"

富子自忖道，他过去从未吐露心声。

"在它面前，你手无寸铁，奥斯登。"她说，"你的人格已经转变。你在它面前是脆弱的。不走的话，我们可能不会全疯，但你会。"

他犹豫不决，最后抬头看向富子。这是他第一次与她对视上，凝视了很久。他的眼眸清如水。"理智带给我什么好处吗？"他讥讽道，"不过你说对了一点，隼人。说得很有道理。"

"我们应该离开。"哈菲克斯咕哝着。

"要是我屈就于它，"奥斯登思索着，"能与其交流吗？"

"所谓的'屈就'，"曼农急切地说，"我猜你的意思是，停止反馈你从植物实体接收到的共情信息：不再拒绝恐惧意识，将其自我消解。这会立即叫你毙命，或是将你压制回完全的心理封闭状态，回归自闭。"

"为什么？"奥斯登问，"它的信息就是拒绝。但我的救赎就在于拒绝。它没智力，但我有。"

"尺寸不对等。单个人类大脑怎么对付这种庞然大物？"

"单个人类大脑可以分析出行星级、银河级的运行规律，"富子说，"并将其解释为爱。"

曼农挨个看向每个人，哈菲克斯默不作声。

"到森林里会更容易，"奥斯登说，"你们谁载我飞过去？"

"什么时候？"

"现在。在你们陷入崩溃，或是诉诸暴力之前。"

"我来吧。"富子说。

"我们谁也别去。"哈菲克斯说。

"我不行，"曼农说，"我……我怕极了。会把飞行器撞毁的。"

"把厄斯克瓦纳叫上。如果能行的话，他可以做媒介。"

"你同意感应官的计划吗，协调员？"哈菲克斯以正式的口吻问。

"对。"

"我不同意。但我会和你一起去。"

"这是我们的职责，哈菲克斯。"富子说，她看着奥斯登的面庞，一度丑陋、麻木的这张脸，透露出恋人般的热切。

欧腊茹和庄珍妮靠打扑克来忘掉自己曾在床榻上噩梦连连、惊恐万状、如孩童般惊叫不止的情景。"这东西，它在森林里。它会找到你——"

"怕黑吗？"奥斯登不屑地说。

"但你看看厄斯克瓦纳，还有波洛克，连阿斯纳尼佛伊都——"

"它伤害不了你。不过是通过突触的一种刺激，穿过树枝的一阵风。只是一场噩梦。"

他们乘飞行器离开，厄斯克瓦纳蜷缩在机厢后部，依然甜甜睡着。富子在驾驶，哈菲克斯和奥斯登则一言不发地望向前方，星光点点下的几英里灰暗平原之外，是森林的黑暗轮廓。他们接近黑暗的轮廓，穿过去，黑暗来到他们身下。

她找到一片停机坪，极力压抑内心想要攀升、逃离的愿望，保持低空飞行。森林里的植物世界拥有更充沛的生命力，它的恐慌也在无涯的黑色浪潮中起伏有序。前方出现一块白斑，是比周围最高的黑色身影稍挺拔的小山头；它不是树形物，根植此地，是整体的一部分。她的飞行器朝空地下降，糟糕的降落。她握着操作杆的手是湿滑的，好像用一块冰凉的肥皂擦洗过。

他们现在被森林包围，在黑暗的中心。

富子弓起背，闭上了眼睛。厄斯克瓦纳在睡梦中呻吟。哈菲克斯的呼吸变得急促而有力，即便奥斯登越过他上方，将滑门拉开时，他还是僵坐着一动不动。

奥斯登站起来，弯腰准备穿过机门的时候停顿了一下，在控制板的微光下，隐约能看到他的后背和缠着绷带的头颅。

富子瑟瑟发抖。她没法抬起头。"不，不，不，不，不，不，不，"她用耳语般的音量说，"不。不。不。"

奥斯登静悄悄地突然行动起来，从舱门跳下，没入黑暗中。他消失了。

我来了！仿佛一声巨大的呼喊，却没发出一点儿声音。

富子尖叫起来。哈菲克斯咳起来，他好像想要站起身，却放弃了。

富子的注意力全退回到自己身上，集中于肚子中心的点，她存在的核心。余下的全是恐惧。

呼喊声消失了。

她抬头，缓缓松开握紧的拳头，直挺挺坐起来。这夜很黑，星光洒向森林里。什么都没有。

"奥斯登。"她的嘴巴无声地开合着。她又叫了一遍，声音大了些，似牛蛙在叫。但没有回应。

她发现哈菲克斯不对劲。他滑落到座椅下方，她尝试在黑暗中定位他脑袋的位置。突然，在死寂中，从飞行器的后部传来一个声音。"很好。"他说。声音来自厄斯克瓦纳。她摁亮内部的灯光，看到工程师蜷缩身子睡着，手掌半盖住嘴巴。

张开的嘴巴在说话："没事了。"

"奥斯登——"

"没事了。"声音从厄斯克瓦纳的嘴巴传出。

"你在哪儿？"

沉默。

"快回来。"

风声紧了。那温柔的嗓音说："我将留在此地。"

"你不能留下——"

沉默。

"你会孤单无助，奥斯登！"

"听着，"那个声音渐弱，变得模糊不清，好像迷失在了风中。"听着，我希望你好好的。"

之后她叫着他的名字，却得不到回应。厄斯克瓦纳继续躺着不动。哈菲克斯躺得更死。

"奥斯登!"她靠着门框,向黑暗中,向狂风肆虐的寂静森林呼喊着,"我会回来的,我必须先把哈菲克斯送回驻地。然后我就回来,奥斯登!"

外面只有寂静和风过树叶的沙沙声。

剩下的八个人完成了对 4470 世界既定的调查任务,又额外花费了 41 天。一开始,阿斯纳尼佛伊和其中一个女队员还会在白天进入森林,去光秃的山尖附近搜寻奥斯登。但由于当时处于极度的恐惧中,富子并不真的确定那晚他们降落在哪个山头。他们留给奥斯登成堆的补给品,足够支撑 50 年的食物,以及衣物、帐篷和工具。他们放弃了搜寻;在无尽的迷宫里寻找一个孤零零的人类,而这个人还可能藏起来,这是不可能的任务,更何况还有幽暗的小径,缠绕的藤蔓和满地的根须。他们可能已经擦肩而过,但无缘再见。

然而他就在那里,因为再也没有恐惧袭来。经过长久的、无意识的痛苦折磨,富子更加重视理性的价值,她尝试着从理性的角度去理解奥斯登的行为。但语言显得太过苍白。他拥抱恐惧,接受并超越了恐惧。他毫无保留地将自己托付给异形,不存一丝歹意。他学会去爱他者,因此毫无保留。但这些不是理性可以解释得通的。

调查队队员们从树下走过,穿越巨型生态圈,周遭是梦幻般的绝对死寂,仿佛在静静思索。对方觉察到他们,却漠不关心。时间是凝固的。距离不是问题。如果拥有无尽的空间和时间的是一个世界而不是我们……这个星球辗转在日光与黑夜两端,徘徊于冬天凛冽的寒风与夏季和风之间。浅色的花粉漂洋过海。

经过多趟调查任务,很多光年之后,钢姆号回到几世纪以前曾叫作斯缅因港口的地方。那里仍有人类,专门接收(不可思议)调查队的报告,并记录下人员损失:生物学家哈菲克斯死于恐惧,感应官奥斯登作为殖民者留在当地。

Ursula K.Le Guin

编者简介 - About the Editors

△ 安·范德米尔

目前担任 Tor.com 网站、Cheeky Frawg Books 公司和 WeirdFictionReview.com 网站的虚构类作品组稿编辑。同时，她曾担任《怪谭》杂志主编五年的时间，在这段时期，她获得一次雨果奖和三次雨果奖提名。除了雪莉·杰克逊奖的多次提名，她还凭借联合主编《怪谭：奇异暗黑故事集》(*The Weird: A Compendium of Strange and Dark Stories*) 获得了一次世界奇幻奖和一次英国奇幻奖。她的其他编辑作品有《最佳美国奇幻》(*Best American Fantasy*)，三本蒸汽朋克选集和一本幽默类图书《幻想动物洁食指南》(*The Kosher Guide to Imaginary Animals*)；她编纂的最新选集有《时间旅行者年鉴》(*The Time Traveler's Almanac*)、《革命姐妹：女性臆想小说选集》(*Sisters of the Revolution: A Feminist Speculative Fiction Anthology*) 和《动物预言集》(*The Bestiary*，一本原创小说与插画集)。

△ 杰夫·范德米尔

最著名的虚构作品是《纽约时报》畅销书《遗落的南境》(《湮灭》《当权者》《接纳》)。《娱乐周刊》将这部作品列入了 2014 年十佳小说榜，而《纽约客》更是将作者杰夫誉为"怪谭梭罗"。这部三部曲除美国外已经在三十四个国家出版，影视版权则被派拉蒙电影公司和斯科特·鲁丁制片公司联合购得，目前由娜塔莉·波特曼主演的改编电影《湮灭》已经上映。此外，三部曲的第一部《湮灭》还获得了星云奖和雪莉·杰克逊奖的最佳长篇小说。

范德米尔的非虚构作品广泛刊载于《纽约时报》《卫报》《华盛顿邮报》《大西洋月刊》和《洛杉矶时报》。他获得过三次世界奇幻奖。同时，他还编辑或参与编辑了诸多标志性的小说选集，曾经在耶鲁作家大会迈阿密和国际书展上担任讲师，在麻省理工大学、布朗大学和国会图书馆开办讲座。他担当过沃福德学院的一个独特的少年写作营——"共享世界"的联席主理人。他的最新小说是《博尔内》（Borne）。

译者简介 - About the Translators

△ 詹姆斯·沃马克

西班牙语和俄语翻译，译著颇丰，包括弗拉基米尔·马雅科夫斯基、塞尔吉奥·德·莫里诺、罗伯托·阿尔特、西尔维拉·奥坎波和鲍里斯·萨文科夫的作品。他目前生活在西班牙马德里，在一家叫涅夫斯基瞭望社（Nevsky Prospects）的西班牙语出版社工作，专注于翻译俄罗斯文学。2012 年，他的诗集《印刷错误》（*Misprint*）由卡卡奈特出版社（Carcanet Press）出版。

△ 玛丽安·沃马克

翻译，作家和编辑。她将玛丽·雪莱、邓萨尼勋爵、查尔斯·狄更斯和莫里哀的作品译成了西班牙语，还将西班牙语臆想小说集《世界顶尖科幻作品集》的第四卷译成了英文。她个人的作品散见于《顶点杂志》（*Apex Magazine*）《超音速》（*SuperSonic*）和《奇异小说评论》（*Weird Fiction Review*）。她的常住地有马德里和剑桥。

△ 杨文捷

新鲜出炉的应用物理博士,狂热美食爱好者,骨灰级土豆烹饪家。不在实验室或者厨房里倒腾的时候翻译科普、科幻、美剧以及纪录片。

△ 张智萌

托福阅读讲师,深闺宅女,重度强迫症患者。闲暇时间翻译公开课、美剧、电影和纪录片字幕。代表译作少年科幻小说《时间特遣队》。

△ 红猪

真名高天羽。爱读书,读完的不多;爱看电影,看过的不少。英文半瓶醋,汉语三脚猫。闲极无聊开始翻译,先是兴趣,继成工作,代表译著有《鱼为什么放屁》《遥远地球之歌》等。译笔不精彩,幸亦无大过。自勉云:译事刚刚起飞,新手仍需努力。

△ 王亦男

性别女,行走在五维世界的中二症重度患者,供职于某电信运营商的法兰西海龟,白天保温杯配枸杞苦战 PPT,夜晚啤酒配炸鸡埋头看科幻,希望通过自己翻译的文字为更多科幻迷带来酣畅淋漓的阅读体验,代表译作有长篇小说《异度幻影》。

△ 李懿

云吸猫成瘾者,宅家咸鱼一枚,梦想是拥有一只温柔软萌的布偶喵。代表译作有《海伯利安》《寻找杰克》《钢铁心》。

△ 不圆的珍珠

本名王爽。科幻奇幻小说爱好者，喜欢一切有魔法和怪兽的故事。因爱好而翻译。代表译作有《最后的独角兽》《英伦魔法拾遗》等。

△ 姚向辉

一位在接到撰写译者简介的请求时因耻感爆棚而尿遁的知名译者。代表译作有《银河系搭车客指南》《教父》《驱魔人》《克苏鲁神话》等。本条简介由编辑代笔并获得了译者本人的肯定。

△ 乔丽 + 刘文元

乔丽，人工智能专业工科学士，外企 HR，最大的特长是转呼啦圈，经过不懈的努力，终于实现了连续转 30 秒的目标。刘文元，人工智能公司市场宣传，最大的特长是目不转睛地欣赏乔丽转呼啦圈。目前，他们与两只来自欢乐星球的小兔子生活在一起，一只名叫招财，一只名叫进宝。恼人的是，它们经常不打招呼就外出旅行，而且还不寄明信片。

△ 鲸歌

女，毕业于同济大学数学系，现居上海，从事互联网大数据工作。从小阅读《科幻世界》和《少年科学画报》，2007 年加入同济大学逐日科幻协会，2014 年开始翻译科幻小说并在网上发表译作。

△ 刘冉

常用笔名"小油飞"，资深科幻奇幻爱好者，宾夕法尼亚大学社会学博士在读。代表译作有《献给阿尔吉侬的花束》《战士》《大师的盛宴》《微宇宙的上帝》。

△ 王琦

这家伙很懒，什么都没有留下。

△ 罗妍莉

译者，作者，汽车行业从业者，非典型海外创业者，在太阳系第三行星的繁华与荒芜之间浪迹多年。译作百万余字，自刘宇昆的《思维的形状》与科幻翻译结缘，翻译过多篇星云奖、轨迹奖提名及获奖科幻、奇幻作品。原创科幻小说及游记散见《文艺风赏》《私家地理》和澎湃新闻客户端。

△ 魏映雪

《科幻世界》图书部主任。常用笔名"小酵"。学的是法语和传播，现在却靠英语过活。武侠门下十数载走狗，九州天驱中二病铁粉，然文不能七步成章，武不能剑行天下，只好以校对文字、翻译书稿为生。

△ Xpistos

真名仇俊雄，纯文学、科幻文学和音乐爱好者，正在成为文学翻译和收集一万张唱片的路上跋涉，代表译作《最后的都铎》。

△ 沉默螺旋

真名汪杨达，沉迷文学的理工男，读过不少科普和科幻作品，特别喜欢参观博物馆和画廊。曾在厦门大学生命科学学院求学，现就读于墨尔本大学文学院。漫画《达尔文游戏》和《春天不要来》的汉化组成员。参与翻译作品有《雷·布拉德伯里短篇自选集》《时间旅行者年鉴》。

△ 龚诗琦

前健身达人，但目前越来越痴迷于肥宅活动。非英语专业出身，正职兼职却都以英语谋稻粱。白天给外研社打工，晚上给未来局校稿。出道五年有余，翻译不足 30 万字的业界小透明。

△ 三吉

编辑，翻译，翻译了本书除正文外所有需要翻译的部分。代表译作有《绝迹动物古抄本》《星球大战：新黎明》。

致谢 - Acknowledgements

感谢通过分享信息、参与讨论或其他形式帮助我们做成这部选集的每个人。尤其要感谢我的编辑蒂姆·奥康奈尔，以及 Vintage 出版社的其他工作人员。此外，我们还要感谢像马修·切尼和埃里克·沙勒这样的人，他们慷慨地为此书贡献了时间与相关知识。感谢亚当·米尔斯、劳伦斯·施梅尔、维达·克鲁斯、马克西姆·雅库博夫斯基、阿尼尔·梅农、小林吉雄、爱德华·高文、小雅罗斯拉夫·奥尔沙、卡琳·蒂德贝克，他们为本书做了额外的研究。感谢所有读者，这些年来，他们与我们分享了他们最喜欢的故事。

令人伤心的是，常常为我们带来俄罗斯与乌克兰方面的宝贵科幻资讯的好朋友——弗拉基米尔·热涅夫斯基去年去世了，当时他刚刚将他为本书作者简介所翻译的资料和做的研究发给我们不久。弗拉基米尔受到了很多人的爱戴，我们要努力让他的名字不被大家忘记；同时，我们将他视为《100：科幻之书》的守护神。我们要将这部选集献给他，也献给朱迪斯·梅里尔。

我们还要感谢那些孜孜不倦地工作，出于对科幻的深沉的爱意，将一篇篇科幻故事通过杂志和选集带给诸位读者的编辑们，无论是在世的还是与世长辞的。不管怎样写感谢名单，都未免有遗漏，但我们尤其要感谢以下各位的帮助与支持：朱迪斯·梅里尔、大卫·G.哈特韦尔、弗伦茨·罗滕施泰纳、达蒙·奈特、唐纳德·A.沃尔海姆、特里·凯尔、格拉妮娅·戴维斯、约翰·约瑟夫·亚当斯、埃伦·达特洛、弗雷德里克·波尔、阿莉莎·克拉斯诺斯腾、格罗夫·康克林、克里斯蒂娜·胡拉多、罗伯特·西尔弗伯格、艾萨克·阿西莫夫、乔纳森·斯特拉恩、哈兰·埃里森、雨果·根斯巴克、迈克尔·摩考克、克里斯廷·凯瑟琳·鲁施、特里·温德林、希拉·威廉姆斯、谢林·R.托马斯、阿尔贝托·曼古埃尔、加德纳·多佐伊斯和戈登·范戈尔德。

我们对我们的译者表示深深的谢意，在他们的帮助下，我们才得以将新故事或新译本带给大家。感谢丹尼尔·阿波列夫、朱中宜、吉奥·克莱瓦尔、布莱恩·埃文森、萨拉·卡塞姆、拉里·诺伦、詹姆斯·沃马克、玛丽安·沃马克和弗拉基米尔·热涅夫斯基。我们还要感谢其他将英语故事翻译为其他语言的译者以及过去、现在和未来的所有译者——尽管他们常常居于幕后，不为人所知，但他们会继续将一篇篇美妙的小说带给喜欢它的新读者，继续迎接如此有挑战性的任务。

如果没有以下各位的协助、指导、支持和对类型文学的热爱，本书难以面世。所以我们要感谢：贾森·桑福德、约翰·格洛弗、多米尼克·帕里西尼、理查德·斯科特、法比奥·费尔南德斯、梅里利·海费茨、刘宇昆、劳伦·罗戈夫、弗涅·汉森和萨拉·克雷默。我们还要感谢巴德·韦伯斯特多年来帮助我们获取已逝作者的授权。不久前他去世了，我们听到这个消息万分悲痛。此外，与我们阴阳两隔的还有大卫·G.哈特韦尔。我们花了相当长的时间探讨和分享我们对小说的爱。他为此慷慨地付出了他的时间，许多人都会深深怀念他。

我们无法在此列出所有人的名字，但是，请大家一定要知道，就算您的名字没有在此出现，我们也同样感激您的付出。

最后，谢谢我们勇敢无畏的代理人——萨利·哈丁，以及库克经纪公司（Cooke Agency）的所有员工。

授权声明 - Permissions Acknowledgements

关于与《科幻百科全书》合作的声明 -
The Encyclopedia of Science Fiction Partnership

　　如"引言"中所述,《科幻百科全书》的创作者约翰·克卢特、大卫·兰福德和彼得·尼科尔斯与我们达成了友好合作,允许我们使用书中作者条目下的简介和文学分析的内容。大多数条目都是由约翰·克卢特撰写的,他还在书中插入了必要的信息,我们为此非常感谢他的帮助。

　　从《科幻百科全书》中摘选的大部分内容都用于以下作者的介绍:保罗·厄恩斯特(彼得·尼科尔斯和约翰·克卢特);埃德蒙·汉密尔顿、克莱尔·温格·哈里斯(简·多纳沃尔斯);格温妮丝·琼斯、塔妮丝·李、A. 梅里特(约翰·克卢特和彼得·尼科尔斯);莱斯利·F. 斯通(约翰·克卢特和彼得·尼科尔斯)和詹姆斯·怀特(大卫·兰福德和约翰·克卢特)。本书中有两位作者的信息几乎是完全使用了"百科全书"中的相关词条,变更极少:韩松(乔纳森·克莱门茨)和筒井康隆(乔纳森·克莱门茨)。

　　我们还从以下作者在"百科全书"中的条目里摘选了部分内容,用于本书相应作者简介的核心内容。括号中写明了参与撰写条目的约翰·克卢特和其他人:J. G. 巴拉德(大卫·普林格尔和约翰·克卢特,摘选了关于他的作品的描述);伊恩·班克斯(约翰·克卢特和大卫·兰福德,重点摘选了"文明"系列小说的赏析);格雷格·贝尔(重点摘选了关于《永世》和《血音乐》的赏析);德米特里·比连金(弗拉基米尔·加科夫);迈克尔·布鲁姆林(《组织消融》和关于选集《鼠脑》的探讨);雷·布拉德伯里（彼得·尼科尔斯）；帕特·卡蒂甘（重点摘选了关于作者作品的一般评论）；安杰丽卡·高罗第切尔（约翰·克卢特和尤兰达·莫利纳·加维兰，摘选了关于其事业和标志性设定的内容）；杰弗里·兰迪斯（格拉哈姆·斯莱特）；查德·奥利弗、蕾切尔·波拉克、罗伯特·里德、金·斯坦利·罗宾森（重点摘选了关于他的"火星"主题小说的赏析）；约瑟芬·萨克斯顿（约翰·克卢特和彼得·尼科尔斯，摘录了关于其事业的内容）、瓦季姆·谢芙娜（弗拉基米尔·加科夫）；玛格丽特·圣克莱尔、伊丽莎白·格沃纳尔博格（LP 和约翰·克卢特，摘录了关于其事业的内容）；布鲁斯·斯特林（科林·格林兰和约翰·克卢特，重点摘选了关于其在《群》中的世界设定的内容）；F. L. 华莱士；康妮·威利斯（关于"时间旅行"的探讨）。

从"百科全书"中摘选的任何文本均代表着其他研究的成果。至于每一篇作者简介中的观点和强调的内容，凡是涉及故事本身的，绝大部分体现了本选集编者的意见。因此，如有任何谬误，皆为选集编者故。

额外致谢 - Additional Thanks

感谢萨拉·克雷默和《纽约经典书籍评论》允许我们使用作者介绍资料，允许我们从他们的书中引用以下作者的条目：阿道夫·毕欧伊·卡萨雷斯，塔吉亚娜·托尔斯塔亚。感谢巽孝之帮助我们编辑"荒卷义雄"的条目；除了直接引用巽孝之的成果，条目中的其余内容均来自于巽孝之在《荒卷义雄选集》中写的引言。最后，我们要感谢亚当·米尔斯在本书内容的相关研究和编纂方面给予的帮助。

100：科幻之书 II 异站

[美] 库尔特·冯内古特
[美] 厄休拉·勒古恩等 著
姚向辉 李懿等 译

图书在版编目（CIP）数据

100：科幻之书 . II，异站 /（美）库尔特·冯内古特等
著；姚向辉等译 . – 北京：北京联合出版公司，2018.11
ISBN 978-7-5596-2726-1

Ⅰ . ① 1… Ⅱ . ① 库… ② 姚… Ⅲ . ① 科学幻想小说 －
小说集 － 世界 － 现代 Ⅳ . ① I14

中国版本图书馆 CIP 数据核字 (2018) 第 235553 号

THE BIG BOOK OF SCIENCE FICTION

edited by Ann VanderMeer and
Jeff VanderMeer

北京市版权局著作权合同登记号 图字:01-2018-5139 号

选题策划　联合天际
特约编辑　万 洁　刘 默
责任编辑　楼淑敏
装帧设计　@broussaille 私制
封面插画　Breathing

UnRead
－
文艺家

出　　版　北京联合出版公司
　　　　　北京市西城区德外大街 83 号楼 9 层 100088
发　　行　北京联合天畅文化传播公司
印　　刷　三河市冀华印务有限公司
经　　销　新华书店
字　　数　439 千字
开　　本　880 毫米 × 1240 毫米 1/32 16.5 印张
版　　次　2018 年 11 月第 1 版　2018 年 11 月第 1 次印刷
I S B N　978-7-5596-2726-1
定　　价　79.80 元

关注未读好书

未读 CLUB
会员服务平台